中国社会科学院
文学研究所学刊

Annals of the Institute of Literature

Chinese Academy of Social Sciences

2007

中国社会科学出版社

图书在版编目（CIP）数据

中国社会科学院文学研究所学刊/中国社会科学院文学所编．—北京：
中国社会科学出版社，2007.12
ISBN 978-7-5004-6466-2

Ⅰ．文…　Ⅱ．中…　Ⅲ．文学研究－文集　Ⅳ．I0.53

中国版本图书馆 CIP 数据核字（2007）第 159217 号

责任编辑　郭晓鸿（guoxiaohong149@163．com）
责任校对　周　昊
封面设计　格子工作室
版式设计　戴　宽

出版发行　*中国社会科学出版社*
社　　址　北京鼓楼西大街甲 158 号　　邮　编　100720
电　　话　010－84029450（邮购）
网　　址　http：//www.csspw.cn
经　　销　新华书店
印　　刷　华审印刷厂　　　　　　装　订　广增装订厂
版　　次　2007 年 12 月第 1 版　　印　次　2007 年 12 月第 1 次印刷
开　　本　710×1000　1/16
印　　张　29　　　　　　　　　　插　页　2
字　　数　500 千字
定　　价　45.00 元

目　录

Content

发 刊 词

秒承中国社会科学院文学研究所及其学术委员会的委托，经过专家和编辑人员一年的准备，《中国社会科学院文学研究所学刊》终于问世了。中国社会科学院文学研究所现在已经有了三份杂志，这就是《文学评论》、《文学遗产》和《文学年鉴》，这三份刊物各有分工，在中国文学研究领域中发挥着重要的影响。但是，我们在为这些杂志感到骄傲之余，仍感到我们还缺乏这样一份连续出版物，她能提供足够的篇幅，将占有大量材料，体现长时段学术思考的成果充分展现出来。

1957 年，文学研究所曾创刊了一份杂志，取名为《文学研究》。这份杂志创办的初衷，是要刊登文学研究者的"长期的、专门的研究成果"。当年，在郑振铎、何其芳、俞平伯、钱钟书、余冠英、毛星、蔡仪、唐弢等老一辈学术名宿的关怀和努力下，这份杂志在国内外产生了广泛的影响。后来，这本杂志改名为《文学评论》，以体现容纳"评论当前文学作品和文学理论问题"的要求。文学界的许多著名专家和后起之秀，几乎都在这里发表过代表作或成名作。这份刊物经过几代编辑人物多年来不懈的努力，成为中国文学研究界的重要刊物。刊物的宗旨改变了，但《文学研究》办刊时的理想，仍深深地埋藏在文学所众多学人的心中。

五十年来，尤其是近二三十年来，中国的学术环境、学术人才、学术体制和学术方式已发生了深刻的变化。当前，随着经济和社会的发展，中国迎来学术研究的空前繁荣时期。发展与我们这个有着几千年文学史，有着世界性影响的大国相称的文学学术研究，是摆在我们面前的一项艰巨的任务。文学研究是一个系统工程，需要多层次、多角度的开拓。在改革开放和全球化的条件下，更需要坚实地立足于本国丰厚的文化资源，与世界当代智慧进行广泛的深度对话，开展有根基、有作为的创造性研究。我们要深入地研究我们自身的文学传统，我们要不只是介绍，而是针对当代外国的文学理论发出我们自己的声音，我们要建立自己的文学研究的思想体系，所有这一切，都需要一个专门园地。

经过反复的斟酌，我们决定创办《文学研究所学刊》，以深入文学丰富复杂的事实，研磨其盘根错节的关系和演变脉络，究问其层层深蕴的本质、通则和规律。在学术方法上，我们提倡百花齐放，各尽所长。在学术步骤上，我们提倡博学深思，在长期的刻苦研究中，锤炼学力、悟力、思力相与为用的综合创新能力，以期把学术做深、做精、做大，做出精彩，力戒那种浮躁、空疏的学风，以及以抢滩、攻关掠取虚名的行为。我们的目的是传承学术传统之血脉，在新的历史时期取得新的研究成果。我们也努力与文学研究所现有的《文学评论》、《文学遗产》、《文学年鉴》等几份连续出版物形成互补合作关系，以促进文学研究立体体系的形成。

我们在筹备和酝酿这份辑刊时，曾提出两条要求：扎实和创新。具体说就是：

一、倡导坚实厚重的学风，力求刊登研究者经过长期研究，占有大量资料，解决了相关领域研究中的问题，或者朝着这些问题的解决显著向前迈进的作品，努力铸造新时代的文学学术研究规范。

二、追求理论和方法的创新，本着与国际学术对话，与时代发展同步的精神，力求深层理论探索和理论联系实际并重，树立学术研究中的创新之风。

我们深知，要达到这两条很不容易，但我们会抱定这两大目标，坚持不懈地向前走。希望海内外方家给我们多提宝贵意见。让我们共同努力，抱着一片对学术的真诚之心，办好《文学研究所学刊》，为探索21世纪现代大国的文学学术的新形态、新境界尽自己的一份责任。

关于古今贯通的方法论问题

杨 义

内容摘要：古今贯通与大文学观之间存在着相互为用的关系，讲古今贯通必须具备大文学观的视野，讲大文学观必然追求古今贯通的方法。大文学观的提出，主要是要给文学研究提供一个大视野、大资料、大逻辑，把文学研究做大、做厚、做深、做活。在大文学观视野中考察，中国文学的学术文化存在"四库之学"、"四野之学"与"四洋之学"的背景。在这种背景下的文学研究的古今贯通，存在着"能大始贯"、"有识方贯"、"知性求贯"等文化原则。

古今贯通有三个维度：时间性的古今，空间性的彼此，以及穿透性的内外。古今贯通有四种基本渠道：对原型思维的把握、对地理情结的透视、对精神谱系的梳理，以及对历史疑似的升华。古今贯通应是一种学问家兼思想家的贯通，是一种智慧和生命的贯通，是一种大文学观、大文化观的贯通。

关键词：古今贯通　大文学观　"三四之学"

一　大文学观下古今贯通三原则

古今贯通与大文学观之间存在着相互为用的关系，讲古今贯通必须具备大文学观的视野，讲大文学观必然追求古今贯通的方法。文学观的问题，首先是一个文化视野、文化态度和文化胸襟的问题。大文学观的提出，主要是要给文学研究提供一个大视野、大资料、大逻辑，把文学研究做大、做厚、做深，同时又把它做活。我们传统的文学观是个杂文学观，杂文学观就是文史不分，文笔并举——孔门四科的文学。20世纪中国人接受了西方的文学观，也就是纯文学观，让文学从很驳杂的状况下独立出来，有了自己的学科形态和知识体系。但是任何一个把文学独立出来的做法，如果独立得过头，就可能把文学存在与整个文化的联系进行剥离和阉割。所以在 20 世纪和 21 世纪之交的时候，我们就发现纯文学是从西方的知识系统中产生出来的，用西方剥离东方，跟我们的文学实际、文学经验以及文学智慧存在着错位或偏离。杂文学观使文学被经史吃掉了，只有附庸的地位；纯文学观使文学被西方智慧吃掉了，它与文化的联系变得歪歪斜斜，或者残缺不全。所以我们要使文学完完整整地被吐出来，必须把这个拔出来被纯化的文学观重新放回到它原始的状态，这样就需要有一个大文学观。这就是说，大文学观讲究还原，讲究非剥离化。

大文学观的学术战略，就是既兼容了纯文学观的严格的学科体系，又吸收了杂文学观的那种博学精思和融会贯通的思路，用这种内精纯而外渊博的观念来看古今贯通和中西融合的问题。过去大学里面的情况也值得反思——古典文学、现代文学、当代文学——这么一种学科设置其实是使我们的整个文学的整体性和它们相互之间的关系被割裂了，把一个完整的知识进行分隔，然后在分隔的状态下加以深入。因此研究现代文学的人和古典文学的人，可能常常感到隔行如隔山。所以要还中国文学的整体性，就有必要做古今贯通的研究。只有古今贯通才能够把肢割了的片断直线缀合成复杂生动的完整曲线，才能够看到我们中国文学的整个血脉贯注和形态流变。

那么古今贯通要怎么样去贯而通之？它不是简单的一加一等于二，不是说学了古典文学，再学了现代文学就贯通了。在这里一加一是大于二的，就是要贯通它内在的血脉，还原它本来的生命，托出它多重的价值。这就必须用大文学观来重新认识中国文学的学术文化背景。毫无疑问，把握文学存在的大学术文化背景，是古今得以贯通无碍的基本前提。过去搞现代文学的人往往受到海外学者的影响，认为现代文学跟古典文学断裂了，用这一点来指责五四新文化运动使我们民族的文学传统断裂了。实际上这是没有从整个中国文学的文化学术背景来考察问题的一个结果。如果我们把中国文学的发展放回到中国自身的大学术文化背景来考察的话，我们就会发现中国的传统学术实际上是"二四之学"——两个"四"。

第一个是"四库之学"，按照王朝的价值系统，像《四库全书》一样按"经史子集"的学术框架建构我们的知识形态。与"四库之学"相对应的还有一个"四野之学"，就是所谓"礼失而求诸野"，就是被《四库全书》的知

识系统边缘化了的或者在这个系统的视野之外的一种学问资源。比如说在 20
世纪初期，发现了敦煌文献，敦煌文献实际上提供了跟《四库全书》不同的
另一种图书馆。敦煌文献如果在乾隆年间出现，很可能就流失了，因为按照
《四库全书》的价值系统来衡量，几万种的敦煌文献也就只有百十种能够进
入四库全书的视野，其他大量涉及宗教、俗文学、边疆史地、民族关系的文
献可能都被认为是不属于高雅知识系统。正是因为在 20 世纪之初知识界对
"四野之学"——民间的学问开始重视起来，所以"敦煌之学"才有可能逐
渐发展成为一门显学。如果这样去看中国的学问，那么我们对五四时期的所
谓"断裂"就另有所见，就能超越"断裂说"的遮蔽，进入异常复杂的文化
演变的深层。五四的很多先驱者，实际上旧学的底子是非常好的，但是他们
不是站在《四库全书》的立场而是站在"四野之学"的立场。鲁迅就曾经嘲
讽过："现在中西的学者，几乎一听到'钦定四库全书'这名目就魂不附体，
膝弯总要软下来似的。"[1] 不是说《四库全书》的修纂对于保存传统文献没有
规模性的贡献，而是说那"钦定"体制给它衡文取舍的标准注入了深刻的王
朝官方的价值体系，如鲁迅所说："清朝的康熙、雍正和乾隆三个，尤其是
后两个皇帝，对于'文艺政策'或说得较大一点的'文化统制'，却真尽了
很大的努力的。文字狱不过是消极的一方面，积极的一面，则如钦定四库全
书，于汉人的著作，无不加以取舍，所取的书，凡有涉及金元之处者，又大
抵加以修改，作为定本。此外，对于'七经'，'二十四史'，《通鉴》。文士
的诗文，和尚的语录，也都不肯放过，不是鉴定，便是评选，文苑中实在没
有不被蹂躏的所处了。而且他们是深通汉文的异族的君主，以胜者的看法，
来批评被征服的汉族的文化和人情，也鄙夷，但也恐惧，有苛论，但也有确
评，文字狱只是由此而来的辣手的一种，那成果，由满洲这方面言，是的确
不能说它没有效的。"[2] 这种对"四库之学"的王朝官方的文化统制的批判，
是采取民间的"四野之学"的立场的。而且在近代以来由于西学东渐，大量
的外来的思想文化涌入，又出现了一个学问——我叫它作"四洋之学"。这
样就构成了处在不同的思想文化层面上的"三四之学"的大学术文化背景。
新文化运动的这些先驱者，基本上是站在"四野之学"的立场上，应用"四
洋之学"来瓦解了"四库之学"的价值结构，对整个文学进行了一个重新的

---

① 《鲁迅全集》第 3 卷，人民文学出版社 1981 年版，第 138 页。
② 《鲁迅全集》第 6 卷，人民文学出版社 1981 年版，第 57 页。

整合和转型。

比如说鲁迅，我们能够说他对传统的学问不深吗？但是他对自己的传统学问，不是按"四库之学"的价值系统来架构。他的很多学问比如史学，就别有立场。浙东学术在清代就提出"六经皆史"，也就是把经学史学化，鲁迅就进一步把史学野史化，他认为野史可以看到一些往事的真相，正史却涂饰太多，装腔作势。史学野史化了的同时，他又加入了杂学，浙东之学很多是杂学，鲁迅在这方面的学问应该说是非常独到、非常深刻，而且也是非常渊博的。他用这种欣赏其野、不拘其杂的学问，再根据西方的思潮比如 19世纪末的个人主义的思潮，或者突出精神作用的思潮，把它们加以选择、梳理、阐释和应用过来，在这个大知识背景中重新建构了中国的文学体系和知识体系。我们读了鲁迅的书可能有一个印象很深的东西，鲁迅在 1925 年回答《京报》副刊的时候写了一份《青年必读书》，其中说青年人最好是少读或者不读中国书。这其实就是一个读了很多中国书、学术修养精深的人交上的一张白卷。那我们对这个问题应该怎么理解？这份白卷就像宋元山水画一样，空白的意义要从"有"中去获得，解释问题的关键依然在于大学术文化背景。在 1925 年前后，整个中国不但读古书的风气很浓，而且按照古老的思维方式读古书的习惯尚未根本改观，在大多数的教育机构里还没有建立起按照现代意识来消化古书的教学科研体制。在这种情况下就有那么一些文化学者，比如梁启超和胡适都在大做《青年必读书目》。胡适有一个最低限度的国学必读书目录，光是文史类推荐的书就有一千多种，就像一个小图书馆一样，估计胡适本人是不是全都读了都有疑问。当浑水尚待澄清，新机尚未启动，青年人还没有获得如何去读古书的能力的时候，铺天盖地地给他压上这么多古书目录，就可能像一个活埋庵一样把青年埋在里面，透不过气来。鲁迅讲青年人少读或者不读古书，第一是针对当时的文化状况，给青年思考文化问题一个权宜性的空间；第二也只有鲁迅才有资格来讲这个话，如果要其他人比如说林语堂这样的人来讲，那人家就会问你读了多少古书。也就像元代江浙人可以说近体诗讲究格律是害人的，但少数民族诗人就不敢讲这个，因为人家会问你懂格律了没有。所以鲁迅以翰林之孙、日本留学生、古书杂书读得极有体会的多重资格来讲这个话，要挽狂澜于既倒，要改变这种潮流，就另有一种分量。

但是鲁迅是不是主张青年人一概不读古书呢？不是这么回事。鲁迅有一个朋友叫许寿裳，他是鲁迅的哥儿，是情同手足的朋友。许寿裳的儿子叫做许世瑛，1930年时，他20岁，考上了清华大学的中文系，请鲁迅给他开了一个中文系学生要读的书目。鲁迅开了12种，我统计了一下，总共是1081卷线装书。① 这个读书量大概也只够入门书的数量。分析一下这12种书目，是会晓得鲁迅希望青年人怎样读古书，有些什么样的教训，因为他是给他最好的朋友的儿子写的，是父辈对子弟的垂训。里面最大的一本书《全上古三代秦汉三国六朝文》，这是746卷的书，中华书局影印出来是16开本的四大卷，是清人严可均编的。严可均因为没能参加朝廷主持的一个国家项目叫做《全唐文》编撰，他自己个人就下了个决心：唐以前的我来编，"斯事体大，是不才之责也"，所以他花了27年的时间编出了这部巨大的总集。这部书就把从上古到隋朝的所有的文章收到里面，当然有一些流行的本子像四书五经他是不收的。从鲁迅开出的书单首列这部书，可以看出，一是他主张青年人如果要研究文学史就应该读全部的文章，不可只读选本。鲁迅没有推荐《文选》，选本看到的是选家的眼光，被选家删落的文字往往隐藏着被历史烟尘遮蔽的文学原貌，在新的眼光下又可以重新放出光彩。第二是他没有选《全唐诗》和《全唐文》，那是御编的，带有王朝的价值体系在里边。严可均的《全上古三代秦汉三国六朝文》是私家编纂，一定程度偏离王朝价值体系，比如说孔夫子在这746卷里头只收了27个字，第一条是鲁国都城城门失火了，孔夫子为鲁哀公写的一个救火的告令；第二条就是吴国的季札的儿子死了，孔夫子给他写了一个题墓词。这两条加起来27个字。所以它带有某种民间的立场，其他的三教九流、外国翻译的文字不少，可以供你在华夷、雅俗的多重视野中参照阅读。鲁迅还推荐了一本《四库全书简明目录》，《四库全书简明目录》不是《四库全书提要》，提要总共是200卷，简明目录只有20卷，把它缩编了。鲁迅在推荐这部书的时候加了一个注，说这是迄今为止的现有的较好的一本书籍的批评。就是说他主张研究文学史要读目录学的书，但是又说不要忘记它是"钦定"的，提醒你在价值体系上不能够完全按照钦定的标准，对它应保持分析的态度。另外他还开有其他一些书，比如说《世说新语》，注明从中可以知道当时是怎样清谈的，还有哪些书是可以知道当时的科举制度的，哪些书可以看到当时的士人的风习的。所以鲁迅开的书单具有独特选书标准和叙述方式，目的是要教会你怎么样去读书，他是把读

---

① 《集外集拾遗补篇·开给许世瑛的书单》，《鲁迅全集》第8卷，人民文学出版社1981年版，第441页。

什么和怎样读放在同等重要的位置一并思考的；其二，他主张研究文学史一是要看目录学的书，二是要看总集、全集，要在全面系统地搜集文献资料的基础上作出判断；其三，是要从社会风气、士人风习、科举制度等多维角度来研究文学。他这种文学观就很接近我们所讲的大文学观，要讲古今贯通是应该在这种大文学视野中求贯通的。这就是"能大始贯"的道理。

　　如果能从大文学观的角度来看鲁迅的话，我们的鲁迅研究可能就会有很多新的认识。比如说认识到"有识方贯"的文化原则。鲁迅对魏晋文章是很喜欢的，他还在广州做了一个《魏晋风度及文章与药及酒之关系》的讲演，也是鲁迅准备写的文学史中的一章。三千年的文学史从魏晋切入，这隐藏着鲁迅深刻的魏晋情结。过去我们讲鲁迅和魏晋的关系，往往说是受了章太炎的影响，章太炎当然喜欢魏晋文章，鲁迅受他的影响也是应该注意到的。但鲁迅是绍兴人，绍兴的"越中山水"实际上就是魏晋山水，魏晋人所活动的地方比如兰亭、山阴道、鉴湖、天姥山为此流芳千古。讲浙东文化，应该注意人文地理学问题，两晋之际永嘉南渡，很多士族由于北方的"八王之乱"和五胡十六国的动荡都往南跑，当时东晋的首都是在建康也就是南京，王谢子弟在南京有乌衣巷，但是他们偏偏还要跑到绍兴去建别墅。谢东山，也就是谢安，高卧东山，为什么要到绍兴去？首先当然从安全考虑，因为首都在北面，相对比较安全，如果连会稽都保不住，那么整个朝廷就要灭亡了。南宋渡江，是跑到杭州，跑到临安，但是有些士族不在临安停下来，反而跑到绍兴。这里面很有文章，绍兴文化也就是"越文化"，不是王朝正统文化，但又是跟王朝发生紧密联系而且有深厚根底的偏锋文化，这种特点非常值得深思。谢东山在绍兴的东山高卧，就是有距离、有回旋余地的观世、入世和济世。如果他在乌衣巷，皇帝哪一天高兴就一纸诏书到乌衣巷把他宣了。他在东山呢？东山要两三天的路程才能够到，到了之后他如果不愿见你，他可能去游山玩水了，你还找不到他。这种文化关系是很重要的，它培养了越中文化观世的深刻和济世的老到。其次，"越中山水"实际上就是魏晋山水，鲁迅小时候所走到的这些地方，都是魏晋人逍遥吟咏过的地方。魏晋文化通过山光水色就自然而然地进入了他少年时代的精神世界。明朝有个袁宏道，袁中郎先生，他曾经写过一首诗叫《山阴道》，他把山阴道，把"越中山水"同杭州西湖相比较，他认为"六朝以上人，不闻西湖好"，六朝人所知道的好山水是在绍兴、在越中。"彼此俱清奇，输他得名早"。杭州是唐宋以后发展起来的，而且那种势头超过了"越中山水"。鲁迅是通过他的家乡的因缘、地理的因缘接触了魏晋。

　　但是魏晋文化是一个大的集合体，在这个大的集合体中，鲁迅没有选择王羲之谈玄的名士派的传统，也没有选择谢灵运的山水诗派的传统。而是选择了嵇康和阮籍，他的器识、气质、时代感受和精神选择在这里起了很重要的作用。我们过去讲鲁迅的精神结构，往往讲尼采、易卜生、克尔凯郭尔、斯蒂纳的影响，应该承认尼采对鲁迅的影响较深，易卜生他也知道较多，但对于克尔凯郭尔和斯蒂纳，鲁迅仅知道其名而已，没有专门的研究，他不过是把他们当作西方的世纪末思潮——张扬个性、推重精神、争天抗俗的潮流中人予以介绍。也应该承认，有这种世界知识和思潮的背景，极为关键，它使鲁迅的知识结构在四野之学、四库之学以外，又增加了四洋之学的维度。然而对鲁迅的精神结构影响最深的还是嵇康。我过去讲鲁迅的文章中有"嵇康气"，唐弢先生当时就觉得是非常重要的见解。鲁迅花了二十多年的时间校勘《嵇康集》，而且现在手稿都还有三部，从头到尾把《嵇康集》抄三次，用了七八个本子来校勘，从而成就了最有特点的《嵇康集》的精校本。以他积学深功的着重点来看，他对西方很多哲学家的了解远远不如他对嵇康的了解。嵇康实际上跟绍兴也有着深刻的因缘。根据鲁迅对他家乡的文献的收集，其中有一部《虞预晋书》里面讲了嵇康，说嵇康的祖上是会稽人，后来迁移到安徽的铚县，为了不忘记他的祖宗之地，把绍兴的"稽山"两个字合成一个字作为姓氏，以表示不忘本。以一个姓氏勾连着跟鲁迅的深刻的乡土渊源，这也是很有意味的事。

　　鲁迅深知魏晋，他那篇《魏晋风度及文章与药及酒之关系》的讲演，讲得最出神入化的是哪一部分呢？讲得最出神入化的是关于魏晋的名士服用五石散这种有毒性的药。他说到服了五石散之后，身体就要发热，发热之后就要出去行散，还不能够穿新衣服，不能穿紧身的衣服，要轻裘缓带，衣服又不能经常洗，洗了之后容易擦破皮肤，所以很脏，里头长了很多虱子，"扪虱而谈"，抓了虱子一边咬一边在那里谈学，于是虱子的地位得到了显著的提高。鲁迅为什么要这么说呢？鲁迅是学过医的人，他懂药，懂得药性！重要的不仅在于存在着什么东西，而且更在于你发现了什么东西。如果换一个懂音乐的人去讲嵇康，可能就讲《广陵散》的妙处，讲"声无哀乐"的道理，他注意的是音乐。文学和文学研究是包含人的生命体验的，这种生命体验按之人情物理，古今有相通之处，因此我们可以引申出"知性求贯"的文化法则。鲁迅懂药言药，就连他讲《拿来主义》，也拿来了他的童年记忆设喻。《拿来主义》中说有个大宅子，里面有鱼翅，有鸦片烟，有烟灯烟枪，还有姨太太，就看你以什么态度、什么原则去分别处理，处理得当，就是好的继承者和创造者，处理不得当就成败家子。比如对于鸦片就有三种处理方法：一种是走进卧室去当吸毒者；一种是当众扔到厕所里，以显示彻底革命；还有一种是送到药房里面去，用作治病的药材，却不必大肆宣扬什么"祖传药膏，卖完即止"，不要到处炒作做广告。事物的用途当然和它的材质有关，但也可以用理性态度和科学手段对之进行转化，化害为利，变废为宝。不妨进一步细想一下，这个大宅子在哪儿？不是恭王府，不是王公贵族的府第，没有金银珠宝、金碧辉煌，也不是农家，摆满犁耙锄镰、猪狗杂物，大概是鲁迅故里的绍兴东昌坊口新台门那种大宅子。就是说它是一个将要破落的士大夫家庭里的宅子，反映了宅子里面的家庭结构、经济状况和行为方式。这在清朝末年民国初年的旧式家庭里面是很典型的。只要研究过鲁迅的家世的人都会知道，鸦片烟和姨太太对鲁迅这个家族的败落发生了什么样的作用。他的祖父就是两妻三妾四个仆人。所以一个人的童年记忆包含着他的生命的原始印痕，在此后的写作中会经意或者不经意地流露出来。拿来主义不是随便拿来的，顺手掏着自己心窝，可能不经意地把原始记忆拿出来了。所以我们研读古今典籍，要独具慧眼地看到典籍背后存在一个活生生的人，唯有深入人性人情，才能沟通古往今来。

以上考察了"三四之学"，考察了大文学观视野中的中国文学的学术文化背景。在这种"三四之学"的背景下的文学研究的古今贯通，存在着"能大始贯"、"有识方贯"、"知性求贯"等文化原则。这些原则是在研究作为古今贯通的关键人物——鲁迅的时候得出的，反过来我就用这些原则开发出很多新的文化资源，并且在新的视野和新的逻辑中深入地清理古今各种文学元素运行的轨迹、组合的方式和变异的形态。

二　古今贯通的时间和空间维度

古今贯通既是大文学观的一项题内之义，同时又只有用大文学观才能"斟酌古今，贯通条理"，贯通得顺畅而且深厚。从语义学上说，贯的本义是钱串，古代铜钱用绳子穿起来，以千钱为一贯。通的本义是道理通达，《易经·系辞上》说："一阖一辟谓之变，往来不穷谓之通。"《孙子兵法·地形篇》更接近本义："我可以往，彼可以来，曰通。"贯可以是纵贯，也可以是横贯；通可以是左右通，也可以是前后通，它们都存在时间和空间的维度。但不是说，简单地在古代找个什么文学现象，在现代又找个类似的文学现象，然后加以连缀就算贯通了。贯通是朱熹论学的常用语，这当然是从程颢、程颐兄弟那里来的，《二程遗书》卷十八就有这样的话："若只格一物便通众理，虽颜子亦不敢如比道。须是今日格一件，明日又格一件，积习既多，然后脱然自有贯通处。"朱熹的《四书或问》卷二、《朱子语类》卷十八，几乎重复了二程的同样的话，说明为学必须循序渐进，在积累既多中达到豁然贯通。朱熹还进一步强调贯通的深度，他在评议治学的"四旁中央之喻"时说了这样的话："盖曰不极乎四旁之所至，则不足以识中央之所在，故必由四旁而识中央，如圆博以求约也。此其意亦善矣。然四旁中央终成两处，不若以贯通言之之为密也。"对于"四旁中央之喻"的贯通的空间性，他并不排斥，但更追求的是贯通的精密的内在性。他接过话头，这样谈论"因博求约"的命题："贯通处便是约。……积累多后，自然脱然有贯通处。积累多后便是学之博，脱然有贯通便是约。"又说："大凡观书，从东头直筑西头，南头筑着北头，七穿八透皆是一理，方是贯通。古人所人贵一贯也。"[1] 这些论述，呼应着《论语·里仁篇》孔子所说"吾道一以贯之"的思维方式。由此也可以明白，贯通不仅有时间性的古今、空间性的彼此，还有穿透性的内外，它存在着三个维度。

首先考察一下贯通的空间维度。钱钟书讲，他的《管锥编》的方法是"求'打通'，以中国文学与外国文学打通，以中国诗文词曲与小说打通"，"'打通'而拈出新意"。[2] 这种"打通"是跨文化、跨文体的横向的，呼应着这种学理思考："东海西海，心理攸同；南学北学，道术未裂。"[3] 所谓攸同、未裂，讲的是涉及东西南北的贯通的空间性。《管锥编》中讲了一个《不识镜》的故事，讲的是有一个人买了一面镜子回到家里，他家里人不认识镜子，他的妻子拿着镜子一看，大叫起来说：不得了了，我丈夫怎么带回来一个漂亮的女子！他的丈母娘跑过来说：给我看看。她拿过来一看，发现不仅领回一个漂亮女子，连丈母娘都领回来了。行文又在镜花水月上继续引申，讲了一个古希腊的水仙花的故事：一个美少年，看到水里有一个美少年，不

---

① 朱熹：《四书或问》卷三十三，《朱子语类》卷四十九、卷五十七，均据四库全书本。
② 转引自郑朝宗：《〈管锥编〉作者的自白》，载 1987 年 3 月 16 日《人民日报》。
③ 钱钟书：《谈艺录·序》，中华书局 1984 年修订本，第 1 页。

知是自己的影子，对他很是爱慕，最后跳到水里死了，变成了水仙花。西方就把自恋症叫做水仙花症，narcissism。钱钟书说中国人的水仙花症其实是山鸡症，他从六朝的两本志怪书中找了两个例子，一个是说一只山鸡看到镜子中有它的影子，它们就比赛跳舞，跳得越来越欢，最后累死了。还有一只山鸡非常喜欢自己的羽毛，整天到水边照自己的影子，照得头晕目眩，最后栽到水里淹死了。① 这样中外就打通了，不同文体也打通了。但是这种空间打通，同样存在着内外穿透的问题，就是说，古希腊的水仙花症或者自恋症，在西方的知识系统中已经进入了主流部分，进入了文化的主体结构；中国的山鸡症如果不是博学如钱钟书先生提醒我们，可能我们很多人还不知道，它还处在文化结构的边缘部分。一个同样或近似的文化要素，到底是处在文化结构的核心部分还是边缘部分，它所具有的价值和它所发生的功能是很不一样的，结构中的位置制约着文化因素的功能意义。比较文学不要光找到两个相似的东西就算完事了，而要在找到之后进一步考察它处在这个文化结构的哪一部分，它又是如何发挥它的功能的。这就是贯通的穿透性。

　　贯通的穿透性关系到贯通的意义深度，是我们搜寻到中外的或古今的文学要素的相似点而进行比较阐释时，必须着重用力的问题。比如说中国人讲时间叫"年月日"，西方人讲时间叫"日月年"。并不是说我有的你没有，同为地球上的人类对天地日月运行的时间节奏感，不可能没有共同之处。但是我们还须往深处穿透，看到中西时间表述的顺序不一样，顺序不一样就是意义不一样。为什么这样讲呢？思维过程中的第一关注点不一样，你首先关注的是年，还是首先关注的是日；关注之后的思维方向不一样，是由大而小还是由小而大；第三是思维方向上前后的衔接方式不一样，是用年统率月，月统率日，还是用日积累成月，月积累成年。这就分析出了一系列存在文化差异的问题。文化之为物不是要我们找一个很偏僻的材料去证明它，文化是渗透到我们的日常生活中，使我们习而不察，习惯成自然。这种"年月日"和"日月年"的反差就涉及中西方不同的时空观念和时空结构的方式，是统观性的时间观念、还是分析性的时间观念，是以大观小的时间结构方式、还是以小观大的时间结构方式。所以中外或古今贯通的问题，并不是简单地找几个例子比较一下就了事，而应该在比较的同时进行深度的学理追问和意义穿透，从而把握文化和文学的本质特征。

---

① 钱钟书：《管锥编》第 2 册，中华书局 1986 年版，第 751—752 页。

　　其次考察一下古今贯通的时间性。古今贯通可以由古通今，也可以由今通古，研究现代文学的人可以进行探流溯源，在时间上节节往上推；研究古典文学的人可以顺流而下，考察后世的承续、接受和变异。因为虽然自然时间总是往一个方向走的，但是知识的时间却是可以倒回去的。这就既有往上追踪的溯源之学，又有往下跟踪的谱系之学，共同构成古今贯通的很重要的两个思维方向。

　　但是如果我们要溯源，或者要进行谱系的跟踪，就涉及一个问题，就是要把一种文学现象或者文学成果，分离出很多文化的因子（文化因）。比如说分出一个情节的片段，或者分出一个意象，以此作为知识质点进行溯源和跟踪。王国维的《宋元戏曲史》，实际上是怎样写成的呢？在搜集资料和写作过程中，他是把元杂剧分成很多个文化因素，比如唱词、表演、脸谱、角色这么一些文化因，然后从先秦的文化，从楚国的《九歌》、女巫的表演，一直追踪到汉唐，追踪到宋元，把每一个文化因的线索勾勒得一清二楚，看它在每个时代呈现什么形态，增加了什么，丢失了什么，从民间和外来文化中吸收了什么，相互间又是如何组合。对每个文化因都下了一番硬工夫，自然全书就写得很扎实。比如说角色是中国戏曲系统中最具民族特色的文化因，王国维为此专门做了一部《古剧脚色考》，追踪和考辨唐宋以来戏曲中"生旦净丑"是如何演变过来的线索。仅一个"旦"角，他遍引古书，列出14种名称；对于"净"角，他认为在唐朝叫参军、苍鹘，到宋朝变作副净、副末两个角色，"净"是参军角色急促发音所致。所以王国维的《宋元戏曲史》是把一个完整的文学成果或者文学现象分隔成若干文化因，然后对之进行探源学或者是谱系学的贯通研究的典范。

　　如果分切和提炼出来的文化因是意象，它在意与象的组合和添加中，就牵动了非常丰富的社会心理和审美情趣。比如现代文学研究中，过去几年由于受海外研究角度的影响涌来了一个"张爱玲热"。张爱玲有篇小说叫做《琉璃瓦》，讲的是有一户人家姚先生生了七个女儿，人家就笑他的太太是瓦窑，因为中国古代生男孩叫"弄璋"，生女孩叫"弄瓦"，所以他的太太得了"瓦窑"的绰号。但姚先生另有说法："我的女儿可是很漂亮的，个个素质都很好，所以我那是琉璃瓦，不是一般的瓦。"接着就展示他和女儿之间在选择对象的标准上所存在的差异。大女儿好像还跟随着他，由他来做主，选择把女儿配给印刷厂的老板的独生子——他是印刷厂广告部的主任。结果老板怕人家讲他搞裙带关系，反而给他降了一级，原来是广告部主任现在变成广告部副主任，他为此窝了一肚子气。二女儿以后就不受她的父亲的摆布了，自作主张嫁给了机关里的三等秘书，还嘲笑爸爸干涉女儿婚事，落了个"话柄子"。姚先生无奈就想把三女儿嫁给一个杭州的绸缎商人的独生子，去接受那份财产。杭州的绸缎商人的儿子来跟他女儿相面的宴席间，有个北大预科的学生，他女儿就看中那个白面书生了，还讽刺富商子弟是木头人、椰子脑壳，"头发朝后梳，前面就是脸；头发朝前梳，后面就是脸"。活活把姚先生气得躺在床上叹气。这种充满戏剧性的情节，从婚姻家庭的角度考察了父女两代的代沟。正当姚先生气倒在床上的时候，他的太太的肚子又大了，人家说姚先生明年就五十大寿了，刚好凑满一个八仙桌，八个女儿，八仙上寿。《琉璃瓦》的故事透视了上海滩十里洋场近代生活的变迁，"父母之命，媒妁之言"的旧式婚姻制度逐渐瓦解，父女两代文化出现了裂痕，终身大事已经渗入了书香与铜臭相混杂的困惑和烦恼。

　　如果把琉璃瓦作为意象往上追踪，就可以联想到《诗经·小雅·斯干》里面就有生男生女，"弄璋""弄瓦"的古老风俗。再往下追踪，班昭就是班固的妹妹写的《女诫》里面也对这个"弄瓦"作了一番解释："古者生女三日，卧于床下，弄之瓦砖，而斋告焉。"《诗经》的"弄瓦"，按经学家的说法，是以镇压纺织机的瓦砖作为玩具，因为男耕女织是农业社会的基本的性别角色分工。古诗中说生女为弄瓦的地方不少，大体上还是按照儒家传统解释来使用。到明代文人游戏笔墨，有个叫陆粲的，写过一部笔记，叫做《说听》，这弄瓦的意象就变成了"瓦窑"的意象。他是这样写的：有一个叫翟永龄的人，他滑稽多端。无锡有个叫邹光大的人，年年生女儿，生了之后都请翟永龄去喝酒，翟永龄就作首诗跟他开玩笑："去岁相招云弄瓦"，去年你招我去喝酒说是弄瓦了；"今年弄瓦又相招"，今年你又弄瓦了，又来找我去喝酒了；"寄诗上复邹光大"就是说我寄首诗给你邹光大；"令正（你的妻子）原来是瓦窑"。这种重男轻女、对生育妇女不够尊重的游戏笔墨，被清代褚人获的《坚瓠集》转载而扩大了影响。另一位清人郑方坤的《全闽诗话》卷六引了《笑史》中的一则明代笑话，说福建建阳的王申有才而浅薄，乡人游必举连生两个女儿，都举办"汤饼会"，王申每次都赴宴。到游必举生第三个女儿不请客的时候，王申就写了一首诗挖苦他："数年生女必相邀，今日如何不相招？但愿君家常弄瓦，弄来弄去弄成窑。"这已是有点缺德的恶作剧了。不过，"瓦窑"的意象依旧沿袭。清代蒲松龄《聊斋志异》有一篇叫《翩翩》，说落魄浪子罗子浮为容貌若仙的翩翩收留，后有花城娘子来访，说是又生了一个小婢子，翩翩就讥笑她："花娘子瓦窑哉！"[1] 似乎"瓦窑"已成为常用语，讥笑中并无多少恶意。其后，李汝珍《镜花缘》第六十二回，写多九公带着一批才女到长安赴考，住在宽敞的红文馆，多九公夸耀自己找住处的功劳说："据说卞府有七位小姐，孟府有八位小姐；——因他生的小姐过多，所以卞、孟两位夫人，人都称做'瓦窑'。——还有许多亲眷姊妹，连他两府，约有三四十位，因此才备有这所大房。"[2] 晚清王韬等写的《淞滨琐话》，也记载南昌贵公子张瑞仙出三千金为妓女脱籍，迎回家当妾，却连生了三个女儿。张公子无奈叹息道："此真瓦窑也。"从此失宠。在宗法社会中，女因生子而贵，如果只生女儿，她的地位就会一落千丈。

　　但是我估计张爱玲没有这么多的学问，她的"瓦窑"意象也许是依据常语，也许是从张恨水来的。因为张爱玲说，她对前辈作家最喜欢的一个是英国的毛姆，一个是张恨水。张恨水的《金粉世家》第十六回中，就有一个不太重要的人物叫做余正，这个人有几房妻妾，无奈都是瓦窑，左一个千金右一个千金，使余先生当了大半生的"瓦窑主人"。我估计张爱玲是从《金粉世家》这么一个插曲性的描写中发挥了琉璃瓦这么一个意象。在这个意象谱系之中，可以看到原始意象是"弄瓦"，到什么时候出现了"瓦窑"？而"弄瓦"和"瓦窑"又怎么变成了"琉璃瓦"，在意象更迭中隐含着的意义是什么？在这几种的变化中，由原来可能是重男轻女的、男尊女卑的价值体系里边出现的"弄璋、弄瓦"，变成了歧视生育妇女的"瓦窑"，后来又变成父亲以为奇货可居，实际上隐含着父女两代的不同价值选择的"琉璃瓦"，这个意象谱系折射了一种精神史过程。因此，意象的追踪，实际上成了精神史的追踪。

　　从精神史角度追踪意象谱系，是古今贯通的极佳方法。研究古典文学的人，可能都知道一个事实：《楚辞》无梅，杜诗无海棠。杜甫的诗没有出现过海棠的意象。杜甫49岁到四川，58岁离开重庆的奉节（夔州），在四川整整待了十个年头，而四川在古代有"香海棠国"的美誉，他在海棠最盛最名贵的地方待了十年，竟然没有写过海棠。宋人很不理解，但是这又是事实，比如王安石有一首咏梅花的诗就这么说："少陵为尔牵诗兴，可是无心赋海棠。"苏东坡跟妓女交往，经常给人家吟诗作赋，有一个妓女叫做李宜和他

① 《全本新著聊斋志异》卷三．人民文学出版社1989年版，第445页。
② 李汝珍：《镜花缘》第六十二回，人民文学出版社1979年版，第456页。

交往了很长时间，苏东坡却没有做诗给李宜。李宜有意见，苏东坡就给她写了一首诗："东坡居士闻名久，为何无诗及李宜？恰似西川杜工部，海棠虽好不吟诗"——不是你不漂亮不娇美，杜甫也没有给姣美动人的海棠花写诗嘛。所以杜诗中无海棠，很让喜欢海棠、又很尊敬杜甫的宋朝人不理解。有两三部诗话就说了这么个原因：杜甫的母亲小名海棠，为了避讳所以不写海棠。那么实际情况是不是这样呢？实际情况是杜甫没有写过海棠，李白也没有写过海棠，元稹、白居易、韩愈、柳宗元都没有写过海棠。盛唐和中唐前期只有王维写过一篇《左掖梨花》，左掖就是门下省，管理最高政令的审议批改，在王宫的左边办公。《文苑英华》作了个注"海棠花也"，不是王维本人而是后人做的注，可见王维所处的盛唐时代，海棠花还叫做梨花——海棠梨。所以杜甫的母亲——一个河南的老太太，在比盛唐还要早的年代不可能以海棠来作为她的小名。海棠花作为诗人的意象是中晚唐以后。中唐有一个王建，他写过《宫词一百首》，其中一首写道："元是我王金弹子，海棠树下打流莺。"就是说，原来是我们的国王，如今却用他的金弹子在海棠树下打黄莺鸟。这是很美的景象，但还没有形成意象。到了郑谷已是晚唐了，他到四川就写了《蜀中三首》，其中有一句话是"却与海棠花有约"，他跟海棠花有约定了；"三年留滞不归人"，海棠花把他迷住在那里三年都回不来。所以晚唐五代宋以后，海棠花才逐渐写火了，成为诗人常用的意象。至于宋人写海棠花，比如苏东坡，"东风袅袅泛崇光，香雾空蒙月转廊。只恐夜深花睡去"，他怕夜里海棠像个美人一样要睡觉了，"故烧高烛照红妆"。苏东坡流放到黄州的时候，住在定惠寺，东山上有一株非常茂盛的海棠花，年年海棠盛开的时候他都到那里去喝酒。他就非常感慨，海棠本来是四川名花，是哪一只鸟把它的种子衔到这个山沟沟里来的，而且这么好的海棠花在山沟沟里也没有人来欣赏它们，真是天涯沦落如海棠啊！海棠就是东坡，东坡就是海棠。宋人还做过《海棠谱》，秦观还把海棠做成曲子叫做《海棠春》。宋人把海棠做大了，再返回去就觉得杜甫这个老祖宗为什么不写海棠，才编出关于他母亲的故事。但是在盛唐时期，诗人的意象不是海棠而是牡丹，是鹰，是马，是这么一些雄伟、阳刚的意象。海棠是在晚唐五代宋之后才进入诗人的意象系统，只有到了中晚唐之后人们的感觉才这么纤细，心仪娇美，这跟文人词的崛起同步，词体本多女儿腔，实际就是诗歌文体中的海棠。所以这么一分析，海棠意象的出现和流行实际上包含着历代诗人的感觉的历史，诗人的精神史。

　　既然海棠意象蕴涵诗人词客对娇美的纤细感觉，那么在 20 世纪三四十年代那样的社会灾难和民族危机中，它就不可能获得作家格外的青睐，即便偶有光顾，意象内涵也会发生时代性的变异。比如秦瘦鸥 1941 年在上海《申报》副刊《春秋》上连载的社会言情长篇《秋海棠》，写伶人的爱情是如何毁于残暴的军阀的。男扮女装唱旦角的京剧艺人吴均，取艺名为"秋海棠"。他对这种名花情有独钟，乃是另有缘由："中国的地形，整个儿连起来，恰像一片秋海棠的叶子，而日本等侵略国家，就像专吃海棠叶的毛虫，有的已在叶的边上咬去了一块，有的还在叶的中央吞噬着，假使再不能把这些毛虫驱开，这片海棠叶就得给它们啮尽了。"因此他画了一幅毛虫吃海棠叶图，题上"触目惊心"四字，镶上镜框，挂在墙上以自励。海棠意象之象发生变异，由花变为叶，也带动着它的意的变化，由爱怜娇美变作追求坚贞、韧性了。所以意象的追踪，实际上追踪了一个精神上的、感觉上的历史，古今贯通也须凭借意象变异的时间性指向而穿透精神史的深层。

三　古今贯通的四种渠道

　　既然古今贯通存在着时空结构和内在深度，贯通的方式就必然在其立体的纵深中展开丰富复杂的渠道。文化资源的浩繁深厚，思维方式的创造更新，以及研究者知识结构和个性，都从不同的角度影响贯通渠道的多样性。就我浅陋的知识和经验所见，起码有四个渠道可能具有相当的普适性和可操作性。

　　第一条渠道是对原型思维的把握。因为人的思维受一定生产生活方式和社会文化方式的制约，经过长久的沉积和经典的作用，可能形成一些群体潜意识或原型思维方式。这种原型思维或群体潜意识涉及宇宙模式、时空想象、图腾约定、心理定势、色彩象征、意境体验，因而给古今贯通提供了中介环节。我讲一个很简单的例子，《三国演义》、《水浒传》、《西游记》，这三部书都是从民间产生而经过文人的整理创作成书的带有史诗性的章回小说。我们读这三本书的时候，可能会发现一个问题：这三本书的主要人物的结构都是主弱从强，就是第一把手表现得比较懦弱，跟随他们的那帮人则很强。刘备和诸葛亮、关羽、张飞、赵云是这么一个模式，宋江跟吴用、林冲、李逵也是这么一个模式，唐僧跟孙悟空、猪八戒、沙僧也是这么个主弱从强的模式，如果光是在一本书中出现也就罢了，但是三本书都出现类似的问题，这就很值得注意和深思。到底是什么样的原因呢？当然它有叙述策略、讲个好故事上的原因，因为如果在《西游记》中，唐僧像孙悟空那么神通广大，一个筋斗就翻到西天去了，《西游记》还有什么写头啊？就是因为唐僧比较懦弱，不辨人妖；不仅如此，他还长了一张娃娃脸，还长了一身据说吃了之后长生不老的嫩肉，这就引得沿途的男女妖精垂涎三尺，招灾惹祸，才需要孙悟空去解决这些妖精，破灾解难，从而产生一种充满张力、曲折和莫测感的叙事过程。同时孙悟空、猪八戒和沙和尚的角色配置，也充满大智慧。因为在古老的《取经诗话》中只有孙行者，在元朝以后才配齐猪八戒和沙和尚。孙悟空是一个野神，桀骜不驯，而猪八戒是个俗神，七情六欲各种世俗的情欲都很发达。这哥儿俩碰在一起，就出现了很多喜剧情节。比如孙悟空说：八戒你去巡山吧，看看有没有妖精。这猪八戒去巡山，巡了半天，哪里有妖精，干脆就在一块石头上面睡觉了。孙悟空变成一只啄木鸟去啄他的鼻子，八戒就说：这个瘟鸟总以为我的鼻子是根朽木头，里面有虫子。他就把长嘴拱在袍子里面睡觉了。猴哥、呆子就这么互相捉弄，互相使坏，使取经的长途化险恶为戏剧性和幽默感，这种手法真高明。还有一个沙和尚，他的用处就是无用，如果沙和尚也像悟空、八戒那样有本事、有个性，就摆不平了；也那样打打闹闹就不可收拾了。但是如果没有他的无用之用，师傅一给抓走，孙悟空可能就回花果山了，猪八戒就回高老庄当回炉女婿了。就是因为有一个沙僧，他的作用就是没用，但讲的话都很在理，是一种黏合剂、润滑油，这里抹一抹，那里抹一抹，东抹西抹，九九八十一难就走完了，从来的小说都未见有如此出色的性格、本领长短互动互补的叙事技巧。但是我们不妨进一步深思：三本由民间产生的书，都有一个主弱从强的人物结构，难道仅仅是为了叙事的热闹出彩，就没有深层的文化意义吗？原来这里隐藏着中国人一种原型的文化结构，一种对仁与智、勇之间的关系的潜在认识。仁赋予智和勇以价值，智和勇赋予仁以动力。如果没有唐僧这种很虔诚的信仰来赋予孙悟空、猪八戒他们以价值的话，孙悟空、猪八戒他们只不过是妖精。如果没有了刘备的仁政爱民和正统观念赋予诸葛亮、关羽、张飞、赵云以价值的话，诸葛亮不过是一个谋士或策士，关羽、张飞、赵云只不过是一勇之夫。同时智和勇又给仁以一种动力，没有这种动力，仁就没有实现的可能。而且仁对智、勇的驾驭，是以柔克刚，以柔来驾驭刚的。可能就是中国民间文化有这么一个原型的心理形态，才会在明代三部奇书中自觉与不自觉中产生这些类似的人物结构。似中求深，是破解原型的重要方法。

　　这种原型思维渗透到很多方面，比如说对颜色的渗透，就很值得考究。鲁迅在《脸谱臆测》一文中，引述一位戏剧评论家认为脸谱采用象征手法的观点，"比如白表'奸诈'，红表'忠勇'，黑表'威猛'，蓝表'妖异'，金表'神灵'之类，实与西洋的白表'纯洁清静'，黑表'悲哀'，红表'热烈'，黄金色表'光荣'和'努力'"，都属于"色的象征"，虽然比较单纯、低级，但是以什么颜色象征什么意义，中西之间有很大差异。鲁迅对这种观点并不满意，他只是借此作为由头，从而展开社会批评。鲁迅嘲讽说："富贵人全无心肝，只知道自私自利，吃得白白胖胖，什么都做得出，于是白就表了奸诈。红表忠勇，是从关云长的'面如重枣'来的。'重枣'是怎样的枣子，我不知道，要之，总是红色的罢。在实际上，忠勇的人思想较为简单，不会神经衰弱，面皮也容易变红……黑表威猛，更是极平常的事，整年在战场上驰驱，脸孔怎会不黑，擦着雪花膏的公子，是一定不肯出面去战斗的。"[①] 但是在不同民族、不同领域，颜色象征的意义存在不同的模式，黑色在中国五行说中对应水，属于北方之色，但在莎士比亚戏剧中却有这样的句子："黑色是地狱的象征，是地牢之色，是黑夜的衣裳。"颜色在人的心理刻痕和精神暗示方面，有非常深刻的影响。德国大诗人歌德写过《色彩论》，在破解颜色心理迷宫时，提出与心理感受相联系的"眼睛的颜色"的说法，他甚至说过："一个俏皮的法国人自称，由于夫人把他的内室里家具的颜色从蓝改变成深红色，他对夫人谈话的声调也改变了。"可见颜色深刻地联系着原型思维，不断地制造着心理定式。

　　因此，马克思说："色彩的感觉，是一般美感中最大众化的形式。"[②] 这就是说，颜色是我们对世界发生感觉的最基本的形式，色彩词的妙用，可以重现我们感觉世界的心理过程。杜甫一首诗中有个句子："绿垂风折笋，红绽雨肥梅。"他和朋友到一家园林里游玩，头一天晚上刮风下雨，今天看见"绿垂风折笋"，绿色垂了下来，风吹折了竹笋。人感觉世界首先看到了颜色——绿，第二步看到颜色的姿态是垂下来的，然后才去追究它的原因，原来是昨天夜里风把竹笋刮断了。这就是诗，诗的思维是要感觉先行，你要说"风折笋兮绿垂"那就是另外一种赋体了。红色的绽开——"红绽"，原来是

---

　　① 鲁迅：《且介亭杂文·脸谱臆测》，《鲁迅全集》第 6 卷，人民文学出版社 1981 年版，第 133—134 页。

　　② 马克思：《政治经济学批判》第一篇第二章，《马克思恩格斯全集》第 13 卷，第 145 页。

雨把梅花喂肥了。"红绽雨肥梅",就是他先看到的是红,看到颜色,然后才看到颜色的姿态,看到绽开,最后才想到它的原因是雨把梅花给喂肥了。所以颜色感觉处在人与世界发生关系的整个程序的前段。

颜色对于人认识世界和感受世界的重要性,推动了人把颜色进行神话化、宗教化和审美化。佛教把人间的万象都叫做"色",与"空"相对。颜色具有很强的象征性,在日常生活和审美生活中,红色可能象征"革命"、"刚烈"或者"赤诚",黑色可能象征"黑暗"、"沉重"或者"悲哀"等等。民族群体潜意识,使颜色原型化。比如说藏族人以白色象征"善"、"吉祥"、"正义",以黑色象征"恶"、"灾难"、"邪恶",这是一种神话化了的颜色。藏族著名史诗《格萨尔王传》,就写到梵天王砍下九头猪的脑袋,白色的脑袋变成格萨尔,黑色的脑袋变成魔王。格萨尔的爱妃珠牡放出去报信的信使是白鹤,而魔王放出去帮他寻找美人的使者是乌鸦。这类黑白信仰在史诗中是反复出现的。这种原型思维或心理定式潜入现代文学写作中,使颜色的象征也留下深刻的痕迹。五四时期喜欢写田园诗情调的小说家废名的作品,就散发着颜色象征的气氛。他映衬人物的青春气息多写翠竹,烘托古朴的乡风民俗常用杨柳,讽刺农村的世态人情出现了槐树,用的都是绿色,但有翠绿、碧绿和苍绿的区分。至于写理想境界,则用了粉红色的桃园,这可能受了陶渊明《桃花源记》的影响。可以说,废名的现实世界是绿色的,理想世界是桃红色的。沈从文的长篇《边城》里面到处都是绿色,连女主人公的名字"翠翠"都是从这一派绿色中捡来的,在遍地竹篁的青山绿水中荡漾着人和自然和谐的灵性。上海的新感觉派的颜色选择,就没有这种翠绿色的灵性。他们笔下的都市风景线,都像霓虹灯那样的五光十色,变幻而且破碎。穆时英写的《夜总会里的五个人》,追逐着十里洋场灯红酒绿的光潮,用过敏紧张的神经末梢去感受声色的刺激。在大马路商场霓虹灯的映照下,报童一会儿张着蓝嘴、蓝牙、蓝舌,瞬间又变成红嘴、红牙、红舌,在斑驳陆离的变幻中,把颜色破碎化和魔鬼化了。在皇后夜总会的跳舞场里,颜色又被切割得黑白分明:白的台布、白的台布、白的台布,白白白;台布上摆着的黑的啤酒、黑的咖啡,黑黑黑;然后旁边的男子穿着礼服,黑的白的,又一大堆黑头发白脸,黑领结白衬衫。这篇小说用很强烈的颜色碰撞,把人的稳定性、完整性碰碎了,碰得倾斜了,在颜色变幻中走火入魔,托出了一个骚动不安的梦魇。像这样一种颜色的游戏,制造出了现代消费都市的光色原型。

　　第二条古今贯通的渠道，是对地理情结的透视。我曾经提出文学地理学的研究维度，有感于过去的历史地理学主要是研究山川城镇的名称疆域的历史沿革，觉得有必要以文学地理学的方式在历史地理学这样一些硬邦邦的知识上，加入一点人的体温，关注人。因为中华文明的主体文明是一种农业文明，地理的情结是带根本性的精神根脉，我们从古到今的很多书都是以地理来结构的。比如说《诗经》的十五国风就是用周代中原诸国的地理因素来结构的。《楚辞》以江汉湔沅间的楚国原始巫风思维和民间歌谣入诗，它的第一个字"楚"，就是用地理国名来命名的。像《国语》、《战国策》和《山海经》，都是以国别，以及山川走向、陆海方位来结构全书的。所以，人文地理的因素，在一个国土广阔，民族众多，民族、家族人口不断迁徙的文明中是产生丰富多彩的民风民俗、民族地域文化的非常关键的因素。研究沈从文小说中"湘西世界"的若梦若幻的浪漫情调，包括《神巫之爱》中巫师和哑女的神秘爱情，《龙珠》中部落王子与寨主的千金唱歌求爱，都可以体验到湘西沅水流域的《九歌》遗风，用沈从文的话来说，就是从古老的井里面汲取新鲜透明的泉水。研究沈从文这类作品而不分析楚风的影响，就很难触摸到他的文化之根。

　　研究鲁迅小说的茶馆酒店文化，故事新编形式，以及杂文中的野史杂学和民俗戏剧因素，都不能脱离其中非常深厚而独特的浙东文化之根，都有必要考察越文化两千多年在中华与蛮夷、正统与异端之间的坚实而强劲的流脉。人文地理在自然地理之上增加了流动性。浙东文化因而内涵着中原文化向江南流动的过程。浙东重要的思想家比如说汉代的王充、宋代的吕祖谦、明清之际的黄宗羲，属于这个文化流动的过程，又属于江南文化的东南翼。像这样的一些文化现象是不能简单地套用一些现代的文化概念的。比如分析王充，说他哪句话是唯物主义的、哪句话是唯心主义的，当然你可以这样去辨析，但这种见解是缺乏对具体的地理生存环境中的动态过程的深入分析的。甚至不看你的书就知道你所描述的王充是什么，他是唯物主义，你一定会说这样的话；他的一些论述带有辩证法，是朴素的辩证法；他的历史观是唯心主义的，但是有一些很精彩的、可取的地方。用许多材料讲述一个常见的，甚至不读也可以知道的思想，跟那些立足于丰厚的史料之上，又有创新思维，可以让人反复阅读的书，是处在不同的学术文化档次的。千篇一律最要不得，第一个人这样讲就可以了，但不要一个一个人都跟着这样讲。首先要给王充进行学术文化的定位，王充所生活的东汉时期是古文经学和今文经学之间在争论，古文经逐渐取代今文经成为主流的时代。王充是独立于潮流的，他师事史学家班彪，即班固的父亲，不是经学家，不属于主流文化中人，而是站在经学外面去怀疑经学的。其次是地域文化定位，他回到家乡会稽上虞县之后，"以为俗儒守文，多失其真，乃闭门潜思，绝庆吊之礼，户牖墙壁各置刀笔"，才著有《论衡》。①会稽离洛阳很远，如果没有蔡邕去把他的书带到长安，可能人家还不知道有个王充呢，所以他是站在经学主流外面的一种写作。南宋吕祖谦把朱熹和陆九渊组织到江西铅山鹅湖寺，就"为学工夫"进行辩论，吕祖谦不是朱熹也不是陆九渊，他是融合了两者的"道问学"和"尊德性"，同时又对中原的文献学用力极深，退居金华办丽泽书院，倡导"讲实理、育实才而求实用"的学风。他异于朱熹，不是属于主流文化的核心部分，但又兼容多端而使浙东文化变得很深厚。黄宗羲、万斯同他们是搞史学的，但是万斯同去修《明史》的时候是以布衣的身份，审定史稿贡献最大，但不愿意当官，不署衔，不受俸，因为他怀念明朝，以遗民自居，守节不仕。清朝初年就有这样一批为文化守节义的人，他们就不像后来的纪晓岚那样带有一点御用性质。所以浙东之学这种重史学、重气节的特点，对鲁迅等现代作家有着不容忽视的深刻影响。

文学地理情结的形成，还紧密地联系着民族、家族以及文人外任贬官一类地理迁徙，其中有对从这个地域到那个地域的民俗反差的感受和精神体验。这种文学地理学的角度，甚至可以用来考察王安石变法和司马光复出后全面否定新法的元祐更化，以及由此形成的新旧党争。过去的研究往往从政治的角度去分析，分析他们政见的不同，一个要改革，一个要保守祖宗的遗训，这主要是一种前进或倒退的时间维度。文学史或者文化史的研究除了时间维度之外，还有一个层面丰富的空间维度。除了政见不同之外，新旧党派之间实际上还存在着南北的问题，即南方家族和北方家族的问题。就是说王安石周围这些人都是江西福建人，像吕惠卿和后来的蔡京都是福建仔，曾布也就是曾巩的弟弟，是江西人。南丰曾氏和王安石的家族存在亲戚关系，曾巩的姑妈就是王安石的外祖母。曾巩和王安石是无话不可谈的朋友，所以在王安石开始变法的时候，曾巩就劝他不要搞那么大的动作，王安石不听。神宗皇帝问曾巩，王安石这个人怎么样，曾巩讲了八个字："勇于为事，吝于改过。"所以王安石当参知政事也就是副宰相的时候，曾巩就要求到外地去

<hr>

① 《后汉书》卷四十九《王充传》，中华书局1965年版，第1629页。

当官，当了十几年州通判或者知州后才回汴京，也就没有卷入这场党争。曾巩的弟弟曾布跟他同一科考上进士，和吕惠卿一块变成了王安石的左右手，后来曾布一直当到宰相，跟蔡京不和，结局很惨，被《宋史》归入奸臣传。王家、曾家还有个吴家，这三家是江西南丰、临川的三个家族，互相联姻。曾家在两宋时期出了 51 个进士，是个很大的家族。司马光周围的人多是北方的家族，北方的家族安土重迁，晚唐五代这么乱他们都不走，乡里望族，根基深厚，同时也趋于守成、保守。南方的家族是从北方迁移过去的，王安石的上五代可能是太原王氏，从太原南迁过来的。不要小看"迁移"两个字，对一个家族而言，迁移是大事，迁移就是家族性格。一个家族迁移到新地方就必须具有开拓性、冒险性甚至有投机性，潮汕人跑到南洋去，或者山东人闯关东，出不出去、闯不闯，就是一个家族的性格。这样形成的文学地理情结包含多个层次，一个是作家的轨迹问题，一个是家族的问题，一个是地域文化的问题，一个是文化中心转移的问题，从而为文学研究的古今贯通提供丰厚的文化资源。

　　第三个古今贯通的渠道，是对精神谱系的梳理。谱系学本是一门研究家族渊源和历史的学问，郑樵《通志》说："自隋唐而上，官有簿状，家有谱系。"[1] 五代两宋以后，亡族门阀制度衰落，衍化为《百家姓》和族谱。英语则称谱系学为 genealogy。这里借用为知识领域的精神传承和演化。由于中国历史很长，作家及其流派很多，人们在评判他们的时候往往对之进行精神谱系的定位和分类。比如说道的系统，就有尧舜禹汤、文武周公、孔孟程朱的道统传承。文的系统有韩柳欧苏等唐宋八大家，以及桐城派的方、刘、姚，曾国藩中兴桐城派而开辟湘乡派。诗的系统比如说陶谢王孟韦柳的山水田园诗，以及江西诗派以杜甫和黄庭坚、陈师道、陈与义为"一祖三宗"。中国人的历史意识甚浓，在知识领域也利用精神导向和风格类型来疏通血脉，探索源流。金代的作家元好问作有《论诗绝句》30 首，过去的研究都觉得他的《论诗绝句》，好像文学史家一样，在做系统的诗歌史批评，是文学批评史上重要的史料。由此忽视了一点，实际上元好问写《论诗绝句》的时候 28 岁，28 岁的诗人还没有到四平八稳作文学史的时候，他有很深的"中州情结"，是在清理"中州"诗脉，寻找自己的精神源头。《论诗绝句》不是从《诗经》、《楚辞》讲起，而是从汉魏写起："汉谣魏什久纷纭，正体无人

---

① 郑樵：《通志》（一），浙江古籍出版社 1988 年影印本，第 439 页。

与细论。谁是诗中疏凿手，暂教泾渭各清浑。"他以"诗中疏凿手"自命，疏凿出汉朝乐府和建安风骨这种"中州诗"的源头，另外他还把《敕勒歌》作为又一个源头："慷慨歌谣绝不传，穹庐一曲本天然。中州万古英雄气，也到阴山敕勒川。"《敕勒歌》是北齐斛律金所唱的鲜卑语歌谣。[①] 像元稹、元好问都是鲜卑族的拓跋氏后人，鲜卑族在北魏时期改用一百多个汉姓，他的王族拓跋氏就姓"元"。很明显，元好问把北方少数民族的歌谣和汉魏时期乐府歌谣，以及建安风骨加以疏通开凿，作为自己的精神谱系的源头。清代已有诗人感觉到元好问《论诗绝句》有"南北之见"，但他采取反对的态度，其实若从精神谱系学上考察，对理解中华文化共同体的汉胡互化、南北融合，是大有裨益的。

我们研究现代文学也应该注意古今贯通的精神谱系。比如京派作家往往从陶渊明，或者从晚明小品中寻找精神源头。废名讲周作人，用"渐进自然"四个字来形容这位"知堂先生"，说他好像在拿一本自然教科书在做参考。"渐进自然"这个词，如果我们要追踪的话，它是哪里来的？原来是陶渊明给他的外祖父，东晋时候名士孟嘉写的传记里面说的。[②] 其中写到孟嘉好饮酒，但不乱性情，任怀得意，寄情悠远。大将军桓温问他："酒有什么好处，你为什么这样嗜好？"孟嘉回答："只是明公您不知酒中趣味罢了。"又问他听歌妓音乐，为什么"丝不如竹，竹不如肉"，丝竹管弦那些乐器，都比不上人的歌喉，回答就是这"渐进自然"四字。魏晋的名士风度，讲究摆脱礼法束缚，思想行为也就追求随任自然。但是京派作家使用"渐进自然"这个词，就改变了陶渊明的原意，就是说他接受了陶渊明同时又改变了陶渊明，而使陶渊明的这个话更近于道家的"道法自然"的思想体系。精神谱系研究在古今贯通中，既考察文化基因的遗传，又考察文化基因的变异。看到一个现代作家推崇某些古代作家，就要考察他接受了什么，推崇了什么，误读了什么，他在推崇中加入了什么私货，在误读中流失了什么成分，他侧重于哪一方面，又遮蔽了哪一方面。在文化基因的增删得失中可以窥见精神史的复杂曲折的变迁脉络。陶渊明的外祖父的名士风度，不可能完全照搬到现代北京名教授周作人的日常生活中，周作人在进行精神对位的时候，

---

① （宋）郭茂倩：《乐府诗集》卷八十六，中华书局 1979 年版，第 1212 页。

② 陶渊明：《晋故征西大将军长史孟府君传》，《陶渊明集笺注》，袁行霈撰，中华书局 2003 年版，第 490—492 页。

必然由于时代和个人的差异而对陶渊明有所误读。所以我们在古今的贯通之中要看到精神谱系的贯中不贯、通中不通之处，要看到龙生九子，存在着许多肖与不肖的复杂形态。

第四条渠道是对历史疑似的升华。中国历史悠久，治乱更迭，合久必分，分久必合，盛久转衰，衰极重振，表现了一种百折不挠的异常坚韧的生命力。在多种多样的盛衰治乱之间，出现了某些历史相似点和可疑点。作家或借古讽今，或以古拟今，增加了写作的自由度和精神深度。同时，历史上世俗文风随社会稳定和王纲解纽而起伏，引来后世文人指认为心理同构而发生共鸣。周作人 1932 年在辅仁大学作过一个《中国新文学的源流》的讲演，认为中国古代"言志"和"载道"两股文学潮流互相起伏，造成了一部中国文学史。而晚明公安竟陵派的文学运动，与五四新文学运动很有些相像的地方，胡适之的"八不主义"复活了明末公安派"独抒性灵，不拘格套"和"信腕信口，皆成律度"的主张。只不过又多加了西洋的科学哲学各方面的思想，遂使两次运动多少有些不同了。而在根本方向上，则仍无多大差异处。① 这就使周作人从明末公安派文章中，感受到历史的相似性和精神同构性。钱钟书就在《新月》杂志发表文章和周作人辩论，说"言志"和"载道"不是一个思潮的问题，而是一个文体的问题。"诗言志，文载道"，所以诗人要写文章的话，也是载道的；文章家要写诗的话，也是言志的。② 钱钟书的分析带有更多的学院派特点，周作人的说法却更带有思潮派或者文学运动者的一种自我论证的特点。查考周作人交代，他凭什么理由讲"言志"和"载道"此起彼伏形成了中国文学史呢？他说，他根据的就是《三国演义》开头那句"合久必分，分久必合"历史循环论的格言，他从历史的盛衰分合中，感受到跟过去的时代的共鸣点。

时代共鸣点固然由于这些时代存在某些相似性或同构现象而产生，同时也由于作家的立场、观念和个性有异，共鸣的层面和共鸣的方式存在诸多差别。鲁迅就觉得他所处的 20 世纪二三十年代还是在宋末，读五代、南宋、明末的野史，惊心动魄于和现今民国的状况"何其相似之甚"③。所以他的杂文中常把宋朝末年、明朝末年的野史和现实的怪现状相比较，体验他的那个

---

① 周作人：《中国新文学的源流》，华东师范大学出版社 1995 年版，第 57 页。
② 钱钟书：《"中国新文学的源流"》，载 1932 年 11 月《新月月刊》第四卷第四期。
③ 鲁迅：《华盖集·忽然想到》，《鲁迅全集》第 3 卷，人民文学出版社 1981 年版，第 17 页。

时代特点，揭露黑暗社会的吃人筵席、专制政治的剥皮酷刑、动乱时世的屠杀暴行。鲁迅的历史透视眼光是非常犀利和深邃的，他曾经设想："可以择历来极其特别，而其实是代表着中国人性质之一种的人物，做一部中国的'人史'。"① 因此他在《故事新编》中写了女娲补天、后羿射日、大禹治水、墨子反对侵略战争、宴之敖者以及眉间尺的复仇。后来他又说："近几年我想看看古书，再来做点什么书，把那些坏种的祖坟刨一下。"② 于是写了《采薇》、《出关》和《起死》等历史速写，调侃伯夷、叔齐等古代贤人和老子、庄子等思想家，针砭当时社会避世、空谈和泯灭是非的思想作风，并且以古今杂糅的叙事时空方式开拓了以古讽今的历史小说杂文化的潮流。

施蛰存则在都市灯红酒绿中体验怪异，他喜欢李长吉李贺，说李长吉"使我爱不忍释"，他年轻的时候模仿李长吉做了很多诗词怪句险句。这种敏于险怪的精神结构，使他在接受西方思潮的时候，格外垂青弗洛伊德精神分析法这着险棋。他把西方思潮和中国典籍相联系，在写都市生活的时候，一再地联想到《聊斋志异》、《阅微草堂笔记》中的妖魅和鬼影。施蛰存的历史小说《将军的头》，以弗洛伊德学说解释一员猛将与一位边疆少女的生死爱情。这位猛将花惊定是唐朝平定了四川动乱的名将，他之所以长久留在我们的记忆中，是因为杜甫曾经给他写过一首题为《赠花卿》的绝妙的绝句："锦城丝管日纷纷，半入江风半入云。此曲只应天上有，人间能得几回闻。"对于这首绝句，明清时代的一些诗评家认为杜甫在讽刺花惊定的僭越，超过礼乐标准用了朝廷才有资格使用的音乐，《论语》记载，孔子反对鲁国大夫季氏用了周王才能用的八八六十四人的"八佾"舞。孔子说季氏："八佾舞于庭，是可忍也，孰不可忍也？"既然圣人早已率先垂范，反对礼乐制度上的僭越，那么被明清人奉为"诗圣"的杜甫，也要反对花惊定采用"此曲只应天上有，人间能得几回闻"的音乐标准上的僭越了。但是杜甫还写过一首诗《戏作花卿歌》来歌颂花惊定，说花惊定非常会打仗，把四川的叛乱都平定了，把叛军首领的首级都砍下来了。诗中赞扬花惊定的武功"绝世无"，"既称绝世无，天子何不唤取守东都？"指责朝廷为什么不让花惊定到中原去平定安史之乱。花惊定可能读了这首诗，感到杜甫这老诗人是知音，就请他

---

① 鲁迅：《准风月谈·晨凉漫记》，《鲁迅全集》第 5 卷，人民文学出版社 1981 年版，第 235 页。

② 鲁迅：《书信 350104 致萧军、萧红》，《鲁迅全集》第 13 卷，人民文学出版社 1981 年版，第 4 页。

来吃饭，还用非常好的音乐来招待他，如果杜甫为此还讽刺花惊定僭越，那么杜甫的心理也太不正常了。应该说这是感激花惊定的诗，同时也是一首很有感慨的诗。他为什么感慨呢？他在成都竟然听到以前只能在"天上"即长安朝廷上才能听到的音乐，可见朝廷的音乐人才、有"皇帝子弟"之称的梨园艺人风流云散，盛唐的红日已经沉没了。施蛰存的《将军的头》在题目下就引用了杜甫《戏作花卿歌》的开头两句："成都猛将有花卿，学语小儿知姓名。"显然他是赞赏花惊定，还特应补叙了花惊定有吐蕃武士的血统，他的祖父从吐蕃到长安定居，与汉人通婚，使他不能忘情于"武勇正直"的"吐蕃人的灵魂和力量"。施蛰存自述，《将军的头》"写种族和爱的冲突"。如此复杂的混血的将军，却被朝廷委派去讨伐他的祖父之邦吐蕃。他整肃军纪，杀掉一位企图玷污大唐边疆少女的部下，本人却被"少女的天真的容貌，她的深而大的眼，纯黑的头发，整齐的牙齿，凝白的肌肤"诱惑得细胞都在震动，甚至梦魇般幻见少女裸着的肉体。直到两军对阵，他被吐蕃将领砍下首级，这位"满身是血"的"没有了头的花将军"，依旧沿着溪水来到他"所系念的少女"面前，少女给他一种"漠然的调侃的态度"，使他突然感到一阵空虚而倒下去了。这种怪异凄厉的爱情结局，是带有极大冲击力的性心理和意志的审美升华，令人联想到神话中"以乳为目，以脐为口"而不改其初衷的刑天，但这无头将军已是带有弗洛伊德学派意味的刑天了。这种怪异想象与李长吉诗的险怪相通，但又何尝不是读了杜甫《戏作花卿歌》赞扬花卿武功"绝世无"，读到花卿对叛将首级采取"子璋骷髅血模糊，手提掷还崔大夫"的处理方式所产生的心灵震撼所致呢？据说杜甫这两句诗是可以令人出汗治病的。《唐诗纪事》说，有人得了疟疾，杜甫说，我的诗可以治病，你就读一读"夜阑更秉烛，相对如梦寐"。那人读了，病并没有起色。杜甫说，再读我的诗："子璋骷髅血模糊，手提掷还崔大夫。"那人读了，果然病就好了。这也说明，古代文学对人的精神产生震撼，引起共鸣的方式是多种多样的。

以上讲了古今贯通的四种渠道，是分开来讲的。实际上，既然大文学观是要展示非常开阔的文化资源、文化视野和文化逻辑，那么古今之间的联系就存在着千头万绪和千姿百态的可能，因而对之进行沟通的四种渠道就应该交叉配置，综合使用。交叉可以相互激起波澜，综合可以共同汇成巨流。最后讲一讲，大文学观把古今贯通的多种渠道进行交叉和综合之后，可能会对文学研究产生什么样的影响。

　　这里专门以古今文献中老虎的故事为例。中国的小说和文章中写了很多老虎，形成了龙为神圣、虎为威猛，或者龙为君、虎为臣的象征系统。追溯起来，上古的中原，老虎不少。我们从殷墟的甲骨文中发现一些关于猎虎的占卜，商朝的国王打到老虎，还在老虎的骨头上刻字来留念。古羌族往南迁移的这支，包括巴人，包括现在的彝族和纳西族，南移到中西部山区的这些少数民族基本上都是以虎为图腾的，这说明中国古代老虎分布的区域相当广泛。现在我们看到的关于虎的记载，比较成熟的出现在春秋战国时期。先秦时候最著名的有三个老虎：一个是《礼记·檀弓篇》里面的泰山老虎，"苛政猛于虎"中的老虎。孔夫子从泰山旁边经过的时候，看到有妇人在哭泣，说老虎吃了她家的公公、丈夫和儿子三代男人。如果我们从单纯的政治维度来看，这个故事当然是反对暴政的，泰山里有虎害，但没有苛政，所以冒险也要跑到这里来。实在是苛政猛于虎，孔子的叹息体现了仁政爱民的思想。但是我们如果放进地理的维度，可能会感觉到新的问题。这是齐鲁之地的老虎，人的政治和经济的活动迫使一部分人把家搬进了泰山，妨碍了老虎的生存环境，所以老虎和人发生了对抗。第二个有名的老虎是"三人成虎"，这是魏国的老虎，魏国就是现在山西省的南部和河南省这块地方。中原之地，老虎在城市里已经没有了，但是估计在远郊的山区里还有，要三个人传说有老虎你才相信有老虎，一个人说还不行，要三个人说，老虎逐渐稀少了但是还有，我们现在即使有十个人传说有老虎也不会相信有老虎。三人成虎，表明在中原地方人和老虎已经发生了对抗使虎远离城市，相对稀少了。第三个故事是楚国的故事，狐假虎威，是楚国的江乙对荆宣王说的。人在谈论着狐狸和老虎，人对老虎的态度看不出多少紧张和对立，老虎周围还有很多小动物奉它为百兽之王，说明他不用跟人去争食物，人是抱着一种欣赏的、静观的态度来看着它的。这是南系的老虎，楚国的老虎。这就是说，中原的老虎和长江一带的老虎，即北系老虎和南系老虎存在着与人不一样的关系。

　　为什么出现这种情况？西汉时期的《盐铁论》里面有一句话值得注意：南夷多虎象，北狄多马和骆驼。① 长安的官员和贤良文学之士在讨论盐铁和酒的管理政策的时候，说南夷多虎象，说明中原的老虎比较少了，你讲南方多就意味着北方少，南方丘陵山地，老虎还有生存空间，人迹相对稀少。因

----

　　① （汉）桓宽：《盐铁论》卷八《崇礼第三十七》，原文是："夫犀象兕虎，南夷之所多也；骡驴驼驼，北狄之常畜也。"托为周公时事。

此在北方人虎发生对抗的时候，南方丘陵地区人虎关系还保留一种山林旷野清新气息。比如说晋代干宝的《搜神记》，写了江西吉水（古称庐陵）的一个老虎。有一天一只老虎把一个会接生的老太太叼到山里一处荒僻的墓地，看见有一只母老虎正在生孩子难产，痛苦欲绝，仰头向她求救。她因为会接产，就把母老虎的三个虎崽给接产下来了。老虎把她驮回家后，隔三差五地给她叼一些小动物给她提供肉食品。你看这老虎通人性，还懂得谁会接产，而且还知道报恩，这是南方人虎关系的神秘感及人情味。另一个故事见于《刘宾客嘉话录》，刘宾客就是刘禹锡，刘禹锡被贬为广东连州刺史，后改为朗州司马当了很多年，朗州就是现在的湖南常德。他讲了一个故事，有一个老太太在山上走路的时候，碰到有一只老虎在地上爬行，爬到她面前向她有些哀求的样子伸出爪子来，爪子上钉了一根很大的芒刺。老太太帮它把芒刺拔掉了，老虎很惭愧没能马上报恩，吼几声就走了。此后每天晚上，这老虎都给老太太家里叼些兔子、狐狸、麋鹿，这老太太就过上了温饱的可以吃肉的生活了。老太太的口风不严，有一天人家看她吃得白白胖胖的，她就跟亲戚、邻居讲老虎给她叼肉的秘密。老虎可能通人性，把我们的秘密告诉人家，那还行啊，下一次叼了个死人放她家里，害得老太太就吃官司进牢房。她解释这是老虎叼来的不是我杀的人，官府就把老太太放了。回家之后那个晚上，老虎又叼小动物来了，老太太爬在墙头上说，我向虎大王叩头啦，你下次可不要叼死人来了。你看人和老虎这种知恩报恩，心灵感通的关系。你把我们秘密泄露出去，我还要给你恶作剧，开个玩笑。一个很值得注意的现象是：南系老虎总是跟老太太打交道，老太太体弱心慈，这种关系多是人情而非英雄主义的。黄山的老虎算是南系老虎了，明朝谢肇淛的《五杂俎》就把黄山的老虎写得非常吊诡。有一批文人在黄山雪峰喝酒谈闲，闻虎声而说老虎，说是有个壮士在山里看守水碓，跑进来一只老虎，把他一抓坐在自己屁股底下，把壮士吓得晕过去了。老虎看着水车在转动如飞，不知道怎么回事，就看得入迷了，忘记屁股底下坐着一个人。壮士不久就醒过来了，感到手脚被压得不能动弹，心想怎么逃跑脱身。一看，看到老虎的阳物翘翘然就在他的嘴旁边，他一口就狠狠地咬着老虎的阳物，老虎大吼一声就跑掉了。这个壮士就成为英雄，把老虎都吓跑了。所以他就评论说："古代的英雄将虎须，现在的壮士咬虎卵。"这类南系虎话具有消解英雄的功能，老虎带有小孩一般的好奇心，迷恋着飞转的水车，壮士带有懦夫式的恐惧心，在侥幸中脱险。讲述者对老虎并无恶意，对英雄反生讥诮，折射着南方民间对自然的神秘想象，以及淳朴民风中吊诡思维的幽默感。

北系虎话的思维方式倾于刚猛强悍，在人虎关系中存在着你死我活的对抗关系，因而它是宣扬英雄主义的。五胡十六国前秦方士王嘉的《拾遗记》记载曹操的儿子黄须儿曹彰非常勇武，精于击剑，射箭能够左右开弓，准确到能够射中头发。当时乐浪郡（治所在今朝鲜平壤）进贡一只斑斓大虎，关在铁笼里，强壮勇猛的人见了都胆怯几分。曹彰却把老虎尾巴拽来绕在胳膊上，把它制服得俯首帖耳，大家都佩服他的神勇。北方老虎故事中最具英雄主义气质的，莫过于《水浒传》中"景阳冈武松打虎"。宋朝罗愿的《尔雅翼》说，老虎的性情最凶猛，被人追逐，还徘徊顾步，扑杀生物只用"三跃"的方法，"三跃"达不到目的就放弃了。《水浒传》把这种"三跃说"展开为"一扑、一掀、一剪"，在景阳冈上描写了一场人虎之间千钧一发的殊死搏斗。连金圣叹也连声叫好，在三千年中独以才子的名声许给施耐庵。[①]对比南方虎话消解英雄的倾向，北方虎话的英雄主义气势在这里表现得淋漓尽致了。

当我们把这种南北两系的虎故事加进地理环境的、甚至民族民俗的视角之后，它们之间消解英雄或宣扬英雄的功能性特征就更加突出。即便同一个故事，它在南北各地的不同叙述，也相当精彩地展示了它们不同取向的特征变异。景阳冈上武松打虎那惊心动魄的"一扑、一掀、一剪"，流传到绍兴，转变为目连戏插曲"武松打虎"，鲁迅在《门外文谈》中说，甲乙两人扮戏，甲很壮乙很弱，甲扮武松乙扮老虎，武松把老虎打得要死，老虎就说，你为什么把我打得这么厉害？武松说，我不打你，你不吃掉我吗？老虎就说，我扮武松，你扮老虎。结果老虎强啊，又把武松咬得不得了。武松就责怪老虎，你为什么把我咬成这样？老虎就说，我不咬你，你不就打死我了。这种翻转式的叙事消解了英雄，人打老虎，老虎也打人，这是北方的老虎的故事南传后的变异，山东的打虎英雄到了绍兴就变味，高粱酒变成了花雕。我听过扬州评弹的"武松打虎"，说武松喝了十八碗老酒之后上冈来了，这酒劲儿一发作，他就躺在青石头上睡着了。忽然听到一阵虎吼，武松惊出一身冷汗来，到处看不见老虎，老虎则躲在灌木丛里说："嘿嘿，武松你没有看见我，我可看见你了。"老虎像个顽童一样，跟人捉迷藏。武松呢就跟老虎开打了，一躲一闪，棍子不是在松树枝上打折了，而是一棍子打到了老虎的面

---

① 《水浒传会评本》，北京大学出版社1987年版，第424页。

前，老虎歪着脑袋说："这是什么啊，是香肠吧。"咔嚓咬掉了半截棍子。清朝外蒙古，喀尔喀蒙古翻译过《水浒传》，它怎么翻译武松打虎呢？蒙古人不会用拳脚套数来打虎，蒙古好汉三个本事：骑马、射箭、摔跤，为了适应民间欣赏习惯，就把武松打虎的故事进行删节和改写。这只老虎不是一扑一掀一剪，而是一股劲儿往上扑，因为骑马民族看到老虎扑击的姿态都是往上扑。武松要徒手打虎，也不知道怎样挥拳踢脚，如果用拳打脚踢这一套，蒙古人看了不过瘾。于是就这样转译：老虎一下子用两只前爪搭在武松的肩膀上，武松就抓住老虎的两条前腿斯打起来，这种打虎套路就是蒙古式摔跤。然后摔来摔去，景阳冈上竟然还有个水坑，武松就揪住老虎的两只耳朵把老虎按到了水坑里，在水坑里把它淹得奄奄一息，用脚踏瞎它的双眼，然后拿棍子把它打死了。①蒙古喀尔喀译本的变异，表明民族视野改写了武松，也改写了老虎，但它还保留了北系虎话的英雄主义特质。

地理因素是一种混合因素，混合着自然生态状况、民族生存情境和民间风俗信仰，因而它的加入，就把老虎区分出北系的和南系的，民族的和民间的多种多样的形态。尤其是时代推进和阶级矛盾激化，也使老虎形态发生深刻的变化。现代文学中《林海雪原》的老虎，和改变成现代京剧《智取威虎山》的"打虎上山"的老虎，都属于北系的老虎。《林海雪原》的老虎，杨子荣上山之后遇上老虎，把马吓得屁滚尿流，杨子荣用匕首扎在松树上架起步枪向老虎射击，第一枪打去是个臭子弹，没有打响，老虎扑过来，杨子荣又射出几发子弹，直到老虎扑到他面前，才用手枪一枪从它的嘴里把它的天灵盖打破。这是类似电影的慢镜头，把紧张的打虎场面放大，以跌宕曲折、险象丛生来衬托人物的坚定、机警和善于应对突发险境的大智大勇。至于京剧《智取威虎山》的"打虎上山"，杨子荣高唱着"穿林海越雪原，气冲霄汉！抒豪情寄壮志面对群山。愿红旗五洲四海齐招展，哪怕是火海刀山也扑上前。"他在过人的肝胆中输入革命情怀，当"虎啸渐近，马惊失蹄"的紧急时刻，能够"机警地观察虎的动向，转身隐蔽树下，看准时机，敏捷跃起，连发数枪，虎哀鸣死去"。这里采用与慢镜头相反的简化镜头，强化了革命英雄主义的抒情，那个老虎简直不经打，"它撞到我枪口上了"。既然剧名是《智取威虎山》，那么"打虎上山"的首场亮相，就具有象征的意义：

①　蒙古喀尔喀《水浒传》译本，转引自扎拉嘎《比较文学：文学平行本质的比较研究》，内蒙古教育出版社 2002 年版，第 80 页。

入山前的打虎为入山后的打"虎",立一个高地步;山前此虎的命运为山里群"虎"的命运作了铺垫性的预示。革命因素的介入,使北系虎话的英雄主义变得更明朗、热烈和腔调高昂,古代被老虎碰上的打虎英雄也就变成现代的主动找"老虎"来打的英雄。经过这种阐释已经不难发现,人类社会文化的发展,使老虎成为一种内在分裂的老虎。它面对的不仅是各种各样的地理面貌、环境生态,而且是各种各样的与之打交道的人,打了许多交道使它吃亏还不算,还要七嘴八舌地对它说三道四。如果老虎也能说话,也有话语权,它定会反唇相讥:你们是在说我吗,是在说你们自己。我分南北两系,是由于你们分为南人和北人,看来是我在消解或烘托英雄,实际是你们在恐惧中强作幽默,人与人相斗却要拿我来陪绑。你们革命了,却先拿我送上消灭反动派的祭坛。这样的老虎已经是人的视线中的老虎,以后我难产死了也不找人来接产,免得生下虎崽再给你们提供话柄。

　　以上粗略地讲了古今贯通的四种渠道:原型思维,地理情结,精神谱系,以及历史疑似,并且借助虎故事的多样性考察四种渠道交叉使用的综合效应。这四种渠道兼顾了文学研究古今贯通的时间和空间维度,兼顾了特定文化因子在不同时空中的衍变轨迹,兼顾了恒久性的民族潜意识和随机性的时代感受的心理结构。要使这四种渠道能够深探文学发展的玄机,并且贯通起来能够畅通无阻,就不能套用一些僵化的或者只知其皮毛的,从外面搬来而未作消化的、有时难免隔靴搔痒的概念,把自己框住。古今贯通应是一种学问家兼思想家的贯通,以学问家涵盖广大,以思想家穿透深湛,不拘泥于用一些陈陈相因或莫名其妙的概念去套千姿万态的文学生命,不为图简便而牺牲精彩。读作品,首先要解放悟性,从书中读出自己的生命感觉来,尊重自己的第一印象。如此持之以恒,步步深入地储备学养,水到渠成地以融融流水荡开各种古今融通的渠道,展现文学研究的一派新风光。所以古今贯通首先是一种智慧和生命的贯通,是一种大文学观、大文化观的贯通。

2006 年 5 月 16 日讲演于上海复旦大学;

5 月 30 日讲演于湖南师范大学文学院;

7 月 4 日至 8 月 9 日根据录音整理修订。

[作者单位:中国社会科学院文学研究所]

东汉文人地理分布的变化与文学风貌的变迁

陈　君

内容提要：秦汉时期，关中地区一直是当时的政治、文化中心。随着东汉迁都洛阳，政治、文化中心逐渐转移到中原地区，东汉文人的地理分布也呈现出自西向东转移的趋势。东汉前期，关中文人在文坛上占据优势地位，班固、贾逵、傅毅等的同题共作对文坛风尚有重要的指引作用。光武明章时期的重要政治事件、文化现象如迁都、符瑞、北伐等，在关中文人的创作中都有反映。东汉中期，作家地理分布呈现多元化的趋势。来自全国各地的文人，以其不同的文化背景、学术素质共同塑造了东汉中期多样化的文学风貌。到了东汉后期，关东作家显著增加，河南一带作家的数量尤其多，这种趋势一直延续到魏晋时期。

关键词：东汉文学　文化重心　文人地理分布

秦汉时期，咸阳和长安所在的关中地区一直是当时的政治、文化中心。随着东汉迁都洛阳，政治、文化中心逐渐转移到中原地区，东汉文人的地理分布也呈现出自西向东转移的趋势。当然，这一历史进程并非一蹴而就。在东汉前期文坛上，关中文人占有绝对优势，他们无论在创作数量上还是作品质量上都居于领先地位。和帝初年，随着班固、傅毅的辞世，关中文人的优势地位开始削弱。随后，来自关中、江汉、蜀地、河朔等地区的一批新的文人登上文坛，改变了东汉前期关中文人的优势地位，东汉中期文人的地理分布随之呈现多元化的趋势。到了东汉后期，关东文人所占的比例继续增加，主要来自河南、河朔、关陇、河西、吴越、江汉等地区，这种趋势一直延续到魏晋时期。伴随着东汉文人地理分布的变化，东汉文学也因之呈现出不同的历史风貌，下面试分期述之。

一　东汉前期关中文人的优势地位

　　从东汉前期作家的地理分布来看，冯衍、杜笃是京兆杜陵人，班彪、班固父子是扶风安陵人，贾逵、梁鸿是扶风平陵人，傅毅是扶风茂陵人，王隆是冯翊云阳人①，杜抚是犍为资中人②，朱勃是扶风人③，梁竦是安定朝那人，崔骃是涿郡安平人，杨终是蜀郡成都人，王充是会稽上虞人，桓谭是沛国相人，夏恭是梁国蒙人，陈元是苍梧广信人。④ 可以清楚地看到，来自关中地区的作家占据了优势地位。

　　关中文人优势地位的形成，与关中地区深厚的文化传统密不可分。众所周知，西汉文学的发展经历了一个由藩国到朝廷的过程。汉武帝之前，长安作为西汉的首都，是当时的政治中心。但文化重心却不在中央，而在地方尤其是关东诸国。当时士人流动频繁，如吴王刘濞门下的邹阳、枚乘等，梁孝王门下的羊胜、公孙诡、邹阳、枚乘、严忌、司马相如等（邹阳和枚乘先游吴，后游梁）。其中，羊胜、公孙诡和邹阳来自齐地，严忌和枚乘来自吴地，司马相如来自蜀地。这些游士的存在虽然繁荣了地方学术与文化，却不利于中央集权。一些士人甚至和诸侯王结合起来对抗中央政府，如淮南王刘安门下的游士"妄作妖言阿谀王"，⑤ 怂恿刘安背叛中央。汉武帝采用主父偃的建议，颁布"推恩令"，逐步削弱诸侯王的封国和剥夺他们的置吏权，使他们没有能力也没有权力来吸引游士。同时"罢黜百家"⑥、独尊儒术，吸纳郡国士人到中央来，如梁孝王门下的文人司马相如、武将韩安国等先后来到长安。汉初中央政府和诸侯王对士人的争夺，

---

　　① 据《隋书》卷三十五《经籍志·别集类》，梁有《王隆集》二卷，亡。
　　② 《后汉书》卷七十九下《儒林·杜抚传》云杜抚为犍为武阳人，此处依《华阳国志》，考辨见拙作《东汉文学札记》，待刊。
　　③ 《后汉书》卷二十四《马援传》载"前云阳令同郡朱勃诣阙上书"，为马援申冤。马援为扶风茂陵人，知朱勃亦为扶风人。据《隋书》卷三十五《经籍志·别集类》，梁有云阳令《朱勃集》二卷。
　　④ 据《隋书》卷三十五《经籍志·别集类》，梁有司徒掾《陈元集》一卷。《后汉书》卷三十六《陈元传》云"（陈）元后复辟司徒欧阳歙府"，故称司徒掾。
　　⑤ 《史记》卷一百一十八《淮南王长附子安传》。
　　⑥ 《汉书》卷六《武帝纪赞》。

最终以中央政府的胜利告终。①

　　武帝以后，长安与关中地区的学术、文化日益繁荣，可以用聚书之多、学者之众、文人之盛来概括。《汉书》卷三十《艺文志》云："汉兴，改秦之败，大收篇籍，广开献书之路。迄孝武世，书缺简脱，礼坏乐崩，圣上喟然而称曰：'朕甚闵焉！'于是建藏书之策，置写书之官，下及诸子传说，皆充秘府。"刘歆《七略》曰："百年之间，书积如山。外则有太常、太史、博士之藏，内则有延阁、广内、秘室之府。"② 成帝时命刘向等校理群籍，"向辄条其篇目，撮其指意，录而奏之"，是为《别录》。后向子歆继承父业，"总群书而奏其《七略》"。③ 班固在此基础上编成《汉书·艺文志》，成为对古代典籍、文献的重要总结。随着武帝重儒，经师和儒生也日渐增多。汉武帝时，"公孙弘以《春秋》白衣为天子三公，封以平津侯。天下之学士靡然乡风矣"。武帝又兴建太学，立《五经》博士，博士各以师法教授，于是"公卿大夫士吏斌斌多文学之士矣"。④ "昭帝时，举贤良文学，增博士弟子员满百人，宣帝末，增倍之。元帝好儒，能通一经者复。数年，以用度不足，更为设员千人，郡国置五经百石卒史。成帝末，或言孔子布衣养徒三千人，今天子太学弟子少，于是增弟子员三千人"。⑤ 关中地区不仅学术文化繁荣，更活跃着一大批来自全国各地的文人，武帝时有司马相如、虞丘寿王、东方朔、严助等，宣、元、成时期则有王褒、刘向、扬雄、刘歆等文人。所有这些因素，使关中成为当时文化最发达的地区。

　　在两汉之间的战乱中，关中文人为了逃难，主要流向陇右与河西。割据陇右的是隗嚣集团。赤眉军攻入长安，更始败亡后，"三辅耆老士大夫皆奔归器"。⑥ 学者文人如郑兴、杜林、申屠刚、金丹、班彪皆在其周围。占据河西的窦融集团也有很高的文化水平，班彪初投隗嚣，后转投窦融；⑦ 王隆亦

　　① 于迎春先生曾论述述汉初游士之风由盛转衰的过程及其与诸侯王势力衰微的同步忙。参见于著《秦汉士史》第二章"汉初社会由武向文的转化及诸侯—游士时代的真正结束"，北京大学出版社2000年11月第一版，第33—60页。
　　② 此处引文综合了《文选》卷三十八任彦昇《为范始兴作求立太宰表》李善注及《汉书·艺文志》如淳注。
　　③ 以上两处引文见《汉书》卷三十《艺文志》。
　　④ 《史记》卷一百二十一《儒林传》。
　　⑤ 《汉书》卷八十八《儒林传》。
　　⑥ 《后汉书》卷十三《隗嚣传》。
　　⑦ 关于班彪等对河西文化的贡献，参见刘跃进《班彪与两汉之际的河西文化》一文，载《齐鲁学刊》2003年第1期。

"避难河西，为窦融左护军"。①随着光武帝扫平群雄，统一天下，分散到各地的士人逐渐聚集起来。《后汉书》卷七十九上《儒林列传》云："先是四方学士多怀协图书，遁逃林薮。自是莫不抱负坟策，云会京师，范升、陈元、郑兴、杜林、卫宏、刘昆、桓荣之徒，继踵而集。"由于东汉定都洛阳，文化中心随之东移，关中文化的繁荣局面难以为继。但关中地区文化底蕴深厚，加之东汉前期两个重要外戚扶风平陵窦氏与茂陵马氏都出自这个地区，其文化仍然保持着一个较高的水平。正如曹道衡先生所指出的："关中地区的学术和文化从汉武帝以后直到东汉前期，一直是比较兴盛的。"② 东汉前期涌现出的众多关中文人是一个明证。

值得注意的是，东汉前期作家多出自文化大族。如杜陵冯氏、杜陵杜氏、安陵班氏等，或以武功显、或以文法著、或以外戚盛，炳焕辉煌，闻名西京。但因光武帝对非嫡系势力或归顺较晚的士人采取怀疑和抑制的态度，这些大族在东汉初年都濒于衰微。对于新王朝他们只有一个选择，就是积极寻找机会以维持门户、重振家声。如杜笃曾因请托交游入狱，在狱中上《吴汉诔》方被释放，又作《论都赋》，然未引起重视，后"仕郡文学掾，以目疾，二十余年不窥京师"，曾感叹道："杜氏文明善政，而笃不任为吏；辛氏秉义经武，而笃又怯于事。外内五世。至笃衰矣！"③ 又如冯衍为保持政治地位，与外戚卫尉阴兴、新阳侯阴就交结，得为诸王聘请；后受到沛王辅案件的牵连，险些被杀。经过这一次打击，冯衍不得不"西归故郡，闭门自保，不敢复与亲故通"。④ 建武三十一年（公元 55 年）冯衍又上疏自陈，光武帝仍置之不理。而才高如班彪者也不过做到望都长。因为政权更迭、世事变迁，关中旧族既不能建功立业，又不能凭借文学才能光大门庭，便陷入了个人的苦闷，产生了杜笃《首阳山赋》⑤、冯衍《显志赋》、班固《幽通赋》等感慨身世、抒发情志的作品。

明帝时期兰台文人兴起，所谓"孝明之世，征兰台之官，文雄会聚"。⑥今天可考的有任职兰台经历的文人计有班固、贾逵、傅毅、杨终四人，前三

---

① 《后汉书》卷八十上《文苑·王隆传》。
② 曹道衡：《关中地区与汉代文学》，载《文学遗产》2002 年第 1 期，第 11 页。
③ 以上两处引文见《后汉书》卷八十上《文苑·杜笃传》。
④ 《后汉书》卷二十八上《冯衍传上》。
⑤ 从《首阳山赋》表达的思想来看，当作于建武年间杜笃"西归故郡"之时。
⑥ 《论衡》卷二十《须颂篇》。

人都来自关中，[1] 这说明关中文人的文学才能得到了东汉政府的承认。

这一时期，关中文人的创作主题是颂扬汉德与祥瑞。班固在永平年间所作的《答宾戏》里写道："方今大汉，洒埽群秽，夷险芟荒。廓帝纮，恢皇纲。基隆于羲农，规广于黄唐。其君天下也，炎之如日，威之如神，函之如海，养之如春。是以六合之内，莫不同源共流，沐浴玄德，禀仰太和，枝附叶著。"[2] 以极富感情的笔调讴歌了东汉的盛世之局。在庙堂之作中，班固等关中文人更为自觉地承担了"振大汉之天声"[3] 的历史任务。永平十七年（公元 74 年），傅毅、贾逵、班固、杨终、侯讽等作《神雀赋》，这是一次同题共作的盛事。《论衡》卷二十《佚文篇》："永平中，神雀群集，孝明诏上爵颂。百官颂上，文皆比瓦石。惟班固、贾逵、傅毅、杨终、侯讽五颂金石，孝明览焉。"文学史上的同题写作，除了传疑的汉武帝柏梁台联句以外，这次算是比较早的。《论衡》卷二十《须颂篇》还记载："又《诗》颂国名《周颂》，与杜抚、固所上《汉颂》相依类也。……陈平仲纪光武，班孟坚颂孝明，汉家功德，颇可观见。……孝明之时，众瑞并至，百官臣子不为少矣，唯班固之徒称颂国德，可谓誉得其实矣。颂文谲以奇，彰汉德于百代，使帝名如日月，孰与不能言，言之不美善哉？"[4] 王充将班固的《汉颂》与《诗经·周颂》相提并论，认为他们的作品使汉德彰于百代，帝名垂如日月，功莫大焉。

明帝时期，关中文人与东汉宗室交往密切。贾逵就是因为刘复的引荐才得到明帝重视，《后汉书》卷三十六《贾逵传》云："时有神雀集宫殿官府，冠羽有五采色，帝异之，以问临邑侯刘复，复不能对，荐逵博物多识。帝乃召见逵，问之。对曰：'昔武王终父之业，鸑鷟在岐，宣帝威怀戎、狄，神雀仍集，此胡降之徵也。'帝敕兰台给笔札，使作《神雀颂》，拜为郎，与班固并校秘书，应对左右。"后来刘苍上《光武受命中兴颂》，明帝命贾逵为作训诂；[5] 永平中，宗室刘复"与班固、贾逵共述汉史，傅毅等皆宗事之"。[6] 这

① 笔者另撰有《论汉代兰台文人及其文学活动》一文，待刊。

② 《文选》卷四十五班固《答宾戏》。

③ 《文选》卷五十六班固《登燕然山铭序》。

④ 据《后汉书》卷二十四《马援传》，永平十五年，明帝召见马严，"有诏留仁寿闼，与校书郎杜抚、班固等杂定《建武注记》"，杜抚《汉颂》或作于此时。

⑤ 《后汉书》卷四十二《光武十王传》："（刘）苍因上《光武受命中兴颂》，帝甚善之。以其文典雅，特令校书郎贾逵为之训诂。"

⑥ 《后汉书》卷十四《齐武王缜附子北海靖王兴传》。

些交往活动有力促进了当时学术、文化的繁荣。

章帝时期，政治宽松、主上好文。在礼乐建设的背景下，学术活动与文学创作呈现繁荣景象，所谓"建初郁郁，增修前绪，班固司籍，贾逵述古，崔骃颂征，傅毅巡狩，文章焕烂，粲然可观"。① 班固、贾逵、傅毅三人曾受诏同作《连珠》，西晋傅玄《叙连珠》曰："所谓连珠者，兴于汉章之世。班固、贾逵、傅毅三子受诏作之。"② 这有力促进了"连珠"文体的发展。

同时，外戚马氏的势力开始壮大，对关中文人产生了不小影响。建初三年（公元 78 年），马防为车骑将军，煊赫一时，史载"防兄弟贵盛，奴婢各千人以上，资产巨亿，皆买京师膏腴美田，又大起第观，连阁临道，弥亘街路，多聚声乐，曲度比诸郊庙。宾客奔凑，四方毕至，京兆杜笃之徒数百人，常为食客，居门下。刺史、守、令多出其家。岁时赈给乡间，故人莫不周洽"。③ 当时，关中学者文人与外戚马氏交往密切，如李育在建初元年（公元 76 年）被卫尉马廖举"方正，为议郎。后拜博士"；④ 傅毅为车骑将军马防军司马；⑤ 杜笃亦依附之，"女弟适扶风马氏"。⑥ 建初三年（公元 78 年）马防以车骑将军击西羌，请杜笃为从事中郎，在当时引起了轩然大波。第五伦上疏曰："闻防请杜笃为从事中郎，多赐财帛。笃为乡里所废，客居美阳，女弟为马氏妻，恃此交通在所，县令苦其不法，收系论之。今来防所，议者咸致疑怪，况乃以为从事，将恐议及朝廷。今宜为选贤能以辅助之，不可复令防自请人，有损事望。"⑦ 第五伦的上疏未能阻止杜笃成为马防的从事中郎，但杜笃却在建初三年（公元 78 年）"战殁于射姑山"⑧。其后，建初八年（公元 83 年）诸马就国，傅毅亦"免官归"。⑨

---

① 东汉人所作阙题《颂》，载《文馆词林》卷六百九十九，见唐许敬宗编、罗国威整理《日藏弘仁本〈文馆词林〉校证》，中华书局 2001 年版，第 486 页。

② 《文选》卷五十五陆士衡《演连珠五十首》李善注引。《艺文类聚》卷五十七所引《连珠》，有西汉扬雄之作。曹道衡先生认为，《艺文类聚》成书在李善《文选注》以前，但其引傅玄语有"而蔡邕、张华之徒又广焉"，张华年辈幼于傅玄，《艺文类聚》文字有误。见曹道衡、刘跃进著《先秦两汉文学史料学》，中华书局 2005 年版，第 262 页。兹从之。

③ 《后汉书》卷二十四《马援传》。

④ 《后汉书》卷七十九下《儒林·李育传》。

⑤ 《后汉书》卷八十上《文苑·傅毅传》："车骑将军马防，外戚尊重，请毅为军司马，待以师友之礼。"

⑥ 《后汉书》卷八十上《文苑·杜笃传》。

⑦ 《后汉书》卷四十一《第五伦传》。

⑧ 《后汉书》卷八十上《文苑·杜笃传》。

⑨ 《后汉书》卷八十上《文苑·傅毅传》。

和帝初年，班固、傅毅等转入窦宪幕府。《后汉书》卷八十上《文苑·傅毅传》载："永元元年，车骑将军窦宪复请毅为主记室，崔骃为主簿。及宪迁大将军，复以毅为司马，班固为中护军。宪府文章之盛，冠于当世。""宪府文章"与兰台文人一样以关中文人为主体，二者的渊源关系清晰可辨：如以北伐为题材，班固、傅毅作有《窦将军北征颂》，这是明帝时期兰台文人同作《神雀颂》的遗风；在写作思路上，班固、傅毅等所作赋、颂，虽以赞美外戚窦宪为主，但并未忘记颂述汉德。

总之，关中文人对东汉前期文学的面貌影响巨大。就文学题材而言，光武明章时期的重要政治事件、文化现象如迁都、符瑞、北伐等，在关中文人的创作中都有反映。在创作形式和文学风格上，班固、贾逵、傅毅等的同题共作如《神爵颂》、《汉颂》、《连珠》等，褒美汉德、颂扬主上，对文坛风尚有重要的指引作用。同时，关中文人的流向是东汉前期文人聚散分合的重要标志，无论是兰台文人还是"宪府文章"都说明了这一点。

二　东汉中期文人地理分布的多元化

东汉前期作家主要来自三辅地区，和、殇、安、顺时期，随着地方经济、文化的发展，文人不但在数量上增多，地理分布的空间也更加广阔了。在东汉中期，关中文人的优势地位被打破，除关中地区外，来自江汉、蜀地、河朔的文人开始增多，文人地理分布呈现多元化的趋势。

和、安时期，一批新的文人开始登上文坛，他们改变了东汉前期关中文人的优势地位。来自南方的年纪稍大的李尤和年轻的黄香首先进入文坛的中心，再稍后一些，刘珍、苏顺、葛龚、史岑、张衡、崔瑗、马融等登上文坛。其中，刘珍、苏顺的年辈还在张衡、崔瑗、马融等之前，因为永元十三年（公元 101 年）贾逵去世时，苏顺、刘珍分别撰有《贾逵诔》[①] 和《贾逵碑》[②]，刘珍又有《赞贾逵诗》，[③] 说明他们在公元 101 年前后已迈入文坛。元兴元年（公元 105 年），崔瑗作《和帝诔》，次年作《清河王诔》。延平元年（公元 106 年），张衡作《陈公诔》，也开始进入文坛。永初元年（公元

---

① 《初学记》卷二十一。
② 《北堂书钞》卷一百。
③ 《北堂书钞》卷一百，逯钦立辑入《先秦汉魏晋南北朝诗·汉诗》卷五。

107 年）史岑作《出师颂》，后又作《和熹邓后颂》①。此外，葛龚在"和帝时，以善文记知名"②，马融在永初二年（公元 108 年）为邓骘所辟用，③ 同时的文人还有刘毅、邓耽、尹兑等。④ 关于东汉中期文坛的盛况，曹丕《典论》云："三辅学有俊才，茂陵马季长、同郡曹伯师、梁葛元甫、南阳张平子、南郡胡伯始、安定胡节等，文冠当世也。"⑤ 明确指出了东汉中期文人地理分布多元化的特点。

与文人分布多元化这一现象同时出现的，还有东汉中期以后（包括后期）文人数量的剧增，以及文人创作热情的高涨。笔者认为，这些情况的出现，主要是由以下几个方面的因素促成的。

一是都城洛阳文化辐射面的扩大与地方经济文化的发展。东汉迁都洛阳后，政治、文化重心东移。长安偏处西方，而洛阳处于"天下之中"⑥，对于东部和南方地区的文化辐射与西汉相比要便利许多。从崤函帝宅到河洛王里的变化，既便于东汉王朝对天下郡国的统治和管理，也有利于中央与地方的经济、文化交流。同时，以"蜀郡文翁"、"九江召父"⑦ 为代表的两汉循吏，促进了偏远地区的开发，使地方经济、文化逐步赶上中原地区，这是东汉中期以后文人地理分布呈现多元化的最为重要的时代背景。

二是东汉的文化教育非常发达，官学和私学都极其繁荣，培养了一大批有创作潜质的文人。以太学而言，永建六年（公元 131 年）秋九月，顺帝采纳翟酺的建议，重新"缮起太学"⑧，更修黉宇，共造构 240 房，1850 室。"自是游学增盛，至三万余生"。⑨ 三万多太学生"在东汉 5600 多万人口中约占 0.53‰"，⑩ 所占比例是相当高的。而民间私学也十分发达，"若乃经生所处，不远万里之路；精庐暂建，赢粮动有千百。其著名高义，开

---

① 此颂或作于元初五年（公元 118 年）邓后薨时。
② 《后汉书》卷八十上《文苑·葛龚传》。
③ 《后汉书》卷六十上《马融传》。
④ 《后汉书》卷八十上《文苑·刘毅传》载刘毅在元初元年"上《汉德论》并《宪论》十二篇。时刘珍、邓耽、尹兑、马融共上书称其美，安帝嘉之，赐钱三万，拜议郎。"邓耽、尹兑被列于刘珍与马融之间，表明二人年辈要早于马融。
⑤ 这段话没有提到崔瑗等人，或许是曹丕一时疏忽。
⑥ 《史记》卷四《周本纪》。
⑦ 《汉书》卷八十九《循吏·召信臣传》。
⑧ 《后汉书》卷六《顺帝纪》。
⑨ 《后汉书》卷七十九上《儒林传序》。
⑩ 《中华文明史》第二卷，北京大学出版社 2006 年版，第 155 页。

门受徒者，编牒不下万人"。① 如张兴，弟子自远至者，著录且万人；曹曾，门徒三千人；牟长，诸生讲学者常有千余人，著录前后万人；宋登，教授数千人；杨伦，弟子至千余人；魏应，弟子自远方至，著录数千人；楼望，诸生著录九千余人；张玄，弟子著录千余人；蔡玄，门徒常千人，其著录者万六千人。② 儒家经典的熏陶提高了士人的文化素质，为他们从事创作提供了必要的知识储备。正如《文心雕龙·才略篇》所云"雄向以后，颇引书以助文"，伴随着儒家经典对文学作品渗透的进一步深入，文人创作的热情也日益高涨。

三是游学、游宦之风盛行，大大促进了知识传播的速度、广度与深度。学与宦本密不可分，子夏就说过"仕而优则学，学而优则仕"③ 的话，《礼记·曲礼上》也有"宦学事师"的说法。东汉中期以后，游学与游宦更加紧密地结合起来。《后汉书》卷七十九《王符传》云："自和、安之后，世务游宦，当涂者更相荐引。"所谓游宦，就是交游以求宦达。其中浮华者众，成就者少。王符《潜夫论·赞学》云："当世学士恒以万计，而究途者无数十焉……是故无董、景之才，倪、匡之志，而欲强捐家出身旷日师门者，必无几矣。"有些人甚至放弃了正常的学业，专务交游结党。袁宏《后汉纪》卷十五《殇帝纪》云："自顷以来……俗吏繁炽，儒生寡少。其在京师，不务经学，竞于人事，争于货贿。""竞于人事，争于货贿"是游宦生活不光彩的一面，但可能也是更多人选择的方式。在这样的时代环境里，不同阶层的人口流动加快了，不同背景的知识传播也加快了，这为文人创作和文风交流提供了有利的土壤。

为了清晰地展现东汉中期文坛多元化的风貌，下面我们按照地域逐一考察。先看关中地区。安、顺时期羌乱的发生，对关中地区破坏巨大，但关中文化并未遭到毁灭性打击，三辅仍号"多士"。④ 东汉中期，来自关中地区的文人有扶风班昭、马融、窦章、曹众，京兆苏顺。

班昭，字惠班，一名姬，扶风安陵人，博学有高才。她先后受到和帝、邓后的重用，是和、安时期典型的宫廷文人。班昭之兄班固撰写《汉书》，尚未完成八表与《天文志》就去世了。班昭受和帝之命在东观藏书阁踵续其

---

① 《后汉书》卷七十九下《儒林传论》。
② 以上见《后汉书》卷七十九《儒林列传》。
③ 《论语·子张篇》。
④ 《后汉书》卷八十上《文苑·苏顺传附曹众传》。

事，后又教授马融《汉书》；每被诏入宫，皇后、诸贵人师事之，尊称为"大家"。班昭雅擅文章，四方每有贡献异物，常作赋、颂。据《后汉书》卷八十四《列女·曹世叔妻传》记载，班昭著赋、颂、铭、诔、问、注、哀辞、书、论、上疏、遗令凡十六篇，其中《东征赋》收入《文选》卷九。此外，班昭曾为刘向《列女传》、班固《幽通赋》作注，又有《女诫》七篇，成为后代女学的重要教材。

马融字季长，扶风茂陵人，将作大匠马严之子，为人美辞貌，有俊才，博通经籍，三入东观，著赋、颂、碑、诔、书、记、表、奏、七言、琴歌、对策、遗令，凡二十一篇。① 其《广成颂》见于范晔《后汉书》，《长笛赋》见于《文选》卷十八。马融又是重要的经学家，曾著《三传异同说》，又注《孝经》、《论语》、《诗》、《易》、《三礼》、《尚书》、《列女传》、《老子》、《淮南子》、《离骚》等。

窦章，字伯向，扶风平陵人，是东汉开国元勋安丰侯窦融的玄孙。② 窦章"少好学，有文章"，③ 官至大鸿胪。他"谦虚下士，收进时辈，甚得名誉"，又入东观，仕宦显达，广交名士，"与马融、崔瑗同好，更相推荐"，④ 成为关中士人的代表人物。《后汉书》本传载"贵人早卒，帝追思之无已，诏史官树碑颂德，章自为之辞"。据《隋书》卷三十五《经籍志·别集类》，梁有《大鸿胪窦章集》二卷，但窦章作品流传下来的只有一篇残缺的书信。⑤

曹众，扶风人，附见《后汉书》卷八十上《文苑·苏顺传》。曹众游宦不遇，以寿终于家，著诔、书、论四篇。⑥

苏顺，字孝山，京兆霸陵人，和、安间以才学见称。苏顺好养生术，隐处求道。晚乃仕，拜郎中，卒于官，著赋、论、诔、哀辞、杂文凡十六篇。⑦

---

① 《后汉书》卷六十上《马融传》。
② 《后汉书》卷二十三《窦融附窦章传》。
③ 同上。
④ 同上。
⑤ 《全后汉文》卷十六录有窦章《移书劝葛龚》一则："过矫仲彦论升仙之道，从苏博文谈超世之高，适马季常讲坟典之妙。所谓乔、松可与驰骛，何细疾之足患邪？"严可均自注云辑自《汝南先贤传》，然今人刘纬毅《汉唐方志辑佚》（北京图书馆出版社1997年版）所辑魏周斐《汝南先贤传》不载此条，或是严可均误系。
⑥ 《后汉书》卷八十上《文苑·苏顺传附曹众传》章怀太子注引《三辅决录注》。
⑦ 《后汉书》卷八十上《文苑·苏顺传》。

苏顺曾整理过前代高士事迹，见西晋皇甫谧《高士传序》。

关中文人在文体与风格两方面有突出贡献。马融、苏顺等以悼夭为题材的哀辞、辞赋，扩大了哀诔类文体的写作范围。这些作品中流露出的哀婉、伤感的情绪，透射出东汉中期文学抒情性逐渐加强的趋势。

西晋挚虞《文章流别论》云："哀辞者，诔之流也。崔瑗、苏顺、马融等为之，率以施于童殇夭折、不以寿终者。"可惜这些作品都没有流传下来，难以细论。苏顺另有一篇《叹怀赋》，赋云："悲终风之陨箨，条枝梢以摧伤。桂敷荣而方盛，遭暮冬之隆霜。华菲菲之将实，中夭零而消亡。童乌浚其明哲，悲何寿之不将。嗟刘生之若兹，奄弥留而永丧。"① 不难看出，赋的主旨是悲叹一位刘姓少年的早夭。作者将他喻为遭摧伤的竹苞、遇严霜的桂花，又比作扬雄早慧而夭折的儿子"童乌"，惋惜不已。从哀悼亲故这一题材来说，《叹怀赋》是继汉武帝《悼李夫人赋》之后的又一重要作品。稍晚于苏顺的马融之女马芝作有《申情赋》。② 这些作品的出现反映了东汉中期辞赋抒情性的增强，对魏晋时期以哀悼亲故为题材的辞赋产生了重要影响。后来建安七子或悲童夭、或伤故友，曹丕有《悼夭赋》，杨修、王粲有《伤夭赋》，王粲有《思友赋》；魏晋之际，向秀作有《思旧赋》，伤悼好友嵇康；西晋陆机有哀悼亡姊的《悯思赋》，又有念旧思故、感叹时光迁逝的《叹逝赋》。

关中地区虽有班昭、马融等文人，却无法继续东汉前期的盟主地位。东汉中期文学成就比较突出的是来自江汉地区的文人，如江夏黄香，南阳刘珍，南阳张衡，南郡王逸、王延寿父子。

黄香字文强，江夏安陆人，早年入东观读书。后为侍中，作《屏风铭》，事见《三辅决录》。③ 据《后汉书》卷八十上《文苑·黄香传》，黄香著有赋、笺、奏、书、令凡五篇。辞赋传世者有《九宫赋》，反映了东汉流行的谶纬思想。

刘珍字秋孙④，南阳蔡阳人，少好学。安帝永初中，以谒者仆射校书东

---

① 见《艺文类聚》卷三十四。
② 《后汉书》卷八十四《列女传》："（马）伦妹芝亦有才义，少丧亲长而追感，乃作《申情赋》云云。"
③ 载《艺文类聚》卷六十九。
④ 章怀太子注云：诸本时有作"秘孙"者，其人名珍，与"秘"义相扶，而作"秋"者多也。

观，"著诔、颂、连珠凡七篇，又撰《释名》三十篇，以辩万物之称号云"。①
刘珍当即胡广《王隆汉官篇解诂叙》提到的"公族元老"刘千秋，《后汉书》
纪、传所载安帝永初年间校书东观及其他文坛诸事，均以刘珍为首，说明刘
珍在当时文坛地位颇高。

张衡字平子，南阳西鄂人，少游学三辅。青年时代在南阳郡作幕僚，文
名已著，后任太史令、侍中，"所著诗、赋、铭、七言、《灵宪》、《应间》、
《七辩》、《巡诰》、《悬图》凡三十二篇"。② 张衡是继班固之后的又一文学大
家，具有承上启下的重要地位，他与班固合称为"班张"，或与蔡邕合称为
"张蔡"。

王逸字叔师，南郡宜城人。安帝元初中为校书郎，顺帝时为侍中，"著
《楚辞章句》行于世，其赋、诔、书、论及杂文凡二十一篇，又作《汉诗》
百二十三篇"③，传世辞赋有《荔枝赋》、《机妇赋》等。王逸子延寿，字文
考，事迹附见《后汉书·王逸传》。延寿有俊才，少游鲁国，作《灵光殿
赋》，为蔡邕所称，传世作品还有《梦赋》与《王孙赋》。

这一时期涌现的江汉文人，多有在东观读书、校书的经历。如黄香曾入
东观读未见书，刘珍、王逸曾校书东观，张衡亦曾典掌校书之事，因此他们
的文学创作具有明显的政教倾向。黄香《屏风铭》就是这样一篇典型的作
品，其文见《艺文类聚》卷六十九引《三辅决录》。清人张澍纂辑《三辅决
录》卷二云："何敞字文高，为汝南太守。和帝（原注：一作章帝）南巡过
郡，郡有刻镂屏风，为帝张设之（原注：一无之字）。命侍中黄香铭之曰：
'古典务农。雕镂伤民。忠在竭节，义在修身。'敞惧，礼贤命士，改修德
化。"④这篇十六字的《屏风铭》当是和帝永元十五年（公元103年）南巡时
黄香奉命之作，《艺文类聚》误系于章帝时。⑤ 在黄香之前，李尤也作有一篇
《屏风铭》："舍则潜避，用则设张。立必端直，处必廉方。雍阏风雅，雾露
是抗。奉上蔽下，不失其常。"⑥ 二者相较，黄香的《屏风铭》理直意深，境
界远在李尤之上。

---

① 《后汉书》卷八十上《文苑·刘珍传》。
② 《后汉书》卷五十九《张衡传》。
③ 《后汉书》卷八十上《文苑·王逸传》。《汉诗》当作《汉书》，见张政烺《王逸集牙籤考
证》。转引自陆侃如著《中古文学系年》上册，人民文学出版社1985年版，第149—150页。
④ "丛书集成初编"本，第62页。
⑤ 考辨见拙作《东汉文学札记》，待刊。
⑥ 载《艺文类聚》卷六十九。

　　黄香、张衡、王逸、王延寿父子等江汉文人的著述与写作，还显示出浓郁的地方意趣。王逸之所以撰写《楚辞章句》，并效法刘向、王褒作《九思》，很大程度上是因为乡土之情，他在《九思序》曾自陈"与屈原同土共国，悼伤之情与凡有异"。①而张衡曾任南阳太守鲍德的幕僚，作有《南阳文学儒林书赞》、《南都赋》，并为鲍德作《绥笥铭》等。此外，江汉文人的创作也流露出世俗化的特征。如张衡《骷髅赋》采用庄子寓言的形式结构全篇，反映了遨游人间之世的思想。张衡的论说文也有俳谐的意味，刘勰《文心雕龙·论说篇》云"张衡《讥世》，韵似俳说"，将其与"孔融《孝廉》，但谈嘲戏"相提并论。又如王延寿的《梦赋》与《王孙赋》，文笔恣肆、杂以嘲谑，与《鲁灵光殿赋》典雅华丽的风格迥异其趣。

　　东汉中期，来自蜀地的文人有李尤、李胜、李固等。

　　李尤字伯仁，广汉雒人，少以文章显。和帝时，侍中贾逵荐尤有相如、扬雄之风，召诣东观，受诏作赋，拜兰台令史。安帝时，李尤为谏议大夫，受诏与谒者仆射刘珍等俱撰《汉记》。著诗、赋、铭、诔、颂、《七叹》、《哀典》凡二十八篇。②传世作品主要以赋、铭为主。

　　李胜字茂通，与李尤同郡，亦有文才，为东观郎，著赋、诔、颂、论数十篇。③据《华阳国志》的记载，李胜主要生活在安、顺时期，时代略晚于李尤。李胜善为诔，曾为王祐、贾栩作诔。《华阳国志》卷十中《先贤士女总赞中》称赞李尤、李胜"两李丽采，文藻可观"。

　　李固字子坚，汉中南郑人，司徒李郃之子，"著章、表、奏、议、教、令、对策、记、铭凡十一篇"。④《隋书》卷三十五《经籍志·别集类》载后汉司空《李固集》十二卷，原注：梁十卷。据《隋志》，李固文章颇富，仅次于《班固集》十七卷，与《蔡邕集》十二卷（梁有二十卷）等。李固的文章以教体文最有特色，存世者有四篇：《恤奉高令丧事教》⑤、《祀胡毋先生

----

　　① 宋洪兴祖撰《楚辞补注》，中华书局1983年版，第314页。
　　② 《后汉书》卷八十上《文苑·李尤传》。
　　③ 《后汉书》卷八十上《文苑·李尤附李胜传》。
　　④ 《后汉书》卷六十三《李固传》。案：李固教体文今存四篇，加上其他八种文体，肯定超过了"十一篇"之数，《后汉书》记载有误。
　　⑤ 《文馆词林》卷六百九十九，见唐许敬宗编、罗国威整理《日藏弘仁本〈文馆词林〉校证》，中华书局2001年版，第452页。

教》①、《临荆州辟文学教》、《助展允婚教》。② 这四则"教"涉及恤亡扶济、祷祀乡贤、奖赞文学等，属地方官员宣德布教、翼赞王室之举。

来自河南地区的文人有葛龚。葛龚字元甫，梁国宁陵人，"和帝时，以善文记知名。……著文、赋、碑、诔、书记凡十二篇"。③

来自河朔地区的文人有涿郡安平崔瑗、崔琦。崔瑗仕宦道路曲折，终于济北相。他娴于文辞，尤善书、记、箴、铭，著赋、碑、铭、箴、颂、《七苏》、《南阳文学官志》、《叹辞》、《移社文》、《悔祈》、《草书势》、七言凡五十七篇。"其《南阳文学官志》称于后世，诸能为文者皆自以弗及"。④ 崔琦字子玮，与崔瑗同宗，少游学京师，以文章博通称。初举孝廉，为郎，后仕外戚梁冀，终为其所害，著赋、颂、铭、诔、箴、吊、论、《九咨》、《七言》凡十五篇。⑤ 博陵崔氏在东汉文坛上非常引人注目，所谓"崔为文宗，世擅雕龙"⑥。东汉前期，崔骃以其文采崛起于章、和之间，与班固、傅毅鼎足而三，为关中士人占据主流的文坛带来一股清新的空气；东汉中期崔瑗、崔琦继世而兴；东汉后期崔寔文采斐然，兼著子书。博陵崔氏的文才奕世反映了历史发展的趋势，它与后来的汝南应氏、陈郡谢氏、兰陵萧氏等家族一起，成为中古文学的重要景观。

东汉中期文人地理分布的多元化，改变了东汉前期关中文人占据优势的局面。来自全国各地的文人，以其不同的文化背景、学术素质共同塑造了东汉中期多样化的文学风貌。

三　东汉后期关东文人优势地位的形成

到东汉后期，文人地理分布继承了中期以来的发展趋势，关东文人的数量进一步增加。这一时期的文人主要来自河南、河朔、关陇、河西、吴越、江汉等地区。

来自河南的文人有沛郡桓麟、桓彬，陈留边韶、蔡邕，汝南应奉、应

---

①　《文馆词林》卷六百九十九，第 466 页。

②　后两则条教分别见《长沙耆旧传》、《太平御览》卷五百四十一，严可均辑入《全后汉文》卷四十八。

③　《后汉书》卷八十上《文苑·葛龚传》。

④　《后汉书》卷五十二《崔瑗传》。

⑤　《后汉书》卷八十上《文苑·崔琦传》。

⑥　《后汉书》卷五十二《崔骃传论》。

劭，陈留张升、边让，颍川刘陶。

桓麟字元凤，沛郡龙亢人，早有才惠。桓帝初为议郎，入侍讲禁中，出为许令，后因母丧悲痛而卒，年四十一，著碑、诔、赞、说、书凡二十一篇。《后汉书》卷三十七《桓荣传》章怀太子注云："案挚虞《文章志》，麟文见在者十八篇，有碑九首，诔七首，《七说》一首，《沛相郭府君书》一首。"《隋书》卷三十五《经籍志·别集类》载梁有司徒掾《桓麟集》二卷，录一卷，亡。

桓彬为桓麟之子，少与蔡邕齐名，亦善文学，举孝廉，拜尚书郎，光和元年（公元 178 年）卒于家，年四十六。蔡邕等撰碑论序其志，以为彬有过人者四，其一是"学优文丽，至通也"，知桓彬文风尚丽。桓彬的传世作品有《七设》，严可均《全后汉文》卷二十七辑有残文。

边韶字孝先，陈留浚仪人，以文章知名，教授数百人。桓帝时为临颍侯相，征拜太中大夫，著作东观。再迁北地太守，入拜尚书令。后为陈相，卒官。著诗、颂、碑、铭、书、策凡十五篇，[①] 传世作品有《河激颂》、《老子铭》等。

蔡邕字伯喈，陈留圉人，是东汉后期的文学大家，才高一世、文备众体，既擅长诗赋等文艺性文体，也擅长碑铭等应用性文体，并撰有《独断》、《十意》、《琴操》等。[②]

应奉字世叔，汝南南顿人，官至武陵太守、司隶校尉，及党锢之事起，应奉乃慨然以疾自退，追愍屈原，因以自伤，撰《感骚》三十篇，数万言。[③]应劭曾著《汉书后序》，多所述载。"又删《史记》、《汉书》及《汉记》三百六十余年，自汉兴至其时，凡十七卷，名曰《汉事》"。[④]

应劭字仲远，应奉之子，少笃学，博览多闻。灵帝时举孝廉，辟车骑将军何苗掾。中平六年（公元 184 年），拜太山太守，后奔冀州牧袁绍，撰《汉官礼仪故事》、《状人纪》、《中汉辑序》、《风俗通义》等。[⑤]《隋书》卷三十五《经籍志·别集类》载有太山太守《应劭集》二卷，注云：梁

① 《后汉书》卷八十上《文苑·边韶传》。
② 关于蔡邕著述及著录的情形，参见刘跃进《蔡邕著述考略》一文，载《古籍整理研究丛刊》2004 年第 5 辑。
③ 《后汉书》卷四十八《应奉传》。
④ 《后汉书》卷四十八《应奉传》章怀注引《袁山松书》。
⑤ 见《后汉书》卷四十八《应奉附应劭传》。

四卷。

张升字彦真，陈留尉氏人。时代在蔡邕之后人，作品《哀系》曾为西晋文学家陆机称说。[①] 张升还作有《友论》，《文选》李善注多所征引。《隋书》卷三十五《经籍志·别集类》载梁有外黄令《张升集》二卷。

边让字文礼，陈留浚仪人。少辩博，能属文，作《章华赋》。大将军何进辟署令史，官至九江太守。初平中王室大乱，边让去官还家，后为曹操所杀。[②]

刘陶字子奇，一名伟，颍川颍阴人，济北贞王勃之后。少游太学，举孝廉，除顺阳长。后为宦官所疾，下狱死。刘陶著书数十万言，又作《七曜论》、《匡老子》、《反韩非》、《复孟轲》，及上书、条教、赋、奏、书、记、辩疑，凡百余篇。[③]。

来自河朔地区的文人有涿郡崔寔、卢植，范阳郦炎，河间张超。

崔寔字子真，涿郡安平人，崔瑗之子。桓帝时召拜议郎，迁大将军梁冀司马，著作东观，出为五原太守，历位边郡，建宁中病卒，著碑、论、箴、铭、答、七言、祠、文、表、记、书凡十五篇。[④] 崔寔的传世作品有《政论》、《大赦赋》等。

卢植字子幹，涿郡涿人，建宁中征为博士，熹平四年（公元175年）拜九江太守，后征拜议郎，著作东观，迁尚书。中平初拜北中郎将，征黄巾。董卓执政后，归隐上谷，袁绍请为军师，初平三年（公元192年）卒。卢植不好辞赋，著碑、诔、表、记凡六篇。[⑤]

郦炎字文胜，范阳人，郦食其之后，"有文才，解音律，言论给捷"，[⑥]

---

① 陆机《遂志赋并序》云："昔崔篆作诗，以明道述志，而冯衍又作《显志赋》，班固作《幽通赋》，皆相依仿焉。张衡《思玄》，蔡邕《玄表》，张叔《哀系》，此前世之可得言者也。"《艺文类聚》卷二十六，严可均辑入《全晋文》卷九十六。案：陆机《序》中诸人皆称名，此处"叔"字当作"升"，盖"升"、"叔"二字行书相近而讹；又《太平御览》卷四百八十八所载张隐《文士传》"张叔序，字彦真"云云，恐亦有讹误。

② 《后汉书》卷八十下《文苑·边让传》。本传云："初平中，王室大乱，让去官还家。恃才气，不屈曹操，多轻侮之言。建安中，其乡人有构让于操，操告郡就杀之，文多遗失。"据曹道衡、沈玉成两位先生考证，"边让被杀非在建安间，而在初平三年或四年（公元192年或公元193年），得年四十余岁"，可从。见曹道衡、沈玉成《中古文学史料丛考》"汉魏卷""边让事迹与《后汉书》记事之误"，中华书局2003年版，第8页。

③ 《后汉书》卷五十七《刘陶传》。

④ 《后汉书》卷五十二《崔寔传》。

⑤ 《后汉书》卷六十四《卢植传》。

⑥ 《后汉书》卷八十下《文苑·郦炎传》。

卢植《郦文胜诔》称其"自龀未成童，著书十余箱。文体思奥，烂有文章"。① 郦炎有《见志诗》两篇，《古文苑》卷五又载郦炎《对事》、《遗令书》四首。②

张超字子并，河间鄚人，留侯张良之后，雅有文才，著赋、颂、碑文、荐、檄、笺、书、谒文、嘲，凡十九篇，③ 其作品以应用性文体居多，如荐、檄、笺、谒文等都属于公文。《隋书》卷三十五《经籍志·别集类》载梁有《别部司马张超集》五卷，亡。

来自关陇地区的文人有京兆赵岐，弘农杨彪，陇西秦嘉，汉阳赵壹，安定皇甫规。赵岐字邠卿，京兆长陵人，作品有《蓝赋》等，又著《孟子章句》、《三辅决录》，传于后世。④ 杨彪字文先，弘农华阴人，杨震之曾孙，曾参与撰写《东观汉记》。秦嘉字士会，陇西人，为上计吏，与妻徐淑告别，作《赠答诗》，在五言诗史上具有重要地位。⑤ 赵壹字元叔，汉阳西县人，光和初举郡上计，十辟公府，并不就。赵壹早年恃才倨傲，为乡党所摈，乃作《解摈》，后又作《刺世疾邠赋》等。⑥《隋书》卷三十五《经籍志·别集类》载梁有上计《赵壹集》二卷，录一卷，亡。皇甫规字威明，安定朝那人，"著赋、铭、碑、赞、祷文、吊、章表、教令、书、檄、笺记，凡二十七篇"。⑦ 据《隋书》卷三十五《经籍志·别集类》，梁有《司农卿皇甫规集》五卷。

来自河西地区的有敦煌侯瑾、张奂。侯瑾字子瑜，敦煌人，曾作《矫世论》以讥切当时，"以莫知于世，故作《应宾难》以自寄。又案《汉记》撰中兴以后行事，为《皇德传》三十篇，行于世。余所作杂文数十篇，多亡失"。⑧ 侯瑾的《皇德传》可以视为《东观汉记》在下层知识分子中的回响。

---

① 《北堂书钞》卷九十九引。
② 清孙星衍《岱山阁丛书》九卷本。
③ 《后汉书》卷八十下《文苑·张超传》。
④ 《后汉书》卷六十四《赵岐传》。
⑤ 关于秦嘉生平的考证，参见李炳海《〈古诗十九首〉写作年代考》一文，载《东北师范大学学报》1987 年第 2 期。
⑥ 《后汉书》卷八十下《文苑·赵壹传》。
⑦ 《后汉书》卷六十五《皇甫规传》。
⑧ 《后汉书》卷八十下《文苑·侯瑾传》。

张奂字然明，敦煌渊泉人，[①]"著铭、颂、书、教、诫、述志、对策、章表二十四篇"。[②] 此外，张奂还作有《遗令》一篇。

来自江东地区的有吴郡高彪，会稽韩说、魏朗，广陵刘琬、臧洪。高彪字义方，吴郡无锡人，少游太学，"后郡举孝廉，试经第一，除郎中，校书东观，数奏赋、颂、奇文，因事讽谏，灵帝异之"，[③] 后迁内黄令，病卒于官，文章多亡。韩说字叔儒，会稽山阴人，"博通《五经》，尤善图纬之学。举孝廉。与议郎蔡邕友善。数陈灾眚，及奏赋、颂、连珠"。[④] 魏朗字少英，会稽上虞人，后党事起，窦武等被诛，"朗以党被急征。行至牛渚，自杀。著书数篇，号《魏子》云"。[⑤] 刘琬，太史令刘瑜之子，"传瑜学，明占候，能著灾异"，[⑥] 又善文章，传世有《神龙赋》、《马赋》等。臧洪字子源，广陵射阳人，汉末为大将军何进幕府长史，所撰《与陈琳书》壮烈慷慨，为汉末名作。[⑦]

来自江汉地区的有南郡胡广，南阳朱穆、延笃。胡广字伯始，南郡华容人，"初，杨雄依《虞箴》作《十二州》、《二十五官箴》，其九箴亡阙，后涿郡崔骃及子瑗又临邑侯刘騊駼增补十六篇，广复继作四篇，文甚典美。乃悉撰次首目，为之解释，名曰《百官箴》，凡四十八篇。其余所著诗、赋、铭、颂、箴、吊及诸解诂，凡二十二篇"。[⑧] 朱穆字公叔，南阳宛人，"著论、策、奏、教、书、诗、记、嘲，凡二十篇"。[⑨] 其中，《崇厚论》与《绝交论》皆

---

① 《后汉书》卷六十五《张奂传》云奂"敦煌酒泉人"，实当作敦煌渊泉人，陈垣先生云："按酒泉郡名作非县名，当作渊泉。胡三省注《通鉴》云：'奂，敦煌渊泉人。'（刘乃和案：见《通鉴》五十六《汉纪》永康元年十月条）胡所见本，尚未伪也。《汉志》敦煌郡有渊泉县，《晋志》作深泉，盖避唐讳。章怀本亦当作深，后人习闻酒泉之名，妄改为酒耳。"见陈著《史讳举例》卷六，第五十七"不知为避讳而妄改前代地名例"，上海书店出版社1997年版，第74页。

② 《后汉书》卷六十五《张奂传》。东汉后期言志风气甚盛，与张奂《述志》同类的作品有郦炎《见志诗》、仲长统《乐志论》。

③ 《后汉书》卷八十下《文苑·高彪传》。

④ 《后汉书》卷八十二下《方术·韩说传》。

⑤ 《后汉书》卷六十七《党锢·魏朗传》。

⑥ 《后汉书》卷二十四《刘瑜附刘琬传》。

⑦ 《后汉书》卷五十八《臧洪传》。臧洪《与陈琳书》，陈寿《三国志》与范晔《后汉书》所载繁简不同、文字各异，严可均辑《全后汉文》为求完备，将陈、范二书文字合录之。具体分析见吴金华《晋写本〈魏志·臧洪传〉残卷初探》一文，载吴著《古文献研究丛稿》，江苏教育出版社1995年版，第98—106页。

⑧ 《后汉书》卷四十四《胡广传》。

⑨ 《后汉书》卷四十三《朱穆传》。

是矫时之作。据《隋书》卷三十五《经籍志·别集类》，梁有益州刺史《朱穆集》二卷，录一卷。延笃字叔坚，南阳犨人，"博通经传及百家之言，能著文章，有名京师。……所著诗、论、铭、书、应讯、表、教令，凡二十篇"。①

此外，刘梁为东平宁阳人。刘梁字曼山，一名岑，汉宗室子孙，少孤贫，卖书于市以自资，"常疾世多利交，以邪曲相党，乃著《破群论》"，又著《辩和同之论》。②

不难看出，到了东汉后期，关中文人占优势地位的局面已彻底改变——来自关中地区的文人只有赵岐与杨彪。赵岐所撰《三辅决录》，品评关中耆老与节义之士，在序言中流露出淡淡的哀愁，对三辅旧日光荣的逝去充满惋惜与留恋，从一个侧面反映了关中文化的衰落。与关中地区一样处于衰势的还有蜀地。东汉初年，蜀地文化仍然处于前列，杨终的史笔与赋颂、杜抚的《诗》学与文采均为一时之选，可谓承西汉扬雄兼善学术与文学之遗风。东汉中期，又有李尤、李胜、李固等才学兼善。但在东汉后期文坛上，蜀地文人的成就不但和西汉司马相如、王褒、扬雄等相去甚远，和东汉前、中期也无法相提并论。

随着关东地区经济的发展、文化的普及，来自河南、河朔、吴越地区的文人明显增多，显示出东汉文学重心的东移。

河南文人有两个突出特点，一是在河南诸郡中，陈留郡为一文才聚集之地。边韶、边让出于陈留浚仪，蔡邕来自陈留圉县，张升为陈留尉氏人，仅此四人已可说明后汉陈留文才之盛。二是世家大族逐步由经学转向文学，如桓麟、桓彬以及应奉、应劭父子相继、文采奕世。沛郡龙亢桓氏自桓荣以下，世传《欧阳尚书》，桓麟曾祖桓荣、祖父桓郁、叔父桓焉，都是帝师。汉代名臣多出桓氏门下，如张禹为桓荣门生，杨震、朱宠为桓郁门生，黄琼、杨赐为桓焉门生。至桓麟、桓彬，沛郡龙亢桓氏开始由经学转向文学。汝南应氏以应奉、应劭为开端，"自汉至魏，世以文章显，轩冕相袭，为郡盛族"，③魏晋时期出于应氏的重要作家有应玚、应璩、应贞等。与沛郡桓氏、汝南应氏相类似的还有弘农杨氏，杨氏世传《欧阳尚书》，自杨震以下，

---

① 《后汉书》卷六十四《延笃传》。
② 《后汉书》卷八十下《文苑·刘梁传》。
③ 《晋书》卷九十二《文苑·应贞传》。

四世三公，与汝南袁氏并称。到了汉末，杨彪之子杨修文辞艳发，显名于汉魏之间，也反映出这个家族好尚文学的趋势。

东汉后期还有一个显著特点，就是郡国文人的兴起。这里所说的郡国文人，是指仕宦于郡国的文人。他们没有在中央任职的经历，而是在郡国担任低级的职务，如张升任陈留郡的掾史，曾受太守之命作《白鸠颂》；① 郦炎也担任了州郡官吏，而且作品数量巨大，"自龀未成童，著书十余箱。文体思奥，烂有文章"，② 其中《见志诗》慷慨悲歌、咏史明志，已远于"汉音"而近于"魏响"。总的来看，郡国文人的创作因为较少官方的束缚，能够相对自由地表达思想和意见，更多真性情的成分，这在一定程度上塑造了东汉后期文学疏放、尚情的风貌。

郡国文人的兴起，是值得注意的历史现象。我们知道，两汉文学与先秦有许多不同，其中一点是两汉时代的作品逐渐有了主名，这与汉代文人对著作权的日益重视有关。同时，学者、作家为获得认可与声誉，就不得不来到首都。西汉以及东汉前、中期文人多有仕宦中央的经历，而他们的学术、文学获得承认和声誉，也是在长安和洛阳实现的。长安、洛阳作为国家的政治、文化中心，藏书机构众多，便于保存学术著作与文学作品。反之，郡国缺少中央这样优越的条件，地方文人的作品很难保存下来。许多例子也证明了这一点，如西汉梁孝王门下的文人羊胜、公孙诡等就没有作品流传后世，扬雄《与刘歆书》中讲到的林间翁孺，其著述也没有保存下来。东汉时代亦然，王充《论衡》卷二十九《案书篇》中讲到的"东番邹伯奇、临淮袁太伯、袁文术、会稽吴君高、周长生"等人，虽然是"能知之囊橐，文雅之英雄也"，其事迹与著作流传下来的很少。王充本人也是如此，他的《论衡》到东汉末年藉蔡邕、王朗等人才得以流传中原。又如扶风曹众因仕宦不达，所作《汉颂》也没有保存下来。有一些作家做了地方官，如果死在任上，作品也容易散佚，如高彪为内黄令，"病卒于官，文章多亡"。

但另一方面，东汉时期郡书、地志大兴，搜集与保留地方文献逐渐形成

---

① 《太平御览》卷九百八十一张升《白鸠颂并序》曰："陈留郡有白鸠，出于郡界。太守命门下赋，曹史张升作《白鸠颂》曰：'厥名枭鸠，貌甚雍容。丹青绿目，耳象重重。'"宋李昉等编《太平御览》，中华书局据上海涵芬楼影印宋本复制重印，1960年版，第4册，第4088页上。

② 《北堂书钞》卷九十九引东汉卢植《郦文胜诔》。《后汉书》卷八十下《文苑·郦炎传》云炎"灵帝时，州郡辟命，皆不就"，似未尽合事实，孙星衍"岱山阁丛书"九卷本《古文苑》卷五载郦炎《遗令书》四首，云："陈留韩府君，察我孝廉，陈留杨使君，辟我右北平从事、从事祭酒。"则郦炎或曾出仕。

传统。《隋书》卷三十三《经籍志》云："后汉光武，始诏南阳，撰作风俗，故沛、三辅有耆旧节士之序，鲁、庐江有名德先贤之赞。"郡书以褒扬先贤、敦厉风俗为目的，所谓"敦教学以移情性，表德行以厉风俗"。①《后汉纪》卷二十一载桓帝永兴元年（公元153年）十一月，"太尉袁汤致仕。汤字仲河。初为陈留太守，褒善叙旧，以劝风俗。……乃使户曹吏追录旧闻，以为《耆旧传》。"户曹吏掌管户籍，对先贤人物较为熟悉，故得撰《耆旧传》。《隋志》载"《陈留耆旧传》二卷，汉议郎圈称撰"，这里的《陈留耆旧传》，或与《后汉纪》所载为一书。蔡邕曾为作碑铭的圈叔则，恐即是陈留圈氏一员。到东汉后期，随着文化下移于家族、普及于地方，地方文人可以借助碑铭、郡书、地志传名后世，拥有了自己的评价体系，不需要再借助中央的势力。这就是东汉后期郡国文人兴起的背景之一。

综上所述，东汉文人地理分布的变化反映了东汉文学重心东移这个大的趋势。东汉前期，关中文人在文坛上占据优势地位，对东汉前期文学面貌影响巨大。在文学题材上，光武明章时期的重要政治事件、文化现象如迁都、符瑞、北伐等在关中文人的文学创作中都有反映。在创作形式和风格上，班固、贾逵、傅毅等的同题共作对文坛风尚有重要的指引作用。东汉中期，作家地理分布呈现多元化的趋势。来自全国各地的文人，以其不同的文化背景、学术素质共同塑造了东汉中期多样化的文学风貌。到了东汉后期，关东作家显著增加，河南一带作家的数量尤其多。这种趋势延续到魏晋时期，来自河南的作家进一步增多，如"竹林七贤"、潘岳、夏侯湛等，河南文人遂蔚为大观。

［作者单位：中国社会科学院文学研究所古代室］

---

①　仲长统《昌言·损益篇》，载《后汉书》卷四十九《仲长统传》。

"阮公"与"惠孙":陶渊明《咏贫士》
诗末明人物考实

范子烨

内容提要：本文通过对相关史料的辨析，考证了出现于陶渊明的组诗《咏贫士》中的两个未明人物，证明"阮公"为阮修，"惠孙"为孙钟。阮修作为西晋后期的名士，其清谈雅论与文采风流均影响于当时；后者作为东汉后期东南地区的富商，为江东孙氏之霸业开疆奠基。文章指出，"阮公"其人之郁而不明，是由于相关史料的残缺，而"惠孙"其人之难窥真面，则不仅由于史料的不足，而且由于陶渊明有意采取了一种隐晦的指称方式。这种指称方式的运用，既与纬书的影响有关，也是由陶渊明父、母两系先人与孙吴政权的特殊关系决定的。同时，本文又考订陶诗所说的"西关"乃是函谷关的别称。

关键词：阮公　西关　惠孙　指称方式　纬书

"阮公"和"惠孙"是出现在陶渊明的组诗《咏贫士》七首中的两个未明人物，[①] 由于相关史料的残缺，后人难以窥见其庐山真面，因而成为陶渊明研究史中的悬案。兹略陈管见，以就教于方家。

---

① 见袁行霈《陶渊明集笺注》，中华书局 2003 年版，第 364—379 页。本文征引陶渊明作品依据此本。

"阮公"为阮修说

"阮公"见于《咏贫士》诗其五:

> 袁安困积雪,邈然不可干。阮公见钱入,即日弃其官。刍藁有常
> 温,采莒足朝飧。岂不实辛苦? 所惧非饥寒。贫富常交战,道胜无戚
> 颜。三德冠邦闾,清节映西关。

子烨案:宋李正民《大隐集》卷十《和尹叔见寄》诗其二:"郑太田多犹乏
食,阮公钱入便辞官。"后一句乃化用陶诗"阮公"、"即日"二句,并非别
有所据。古直《陶靖节诗笺定本》卷之四:"阮公事未详。"[1] 唐修《晋书》
卷四十九《阮籍传》:[2]

> 阮籍字嗣宗,陈留尉氏人也。

阮籍在晋宋时代虽然被人们尊称为阮公,但其平生并无因婚娶钱入而弃官
之事,所以此诗中的"阮公"绝非阮籍。《晋书·阮籍传》附《从子修
传》曰:

> 修字宣子。……修居贫,年四十余未有室,王敦等敛钱为婚,皆名
> 士也,时慕之者求入钱而不得。

阮宣子有高名于世,所以人们乐于资助他成家,[3] 这里说"王敦等敛钱为
婚","时慕之者求入钱而不得",正与陶诗"阮公见钱入"一句相合,但传
世之唐修《晋书》以及其他有关晋人之旧史并无关于阮修钱入弃官一事的记
载。值得注意的是,《晋书》虽记载了人们资助阮宣子成家一事,却并未提

---

① 台湾广文书局 1964 年版。
② 本文征引二十四史依据北京中华书局校点本。
③ 《太平御览》卷七五八:"魏景初中所铸《妒记》曰:'武历阳女嫁阮宣子,无道妒忌,禁婢
瓯覆盘盖,不得相合。"'"铸"当为"著"之讹。此文难解,当有脱漏,附志于此,谨供参考。中华
书局 1960 年影印本。

及他本人对此事的态度。这种反常的情况并非修史者一时疏忽所致，而实则由于我们今日所见到的各家《晋书》有关阮宣子的文字材料已有比较严重的阙文。此种阙文的存在，导致了人们对传主生平事迹的不同解释乃至种种疑问。元牟巘《陵阳集》卷二十二《张刚父助婚疏》曰：

> 昔阮宣子当长年而受室，若晋名流，争先至以出钱，固非直贺娶之辞，盖亦古劝婚之意。

而明人张萱对此事却深表不解，他在《疑耀》卷五"阮宣子敛钱为婚"条中指出：

> 晋阮宣子居贫，四十余未有室，王敦等敛钱为婚，皆名士也，慕之者求入钱而不得。固是宣子胜事，然以王敦而与敛钱，不无损于匪人，岂当其时敦恶尚未著耶？然其家思旷、谢幼舆诸人皆逆睹之，而宣子独不知，何也？至其时有求入钱而不得者，其人亦自有致，宣子奈何拒之？后王敦为鸿胪卿，谓宣子无食，鸿胪丞差有禄，宣子竟从其命，为鸿胪丞。此与阿兄遥集不肯与温太真同受顾命，便跌一着，且宣子素不喜见俗人，遇即舍去，何至与王敦周旋乃尔？大不及其家思旷以酒废职也。然宣子固可儿，何至向王敦作活？其为鸿胪丞也，岂如思旷所云，既不能躬耕自活，必有所资，故曲躬为忧生计耶？

但是，陶公当年所读的《晋书》和《晋纪》，[①] 其中却可能有关于阮修钱入弃

---

① 此二书陶公之《四八目》各引用一次。笔者以为《四八目》乃陶渊明所作，但学术界亦多有持异议者，兹略陈于下。文渊阁《四库全书》本（下引该本古籍不再注明）明梅鼎祚《北齐文纪》卷三阳休之《陶集序录》曰："余览陶潜之文，辞采虽未优，而往往有奇绝异语，放逸之致，栖托仍高。其集先有两本行于世，一本八卷无序；一本六卷并序目，编比颠乱，兼复阙少。萧统所撰八卷，合序目诔传，而少《五孝传》及《四八目》，然编录有体，次第可寻。余颇赏潜文，以为三本不同，恐终致忘失。今录统所阙，并序目等，合为一帙十卷，以遗好事君子焉。"据此可知，南北朝人公认《四八目》为陶潜之作，而对此事在清代以前亦无持异议者。案《四库全书总目》卷一百四十八"陶渊明集"八卷："晋陶潜撰。案北齐阳休之序潜集行世凡三本，一本八卷无序，一本六卷有序目，而编比颠乱，兼复阙少。一本为萧统所撰，亦八卷，而少《五孝传》及《四八目》。《四八目》即《圣贤群辅录》也。休之参合三本，定为十卷，已非昭明之旧。又宋库《私记》称《隋书·经籍志》潜集九卷，又云梁有五卷，录一卷，《唐志》作五卷。庠时所行，一为萧统八卷本，以文列诗前，一为阳休之十卷本，其他又数十本，终不知何者为是。晚乃得江左旧本，次第最为伦贯，今世所

官的记载。另一方面，相关的记载也可能见于有关陈留的地方志，如《陈留志》等书。《四八目》"商山四皓""园公"下，陶公自注曰：

> 姓园名秉，字宣刊，陈留襄邑人。常居园中，故号园公。见《陈留志》。

行即庠称江左本也。然昭明太子云潜世近，已不见《五孝传》、《四八目》，不以入集，阳休之何处续得？且《五孝传》及《四八目》所引《尚书》自相矛盾，绝不出于一手，当必依托之文，休之误信而增之。以后诸本虽卷帙多少，次第先后，各有不同，其窜入伪作，则同一辙，实自休之所编始。庠《私记》但疑'八儒'、'三墨'二条之误，亦考之不审矣。今《四八目》已经睿鉴指示，灼知其赝，别著录于子部类书而详辨之。其《五孝传》文义庸浅，绝非潜作，既与《四八目》一时同出，其赝亦不待言，今芈删除。惟编潜诗文，仍从昭明太子为八卷，虽梁时旧第今不可考，而黜伪存真，庶几犹为近古焉。"子烨案：萧统编纂八卷本《陶渊明集》，未收录《五孝传》和《四八目》，不等于他未见过这两部作品，更不足以说明其非陶公所作。阳休之所说的六卷本陶集虽然已经失传，但我们可以推断该本也未收《五孝传》和《四八目》。四库馆臣何不以此为说耶？又《四库全书总目》卷一百三十七"《圣贤群辅录》二卷"："一名《四八目》，旧附载《陶潜集》中。唐宋以来相沿引用，承讹踵谬，莫悟其非，迄以编录遗书，始蒙睿鉴高深，断为伪托，臣等仰承圣训，详悉推求，乃知今本潜集为北齐仆射阳休之编。休之序录称其集先有两本，一本六卷，排比颠乱，兼复阙少，萧统所撰八卷，又少《五孝传》及《四八目》，今录统所阙，并序目等合为十卷。是《五孝传》及《四八目》实休之所增，萧统旧本无是也。统序称深爱其文，故加搜校，则八卷以外不应更有佚篇，其为晚出伪书，已无疑义。且集中《与子俨等疏》称子夏为'孔子四友'，而此录'四友'乃为颜回、子贡、子路、子张；又《五孝传》引'孝乎惟孝，友于兄弟'之文句读，尚从包咸《注》，知未见古文《尚书》，而此录'四岳'一条乃引孔安国《传》，其出两手，犹自显然。至书以《圣贤群辅》为名，而鲁'三桓'，郑'七穆'，晋'六卿'，魏'四友'以及仕莽之唐林、唐遵，叛晋之王敦，并列简编，名实相迕，理乖风教，亦绝非潜之所为。昔宋庠校正斯集，仅知'八儒'、'三墨'二条为后人所窜入，而全书之赝竟不能明。潜之受诬已逾千载，今逢右文圣世，得以辨别而表章之，使白璧无瑕，流光奕叶，是亦潜之至幸矣。"自乾隆皇帝发布此"睿鉴指示"开始，世人便视《四八目》为伪托赝作，故两江总督陶澍虽为陶公之后人，他在《圣贤群辅录序》中亦公然宣称《四八目》为"伪作"，乃"北齐以前人所依托"，但其内心深处的真实看法却未必如此，故陶澍编《靖节先生集》将《四八目》编为附录（卷九、卷十），而将上引《四库全书总目》之文列于其前。令人不解的是，近现代之学者大都秉承乾隆皇帝的旨意和四库馆臣的观点，基本上将《四八目》摈弃于陶渊明研究的视野之外。1966 年 9 月，潘重规在《新亚学术年刊》第 7 期发表了《圣贤群辅录新笺》一文，不仅批驳了"睿鉴指示"的错误，而且与陶公诗文相印证，考订《四八目》确实出自陶公之手笔。据此，陶公诗文的某些现代注本，如杨勇的《陶渊明集校笺》（香港吴兴书局 1971 年版），袁行霈的《陶渊明集笺注》等，正式将《四八目》和《五孝传》纳入陶公本集，从而恢复了十卷本陶集的旧观。

案《隋书》卷三十三《经籍志》："《陈留志》十五卷，东晋剡令江敞撰。"①陶公对陈留人物是非常熟悉的。如《四八目》"八顾"："太常陈留圉夏馥，字子治。""八厨"："北海相陈留巴吾秦周，字平王。""陈留相东平寿张张邈，字孟卓。""二十四贤"："征士陈留申屠蟠，字子龙。""竹林七贤"："始平太守陈留阮咸，字仲容。""中朝八达"："陈留董昶，字仲道。""陈留阮瞻，字千里。""陈留谢鲲，字幼舆。"而阮宣子也是陈留人。因此，陶诗"阮公"、"即日"二句必有史料依据，而诗中之"阮公"必为阮宣子无疑。②阮宣子是西晋时代著名的清谈家，在当时文化界很有影响。《晋书·阮修传》：

> ……好《易》《老》，善清言。尝有论鬼神有无者，皆以人死者有鬼，修独以为无，曰："今见鬼者云著生时衣服，若人死有鬼，衣服有鬼邪？"论者服焉。③后遂伐社树，或止之，修曰："若社而为树，伐树则社移；树而为社，伐树则社亡矣。"④……王衍当时谈宗，自以论《易》略尽，然有所未了，研之终莫悟，每云"不知比没当见能通之者不"。衍族子敦谓衍曰："阮宣子可与言。"衍曰："吾亦闻之，但未知其鼍鼍之处定何如耳！"及与修谈，言寡而旨畅，衍乃叹服焉。

又《世说新语·文学》第十八条：

> 阮宣子有令闻，太尉王夷甫见而问曰："老、庄与圣教同异？"对曰："将无同？"太尉善其言，辟之为掾。世谓"三语掾"。卫玠嘲之曰："一言可辟，何假于三？"宣子曰："苟是天下人望，亦可无言而辟，复何假一？"遂相与为友。

---

① 《隋志》又载："《陈留耆旧传》二卷，汉议郎圈称撰。""《陈留耆旧传》一卷，魏散骑侍郎苏林撰。""《陈留先贤像赞》一卷，陈英宗撰。""《陈留风俗传》三卷，圈称撰。"参见孙启治、陈建华《古佚书辑本目录》，中华书局 1997 年版，第 172 页、第 191—192 页。
② 龚斌曰："'阮公'二句，其人其事不详。按，李华《陶渊明诗文注释考补》疑指王敦为阮修敛钱为婚事（见《陶渊明新论》）。然检《晋书·阮修传》，王敦为修敛钱为婚，修实受之，时修居贫无官，作官尚在其后；且修避乱南行，亦未言弃官。故阮公非指阮修。"见《陶渊明集校笺》，上海古籍出版社 1996 年版，第 321 页。
③ 此事又见《世说新语·方正》第二十二条。
④ 此事又见《世说新语·方正》第二十一条。

同时，阮宣子任性不羁，追求脱俗之美，《晋书·阮修传》：

> 性简任，不修人事。绝不喜见俗人，遇便舍去。意有所思，率尔褰
> 裳，不避晨夕，至或无言，但欣然相对。常步行，以百钱挂杖头，至酒
> 店，便独酤畅。虽当世富贵而不肯顾，家无儋石之储，宴如也。与兄弟
> 同志，常自得于林旦之间。

其挂钱杖头之雅事被载入《世说新语·任诞》（第十八条），因而流传更广，
后世文人多有津津乐道者。宋胡仔《渔隐丛话后集》卷八《杜子美四》：

> 《艺苑雌黄》云：《夔府咏怀诗》有"卜羡君平杖"之语，考之《汉
> 史》，严君平卜筮于成都市，以为卜筮。虽贱业，而可以惠众人，有邪
> 恶非正之问则依蓍龟为言，利害各因其势，道之以善，从吾言已过半
> 矣。裁日，阅数人，得百钱则闭肆下帘，而授《老子》所言，止此而
> 已。即未尝言杖。注家引阮宣子百钱挂之杖头为解，与君平全无干涉，
> 岂杜陵之误欤？

又宋周紫芝《太仓稊米集》卷五十二《群书杂嚼序》：

> 客京师者，暇则相率怀数百钱而之市，如阮宣子杖头子钱，遇物而
> 食之，唯其意，谓之杂嚼：人之嗜书，如人之嗜食，皆至死而后已。

而后代诗人亦常常将此风雅之事用为典实，如宋韩淲《郑一病中见寄和韵答
之》："爱酒阮宣杖，倦行陶令舆。"[1] 明黎民表《将之京师祗谒先陇述感一百
韵》诗："门迎王子棹，杖挂阮公钱。"[2] 皆是其例。

"至德冠邦闾，清节映西关。"这两句诗也是歌颂阮宣子的，但"西关"
在何处？案"阮公"句，丁福宝注称："未详。""清节"句，丁福宝注曰：

　　西关指田畴而言，谓清节与田子泰相辉映也。《魏志·田畴传》："董卓迁帝于长安，幽州牧刘虞叹曰：'今欲奉使展效臣节，安得不辱命之士乎？'众议咸曰田畴，虞乃备礼请与相见，大悦之。畴乃归，自选其家客与年少之勇壮慕从者二十骑，既取道，乃更上西关。"《通鉴》注："西关即居庸关。"①

田畴是东汉时代的名士，他也确实与西关有关，且为陶公所推重，如《拟古》九首其二曰："辞家夙严驾，当往志无终。问君今何行？非商复非戎。闻有田子泰，节义为士雄。斯人久已死，乡里习其风。生有高世名，既没传无穷。不学狂驰子，直在百年中。""清节映西关"一句，乃是诗人的夸张之语，意在歌颂阮修的清节之美。但居庸关在今日北京市西北约 80 公里，乃长城的重要关隘之一，所以身为陈留名士的阮修，其清节无论如何是难以辉映到这里的。其实陶诗所谓"西关"，乃是指函谷关。② 这种说法常见于中古时期的文献。《后汉书》卷一百十四《列女传·董祀妻》载蔡文姬《悲愤诗》，其第二章有曰：

　　嗟薄佑兮遭世患，宗族殄兮门户单。身执略兮入西关，历险阻兮之羌蛮。

函谷关在豫州（今河南省）之西部，故称"西关"，而陈留在豫州之东部。清修《河南通志》卷八"函谷"："在灵宝县南一十二里涧水西，老聃西度，田文东出，即此。"民国孙椿荣修、张象明等纂《灵宝县志》卷十《古迹》一《关塞》："函谷关在县南十里涧水西之王垛村，老聃西度，田文东出，即此关也。今废。"③ 蔡琰也是陈留人，她在关外被掳，而后随匈奴人由从西关北上，到达塞北单于地区。以上丁福宝所引《三国志》卷十一《魏书·田畴传》"既取道，乃更上西关"二语适可为证，而复检《三国志》原书，此二

---

① 《陶渊明诗笺注》卷四，医学书局 1927 年版。
② 函谷关在中古时期还常常被简称为"关"，"关西"指函谷关以西，"关东"指函谷关以东，函谷关乃不同方言区域的分界点。扬雄《輶轩使者绝代语释别国方言》二："朦、胧，丰也。自关而西秦晋之闲，凡大貌谓之朦，或谓之胧，丰其通语也。""翻、幢，翳也。楚曰翻，关西、关东皆曰幢，舞者所以自蔽翳也。"《宋书》卷二十一《乐志》曹操《蒿里行》诗："关东有义士，兴兵讨群凶。"严氏《全梁文》卷十七梁元帝《与周弘正手书》："常欲访山东而寻子云，间关蔺蔺涑伯起。"
③ 《中国地方志丛书》，台湾成文出版社有限公司 1976 年版，第 477 种，第 2 册，第 731 页。

语下又曰:

　　出塞，傍北方，直趣朔方……

这应当就是文姬被掳出塞的路线。函谷关之所以著名，首先由于它是进入三秦地区的门户，为古来兵家必争之地。严可均《全后汉文》卷二十四班固《西都赋》:①

　　汉之西都，在于雍州，实曰长安。左据函谷、二崤之阻，表以太华、终南之山；右界褒斜、陇首之险，带以洪河、泾渭之川。

谢灵运《宋武帝诔》写刘裕收复中原之壮举，有云:

　　云撤周京，席卷秦郊，复礼前茔，雪愧旧朝。既清西关，将旋东道。②

刘裕先于义熙十二年（公元 416 年）十月克复洛阳，"修复晋五陵，置守卫"，后于义熙十三年（公元 417 年）九月，攻占长安。③ 陶渊明《赠羊长史》诗即反映了这一历史背景:

　　愚生三季后，慨然念黄虞。得知千载外，正赖古人书。贤圣留余迹，事事在中都。岂忘游心目，关河不可踰。九域甫已一，逝将理舟舆。闻君当先迈，负痾不获俱，路若经商山，为我少踌躇。多谢绮与角，精爽今何如？紫芝谁复采，深谷久应芜。驷马无贳患，贫贱有交娱。清谣结心曲，人乖运见疏。拥怀累代下，言尽意不舒。

"九域甫已一"正是对刘裕克复两京之壮举的歌颂。而从洛阳进军长安，西关乃是必经之地。其次，函谷关之所以著名，还与中古时代老子西行的传说

① 严可均:《全上古三代秦汉三国六朝文》，影印清本，中华书局 1958 年版。
② 《艺文类聚》卷十三，上海古籍出版社 1982 年版，第 3396 册。
③ 见《宋书》卷二《武帝本纪》。

有关。晋皇甫谧《高士传·老子李耳》：[1]

> 老子李耳，字伯阳，陈人也。生于殷时，为周柱下史。好养精气，贵接而不施，转为守藏史。……后周德衰，乃乘青牛车去，入大秦，过西关，关令尹喜望气先知焉，乃物色遮候之。已而，老子果至，乃强使著书，作《道德经》五千余言，为道家之宗。……

北周僧人释慧命《酬济北戴先生逊书》所谓"西关明道"即指此事。[2] 这个故事是非常有名的，今北京颐和园内有一座乾隆时代修建的"紫气东来城关"，其南边石额刻"紫气东来"四字（可能出自乾隆皇帝的御笔，如以下数码照片所示），即源自老子出关的典故。而陶渊明使用这个典故，可能与其道教信仰有一定关系（参见下文所引陈寅恪之语）。

严氏《全后汉文》卷五十载李尤《函谷关赋》曰：

> ……其南则有苍梧荔浦，离水谢沐，汇浦零中，以穷海陆；于北则有萧居天井，壶口石陉，贯越代朔，以临胡庭；缘边邪指，阳会玉门，凌测龙堆，或置以口；子西则有随陇武夷，白水江零，沔汉阻曲，路由山泉，谷水迂溢，连落是经。尔乃周览以泛观兮，历众关以游目。惟夸阆之显丽兮，羌莫盛乎函谷。施雕砻以作好，建峻敞之坚重。殊中外以

① 《丛书集成初编》，第3396册，中华书局1983年版。
② 严氏：《全后周文》卷二十二。

隔别，翼巍巍之高崇。命尉臣以执钥，统群类之所从。严固守之猛厉，操戈钺而普聪。蕃镇遏而惕息，侯伯过而震惶。惟函谷之初设险，前有姬之苗流。嘉尹喜之望气，知真人之西游。爰物色以遮道，为著书而肯留……

这篇赋描述了函谷关的自然地理形胜和道家文化背景，而这两方面因素也深深地浸透在陶公这首《咏贫士》诗中。陶渊明是崇尚"清节"的，如《四八目》载："龚胜，字君宾。龚舍，字君倩。""右并楚人，皆治清节，世号楚龚。见《汉书》。"阮宣子是有"清节"的名士，对他的风度气质，陶渊明是很欣赏的，所以才用那样浩气激扬的诗句来赞美他。

"惠孙"为孙钟说

"惠孙"见于《咏贫士》诗其七：

> 昔有黄子廉，弹冠佐名州。一朝辞吏归，清贫略难俦。年饥感仁妻，泣涕向我流。丈夫虽有志，固为儿女忧。惠孙一晤叹，腆赠竟莫酬。谁云固穷难，邈哉此前修。

古直《陶靖节诗笺定本》卷之四："惠孙事未详。"对首二句，袁行霈释云："意谓惠孙曾晤见之而叹其贫，并有厚赠，而竟不被接受也。"[1] 陶渊明《咏贫士》诗其四也表达了同样的意思："安贫守贱者，自古有黔娄。好爵吾不荣，厚馈吾不酬。"《全梁文》卷二十萧统《陶渊明传》称渊明：

> 亲老家贫……躬耕自资，遂抱羸疾。江州刺史檀道济往候之，偃卧瘠馁有日矣。道济谓曰："贤者处世，天下无道则隐，有道则至。今子生文明之世，奈何自苦如此？"对曰："潜也何敢望贤？志不及也。"道济馈以粱肉，麾而去之。

---

① 《陶渊明集笺注》，第379页。

这就是"腆赠竟莫酬"的实例，可见陶公此诗确有"自况"之意。① 由此诗亦可知，惠孙与黄子廉曾有密切的交往。黄子廉是东吴名将黄盖的祖父。古直《陶靖节诗笺定本》卷之四引《三国志·黄盖传》裴松之注所引《吴书》曰：

> 故南阳太守黄子廉之后也。

案裴注所引《吴书》在此句下复云：

> 枝叶分离，自祖迁于零陵，遂家焉。盖少孤，婴丁凶难，辛苦备尝……

据此可知，从黄子廉开始，黄氏迁居到零陵。清何焯《义门读书记》卷二十八《三国志·吴志》：

> 《黄盖传》："零陵泉陵人也。"《注》采《吴书》云云。按《风俗通义》："颍川黄子廉，每饮马，辄投钱于水。"② 然则公覆之祖，自颍川徙零陵也。

黄子廉的原籍应当是颍川，属于北方人，但不知黄氏的先人何时迁移到了南方。元黄溍《日损斋笔记》：

> 陶靖节诗曰："昔在黄子廉，弹冠佐名州。"汤伯记注云："《三国志·黄盖传》注：'南阳太守子廉之后。'"刘潜夫《诗话》亦云："子廉之名仅见《盖传》。"按后汉尚书令黄香之孙守谅字子廉，为南阳太守。注及《诗话》举其孙而遗其祖，岂弗深考欤？子廉乃守谅之字，亦非名也。

---

① 参见杨勇《陶渊明集校笺》，第225页。
② 《太平御览》卷四二六亦引《风俗通》此文，又见古直《陶靖节诗笺定本》卷之四"昔有黄子廉"句下，"昔有"，古直笺注本作"昔在"。

案"昔在"两句下，清吴骞《拜经楼诗话》卷三在引黄潛《日损斋笔记》之后云：

> 守谅为南阳太守，未审见于何书？考黄香及子琼，琼孙琬，并著于范史，而守谅独未见。且后汉人绝少双名，昔人论之详矣。窃疑自唐以后，各姓谱系多附会杜撰，不可尽信，黄公岂亦据其家谱牒而云然耶？①

案《后汉书》卷一百十上《黄香传》："黄香字文强，江夏安陆人也。……子琼。"卷九十一《黄琼传》："黄琼字世英，江夏安陆人，魏郡太守香之子也。……孙琬。琬字子琰，少失父，早而辩慧。"从范晔的记载来看，江夏黄氏皆以单字为名，汉代人名一般都是如此，所以守谅绝非此家族中人。唐林宝《元和姓纂》卷五称"黄"姓来源是："陆终之后，受封守黄，为楚所灭，以国为氏。"② 但书中对唐代以前的黄氏族人均无记载，可见在林宝的时代，黄氏的谱系已经模糊不清了。汉末有江夏太守黄祖（？—公元208年），他很可能出于江夏黄氏一族。黄祖是荆州牧刘表的心腹，孙坚于初平二年（公元191年）被黄祖部下军士射杀，所以黄祖就成了江东孙氏的仇敌，后来被东吴消灭。因此，陶诗中的黄子廉肯定与江夏黄氏无关。从汉代人取名的规律来看，子廉一定是字，而不是名，如西汉何并③和东汉曹洪④，他们都以"子廉"为字。黄子廉的情况大致如此。但他的朋友"惠孙"又是何人？案"惠孙"句下，丁福宝《陶渊明诗笺注》卷四引程穆衡《陶诗程传》之语曰：

> 惠孙盖与黄同时人。

此说不误。《建康实录》卷一《太祖上》叙"孙氏"之由来云：

> 其先出自周武王母弟卫康叔之后，武公子惠孙曾耳为卫上卿，因以

---

① 转引自龚斌《陶渊明集校笺》，第324页，并参见丁福宝《陶渊明诗笺注》卷四。
② 《元和姓纂》第1册，岑仲勉校记，中华书局1994年版，第660页。
③ 见《汉书》卷七十七本传。
④ 他是曹操的从弟，见《三国志》卷九《魏书》本传。

孙为氏。春秋时孙武为吴王阖闾将，因家于吴，帝乃孙武之后也。

这里的"帝"是指东吴大帝孙权。《元和姓纂》卷四称"孙"姓之来源：

> 周文王第八子卫康叔之后，至武公生惠孙。惠孙生耳，为卫上卿。耳生武仲，以王父字为氏。元孙良夫，生林父。林父生嘉。又楚令尹孙叔敖及荀况并为孙氏。吴有孙武、孙膑。汉有孙会宗、孙宝。①

林宝又记其支派，有云：

> ［吴郡富春］吴孙武子世居富春。坚、策、权。权为吴帝，生亮、休。休子皓。唐尚书左丞孙彦高，广陵（人），云权后。
> ［富阳］孙武之后，世居富阳。裔孙远，宋宁远将军。元孙▓，陈祠部尚书、定襄侯。弟昕。曾孙瑛，唐云州刺史、义兴公。又齐有孙瑀明，临川王常侍；曾孙，唐浙州刺史也。②

可知"惠孙"正是"以字为氏"的结果，"惠孙"乃是"孙"姓的本源。宋郑樵《通志》卷三十《氏族略第六》：

> 孙氏有三：卫公子惠孙之后以字为氏。又楚有芈姓之孙，齐有妫姓之孙，皆以字为氏。③

更可证明"孙"与"惠孙"之关系。因此，陶诗所谓"惠孙"必为江东孙氏某一人物之代称。案《三国志》卷三十五《蜀书·诸葛亮传》"隆中对"一节，孔明对刘备说：

> 孙权据有江东，已历三世，国险而民附，贤能为之用，此可以为援而不可图也。

---

① 《元和姓纂》第 1 册，第 460 页。
② 同上书，第 466—467 页。
③ 《通志二十略》上册，王树民点校，中华书局 1995 年版，第 213 页。

"三世"自然是"三代"的意思，但人们所熟知的江东孙氏人物只有两代人，如《三国志》卷五十五《吴书·黄盖传》所载：

> 黄盖字公覆，零陵泉陵人也。……孙坚举义兵，盖从之。坚南破山贼，北定董卓，拜盖别部司马。坚薨，盖随策及权。……

孙坚和他的两个儿子孙策、孙权，都是叱咤风云的豪杰，而孙坚的父亲可能没有做过官，所以陈寿在《三国志》中连他的名字都没有记载，只是在叙述孙坚17岁那年的壮举时才提及之：

> 孙坚字文台，吴郡富春人，盖孙武之后也。少为县吏。年十七，与父共载船至钱唐，会海贼胡玉等从匏里上掠取贾人财物，方于岸上分之，行旅皆住，船不敢进。坚谓父曰："此贼可击，请讨之。"父曰："非尔所图也。"坚行操刀上岸，以手东西指麾，若分部人兵以罗遮贼状。贼望见，以为官兵捕之，即委财物散走。坚追，斩得一级以还，父大惊。由是显闻，府召署假尉。①

在这个颇具英雄色彩的故事中，父亲显然是作为儿子的陪衬人物出现的。《宋书》卷二十七《符瑞志上》说"孙坚之祖名钟"，而对孙坚之父却只字不提，从我国古代史传叙事的惯例来看，这很让人费解。案唐许嵩《建康实录》卷一《太祖上》载：

> 吴太祖上太祖大皇帝姓孙氏，讳权，字仲谋，吴郡富春人也。……祖钟。父坚。……

可见孙钟是孙坚的父亲，而不是他的祖父。从孙钟到孙坚以至孙策、孙权，正好是三代人，诸葛亮的说法可以落实了。而由此推断，孙钟必非凡俗之辈，他在东汉末期一定有很高的知名度，并有特殊的建树。孙钟之发迹以及江东孙氏之雀起开始于吴郡富春，《宋书·符瑞志》：

---

① 《三国志》卷四十六《吴书·孙破虏讨逆传》。

（孙钟）家在吴郡富春，独与母居。性至孝。遭岁荒，以种瓜为业。忽有三少年诣钟乞瓜，钟厚待之。三人谓钟曰："此山下善，可作冢，葬之，当出天子。君可下山百步许，顾见我去，即可葬也。"钟去三十步，便反顾，见三人并乘白鹤飞去。钟死，即葬其地。地在县城东，冢上数有光怪，云气五色上属天，竟数里。父老相谓此非凡气，孙氏其兴矣。坚母妊坚，梦肠出绕吴昌门。……坚妻吴氏初妊子策，梦月入其怀；后孕子权，又梦日入怀。……魏文帝黄初三年……权称尊号。……①

谢灵运《撰征赋》叙江东孙氏家族之始末云：

次石头之双岸，究孙氏之初基。幸汉庶之漏网，凭江介以抗维。初鹊起于富春，果鲸跃于川湄。亘三世而国盛，历五伪而宗夷。……②

沈约《郊居赋》对江东孙氏的历史也有描述：

眺孙后之墓田，寻雄霸之遗武。实接汉之后王，信开吴之英主。指衡岳而作镇，包江汉而为宇。……③

这两位大诗人追溯江东孙氏的家族史，都是从孙钟开始的，所谓"初鹊起于

---

①　文渊阁《四库全书》本《建康实录》卷一《太祖上》，许嵩自注所引《祥瑞志》的记载多与此文相同，许氏所谓《祥瑞志》，就是《宋书·符瑞志》，明孙毂《古微书》卷十七引《宋书·祥瑞志》"玉女者"云云可证。又"遭岁荒"句，在"荒"字下许氏引文多一"俭"字，元张铉《至大金陵新志》卷十四引文与之相同，是。案"俭"字在六朝有歉收之意，如《世说新语·德行》第四十条："殷仲堪既为荆州，值水俭，食常五碗盘，外无余肴。""水俭"是指因洪涝而庄稼歉收。参见张永言主编《世说新语辞典》"水俭"条，四川辞书出版社1992年版，第407页。"旱俭"则是指因旱灾而庄稼歉收。北齐颜之推《颜氏家训》卷下《归心篇第十六》："值侯景乱，时复旱俭，饥民盗田中麦。"北魏魏收《魏书》卷七《高祖纪》："以西北州郡旱俭，遣侍臣循察开仓赈恤。"卷八《世宗纪》："以去年旱俭，遣使者所在赒恤。""以冀定二州旱俭，开仓赈恤。"卷十四《神元平文诸帝子孙传》："今京师旱俭，欲听饥贫之人出关逐食，如欲给过所，恐稽延时日，不救灾窘。"卷四十一《源贺传》："寻遭旱俭，戎马甲兵，十分阙八。""边期遥远，加连年旱俭，百姓困敝。"卷八十《樊子鹄传》："属岁旱俭，子鹄恐民流亡。"凡此皆是其例。
②　《宋书》卷六十七本传。
③　《梁书》卷十三本传。

富春"以及"眺孙后之墓田"，与上引《宋书·符瑞志》的有关材料相吻合。显然，孙钟是江东孙氏家族的奠基人，他首先通过种植瓜果和相关的商业经营致富，为孙氏在江东的崛起奠定了雄厚的物质基础。① 他本人又乐善好施，广交朋友（如上引《宋书》说有三个少年人乞瓜，孙钟厚待之），自然就拥有丰富的人才资源。所以，陶诗中的"惠孙"必指孙钟无疑。由此可知，在东汉时代黄子廉与孙钟的关系就已经非同寻常，而后来他的孙子黄盖又成为孙钟子（孙坚）孙（孙策、孙权）的心腹大将。孙、黄两家既有如此深厚的交谊，所以黄盖在给曹操的诈降书里说："盖受孙氏厚恩，常为将帅，见遇不薄……"② 他对孙氏是非常感激的，因而能够为孙吴之大业尽心效力，并在赤壁大战中建立殊勋。

在这首诗中，陶公采取了"惠孙＝孙＝孙钟"的隐晦指称方式，而类似的指称方式，亦见于陶公其他作品，如《述酒》诗："重离照南陆。""朱公练九齿。"在这里，重离＝重黎＝司马氏，朱公＝陶朱公＝陶渊明。因为此诗涉及晋宋易代的历史变迁（古今研究者一般视为晋恭帝零陵王哀诗），③ 故陶渊明不得不隐讳其词，以这种特殊的指称方式表明自己的政治态度。若从逻辑思维的角度对此种指称方式加以绅绎，实际上就是 A＝B＝C，即表露 A，浅藏 B，深藏 C，而 C 是真正的用意之所在。这与陶渊明所受纬书的影响是分不开的。案《四八目》的子注部分引"宋均曰"云云凡十九处，宋均乃汉末、曹魏时期的著名谶纬学家，著有纬书多种，足见陶公是熟读纬书的。而 A＝B＝C 的思维方式，常见于纬书，如宋均注《孝经纬援神契》：

---

① 他与孙坚乘船去钱唐（塘），可能是从事商业活动。当时的商人外出经商多行水路，因此就有强人专门在水面打劫商旅。《世说新语·自新》第二条："戴渊少时，游侠不治行检，尝在江、淮闲攻掠商旅。"即是其例。

② 《三国志》卷五一四《吴书·周瑜传》裴松之注引《江表传》。

③ 宋汤汉注曰："按晋元熙二年六月，刘裕废恭帝为零陵王，明年，以毒酒一罂授张祎，使酖王，祎自饮而卒。继又令兵人踰垣进药，王不肯饮，遂掩杀之。此诗所为作，故以《述酒》名篇。诗辞尽隐语，故观者弗省，独韩子苍以'山阳下国'一语疑是义熙后有感而赋。予反复详考，而后知决为零陵哀诗也。'对"重离"句，汤汉注曰："司马氏出重黎之后，此言晋室南渡，国虽未末，而势之分崩久矣。"元吴师道《礼部集》卷十七《题家藏渊明集后》："愚谓以离为黎，则是陶公故托其字以相乱。离，南也，午也，重离，典午再造也。止作晋南渡说自通。""陶公"句，汤汉注曰："朱公者，陶也。"汤汉注并见汤汉注本《陶靖节先生诗》卷三，中华书局影印本宋刻本，《古逸丛书》三编之三十二，1988 年版。

木气生风，火气生蝗，土气生虫，金气生霜，水气生雹。失政于
木，则风来应；失政于火，则蝗来应；失政于土，则虫来应；失政于
金，则霜来应；失政于水，则雹来应。毁伤致风，侵蚀致蝗，贪残致
虫，刻毒致霜，暴虐致雹，此皆随其事而致也。①

此文的表述方式是：木气＝风＝毁伤（失政），火气＝蝗＝侵蚀（失政），土
气＝虫＝贪残（失政），金气＝霜＝刻毒（失政），水气＝雹＝暴虐（失政），
实际上渗透了A＝B＝C的思维方式。《文选》卷五十七颜延之《陶征士诔并
序》称陶公"心好异书"，所谓"异书"，乃是谶纬之书的隐语，因为在晋宋
时代此类书籍为禁书。《晋书》卷三《武帝纪》：

（泰始三年，即公元282年）十二月……禁星气谶纬之学。

《宋书》卷十二载何承天曰：

夫历数之术，若心所不达，虽复通人前识，无救其为蔽也，是以多
历年岁，未能有定，四分于天，出三百年而盈一日，积代不悟，徒云建
历之本，必先立元，假言谶纬，遂关治乱，此之为蔽亦已甚矣。

在晋宋时代，谶纬已经不属于国家的主流意识形态，故朝廷禁绝之，但谶纬
之学并未绝迹。《晋书》卷九十一《虞喜传》：

虞喜字仲宁，会稽余姚人。……喜少立操行，博学好古……喜专心
经传，兼览谶纬，乃著《安天论》以难浑盖。又释《毛诗》，略注《孝
经》，为《志林》三十篇，凡所注述数十万言行于世。

豫章雷氏亦是如此。《晋书》卷三十六《张华传》：

初，吴之未灭也，斗牛之间常有紫气，道术者皆以吴方强盛，未可

_____

① 清王仁俊辑：《玉函山房辑佚书续编》，上海古籍出版社1989年版，第94页。此条资料承蒙
中国社会科学院历史研究所宋艳萍博士惠示，谨此致谢。

学文图也，惟华以为不然。及吴平之后，紫气愈明。华闻豫章人雷焕妙达纬象，乃要焕宿，屏人曰："可共寻天文，知将来吉凶。"因登楼仰观。焕曰："仆察之久矣，惟斗牛之间颇有异气。"华曰："是何祥也？"焕曰："宝剑之精，上彻于天耳。"华曰："君言得之。吾少时有相者言，吾年出六十，位登三事，当得宝剑佩之。斯言岂效与！"因问曰："在何郡？"焕曰："在豫章丰城。"华曰："欲屈君为宰，密共寻之，可乎？"焕许之。华大喜，即补焕为丰城令。焕到县，掘狱屋基，入地四丈余，得一石函，光气非常，中有双剑，并刻题，一曰龙泉，一曰太阿。其夕，斗牛间气不复见焉。

《宋书》卷九十三《隐逸列传》：

　　雷次宗，字仲伦，豫章南昌人也。少入庐山，事沙门释慧远。笃志好学，尤明《三礼》、《毛诗》，隐退不交世务。

据以上材料，我们可以断定章雷氏既对儒家经典有深入之研究，同时也通晓谶纬之学。而据近年的考古发现与相关研究，豫章雷氏乃一世袭的道教世家。① 如 1997 年 9 月，考古工作者在江西南昌火车站发掘的六座古墓，其中的 3 号墓为东晋永和八年（公元 352 年）雷陔夫妇合葬墓，② 出土器物颇多，并具有浓厚的道教文化色彩。③ 由出土木方上所载之文字，可知雷陔字仲之，江州鄱阳人，卒年 86 岁，即生于孙吴末帝孙皓甘露二年（公元 266 年），历仕东吴、西晋、东晋三朝。以时代先后论，雷焕在先，雷陔居中，雷次宗在后。值得注意的是，雷陔字仲之，雷次宗字仲伦，"仲之"与"仲伦"绝非偶然的巧合。尽管我们还不能判断这三位雷姓人物之间的具体关系，但他们具有共同的家族文化特征，则是确定无疑的。特别是雷陔字仲之 这是一个非常重要的文化信息。陈寅恪先生在考证溪人之缘起时，曾根据东晋大将军陶侃后裔的名字中多含"之"字这样一个事实（如绰之、袭之、谦之等），推论"溪之一族似亦属天师道信徒"，

① 《太平寰宇记》卷一〇六：豫章郡五姓：熊、罗、雷、谌、章。
② 江西省文物考古研究所、南昌市博物馆：《南昌火车站东晋墓葬群发掘简报》，《文物》2001 年第 2 期。
③ 参见白彬《江西南昌东晋永和八年雷陔墓道教因素试析》，《南方文物》2007 年第 1 期。

"此点与陶渊明生值晋宋之际佛教最盛时代，大思想家如释惠远，大文学家如谢灵运，莫不归命释迦，倾心鹫岭，而五柳先生时代地域俱与之连接，转若绝无闻见者，或有所关涉"，即认为陶渊明乃天师道信徒，由此而拒斥佛教信仰。① 其说极有见地。②《宋书·隐逸列传》：

> 周续之字道祖，雁门广武人也。其先过江居豫章建昌县。续之年八岁丧母，哀戚过于成人，奉兄如事父。豫章太守范宁于郡立学，招集生徒，远方至者甚众，续之年十二，诣宁受业。居学数年，通《五经》并《纬》《候》，名冠同门，号曰"颜子"。既而闲居读《老》、《易》，入庐山事沙门释慧远。时彭城刘遗民遁迹庐山，陶渊明亦不应征命，谓之寻阳三隐。

《五经》是儒书，《纬》《候》则是纬书。周续之是陶渊明的好友。《陶渊明集》卷二《示周续之祖企谢景夷三郎》诗：

> 负疴颓檐下，终日无一欣。药石有时闲，念我意中人。相去不寻常，道路邈何因？周生述孔业，祖谢响然臻。道丧向千载，今朝复斯闻。马队非讲肆，校书亦已勤。老夫有所爱，思与尔为邻；愿言诲诸子，从我颍水滨。

萧统《陶渊明传》亦载：

> 时又周续之入庐山，事释惠远，彭城刘遗民亦遁迹匡山，渊明又不应征命，谓之浔阳三隐。后刺史檀韶苦请续之出州，与学士祖企、谢景夷三人共在城北讲礼。

---

① 《魏书司马睿传江东民族条释证及推论》，《金明馆丛稿初编》，生活·读书·新知三联书店 2001 年版，第 78—119 页。案《晋书》卷六十六《陶侃传》附《陶侃子洪等传》："陶侃字士行，本鄱阳人也。……侃有子十七人，唯洪、瞻、夏、琦、旗、斌、称、范、岱见旧史，余者并不显。……瞻字道真，少有才器，历广陵相，庐江、建昌二郡太守，迁散骑常侍、鄱亭候。为苏峻所害，追赠大鸿胪，谥愍悼世子。以夏为世子。及送侃丧还长沙，夏与斌及称各拥兵数千以相图。既而解散，斌先往长沙，悉取国中器仗财物。夏至，杀斌。……夏病卒，诏复以瞻息弘袭侃爵，仕至光禄勋。卒，子弘之。弘之卒，子延寿嗣。

② 对这个问题，我将在《拒斥与吸纳：论陶渊明与庐山佛教之关系》一文中进行全面深入的阐发。

景夷三人，共在城北讲《礼》，加以雠校。所住公廨，近于马队。是故渊明示其诗云："周生述孔业，祖、谢响然臻。马队非讲肆，校书亦已勤。"

陶渊明的这首诗对三位青年学者在浔阳城北讲礼校书一事深表赞赏，语气亲切、幽默，显然诗人和周续之的关系是非常密切的，所以彼此在学术上就很可能发生某些影响。东晋、刘宋时代，主流文化区域在建康，而会稽和豫章皆属于非主流文化区域。因之，尽管谶纬之学已被朝廷禁绝，但在暗中却悄然流行于这些地区的高级知识分子中间。陶公既读经传典籍，也读谶纬之书，与谶纬之学在历史上（主要是汉代）和国家政治的密切关系以及当时豫章地区兼容并包的文化特点是分不开的。

陶公之所以关注江东孙氏，与其父、母两系先人与孙吴政权的特殊关系也是分不开的。《晋书》卷六十六《陶侃传》：

陶侃字世行，本鄱阳人也。吴平，徙家庐江之浔阳。父丹，吴扬武将军。……

沈约《宋书·隐逸列传》说陶潜"曾祖侃，晋大司马"，又说"潜弱年薄宦，不洁去就之迹，自以曾祖晋世宰辅，耻复屈身后代"。《宋书》本传引陶公《命子诗》曰：①

悠悠我祖，爰自陶唐。邈为虞宾，历世重光。御龙勤夏，豕韦翼商。穆穆司徒，厥族以昌。

纷纷战国，漠漠衰周。凤隐于林，幽人在丘。逸虬挠云，奔鲸骇流。天集有汉，眷予愍侯。于赫愍侯，运当攀龙。抚剑风迈，显兹武功。参誓山河，启土开封。亹亹丞相，允迪前踪。

浑浑长源，蔚蔚洪柯。群川载导，众条载罗。时有语默，运固隆汙。在我中晋，业融长沙。

桓桓长沙，伊勋伊德。天子畴我，专征南国。功遂辞归，临宠不惑。……

① 《宋书》所引此诗，其文字与传世的各本陶集颇有不同，为校勘此诗的绝好材料。

　　　惑。孰谓斯心，而可近得。

　　　肃矣我祖，慎终如始。直方二台，惠和千里。于皇仁考，淡焉虚
　　止。寄迹风运，冥兹愠喜。

　　　嗟余寡陋，瞻望靡及。顾惭华鬓，负影只立。三千之罪，无后其
　　急。我诚念哉，呱闻尔泣。

　　　卜云嘉日，占尔良时。名尔曰俨，字尔求思。温恭朝夕，念兹在
　　兹。尚想孔伋，庶其企而。

　　　厉夜生子，遽而求火。凡百有心，奚待于我。既见其生，实欲其
　　可。人亦有言，斯情无假。

　　　日居月诸，渐免于孩。福不虚至，祸亦易来。夙兴夜寐，愿尔斯
　　才。尔之不才，亦已焉哉。

　　此诗凡十章，每章八句，前三章写汉代以前的陶氏家族史，第四章承前启
后，委婉地解释了东汉、三国时代陶氏衰微的原因，第五章专写陶侃，为
全诗之重点，第六章则写祖父和父亲，第七章写诗人自己，第八、九章写
长子陶俨的出生和命名，第十章写诗人对陶俨的勉励。陶侃被封为长沙
公，所以诗中说"桓桓长沙"，如果陶侃是陶渊明的曾祖，则不当以此封
号称之，因为这样显得比较疏远，第六章说"我祖"，说"仁考"，其口气
显然与上句诗有别。但在本诗中，"桓桓长沙"位在"我祖"之前，所以
人们就很容易产生陶侃就是陶渊明曾祖的印象。《宋书》的编纂者可能就
是据此立论的。实际上，本诗对陶氏家族的歌咏，不过是选出其家族史上
几个比较耀眼的人物而已。在"我祖"和"长沙"之间存在着世系的断
层，正如在"丞相"和"长沙"之间存在着不少断层一样。而在个人家世
出身的问题上，我们必须充分尊重陶渊明自己的说法，因为他不会说假
话。同时，六朝时期伪造谱牒者，通常是抬高自己先人的身份和官职，
或者故意拉近自己和某些名人的距离。《文选》卷四十沈约《奏弹王
源》：

　　　源人身在远，辄摄媒人刘嗣之到台辩问，嗣之列称：吴郡满璋
之，相承云是高平旧族，宠、奋胤胄，家计温足，见托为息鸾觅婚。
王源见告穷尽，即索璋之簿阅，见璋之任王国侍郎，鸾又为王慈吴郡
正阁主簿，源父子因共详议，判与为婚。璋之下钱五万，以为聘礼。

源先丧妇，又以所骋余直纳妾。如其所列，则与风闻符同。窃寻璋之姓族，士庶莫辨。满奋身殒西朝，胤嗣殄没，武秋之后，无闻东晋，其为虚托，不言自显。王、满连姻，实骇物听，潘、杨之睦，有异于此。

此文弹劾王源的主要理由就是因为吴郡满璋之虚托为"高平旧族，宠、奋胤胄"，而王源与之通婚。又唐杜佑《通典》卷第三《食货三》载：

　　梁武帝时所司奏，南徐、江、郢逋两年黄籍不上。尚书令沈约上言曰："晋咸和初，苏峻作乱，版籍焚烧。此后起咸和三年以至乎宋，并皆翔实，朱笔隐注，纸连悉缝。而尚书上省库籍，唯有宋元嘉中以来，以为宜检之日，即事所须故也。晋代旧籍，并在下省左人曹，谓之晋籍，有东西二库。既不系寻检，主者不复经怀，狗牵鼠啮，雨湿沾烂，解散于地，又无扃縢。此籍精详，实宜保惜，位高官卑，皆可依按。宋元嘉二十七年，始以七条征发。既立此科，苟有回避，奸伪互起，岁月滋广。以至于齐。于是东堂校籍，置郎令史以掌之，而簿籍于此大坏矣。凡粗有衣食者，莫不互相因依，竞行奸货，落除卑注，更书新籍，通官荣爵，随意高下。以新换故，不过用一万许钱，昨日卑微，今日士伍。凡此奸巧，并出愚下，不辨年号，不识官阶。或注义熙在宁康之前，或以崇安在元兴之后。此时无此府，此年无此国。元兴唯有三年，而猥称四年。又诏书甲子，不与长历相应。如此诡谬，万绪千端。校籍诸郎亦所不觉，不才令史更何可言。且籍字既细，难为眼力，寻求巧伪，莫知所在，徒费日月，未有实验。假令兄弟三人，分为三籍，却一籍父祖官，其二初不被却，同堂从祖以下固自不论，诸如此例，难可悉数。或有应却而不却，不须却而却。所却既多，理无悉当。怀冤抱屈，非止百千，投辞请诉，充曹切府。既难领理，交兴人怨。于是悉听复注，普停洗却，既蒙复注，则真不成官。此盖核籍不精之巨弊也。臣谓宋、齐二代，士庶不分，杂役减阙，职由于此。自元嘉以来，籍多假伪。景平以前，既不系检，凡此诸籍，得无巧换。今虽遗落，所存尚多，宜有征验，可得信实。其永初、景平籍，宜移还上省。窃以为晋籍所余，须加宝爱，若不切心留意，则还复散失矣。不识胄胤，非谓衣冠，凡诸此流，罕知其祖。假称高曾，莫非巧伪，质诸文籍，奸事立露，惩覆矫诈，为益实弘。又上省籍库，虽直郎题掌，而尽日料校，唯令史独入，籍既重宝，不可专委群细。若入库检籍之时，直郎、直都，应共监视。写籍皆于郎、都目前，并加掌置，私写私换，可以永绝。事毕郎出，仍自题名。臣又以为，巧伪既多，并称人士，百役不及，高卧私门，致令公私阙乏，是事不举。宜选史传学士谙究流品者，为左人郎、左人尚书，专共校勘。所作卑姓杂谱，以晋籍及宋永初景平籍在下省者，对共雠校。若谱注通籍有卑杂，则条其巧谬，下在所科罚。①

沈约批评了宋齐时代伪造家谱的不良风气，所谓"假称高曾，莫非巧伪"乃是当时许多下层人士的通病。而陶渊明则不然，其《赠长沙公族祖》诗序曰：

> 长沙公于余为族祖，同出大司马。昭穆既远，已为路人。经过浔阳，临别赠此。

又诗中有云：

> 同源分流，人易世疏。慨然寤叹，念兹厥初。礼服遂悠，岁月眇徂。感彼行路，眷然踌躇。

《四库》馆臣据此认为："沈约所作《陶渊明传》，以陶集考之，多不合，集中《赠长沙公》诗序有云：'昭穆既远，已为路人。'又为《孟府君传》，有云：'君讳嘉，娶大司马长沙公陶侃第十女。'如果为从祖之子孙，不得云昭穆既远，已之曾祖，断不容直书其姓名。然则渊明非长沙桓公之曾孙明矣。"② 这种

---

① 《南史》五十九《王僧孺传》节录此文，严氏《全梁文》卷二十七题作《上言宜校勘谱籍》，在文字上与《通典》引文颇有不同。

② 见文渊阁《四库全书》本《宋书》卷九十三考证。

看法是正确的，但今本《宋书·陶潜传》之原创者并非沈约。^① 东晋末年的长
沙公为陶延寿，他是陶侃将军的曾孙。而据《晋书》卷九十九《桓玄传》，
元兴二年（公元 403 年），陶延寿曾为长沙相。又《宋书》卷六十四《何承
天传》：

　　　　义旗初，长沙公陶延寿以（何承天）为其辅国府参军，遣通敬于高
祖……

由此陶延寿成为刘裕的部下干将。据《宋书》卷一《武帝本纪》，义熙四年
（公元 408 年），刘裕北伐，陶延寿为咨议参军，与高祖之弟并州刺史刘道怜
齐头并进，其人善战，颇有陶侃之风。如果陶渊明也是陶侃的曾孙，那么他
与陶延寿就当以兄弟相称，岂可称之为"族祖"？又岂能彼此陌生如同"路
人"？但无论如何，陶侃是陶渊明的父系先人，是他的远祖，这是绝对没有
问题的（否则，《命子诗》就不会那样歌颂他）。而陶侃的父亲陶丹曾经担任
东吴的扬武将军，正所谓"将门有将"。^② 又《世说新语·识鉴》第十六条刘

---

　　① 关于《宋书》的编纂经过，沈约《宋书》卷一百《自序》曰："永明二年，又忝兼著作郎，
撰次起居注。自兹王役，无暇搜撰。五年春，又被敕撰《宋书》。六年二月毕功，表上之，曰……宋
故著作郎何承天始撰《宋书》，草立纪传，止于武帝功臣，篇牍未广。其所撰志，唯《天文》、《律
历》，自此外，悉委奉朝请山谦之。谦之，孝建初，又被诏撰述，寻值病亡，仍使南台侍御史苏宝生
续造诸传，元嘉名臣，皆其所撰。宝生被诛，大明中，又命著作郎徐爰踵成前作。爰因何、苏所述，
勒为一史，起自义熙之初，讫于大明之末。至于臧质、鲁爽、王僧达诸传，又皆孝武所造。自永光
以来，至于禅让，十余年内，阙而不续，一代典文，始末未举。且事属当时，多非实录，又立传之
方，取舍乖衷，进由时旨，退傍世情，垂之方来，难以取信。臣今谨更创立，制成新史，始自义熙
肇号，终于升明三年。桓玄、谯纵、卢循、马、鲁之徒，身为晋贼，非关后代。吴隐、谢混、郗僧
施，义止前朝，不宜滥入宋典。刘毅、何无忌、魏咏之、檀凭之、孟昶、诸葛长民，志在兴复，情
非造宋，今并刊除，归之晋籍。臣远愧南、董，近谢迁、固，以间阎小才，述一代盛典，属辞比事，
望古惭良，鞠躬局踏，腼汗亡書。本纪列传，缮写已毕，合七帙七十卷，臣今谨奏呈。所撰诸志，
须成续上。谨条目录，诣省拜表奉书以闻。"何承天撰《宋书》，始于元嘉十六年（公元 439 年），此
后山谦之、苏宝生等陆续参加编纂，大明六年（公元 462 年），徐爰领著作郎，他参照前人旧稿，编
成国史，上自东晋义熙元年（公元 405 年），即从刘裕实际掌权开始，下讫大明时期为止。南齐永明
五年（公元 487 年），沈约开始参撰《宋书》，至永明六年（公元 488 年）二月，完成纪传七十卷，
可见沈约的《宋书》充分继承了前代史家的劳动成果。《隋书·经籍志》著录徐爰《宋书》六十五
卷，显然在很长的时间内，徐、沈两家《宋书》是并行的。而今本《宋书》卷九十三《隐逸列传》
（《陶潜传》即在其中）乃由徐爰创写，并非出于沈约的手笔。
　　② 曹植上疏求存问亲戚，引谚曰："相门有相，将门有将。"见《三国志》卷十九《魏志·陈
思王植传》。又刘裕曾谓诸佐曰："镇恶，王猛之孙，所谓'将门有将'也。"见《宋书》卷四十五
《王镇恶传》。

孝标注引《嘉别传》："嘉字万年，江夏鄳人。曾祖父宗，吴司空。祖父揖，晋庐陵太守。宗葬武昌阳新县，子孙家焉。"该别传即出自陶渊明的手笔，在《陶渊明集》中题为《晋故征西大将军长史孟府君传》。孟嘉是陶渊明的外祖父，也是陶侃将军的女婿。孟嘉的祖父孟宗曾任东吴的司空。这些情况表明，陶渊明的家世与孙吴的关系是极为密切的。而据《三国志·黄盖传》，黄盖曾经担任过寻阳令，寻阳（今江西省九江市，古书上又写作"浔阳"）正是陶渊明的家乡。这或许也是他关注黄氏与孙氏家族关系的原因之一。

　　从《咏贫士》诗之七可以看出，陶渊明对江东孙氏的家族史了如指掌，他曾经读过不少这方面的史料。例如，他在《四八目》一书中曾经征引晋人张勃《吴录》关于"吴八绝"的记载，而这部书正是记载江东孙吴一朝的专史。但是，《吴录》以及类似的史料都亡逸了，所以人们读"惠孙"、"腆赠"这两句诗就不知所云。同时，由于陶渊明有意采用"以古代今"的追本溯源的指代方式，因而后世读者面对"惠孙"二字也就一头雾水。如南宋诗人刘克庄就说"昔有黄子廉"一句："未详出处，子廉之名仅见《三国志·黄盖传》。"至于"清贫略难俦"一句，他说："清贫事无所考，伯纪阙疑以质于余，余亦不能解。"[1]南宋王应麟《困学纪闻》卷十八："《咏贫士》诗云：'昔在黄子廉……'愚按《风俗通》曰……其清可见矣。《吴志·黄盖传》：'故南阳太守黄子廉之后。'"他引用《风俗通》[2]的记载来印证"清贫略难俦"的"清"，而陶诗说的是黄子廉的"清贫"，重在张扬其固穷守道的精神。但黄子廉为何要投钱于水？是否也是晋人王戎（字夷甫）雅尚玄远的意思？[3]由于史料的残缺，我们对此已经不能作出合乎逻辑的解释了。

　　以上我们揭示了《咏贫士》诗中的两个人物"阮公"和"惠孙"的历史真相，由此我们可以看出，陶诗确有一定的史料价值，而清人钱大昕正是依据陶公《赠羊长史》诗，才对《宋书·朱龄石传》的错误作出了准确的判定：

　　　　陶渊明《赠羊长史》诗序云："左军羊长史，衔使秦川，作此与之。"羊名松龄，不见《晋》、《宋》二史。其诗云："九域甫已一，逝将

---

① 《后村诗话》卷五。
② 即《风俗通义》，已见上文所引《义门读书记》。
③ 《世说新语·规箴》第九条："王夷甫雅尚玄远，常嫉其妇贪浊，口未尝言'钱'字。妇欲试之，令婢以钱绕床，不得行。夷甫晨起，见钱阂行，呼婢曰：'举却阿堵物。'"

理舟舆。"当在义熙十四年灭姚泓后,羊为左军长史,必朱龄石之长史矣。唯史称龄石以右将军领雍州刺史,而此云左军,小异。考《宋书龄石传》,义熙十二年已迁左将军矣。左右将军品秩虽同,而左常居右上,龄石之镇雍州,必仍本号,不应转为右,则此云左将军者为可信。①

而纵观我国纷纭复杂的历史进程,由于史料的亡逸或者脱漏而使某一历史人物或者某些历史事件模糊不清的情况是很常见的。如《世说新语·言语》第六条载陈元方之言,谓"董仲舒放孝子符起",刘孝标注称:"未详。"刘孝标乃六朝之大学问家,但其时有关汉人之史料已有残缺,故虽博雅如孝标,亦不知元方所云何事。又如王维《杂诗》:"双燕初命子,五桃初作花。王昌是东舍,宋玉次西家。"清赵殿成注:"唐人诗中多用王昌事。上官仪诗:'南国自然胜掌上,东家复忆王昌。'李义山诗:'王昌只在墙东住,未必金堂得免嫌。'韩偓诗:'何必苦劳魂与梦,王昌只在此墙东。'《襄阳耆旧传》:'王昌字公伯……'盖别是一人,然他书无考。"② 这种情况也是由于史料的缺失造成的。

书山峨峨,学海茫茫,有时解决前人遗留的问题,也需要某种偶然的机缘,如对新材料的发现和利用,或者对旧材料的解悟与贯通等等。③

[作者单位:中国社会科学院文学研究所古代室]

---

① 《十驾斋养新录》卷十六"陶靖节诗"条,商务印书馆1957年版,第377页。
② 《王右丞集笺注》,上海古籍出版社1984年版,第160页。
③ 例如刘航所撰《刘生、王昌考》一文,见吴相洲主编《乐府学》,第1辑,学苑出版社2006年版,第314—323页。

李白的晋代情结

周勋初

内容提要：李白对晋代的向往，有家世的原因，也与早年居住地区的文化熏染有关。早在东晋之时，西凉即由河南道经蜀地向东晋与刘宋王朝表示臣服，两地文化交流不断。蜀地为道教发源地，江南神仙道教很早就传入蜀地与河西地区。李白早年即信道教，出川后即赴江南，屡在神仙出没处周游，对晋代风流至为倾慕，乃至欲助永王璘在江东立国，凡此无不说明李白深具晋代情结。

关键词：李暠　西山道　羌人　白色　江南神仙道教　东晋风流

李白的历史，颇呈朦胧之态。不论其有关先世的记载，抑或奔波各地的行踪，似乎都有神龙见首不见尾的情况。只是细加考察，则又似乎可见其全体，虽在云雾弥漫的状态下隐没了许多枝节，但自首至尾仍然贯通无碍，可以依循其一气之流动而勾勒出总体的面貌。李氏家族早年之祈向，即对东晋王朝的仰望，延至李白一生，也始终呈示出对晋代文化的向往。此即本文所称之晋代情结。

李暠、李歆忠于晋室

李白为五胡十六国时期建立西凉王朝的君主李暠的九世孙，这在唐人的记叙中从无异议。李白本人的记叙也如此。

李阳冰《草堂集序》：

　　李白，字太白，陇西成纪人，凉武昭王暠九世孙。蝉联珪组，世为显著。中叶非罪，谪居条支，易姓与名。然自穷蝉至舜，五世为庶，累世不大曜，亦可叹焉。神龙之始，逃归于蜀，复指李树而生伯阳。

范传正《唐左拾遗翰林学士李白新墓碑序》：

　　公名白，字太白。其先陇西成纪人。绝嗣之家，难求谱牒。公之孙女搜于箱箧中，得公之亡子伯禽手疏十数行，纸坏字缺，不能详备。约而计之，凉武昭王九代孙也。隋末多难，一房被窜于碎叶，流离散落，隐易姓名。故自国朝以来，漏于属籍。神龙初，潜还广汉，因侨为郡人。

　　李、范二人的记叙是一致的。李阳冰出于赵郡李氏，亦为彼时名流，[①]承命编纂李白文集，自不能妄言他人世系。范传正为宪宗朝之名宦，其父范伦与李白交好，本人曾著《西陲要略》二卷，熟知西鄙情况，[②]他对李白身世的记载，也当可信。
　　李暠，字玄盛，《魏书》、《晋书》与《北史》有传。《晋书》卷八七《凉武昭王李玄盛传》曰："武昭王讳暠，字玄盛，小字长生，陇西成纪人。姓李氏，汉前将军广之十六世孙也。"这与李白的自叙亦相符合。李白《赠张相镐二首》之二曰："本家陇西人，先为汉边将，功略盖天地，名飞青云上。苦战竟不侯，当年颇惆怅。"因为李氏家族中有一支定居于陇西成纪，后为唐代著名郡望中的陇西李氏。李暠为李广的十六世孙，李白则为李暠的九世孙。自李广至李白，世系已远。李白一家前已沦落，隋末又避乱而远迁碎叶，以致谱牒无存，无法与域内李姓联宗，但从时人的记载和李白的自叙来看，世系的传承还是有绪的。李白颇以出于这一支系为荣。《江南春怀》诗云"身世殊烂漫"，指的自然是李广至李暠的这一段历史。
　　李暠"世为西州右姓。高祖雍，曾祖柔，仕晋并历位郡守。祖弇，仕张轨为武卫将军、安世亭侯"。可知李暠的祖上，一直在晋代任重要官职。

---

　　①　李阳冰系出赵郡李氏南祖房。《新唐书·宰相世系表二上》署其官衔曰："将作少监。"《唐诗纪事》卷二十六曰："阳冰善篆，曾宰当涂，太白依之。"
　　②　范传正，《旧唐书》卷一八五下《良吏下》、《新唐书》卷一七二有传。

西晋末年，天下大乱，"四夷交侵"的局面再次呈现。张轨系安定乌氏人，本为西部地区的大族，这时为了避开首都洛阳将爆发的战乱，也有在河西一带扩展势力的企盼，乃于晋惠帝永宁年间获准委为护羌校尉、凉州刺史。其后中原扰攘，演出了所谓"五胡乱华"的悲剧，但张轨一系却在河西之地稳住了局面，不但保存了汉代流传下来的文物制度，而且吸收了大批为避战火而前往的中原士人。这就为中国文化的传承作出了很大的贡献。

河西之地，本为边疆少数民族的出没之区。随着天下大乱形势的演变，这一地区也为许多民族所割据，前后由汉、氐、鲜卑、卢水胡等多种民族建立了前凉、后凉、南凉、西凉、北凉等国。这些不同民族建立的国家，为了避免中原地区已占统治地位的苻秦和拓跋魏等政权的奴役，大都仍奉晋王朝为正朔之所在；西晋覆灭，司马睿在江东立国后，仍奉东晋王朝为正朔之所在。

这些地区小国的统治者，除汉人外，即使是边疆少数民族中人，因与汉人居处接近，或受汉化已久，大都在汉文化上有一定的修养。其中前凉张氏、西凉李氏和北凉沮渠氏，其统治者的表现尤应注意。

张轨一系，后为苻秦所灭。《晋书》卷八六《张轨传》曰："自轨为凉州，至天锡，凡九世，七十六年矣。"《赞》曰："三象构氛，九土瓜分。鼎迁江介，地绝河濆。归诚晋室，美矣张君。内抚遗黎，外攘逋寇。世既绵远，国亦完富。"李暠的事业虽然没有这么完美，仅历二世，即为北凉沮渠蒙逊所灭。但李暠立国，仍然恪守张氏的原则，忠于晋室。即使西晋覆灭，晋元帝在江东立国后，李暠还是崎岖于道路，与东晋王朝建立联系，表示对晋室的忠诚。《李暠传》载晋安帝义熙元年，"玄盛改元为建初，遣舍人黄始、梁兴间行奉表诣阙"，申言李氏先世向仕中朝，后经丧乱，乃为众人所推，领秦、凉二州牧，承续张氏事业。"又以前表未报，复遣沙门法泉间行奉表"，表示一家合力，"臣总督大纲，毕在输力，临机制命，动靖续闻"。

这些事件，《资治通鉴》上也有详细的记载。卷一一四晋安帝义熙元年正月记"西凉公暠自称大将军、大都督，领秦、凉二州牧，大赦，改元建初，遣舍人黄始、梁兴间行奉表诣建康。"

李暠殁后，子李歆袭位。《资治通鉴》卷一一八安帝义熙十四年九月记："歆遣使来告袭位。冬十月，以歆为都督七郡诸军事、镇西大将军，酒泉公。"胡三省注："都督敦煌、酒泉、晋兴、建康、凉兴及歆父暠所置会稽、广夏，凡七郡。"可知西凉政权自始至终与东晋王朝保持着联系。直至李歆之时，仍表示拥戴晋室，而从晋室的任命来看，东晋王朝对李暠、李歆疆土内的情况是很了解的。

自河西至建康的通道

上文屡言李暠等人"间行奉表"前往江南，沟通河西边地与东南沿海的联系，那么这些使者走的又是怎样一条道路呢？

汉魏之时，这本不成问题。西域各族君主派出的使者，与诸多胡商一样，沿着河西走廊东下长安或洛阳，此即后人艳称的丝绸之路。自长安、洛阳到江南，道路众多，或由水道，或走陆路；或直达，或间关前往，都很方便。但自西晋末年天下乱始，北方广大地区先后为前赵、后赵、前秦、后秦等好几个不同民族所建立的政权所控制。于是在河西走廊上建立的几个政权，东出的道路已完全被阻断。他们或是为了抵制东边的几个异族政权，或是为了表明自己政权的合法性，取得东晋王朝的认可，都得辗转前往建康。这时，留给他们的选择已很有限，只有在河西走廊的东端，由陇右南下，沿岷山而至蜀地；或由河西走廊西部南下，沿祁连山南部东下，折至汶山郡，再沿岷山而南下。东晋之时，蜀地还一直为避地江东的司马氏所控制，即使其后刘裕篡晋，这一地区仍在刘宋政权控制之下。因此西凉政权或后起的北凉政权，一直通过蜀地与他们心目中的正统王朝保持着联系。

由陇右南下的这条路线，称为西山道；西山不仅指维州、茂州一带的高山，还指甘肃、新疆南沿的高山。由河西西端南下通过青海地区而东下的这条路线，称为河南道。不论是从西山道或是河南道，至蜀地的商旅或使者，大都在汶山郡会合。再离下至益州等地。[1]

西晋常璩所撰之《华阳国志》卷三《蜀志》曰："汶山郡……东接蜀郡，南接汉嘉，西接凉州酒泉，北接阴平。有六夷、羌胡、羌虏、白兰、峒、九种之戎。"蒙文通曰："'羌虏'疑为'野虏'之误，吐谷浑也；白兰在吐谷浑西南，皆在今青海，故言西接凉州酒泉。"[2]《华阳国志》上的记载说明，今日甘肃、青海、四川交会处的阿坝藏族自治州东部地区，实为当时河西走

---

[1] 参看冯汉镛《唐五代时剑南道的交通线路考》载《文史》第 14 辑，中华书局 1982 年版。唐长孺《南北朝期间西域与南朝的陆路交通》，载《魏晋南北朝史论拾遗》，中华书局 1983 年版。

[2] 《四川古代交通线路考略》，载《古地甄微》，巴蜀书社 1998 年版。《晋书·吐谷浑传》曰："西北杂种谓之为阿柴虏，或号为野虏焉。"

廊上建国的几个政权与东晋、刘宋交往的枢纽地带。这一地区周围，又是多个少数民族流动的地带。

李暠父子遣使"间行"至建康"奉表诣阙"，当是沿河南道前往的。因为西凉的东面，有其夙敌沮渠蒙逊建立的北凉政权阻挡。他们只能自敦煌南下至青海再沿祁连山南与河西走廊并行的一条道路前往。此地为吐谷浑控制。吐谷浑为抵御北方异族的侵袭，与宋交好，宋亦屡遣使者通之。西凉与吐谷浑之间似无所冲突，因而有其可能利用这一通道。①

沮渠蒙逊为卢水胡人。这一民族一直在河西走廊上活动，而以张掖地区为中心，也经常南下至汶山一带。因长期与汉人杂居，汉化已久，因此沮渠蒙逊其人，在汉文化上颇有修养，他为了抵制后凉等国的侵袭，表示其政权的合法性，也一直向晋、宋王朝表示臣服。早期南下时，蜀地为成汉所阻挡，沮渠蒙逊曾不得不向其称臣。其后，东晋恢复了对蜀地的控制权，北凉政权也就一直通过这里与建康一地建立联系。

上面提到的是史书中记下的几次两地政权间的交往。由此可以推知，河西之地与江南之地，长期以来一直保持着联系，这条道路上，一直有人员在流动。

李白之父于神龙年间携家至蜀，走的当是西山道。这一家族于隋末大乱时西迁碎叶，当是经河西走廊向西走的。隋文帝统一中国，早已把北方的许多割据政权消灭了。唐高宗时李白之父回归中土，也当是沿河西走廊东下的。因为比之河南道，这是一条更为平坦的道路，何况李氏先世一直在这条河西通道上活动，情况当更熟悉。

李父何以要沿西山道而折至蜀地，没有材料可以说明，但他走的正是先辈当年与江东晋宋王朝沟通的老路，这里不知有什么隐情在起作用？

李家对蜀汉的向往

李暠建立西凉王朝，崔鸿《十六国春秋》中也有记载。《太平御览》卷一二四《偏霸部》八中还有《西凉录》的残文。"偏霸"一词也可说是李暠

---

① 宋臣段国出使吐谷浑，归来著《沙洲记》，一名《吐谷浑记》。《隋书·经籍志》卷二史部霸史类载"《吐谷浑记》二卷，宋新亭侯段国撰"。书已残佚，清张澍辑入《二酉堂丛书》。参看周伟洲《吐谷浑史》第二章《吐谷浑国的兴盛及其与南北朝各政权的关系》，广西师范大学出版社 2006 年版。

的自我定位。李暠本无一统天下的壮志，只是夤缘际会，为众所推，只想偏安一隅，保土安民。犹如当年的刘备效忠汉室那样，他也表示遥尊晋室。

李暠之对待谋臣宋繇，犹如刘备之于诸葛亮。当其病重时，托孤于宋，所说的一番话，与刘备对诸葛亮说的一番话，几无二致。

李暠曾写诸葛亮之训诫以勖诸子，可见其对蜀汉历史之重视。

李白也很仰慕诸葛亮之为人，诗中屡次言及，对他的隐居不仕，终在刘备三顾茅庐的敬礼下出山，于混乱的时局中施展才能，甚为向往。《驾去温泉宫后赠杨山人》云："少年落魄楚汉间，风尘萧瑟多苦颜。自言管、葛竟谁许，长吁莫错还闭关。一朝君王垂拂拭，剖心输丹雪胸臆。"《君道曲》中又说"刘、葛鱼水本无二"。但随后不久即证明，唐明皇并不能像刘备一样对待他，以致入京不久即匆匆离去。只是安史乱起，永王李璘派谋士韦子春等三上庐山礼聘时，李白以为"鱼水"之事真的可以实现了，于是匆匆下山参加幕府，可见诸葛亮的事迹对其影响之巨。

李暠为李白的九世祖，中间世系间隔已远，实难找到直接的联系，当然不能把一些蛛丝马迹似的线索无限放大。但从李氏家族人中的一些作为来看，则可发现这一世家中人实有一系相承的文化背景潜在地起着作用。

李暠曾孙李冲，得幸于魏文明太后，又得孝文帝的宠信，付以端揆重任，凡制定礼仪律令，营建都邑宫庙，以及其他有关变革夷风模拟汉化之事，无不使冲参决监令。又冲之犹子李韶，亦在孝文帝迁都洛阳之大事中起重大作用，故陈寅恪云："冲之为人必非庸碌凡流，实能保持其河西家世遗传之旧学无疑也。……韶亦能传其河西家世之学无疑。"[①] 李白之父的情况，因为缺乏系统记载，情况难明，但仍可根据若干线索进行一些追究。

李冲为李暠的曾孙，李韶为第四世孙，李白之父则为李暠的第八代孙，前后相距，本不甚远。看来李白上代没有其他几支那么显赫，中间还曾避乱而远徙异地，但从李氏族人无不看重其家世遗传之特点而言，李白之父的情况亦当如此。下面可在李白之父的行踪以及教育子女的问题上作些考察。

从唐代前期的情况来看，西方域外归来者大都沿着丝绸之路东下，至长安、洛阳一带谋求发展，李白之父携家东下，却是沿着东晋时期沟通两地的老路来往，并且定居于其先祖所向往的蜀地，仍然会勾起人们的遐想。

李白对于先人的历史还是很看重的，无论是《草堂集序》还是范传正的

① 《隋唐制度渊源略论稿》二《礼仪》，生活·读书·新知三联书店 1954 年版。

《新墓碑序》上的记叙，无不首先提到他们一族系出西凉武昭王李暠之后。李白在《送舍弟》诗中说："吾家白额驹，远别临东道。"即用先祖李暠起家的典故。《晋书·凉武昭王李玄盛传》曰："尝与吕光太史令郭䴥及其同母弟宋繇同宿，䴥起谓繇曰：'君当位极人臣。李君有国土之分，家有骝草马生白额驹，此其时也。'吕光末，京兆段业自称凉州牧，以敦煌太守赵郡孟敏为沙州刺史，署玄盛效谷令。敏寻卒，敦煌护军冯翊郭谦、沙州治中敦煌索仙等以玄盛温毅有惠政，推为宁朔将军、敦煌太守。玄盛初难之，会宋繇仕于业，告归敦煌，言于玄盛曰：'兄忘郭䴥之言邪？白额驹今已生矣。'玄盛乃从之。"可见李暠创业之事给予李白印象之深。

李白在《寄远十二首》之十中说："鲁缟如玉霜，笔题月支书，寄书白鹦鹉，西海慰离居。""月支"一作"月氏"，本为一属亚利安种的游牧民族，原居河西地区，汉时为匈奴所逐，辗转西迁至今阿姆河上游，称作大月氏；一小部分留居敦煌祁连山畔，称小月氏。李白所咏之月氏，则指西海边的大月氏。唐代有月氏都督府，亦以大月支曾居此而得名。李暠一支系出陇西，唐时属秦州天水郡，《元和郡县志》卷三九陇右道内记此，云是秦昭王始置陇西郡，其地有小陇山，一名陇坻，上多鹦鹉。李白用"月支"文修书，以白鹦鹉传讯，慰西海之离居，显然有其寓意。这里含有他对祖辈流转各地的多层怀念。

李白的祖辈在碎叶地区生活的情况，亦可依据一些相关的记载而作出推论。玄奘、辩机《大唐西域记》卷一记跋禄迦国有素叶水城，此即碎叶。西边呾逻私城南有小孤城，曰："南行十余里有小孤城，三百余户，本中国人也。昔为突厥所掠，后遂鸠集同国，共保此城，于中宅居。衣服去就遂同突厥，言辞仪范犹存本国。"李白的先祖于隋末为避中原的战乱而远徙西域，居住素叶水城，生活的情况当与《大唐西域记》上的记载类同，中国远徙异地的侨民大体都相似：一方面不得不入乡随俗，以求生存；一方面努力保存华夏文化，不忘自己的本根。

下面可从李家的生活方面作些考察。

如何培养子女，对每一个家庭来说，都是极为重要的事，李家对子女的教育，也极重视，但与唐初同时的人相比，却有不同。毕竟这一家族离开中原已久，因此其内容与方式，已属老派。

李白《上安州裴长史书》曰：

　　少长江汉，五岁诵六甲，十岁观百家，轩辕以来，颇得闻矣。常横
经籍书，制作不倦，迄于今三十春矣。

　　"六甲"是什么？有的学者认为指道教典籍。李白为道教信徒，这是容
易联想起来的。李长之就说："李白从小接受着道家的熏陶。就他自己说的
'五岁诵《六甲》'，《六甲》就是道宗末流的一种怪书。《神仙传》有'左慈
学道，尤明《六甲》，能役使鬼神'的话可证。"① 这一判断似是而非。古代
方术中确有"六甲"之说。《汉书·艺文志》五行家中有《风鼓六甲》、《文
解六甲》等书，因早已亡失，不知内容如何？《后汉书·方术传序》曰："其
流又有风角、遁甲。"李贤注："遁甲，推六甲之阴而隐遁也。"此即道教中
的遁甲之术，李白不可能于五岁时习之。又六甲为道教符箓之名，《道藏》
中有"上清六甲祈祷秘书"。《云笈七签》卷十四《三洞经教部》经《黄庭遁
甲缘身经》曰："若辟除恶神鬼者，书六甲、六乙符持行，并呼甲寅神，鬼
皆散走。"盖六甲为神名，为供天帝驱使的阳神。道士用符箓召请以祈禳驱
鬼，李白于五岁时或可佩此符箓，但无法"诵"之，因为这种符箓乃道教符
箓中较高深的一种，五岁幼童不能诵习。

　　实际说来，"六甲"为汉魏以来的一种传统童蒙计算教育。

　　汉时儿童入学即习六甲。《汉书·食货志》曰："八岁入小学，学六甲五
方书计之事。"王先谦《补注》引顾炎武曰："六甲者，四时六十甲子之类。"
又引周寿昌曰："犹言学数干支也。"魏晋南北朝时教育儿童的情况与此相
同。《南齐书·高逸·顾欢传》上说："欢年六七岁，书甲子，有简三篇，欢
析计，遂知六甲。"说明顾欢之早慧，比之前人习业为早。李白有此自白，
则是以为比之前人更为早熟。

　　隋初李谔在《上隋高帝革文华书》中批判当时学风说："于是间里童昏，
贵游总角，未窥六甲，先制五言。"（《文苑英华》卷六七九）只是泛览其时
典籍，已经不见儿童入学先习六甲的记载，唐代更是如此。因为自隋代起实
施科举制度，学生接受的教育与前已有不同，《唐六典》卷二一《国子监》
中叙学生习业之程序颇详，其间已无先学六甲的记载。唐玄宗开元时徐坚奉
敕编撰《初学记》，卷二一"文字"第三曰："古者子生六岁而教数与方名。

_____

① 《道教徒的诗人李白及其痛苦》二《李白求仙学道的生活之轮廓》，重庆商务印书馆1941年
版。

十岁入小学，学六甲书计之事，则文字之谓也。"明言此乃"古"时之事。因此李谔所云，可能只是袭用前代的典故。

这里透露出了一丝消息，截至唐代武后之时，李白家庭中还恪守汉魏以来的学术传统。他的上代于隋末西徙碎叶时，看来恪守这一传统，因此其父回到蜀地，让年幼的儿子受学时，仍然恪守家传遗教，先从"诵六甲"开始。

唐初颁布《五经正义》，作为考试的准则，士子为了求得晋身，受学之时无不沉潜于此。但李白却把主要精力去"观百家"。"百家"之中可以包括"儒家"，但自汉代后，已将儒家奉为独尊之学术，从而与百家相区别。李白强调观"百家"，至少可以说明其兴趣不限于"儒家"。他在《赠张相镐二首》其二中说："十五观奇书，作赋凌相如。"奇书当然也不是指儒家典籍。因为儒家学术偏于论述政治教化，均为人伦日用之常，无"奇"可言。

蜀地也真是保存着一些"百家"的"奇书"，例如陈子昂的五世祖方庆得"墨子五行秘书白虎七变"，就是不见于其他记载的秘籍；[①] 又如赵蕤著《长短要术》，按之时地，察其内容，也是耐人寻味的一种"百家奇书"。《长经要术》一名《长短经》，卷一《品目》与卷八《杂说》中引《钤经》，卷三《反经》原注中引《黔经》，均不见他书。

儒家推崇的圣王，是尧、舜，孔孟从未道及黄帝。司马迁作《史记·五帝本纪》，还说"学者多称五帝，尚矣。然《尚书》独载尧以来，而百家言黄帝，其文不雅驯，荐绅先生难言之。"说明一些黄帝的传说，不合雅驯的原则，实为异端之言，李白却以"颇得闻矣"而自鸣得意，可见他自始即不屑于受儒家思想的束缚。

李白在《秋于敬亭送从侄耑游庐山序》中说："余小时，大人令诵《子虚赋》，私心慕之。"此中又透露出了多种消息。

一是李父具有很高的文化修养。如前所言，李父早年虽然一直生活在西域边地，然仍注意中国文化的传承，可知李家一直保持着很高的文化水准。这在过去也是一种常见的现象，域外的侨民家中一直努力承续固有的传统。

二是李父注意蜀地的文化传统。他之携家迁蜀，沿着当年祖辈的足迹前

---

① 见赵儋《大唐剑南东川节度观察处置等使户部尚书兼御史大夫梓州刺史鲜于公为故右拾遗陈公建旌德之碑》，卢藏用《陈氏别传》曰："四世祖方庆，得墨翟秘书，隐于武东山，子孙家焉。"二文均附《陈子昂集》，中华书局上海编辑所 1960 年刊徐鹏校本。

来，当与他对蜀地区域文化的熟知与仰慕有关。

李暠在《述志赋》中叙其对蜀汉与孙吴的仰慕之忱，曰：

> 思留侯之神遇，振高浪以荡秽，想孔明于草庐，运玄筹之罔滞；洪操盘而慷慨，起三军以激锐。咏群豪之高轨，嘉关、张之飘杰，雪报曹而归刘，何义勇之超出！据断桥而横矛，亦雄姿之壮发。辉辉南畛，英英周、鲁，挺奇荆吴，昭文烈武，建策乌林，龙骧江浦。摧堂堂之劲阵，郁风翔而云举。绍樊、韩之远踪，侔徽猷于召、武，非刘、孙之鸿度，孰能臻兹大祐。

而他在自述个人志趣时则曰：

> 涉至虚以诞聋，乘有舆于本无，禀玄元而陶衍，承景灵之冥符。荫朝云之庵蔼，仰阴日之照晌。既敷既载，以育以成。幼希颜子曲肱之荣，游心上典，玩礼敦经。蔑玄冕于朱门，羡漆园之傲生；尚渔父于沧浪，善沮、溺之耦耕。秽鹪鹩之笼吓，钦飞凤于太清；杜世竞于方寸，绝时誉之嘉声。

这种思路，倾心《老》《庄》而又不废儒家的操守，正是西晋之时玄学的本来面貌。可见身处河西地区的李氏确是恪守汉末至晋代的遗风。《赋》中又说："时弗获彭，心往形留，眷驾阳林，宛首一丘；冲风沐雨，载沉载浮。利害缤纷以交错，欢感循环而相求。干扉奄寂以重闭，天池绝津而无舟；悼贞信之道薄，谢惭德于圜流。遂乃去玄览，应世宾，肇弱巾于东宫，并羽仪于英伦，践宣德之秘庭，翼明后于紫宸。"自叙其出处之变化，实因政局的变动，由崇尚虚无的玄学而面向现实，从而表现为对蜀汉等地创业之主的认同。

从李暠本人的思想与作为来看，与魏晋时期的学术环境有着甚为密切的联系，而从李家的教育方式和文化背景来看，与晋代河西的学术环境有着甚为密切的联系。今将其时河西地区的文化氛围作一总的考察。

《资治通鉴》卷一二三文帝元嘉十六年载："凉州自张氏以来，号称多士。"胡克家注：

永嘉之乱，中州之人士避地河西，张氏礼而用之，子孙相承，衣冠不坠，故凉州号为多士。

从凉州一些士人的传记中，可以发现其所呈现的学术特点。现从李暠视作蜀之诸葛的宋繇叙起：《魏书·宋繇传》曰：

> 宋繇，字体业，敦煌人也。曾祖配、祖悌，世仕张轨子孙。父燎，张玄靓龙骧将军、武兴太守。……（繇）随（张）彦至酒泉，追师就学，闭室诵书，昼夜不倦，博通经史，诸子群言，靡不览综。吕光时，举秀才，除郎中。后奔段业。业拜繇中散、常侍。繇以业无经济远略，西奔李暠，历位通显。家无余财，雅好儒学，虽在兵难之间，讲诵不废。每闻儒士在门，常倒屣出迎，停寝政事，引谈经籍。……沮渠蒙逊平酒泉，于繇室得书数千卷，盐米数十斛而已。蒙逊叹曰："孤不喜剋李歆，欣得宋繇耳。"拜尚书吏部郎中，委以铨衡之任。蒙逊之将死也，以子牧犍委托之。……世祖并凉州，从牧犍至京师，卒，谥曰恭。

宋繇在西凉、北凉与魏代均位历通显，不论是汉人的李暠，还是卢水胡人沮渠蒙逊，均如刘备的对待诸葛亮。沮渠蒙逊虽然始终与西凉为敌，后且消灭了西凉李氏政权，但他本人的好学与好尚，与李暠等人一致。因此，宋繇之忠于西凉与忠于北凉，似乎没有什么思想障碍，这与南朝一些士人的思想状态也并无二致。

《魏书·刘昞传》曰：

> 李暠私署，徵为儒林祭酒、从事中郎。暠好尚文典，书史穿落者亲自补治，昞时侍侧，前请代暠，暠曰："躬自执者，欲人重此典籍。吾与卿相值，何异孔明之会玄德。"迁抚夷护军，虽有政务，手不释卷。……昞以三史文繁，著《略记》百三十篇、八十四卷，《凉书》十卷，《敦煌实录》二十卷，《方言》三卷，《靖恭堂铭》一卷，注《周易》、《韩子》、《人物志》、《黄石公三略》，并行于世。（沮渠）蒙逊平酒泉，拜秘书郎，专管注记。筑陆沈观于西苑，躬往礼焉，号玄处先生，学徒数百，月致羊酒。牧犍尊为国师，亲自致拜，命官属以下皆北面受业焉。

《魏书·术艺·江式传》曰：

> 江式，字法安，陈留济阳人。六世祖琼，字孟琚，晋冯翊太守，善虫篆、诂训。永嘉大乱，琼弃官西投张轨，子孙因居凉土，世传家业。祖强，字文威，太延五年，凉州平，内徙代京，上书三十余法，各有体例，又献经史诸子千余卷，由是擢拜中书博士。

《魏书·儒林·常爽传》曰：

> （爽）笃志好学，博闻强识，明习纬候，五经百家多所研综。州郡礼命皆不就。世祖西征凉土，爽与兄仕国归款军门，世祖嘉之，……是时戎车屡驾，征伐为事，贵游子弟未遑学术，爽置馆温水之右，教授门徒七百余人，京师学业，翕然复兴。爽立训甚有劝罚之科，弟子事之若严君焉。尚书左仆射元赞、平原太守司马真安、著作郎程灵虬皆是爽教所就，崔浩、高允并称爽之严教，奖厉有方。允曰："文翁柔胜，先生刚克，立教虽殊，成人一也。"其为通识叹服如此。

高允以蜀之文翁来赞美世居凉州的常爽，亦可窥知时人常以河西与蜀地之学术联系而考察之。

近人读史，或是研究李白的成长历程，都有一个问题难以解释：李白为什么会"十岁观百家"？唐代中原地区的人已无学习百家的风习，为什么处于西蜀地区的李家这么特殊？今知河西地区一直保存着东汉后期的学风，学术界一直有百家之学在传承。这一学风，由于凉州地区与江南王朝的沟通，在蜀地积淀下来，这就形成了唐初蜀学的独特面貌。

全国趋于一统，儒家经典已成士子的主要读物，全国已经难以见到士人学习诸子百家的记载了。而在贞观之治与开天盛世之间，全国政局甚为稳定，士人更是趋于科举一途，以求晋身，因而更是难以见到有人学习只在乱世才能出现的纵横家说了。蜀地不然，自唐初始，仍然流传纵横家说。高宗、武后时期的陈子昂即曾认真学习纵横之术，致力于王霸之道。他在《赠严仓曹乞推命录》中说："少学纵横术。"《谏政理书》中又说："窃少好三皇五帝霸王之经。"卢藏用《陈氏别传》曰："属唐高宗大帝崩于洛阳宫，灵驾将西归，子昂乃献书阙下。时皇上以太后居摄，览其书而壮之，召见问状。子昂貌寝寡援，然言王霸大略，君臣之际，甚慷慨焉。……工为文，而不好作，其立言措意，在王霸大略而已。"

陈子昂殁后不久，蜀地又出现了另一奇士赵蕤，孙光宪《北梦琐言》卷五曰："赵蕤者，梓州盐亭县人也。博学韬钤，长于经世。夫妇俱有节操，不受交辟，撰《长短经》十卷。王霸之道，见行于世。"赵蕤在《长短经》中的《序》中自云："夫霸者，驳道也。盖白黑杂合，不纯用德焉。期于有成，不问所以；论于大体，不守小节。虽称仁义，不及三王，而扶颠定倾，其归一揆。恐儒者溺于所闻，不知王霸殊略，故叙以长短术，以经纶通变者。创立题目，总六十三篇，合为十卷，名为《长短经》。"此书尚存。察其内容与结构，颇似前代子书的一种，杂采诸子百家之学，而以纵横家说综贯之。《四库全书总目》卷一一七"杂家类"该书提要曰："是书皆谈王伯经权之要。……刘向序《战国策》，称'或题曰《长短》'。此书辨析事势，其渊盖出于纵横家，故以长短为名。"

李白青年时期曾从赵蕤学习纵横之术，《唐诗纪事》卷十八引东蜀杨天惠《彰明逸事》曰："隐居戴天大匡山，往来旁郡，依潼江赵徵君蕤。蕤亦节士，任侠有气，善为纵横学，著书号《长短经》。太白从事岁余。"他的这一番经历，对他后来的发展发生了重大影响。赵蕤《长短经序》中说"书读纵横，则思诸侯之变；艺长奇正，则念风云之会。"安史乱起，恰逢风云之会；永王东下，正是诸侯之变。李白终于认定千载难遇的时机到了，于是从庐山隐居之处下来就永王之征召，企图一施纵横之术，结果却招致了彻底的失败。

刘昞曾作《黄石公三略》，《隋书·经籍志》子部"兵"中亦有此书，注云"下邳神人撰"，不知是否同一书？《志》中还著录以黄石公命名的著作多种。李白诗中亦曾屡次言及黄石公，且以黄石公的兵谋自许，看来他也曾经学习过有关黄石公的兵书，而这与河西之地的杂学也当有其渊源。

《资治通鉴》卷一二三宋文帝元嘉十四年载"（沮渠）牧犍遣将军沮渠旁周入贡于魏，魏主遣侍中古弼、尚书李顺赐其侍臣衣服，并征世子封坛入侍。是岁，牧犍遣封坛如魏，亦遣使诣建康，献杂书及敦煌赵㫤所撰《甲寅元历》，并求杂书数十种，帝皆与之。"可知河西之地与江南之地交流文化之事不断，彼此互赠"杂书"，其中一些"杂书"，也就在蜀地保存了下来。

由上可见，河西之地与蜀地之间存在着长期的联系与交流。近人研究唐代前期蜀地的区域文化时，每对其地游离于中原文化而引以为奇，如具吾人首从晋代河西之地所保存的汉末学风进行考察，再来探究蜀地所遗存的前代学风，那么这一问题似可得到合理的解释。

李白对江南神仙道教的热衷

李白于 24 岁时离蜀东下。大约即在开元十二年（公元 724 年）的秋天，决定离开荆门时，作《秋下荆门》诗曰：

> 霜落荆门江树空，布帆无恙挂秋风。此行不为鲈鱼鲙，自爱名山入剡中。

这就说明，他之向吴越地区进发，虽与张翰的目的地一样，其背景却大不相同。张翰念及鲈鱼莼羹，以此寄托对故乡的牵挂。当然，张翰的急于回到吴地，还有及时避祸的用意。李白不同，他既非吴人，自无思乡之意：身既居蜀，也无避祸的必要。故他明言，此行的目的只是"自爱名山入剡中"。

按伯 2567 敦煌唐诗选残卷亦录此诗，题作《初下荆门》。考李白前此一直生活在中国的西部地区，与东方吴越地区间隔甚远，又无亲友在那里居留，为什么一离开蜀地，就会立即想到剡中去游览呢？具体地说，为什么剡中的"名山"对他具有那么大的吸引力呢？

李白因家世的关系，受魏晋南北朝的历史与文化的影响甚深，上述张翰之事亦可为证。李白"一生好入名山游"，浙东之地，风景佳丽，众多名士出没于此，山山水水留下了他们的踪迹，也触发了许多名篇的产生，这些当然会对李白具有强烈的吸引力。李白的诗文中常是咏及谢灵运等人的轶事，备致仰慕之意。但我们尤应注意的是，剡中的许多名山都与道教中的神仙有关，此地流传着很多山中的神仙故事，这些当然也会对笃信道教的李白产生影响。《天台晓望》中说："观奇迹无倪，好道心不歇。"可见浙东之地，景色之美与神仙之异对他都有强大的吸引力。

中国很早就出现了神仙家说。《庄子·逍遥游》上说："藐姑射之山，有神人居矣，肌肤若冰雪，淖约若处子。不食五谷，吸风饮露，乘云气，御飞龙，而游乎四海之外。"道教中的神仙，一般都是在这种场景中生活的。在古人的观念中，神仙都在高山上活动，因为这是尘世之中最接近天穹的地方，因此神仙常是在山际云雾缭绕时出现。东汉刘熙《释名·释长幼》曰："老而不死曰仙。仙，迁也，迁入山也。故其制字，人旁作山也。"这一学说，恰切地反映了先秦两汉阶段的神仙观。

自周秦始，中国就已出现五岳之说。到了汉代，道教内部已经产生了有关《五岳真形图》的记载，《汉武帝内传》和《洞冥记》卷二中均曾叙及，《抱朴子·内篇·遐览》曰："道书之重者，莫过于《三皇内文》、《五岳真形图》也。"这时也就出现了几种《五岳真形图》。而据传为东方朔所撰的《五岳真形图序》上的记叙，以及有些介绍图之神效的符文与各自独立的五岳图形上，还加上了霍山、潜山、青城山、庐山等名山，作为辅弼。而据研究，这种真形图当产生在六朝江南神仙道教形成之后。[①]

李白在《庐山谣寄卢侍御虚舟》中说："五岳寻仙不辞远，一生好入名山游。"他之急于奔赴剡中寻访名山，正因此地道教气氛特别浓烈。

神仙一般都住在名山洞府之中，此即所谓"别有洞天"是也。道教以为世上有十大洞天，此外还有三十六小洞天、七十二福地，这里都有著名的仙人居处。《云笈七籤》卷二七载司马承祯集《天地宫府图》引太上语，历数十大洞天名数，台州委羽山洞号大有空明之洞天，赤城山洞名上清玉平之洞天，处州括苍山洞号成德隐玄之洞天；三十六小洞天中，越州四明山洞为丹山赤水天，会稽山洞为极玄大元天，温州华盖山洞为容成大玉天，台州盖竹山洞为长耀宝光天，越州金庭山洞为金庭崇妙天，处州仙都山洞为仙都祈仙天，青田山洞为青田大鹤天，杭州天目山洞为天盖涤玄天，婺州金华山洞为金华洞元天；七十二福地中位于该地者为数尤多，不具列。

杜光庭作《洞天福地岳渎名山记》，综合前此道经上记载的海外五岳、三岛十洲、三十六靖庐、七十二福地、二十四化、四镇诸山，内容极为丰富。从中可知剡中及其附近地区有两大洞天和六个小洞天，还有十个左右的福地。这样的名山秀水，又是神灵出没之区，难怪李白离蜀之后定要"自爱名山入剡中"了。

名山洞府有神仙居住，这只是在道教醖酿成熟后才有这么整齐的规划和完整的记叙。实则人类处在初民阶段时，受万物有灵论的影响，以为每座山上都有山神，每条水中都有水神。《抱朴子·登涉》篇曰："山无大小，皆有

---

① 参看［日］小男一郎著、孙昌武译《中国的神话传说与古小说》第四章《〈汉武帝内传〉的形成》五《〈五岳真形图〉与〈六甲灵飞等十二事〉》，中华书局1993年版。

神灵。山大则神大，山小即神小也。"这一说明符合古代的实际。

　　司马承祯的生活年代要比李白为早，他的记载，实乃综合前人成说，并非出于编造。有关的神仙故事，此前早已脍炙人口，李白的诗文中也一再表达其倾慕之忱。

　　在李白的诗中，常见咏及天姥、天台、四明、金华等诗篇。诸山又多连贯，李白辗转于众山之中，且多次前往，直是流连忘返。今举若干有代表性的诗篇以示一斑。

　　李白向剡中进发，首先要去的地方，为天姥山。《别储邕之剡中》诗曰：

　　　　借问剡中道，东南指越乡。舟从广陵去，水入会稽长。竹色溪下
　　绿，荷花镜里香。辞君向天姥，拂石卧秋霜。

　　《太平寰宇记》卷九六"越州"引《后吴录》曰："剡县有天姥山，传云登者闻天姥歌谣之响。"此山不但景色绝佳，且为道教中的福地，故对李白具有强大的吸引力。

　　天姥山中的胜境，对李白来说，直是魂牵梦萦。若干年后，他写下了《梦游天姥吟留别》这一著名长篇：

　　　　海客谈瀛洲，烟涛微茫信难求。越人语天姥，云霞明灭或可睹。天
　　姥连天向天横，势拔五岳掩赤城。天台四万八千丈，对此欲倒东南倾。
　　我欲因之梦吴越，一夜飞渡镜湖月。湖月照我影，送我至剡溪。谢公宿
　　处今尚在，渌水荡漾清猿啼。脚着谢公屐，身登青云梯。半壁见海日，
　　空中闻天鸡。千岩万转路不定，迷花倚石忽已暝。熊咆龙吟殷岩泉，慄
　　深林兮惊层巅。云青青兮欲雨，水澹澹兮生烟。列缺霹雳，丘峦崩摧。
　　洞天石扇，訇然中开。青冥浩荡不见底，日月照耀金银台。霓为衣兮风
　　为马，云之君兮纷纷而来下。虎鼓瑟兮鸾回车，仙之人兮列如麻。忽魂
　　悸以魄动，怳惊起而长嗟。惟觉时之枕席，失向来之烟霞。世间行乐亦
　　如此，古来万事东流水。别君去兮何时还？且放白鹿青崖间，须行即骑
　　访名山。安能摧眉折腰事权贵，使我不得开心颜。

　　李白书写梦中的情景，也是对前此之行的回忆与想象。仙人洞府之中，电闪雷鸣，龙吟熊咆；仙人所居，有如黄金白银所筑之宫阙，日月照耀。天

鸡常鸣。这番景象，自与俗世的尘嚣有别。

李白钟情一处时，常是极度形容，从而将天台、赤城等山加以压抑，但他实际上也喜爱天台等名山，诗中多次咏及天台。《天台晓望》曰："天台邻四明，华顶高百越。"因为天台山上的华顶峰，海拔高，景色美，登临于此，可以俯瞰群山，也是他最喜爱的去处。

李白诗中常见赞美天台等名山之作，今先引《送友人寻越中山水》、《送杨山人归天台》二诗以示之。

> 闻道稽山去，偏宜谢客才。千岩泉洒落，万壑树萦回。东海横秦望，西陵遶越台。湖清霜镜晓，涛白雪山来。八月枚乘笔，三吴张翰杯。此中多逸兴，早晚向天台。

> 客有思天台，东行路超忽。涛落浙江秋，沙明浦阳月。今游方厌楚，昨梦先归越。且尽秉烛欢，无辞凌晨发。我家小阮贤，剖竹赤城边。诗人多见重，官烛未曾然。兴引登山屐，情催泛海船。石桥如可度，携手弄云烟。

神仙，名士，景观，名篇，吸引众多唐代诗人前往。李白对此更为热衷，故多次出没此地。

魏颢为李白的崇拜者，作风亦相仿佛，李白东下时，魏颢曾千里命驾，"自嵩宋沿吴相访"，即沿其足迹而寻求一见，这使李白深为感动，遂作《送王屋山人魏万还王屋》诗以咏之，诗曰：

> 仙人东方生，浩荡弄云海。沛然乘天游，独往失所在。魏侯继大名，本家聊摄城。卷舒入元化，迹与古贤并。十三弄文史，挥笔如振绮。辩折田巴生，心齐鲁连子。西涉清洛源，颇惊人世喧。采秀卧王屋，因窥洞天门。揭来游嵩峰，羽客何双双！朝携月光子，暮宿玉女窗。鬼谷上窈窕，龙潭下奔潈。东浮汴河水，访我三千里。逸兴满吴云，飘飖浙江氾。挥手杭越间，樟亭望潮还。涛卷海门石，雪横天际山。白马走素车，雷奔骇心颜。遥闻会稽美，一弄耶溪水。万壑与千岩，峥嵘镜湖里。秀色不可名，清辉满江城。人游月边去，舟在空中行。此中久延伫，入剡寻王、许。笑读《曹娥碑》，沉吟黄绢语。天台连四明，日入向国清。五峰转月色，百里行松声，灵溪恣沿越，华顶殊

超忽。石梁横青天，侧足履半月。眷然思永嘉，不惮海路赊。挂席历海峤，回瞻赤城霞。赤城渐微没，孤屿前峣兀。水续万古流，亭空千霜月。缙云川谷难，石门最可观。瀑布挂北斗，莫穷此水端。喷壁洒素雪，空蒙生昼寒。却寻恶溪去，宁惧恶溪恶。咆哮七十滩，水石相喷薄。路创李北海，岩开谢康乐。松风和猿声，搜索连洞壑。径出梅花桥，双溪纳归潮。落帆金华岸，赤松若可招。沈约八咏楼，城西孤岧峣。岧峣四荒外，旷望群川会。云卷天地开，波连浙西大。乱流新安口，北指严光濑。钓台碧云中，邈与苍梧对。

诗中提到的名山秀水甚多，除了魏颢原来居住地的嵩山、鬼谷，内有月光子、玉女等神仙外，诗中集中介绍的，还是浙东的名山，内如天台、四明、赤城、缙云、括苍、金华等，既是风光旖旎之处，又是道教中的圣地，中多神仙事迹，对学道之人深具吸引力。

李白屡次提到浙东上述名山，足见他对这些胜地的流连。今分别作些介绍。

天台山是浙东著名的神仙洞府。《文选》卷十一孙绰《游天台山赋序》曰："天台山者，盖山岳之神秀者也。涉海则有方丈、蓬莱，登陆则有四明、天台，皆玄圣之所游化，灵仙之所窟宅。夫其峻极之状，嘉祥之美，穷山海之环富，尽人神之壮丽矣。"李善注引《名山略记》曰："天台山，即是定光寺诸佛所降葛仙公山也。"所以李白在《天台晓望》中也说："凭高远登览，直下见溟渤。云垂大鹏翻，波动巨鳌没。风潮争汹涌，神怪何翕忽！……安得生羽毛，千春卧蓬阙。"

四明山与天台山相连，亦时见于李白咏天台的诗中。《早望海霞边》诗曰："四明三千里，朝起赤城霞。日出红光散，分辉照雪崖。"可见李白登临四明之巅时观感之佳。此外还有一层因缘促使李白往来于此。因为他所尊崇的前辈贺知章，即以"四明逸老"的身份退隐于此，因此李白在《对酒忆贺监》诗中说："狂客归四明，山阴道士迎。敕赐镜湖水，为君台沼荣。"贺知章最后以道士的身份终老于此。

赤城山在道教的名山谱系中地位甚高。五岳的名称，过去都把衡山定为南岳，时至南朝，道教中人又以霍山（天柱山）当之。只是霍山位于建康之西，因而道教中的某些派系又以赤城当之。因为赤城与东海仙岛的距离近得多，因而更易纳入江南神仙道教的体系之中。

赤城位于天台山系的南端，孙绰《游天台山赋》曰："赤城霞起而建标"，李善注引孔灵符《会稽记》曰："赤城，山名，色皆赤，状似云霞。"此意屡见李白笔下，《金陵送张十一再游东吴》曰："春光白门柳，霞色赤城天。"《秋夕书怀》曰："海怀结沧州，霞想遥赤城。始探蓬壶事，旋觉天地轻。"《莹禅师房观山海图》诗曰："如登赤城里，揭步沧州畔。即事能娱人，从兹得萧散。"足见剡中的名山秀水及其相关的神仙故事、诗文名篇对他吸引力之巨。

下面介绍李白对金华之地的向往。《元和郡县志》卷二六江南道婺州金华县曰：

> 金华山，在县北二十里，赤松子得道处。

赤松子在神仙谱系中起源很早，旧传西汉刘向所撰之《列仙传》列赤松子于首卷之端，曰：

> 赤松子者，神农时雨师也。服水玉，以教神农，能入火自烧。往往至昆仑山上，常止西王母石室中，随风雨上下。炎帝少女追之，亦得仙俱去。高辛时，复为雨师。今之雨师本是焉。①

所谓"入火自烧"，亦即言其在烈火中永生。

郭璞《游仙诗》其三曰："赤松临上游，驾鸿乘紫烟。""紫"为烈焰上升烟气之色。《太平御览》卷六九引《水经》曰："赤松子游金华山，以火自烧而化，故山上有赤松子之祠。"

《梁书·沈约传》载"隆昌元年，除吏部郎，出宁朔将军、东阳太守。"亦即主政金华地区。其时曾有咏及赤松子之诗，《赤松涧》诗曰："松子排烟去，英灵眇难测。惟有清涧流，潺湲终不息。神丹在兹化，云轺于此陟。愿受金液方，片言生羽翼。"刘孝标《东阳金华山栖志》亦云："涧勒赤松之名，山贻缙云之号。"（《广弘明集》卷二四）

李白多次提及赤松子，《古风》其十八曰："萧飒古仙人，了知是赤松。

---

① 载《列仙传》卷上，王叔岷校笺本，台湾中央研究院中国文哲研究所中国文哲专刊，1995年版。

借予一白鹿，自挟两青龙。"《对酒行》曰："松子栖金华，安期入蓬海。此人古之仙，羽化竟何在？"《送王屋山人魏万还王屋》诗曰："落帆金华岸，赤松若可招。"《古风》其十五曰："金华牧羊儿，乃是紫烟客，我愿从之游，未去发已白。"足见入火自焚的牧羊儿对他具有强大的吸引力。

金华牧羊儿为皇初平，亦即赤松子，葛洪《神仙传》曰：

> 皇初平者，丹溪人也。年十五，家使牧羊。有道士见其良谨，便将至金华山石室中，四十余年，不复念家。其兄初起行山寻索初平，历年不得。后见市中有一道士，初起召问之曰："吾有弟名初平，因令牧兰，失之四十余年，莫知死生所在，愿道君为占之。"道士曰："金华山中有一牧羊儿，姓皇，字初平，是卿弟非疑。"初起闻之，即随道士去求弟，遂得相见。悲喜语毕，问初平羊何在？曰："近在山东耳。"初起往视之，不见，但见白石而还。谓初平曰："山东无羊也。"初平曰："羊在耳，兄但自不见之。"初平与初起俱往看之，初平乃叱曰："羊起！"于是白石皆变为羊数万头。初起曰："弟独得仙道如此，吾可学乎？"初平曰："惟好道，便可得之耳。"初起便弃妻子留住，就初平学。共服松脂茯苓，至五百岁，能坐在立亡，行于日中无影，而有童子之色。后乃俱还乡里，亲族死终略尽，乃复还去。初平改字为赤松子，初起改字为鲁班。其后服此药得仙者数十人。（《太平广记》卷七引，《艺文类聚》卷九四所引略同）

中原地区有关羊的故事，大都与吉祥的寓意相关，或着眼于羊的易繁殖，或着眼于其性温顺，皇初平故事中的羊，则颇有其灵验之处。而且这一故事中的羊，特别强调其中一个"白"字，因为所牧之羊后均化为"白石"，而这与李白其人特殊的历史文化背景有关。

李白离蜀东下时，曾赴峨嵋山游赏，且作《登峨嵋山》诗，曰：

> 蜀国多仙山，峨嵋邈难匹。周流试登览，绝怪安可悉？青冥倚天开，彩错疑画出。泠然紫霞赏，果得锦囊术。云间吟琼箫，石上弄宝瑟。平生有微尚，欢笑自此毕。烟容如在颜，尘累忽相失。傥逢骑羊子，携手凌白日。

骑羊子为仙人葛由。《列仙传》曰：

葛由者，羌人也。周成王时，好刻木羊卖之。一旦，骑羊而入西
蜀，蜀中王侯贵人追之，上绥山，在峨嵋山西南，高无极也。随之者不
复还，皆得仙道。故里谚曰："得绥山一桃，虽不得仙，亦足以豪。"山
下立祠数十处云。

峨嵋山为羌人影响所及的地区，古时即为羌族聚居之地，故"山下"有
祠数十处，足见其地崇祀羌族中的神仙香火之盛。

巴蜀地区的人都很崇信葛由。陈子昂《感遇诗》其三十三曰："金鼎合
神丹，世人将见欺。飞飞骑羊子，胡乃在峨嵋。"其三十六曰："浩然坐何
慕，吾蜀有峨嵋。念与楚狂子，悠悠白云期。时哉悲不会，涕泣久涟洏。梦
登绥山穴，南采巫山芝。探元观群化，遗世从云螭。"说明蜀地仙山对于该
地区的人影响至深。羌族神仙已成公众的共同信仰。

李白诗中一再提及此事，《叙旧赠江阳宰陆调》诗中说：

我昔北门厄，摧如一枝蒿。有虎挟鸡徒，连延五陵豪。邀遮来组
织，呵吓相煎熬。君披万人丛，脱我如貔牢。此耻竟未刷，且食绥
山桃。[①]

李白转而言及"绥山桃"事，表示欲追随葛由成仙。其他诗中，也曾提
到"骑羊"之事，如《留别曹南群官之江南》诗曰：

我昔钓白龙，放龙溪水傍。道成本欲去，挥手凌苍苍。时来不关
人，谈笑游轩皇。献纳少成事，归休辞建章。……怀归路绵邈，览古情
凄凉。登岳眺百川，杳然万恨长。却恋峨嵋去，弄景偶骑羊。

诗中详细介绍了他少年时耽学仙术，历经事故蹉跎无成，朝廷仙宫两无着
落，追忆蜀地道家踪迹，不由得又想起葛由牧羊之事，说明羌族中的这一神
仙故事对他影响至深。

---

① 这些诗句乃宋蜀本、缪曰芑本诗注引"一本"中文，咸淳本、《分类补注李太白诗》无。胡
震亨《李诗通》以注文为正文，而以正文为注文。

　　李白诗中喜用"白"字，除"白龙"外，诸如白鼋、白鼋、白龟、白鹿、白兔、白虎、白鹦鹉、白蝙蝠、白石等等，不一而足。羌族居西，故与白有缘。李白居于西蜀，位于中国西部，又与羌人为邻，他的喜用"白"字，应当与此有关。

　　安史乱起，李白匆匆南下，而他念及留滞鲁地的爱子伯禽时，作《送萧三十一之鲁中兼问稚子伯禽》诗曰：

　　　　高堂倚门望伯鱼，鲁中正是趋庭处。我家寄在沙丘旁，三年不归空断肠。君行既识伯禽子，应驾小车骑白羊。

于此可见蜀地的白羊故事留给他的印象之深了。

　　按照历史学家与民俗学家的解释，"羌"字从"羊"，因为羌人向以畜牧为生，故以羊为图腾。《说文解字·羊部》曰："羌，西戎牧羊人也。从人、从羊，羊亦声。"《风俗通义》曰："羌，本西戎卑贱者也，主牧羊。故'羌'从羊、人，因以为号。"（《太平御览》卷七九四引）因此羌人文化所及之区，白羊这一形象作为吉祥的象征，也就深入人心了。

　　羌族相信万物有灵，故主多神信仰，而在众神之中，又以天神地位为高。羌人把众神供奉在山上、屋顶、地里以及石砌的塔中，以一种乳白色的石英石作为象征，天神则被供奉在每户的屋顶最高处。[①] 皇初平叱白石成羊，说明皇初平的牧羊故事亦有羌族文化背景，而皇初平即赤松子，赤松子的传记中有火葬与白石的明证，说明他是葛由的翻版，源出羌族之神。由此可知，李白欲弃人间事，从赤松子游。皇初平所放牧的牲口，也就是李白笔下的白羊。

　　羌族之神移植到了吴越地区的神仙洞府，演变成了皇初平的神仙之说，这也就是后来流传广泛的黄大仙这一道教神仙。这与蜀中仙人李八百的情况甚为相似。江南民间神仙道教中的李家道，就是由蜀地传入的。[②]

　　下面讨论江南神仙道教中的所谓李家道。

　　《太平广记》卷七《神仙传》载李八百与李阿事曰：

---

　　① 参看冉光荣、李绍明、周锡银《羌族史》下编第六章《羌族的习俗与宗教》，四川民族出版社 1984 年版。
　　② 参看胡孚琛《魏晋神仙道教〈抱朴子内篇研究〉》第二章《魏晋社会的道教》第四节《魏晋社会的其他道派》（一）"李家道"，人民出版社 1989 年版。

李八百，蜀人也，莫知其名。历世见之，时人计其年八百岁，因以为号。或隐山林，或出市廛。知汉中唐公昉有志，不遇明师，欲教授之，乃先往试之。为作客佣赁者，公昉不知也。八百驱使用意，异于他客，公昉爱异。八百乃伪病，困当欲死，公昉即为迎医合药，费数十万钱，不以为损。忧念之意，形于颜色。八百又转作恶疮，周徧身体，脓血臭恶，不可忍近，公昉为之流涕，曰："卿为吾家使者，勤苦历年，常得笃疾，吾取医欲令卿愈，无所悋惜，而犹不愈，当如卿何？"八百曰："吾疮不愈，须人舐之当可。"公昉乃使三婢，三婢为舐之。八百又曰："婢舐不愈。若得君为舐之，即当愈耳。"公昉即舐，复言无益，欲公昉妇舐之最佳。又复令妇舐之。八百又告曰："吾疮乃欲差，当得三十斛美酒，浴身当愈。"公昉即为具酒，着大器中。八百即起，入酒中浴。疮即愈，体如凝脂，亦无余痕。乃告公昉曰："吾是仙人也。子有志，故此相试。子真可教也。今当授子度世之诀。"乃使公昉夫妻并舐疮三婢以其浴酒自浴，即皆更少，颜色美悦。以《丹经》一卷授公昉。公昉入云台山中作药。药成，服之仙去。

李阿者，蜀人。传世见之不老，常乞于成都市，所得复散赐与贫穷者。夜去朝还，市人莫知所止。或往问事，阿无所言，但占阿颜色。若颜色欣然，则事皆吉；若容貌惨戚，则事皆凶。若阿含笑者，则有大庆；微叹者，则有深忧。如此候之，未曾不审也。有古强者，疑阿异人，常亲事之。试随阿还，所宿乃在青城山中。强后复欲随阿去，然身未知道，恐有虎狼，私持其父大刀。阿见而怒强曰："汝随我行，那畏虎也。"取强刀以击石，刀折坏。强忧刀败。至旦随出，阿问强曰："汝愁刀败也？"强言实恐父怪怒，阿则取刀，左手击地，刀复如故。强随阿还成都。未至，道逢人奔车，阿以脚置其车下，轹脚皆折，阿即死。强怖，守视之。须臾阿起，以手抚脚，而复如常。强年十八，见阿年五十许；强年八十余，而阿犹然不异。后语人被昆仑山召，当去，遂不复还也。

这些神仙，葛洪在《抱朴子·道意》篇中也有介绍，今亦征引如下：

或问李氏之道起于何时，余答曰：吴大帝时，蜀中有李阿者，穴居不食，传世见之，号为八百岁公。人往往问事，阿无所言，但占问颜色。若颜色欣然，则事皆吉；若颜容惨戚，则事皆凶；若阿含笑者，则有大庆；若微叹者，即有深忧。如此之侯，未曾一失也。后一旦忽去，不知所在。后有一人，姓李名宽，到吴而蜀语，能祝水治病颇愈，于是远近翕然，谓宽为李阿，因共呼之为李八百，而实非也。自公卿已下，莫不云集其门，后转骄贵，不复得常见，宾客但拜其外门而退，其怪异如此。

从上述李氏之道的记载可知，自孙吴时起，至六朝时，由于蜀地与江南之间一直保持着紧密的联系，文化上的交流也一直没有中断，所以宗教方面也一直在进行交流。葛由的情况类同，这一蜀地的羌族之神，像李家道一样，影响不断扩大，且在金华地区落脚，演变成了皇初平的故事。后来又向南方各地扩展，成了成君平的故事。

宋阮阅《诗话总龟》前集卷十六引《幽闲鼓吹》曰：

鹅羊山在长沙县北二十里，本名东华山，亦谓之石宝山。上有仙坛丹灶，《湘中别记》云："昔郡人成君平，年十五，兄使牧鹅羊，忽遇一仙翁，相将入此山。兄后寻至山中，见君平，因问所牧鹅羊何在？弟指白石曰：'此是也。'遂驱起，令随兄去。旬日却还山下，复化为石，今犹存焉，因名此山为鹅羊山。"毕田诗云："羽客何年此炼丹，尚留空灶镇屏颜。云中鸡犬仙应远，山下鹅羊石转顽。湘渚几因沧海变，辽城无复令威还。何年仙驭还来此，尽遣飞腾上九关。"[1]

成君平为黄初平的翻版，可见道教中的一些神仙故事每有羌族原始信仰遗存。即以道教中的早期人物左慈而言《北堂书钞》卷一四五引《搜神记》，言左慈有异术，曹操欲杀之，左兹遂走入羊群得免，可知此人亦有羌族文化背景。

江南的神仙道教与蜀地的原始道教关系深切。有关道教的起源，目下仍然众说纷纭，难做定论。因为道教是在中原各地的原始信仰基础上产生，而又受到佛教的激发，逐渐形成的。大家普遍认可的说法，以为东汉后期的张道陵学道于西蜀鹤鸣山，首创道教。鹤鸣山在岷江沿岸，所以道教信仰风靡

---

[1]　毕田为北宋人，故此《幽闲鼓吹》非唐人张固所作，当为宋高宗所编纂之另一书，参看王国良《唐代小说叙录》中有关《幽闲鼓吹》之提要，台湾嘉新水泥公司文化基金会丛书，1979 年版。

蜀地。李白早年生长于此,又与张道陵创教之地靠近,他在早年就皈依道教,在地缘上也可作出说明。

在研究道教起源的各种学说中,一些文史学者将这与西部地区的少数民族联系起来,很有说服力。今将向达在《南诏史略论》中的见解介绍如下:

> 自汉末至唐宋,陇蜀之间的氐、羌以至于云南的南诏和大理都相信天师道。天师道是氐、羌以及南诏大理的固有宗教信仰,还是受的外来影响,现在尚不能就下结论。不过天师道的起源实有可疑。过去都认为天师道起源东方,与滨海地区有密切关系。然天师道祖师张道陵学道于西蜀的鹤鸣山,在今岷江东岸仁寿县境内。仁寿西隔江为彭山、眉山,俱属古隆山郡,是氐、羌族经历之处。故我疑心张道陵在鹤鸣山学道,所学的道即是氐、羌族的宗教信仰,以此为中心思想,而缘饰以老子之五千文。因为天师道的思想原出于氐、羌族,所以李雄、符坚、姚苌以及南诏、大理,才能靡然从风,受之不疑。[1]

魏晋南北朝时,李雄以賨(巴氏)族人首领的身份率领众多流民进入四川,得到道教徒范长生的支持,在此建立成汉小朝廷。道教成了此地的国教。[2] 因此,道教之于四川,具有广泛而深入的影响。境内的很多名山大川,都有种种仙话流传。唐代皇帝以姓李之故,认老子李耳为始祖,推崇道教,由是仙风更遍布朝野。李白生长在蜀中,自年幼时起即深受其影响。

道教以追求成仙为目标,这一观念何以会在羌族中浮现,看来与其丧葬习俗有关。因为羌俗自古以来即实行火葬。古时的人以为神可离形而单独存在。形在烈焰中逐渐焚毁,化作青烟冉冉上升,人们也就认为神升天界,成仙有望了。今亦就此略作叙述。《墨子·节葬下》曰:

> 今执厚葬久丧者言曰:"厚葬久丧,果非圣王之道,夫胡说中国之

---

① 原载《历史研究》1954 年第 2 期,今据《唐代长安与西域文明》本,生活·读书·新知三联书店 1957 年版。按四川本地的一些学者如蒙文通等也以为五斗米道原为西南少数民族中产生之宗教,王家祐则谓五斗米道与青羌渊源至深,参看王家祐《读蒙文通先师论道教札记》、《张陵五斗米道与西南民族》,均载《道教论稿》,巴蜀书社 1987 年版。

② 参看唐长孺《范长生与巴氏据蜀的关系》,载《魏晋南北朝史论丛续编》,生活·读书·新知三联书店 1959 年版。

君子，为而不已、操而不择哉?"子墨子曰："此所谓便其习而义其俗者也。昔者越之东，有较沐之国者，其长子生，则解而食之，谓之宜弟。其大父死，负其大母而弃之，曰'鬼妻不可与居处。'……楚之南，有炎人国者，其亲戚死，朽其肉而弃之，然后埋其骨，乃成为孝子。秦之西，有仪渠之国者，其亲戚死，聚柴薪而焚之，薰上，谓之登遐，然后成为孝子。此上以为政，下以为俗，为而不已，操而不择。则此岂实仁义之道哉，此所谓便其习而义其俗者也。"

《列子·汤问》篇中也有相同的记载。《吕氏春秋·孝行览·义赏》篇曰："氏羌之民，其虏也，不忧其系累，而忧其死不焚也。"《荀子·大略》篇同，说明氏羌族中自古就有火葬的习俗。仪渠为羌族建立的国家，故《墨子》中有关于火葬的记载。

一种民俗形成之后，往往历千年而不变。"聚柴薪而焚之"的葬法，即后人常为采用的火葬。自佛教传入后，火葬之风更盛，但从《墨子》、《荀子》与《吕氏春秋》等书的描述来看，实指秦地北边羌人的古老葬俗——火葬。

羌族起源甚古。《诗·商颂·殷武》曰："昔有成汤，自彼氏羌，莫敢不来享，莫敢不来王，曰商是常。"殷商甲骨文中就有关于羌的记载。周人率八百诸侯伐纣，其中就有羌族参加。《史记·周本纪》记武王伐纣，至于商之牧野，号召庸、蜀、羌、髳、微、纩、彭、濮八族之人共同讨伐不道。由于古时羌族没有系统的文字记载，因此有关该族的信仰问题，后人知之不多。只是一个民族的习俗往往世代相传，时至后代，羌族仍然实行火葬。《旧唐书》卷一九八《西戎·党项羌传》曰："党项羌，在古析支之地，汉西羌之别种也。……死则焚尸，名为火葬。"可证唐代羌族仍然实行火葬。

这里还可再从羌族的火葬习俗之影响于宗教者再作一些考察。

古代神仙故事中与"烟""火"之说有关者甚多，情况与赤松子、葛由等神类同，均应与羌族文化有关。《列仙传》卷上中的《宁封子》曰："封子积火自烧，而随烟气上下。"《啸父》曰："啸父者，冀州人也。……唯梁母得其作火法，临上三亮，上与梁母别列数十火而升，西邑多奉祀之。"这里提到的"西邑"，当指中国西部地区，亦即羌族生活的地区。又卷上《师门》曰："师门者，啸父弟子也，亦能使火。食桃李葩，为夏孔甲龙师。孔甲不能顺其意，杀而埋之外野。一旦风雨迎之，讫之山木皆焚。孔甲祠而祷之，还而道死。"可知神仙每与"火"密切相关。一些能呼风唤雨的神仙,首先与火有关。所谓"食桃李葩",亦当与绥山桃事有关。

羌族的主要活动地区,一直在中国的西部,自河西走廊起,直到关中地区,南下至青海、四川一带,一直扩展到今云南等地。这里可以注意的是,羌族与李白家族的活动地区始终很贴近。[①]

李白九世祖李暠于河西走廊建立西凉王朝,历时二世,终为沮渠蒙逊所灭。沮渠蒙逊为卢水胡人。这一民族究竟属于北方的哪一个民族,说法尚有分歧。有人说是匈奴的别支,有的说是月氏人,有的则亦归之为羌族。[②] 沮渠蒙逊受汉族文化的影响很深,他建立北凉王朝后,仍然着力于保存中原文化,且与南朝刘宋王朝交好。《宋书》卷九八《氐胡列传》曰:"(蒙逊)世子兴国遣使奉表,请《周易》及子集诸书,太祖并赐之,合四百七十五卷。蒙逊又就司徒王弘求《搜神记》,弘写与之。"

由上可见,羌族影响所及的地区,流行神仙信仰,所以沮渠蒙逊对干宝记录的江南神仙故事特别有兴趣。据此亦可推知,西凉的宗教信仰情况应当类同。

前已叙及,魏晋南北朝时,蜀地与江南一直保持着政治上的联系与文化上的交流。在宗教领域内,也有相互影响与交融的情况。署名东方朔的《五岳真形图序》中说,黄帝"察四岳并有佐命之山,而南岳独孤峙无辅,乃章词三天太上道君,命霍山、潜山为储君。奏可。帝乃自造山,躬写形象,连五图之后,又命拜青城为丈人,署庐山为使者。"(《云笈七签》卷七九《符图》)潜山为天柱山,霍山此指赤城山。《真诰》卷九陶弘景注曰:"霍山赤城亦为司命之府,唯太元真人、南岳夫人在焉。"可见江南神仙道教一系中人已经重作编排,定赤城为南岳,且将蜀地名山也纳入了他们拟设的体系之中。

就在道教神异故事中占重要地位的《汉武帝内传》一文中,也可见到此中踪迹。西王母给汉武帝展示《五岳真形图》,乃应青城诸仙之请,这就隐

---

　　① 参看周伟洲《唐代党项》第二章《唐初党项的降附及党项诸羁縻州的设置》,广西师范大学出版社 2006 年版。

　　② 参看《陈寅恪魏晋南北朝史讲演录》第六篇《五胡种族问题》(五)《卢水胡》,万绳楠整理,黄山书社 1987 年版。唐长孺《魏晋杂胡考》曰:"卢水胡的种族照《沮渠蒙逊载记》以及《魏书》、《宋书》的《沮渠蒙逊传》并没有说是匈奴,只是沮渠氏的祖先曾为匈奴此官而已,虽照当时通例言之,似不妨认为匈奴别部,但推其由来,很可能与小月氏有关。"载《魏晋南北朝史论丛》,生活·读书·新知三联书店 1955 年版。小月氏长期与羌为邻,深受羌族影响,后与羌族融合。

约透露出了青城山与《五岳真形图》的关系，而由西王母这一具有特殊身分的神仙出现，又可看到河西一系宗教影响之存在。上述李阿"后语人被昆仑山召"，亦可见其踪迹。

李白一家，自李暠时起，就屡遣使者穿行于南山道抵蜀后再东下而至江南的这条通道上。李白之父携家人由碎叶至蜀，李白下荆门后亟赴剡中，都要经过上述神仙故事广泛流行的地区，且始终保存着羌族神仙信仰的遗痕。由此还可看到，蜀地形成完整的道教体系之后，其教徒东下而至江南布道，且在该地扩大影响。由于东晋王朝许多文化名人在浙东地区活动，该地的名山名水随之又将许多美丽的传说扩大至全国，这不但反过来影响到了蜀地，且远播至河西地区。

河西地区的一些统治者，也很注重祀名山。《晋书·沮渠蒙逊载记》曰：

> 蒙逊西祀金山，遣沮渠广宗率骑一万袭乌啼虏，大捷而还。蒙逊西至苕藋，遣前将军沮渠成都将骑五千袭卑和虏，蒙逊率中军三万继之，卑和虏率众迎降。遂循海而西，至盐池，祀西王母寺。寺中有《玄石神图》，命其□书侍郎张穆赋焉，铭之于寺前，遂如金山而归。

如将李暠与沮渠蒙逊等人的传记合观，可以看出李白祖辈在河西之地的文化氛围。李父返蜀之前，几代人都在北方生活，但自西魏至北周，其疆域内宗教民俗等文化氛围与前无大变动，因此在李家的宗教信仰上应当对江南神仙道教有其印象。至蜀地后，自会进一步接受其影响，因此李白一出荆门，乃有先至剡中观赏的愿望。

李白对东晋风流人物的倾慕

唐人出三峡东下，欲至剡中游览，一般先到江宁（南京）少驻，然后南下。李白此行，走的就是这条路线。由于他对东晋政局与其时的众多名士抱有浓厚的兴趣，因此先后居住的时间很长，留下的诗篇也多。

唐之江宁，古称金陵，李白诗中即常用金陵称呼。自孙权建都于此，迭经东晋、宋、齐、梁、陈五朝，合称六代，前后涌现出不少名人，演出过不少或壮烈或风雅的逸事，这些都对李白具有强大的吸引力，不时见之于诗文。今仅引用他在此地所作的一些诗歌，且略作阐述。

　　金陵周围的山山水水，留下了很多历史的记忆。一些名流于此出没，也就留下了很多传诵一时的佳话。李白在咏金陵周边的一些名胜古迹时，常是流露出对前朝轶事的歆羡。

　　《题金陵王处士水亭》曰：

　　　王子耽玄言，贤豪多在门。好鹅寻道士，爱竹啸名园。树色老荒苑，池光荡华轩。此堂见明月，更忆陆平原。扫拭青玉簟，为余置金尊。醉罢欲归去，花枝宿鸟喧。何时复来此，再得洗器烦。

　　水亭主人姓王，李白也就联想到了东晋的王姓名士，其中最出名的，当然是王羲之一门人物了。"好鹅寻道士"句，即颂王羲之写《黄庭》易鹅事，此一轶闻见何法盛《晋中兴书》（《太平御览》卷二三八引）；"爱竹啸名园"事，则颂其子王徽之爱竹而径入他人园林事，此见《世说新语·简傲》。李白至王姓主人园林玩赏，而用"好鹅""爱竹"的典故，固可见其用事之妙，也可见他对王氏一门风雅情趣之欣赏。

　　宋张敦颐《六朝事迹类编》"宅舍门"第七"陆机宅"曰："李太白《题王处士水亭》云：'齐朝南苑，是陆机宅。'"又曰："《图经》云：'在县南五里，秦淮之侧。'"陆机吴人，年轻时即国灭，想来居住在金陵的时间不会太长，但因文名盛极一时，所以留下的故居也已成为名胜。许多注本都指出，李白诗中"此堂见明月"句乃活用陆机诗中典故。按陆诗《拟明月何皎皎》中有句云："安寝北堂上，明月入我牖。照之有余晖，揽之不盈手。"此乃咏月之名句，李白触景生情，也就想到了陆氏此诗。

　　大家知道，李白在乐府诗的写作上取得了巨大的成就，而他在练习写作的过程中，又对模拟前人的名作下了很大的工夫。这一追忆陆平原的诗中，也透露出了此中消息。

　　李白作有拟乐府《鼓吹入朝曲》一诗，咏金陵一地六代君臣的朝会仪式，亦可见其对该地政治动态之浓厚兴趣，也是一种耐人寻味之事。诗曰：

　　　金陵控海浦，渌水带吴京。铙歌列骑吹，飒沓引公卿。搥钟速严妆，伐鼓启重城。天子凭玉几，剑履若云行。日出照万户，簪裾烂明星。朝罢沐浴闲，遨游阆风亭。济济双阙下，欢娱乐恩荣。

这诗也有所承袭，乃仿谢朓《入朝曲》之作。谢诗曰：

> 江南佳丽地，金陵帝王州。逶迤带渌水，迢递起朱楼。飞甍夹驰道，垂杨荫御沟。凝笳翼高盖，迭鼓送华辀。献纳云台表，功名良可收。

《文选》录此，李善注引《集》云："奉隋王教作古入朝曲。"李白诗意全同。谢朓为李白的倾慕对象，故对谢朓咏朝会的这一名篇，也心慕手写，反映自身对六朝史迹的向往。而谢诗篇章华美，李诗实有所不及，谢朓之所以得到李白的钦佩，确因谅诗有其过人之处。谢朓在金陵一地，留下了不少游踪，李白触景生情，也留下了不少名篇。《金陵城西楼月下吟》曰：

> 金陵夜寂凉风发，独上高楼望吴越。白云映水摇空城，白露垂珠滴秋月。月下沉吟久不止，古来相接眼中稀。解道"澄江净如练"，令人长忆谢玄晖。

"澄江静如练"，为谢朓《晚登三山还望京邑》中的名句，李白对此极为欣赏。《三山望金陵寄殷淑》诗中亦云："三山怀谢朓，绿水望长安。"再次言及他对谢朓其人与诗的喜爱。李白天性狂放，少所许可，前人创作而能得李白如此评价的，殊为少见。

李白尚有《秋夜板桥浦泛月独酌怀谢朓》诗，内云：

> 天上何所有，迢迢白玉绳。斜低建章阙，耿耿对金陵。汉水旧如练，霜江夜清澄。长川泻落月，洲渚晓寒凝。独酌板桥浦，古人谁可征。玄晖难再得，洒洒气填膺。

诗的内容，也咏六朝古都，李白所想到的，是金陵城内的宫阙，亦即朝廷所在；还有曾在板桥浦边逗留过的谢朓。王士禛《戏仿元遗山论诗绝句三十二首》之三曰："青莲才笔九州横，六代潘哇总废声。《白紵》青山魂魄在，一生低首谢宣城。"此诗末句固有理，但要说到"六代潘哇"，也只是他个人的观点，李白并不如此看，至少他对谢家一门中人，如谢灵运等人之诗，都有极高的评价，从不以"潘哇"视之。《劳劳亭歌》中说："我乘素舸同康乐，朗咏清川飞夜霜。昔闻牛渚吟五章，今来何谢袁家郎？"即涉谢氏门中多人之逸事。谢灵运《东阳溪中赠答》之二曰："可怜谁家郎，缘流乘素舸。但问情若为，月就云中堕。"乃仿乐府中语而作。李白不仅推崇谢灵运之人生情趣，也喜仿作乐府中语。袁家郎事出于《世说新语·文学》篇引《续晋阳秋》，叙袁宏夜吟《咏史》而遇谢尚事，可知他对六朝高门中的代表人物王、谢家族中人多有好评。

李白对谢朓、谢灵运的仰慕，常因二谢居处景色之佳，以及吟咏之时清词丽句之美所吸引。所以李白每过谢朓、谢灵运曾经生活过的地方，每有诗作抒发他的感情。例如他在皖南宣城一带游赏时，就有《秋登宣城谢朓北楼》、《宣城谢朓楼饯别校书叔云》等诗以咏之。前诗结尾曰："谁念北楼上，临风怀谢公。"后诗中云"蓬莱文章建安骨，中间小谢又清发"，可见其评价之高。又谢朓在出入建康新林浦、三山、板桥浦等处时均曾留下诗作，李白《新林浦阻风寄友人》曰："明发新林浦，空吟谢朓诗。"《秋夜板桥浦泛月独酌怀谢朓》等诗中咏及谢朓之处前已征引，类似之诗尚多，今不具列。

谢灵运的情况相同，经行之处与名篇佳句，都曾博得李白的喜爱与高度评价。谢灵运曾出任永嘉太守，又长期居住在经营多年的始宁墅中，李白《送友人寻越中山水》诗曰："闻道稽山去，偏宜谢客才。"因为谢客为浙东美景作了细致的描绘，所以李白已把谢客与会稽山水融为一体。《与周刚清溪玉镜潭宴别》诗曰："康乐上官去，永嘉游石门。江亭有孤屿，千载迹犹存。"谢灵运"脚着谢公屐，身登青云梯"的潇洒风姿与李白志趣又完全相合，故而在其诗中屡次提及。

谢灵运又曾出任临川内史，在彭蠡湖与庐山等处留下踪迹。李白《过彭蠡湖》曰："谢公入彭蠡，因此游松门。"《庐山谣寄卢侍御虚舟》曰："闲窥石镜清我心，谢公行处苍苔没。"可以说，浙东与庐山等地的美景，经过谢客和李白的渲染，名声有了很大的提高。

谢灵运诗歌中的一些名句，也曾得到李白的反复称赞。《游谢氏山亭》诗曰："谢公池塘上，青草飒已生。"这里是指谢诗《登池上楼》中的名句"池塘生春草，园柳变鸣禽。"《同友人舟行》诗曰："楚臣伤江枫，谢客拾海月。"这里是指谢诗《游赤石进帆海》中的名句"杨帆采石华，挂席拾海月。"尤为特殊的是，李白在《酬殷佐明见赠五云裘》一诗中引用了大量的谢诗名句，纳入篇章中，中如"故人赠我我不违，著令'山水含清晖'。顿觉谢康乐，诗兴生我衣。襟前'林壑敛暝色'，袖上'烟霞收夕霏'"，可见他对谢诗的熟习与倾倒。

魏颢在《李翰林集序》中介绍李白奔波金陵等地的情况时说："间携昭阳、金陵之妓，迹类谢康乐，世号为李东山。骏马美妾，所适二千石郊迎，饮数斗醉，则妓丹砂抚《青海波》，满堂不乐，白宰酒则乐。"这番描绘，生动具体，颇能呈现李白特有的风貌，但魏颢此说却是用事有误。李白而称"东山"，则指的自然是谢安。谢安未仕前，寓居会稽，"高卧东山"，出仕之后，又于建康城东拟之筑一土山，亦名东山。《晋书》本传上说："安虽放情丘壑，然每游赏，必以妓女从。"李白的作风与此仿佛，"李东山"之名当由此而得，但这与谢灵运无关。谢灵运虽好登山涉水，然未闻携妓出游。按谢灵运之祖谢玄于淝水之战中立大功，赐爵康乐县公，后由灵运袭之，可知魏颢此处乃将谢安与谢灵运二人相混，然亦可觇李白对谢氏一门中人至为仰慕，所以本人的仰慕者魏颢会将二人混淆。

应该说，在谢家一门中，李白最感兴趣且奉之为效法对象者，首推谢安。因为谢安的为人与功业都与李白的生活情趣与人生愿望相合。谢安未出山前，纵情游乐，携妓东山，是一种富贵者的享乐生活。山水之美与声色之乐结合在一起，不像隐居山林者那样枯槁度日，也不像握有权势者那样忙于世务，而是多种享受集于一身，这也是李白所追求的目标。然当符秦南侵之时，国人均望其出山扭转危局，于是淝水一战，谈笑之间击退敌军百万。而又表现得那么潇洒脱俗，这种表现，简直可以作为完美的榜样。

李白抵达金陵后，即效谢安游赏之乐。为了表示他对金陵一地之热爱，乃为小妓取名金陵子，为了效法谢安携妓东山，亦携金陵子到处游荡。《示金陵子》曰："金陵城东谁家子？窃听琴声碧牕里。落花一片天上来，随人直渡西江水。楚歌吴语娇不成，似能未能最有情。谢公正要东山妓，携手林泉处处行。"

这位小妓后来还是离开了，但李白难以忘怀他像谢安那样携之出游的美好时光，因而屡见之诗篇。《出妓金陵子呈卢六四首》中之一曰："安石东山三十春，傲然携妓出风尘。楼中见我金陵子，何似阳台云雨人？"

李白尚有《东山吟》一首，亦咏谢安携妓东山事，而他自己所携之妓，应当也就是金陵子。诗曰："携妓东土山，怅然悲谢安。我妓今朝如花月，他妓古坟荒草寒。白鸡梦后三百岁，洒酒浇君同所欢。醉来自作青海舞，秋风吹落紫绮冠。彼亦一时，此亦一时，浩浩洪流之咏何必奇。"

李白作《登金陵冶城西北谢安墩》一诗，集中抒写了他对东晋王朝的存亡绝续之感和对王谢风流的追慕，其中又突出强调了谢安的历史作用。
诗曰：

> 晋室昔横溃，永嘉遂南奔。沙尘何茫茫，龙虎斗朝昏。胡马风汉
> 草，天骄蹙中原。哲匠感颓运，云鹏忽飞翻。组练照楚国，旌旗连海
> 门。西秦百万众，戈甲如云屯。投鞭可填江，一扫不足论。皇运有返
> 正，丑虏无遗魂。谈笑遏横流，苍生望斯存。冶城访古迹，犹有谢安
> 墩。凭览周地险，高标绝人喧。想象东山姿，缅怀右军言。梧桐识佳
> 树，蕙草留芳根。白鹭映春洲，青龙见朝暾。地古云物在，台倾禾黍
> 繁。我来酌清波，于此树名园。功成拂衣去，归入武陵源。

李白自注："此墩即晋太傅谢安与右军王羲之同登，超然有高世之志。余将
营园其上，故作是诗。"这一追溯历史往事的长诗，把他个人的志趣和抱负
全盘托出了。

李白前后往来金陵多次，停留的时间也多，仅以"金陵"命名的诗歌即
不下一二十首。由于缺少明显的时间记叙，很难一一定其作年，但由此不难
看出，李白对东晋南朝的文采风流何等迷恋。

有一些不标金陵地名的诗歌，也颂谢安之事，如《书情赠蔡舍人雄》
曰："尝高谢太傅，携妓东山门。楚舞醉碧云，吴歌断清猿。暂因苍生起，
谈笑安黎元。"《赠常侍御》曰："安石在东山，无心济天下。一起振横流，
功成复潇洒。"日后他在高卧庐山时，应征入永王幕，就是想走谢安的老路，
所谓"但用东山谢安石，为君谈笑静胡沙。"可见谢安这一榜样给予他的影
响之深。

李白常是沉醉于历史的憧憬中，而他因家世的关系，最为关注的，也就
是五胡十六国的旧事了。在他笔下，常是出现这一时期北方胡族政权内的一
些轶闻，这在其他诗人笔下却是难以见到的。天宝初年时，李白应诏入京，
任翰林供奉年余，即为谗言所中，赐金还山。这时大唐政权由盛转衰。虽在
表面上还称繁盛，然而正在急速地向衰败的道路上下滑。李白其时又到了金
陵故地，仍然在他热衷的各个景点游玩。在他眼中，政局已如浮云蔽日，少
见光芒了。因为杨氏一门已经包围了日趋昏聩的昔日明主唐玄宗，犹如那位
淝水之战中遭到彻底失败的前秦国君苻坚，因为迷恋于慕容垂的夫人，影响
到国势的下坠。《登金陵凤凰台》诗曰：

凤凰台上凤凰游，凤去台空江自流。吴宫花草埋幽径，晋代衣冠成古丘。三山半落青天外，二水中分白鹭洲。总为浮云能蔽日，长安不见使人愁。

金陵一地，因历史的原因，演出过无数悲欢离合的故事，不时出之于李白笔下。他在好几首诗中抒发了对此地的感受，前面已经作了一些介绍，而他在《登梅岗望金陵赠族侄高座寺僧中孚》一诗中，则表达了对这一帝王之都的观感。诗曰：

钟山抱金陵，霸气昔腾发。天开帝王居，海色照宫阙。群峰如逐鹿，奔走相驰突。江水九道来，云端遥明没。

显然，金陵一地特写霸气，这在自以为具有"王霸之略"的李白眼中，那是特别适合的"帝王居"。《金陵三首》中，又以组诗的形式集中抒发了他的感怀。

晋家南渡日，此地旧长安。地即帝王宅，山为龙虎盘。金陵空壮观，天堑净波澜。醉客回桡去，吴歌且自欢。

地拥金陵势，城回江水流，当时百万户，夹道起朱楼。亡国生春草，离宫没古丘。空余后湖月，波上对瀛洲。

六代兴亡国，三杯为尔歌。苑方秦地少，山似洛阳多。古殿吴花草，深宫晋绮罗。并随人事灭，东逝与沧波。

李白对重现东晋风流的渴望

李白脑海中，不时浮现出晋代的种种生动图像，然东晋绝非盛世，最多只能说是个偏安之局。李白虽热心于政治，有拯生民于水火之中的抱负，然而从未有过建立盛世政局的想法。相反，一当国家陷于动乱，也就立即勾起了恢复东晋时期偏安政局的愿望。

安史乱起，不到一年就攻陷长安，明皇仓皇奔蜀，中途提出了诸王分镇的计划。以太子李亨充天下兵马元帅，领朔方、河东、河北、平卢节度都使；以永王璘充山南东道、岭南、黔中、江南西道节度都使；以盛王琦充广陵大都督，领江南东路及淮南、河南等路节度都使；以丰王珙充武威都督，仍领河西、陇右、安西、北庭等路节度都使。然而明皇下诏之时，肃宗已在部下的拥戴下，在灵武自立为主。不过就在明皇当时的诏书中，也已明确表示，领导讨伐安史叛军的首领，是皇太子李亨，他的主要任务，是收复东西二都洛阳与长安。

李亨即位，依靠朔方军中主要将领郭子仪、李光弼等苦战，又得回纥骑兵的支援，形势有所好转。这一新建政权也就成了忠于唐室的人精神上的支柱。李白的老友高适，就在分镇之议初出时即表示反对，事后一直站稳忠于肃宗的立场。杜甫陷于长安城中，一听到肃宗在灵武即位，也就舍命出奔，历经千辛万苦，终于抵达行在。《述怀》诗中说："去年潼关破，妻子隔绝久。今夏草木长，脱身得西走。麻鞋见天子，衣袖露两肘。朝廷愍生还，亲故伤老丑。涕泪受拾遗，流离主恩厚。"他对这段刻骨铭心的经历，反复吟咏；对于新建的朝廷，抱着无限的希望。《喜达行在所三首》曰：

> 西忆岐阳信，无人遂却回。眼穿当落日，心死着寒灰。雾树行相引，连山望忽开。所亲惊老瘦，辛苦贼中来。
> 愁思胡笳夕，凄凉汉苑春。生还今日事，间道暂时人。司隶章初覩，南阳气已新。喜心翻倒极，呜咽泪沾巾。
> 死去凭谁报？归来始自怜。犹瞻太白雪，喜遇武功天。影静千官里，心苏七校前。今朝汉社稷，新数中兴年。

反观李白，情况大不相同，他的个人特点，亦尽情显露。

永王率领军队，由水路东下，路经庐山时，派遣下属韦子春等三上庐山相邀，这时李白携其妻子宗氏为避北方动乱，已逃到山上隐居，一见韦子春等三上庐山，也就以为汉末天下三分的政局又要出现了，于是兴冲冲地下山，企图乘机一展抱负。

其后李白作有《永王东巡歌》，表达他的欣喜之情。当然，他也希望亲自参与讨伐安史叛军，恢复唐室，由此展现他的才华，但其最终目的却与杜甫等友人大不相同。

《永王东巡歌》其三曰：

雷鼓嘈嘈喧武昌，云旗猎猎过浔阳。秋毫不犯三吴悦，春日遥看五色光。

武昌为永王军队的首发之地，"雷鼓嘈嘈"形容水师起拔之时的军容之盛；浔阳为李白参加军幕的地点，"云旗猎猎"形容连舟东下时声势的不同凡响。李白心情与之跃动，建功立业的愿望跃然纸上。但下句说到"秋毫不犯三吴悦"，却又颇出人意料。因为永王的辖区，即在明皇的指令下，也只是限在江南西道。三吴地区，非其所辖，不宜进驻，但水师已"过"浔阳，看来已经进入江南东道，这样也就势必会引起与本地驻军的冲突。事实上，吴地长官李希言、李成式等已经表现出高度警惕，且以强硬的态度，平牒诘责其擅自引兵东下之意。李白却对"东下"的是否合法与其后果始终不作他想。

《永王东巡歌》其十曰：

帝宠贤王入楚关，扫清江汉始应还。初从云梦开朱邸，更取金陵作小山。

这首诗的最后一句，道出了永王东下的目的，也就是在金陵立国。组诗其四曰："龙盘虎踞帝王州，帝子金陵访古丘。春风试暖昭阳殿，明月还过鸤鹊楼。"这诗明确宣布，永王已经到达了金陵。昭阳殿与鸤鹊楼，齐梁时期的帝王与嫔妃都在这些著名的宫廷内生活过。这些南朝往事，吸引过李白的关注，现在由李璘来造访，历史似乎又将重现了。李白对这一段历史情有独钟，因此在这一组诗中，应用了很多南朝的典故。其十一曰："试借君王玉马鞭，指麾戎虏坐琼筵。南风一扫胡尘静，西入长安到日边。"用的都是晋明帝的故事。

《永王东巡歌》其二曰：

三川北虏乱如麻，四海南奔似永嘉。但用东山谢安石，为君谈笑静胡沙。

这首诗倒是集中地表达了李白的抱负。他把安史之乱视作五胡十六国故事的重现，南北朝分别立国的局面似乎又将重现了。每当提起永嘉南渡后的政局，也就会引起他的遐想，希望在这关键时刻施展出个人的突出才华，像他的倾慕对象谢安那样，风流潇洒地一举挽救危局。

只是李白的理想在现实面前严重碰壁。"我王楼舰轻秦汉，却似文皇欲渡辽"，李白把这位不更世事的永王比作雄才大略的太宗，也可说明他政治观念上的幼稚与可笑。

永王失败，李白遭到连累，被捕入狱，陷入了从逆的险境。所喜者这次前来处理逆党的人中有好几位官员伸出了援助之手，崔涣以宰相之尊充江淮宣慰大使，与御史中丞宋若思为之推覆洗雪，乃得获释。

宋若思是李白的老友宋之悌之子。他对李白很照顾，既脱之于难，又让他加入幕府，屡预宴饮。李白的特点是从不消沉，对自己的才能始终有充分的自信。一旦脱离厄难，也就立即想到准备再次显示身手。等到他一有发言权时，也就立即旧事重提了。其时作有《为宋中丞请都金陵表》，表达他希望唐王朝在江东建立朝廷的愿望，企图重温东晋南朝的旧梦，《表》云：

> 臣伏见金陵旧都，地称天险，龙盘虎踞，开扃自然。六代皇居，五福斯在。雄图霸迹，隐赈由存。咽喉控带，萦错如绣。天下衣冠士庶，避地东吴，永嘉南迁，未盛于此。臣又闻汤及盘庚，五迁其邑，典谟训诰，不以为非。卫文徙居楚丘，风人流咏。伏惟陛下因万人之荡析，乘六合之诪张，去扶风万有一危之近邦，就金陵太山必安之成策。苟利于物，断在宸衷。况齿革羽毛之所生，楩柟豫章之所出，元龟大贝，充牣其中；银坑铁冶，连绵相属。划铜陵为金穴，煮海水为盐山。以征则兵强，以守则国富。横制八极，克复两京。俗畜来苏之欢，人多徯后之望。陛下西以峨嵋为壁垒，东以沧海为沟池，守海陵之仓，猎长洲之苑。虽上林、五柞，复何加焉？上皇居天帝运昌之都，储精真一之境。有虞则北闭剑阁，南扃瞿塘，蚩尤、共工，五兵莫向，二圣高枕，人何忧哉？飞章问安，往复巴峡，朝发白帝，暮宿江陵，首尾相应，率然之举。不胜屏营瞻云望日之至。

读者不难发现，李白提出的这一政治远景，实际上就是其九世祖李暠时代的政治蓝图的再现。中国的北部中原地带已为胡族所占领，自可放弃不顾；长江以南，自蜀地至江南一带，建立的东晋王朝，虽系偏安之局，但文采风流，足以照映千古。于此可见，李白的思想总是停留在过去，带有文人议政的特点，大约六代豪华，名士辈出，对他具有难以割舍的感情吧。

结　语

从唐代历史来看，政局的发展与李白的愿望相违，而这正是当时众人所追求的目标。肃宗在物产俭啬的灵武地区建立临时朝廷，不论朝臣或武将，坚持讨伐安史叛军，最后终于恢复了统一。在这过程中，绝大多数的文士，都站在象征唐室政权的肃宗一边，只有李白一人例外，可见其情况之特殊。

李唐政权的建立，疆域版图，国力声势，远超前代，这些都是唐代文人念念不忘的伟业，大家无法接受中国再次陷于分崩离析的局面。李白虽然以为自己有旋乾转坤的能力，却从未提出过恢复盛世王朝的设想，他所反复强调的，只是建立东晋王朝一样文采风流的偏安之局。处在历史转折关头，他首先想到的，就是要在江东立国，想走一条与大多数人背道而驰的道路。

由此可见，李白确是一位终日沉浸在历史憧憬中的人。他的晋代情结，强烈而坚持，这是由诸多因素所决定的。上代的历史，留在脑海中；文学爱好与宗教信仰，也深入骨髓。他受魏晋南北朝时的历史与文化的熏染至深至久，最集中的反映，也就是晋代情结。

考察李白这一情结的形成，还得扩大视野，统观全局。西晋覆亡，李暠、沮渠蒙逊等人在河西立国，出于政治上的需要，与在江南立国的东晋与刘宋王朝一直保持着联系。自河西至江南，一直进行着文化上的交流，居中的蜀地自然成了这条通道上的枢纽。两地的学术与宗教等项，也都经过蜀地而贯通，相互融合，相互吸收。李白生长在这一中枢地带，且因家世的关系，也就承受着这一文化流通地段的多种影响。他的思想，他的行动，他的独特作风，均可由此得到解释。

[作者单位：南京大学中文系]

论黄庭坚诗歌的比喻艺术

陶文鹏

内容提要：苏轼和黄庭坚都是中国古代文学史上的比喻艺术大师。黄山谷诗的比喻数量多、种类全，能超越修辞的水平，着眼于营造意象。其比喻以新颖奇谲的曲喻和"远取譬"见长，善于将比与兴结合为意蕴丰富微妙的象征。而其过多用僻典和佛典作比喻叙事说理，又使他的一些诗奥涩难懂。苏黄二人运用比喻各擅胜场。

关键词：黄庭坚 诗歌 比喻 意象 象征

北宋大诗人苏轼和黄庭坚，是中国古代诗史上的比喻艺术大师。清人施补华说："人所不能比喻者，东坡能比喻；人所不能形容者，东坡能形容。比喻之后，再用比喻；形容不尽，重加形容。"[1] 钱钟书先生说苏诗"在风格上的大特色是比喻的丰富、新鲜和贴切"[2]。笔者认为，施、钱所论，移以评说黄庭坚（号山谷道人）也完全合适。鉴于山谷诗的比喻艺术至今尚缺少专题的研究，笔者撰写此文，试作初步探讨。

一

丰富，是山谷诗歌比喻明显的表现，包括数量多和种类全。

先说数量多。据潘伯鹰先生统计，山谷诗内集、外集与别集收诗1754首，加上史容所未注的400余首，便有约2000首。[3] 笔者在阅读这些诗时，

---

① 施补华《岘佣说诗》，《清诗话》，上海古籍出版社1963年版，第990页。

② 钱钟书选注《宋诗选注》，人民出版社1958年版，第71页。

③ 潘伯鹰选注《黄庭坚诗选》，古典文学出版社1957年版，第1页。

随手记录其比喻，肯定有不少遗漏，但已得 280 多个。平均 7 首诗便有一个比喻。在宋代诗人中，恐怕也只有苏轼可与之颉颃。

再说种类全。山谷诗中，明喻、暗喻、借喻、倒喻、曲喻、博喻俱备，无一阙如。

明喻，即"甲如乙"，是比喻中最普通也最显著的一种，因此谓之显比或直比。山谷诗中，明喻触目可见，例如："秦淮绿如酒"① （《大雷口阻风》），"清如秋露蝉"（《次韵周德夫经行不相见之诗》），"少年如春胆如斗"（《谢文灏元丰上文摘》），"黄梅细雨润如酥"（《次韵寅庵四首》其三），"清似钓船闻夜雨，壮如军垒动秋聱"（《和答任仲微赠别》），"胸次九流清似镜，人间万事醉如泥"（《戏效禅月作远公咏》）等。

隐喻，又称暗喻，即"甲是乙"，较之明喻，语气更肯定，也有着更动人的艺术力量。山谷诗中的隐喻，如"学语啭春鸟，涂窗行暮鸦"（《嘲小德》），"养性霜刀在，阅人清镜空"（《陈留市隐》），"长松偃蹇苍龙卧，六月涧泉轰怒雷"（《双涧寺二首》其二），"风前橄榄星宿落，日下桄榔羽扇开"（《寄黄龙清老三首》其二），"落笔尘沙百马奔，剧谈风霆九河翻"（《送谢公定作竟陵主簿》）等。

从上举例子已不难看出，山谷诗的喻象有阴柔之美，但更多雄壮之美，气魄逼人。山谷有时在一句诗中连用两个比喻，更喜欢把两个比喻巧妙组织在对仗中，使其上下映照对比，给人以喻象密集而有张力的强烈感受。又因为五、七言句字数限制，山谷为使诗句凝练，在运用隐喻时，于本体喻体之间都不用"是"、"非"、"变"、"成"等判断词，而将本体与喻体直接"焊接"，从而形成日本弘法大师所赞赏的"一句直比势"②，诗句凝练挺拔，直截了当。

借喻，即"乙代甲"，省略本体而以喻体代替。山谷诗中借喻的例句如："松风转蟹眼"（《信中远来相访……》），"城谯挂苍壁"（《和刘景文》），"刘侯惠我大玄璧"（《奉谢刘景文送团茶》），"挥毫百斛泻明珠"（《双井茶送子瞻》），"平地苍玉忽嶒峨"（《到桂州》），"蜜房各自开户牖"（《题落星寺四首》其一），分别以喻象"蟹眼"、"苍壁"、"玄璧"、"明珠"、"苍玉"、"蜜

① 本文所引黄庭坚诗，均见刘尚荣校点《黄庭坚诗集注》，中华书局 2003 年版。
② ［日］弘法大师原撰、王利器校注《文镜秘府论校注》，中国社会科学出版社 1983 年版，第130 页。

房"借代了茶泡、月亮、团茶、佳诗、青峰、僧舍。诗句生动形象,又含蓄隐秀,诱人品味。

倒喻,是诗人有意逆用想象,跳出前人窠臼,倒转传统定格而创新。山谷论诗、书、画都力主戛戛独造、翻新出奇,因此他是喜用倒喻的高手。其七绝《梅花》首联云:"障羞半面依篁竹,随意淡妆窥野塘。"一反常态,非以花比美人,乃以美人比花,又省略本体"花",直描喻体美人,说她满脸娇羞,依着翠竹,淡妆打扮,天然风韵,随意窥看野塘中自己的情影。又如七律《观王主簿家酴醾》的颔联:"露湿何郎试汤饼,日烘荀令炷炉香。"上句用《世说新语·容止》所载何晏的典故,写带露的酴醾花白里透红,就像白面郎君何晏吃了热汤饼出汗;下句用《艺文类聚》卷十七《襄阳记》关于东汉荀彧的典故,说阳光下酴醾花清香四溢,宛若荀彧衣带散发出香气。一般诗人拈花比美女,山谷别出心裁,倒过来以美男子比花。李商隐《酬崔八早梅有赠兼示之作》中,有"谢郎一宿初翻雪,荀令熏炉更换香"之句,山谷显然学习借鉴了义山诗。但宋释惠洪《冷斋夜话》卷四、朱翌《猗觉寮杂记》卷上都对山谷"以美丈夫比花"给予赞赏①。山谷七言古诗《寄题荣州祖元大师此君轩》中,有"程婴杵臼立孤难,伯夷叔齐采薇瘦"一联,竟用四个古人比喻翠竹,引人联想起这些忠臣烈士的悲壮事迹,更深切感受此君轩翠竹及其主人的风骨气节。宋人胡仔赞赏此联:"善于比喻,何害其为好句也!"② 山谷此联运用倒喻,以烈士喻竹,新奇独创,可谓前无古人。

曲喻,是以此物与彼物相似一面做比,再从喻体引发想象,写出本体原先并不具有的状态和动作。钱钟书说:"比喻之法,尚有曲折。夫二物相似,故以此喻彼;然彼此相似,只在一端,非为全体。……长吉乃往往以一端相似,推而及之于初不相似之他端。余论山谷诗引申《翻译名义集》所谓:'雪山似象,可长尾牙;满月似面,平添眉目'者也。"③ 又云:"就现成典故比喻字面上,更生新意;将错而遽认真,坐实以为凿空。"④ 在钱先生看来,李贺、李商隐与黄庭坚是最善于运用曲喻的。山谷诗《次韵王炳之惠玉版纸》云:"王侯须若缘坡竹,哦诗清风起空谷。"诗人把王炳之的络腮胡须,比作缘着坡地般瘦削的脸颊上生长着的竹丛。当他吟哦诗歌,张口须动,就

---

① 黄宝华选注《黄庭坚选集》,上海古籍出版社 1991 年版,第 148 页。
② 胡仔《苕溪渔隐丛话后集》卷三十一,人民文学出版社 1962 年版,第 233 页。
③ 钱钟书著《谈艺录》,中华书局 1984 年版,第 51 页。
④ 同上书,第 22 页。

像从空谷中刮起一股清风，吹掠得竹枝竹叶纷披乱舞。山谷先将"缘坡竹"这一喻体形象坐实，再驰骋奇特的想象和联想，创造曲喻，从而活现出王炳之须眉皆动的神采和清高脱俗的品格。

在山谷诗中，这种认假作真、妙想连珠的曲喻用得灵活自如，令人叫绝。又如："读书浩湖海，解意开春冰。"（《赠别李端叔》）读书既是畅游浩茫空阔的湖海，那么领会了书中的意蕴，便有如从冰封湖海中凿开了一块块春冰。"郭君大砚如南溟，化我霜毫作鹏翼。"（《庭诲惠巨砚》）先把大砚比作南溟，再说他蘸墨于砚作书，那支笔便化作鹏翼翔舞于南溟之上。

博喻，正如钱钟书所说："是一连串把五花八门的形象来表达一件事物的一个方面或一种状态。这种描写和衬托的方法仿佛是采用了旧小说里讲的'车轮战法'，连一接二的搞得那件事物应接不暇，本相毕现，降服在诗人的笔下。"[1] 苏轼《百步洪二首》其一描写水波冲泻："有如兔走鹰隼落，骏马下注千丈坡。断弦离柱箭脱手，飞电过隙珠翻荷。"钱先生评论："四句里七种形象，错综利落，衬得《诗经》和韩愈的例子都呆板滞钝了。"[2] 在山谷的诗中，也有这种喻象如奇峰迭起令人目不暇给之句。《奉和王世弼寄上七兄先生用其韵》："新诗开累纸，欲罢不能卷。远怀托孤高，别思盈缱绻。秋夜明夜潮，柘浆冻金椀。梳杵韵寒砧，幽泉流翠筧。"宋人史容注曰："言王世弼诗，如月明，如柘浆，如砧声、筧水声也。"[3] 山谷连用四个复合比喻，描状王世弼诗境的高远空阔与清寒幽美，也含蓄表达他对友人的一片缱绻思情。又如《答王晦之见寄》："嗟乎！晦之遣词，长于猛健，故意淡而孤绝，有如怒流云山三峡泉，乱下龙山千里雪，大宛天马嘶青刍，神俊照人绝世无。"也是连用"三峡泉"、"龙山雪"、"大宛马"三个比喻，形容王晦之诗气势奔腾风格雄俊。而喻象五花八门、丰富多彩、错综利落的，是那首《听宋宗儒摘阮歌》：

> 手挥琵琶送飞鸿，促弦聒醉惊客起。寒虫催织月笼秋，独雁叫群天拍水；楚国羁臣放十年，汉宫佳人嫁千里；深闺洞房语恩怨，紫燕黄鹂韵桃李。楚狂　行歌恨市人，渔父拏舟在葭苇。……

---

① 钱钟书选注《宋诗选注》，第 72 页。
② 同上。
③ 刘尚荣校点《黄庭坚诗集注》，第 801 页。

从"寒虫"到"渔父",八句诗用了十个比喻生动形象地描摹宋宗儒弹奏形似琵琶的"阮"的音乐,乐声由辽远清幽变为凄凉哀婉,又从欢乐轻快转而激越高亢,把读者带进一个优美的音乐境界。山谷此诗用博喻表现乐音,堪与唐代韩愈《听颖师弹琴》和白居易《琵琶行》相媲美。

黄庭坚为了使诗歌产生震撼人心的效果,还经常把几种比喻结合起来运用。例如"十年麒麟地上行,潭潭大度如卧虎"(《送范德孺知庆州》),上句从杜甫"肯使麒麟地上行"(《骢马行》)化出,用驰骋广野的千里马比范纯仁,是借喻;下句形容范纯仁深沉宽广的统帅气度如卧虎镇边,使敌人望而生畏,却是明喻。"有子才如不羁马,知公心是后凋松"(《和高仲本喜相见》),上句明喻,下句暗喻。

丰子恺先生论比喻的艺术效果说:"第一,能使意义'具象化';第二,能使事实'夸张化';第三,能使语言'趣味化'。……具象化使听者容易理解,夸张化使听者容易折服,趣味化使听者乐于领受。"[1] 山谷的比喻兼有具象化、夸张化、趣味化的艺术效果,其取譬之妙,造语之工,令人读之兴味盎然。

二

比喻的具象化,就是要使喻象具体、生动、鲜明,令人如见如闻,可触可感。但正如流沙河先生指出,一般俗手运用比喻,都只是"停留在修辞的水平,未能跃升到造象水平。它们只是喻词,不是喻象"。[2] 而黄山谷运用比喻却着眼于造象,即以喻词营构出生动鲜明的意象,这是山谷诗歌比喻艺术的独到造诣。

山谷诗中的明喻,绝大多数不只简单地说"如什么",而是对喻象予以描绘形容,使之灵动鲜活、栩栩传神。例如明喻"身如病鹤翅翎短,心似乱丝头绪多"(《次韵王稚川客舍二首》其二),在"身如病鹤"后加上"翅翎短",于"心似乱丝"后再添"头绪多",形象就具体可感了。"公诗如美色"接以"未嫁已倾城"(《次韵刘景文邺王台见思》其五)再加渲染。"客心如头垢"后,即用"日欲撩千篦"(《次韵寄李六弟济南郡城桥亭之诗》)妙作

---

①　丰华瞻、戚志蓉编《丰子恺论艺术》,复旦大学出版社 1985 年版,第 308—309 页。

②　流沙河《十二象》,生活·读书·新知三联书店 1987 年版,第 123 页。

形容。至于山谷诗中的暗喻、借喻、曲喻、博喻，其喻象更是生气勃勃、血肉丰满、活灵活现！请看："竹笋初生黄犊角，蕨芽已作小儿拳。"（《观化十五首》其十一）用小黄牛刚露出的角儿比喻初生嫩笋，以小孩子的拳头形容蜷曲的短小蕨芽。喻象多么活泼可爱！"晓日成霞张锦绮，青林多露缀珠缨。"（《题安福李玲朝华亭》）"张锦绮"和"缀珠缨"比喻漫天朝霞、林中露珠，喻象生动贴切，光色绚丽！"菰叶蘋花飞白鸟，一张红锦夕阳斜。"（《和李才甫先辈快阁五首》其一）在"菰叶"、"蘋花"、"白鸟"、"斜阳"的映衬下，这"一张红锦"更显得光彩耀眼。"寒藤老木被光景，深山大泽皆龙蛇。"（《八月十四日夜刀坑对月奉寄王子难子闻适用》）用游动的金龙银蛇比喻月光照射下深山大泽的寒藤老木，意象奇丽惊人。"泉响风摇苍玉珮，月高云插水晶梳。"（《观化十五首》其二）泉声如风摇珮玉，琤琤作响，一弯新月似云鬟上高插的水晶梳子。好一幅兼具光色、动静与声响的美妙画图。而同一组诗其二的"去栏终日倚西风，山色挼蓝小雨中"，以"挼蓝"的动态意象比喻山色，同时也把山色拟人化，比白居易《江南春》中的名句"春来江水绿如蓝"更生动活泼并饶有奇趣。

黄庭坚运用比喻着眼于造象，所以他喜欢在联想后接续联想，在形容后再加形容，从而使得他的诗中"曲喻"比包括苏轼在内的宋代别的诗人用得更多更妙。请看："眉目之间如太华，一段翠气连终南。"（《招隐寄李之中》）既然这位李之中眉目之间高耸峻嶒有如巍然华山，那么这华山的一段翠气便可以绵延到终南山了。"柳似罗敷十五余，宫腰舞罢不胜扶。"（《观化十五首》其九）柔美的柳丝变成了二八佳人秦罗敷，她纤丽的腰肢在翩翩旋舞之后便"不胜扶"了。以上二例，是比喻和拟物、拟人结合运用。"曲几团蒲听煮汤，煎成车声绕羊肠。"（《以小团龙及半挺赠无咎并诗用前韵为戏》）先将煎茶声喻为车声，再由车而设想其盘旋于山间羊肠小道，联想真是曲折微妙。此外，诸如"江形篆平沙，分派回劲笔"（《发舒州向皖口道中作寄李德叟》）、"愿为春蚕眠，吐丝自绸缪"（《次韵章禹直魏道辅赠答之诗》），"富贵功名茧一盆，缫车头绪正纷纷"（《绝句》），"张候温如邹子律，能令阴谷黍生春"（《赠送张叔和》），都是山谷飞腾想象和联想的翩翩彩翼营造曲喻意象，使之超越修辞局限，转出新的意象、新的境界。

比喻又有"近取譬"与"远取譬"之别。这两个概念，是朱自清先生在总结现代象征派诗歌的艺术特征时提出来的。他说："所谓远近不指比喻的材料而指比喻的方法"；"远"，就是"在普通人以为不同的事物中间看出同来"，"发见事物间的新关系，并且用最经济的方法将这关系组织成诗"。① 中国古典诗歌最古老也最主要的比喻方法是"近取譬"。早在《论语·雍也》中就有"能近取譬，可谓仁之方也已"之言，把"近取譬"当作比喻的代名词。后来，刘勰在《文心雕龙·比兴》中又强调"比类虽繁，以切至为贵"。中国古代诗人追求亲切自然、浅近平淡的诗美，故而比较注重在周围寻找可以比拟的类似意象，尽量缩小喻体与本体之间的距离。但"远取譬"却有新颖奇警的艺术效果。德国美学家黑格尔说：诗人"为着避免平凡，大量在貌似不伦不类的事物之中找出相关联的特征，从而把相隔最远的东西出人意料地结合在一起。"他认为这是诗人"想象力的肆意奔放"和"任意配搭的巧智"② 的表现。流沙河说："比喻春草总是'碧绿如茵'（茵是草席），不但陈腐，而且喻体（草席）距离本体（春草）太近，短途贩运，殊少趣味。李煜懂得比喻需要长途贩运，他用春草比喻乡愁：'离恨恰如春草，更行更远还生。'（《清平乐》）春草与离恨相距何远呵！智利诗人聂鲁达逃亡中写诗，用狗比喻他的祖国：'不幸的共和国呵，像狗一样被窃贼殴打，孤独地在公路上号叫，又被警察鞭挞。'（《流亡者》）这里喻体距离本体就更远了。狗与祖国，不伦不类，连在一起，出乎意料，便成佳句。"③ 他用幽默的语言和精彩的诗例，阐明"远取譬"胜于"近取譬"。宋代诗人面对唐诗这座艺术高峰，为了追求诗歌意象的生新独创，也就更多地运用"远取譬"，黄庭坚正是宋代最擅长以"远取譬"出奇制胜的诗家。

翻开山谷的诗，不伦不类却新奇贴切的"远取譬"意象如俊士佳人联翩而来，令人目怡神畅。请看他的明喻之奇："客愁非一种，历乱如蜜房。"（《次韵答叔原会寂照屋呈稚川》）用密集纷乱的蜂房形容客愁的杂乱无绪。"艰难喜归来，如晴月生岭。"（《次韵子由绩溪病起被召寄王定国》）竟以晴月突生于岭上比喻苏辙病起被召回的喜悦。"西风鏖残暑，如用霍去病。"（《次韵答斌老病起独游东园又和二首》其一）说西风召来汉代抗击匈奴的名将霍去病，才把残暑打败驱逐。真是匪夷所思，令人绝倒。"文章功用不经世，何异丝窠缀露珠。"（《戏呈孔毅父》）清晨缀附于蛛网上的闪光露珠，同文章风马牛不相及，诗人却用来揶揄自己文章虽美却无益于世，喻象晶莹，

---

① 朱自清：《新诗杂话》生活·读书·新知三联书店 1984 年版，第 8 页。

② 黑格尔著、朱光潜译：《美学》第二卷第三章，商务印书馆 1979 年版，第 132 页。

③ 流沙河：《十二象》，第 124 页。

又新鲜有趣。"心似蛛丝游碧落，身如蜩甲化枯枝。"（《弈棋二首呈任公渐》其一）用飘荡空中的蛛丝和挂在枯枝上的蝉壳比喻下棋人殚精竭虑、冥思潜想、凝神忘我的情状，更是奇思妙想，传形得神。

意犹未足，再举一例："青天行日月，坐看磨蚁旋。"（《金陵》）史容《山谷外集诗注》卷八注释云："《晋·天文志》：日月实东行，而天牵之以西没。如蚁行磨石上，磨左旋而蚁右行。"① 山谷用此典故，创造出又一个"远取譬"：日月在青天上东升西没，正如蚂蚁在旋转的磨石上反向行走。蚂蚁与日月巨细反差之大，尤胜于芥子与须弥，山谷居然将它们相类比，真乃灵心巧思，奇趣横生！

三

赋、比、兴是古人对《诗经》三种艺术手法的概括。比，就是比喻。后来又有人将比和兴合称为比兴的。"兴"是诗人先见一种景物，触动了他心中潜伏的本事或思想感情而发出的歌唱。"比"是先有本事和思想感情然后找一个事物来做比喻。比仅联系局部，在一句或两句中起作用；兴则不然，它虽多用在诗的发端，所以也称起兴。但它往往贯穿全篇，隐含着或暗示着一种微妙的象征意蕴。所以刘勰说："比显而兴隐。""兴者，起也。……起情者，依微以拟议。"② 现代一些诗论家如梁宗岱，特别欣赏到兴所具有的依微拟义和言此意彼的特点，认为兴与西方诗论中的"象征"颇为近似。③ 黄庭坚运用比喻的又一高妙之处，就是常把比和兴结合起来。他的诗中不少比喻，亦比亦兴，或以自然景物影射社会人事，或用小事物暗示大事件，喻象兼有象征性，便能达到情与景、意与象的融洽无间，其内涵或暗示的意味微妙隽永，含蓄无限。这是比喻艺术的最高境界。试读其七律《池口风雨留三日》：

> 孤城三日风吹雨，小市人家只菜蔬。水远山长双属玉，身闲心苦一春锄。翁从旁舍来收网，我适临渊不羡鱼。俯仰之间已陈迹，暮窗归了

---

① 刘尚荣点校：《黄庭坚集注》，第 1011 页。
② 刘勰著、范文澜注：《文心雕龙注·比兴》，人民文学出版社 1958 年版，第 601 页。
③ 李振声编：《梁宗岱批评文集·象征主义》，珠海出版社 1998 年版，第 54 页。

读残书。

诗中颔联描写辽阔天地间，一双水鸟自由自在地飞翔；水边有一只白鹭呆立着，看似悠闲，其实正为觅食而焦虑。山谷所写乃眼前所见，是兴象，却又暗寓比意。清代方东树即指出："三四以物为兴，兼比。五六以人为兴。"①钱钟书分析说："'我适'句词与'翁从'一句及'水远身闲'一联对照作转，盖'翁'与'属玉春锄'，皆羡鱼者也。"② 诗人借写眼前之景与人，含蓄地寄寓向往自由天地、不求仕进、自甘淡泊的心境，使"属玉"、"春锄"与"翁"比兴相兼，有微妙的象征意蕴，耐人寻味。

山谷经常触物兴怀，涉笔成趣，在诗中营造出这种兴与比相兼的意象，表现丰富、复杂、深邃、微妙的内心意绪。我们再看他的七律名篇《登快阁》：

> 痴儿了却公家事，快阁东西倚晚晴。落木千山天远大，澄江一道月分明。朱弦已为佳人绝，青眼聊因美酒横。万里归船弄长笛，此心吾与白鸥盟。

同样是颔联，写他远望无数秋山，高树上叶子零落，天空显得辽阔远大；澄澈赣江在快阁下流过，映着一轮秋月，更觉分明。这两句写景，不仅气象阔远，境界静美，而且情融景中，意在象外，使人感到作者胸襟之广大，内心之光明磊落，具有兴兼比的象征意味。又如《和答元明黔南留别》诗云："万里相看忘逆旅，三声清泪落离觞。朝云往日攀天梦，夜雨何时对榻凉。急雪脊令相并影，惊风鸿雁不成行。归舟天际常回首，从此频书慰断肠。"钱钟书评："一、二、三、四、七、八句皆直陈，五、六句则比兴，安插其间，调剂映衬。"③ 拈出比兴，慧眼识珠。

黄庭坚还有不少通篇比兴的佳作，如《赣上食莲有感》：

> 莲实大如指，分甘念母慈。共房头龋齿，更深兄弟思。实中有么荷，

---

① 方东树：《昭昧詹言》卷二十，人民文学出版社 1961 年版，第 451 页。
② 钱钟书：《谈艺录·补订》，第 339 页。
③ 钱钟书：《谈艺录》，第 325 页。

拳如小儿手；令我念众雏，迎门索梨枣。莲心正自苦，食苦何能甘？甘餐恐腊毒，素食则怀惭。莲生淤泥中，不与泥同调。食莲谁不苦？知味良独少！吾家双井塘，十里秋风香。安得同袍子，归制芙蓉裳。

诗人从食莲发兴，写莲房、莲子、莲心，用了明喻、隐喻、曲喻和象征暗示，抒写对母亲、兄弟和众雏的怀念，对人生甘苦的体验，表达出坚持操守、出淤泥而不染的高洁情操。立意构思新颖，比喻新奇贴切，情韵丰富深挚，语言活泼稚拙，具有南朝乐府民歌的风格，是一首美妙感人的通篇比兴佳作，前人评论很高。清汪薇《诗论》卷下说："山谷食莲诗，笔体入妙，发端在家庭间，渐引入身世相接处，落落穆穆，甘苦自知，人意难谐，归计遂决。风人之致，偶然远矣。"黄爵滋《读山谷诗集》评曰："比兴杂陈，乐府佳致。"① 都指出了此诗运用比兴之妙。

在山谷的近体律绝中，也不乏这类通篇"比体入妙"、"比兴杂陈"的佳构。例如《次韵雨丝云鹤二首》其一：

> 烟云青霭合中稀，雾雨空濛密更微。园客茧丝抽万绪，蛛蟊网面罩群飞。风光错综天经纬，草木文章帝机杼。愿染朝霞成五色，为吾王补坐朝衣。

黄宝华先生说："全诗从雨丝展开想象，关合《神仙传》中园客得仙人之助养蚕得茧的典故，以茧丝喻雨丝，千头万绪，密布空中。又想象为蛛网蒙面，笼罩万物。既已坐实为丝，进而想象为造化神手纺出的经纬之线，而大地上繁茂的花卉草木正如天帝织出的锦绣纹章。……普通的雨丝能生出如许奇思妙想，真可谓想落天外，机杼独运。"② 评析精切。此诗是隐喻、曲喻、博喻和象征的交融结合，显示出山谷艺术想象力和联想力的活跃、奇丽、丰富。我们再看绝句《蚁蝶图》：

> 蝴蝶双飞得意，偶然毙命网罗。群蚁争收坠翼，策勋归去南柯。

---

① 黄宝华选注：《黄庭坚选集》，第 116 页。
② 黄宝华选注：《黄庭坚选集·序》，第 17 页。

山谷以省净、简练的笔墨，勾勒出几种小动物瞬息变化的喜剧和悲剧，生动地传写它们可怜、可悲、可恶、可笑的神情意态。不添加一句评论，诗人怜悯、厌恶、爱憎褒贬的丰富复杂感情已含蓄诗中，读后使人联想到当时政局的变幻无常，人生命运的偶然难测。这是一首通篇以比喻象征手法写出的短小精悍之作，意蕴丰富深邃。据南宋岳珂的《桯史》载：题上此诗的《蚁蝶图》传到京师，冒充"新党"的奸相蔡京大怒，打算加山谷以"怨望"之罪重贬，可见此诗讽刺尖锐、辛辣。

黄庭坚这类比兴寄托、寓意深远之作，还有《题竹石牧牛》、《题子瞻墨竹》、《睡鸭》、《题李亮功戴嵩牛图》、《题元明过洪福寺戏题》等。"远取譬"和象征是西方和中国现代派诗歌主要的艺术表现手法。诚如朱自清先生所说："象征诗派要表现的是些微妙的情境，比喻是他们的生命。"[①] 黄山谷诗多"远取譬"和深层象征，颇具现代派作风，值得学习、借鉴。

四

黄庭坚少年时即博极全书，不仅诵读儒家典籍，还广泛涉猎诸子百家，尤其精熟佛经释典和老庄著作。他作诗喜欢"搜猎奇书，穿穴异闻"[②]，"铺张学问以为富，点化陈腐以为新"[③]，大量地使典用事。因此，山谷诗的喻象中有不少典象。他以典故构成喻象数量之多、艺术手段之妙，超过了苏轼，而其过分刻意翻新出奇所带来的艺术失误，也多于东坡。

山谷用典很少生搬硬套，而是正用、反用、翻新、点化、连缀、拼接，灵活多变，不拘一格。他善于从典故中熔铸提炼出生动新颖的形象作为比喻。我们试看"敌人开户玩处女，掩耳不及惊雷霆"（《送范德孺知庆州》），上句用《孙子·九地》"始如处女，敌人开户；后如脱兔，敌不及拒"；下句用《淮南子·兵略简》"疾雷不及塞耳，疾霆不暇掩目"和《唐书·李靖传》"兵机事以速为神，震霆不及掩耳"。山谷用这三个典故，营造出"玩处女"与"惊雷霆"这两个互相连接的喻象，赞扬范仲淹采用变化灵动的战略战术，使敌人不作戒备，像对年幼无知的女孩那样轻视他；但他一行动起来，

---

① 朱自清：《新诗杂话》，第 8 页。

② 刘克庄：《江西诗派小序》，《历代诗话续编》，中华书局 1983 年版，第 478 页。

③ 王若虚：《滹南诗话》，《历代诗话续编》，中华书局 1983 年版，第 518 页。

却如雷霆骤发，敌人不及掩耳，突然受到致命的打击。由于熟典生用，死典活用，又善于借典造象，使诗句形声兼备，雄健峭拔，精练警策。又如"姮娥携青女，一笑粲万瓦"（《秘书省冬夜宿直，寄怀李德素》）。《淮南子·天文训》有"青女乃出，以降霜雪"之言。李商隐《霜月》诗有"青女素娥俱耐冷，月中霜里斗婵娟"之句。山谷化用典故并翻新前人成句，将雪月交辉照亮万片屋瓦比喻为姮娥携青女嫣然一笑，又把"粲"字用作动词，既写仙姝笑貌如花，又状霜月白亮如雪，于是清冷之景便转化为瑰奇之画，用事构想奇妙之极。再如"管城子无食肉相，孔方兄有绝交书"（《戏呈孔毅父》）一联，"管城子"、"食肉相"、"孔方兄"、"绝交书"四个喻象，分别是山谷从韩愈《毛颖传》、《后汉书·班超传》、鲁褒《钱神论》和嵇康《与山巨源绝交书》这些彼此毫无关涉的典故中提炼而出，并用新奇联想把它们贯穿起来，借以自嘲其浮沉下僚富贵无望的人生境况。诙谐幽默，情趣横生。

山谷尤其喜欢从释、道典籍中吸取和熔铸出曲譬隐喻，表达出奇思玄理或其内心微妙体验。黄宝华先生指出："他多次运用《关尹子》中'鱼游千里'的典故来比喻虚无思想：'从师学道鱼千里，盖世成功黍一炊'（《欸乃歌二章戏王稚川》）。"① 又如《奉答茂衡惠纸长句》中的"春草肥牛脱鼻绳，菰蒲野鸭还飞去"一联，也是从《五灯会元》和《传灯录》中提炼出的两个隐喻喻象。潘伯鹰先生说："禅家把自己心比作牛。最初须要在鼻孔上拴绳子才不乱跑，后来驯了，连绳子也用不着。那时的心就像天空中的野鸭一样，可以自由自在地飞了。"② 这两个喻象清新活泼、饶有禅趣，表达了诗人所追求的精神超脱。山谷有些诗借释典营构意象，达到了出神入化、不露痕迹的境地。例如《次韵高子勉十首》其四：

　　君不居郎省，还应上谏坡。才高殊未识，岁晚喜无它。枥马羸难出，邻鸡冻不歌。寒炉余几火？灰里拨阴何。

这是山谷勉励和指导青年诗人高子勉之作。首联和颔联叹惜子勉怀才不遇。颈联写严寒情景，用以衬托子勉作诗之苦心。尾联意谓：寒炉中剩下不多的火种了，您从炉灰里把诗人阴铿、何逊拨出来吧。这两个奇句活现出一幅围

① 黄宝华选注：《黄庭坚选集》，第18页。
② 潘伯鹰选注：《黄庭坚诗选·导言》，第21页。

炉吟咏图。细加品味，原来是山谷从佛典里提炼出来的借喻。据《传灯录》载，百丈问沩山说：你炉中有火吗？沩山说：没有。百丈自己起来，在炉中拨得火种，拿给沩山看：这不是火吗？沩山省悟了，向百丈道谢。[①] 杜甫《解闷》诗云："陶冶性灵存底物？新诗改罢自长吟。孰知二谢将能事？颇学阴何苦用心。"因此，山谷用此比喻，还暗示着教导子勉写诗应反复推敲之理。正如任渊所注："言作诗当深思苦求，方与古人相见也。"[②] 全篇因为尾联的曲譬奇喻和新鲜警拔之句而成为佳作。又如上引《登快阁》的"落木千山天远大，澄江一道月分明"，不仅点化了李白"木落秋山空"（《秋夜宿龙门香山寺……》）和柳宗元"木落寒山静，江空秋月高"（《游南亭夜还叙志七十韵》），而且暗用了佛典。佛教常以水月喻光明藏或菩提智，暗示清静空明的禅境，故而山谷此联又兼寓哲理禅趣。难得的是典故如盐溶化于水中，比兴圆融，意蕴含蓄不露。

　　毋庸讳言，黄庭坚用典过多过僻，也造成了诗意的玄奥晦涩。尤其是他那些宣扬佛理之作，虽也间有喻象，但多堆砌禅语，类似偈颂，枯燥乏味，难以卒读，诸如《和斌老悟道颂》、《四休居士诗》、《杂诗》、《题前定赠李伯牖》、《寂住阁》、《深明阁》等，甚至还有一些标明偈颂等字样的篇什。钱钟书就指出他的《送顾子敦》诗"何人更解青牛句"中以"青牛"代"老子"，"用意既偏晦可哂，字面亦欠名隽，宜其虽出大家，而无人沿用也。"[③] 钱先生还列举了山谷诗中"清如接篆通春溜，快似挥刀斫怒雷"（《吏部苏尚书右选胡侍郎皆和鄙句次韵道谢》）、"清似钓船闻夜雨，壮如军垒动秋鼙"（《和答任仲微送别》）、"清于夷则初秋律，美似芙蓉八月花"（《谢仲谋示新诗》）等运用明喻的对仗句，指出山谷于"品目词翰"，"铺陈拟像"，"尤好为之"，以致造成喻法与句式的雷同重复。[④]

　　如果就运用比喻这一点将苏轼和黄庭坚略作比较，笔者认为：东坡的人生经历更曲折、丰富，有更多的机缘接近下层民众，阅历也更深广，加之天才横溢，有飞腾的幻想力，因此苏轼诗中的比喻雄放恣肆，富于浪漫的奇情壮采，例如"微风万顷靴纹细，断霞半空鱼尾赤"（《游金山寺》）、"千山动鳞甲，万谷酣笙钟"（《行琼儋间，肩舆坐睡，梦中得句……觉而遇清风急

---

①　陈永正选注：《黄庭坚诗选》，广东人民出版社1984年版，第216页。
②　刘尚荣点校：《黄庭坚诗集注》，第568页。
③　钱钟书：《谈艺录》，第249页。
④　《谈艺录》，第369—370页。

雨，戏作此数句》）；更淳朴自然，有亲切浓郁的生活气息，例如"春畦雨过罗纨腻，夏垄风来饼饵香"（《南园》）、"翻翻联联衔尾鸦，荦荦确确蜕骨蛇。分畴翠浪走云阵，刺水绿铖抽稻芽"（《无锡道中赋水车》）；更多用比喻写景抒情，如"欲把西湖比西子，淡妆浓抹总相宜"（《饮湖上初晴后雨》）、"岭上晴云披絮帽，树头初日挂铜钲"（《新城道中二首》其二）、"人生到处知何似？应似飞鸿踏雪泥"（《和子由渑池怀旧》）。他的博喻多而美妙，如《百步洪》、《求焦千之惠山泉诗》、《无锡道中赋水车》、《次韵子由浴罢》、《秧马歌》等篇。东坡有新奇的远取譬，如"小星闹若沸"（《夜行观星》）、"欲知垂岁尽，有似赴壑蛇。修鳞半已没，去意谁能遮"（《守岁》）；也有曲喻，如"青山有似少年子，一夕变尽沧浪髭"（《江上值雪，效欧阳体……》）、"谁为天公洗眸子，应费明河千斛水"（《中秋见月和子由》），但其"远取譬"与"曲喻"数量较少。而山谷则更多以比喻叙事说理，多借僻典、佛典营构喻象，其比喻刻意为之，精心营构，尤以新颖奇谲的"远取譬"与"曲喻"见胜。

　　总之，山谷诗总体思想内涵与艺术成就不及东坡诗，但在运用比喻上，二人各擅胜场，难分高下。他们运用比喻的高超艺术，都值得我们认真研究和总结。

〔作者单位：中国社会科学院文学研究所《文学遗产》编辑部〕

论姚鼐的神妙说

王达敏

内容提要：神妙说是姚鼐辞章理论的核心。他将那些"意与辞俱美"的古文从包罗广泛的古文群中分离出来，经过抽象提炼，融入自己衡鉴、创作和禅悦所得，形成了神妙说。这一理论胚芽于他编撰《古文辞类纂》之时（1779年），在其后半生的创作、教学和研究中逐步得到完善。此论推尊一种不可言说的与天道合一的超越、神秘艺境。这种艺境风韵疏淡，既冲淡、含蓄，又蕴涵着律动和雄远，主要是天地间阴柔之道的显现。姚鼐视此境为古文艺术的极致，并以此作为评判古文高下的标准，也以此作为自己创作所追求的鹄的。他认为，衡鉴者和创作者若欲达致神妙境界，必须用功和妙悟，必须天赋卓异和胸次澄明。神妙说的提出隐含着姚鼐与汉学派对峙的倾向。此说是中国古文史上体系较为完备的崭新理论，对于推动传统古文朝艺术化方向演进甚具意义。

关键词：神妙说 纯化 风韵疏淡 禅悦 汉宋之争

在乾嘉文坛，姚鼐首要的创获和理论贡献，乃是提出了神妙说。此论体系较为完足，蕴涵丰赡而新颖，为中国古文史所仅见。它是姚鼐辞章理论的核心，彰显了其自觉将传统古文导入艺术之途的祈向。

既往史家诠释姚鼐文论，每每只道及其"神、理、气、味、格、律、声、色"论，"阳刚阴柔"论和"义理、文章、考证三者不可缺一"论，而对其神妙说则付之阙如。本文拟以《惜抱先生尺牍》八卷为主要取材之源，兼及惜抱轩全集中的其他相关资料，对神妙说进行集中论证和推阐。

一　纯化与神妙

姚鼐的神妙说建基于纯化古文之上。纯化是指，姚鼐依照自己的审美趣味，将一部分古文从杂古文中萃取出来，别构一个新颖的古文系统。当然，由于姚鼐并没有彻底摆脱传统对古文的多方规定，经他提纯后的这部分古文无论怎样气韵生动，若与现代文学中所指称的纯艺术散文相比[①]，也依然显得杂而不纯。但姚鼐意欲把古文从杂博引入较为纯美之路的指向，却至为分明。

在古典文学体系中，没有任何体裁如古文这般森罗万象。方苞说："太史公自序：'年十岁，诵古文。'周以前书皆是也。自魏晋以后，藻绘之文兴。至唐韩氏起八代之衰，然后学者以先秦盛汉辨理论事、质而不芜者为古文。"而在先秦盛汉之文中，"《易》、《诗》、《书》、《春秋》及《四书》，一字不可增减，文之极则也"；"《三传》、《国语》、《国策》、《史记》为古文正宗"；"周末诸子，精深闳博，汉、唐、宋文家皆取精焉"。[②] 此说把先秦西汉的经、史、子等就都算在古文之内了。这其实是从唐到清多数学人的共见。姚鼐在汉宋之争中将为学重心从考据移向其早年溺爱的辞章后，深病古文繁芜，纯化由此而起。

《古文辞类篹》就是姚鼐纯化古文的重大成果。他曾自负地说：该书"似于文章一事有所发明"[③]；"阅之便可知门径"[④]。此书从功能角度着眼，对指不胜屈、细碎无归的文体删繁就简，立纲十三，使古文眉目立时清晰起来。而姚鼐论衡文章的首要标准就是美。在论《奏议类》时，他说："周衰，

---

① 其实，在中国现代文学史上，与属于纯文学范畴的小说、诗歌、戏剧相比，散文仍然显得"纯"度不够。周作人在《美文》中对现代散文的规定，是"记述的，是艺术性的"（《谈虎集》，上海书店 1987 年 9 月根据北新书局 1936 年第 5 版影印，第 41 页）。他在编选《中国新文学大系·散文一集》时，就不录议论文。但是，周氏的规定，并没有成为现代散文史上的通则。他自己在 1918 年间世的《欧洲文学史》，即以历史、演说、学术等为文，可谓杂矣。郁达夫"在编选《中国新文学大系·散文二集》时，对鲁迅和周作人的杂文并没有用散文是'艺术性的'文学样式来鉴别，把他们两人的许多不属于散文的杂文选入其中"。因此，在现代，"正是在散文是一种文学样式的大原则上，很多散文批评家不予重视。一直到今天，在散文文体上造成许多混乱"（范培松：《中国散文批评史》，江苏教育出版社 2000 年版，第 273 页）。

② 此段引文见方苞撰《古文约选序例》，《古文约选》卷首，望三益斋所刻书册 30—43 册。

③ 姚鼐：《与孔㧑约》，见《惜抱先生尺牍》卷四，咸丰五年（1855）九月刊本，第 1 页。

④ 姚鼐：《与张梧冈德凤》，见《惜抱先生尺牍》卷二，第 11 页。

列国臣子为国谋者，谊忠而辞美"；在论《诏令类》时，他说："秦最无道，
而辞则伟。汉至文、景，意与辞俱美矣，后世无以逮之；光武以降，人主虽
有善意而辞气何其衰薄也"；在论《箴铭类》时，他说：此体乃"圣贤所以
自戒警之义，其辞尤质，而意尤深。若张子《西铭》，岂独其意之美耶，其
文固未易几也"。如此明确地从意、辞两方面着眼，讲究谊忠辞美、意辞俱
美和意深辞质，在此前古文史上尚不多见。姚鼐以美为准绳，将经、史、子
部著作悬搁，而在蕴藏美文较富的集部左右采获；同时由于讲究美，被视为
风雅变体的辞赋，也进入古文范畴。辞赋既为古文系统带来了用韵、藻饰、
讬讽和抒情性，也带来了艺术虚构，甚至带来了晋宋文风。姚鼐说："余尝
谓《渔父》及《楚人以弋说襄王》、宋玉《对王问遗行》，皆设辞无事实，皆
辞赋类耳。"这类设辞无事实的虚构篇章，因属于辞赋的缘故而被姚鼐抬入
古文殿堂。姚鼐本来声言"古文不取六朝人，恶其靡也"，但因晋宋人的辞
赋"犹有古人韵格存焉"而为其所录。① 这一拒一迎，一面为古文设置着界
限，一面也为古文的丰富和多元发展开拓着广阔空间。

　　姚鼐在以美为标准纯化古文时，意识到古文中存在一个极境。他说：
"学者之于古人，必始而遇其粗，中而遇其精，终则御其精者而遗其粗
者。"② 他把文章境界划分为三：始境乃"文之粗"，格、律、声、色是也；
中境乃寓于粗中的"文之精"，神、理、气、味是也；终境乃遗粗御精，
超乎精粗之上。姚鼐虽然将神摆在所以为文的八要素之首，但这个神仅是
文之精的组成部分，尚非文之极境。文之极境比神还要翻上一层。这最上
一层就是姚鼐类篹古文辞时强调而在后来漫长岁月中阐发不已的神妙境
界。正是随着阐发的深入，姚鼐最终建立了一种体系较为完备的古文新
论：神妙说。

　　姚鼐的纯化古文，乃继其业师刘大櫆之轨。刘大櫆论文，首重文人能
事。能事，是指文人独有的表现自我、处理材料的高妙本领。刘大櫆说：
"义理、书卷、经济者，行文之实；若行文，自另是一事"；作文"明义理、
适世用，必有待于文人之能事。""自古文字相传，另有个能事在。""文法有
平有奇，须是兼备，乃尽文人之能事。"③ 义理、书卷、经济，相当于方苞所

　　① 此段未注引文均出自姚鼐撰《古文辞类篹序目》，见《古文辞类篹》卷首，《正续古文辞类
篹》，浙江古籍出版社 1998 年 6 月杭州影印本，第 5—10 页。
　　② 姚鼐：《古文辞类篹序目》，见《古文辞类篹》卷首，《正续古文辞类篹》，第 10 页。
　　③ 刘大櫆：《论文偶记》，见《刘海峰文集》卷首，同治甲戌（公元 1874 年）冬月刘继重刊本。

说之义；文人之能事，相当于其所说之法。方苞强调法随义变、因义立法；刘大櫆则将法置于相对独立的关键地位。他认为，义固然重要，但如果没有法，没有文人高妙的行文本领，义所指涉之材料，仅仅是一堆材料而已。只有经过文人的创造性劳作，才能使材料获得勃勃生机。因此，法在成体之文中，绝非义之附庸，而是起着决定性作用。刘大櫆所致力者，在提高古文的艺术品格。姚鼐纯化古文，提出神妙说，实沿乃师所拓之道而进。

姚鼐的纯化古文，汲取了萧统纂《文选》的成果。尽管姚鼐批评"《文选》分体碎杂，其立名多可笑者。后之编集者不知其陋而仍之"①，但他的《古文辞类纂》显接《文选》之绪而起。《文选》学是姚鼐的家学和师承所在。其伯父兼业师姚范所撰《援鹑堂笔记》，论析《文选》的条目达三卷之多。姚鼐撰《惜抱轩笔记》，研究《文选》的内容，也有十一则。他曾称誉韩愈的《殿中少监马君墓志铭》，因学《文选》而文境高妙。②可知，他的确涵咏并敬重这份珍贵遗产。《文选》"很注意文学作品与非文学作品的区别"③。编撰者持守"踵其事而增其华"之念，以"事出于沈思，义归乎翰藻"为评衡文章的重要标准④；而《古文辞类纂》也意在辨析纯古文与杂古文之别。《文选》采录楚辞、赋、诗，悬置经、史、子部之文；而《古文辞类纂》也进辞赋而退经、史、子。但后出转精。姚鼐的超越处不仅在于其文体分类较萧氏简明、合理，更在于他自觉地提出了"意与辞俱美"的观念，并由此指示了一种神妙境界的存在。这一贡献使得《古文辞类纂》成为文学史上可与《文选》同辉的双璧。

二　风韵疏淡

姚鼐编撰《古文辞类纂》时，并未寻得恰当词汇命名其所体悟到的古文极境，只是意识到在粗精之上尚有一"终"极存在。后来，他采用一群意义

---

①　姚鼐：《古文辞类纂序目》，见《古文辞类纂》卷首，《正续古文辞类纂》，第9页。
②　姚鼐在评韩愈《殿中少监马君墓志铭》时说："宋人卑选学，故文少此等境界。"见徐树铮纂：《诸家评点古文辞类纂》卷四十一，都门印书局，丙辰（公元1916年）校印，第18页。
③　王运熙：《萧统的文学思想和〈文选〉》，见《中外学者文选学论集》（上），中华书局1998年版，第121页。
④　萧统：《文选序》，见萧统编、李善注：《文选》卷首，上海古籍出版社1986版，第2页、第3页。

相近的术语来表述这一极境，但始终没有衷于一是。其常用的术语有"妙"[1]、"神妙"[2]、"神味"[3]、"神韵"[4]、"高妙"[5]、"精妙"[6]、"胜境"[7]、"妙绝之境"[8]、"奇妙之境"[9]、"神妙之境"[10]、"高情远韵"[11]、"无意佳处"[12]、"不可言喻者"[13]、"古人最上一等文字"[14]、"古人深处"[15]、"古人意致佳处"[16]、"古人神气超绝转换变化处"[17]，等等。为了凸显姚鼐的独创，也为了论述的简洁和概念术语的统一，笔者在姚鼐习用语汇中，试拈出涵盖性较大的"神妙"一词，来指称其所发现的古文极境；并用神妙说，来总括其围绕神妙境界所作的理论阐述。

神妙境界是什么呢？姚鼐认为，神妙境界，是作者创造的与天道合一的艺术极境；它超然物外，如禅家第一义，只可意会，不可言说。姚鼐说：神妙境界"不可言喻"[18]；"此如参禅，不能说破"[19]；"凡诗文事与禅家相似，须有悟入，非语言所能传"[20]；"士苟非有天启，必不能尽其神妙"[21]。

---

[1]　姚鼐：《与管异之同》其一，见《惜抱先生尺牍》卷四，第21页。《与陈硕士》其一，同上，卷五，第8页。《与陈硕士》其二十四，同上，卷六，第17页。《与陈硕士》其三二，同上，卷六，第23页。

[2]　姚鼐：《与陈硕士》其九，见《惜抱先生尺牍》卷五，第14页。《归熙甫筠溪翁传评语》，见《诸家评点古文辞类纂》卷三十八，第8页。

[3]　姚鼐：《与陈硕士》其十三，见《惜抱先生尺牍》卷六，第9页。

[4]　姚鼐：《欧阳永叔岘山亭记评语》，见《诸家评点古文辞类纂》卷五十四，第11页。

[5]　姚鼐：《班孟坚诸侯王史表序》，见《诸家评点古文辞类纂》卷六，第16页。

[6]　姚鼐：《与石甫侄孙莹》其一，见《惜抱先生尺牍》卷八，第10页。

[7]　姚鼐：《与张阮林》其二，见《惜抱先生尺牍补编》卷二，《惜抱轩遗书三种》，光绪己卯（公元1879年）春三月桐城徐宗亮集刊，第21页。

[8]　姚鼐：《与陈硕士》其十三，见《惜抱先生尺牍》卷六，第10页。

[9]　姚鼐：《与陈硕士》其十九，见《惜抱先生尺牍》卷六，第13页。

[10]　姚鼐：《与伯昂从侄孙》其一，见《惜抱先生尺牍》卷八，第2页。

[11]　姚鼐：《刘才甫樵髯传评语》，见《诸家评点古文辞类纂》卷三十八，第18页。

[12]　姚鼐：《与陈硕士》其二十七，见《惜抱先生尺牍》卷六，第20页。

[13]　姚鼐：《答徐季雅》，见《惜抱先生尺牍》卷二，第11页。

[14]　姚鼐：《与管异之同》其五，见《惜抱先生尺牍》卷四，第25页。

[15]　姚鼐：《与恽子居》，见《惜抱先生尺牍补编》卷一，第14页。

[16]　姚鼐：《与陈硕士》其十，见《惜抱先生尺牍》卷五，第14—15页。

[17]　姚鼐：《与管异之》，见《惜抱先生尺牍补编》卷一，第20页。

[18]　姚鼐：《答徐季雅》，见《惜抱先生尺牍》卷二，第11页。

[19]　姚鼐：《与陈硕士》其八，《惜抱先生尺牍》卷六，第6—7页。

[20]　姚鼐：《与石甫侄孙莹》其八，见《惜抱先生尺牍》卷八，第15页。

[21]　姚鼐：《与陈硕士》其九，见《惜抱先生尺牍》卷五，第14页。

又说：神妙境界是"真实境地"[①]；它"通神领"[②]、"通乎神明"[③]、"通于造化之自然"[④]。又说：神妙境界乃是"道与艺合，天与人一"。[⑤] 由于神妙境界的超越性和神秘性，姚鼐强调了天启在鉴赏、创作中洞烛此境的意义。

然而，姚鼐作为理论家和后学导师，对其冥证悟解的不可说的神妙境界不能保持静默，而必须有所论说。他试着将神妙境界的主要特征概括为风韵疏淡。他在论及归有光时，对此有深入阐述。他说："文章之境，莫佳于平淡，措语遣意，有若自然生成者。此熙甫所以为文家之正传。"[⑥] "归震川能于不要紧之题，说不要紧之语，却自风韵疏淡。此乃是于太史公深有会处。"[⑦] 他评归有光的《野鹤轩壁记》为"萧散有致"、《畏垒亭记》为"不衫不履，神韵绝高"；[⑧] 评《宁封君八十寿序》为"言外有远致"[⑨]。萧散、不衫不履、远致，就是疏；平淡、不要紧，就是淡。归有光的《先妣事略》、《寒花葬志》和《项脊轩志》等皆因摹写常人细事，显露出疏淡的风韵，而为姚鼐颇入《古文辞类纂》。归有光对《史记》用力至深，曾圈点数过。[⑩] 姚鼐认为其疏淡的风韵乃得力于对司马迁的会心。而在姚鼐看来，司马迁为寻常人所不可及者正在其"大处，远处，疏淡处，及华丽非常处"[⑪]。疏淡是一种风韵，寓于大、远、华丽之中。司马迁之作因风韵疏淡而摇曳生姿。

风韵疏淡之境，冲淡而含蓄。关于冲淡，姚鼐说："凡作古文，须知古

[①] 姚鼐：《与陈硕士》其二，见《惜抱先生尺牍》卷五，第8—9页。
[②] 姚鼐：《王麓台山水》，见《惜抱轩诗集》卷五，嘉庆三年（公元1798年）增修车，第7页。
[③] 姚鼐：《复鲁絜非书》，见《惜抱轩文集》卷六，第11页。
[④] 姚鼐：《答鲁宾之书》，见《惜抱轩文集》卷六，（公元1798年）增修车，第21页。
[⑤] 姚鼐：《敦拙堂诗集序》，见《惜抱轩文集》卷四，第9页。
[⑥] 姚鼐：《与王铁夫书》，见《惜抱轩文后集》卷三，第1页。
[⑦] 姚鼐：《与陈硕士》其二一七，见《惜抱先生尺牍》卷六，第19—20页。
[⑧] 吴汝纶：《古文辞类纂点勘》卷三引，1930年冬日刊本，第8页。亦见《姚惜抱归震川文集评点》，第18页、第19页。案：安庆孙志方先生所藏廉泉过录《姚惜抱归震川文集评点》，为海内珍本。我手中复印件为孙先生所赐，特此致谢。
[⑨] 廉泉录、孙志方藏：《姚惜抱归震川文集评点》，第14页。
[⑩] 姚鼐在《复徐季雅》中对归有光的圈点《史记》评价甚高。他说："震川阅本《史记》于学文者最为有益。圈点启发人意有愈于解说者矣。可借一部临之、熟读，必觉有大胜处。"见《惜抱先生尺牍》卷二，第11页。
[⑪] 姚鼐：《与陈硕士》其一，见《惜抱先生尺牍》卷五，第8页。

人用意冲淡处，忌浓重，譬如举万钧之鼎，如一鸿毛，乃文之佳境。有竭力之状，则入俗矣。"① 冲淡是自然，是从容，是举重若轻，也就是雅；与之反悖者是浓重，是举轻若重，是竭力，也就是俗。作者一旦勉力，便"觉有累积纸上，有如赘疣"②，就会失去韵致，也就不妙了。关于含蓄，姚鼐说：欧阳修的《岘山亭记》"神韵缥缈，如所谓吸风饮露、蝉蜕尘埃者，绝世之文也"③；归有光的《筼溪翁传》"传筼溪翁，而思所属又不在翁，故为神妙"④；刘大櫆的《樵髯传》"写出村野之态如在目前，而文之高情远韵自见于笔墨蹊径之外"⑤。缥缈之境在风尘之外，羚羊挂角，无迹可求，是含蓄；言在此而思在彼，含不尽之意见于言外，也是含蓄。

风韵疏淡之境，在平淡、含蓄的静寂中，蕴涵着律动和雄远。关于律动，姚鼐说：韩愈的《送温处士赴河阳军序》"文特嫖姚"⑥；刘大櫆的《送沈荼园序》"其来如潮水骤至，顷刻之间，消归无有。此等神境，惟昌黎有之"⑦。这种飘摇飞动之姿，因有内在节奏，而奕奕生辉。姚鼐说："大抵文章之妙在驰骤中有顿挫，顿挫处有驰骤。若但有驰骤，即成剽滑，非真驰骤也。"⑧ 驰骤与顿挫兼施，就是文之内在节奏。有节奏，就会有起伏、有疏密；就会有无相生，在有声中蕴沉寂，在无声处潜激越；就会由正生变，因变生出奇趣。姚鼐甚重正外有奇。奇正兼施，是文内深层的律动。陈用光的一些篇章就因"正有余而奇不足"⑨，而不为姚鼐所赏。关于雄远，姚鼐说："太史公《年表序》托意高妙，笔势雄远，有包举天下之概。"⑩ 司马迁之不可企及处，即于疏淡中，蕴蓄雄远之势。

风韵疏淡之境，浸润着浓郁的诗意。姚鼐将辞赋引进其纯化的古文系统，本就为其证悟的神妙境界带来了抒情质素。而他不仅是一个古文家，更是一位镕铸唐宋、风格别具的诗人。他以古文家的手眼写诗，也将诗人的趣

---

① 姚鼐：《与石甫侄孙莹》其九，见《惜抱先生尺牍》卷八，第16页。
② 姚鼐：《与王铁夫书》，见《惜抱轩文后集》卷三，第1页。
③ 姚鼐：《欧阳永叔岘山亭记评语》，见《诸家评点古文辞类纂》卷五十四，第11页。
④ 姚鼐：《归熙甫筼溪翁传评语》，见《诸家评点古文辞类纂》卷三十八，第8页。
⑤ 姚鼐：《刘才甫樵髯传评语》，见《诸家评点古文辞类纂》卷三十八，第18页。
⑥ 姚鼐：《韩退之送温处士赴河阳军序评语》，见《诸家评点古文辞类纂》卷三十一，第32页。
⑦ 姚鼐：《刘才甫送沈荼园序评语》，见《诸家评点古文辞类纂》卷三十三，第15页。
⑧ 姚鼐：《与石甫侄孙莹》其七，见《惜抱先生尺牍》卷八，第14页。
⑨ 姚鼐：《与陈硕士》其二十五，见《惜抱先生尺牍》卷七，第22页。
⑩ 姚鼐：《班孟坚诸侯王史表序评语》，见《诸家评点古文辞类纂》卷六，第16页。

味引入古文境界论中。事实上，姚鼐常常把诗境和文境打并一处而论。他曾说："大约横空而来，意尽而止，而千形万态，随处溢出。此他人诗中所无有，惟韩文时有之，与子美诗同耳。"① 又说："凡诗文事与禅家相似，须有悟入，非语言所能传。"② 韩文之妙正与杜诗之妙相同。而诗和文之妙境，均非轻易可得可传。将诗境、文境浑一而论，实可视为姚门家法。姚鼐曾论苏去疾诗作之妙："大抵高格清韵，自出胸臆，而远追古人不可到之境，于空濛旷邈之区，会古人不易识之情于幽邃杳曲之路，使人初对，或淡然无足赏，再三往复，则为之欣忭恻怆，不能自已。此是诗家第一种怀抱·蓄无穷之意味者也。"③ 姚门弟子姚椿则说："此殆翁自言之。翁之古文意格略同，而功力更胜，亦可以此意求之。"④ 姚椿将姚鼐论苏去疾之诗境移来论其文境，正合乃师诗文并论家数。诗境、文境浑融，将诗境带入文境，文境中自然弥漫着诗的意致。风韵疏淡境界的平淡、含蓄，就正是一种诗韵。后来梅曾亮纂《古文词略》，谨守姚鼐家法，兼采诗作，表达了进一步将诗意引入文境的愿望。

风韵疏淡之境主要属于一种阴柔之美。姚鼐在《复鲁絜非书》中对阳刚和阴柔两种审美特征进行过系统阐发。按他形象生动的说法："其得于阳与刚之美者，则其文如霆，如电，如长风之出谷，如崇山峻崖，如决大川，如奔骐骥；其光也，如杲日，如火，如金镠铁；其于人也，如凭高视远，如君而朝万众，如鼓万勇士而战之。其得于阴与柔之美者，则其文如升初日，如清风，如云，如霞，如烟，如幽林曲涧，如沦，如漾，如珠玉之辉，如鸿鹄之鸣而入寥廓；其于人也，漻乎其如叹，邈乎其如有思，暖乎其如喜，愀乎其如悲。观其文，讽其音，则为文者之性情、形状举以殊焉。"⑤ 他把雄浑、劲健、豪放、壮丽等纳入阳刚之美的范畴；把雅淡、含蓄、洁净、幽远、温婉等纳入阴柔之美的范畴。很明显，姚鼐推尊的风韵疏淡之境，主要属于一种阴柔之美。尽管姚鼐因受《易经》之后所形成的贵刚而抑柔传统的影响，

---

① 姚鼐：《复刘明东书》，见《惜抱轩文·后集》卷三，第 2 页。姚鼐此处讲的是"诗境大处"。
② 姚鼐：《与石甫任孙壶》其八，见《惜抱先生尺牍》卷八，第 15 页。
③ 姚鼐：《答苏园公书》，见《惜抱轩文后集》卷三，第 6 页。
④ 姚椿：《跋惜翁与苏园仲论诗书稿》，见《晚学斋文集》卷三，道光二十年（公元 1840 年）刻本，第 21 页。
⑤ 姚鼐：《复鲁絜非书》，见《惜抱轩文集》卷六，第 10—11 页。

并因雄才难得而倍加推崇，^① 但在对神妙说的阐发中，他突出强调的，则偏于阴柔之美。这也可见其真正趣味之所在。

风韵疏淡之境因属阴柔之美的范畴而具有了形而上性质。姚鼐说："文者，天地之精英，而阴阳、刚柔之发也"②；"文章之原，本乎天地。天地之道，阴阳刚柔而已。苟有得于阴阳刚柔之精，皆可以为文章之美。阴阳刚柔，并行而不容偏废。有其一端而绝亡其一，刚者至于偾强而拂戾，柔者至于颓废而阉幽，则必无与于文者矣。然古君子称为文章之至，虽兼具二者之用，亦不能无所偏优于其间。其故何哉？天地之道，协合以为体，而时发奇出以为用者，理固然也。"③ 天地之道乃文章之本原。虽然此道之本体为阳刚和阴柔的协合，但其发用则不能不有所偏。因而，世间之文，或偏优于阳刚，或偏优于阴柔。风韵疏淡之境中尽管含有律动、雄远质素，但它终究偏优于阴柔，主要为天地之道中阴柔元素之所发，因而获得了天地之道的品性。

姚鼐品鉴时人文章，每以风韵疏淡为上。他评王芑孙的碑、记："弥觉古淡之味可爱，殆非今世所有。"④ 评陈用光的序文："风味疏淡，自是好处。从此做深，或更入古人奇妙之境。"⑤ 评姚莹的一些作品：缺乏"淡远高妙之韵"⑥，而难称妙。

姚鼐在自己的古文创作中力追风韵疏淡之境。王昶说：姚鼐的"古文淳古简净，纡徐往复，亦多不尽之味"⑦。方宗诚说："惜抱先生文以神韵为宗。"⑧ 刘师培和周作人以讥讽桐城派著称。但刘师培说：姚鼐之作有"丰韵"，为"近之绝作"。⑨ 周作人说：包括姚鼐在内的桐城大家的"文章比较那些假古董为通顺，有几篇还带些文学意味。而且平淡简单，含蓄而有余

---

① 姚鼐在《海愚诗钞序》中就说："其在天地之用也，尚阳而下阴，伸刚而诎柔。故人得之亦然。文之雄伟而劲直者，必贵于温深而徐婉。温深徐婉之才不易得也。然其尤难者，必在乎天下之雄才也。"见《惜抱轩文集》卷四，第 8 页。

② 姚鼐：《复鲁絜非书》，见《惜抱轩文集》卷六，第 10 页。

③ 姚鼐：《海愚诗钞序》，见《惜抱轩文集》卷四，第 7—8 页。

④ 姚鼐：《与王铁夫书》，见《惜抱轩文后集》卷三，第 1 页。

⑤ 姚鼐：《与陈用光》其四十七，见《惜抱先生尺牍》卷六，第 13 页。

⑥ 姚鼐：《与石甫侄孙莹》其四，见《惜抱先生尺牍》卷八，第 11 页。

⑦ 王昶：《湖海诗传小传》卷四，光绪四年（公元 1878 年）上海淞隐阁印本，第 18 页。

⑧ 方宗诚：《桐城文录序》，见《柏堂集次编》卷一，光绪六年（公元 1880 年）八月开雕，第 19 页。

⑨ 刘师培：《论近世文学之变迁》，见《左庵外集》，《刘申叔遗书》（下），江苏古籍出版社 1997 年版，第 1648 页。

味。在这些地方，桐城派的文章，有时比唐宋八大家的还好"①。诸家均看到了姚作的神妙之处。

　　风韵疏淡的确是姚鼐古文创作的重要特色。归有光的疏淡往往体现在杂记、碑传等叙事、抒情类作品中，姚鼐也是如此。姚鼐的出色之作或意淡，或情淡，或味淡，或词淡，或淡中兼奇，极尽变化。而这淡，皆为作者所谓"举万钧之鼎，如一鸿毛"，看似轻，实有很重的分量在。这里仅试举两例分别说明意淡和情淡，以聊见其文疏淡之一斑。意淡之作可以《随园雅集图后记》为代表。作者通过描述随园"水石林竹，清深幽靓，使人忘世事"的美景中之雅集，咏叹景物易逝、青春难留，凸显风流长存。他说："人与园囿有时变，而图可久存；图终亦必毁，而文字可以不泯。千百年后，必有想见先生风流者。"② 作者对人生的深慨，寄托在从容与宁静的叙述中，使本来易于激越的思绪化为老确平淡。情淡之作可以《继室张宜人权厝铭并序》为代表。作者写继妻平生行事"无以异今时女子，而悖傲苟贱暴虐之事，所必无也；治家不能极于俭啬，而矜奢纵佚之事，所必不为也。尤喜称人之善，闻人不善，虽于余前亦绝不言。余迂谬违俗：仕不进而家不赢，宜人不怨，顾以为宜。然以余所遇不偶，独幸得宜人偕居室十五年，而今又死矣"③。姚鼐没有借鉴归有光的琐细写法，不述细事，纯用概括，线条疏落；也不正面描画，而是用"必无也"、"必不为也"、"绝不言"、"不怨"之词，一路背面敷粉。最后，以自己的"不偶"与"独幸"对举，衬托妻死的哀感。这种远水无波、远山无皴的含蓄手法，一样将人物的面目勾勒出来。作者身为理学家，势难纵笔渲染夫妇之情。他用疏落之墨，将压入深处的悲悼淡然表出，真正达到了"使人初对，或淡然无足赏，再三往复，则为之……恻怆，不能自已"④ 的境界。

　　姚鼐的神妙说显然受有王士禛神韵说的影响。姚椿说："惜翁宗新诚。""翁先有《五七言近体诗选》以维诗道之坏，以竟新诚之绪余。"⑤ 姚鼐也说王

---

　　① 周作人：《中国新文学的源流》，岳麓书社1989年版，第84—85页。

　　舒芜在《两个鬼的文章》中说，周作人文章的特色就是"和平冲淡"，并对此进行了详细分析（见《周作人的是非功过》〈增订本〉，辽宁教育出版社2000年版，第293—360页）。其实，阅读周作人的文章可知，他在理性上表彰晚明小品，而批评桐城派，但在创作实践上，则似对桐城派借鉴更多。借鉴桐城文章的方面，便是他点评的"平淡简单，含蓄而有余味"。

　　② 姚鼐：《随园雅集图后记》，见《惜抱轩文集》卷十四，第10—11页。

　　③ 姚鼐：《继室张宜人权厝铭并序》，见《惜抱轩文集》卷十三，第27—28页。

　　④ 姚鼐：《答苏园公书》，见《惜抱轩文后集》卷三，第6页。

　　⑤ 姚椿：《管侍御唐诗选书后》，见《晚学斋文集》卷三，第18页。

士祯的《古诗选》"大体雅正"；他自己的诗选乃"尽渔洋之遗志"。① 姚鼐既评点过王撰《渔洋山人精华录》，也评点过其所纂《古诗选》。②《惜抱轩笔记》卷八录有研究王纂《五言诗选》七则。可知，姚鼐对王士祯深致敬意。③ 王、姚均提倡平淡、自然、含蓄等。其区别在于：王氏主要就诗论诗，姚氏则诗文兼而论之，而以论文为主；王氏不反对模仿，也知道学问根柢之不可少，但姚氏更讲究学习前人，强调正途辙和学问的重要，取径也较王氏为广。

三　何能神妙

姚鼐认为，欲达致神妙境界，需要经过两个步骤。一是用功。通过勤研古人之作，摸索为文技巧；二是妙悟。通过妙悟，照亮神妙境界。姚鼐说："夫文章之事，有可言喻者，有不可言喻者。"④文章的技巧是可言喻者，神妙境界则是不可言喻者。虽说"不可言喻者要必自可言喻者而入之"⑤，但要达致不可言喻之境，单靠用功是不够的，必须心存妙悟。同时，天赋异资、胸次澄明，也是通往神妙境界所不可或缺者。

第一步：用功。

姚鼐至为看重用功。他说："大抵学古文必始而迷闷，苦毫无似处；久而能似之；欢而自得，不复似之。若初不知有迷闷难似之境，则其人必终身无望矣。为学非难非易，只有肯用功耳。"⑥

姚鼐极为看重文章字句声色方面的技巧。他说："文章之精妙，不出字句声色之间。舍此便无可窥寻矣。"⑦圣人之作中有"矩矱存"⑧在。作者只有"望见途辙"，方"可以力求"⑨。如果途辙误了，就绝难"追企古人"。⑩

---

① 姚鼐：《五七言今体诗钞序目》，见《惜抱轩今体诗选》卷首，同治五年（公元 1855 年）八月金陵书局开雕。

② 姚鼐评《渔洋山人精华录》过录本，别藏安庆图书馆。姚鼐评王士祯《古诗选》过录本，现分现藏安庆图书馆和桐城图书馆。

③ 不惟姚鼐，桐城诸家对王士祯均甚推藏。姚范撰《援鹑堂笔记》录有研究《王阮亭古诗选》的条目。方苞、刘大櫆、方东树对王纂《古诗选》皆有批点，批点过录本现藏桐城图书馆。姚莹对王撰《渔洋山人精华录》也有批点，批点本现藏上海图书馆。

④ 姚鼐：《答徐季雅》，见《惜抱先生尺牍》卷二，第 11 页。

⑤ 同上。

⑥ 姚鼐：《与方值之》其三，见《惜抱先生尺牍补编》，第 18 页。

⑦ 姚鼐：《与石甫侄孙莹》其一，见《惜抱先生尺牍》卷八，第 10 页。

⑧ 姚鼐：《硕士约过舍久俟不至余将渡江留书与之成六十六韵》，见《惜抱轩诗集》卷五，第 9 页。

⑨ 姚鼐：《与陈硕士》其十，见《惜抱先生尺牍》卷五，第 14—15 页。

⑩ 姚鼐：《与管异之同》其五，见《惜抱先生尺牍》卷四，第 25 页。

而要寻得古人为文技巧，就必须用功。只要用功勤，用心精密，[①] 借助多读，把古典之作烂熟于心，然后加以模仿，日久当会脱化。不过，寻觅古人技巧的前提，是明辨雅俗。姚鼐说："大抵作诗古文，皆急须先辨雅俗。俗气不除尽，则无由入门，况求妙绝之境乎？"[②]

姚鼐把熟读古人之文，视为用功初阶。他说："用功之始，熟读古人之作而已。"[③] "急读以求其体势，缓读以求其神味。"[④] "大抵学古文者必要放声疾读，又缓读，祇久之自悟。若但能默看，即终生作外行也。"[⑤] "诗古文各要从声音证入，不知声音总为门外汉耳。"[⑥] 经过熟读，"常将太史公、韩公境悬置胸中，则笔端自与寻常境界渐远也"[⑦]。

姚鼐把模仿古人之文，视为脱化的必由之路。他说："文不经模仿，亦安能脱化！"[⑧] 经过模拟，"自能镕铸古人，自成一体。若初学未能逼似，先求脱化，必全无成就。譬如，学字而不临帖，可乎"[⑨]？姚鼐认为，模仿的对象宜精不宜博；效法古人，文字应讲究简洁、翻新和巧于删削，应尽变其形貌而不可着迹。[⑩] 姚鼐所说的模仿与拟古不同。他讲的模仿是指学文途径，

---

① 姚鼐：《与陈硕士》其六，见《惜抱先生尺牍》卷七，第5—6页。
② 姚鼐：《与陈硕士》其十三，见《惜抱先生尺牍》卷六，第9—10页。
③ 姚鼐：《与鲍双五》其四，见《惜抱先生尺牍》卷四，第11页。
④ 姚鼐：《与陈硕士》其二十，见《惜抱先生尺牍》卷六，第14页。
⑤ 姚鼐：《与陈硕士》其八，见《惜抱先生尺牍》卷六，第6—7页。此札作于嘉庆九年（公元1804年）。
　姚鼐又说："学文之法无他，多读多为，以待其一日之成就，非可以人力速之也。"（《与陈硕士》其九，见《惜抱先生尺牍》卷五，第14页）又说："急读以求其体势，缓读以求其神味。得彼之长，悟吾之短，自有进也。"（《与陈硕士》其二十，见《惜抱先生尺牍》卷六，第14页）
⑥ 姚鼐：《与陈硕士》其十三，见《惜抱先生尺牍》卷七，第14页。
⑦ 姚鼐：《与陈硕士》其三四，见《惜抱先生尺牍》卷六，第24页。
⑧ 姚鼐：《与管异之同》其五，见《惜抱先生尺牍》卷四，第25页。
⑨ 姚鼐：《与伯昂从侄孙》其三，见《惜抱先生尺牍》卷八，第3页。
⑩ 关于宜精不宜博，姚鼐说："凡学诗文之事，观览不可以不泛博。若其熟读精思效法者，则欲其少不欲其多。"（《与陈硕士》其十四，《惜抱先生尺牍》卷七，第14—15页）关于简洁，姚鼐说："大抵作文须见古人简质惜墨如金处也。"（《与陈硕士》其二十八，见《惜抱先生尺牍》卷六，第20—21页）关于翻新，姚鼐说："凡言理不能改旧，而出语必要翻新。佛氏之教，六朝人所说皆陈陈耳，达摩一出翻尽窠臼，然理岂有二哉？但更搬梵语，便了无意味。移此意以作文，便亦是妙文矣。"（《与陈硕士》其三，见《惜抱先生尺牍》卷七，第3页）关于删削，姚鼐说："花木之英杂于芜草秽叶中，则其光不耀，夫文亦犹是耳。"（《与陈硕士》其三三，见《惜抱先生尺牍》卷六，第23—24页。此札作于嘉庆十三年（公元1808年））又说："意如骈枝，辞如赘疣，则失为文之意。"如果不加"芟削"，则"骨脉声色必皆病矣"（《与陈硕士》其八，见《惜抱先生尺牍》卷七，第8页）。关于不着痕迹，姚鼐说："文之效法古人，莫善于退之，尽变古人之形貌，虽有模拟，不可得而寻其迹也。其他虽工于学古，而迹不能忘。扬子云、柳子厚于斯盖尤甚焉，以其形貌之过于似古人也。而遽摈之，谓不足与于文章之事，则过矣。然遂谓非学者之一病，则不可也。"（《古文辞类纂序目》，见《古文辞类纂》卷首，《正续古文辞类纂》，第10页）

目的在于脱化。拟古则食古不化，只做些假古董出来。① 在姚鼐看来，通过模仿，"久之功深，自有真得"②，一旦遇到好的题目和题材，"发绩学用功"③，就有望笔势痛快，手之所至，随意生态，常语滞意，不遣而自去④，从而写出神妙文字来。

第二步：妙悟。

妙悟有两种方式。一是在用功深久基础上的妙悟。姚鼐说："欲悟亦无他法，熟读精思而已。"⑤ "士苟非有天启，必不能尽其神妙。然苟人辍其力，则天亦何自而启之哉。"⑥ "其不可言喻者，则在乎久为之自得而已。"⑦ "文家之事大似禅悦，观人评论圈点，皆是借径，一旦豁然有得，呵佛骂祖，无不可者。"⑧ 熟读精思，用力不辍，久之，自当觅得悟入之处。二是不由门径的妙悟。姚鼐说："超然自得，不从门径入。此非言说可喻，存乎妙悟矣。"⑨ "诗人兴会随所至耳。岂有一定之主意、章法哉？"⑩ 比较而言，前一种妙悟因有门径可寻，易于向生徒开示，而为姚鼐所重；后一种妙悟不期而至，无迹可寻，不可把捉，无法可说，虽为姚鼐所神驰，却不为其所强调。

妙悟之后，在创作中，神妙境界也非可必之事。姚鼐说："勤心深求，忽然悟入，或半年便得，或一年乃得，又或终生不得。"⑪ 这正道出了艺术创作的非机械性和微妙之处。

---

① 因为看重模仿，姚鼐对明代前后七子表示了一定的尊重，而对斥七子不遗余力的钱谦益严加责备。例如，他在《硕士约过舍久俟不至余将渡江留书与之成六十六韵》中论及作文矩矱时说："在昔明中叶，才杰踔高遐。比拟诚太过，未失诗人葩。蒙叟好异论，舌端驰镆铘。抑人为己名，所恶成创痂。"（见《惜抱轩诗集》卷五，第9页）其实，姚鼐所说的模仿与前后七子的拟古甚有差异。他的模仿指的是学文途径，目的乃在脱化；前后七子则不免食古不化。二者形似，差别则是实质性的。

② 姚鼐：《与陈硕士》其二十五，见《惜抱先生尺牍》卷六，第18页。

③ 姚鼐：《与陈硕士》其六，见《惜抱先生尺牍》卷六，第4页。

④ 姚鼐：《与陈硕士》其三二，见《惜抱先生尺牍》卷六，第23页。

⑤ 姚鼐：《与石甫侄孙莹》其八，见《惜抱先生尺牍》卷八，第15页。

⑥ 姚鼐：《与陈硕士》其九，见《惜抱先生尺牍》卷五，第14页。

⑦ 姚鼐：《复徐季雅》，见《惜抱先生尺牍》卷二，第11页。

姚鼐说："此不可急求，深读久为，自有悟人。"（《与石甫侄孙莹》其一，见《惜抱先生尺牍》卷八，第10页）"更精心于古人求之，当有悟处耳。"（《与石甫侄孙莹》其七，同上，卷八，第14页）"大抵好文字亦须待好题目，然后发绩学用功，以俟一旦兴会精神之至。虽古名家亦不过如此而已。"（《与陈硕士》其六，同上，卷六，第4页）

⑧ 姚鼐：《与陈硕士》其二，见《惜抱先生尺牍》卷五，第8—9页。

⑨ 姚鼐：《与张梧冈德凤》，见《惜抱先生尺牍》卷二，第11页。

⑩ 姚鼐：《与陈硕士》其十二，见《惜抱先生尺牍》卷七，第12页。

⑪ 姚鼐：《复刘明东书》，见《惜抱轩文后集》卷三，第2页。

　　除了用功和妙悟，姚鼐认为，作者意欲达到神妙境界，尚需具备两个条件：天赋卓异、胸次澄明。

　　姚鼐很看重天赋卓异。作者没有卓异之资，无所谓妙悟，当然也谈不上创造神妙境界。姚鼐说："天之生才甚难。"①"才力高下必由天授。"②今人诗文不能追企古人的一个重要原因，就是"天资逊之"。③但是，姚鼐又认为，作者的天赋异资，必佐之以深厚功力、法度，方能使其达致艺术峰顶。他称赏管同："若以才气论，此时殆未有出贤右者。"但若欲"光焰十倍"，必须"学充力厚"。④他说："巧工弃常度，拙工艺反加。"⑤有才气者如果不讲法度，反不如资质平平而讲法度者更有所获。他在综论才、法、功力的关系时说："文章之事，能运其法者才也。而极其才者法也。古人文有一定之法，有无定之法，有定者所以为严整也；无定者所以为纵横变化也。二者相济而不相妨，故善用法者非以窘吾才，乃所以达吾才也。非思之深、功之至者，必不能见古人纵横变化中所以为严整之理，思深功至而见之矣。"⑥文士只有思深功至，才能在读书时见古人纵横变化中的严整；而只有靠天赋卓异，方能在创作中驾驭有定、无定之法；而法也为才能的有效发挥提供了保证。

　　姚鼐尤看重胸次澄明。作者没有高远、萧旷的襟怀，无法开悟，当然更无法达致神妙境界。姚鼐说："文章、考证外，更大有事耳。"⑦这大事就是"修心"⑧，得"胸中真乐"⑨。作者只有涵养胸趣，心地空明，才能心静而气生，才能创造出"气流转而语圆美"⑩的作品。姚鼐开示的重要修心途径，就是在佛教方面用功。他鼓励弟子为豁然开悟，而向佛教深处行进。⑪借释氏精义开

①　姚鼐：《与张阮林》其一，见《惜抱先生尺牍》卷三，第17页。
②　姚鼐：《与陈硕士》其十，见《惜抱先生尺牍》卷五，第14—15页。
③　姚鼐：《与管异之同》其五，见《惜抱先生尺牍》卷四，第25页。
④　姚鼐：《与王惕甫苬孙》其二，见《惜抱先生尺牍》卷二，第9页。
⑤　姚鼐：《硕士约过舍久俟不至余将渡江留书与之成六十六韵》，见《惜抱轩诗集》卷五，第9页。
⑥　姚鼐：《与张阮林》其一，见《惜抱先生尺牍》卷三，第17页。
⑦　姚鼐：《与陈硕士》其三九，见《惜抱先生尺牍》卷六，第27页。
⑧　姚鼐：《与陈硕士》其四十，见《惜抱先生尺牍》卷六，第28页。
⑨　姚鼐：《与陈硕士》其三九，见《惜抱先生尺牍》卷六，第27页。
⑩　姚鼐：《与陈硕士》其四，见《惜抱先生尺牍》卷五，第9页。
⑪　姚鼐说："《安般守意经》吾所未见，然佛经大抵相仿，能用功者皆可入也。惟教义则须略问人。《世说》所谓殷深源未解事数，遇一道人问以所籤便豁然者也，此与禅悟事不同而理亦通。"（《与陈硕士》其三，见《惜抱先生尺牍》卷七，第3页）

拓胸次，以达于人生和艺术的神妙之境，这可说是姚鼐的夫子自道了。

四　禅悦与胸次

　　神妙说的提出，与姚鼐长期耽禅有密切关系。[①]

　　姚鼐习禅经历了一个由浅入深的过程。这一过程伴随着他人生的沉浮。姚范熟于内典，《援鹑堂笔记》中《梯愚轩脞简》，就是其研佛心得的总结。姚鼐少承家学，青春时代即开始习禅，自谓"结发慕胜因"、"聊披贝叶经"[②]。此后一个时期，他虽然时有"脱吾累"[③] 之思，热爱"林间野鹿群"[④]，但由于他处在人生的勃发阶段，又自待不浅，根本"无岩穴之操"[⑤]，所谓意欲"终日问愣迦"[⑥]，只是口说而已。然而，与汉学派冲突的发生，使姚鼐备尝"吾生志不就，斯世邈无群"[⑦] 之苦，其思想渐起变化。他从罗聘的《鬼趣图》上悟得人生空幻，深感"形役此劳生"，"颠倒由一想"；认识到"天人阿修罗，一一超无上。稽首证导师，兹义实非罔"，因而，渴欲"返其真"。[⑧] 在四库馆，姚鼐仍然关注佛教。但从"我闻佛法不可文字求，廓然无圣道最优"[⑨] 之句看，似还证入不深。

---

　　① 禅宗本为中国佛教的一个流派；后成佛界一枝独秀，以至于与佛教成为同义语。（冯友兰：《中国哲学简史》，北京大学出版社 1985 年版，第 309 页）姚鼐对禅与佛没有作区分。因此，本文论述时也把禅、佛概念互用。

　　② 姚鼐：《连日清斋写佛经偶作数句》，见《惜抱轩诗集》卷一，第 16 页。

　　③ 姚鼐：《柬王禹卿病中》，见《惜抱轩诗集》卷一，第 6 页。此诗作于乾隆十九年（公元 1754 年）。

　　④ 姚鼐：《山行》，见《惜抱轩诗集》卷六，第 8 页。

　　⑤ 姚鼐：《复张君书》，见《惜抱轩文集》卷六，第 2 页。

　　⑥ 姚鼐：《法源寺》，见《惜抱轩诗集》卷七，第 2 页。此诗作于乾隆三十三年（公元 1768 年）姚鼐去山东主考稍前。

　　⑦ 姚鼐：《诣岳麓书院有述》，见《惜抱轩诗集》卷二，第 11 页。此诗作于乾隆三十五年（公元 1770 年）姚鼐到湖南主考期间。

　　⑧ 姚鼐：《罗两峰鬼趣图》，见《惜抱轩诗集》卷二，第 17 页。《鬼趣图》乃名画家罗聘的名作，当世名流多有题咏。此图共八幅。第一幅，"一鬼隆背，短足，腹大如罋。又一鬼一手一足，相向而立"；第二幅，"二鬼同行。后一鬼赤体无衣，其瘦如削"；第三幅，"鬼使引男女二鬼，邂逅相谇"；第四幅，"一鬼肥短，众小鬼扶掖而行"；第五幅，"一巨鬼肤发皆绿，两峰于焦山亲见之"；第六幅，"一鬼头大于身，佝偻至地。二小鬼见之惊走"；第七幅，"数鬼参差张盖冒雨而行"；第八幅，"白骨散漫山野"。（张云璈：《题罗两峰鬼趣图》，见《简松草堂诗集》卷七，《续修四库全书》第 1471 册，据道光刻本影印，第 388—389 页）

　　⑨ 姚鼐：《魏三藏菩提流支在胡相国第译金刚经刻石拓本》，见《惜抱轩诗集》卷二，第 23 页。

　　姚鼐真正迷禅，是从京华告退之后。归乡了，外在羁牵解除了，姚鼐却没有得到优游林下之快乐。相反，他陷入巨大的沉寂之中。这时他所写的大量诗篇，咏叹的重要主题就是独行无朋的寂寞之痛。在此情势下，他又开始钻研佛教。他说："摩挲老眼僧书内"[①]；"那择儒与佛，有得差为快"[②]；并自称"居士"[③]。

　　再后来，姚鼐对禅渐渐溺而不返。他告诉老友朱珪："鼐以衰罷之余，笃信释氏"，坦承自己"佞佛"。[④] 他告诉陈用光："兀尔默终日，短榻支僧跏。""嘤闻求友声，一一皆频伽。""吾非山斗伦，不诋排释迦。"[⑤] 他将自写的《金刚经》寄给陈用光，说是"发愿之意，欲供十方善知识持诵。愿硕士能自持诵最佳，勿作收藏字书也"[⑥]。他终于由"禅悦多时味属怃"[⑦]，发展到产生信仰的程度，并以"老僧"[⑧] 自居了。他对陈用光说："老年惟耽爱释氏之学。今悉戒肉食矣。石士闻之毋乃笑其过邪。然其间颇有见处，俟相见详告耳。"[⑨] 他对胡虔说："全戒肉，真成一老头陀矣。"[⑩] 并"意欲自是，更不问家事，亦不读书作文，但以微明自照，了当此心而已"[⑪]。姚鼐入禅如此之深，以至于他坚信佛运大具神力。王文治"忽生背疽，负痛欲死。而昼夜

---

①　姚鼐：《出金陵留示故日》，见《惜抱轩诗集》卷八，第 4 页。

②　姚鼐：《于子颖扬州使院见禹卿遂同游累日复连舟上金山信宿焦山僧院作五言诗纪之》，见《惜抱轩诗集》卷三，第 11 页。

③　姚鼐在《老子章义自题三则》之末署"乾隆四十八年（公元 1783 年）六月八日惜抱居士三敬敷书院识"（《老子章义》，同治庚午〈公元 1870 年〉冬桐城吴氏重付刊于邢上）；他又在"万类同春人已合，大虚为室岁年长"一联下，自署"惜抱居士"。（该联藏桐城博物馆，书写时间不详）

④　姚鼐：《与朱石君》其一，见《惜抱先生尺牍》卷一，第 7 页。

⑤　姚鼐：《硕士约过舍俟不至余将渡江留书与之成六十六韵》，见《惜抱轩诗集》卷五，第 9—10 页。此诗作于嘉庆三年（公元 1798 年）。

⑥　姚鼐：《与陈硕士》其六，见《惜抱先生尺牍》卷五，第 11 页。

⑦　姚鼐：《寄释诵苔》，见《惜抱轩诗集》卷八，第 13 页。

⑧　姚鼐在《与苏园公书》末说："论诗则魔方方盛之时，老僧当胜之以不见不闻耳。"此段话在该书收入《惜抱轩文后集》时删除。（姚椿：《跋惜翁与苏园仲论诗书稿》，见《晚学斋文集》卷三，第 21 页）

⑨　姚鼐：《与陈硕士》其一五，见《惜抱先生尺牍》卷五，第 20 页。

⑩　姚鼐：《与胡雒君》其六，见《惜抱先生尺牍》卷三，第 4 页。

　　姚鼐在《与马雨耕》其二十一中说："鼐已全戒食鱼肉。然此等亦只是滞名著相中事。若言了当大事，则全未也。淮树亦持戒蔬食，其所处境，较鼐为难于淡薄，而竟能勇断，岂非天天资大有胜人处耶？闻随园没后，间闻其在帷中叹吒。此翁在日，诋人言佛事。其神识固当入此纠缠中，我亦所当鉴以自警也。"（《惜抱先生尺牍补编》卷二，第 12 页）

⑪　姚鼐：《与胡雒君》其七，见《惜抱先生尺牍》卷三，第 5 页。

危坐，与人言说，神明不变，匝月而平复"①。姚鼐认为，这全得益于王氏佛学造诣湛深。鲍桂星的孩子精神有障碍，姚鼐开出的医方是："若有明清了了时，劝之寻阅佛书，与佳僧谈论，胜于服药。此急救心火妙方也。盖世缘空则心病必愈矣。"②朱孝纯之子在官场遭遇不测之祸，姚鼐劝慰："伏愿自守定慧，譬如皎日当空，下之阴晦晴明皆无与吾事。此乃是本分实在受用处也。……独有平生于瞿昙家风会得几分，一番提起，真是衣中如意珠也。"③

姚鼐经常感慨，他儒、佛双修，均未得道，并因此而自责不已。他说："愧我尚为知解缚，不成得髓自南能。"④"儒佛两家无着处，只将黄发迈时流。"⑤"内观此心，终无了当处，真是枉活八十年也。""鼐于学儒、学佛皆无所得，正坐工夫怠惰耳。"⑥但是，耽禅仍然深刻地影响着他的精神生活。

姚鼐耽禅的主因，乃是在他看来，佛教在为己之事上与儒家契符。他说："儒者所云为己之道不待辨矣。若夫佛氏之学诚与孔氏异。然而，吾谓其超然独觉于万物之表，豁然洞昭于万事之中，要不失为己之意。此其所以足重，而远出乎俗学之上。儒者以形骸之见拒之，吾窃以为不必。而况身尚未免溺于为人之中者乎？"⑦为己、为人之事，先秦儒家就已道及。孔子说："古之学者为己，今之学者为人。"⑧宋代理学兴起后，为己、为人之辨，成

---

① 姚鼐：《王禹卿七十寿序》，见《惜抱轩文集》卷八，第14页。
② 姚鼐：《与鲍双五》其十九，见《惜抱先生尺牍》第19页。
③ 姚鼐：《与朱白泉》其三，见《惜抱先生尺牍补编》卷一，第16页。关于朱友桂见诬遭谪事，昭梿的《朱白泉狱中上百朱二公书》有详述。见《啸亭杂录》卷三，中华书局1980年版，第67—74页。

姚鼐在《与马鲁成甥》其一中说："汝母诵经念佛，颇得微效，能向人念经而止其疟。精神所至，理固有之，亦非怪事也。"（《惜抱先生尺牍》卷八，第17页）在《与马雨耕》其十二中说："顷闻香闻之痛，良深怆悼。吾兄值此哀寂，岂衰年所堪？平生所闻瞿昙之旨，正须于此际得用，勿付之纸上空谈，则所望也。"（《惜抱先生尺牍补编》卷二，第8页）可知，姚鼐对奉佛之效，信之不疑。

④ 姚鼐：《次韵答毛学博》其一，见《惜抱轩诗集》卷九，第4页。
⑤ 姚鼐：《自嘲》，见《惜抱轩诗集》卷十，第5页。
⑥ 姚鼐：《与陈硕士》其四十，见《惜抱先生尺牍》卷六，第28页。
⑦ 姚鼐：《王禹卿七十寿序》，见《惜抱轩文集》卷八，第14页。
⑧ 朱熹对这句出自《论语·宪问》中的话注曰："程子曰：'为己，欲得之于己也。为人，欲见知于人也。'程子曰：'古之学者为己，其终至于成物。今之学者为人，其终至于丧己。'愚按：圣贤论学者用心得失之际，其说多矣，然未有如此言之切而要者。于此明辨而日省之，则庶乎其不昧于所从矣。"（朱熹：《四书章句集注·论语集注》卷七，中华书局1983年版，第155页）

为重大课题。理学本就是在吸纳佛教心性论基础上建构起来的。[1] 佛教，尤其是禅宗，强调明心见性，对心灵的探询深刻而微妙。二程和朱熹等借鉴佛教，对为己之事进行了系统的形而上阐发。他们希图在名教中寻求乐地，扣问孔、颜乐处，所乐何事。朱熹讲的曾点气象、程颢讲的超然至乐境界[2]，均与禅的启悟有关，也均与禅的境界叠合。姚鼐推尊程朱理学，即因其对为己之事探得深、行得实。他之耽于禅悦，也恰是因禅精于为己之道。因此，为己，是姚鼐会通佛、儒的支点，也是其尊儒而兼奉佛的关键所在。在姚鼐为己目光关照下，郑玄之学、韩愈之文、司马相如之赋、杜甫之诗、王羲之之书、王维之画，等等，就皆成了为人之学。[3] 这一酷评，可见出为己之学在姚鼐心中的地位，更可见出佛教在其心中的分量。

姚鼐的耽禅，渗透有他对道家精义的心解。中国禅宗，本就是"佛学和道家哲学最精妙之处的结合"[4]。姚鼐所撰《老子章义》、《庄子章义》二书，即多有会通禅、道之处。他在解释《老子》"载营魄抱一"一章时说："'能婴儿'、'能无疵'，则无妄见。所谓知者不待言，却又恐其未得真知也。禅家'休去，歇去，一条白练去'，乃此意也"[5]；在解释《庄子·庚桑楚》"彻志之勃"一段时说："此段尽戒、定、慧之义。"[6] 在解释《庄子·齐物论》

---

① 冯友兰把佛教作为理学的三大来源之一。他说："在佛家各宗之中，禅宗在新儒家形成时期是最有影响的。""在某种意义上，可以说新儒家是禅宗的合乎逻辑的发展。"（《中国哲学简史》，北京大学出版社 1985 年版，第 308 页）

② 朱熹赞誉曾点："胸次悠然，直与天地万物上下同流，各得其所之妙，隐然自见于言外。"（《四书章句集注·论语集注》卷六，第 130 页）程颢向往的超然至乐境界为："闲来无事不从容，睡觉东窗日已红。万物静观皆自得，四时佳兴与人同。道同天地有形外，思入风云变态中。富贵不淫贫贱乐，男儿到此是豪雄。"（《秋日偶成》其二，见程颢和程颐撰、王孝鱼点校：《二程集》（二），中华书局 1981 年版，第 482 页。）

③ 姚鼐在《王禹卿七十寿序》中说："今夫闻见精博至于郑康成，文章至于韩退之，辞赋至于相如，诗至于杜子美，作书至于王逸少，画至于摩诘，此古今所谓绝伦魁俊，而后无复逮者矣。假世有人焉兼是数者而尽有之，此数千年未尝遇之事，而号魁俊之尤者矣。然而，究其所事，要举之为人而已。以言于己，犹未也。"（《惜抱轩文集》卷八，第 14 页）他又在《与胡雒君》中说"学如康成，文如退之，诗如子美，只是为人之事，于吾何有哉。"（《惜抱先生尺牍》卷三，第 5 页。）

④ 冯友兰：《中国哲学简史》，第 247 页。

⑤ 姚鼐：《老子章义》上篇，第 2 页。此处所引禅家语出自《五灯会元》卷六：九峰道虔禅师，"尝为石霜侍者，洎霜归寂，众请首座继住持。师白众曰：'须明得先师意，始可。'座曰：'先师有什么意？'师曰：'先师道：休去，歇去，冷湫湫地去，一念万年去，寒灰枯木去，古庙香炉去，一条白练去。其余则不。问：如何是一条白练去？'座曰：'这个只是明一色边事。'师曰：'元来未会先师意在。'"〔普济著、苏渊雷点校：《五灯会元》（中），中华书局 1984 年版，第 304 页〕

⑥ 姚鼐：《庄子章义》卷四，见《惜抱轩遗书三种》，光绪己卯春三月桐城徐氏集刊，第 7 页。

"其我独芒"一段时说："万物相代乎前，知逐而生，是知代也。无端念动者，心自取也。二者皆妄耳。知代者，佛所谓六识也。心自取者，合藏识也。此皆是妄心起灭无端，而人之言语率出于此。此与风之吹物何异焉？然则，此亦地籁、人籁耳。欲闻天籁，从何处闻？取《楞严》说'闻所闻尽'处是也。"[1] 姚鼐对道家学说的体悟，有助于他走入经过道家哲学洗礼的禅宗之深处；而对禅宗的体悟，也反过来加深他对道家学说的意会。比较而论，姚鼐在禅、道会通中，以禅释道者多。[2] 在精神层面，姚鼐的信仰在禅而不在道。

姚鼐耽禅，极重实践。他在为己方面痛下工夫，体悟佛理，涵养此心，以期得享真乐。他在"寻第一微妙义"[3]、"思万古到无生"[4] 和神"游虚无"[5] 中，顿悟太虚"廓然无圣"[6]，"无终与始"[7]；顿悟"万劫一刹那，久暂固已均"[8]。他破执去惑，脱却"世网"[9]，在"讬与万物游"中[10]，达于"忘形拘"[11] 之境。名利不再撄其心："清浊都忘身后名"[12]；死亡不再使其惧："太虚为室，明月为烛"[13]。最后，默证和清修的结果，使他胸次洒落，超然淡泊，"神采秀越，风仪闲远"[14]。王昶说他"慈祥而襟期萧旷，有山泽

①　姚鼐：《庄子章义》卷一，第6—7页。

②　姚鼐在研究老庄时，不仅会通禅、道，而且会通儒、道，认为孔子之学源出于老子，而庄子之学又出于孔门。姚鼐说："孔子遇老聃，闻礼于其中年。"（《老子章义序》，见《老子章义》卷首，第1页）他又说："庄子之学殆真出于子夏也。"（《庄子章义》卷二，第14页）"庄子真是禅学。其诋孔子之徒，如以呵佛骂祖为报佛恩。其意正俨然以教外别传自居也。"（《庄子翼题语五则》其一，见《庄子章义》卷首附录。）

③　姚鼐：《偕方坳堂登牛头山迥至献花岩宿幽楼寺》，见《惜抱轩诗集》卷四，第4页。

④　姚鼐：《翠微亭》，见《惜抱轩诗集》卷九，第13页。

⑤　姚鼐：《方天民独觉次韵余少在京师与朱竹君王禹卿酬和长句见赠又示病起五言用其病起韵答之》，见《惜抱轩诗集》卷五，第16页。

⑥　姚鼐：《偕方坳堂登牛头山迥至献花岩宿幽楼寺》，见《惜抱轩诗集》卷四，第375页。

⑦　姚鼐：《感冬》，见《惜抱轩诗集》卷三，第14页。

⑧　姚鼐：《康熙间无为州僧曰修学死而其身不坏其徒涂以金奉于所居三官庙舟过瞻之作诗》，见《惜抱轩诗集》卷三，第9页。

⑨　姚鼐：《戊午九月十四日出云栖寺作》，见《惜抱轩诗集》卷五，第13页。

⑩　姚鼐：《夏昼斋居》其一，见《惜抱轩诗集》卷三，第14页。

⑪　姚鼐：《方天民独觉次韵余少在京师与朱竹君王禹卿酬和长句见赠又示病起五言用其病起韵答之》，见《惜抱轩诗集》卷五，第15页。

⑫　姚鼐：《偕蒋春农舍人王元亭给事金蔚亭御史登江鹤亭康山草堂》，见《惜抱轩诗集》卷三，第12页。

⑬　姚鼐：《与杨春圃》，见《惜抱先生尺牍》卷一，第27页。

⑭　郑福照：《姚惜抱先生年谱》，同治七年（公元1868年）刻本，第35页。

间仪，有松石间意"；"望其眉宇，翛然已知在风尘之表矣"①。谢启昆说他
"如澧泉芝草，使人见之，尘俗都尽"②。到此境地，可谓体质、风神，兼美
之至了。

姚鼐发明神妙说，可谓其藻雪于禅的直接结果。胸次的洒落、超然和淡
泊，是他提出神妙说的前提。他推尊的神妙境界风韵疏淡，显然与禅所开示
的邈远、高旷、空灵、寂淡境界有内在关联。他在论述如何达到神妙境界
时，讲究妙悟，以禅喻文，自然更是耽禅的所致。在创作方面，他曾批评罗
有高虽所得"在禅悦，而不能移其妙于文内"③。他自己则力避罗氏之短，
将从禅中所得之妙移入辞章，使其作品深具神妙风韵。

五　神妙说与汉宋之争

汉学派在乾隆朝极盛之时，排击宋学不遗余力。汉学诸家为难宋学的关
键因由，乃是在他们看来，宋学受到佛、道污染，非圣人真传；而汉儒之学
无此缺陷，更近圣人之道。因此，他们弃宋而取汉。在汉学诸家弃宋的同
时，宋学所涵容的佛学连带受到抨击。煌煌佛藏，入选汉学派大典《四库全
书》者，不过十三种而已。④ 佛学受汉学派打击，一时声誉扫地，陷入萧条
和落寞。其时，学者对佛学避之惟恐不及。涉足佛学的三位名流彭绍升、罗
有高和汪缙，也都囿于风气，向汉学靠拢，勉强做些考据。王昶论及当代佛
学时，仅提及周永年、姚范、张世荦和他自己而已。而他们四位的佛学成
就，也均极有限。姚鼐在汉宋问题上与汉学派抗争⑤之时，又不识时务，耽
于禅悦，并取禅悦所得入于神妙说中，其神妙说便自然带上了不合时宜、不
谐于汉学派学术趣味的特征。

---

① 王昶：《湖海诗传小传》卷四，第 18 页。
② 郑福照：《姚惜抱先生年谱》，第 36 页。
③ 姚鼐：《与陈硕士》其一，见《惜抱先生尺牍》卷五，第 8 页。
④ 汉学家既讨厌佛教，也讨厌道家、道教。洪业在《四库全书总目及未收书目引得序》中说：
"今子部释家类所收者，仅为十三种；而道家部所收者，仅为四十四种。《二藏》俱在。此五十七种
者，盖不及百之二而已"；编纂全书的汉学诸家因为"鄙薄外教之成见，梗于胸中，而遂害于其选择
之标准也。"（见《洪业论学集》，中华书局 1981 年版，第 51 页）
在汉学派鄙薄外教的学术背景下，姚鼐强调儒、佛、道会通，认为在为己之点上佛、儒一致；
老子、孔子、庄子之学先后相承，与汉学派争辩、抗争的倾向就非常显豁了。
⑤ 关于姚鼐与汉学派的分歧，拙文《姚鼐与四库馆内汉宋之争》（《北京大学学报》2006 年第 5
期）有所论述。

　　汉学派在鄙视宋学、佛学的同时，又颇贱古文。[1] 姚鼐既持守宋学，耽于佛学，更鲜明地倡导文别是一家，提出较为系统的神妙说，这使他进一步走向与汉学派对峙的境地。姚鼐说他自己"性鲁知闇，不识人情向背之变，时务进退之宜，与物乖忤，坐守穷约。独仰慕古人之谊，而窃好其文辞"。他为探得古人为人、为文精蕴，"虽蒙流俗讪笑"而不顾。[2] 姚鼐从都门告退后，编撰《古文辞类篹》，纯化古文，首揭神妙说，实乃有为而发。其弟子康绍镛后来刊刻《古文辞类篹》，就正是起因于对"竞言汉学，置古文之学不讲"[3] 的学坛之不满。姚鼐弘扬古文辞，发明神妙说，与当世汉学家的贱视古文悖反，抗争的意味甚为浓郁。

［作者单位：中国社会科学院文学研究所古代室］

---

　　① 关于汉学家对辞章的鄙视，拙文《回归辞章》有所论述。见陈飞、张宁主编：《新文学》第 4 辑，大象出版社 2005 年版，第 170—172 页。

　　② 姚鼐：《复汪进士辉祖书》，见《惜抱轩文集》卷六，第 6 页。

　　③ 姚椿：《古文辞类篹书后》，见《晚学斋文集》卷三，第 5 页。

钱谦益的诗学理论及其批评实践

蒋 寅

内容摘要：作为清代第一位重要的诗学家，钱谦益在诗学史上的意义是多方面的。本文从他"反本"的理论出发点入手，分析其拨乱反正的矫风气作用，尤其是破除明代惟盛唐是尊的狭隘观念，提倡苏轼、陆游、元好问等人的诗风，开了清代宋诗风的先声；又通过他注释杜诗和编纂《列朝诗集》的工作，论述了他对"诗史"理论的深化和批评实践，肯定他在开诗史研究风气及方法论上的贡献。

关键词：清初 钱谦益 诗学 批评

钱谦益（公元 1582—1664 年）在明末，文名最隆而经历最坎坷，在明末虽官至礼部侍郎，却三度褫职入狱，旋用旋废，一生大部分时间退处乡间，扮演着文学界山中宰相的角色。① 四方登门求教者络绎不绝，门下执弟子礼者号称数千，言动为朝野瞩目。相比明清之交的许多名士来说，他的名声无疑不是靠政治地位而纯粹是凭才学和创作赢得的。尤其是入清为贰臣后，道德上的缺陷使他羞于出世，只能依赖昔日积累的声望维持着文坛盟主地位。但他的文学成就仍为天下所向仰，他的地位无人能够取代。他步入文坛的万历后期，正值明代诗文中衰之际，他的创作在各方面都起到矫风气的作用。"明诗文气薄，牧斋则厚；明诗文学浅，牧斋则学深；明株守汉魏盛唐，牧斋则泛滥宋元"。正如凌凤翔所说，"其学之淹

---

① 程嘉燧：《牧斋先生初学集序》："盖先生身虽退处，其文章为海内所推服崇尚，翕然如泰山北斗。"《牧斋初学集》下册，上海古籍出版社 1985 年版，第 2224 页。

博，气之雄厚，诚足以囊括诸家，包罗万有。其诗清而绮，和而壮，感叹而不促狭，论事广肆而不诽排，洵大雅元音，诗人之冠冕也"。在明清之交，钱谦益仿佛成了诗界的中流砥柱，"诗家翕然宗之，天下靡然从风，一归于正"①。

由于钱谦益品德上的污点，关于他的出处和文学创作，自清初以来一直是议论纷纭的话题。吴梅村在序龚鼎孳诗时，曾附带论及钱谦益，说："牧斋深心学杜，晚更放而之于香山、剑南。""其投老诸什为尤工。既手辑其全集，又出余力以博综二百余年之作，其推扬幽隐为太过，而矫时救俗，以至排诋三四钜公，即其中未必自许为定论也。"② 吴梅村、龚鼎孳和钱谦益并称为江左三大家，是明清之际声望最高的三位文坛宗师，这里寥寥数语概括牧斋毕生的文学事业，并没有过多地推崇，或许有衬托龚鼎孳的意思。倒是黄宗羲门人郑梁撰《钱虞山诗选序》肯定了钱谦益扭转明末诗坛风气的意义："虞山以弘博之胸，高华之笔，出为斯世廓清，而积习始翻然为之一变。"③ 从后世的评论看，钱谦益廓清诗坛风气、拨乱反正的努力大体得到后世首肯，只不过实际成效也有人怀疑。比如彭维新说：

> 胜国末造，业诗者渐厌王、李声貌唐人之弊，于是竟陵起而以冲迥脱落矫之。当是时，操觚之家无不俎豆钟、谭，若困于酒食者乍遇茗汁藜羹，竟以为古今至味在是也。而矫枉过正，几胥天下而为尪荼虚羸、奄奄欲绝之人。海虞蒙叟亟思矫之，而根柢未极深厚，只能为调停之术，加之色泽，运以风调，而儇佻之态终不能掩。此善于彼则有之矣，以云示诗家之鹄互，犹恐未足以间执宗仰竟陵者之口也。④

他认为钱谦益限于才力，只能停留在折中诸家之长上，至于为诗坛树立新的审美理想，还谈不上。当代学者的研究，自郭绍虞《中国文学批评史》、朱东润《述钱谦益之文学批评》揭示钱谦益诗文论的渊源和旨趣，批评史著作

---

① 凌凤翔：《牧斋初学集序》，《牧斋初学集》，下册，第2230页。
② 吴伟业：《定山堂诗集序》，龚鼎孳《定山堂诗集》卷首，光绪九年龚彦绪刊本。
③ 郑梁：《郑寒村全集·见黄稿》卷二，康熙刊本。
④ 彭维新：《刘杜三诗集序》，《墨香阁集》卷三，道光二年家刊本。

或注意他对明代诗文理论的总结，或侧重于论述他对明代诗文诸派的批评，①
都对钱谦益的文学理论作了全面的论述。20 世纪 70 年代以来的研究，吴宏
一概括钱谦益的论诗态度和论诗主张，肯定了他拨乱反正的历史功绩，② 裴
世俊也强调其正本清源，挽回大雅的功绩，③ 王英志专门探讨了"诗有本"
说，④ 胡幼峰独到地分析了香观说、望气术和胎性论，⑤ 孙之梅发挥郭绍虞
之说而推绎细密，⑥ 孙立分期探讨钱谦益论诗宗旨的演变，⑦ 张健论述了钱
谦益在明清之交诗学由"格调优先"到"性情优先"的转向中发挥的作用，⑧
最近丁功谊的博士论文《钱谦益文学思想研究》对钱氏文学思想作了全面的
剖析，讨论问题深入而细致。⑨ 应该说，学界对钱谦益诗学的研究，凡其抨
击明诗弊端，提倡真诗，强调表现个性，主张"反其所以为诗"，提倡"诗
史"说等各个方面都已有所阐述。⑩ 钱谦益对于清初诗学的重要性是怎么估
量也不过分的，我在讨论清初诗坛对明代诗学的反思和自身的理论建构时，
不断征引钱氏的议论，已足见他的重要。⑪ 当代学者关注的重要问题，这里
没有必要再重复，我只打算由钱谦益拨乱反正的具体思路入手，联系他提倡
宋元诗对清诗的深刻影响，及其诗歌史研究的学术成就，对钱氏在清代诗学
史上的地位重新作一番评价。

---

① 前者如蔡仲翔、黄葆真、成复旺合著《中国文学理论史》，北京出版社 1987 年版；后者如邬
国平、王镇远合著《清代文学批评史》，上海古籍出版社 1995 年版。

② 吴宏一：《清代诗学初探》，台湾牧童出版社 1977 年版，第 111—129 页。

③ 裴世俊：《钱谦益诗歌研究》，宁夏人民出版社 1991 年版，第 184—221 页。

④ 王英志：《钱谦益的"诗有本"说》，收入《清人诗论研究》，江苏古籍出版社 1986 年版，第
1—21 页。

⑤ 胡幼峰：《清初虞山派诗论》，台北国立编译馆 1994 年版，第 87—98 页。

⑥ 孙之梅：《钱谦益与明末清初文学》，齐鲁书社 1996 年版，第 257—327 页。

⑦ 孙立：《明末清初诗论研究》，广东教育出版社 1999 年版，第 238—307 页。

⑧ 张健：《清代诗学研究》，北京大学出版社 1999 年版，第 104—145 页。

⑨ 丁功谊：《钱谦益文学思想研究》，首都师范大学博士论文（2004），2006 年由上海古籍出版
社出版。

⑩ 此外涉及钱谦益诗学的著作还有李丙镐《钱谦益之文学理论》（台湾大学硕士论文，1980）、
李世英《清初诗学》（敦煌出版社，2000），期刊论文的综述可参看王顺贵、黄淑芳《20 世纪钱谦益诗
学研究》（《广西社会科学》2003 年第 1 期）及吴倩编《二十世纪明代诗词研究索引（二）》（《中国
诗歌研究动态》第 1 辑，学苑出版社 2005 年）。

⑪ 参看蒋寅《清初诗坛对明代诗学的反思》，《文学遗产》2006 年第 2 期；《在传统的阐释与重
构中展开——论清初诗学基本观念的确立》，《中国社会科学》2006 年第 6 期。

一　无本·有本·反本

——钱谦益诗学的理论出发点

在诗史的童年时代，作者的写作应该是比较自由的，可以接触的前代作品既少，典范也很有限，批评舆论环境更甚至尚未形成，作者们像山野或草原上的孩子似的，不受礼法的拘束，自由而自然地成长起来。到了古典诗歌的晚年，尤其是唐宋两大诗歌传统形成以后，诗人受到的拘束就多了起来。无数前代的杰作，无数诗话，上至君主的喜好、当世名贤的时尚，下到乡邦宗族的舆论，共同在诗人们的周围形成一个诗歌艺术规则的场，令他们在进入诗歌写作之前，先决定自己要走的道路。《批评意识》的作者乔治·布莱在论述普鲁斯特的批评道路时写道："一切都始于寻找需要遵循的道路。不事先决定文学创作（小说，批评研究）得以实现的手段，就不会有文学创作。换句话说，对于普鲁斯特，创造行为之前就有一种对于此种行为，及其构成、源泉、目的、本质的思考。（中略）通过批评，通过对文学、对各种文学的批判理解，未来的批评家达到这样一种精神状态，他希望文学的创造活动，不管是哪一种，从这种状态出发而变得更为准确，更为真实，更为深刻。写作行为的前提是对于文学的事先的发现，而这种发现本身又建立在另一种行为即阅读行为之上。"[①]普鲁斯特虽晚生于钱谦益三百年，但两人面对的文学境遇却大体相同，即都必须基于阅读、批评而确立自己的文学道路。

万历十年（公元 1582 年）出生的钱谦益早登诗坛，与明代后期的几大诗派都有很深的渊源。他与王世贞家为世交，少年时即熟读《弇州山人四部稿》，诗文深受后七子辈影响。为举子时曾与袁中道同在极乐寺习举业，考进士又与钟惺同年及第。后结识汤显祖和袁氏兄弟，追随公安，而与竟陵相商榷。他早年诗学的启蒙和培养，可以说经历了晚明诗学的全部过程，[②] 他与上述诗学核心人物的密切关系，使他不仅熟悉诗坛各派的主张，而且洞悉其流弊。他对诸家诗学的不满一如积薪，只等一点外在的刺激，就会蓬勃燃

---

① 乔治·布莱：《批评意识》，郭宏安译，百花洲文艺出版社 1993 年版，第 38 页。

② 关于钱谦益青年时代受到的各种影响，可参看青木正儿《清代文学评论史》，杨铁婴译，中国社会科学出版社 1988 年版，第 3—6 页。

烧，导致诗学发生方向性的剧变。在《宋玉叔安雅堂集序》中，他回顾自己诗学的转向，曾说：

> 余故不知言诗，强仕以后，受教于乡先生长者流，闻临川、公安之绪言，诗之源流利病，知之不为不正。①

据朱彝尊说，当时"吴下诗流，圣野始屏钟、谭余论，严持科律，一以唐人为师"②。圣野是吴江叶襄（？—1655）字，他是万历以后对吴中诗坛有影响的人物，晚明吴地的小传统应该就是处在沿袭格调派、排击竟陵派的氛围中。但钱谦益没有追随这股风气，他倾心于公安派，由获交袁氏兄弟而接受李贽之学，思想观念和文学受到影响，愈益坚定了否定拟古的诗学立场。③他曾说"余之评诗，与当世牴牾者，莫甚于二李及弇州"④，在这点上或许也应考虑到竟陵派的影响。《列朝诗集小传》载钟惺曾对他说："空同出，天下无真诗，真诗唯邵二云耳。"⑤他和程孟阳亟赏其言。对七子派拟古作风的厌恶，使他一接触嘉定诸老的学说，就有如醍醐灌顶，立即全心全意地接受和拥护。同时随着年齿渐长，见识日深，他对公安、竟陵两家的病症也看得越发清楚起来，于是折中取舍，最终选择了撇开唐诗，转由宋诗入手涤除诗坛拟古积习的道路。

正像当时许多有识之士都认识到的，明诗的江河日下，归根结底在于诗歌的本源被近代俗学所翳蔽。钱谦益在《鼓吹新编序》中，以他擅长的譬喻方式，借佛教的多乳喻来说明这个问题：

> 盖尝观如来捃拾教中，有多乳喻，窃谓皆可以喻诗。其设喻曰：如牧牛女为欲卖乳，贪多利故，加二分水，转卖与余牧牛女人。彼女得已，复转卖与近城女人。三转而诣市卖，则加水二分，亦三展转。卖乳乃至成糜，而乳之初味，其与存者无已矣。三百篇以下之诗，皆乳也。

---

① 钱谦益：《牧斋有学集》卷一七《宋玉叔安雅堂集序》，上海古籍出版社 1996 年版，中册，第 763 页。

② 朱彝尊：《静志居诗话》卷二一，人民文学出版社 1990 年版，下册，第 663 页。

③ 参看王承丹《钱谦益与公安派关系简论》，《苏州大学学报》1998 年第 2 期。

④ 钱谦益：《牧斋有学集》卷四七《题徐季白诗卷后》，下册，第 1562 页。

⑤ 钱谦益：《列朝诗集小传》丙集邵宝传，上海古籍出版社 1983 年版，上册，第 271 页。

三百篇以下之诗人，皆牧牛之女也。由《风》《雅》、《离骚》、汉魏、齐梁历唐宋以迄于今兹，由三言四言五言之诗以迄于五七言今体，七言今体中则又由景龙、开元、天宝、大历以迄于西昆、西江，若弘、正、庆、历之所谓才子者，以择乳之法取之，自牧地而之于城市，其转卖之地，不知其几。（中略）复有喻曰：长者畜牛，但为醍醐，不期乳酪。群盗拘乳，盛以革囊，多加以水，乳酪醍醐，一切俱失。复有喻曰：牧女卖乳，辗转淡薄，虽无乳味，胜诸苦味。若复失牛，转抨驴乳，展转成酪，无有是处。今世之为七言者，比拟声病，涂饰铅粉，骈花俪叶，而不知所从来，此盗牛乳而盛革囊者也；标新猎异，佣耳剽目，改形假面，而自以为能事，此抨驴乳而谓醍醐者也。①

　　这里所裁量的诗学，辗转卖乳乃至成糜，指的是七子辈到陈子龙的格调派；群盗拘乳盛以革囊和转抨驴乳，指的是公安、竟陵两派。前者是剽古而伪，后者则是师心自用，其病都可归结为不能正确地对待传统。

　　不能正确对待传统，不只是诗学的问题，也是整个明代思想、学术的问题，因此钱谦益对诗学的不满也是与对明代学术的怅恨联系在一起的。他对明代学术的堕落痛心疾首，甚至将明代亡国也归咎于学术之坏，具体说就是肇端于宋代的儒林、道学之分，导致了经学的八股化和道学的庸俗化："经学之熄也，降而为经义；道学之偷也，流而为俗学。胥天下不知穷经学古，而冥行擿埴，以狂瞽相师。驯至于今，轻材小儒，敢于嗤点六经，诋毁三传，非圣无法，先王所必诛不以听者，而流俗以为固然。生心而害政，作政而害事，学术蛊坏，世道偏颇，而夷狄寇盗之祸，亦相挺而起。"② 为此他平生最痛恨"俗学"，即"制科之帖括"和"剽贼之词章"。③ 自从上公车时获闻唐宋文章于李流芳，他找到了学术和文学的努力目标，从此明确了自己的道路。④ 他的诗集从泰昌元年（公元 1620 年）九月开始编录，可以看作是一个有象征意义的标志。这是他回顾自己创作道路所作的总结——从轻信、盲从到惊醒、悔悟乃至改道的过程，被结束于万历以前，此后他便以通经汲古之说排击俗学，同时举起了宋诗的大纛，推崇陆游，从理论和创作两方面对

---

①　钱谦益：《牧斋有学集》卷一五《鼓吹新编序》，中册，第 710—711 页。
②　钱谦益：《牧斋初学集》卷二八《新刻十三经注疏序》，中册，第 851 页。
③　钱谦益：《牧斋有学集》卷二〇《从游集序》，中册，第 851 页。
④　钱谦益：《牧斋有学集》卷三九《答山阴徐伯调书》，下册，第 1347 页。

明代诗歌的流弊进行清算。

钱谦益诗文中的大量议论表明，其诗学的出发点在于横扫明代诗风的流弊。钱谦益对明末诗坛的批评，学界已有评述，尤以邬国平、王镇远《中国文学批评史》所举最为明晰，无须更赘。这里我想补充并强调的一点是，明末诗坛大多是门户之争和互相攻击，很少有像钱谦益这样独立地对明代诗学展开全面批判的。在崇祯十三年（公元 1640 年）作的《姚叔祥过明发堂共论近代词人戏作绝句十六首》其二就写道："一代词章孰建镳，近从万历数今朝。挽回大雅还谁事，嗤点前贤岂我曹？"① 面对万历以来的诗坛流弊，他慨叹无人挺出而挽狂澜于既倒，欲以一身任之。他本来是有这个能力和条件的，可惜随着仕途多舛和年事日高，更兼易代之际的出处失据所招致的尴尬处境，他再也没有登高而呼的自信和勇气了，友朋往来书札中一再对文坛盟主的地位表示谦退。只不过在当时，除了他诗坛再没有能号令群从的人了，面对诗坛拨乱反正的迫切要求，他不能不以"粗知古学之源流、文章之体制，与夫近代之俗学所以僵背规矩者"②，而挺身为前驱。我认为牧斋诗学的所有理论问题都是以此为出发点的，即基于作为文坛盟主的责任感。

明代的诗学主张，与宋元以前有个很大的不同，就是它们本身是堂堂正正、无可非议的，不像唐宋人的某些主张，出于矫枉过正，往往不无偏颇。明人提出宗法汉魏、盛唐，学杜甫，都是严羽所谓取法乎上的正法眼藏。问题是模拟过甚，失其本心，遂成伪体。钱谦益在《徐元叹诗序》中曾感叹：

> 自羽卿之说行，本朝奉以为律令。谈诗者必学杜，必汉魏盛唐，而诗道之榛芜弥甚。羽卿之言，二百年来，遂若涂鼓之毒药。甚矣，伪体之多，而别裁之不可以易也。③

由这种判断出发，拨乱反正的首要问题必然就是别裁伪体。所以他在带有传衣钵色彩的《古诗赠王贻上》诗中谆谆告诫年轻的后辈诗人王士禛："伪体不别裁，何以亲风骚？"而他所以将批判明七子以来的模拟作风作为主要目标，不仅因为七子辈的盛唐体和学杜是最大的伪体，而且晚明诗学的消长也

---

① 钱谦益：《牧斋初学集》卷一七，上册，第 601 页。
② 钱谦益：《牧斋有学集》卷三八《复徐巨源书》，下册，第 1325 页。
③ 钱谦益：《牧斋初学集》卷三二，中册，第 924 页。

都根于对前后七子拟古作风的态度。正像他在崇祯七年（公元 1634 年）作的《黄子羽诗序》里指出的："近代之学诗者，知空同、元美而已矣。其哆口称汉魏、称盛唐者，知空同、元美之汉魏、盛唐而已矣。自弘治至于万历，百有余岁，空同雾于前，元美雾于后，学者冥行倒植，不见日月。甚矣，两家之雾之深且久也！"① 为此，他别裁伪体的策略首先是挖掘复古思潮的理论根源，其次是还历史的本来面目。前者表现为由排击王、李而上溯严羽，后者则通过对杜甫的注释和研究来实现。

众所周知，明代格调派"诗必盛唐"的观念立足于高棅的"四唐"说，而高棅的初盛中晚四唐又渊源于严羽《沧浪诗话》。于是钱谦益的别裁伪体首先从严羽开刀，他为陈允衡作《诗慰序》，有云：

> 古学日远，人自作辟邪。师魔见蕴，酿于宋季之严羽卿、刘辰翁，而毒发于弘、德、嘉、万之间。学者甫知声病，则汉魏、齐梁、初盛中晚之声影，已盘牙于胸中。佣耳借目，寻条屈步，终其身为隶人而不能自出。②

"古学日远"暗示了当今流行的都是"俗学"，在此被圈定的严羽、刘辰翁自然就是俗学的源头。钱谦益对严羽的诗学简直到了深恶痛绝的地步，甚至序周亮工《赖古堂集》提到周刻严羽诗话，也一反撰序引乡贤以为重的常规，顺便抨击严羽一通：

> 沧浪之论诗，自谓如那吒太子，拆骨还父，拆肉还母，而未尝探极于有本。谓诗家玲珑透彻之悟，独归盛唐。则其所矜诩为妙悟者，亦一知半解而已。余惧世之学诗者，奉沧浪为质的，因序元亮诗而梗概及之。若其论诗之误，俟他日篝灯剪韭，抵掌极论，而兹固未能悉也。③

反对强分初盛中晚并不是钱谦益的独家意见，而是诗坛相当一部分诗人的共识，除了前文引用的魏裔介之说外，余怀在《甲申集·明月庵稿》自序中也

---

① 钱谦益：《牧斋初学集》卷三二，中册，第 925 页。
② 钱谦益：《牧斋有学集》卷一五《爱琴馆评选诗慰序》，第 713 页。
③ 钱谦益：《牧斋有学集》卷一七，中册，第 767—768 页。

曾说："唐以诗取士，三百年山川英秀之气递有所钟，而强作解事者，又分初盛中晚，自我观之，初盛岂无枯累之什，中晚亦著浑沦之篇，要其格调高卑因人以定，匪因时也。"① 这只是强调初盛钟晚各有所至，不可一概而论，而钱谦益反对严羽、高棅等强分四唐，并独宗盛唐，目标其实是在解构唐诗的独尊地位，承认宋元诗的价值。他在《题徐季白诗卷后》明确表达了这一点：

> 天地之降才，与吾人之灵心妙智，生生不穷，新新相续。有《三百篇》，则必有楚骚，有汉魏建安，则必有六朝。有景隆、开元，则必有中晚及宋元。而世皆遵守严羽卿、刘辰翁、高廷礼之瞽说，限隔时代，支离格律，如痴蝇穴纸，不见世界，斯则良可怜愍者。②

作为墨守严羽、高棅之说的一个例证，《列朝诗集小传》曾对林鸿的创作加以批评："膳部之学唐诗，摹其色象，按其骨节，庶几似之矣。其所以不及唐人者，正以其模仿形似，而不知由悟以入也。"③ 如此表面地模仿唐诗，只会招致两个恶果，往浅里说是风格单调，千人一面；往深里说是舍本逐末，丧失诗歌创作的生命力。因此《自课堂集序》说：

> 余读世之作者，户立坛墠，曹分函矢，人和氏而家千里，彬彬乎盛矣。繁声缛采，骈枝骈叶，以裨贩为该博，以剽拟为侧古，买菜求益，嚼饭喂人，其失也罔；幺弦促节，浮筋怒骨，发声音于蚯窍，穷梦想于鼠穴，神头鬼面，宵吟昼厌，其失也诞。要而言之，雕花不荣于春阳，洑蹄不归于邛浦，核其病源，曰无本。④

"无本"正是明诗"伪体"的致命要害，因此别裁伪体的根本问题就在于治本。

《徐元叹诗序》感叹"伪体之多，而别裁之不可以易"，又强调别裁伪体

---

① 余怀：《甲申集》，中国社会科学院文学所藏抄本。
② 钱谦益：《牧斋有学集》卷四七，下册，第1563页。
③ 钱谦益：《列朝诗集小传》乙集高棅传，上册，第180页。
④ 程康庄：《自课堂集》卷首，山右丛书初编本，民国二十六年山西省文献委员会出版。按：此文不见于牧斋《初学集》、《有学集》收录。

的前提是"必有以导之"。即破除伪体首先必须有正体为引导，不树立能为人景慕、遵循的正体，伪体就无法驱除。那么正体又在哪里呢？前文提到《周元亮赖古堂合刻序》批评严羽"未尝探极于有本"，这个"有本"正是他针对"无本"而树立的正体。他说："古之为诗者有本焉，《国风》之好色，《小雅》之怨诽，《离骚》之疾痛叫呼，结辖于君臣夫妇朋友之间，而发作于身世偪侧、时命连蹇之会，梦而呓，病而吟，春歌而溺笑，皆是物也，故曰有本。"① 他在《列朝诗集小传》中也引邓跂"言之必有伦，而不苟陈之于世"的大段议论，"以见前辈有本之学如此"②。这从古代诗歌创作和前人的诗论所总结出的"有本"，与《胡致果诗序》所谓"其根柢则在乎天地运世、阴阳剥复之几微"的"根柢"一样，③ 无非都是有为有感而作的意思。序作于顺治十一年（公元 1654 年），翌年钱谦益在《答徐巨源书》中更全面地阐述了他的文学主张：

　　　　今诚欲回挽风气，甄别流品，孤撑独树，定千秋不朽之业，则惟有反经而已矣。何谓反经？自反而已矣。吾之于经学，果能穷理析义，疏通证明，如郑、孔否？吾之于史学，果能发凡起例，文直事核如迁、固否？吾之为文，果能文从字顺，规摹韩、柳，不俪规矩，不流剽贼否？吾之为诗，果能缘情绮靡，轩翥风雅，不沿浮声，不堕鬼窟否？虚中以茹之，克己以厉之，精心以择之，静气以养之。如所谓俗学之传染，与自是之症结，如镜净而像现，如波澄而水清。于是乎函道德，通文章，天晶日明，地负海涵，彼欲以萤火烧山，蚍蜉撼树，其如斯世何，其如千古何？④

这里的关键词"反经"，出自《孟子·尽心下》："君子反经而已矣。经正则庶民兴，庶民兴斯无邪慝矣。"在当下的语境中，反经也就是反本，他在《列朝诗集小传》就用了反本的说法："自闽诗一派盛行永、天之际，六十余载，柔音曼节，卑靡成风。风雅道衰，谁执其咎？自时厥后，弘、正之衣冠老杜，嘉、隆之嚬笑盛唐，传变滋多，受病则一。反本表微，不能不深望于

---

① 钱谦益：《牧斋有学集》卷一七，中册，第767页。
② 钱谦益：《列朝诗集小传》丁集上邓跂传，下册，第422—423页。
③ 钱谦益：《牧斋有学集》卷一八，中册，第801页。
④ 钱谦益：《牧斋有学集》卷三八，下册，第1314页。

后之君子矣。"① 这也可以说是当时诗坛的共识，我在另文中曾引用的李中黄《逸楼四论》的议论便与牧斋有相通之处。② 反经的终点既然是"无邪慝"，具体到诗歌，也就归结于"思无邪"的道德追求，即回归到传统诗教的伦理根基上来。事实上，反经和反本的理论驱动力是十分强大的，它不仅使诗歌理念回归到诗歌的开山纲领，即所谓"导之于晦蒙狂易之日，而徐反诸言志咏言之故，诗之道其庶几乎？"③ 同时还将上古诸多诗学话语整合起来：

> 师乙之论声歌也，自歌《颂》歌《雅》以逮于歌《齐》，各有宜焉。自宽柔静正，以逮于温良能断之德，各有执焉。清浊次第，官商相应，辨其体则有六义，考其源则有四始五际六情，故曰温柔敦厚，诗教也。古人之学诗者如是。今之为诗者，不知诗学，而徒以雕绘声律、剽剥字句者为诗，才益驳，心益粗，见益卑，胆益横，此其病中于人心，乘于劫运，非有反经之君子，循其本而救之，则终于胥溺而已矣。④

尽管我也同意前辈学者的看法，钱谦益论诗集明代反主流诗观之大成，破多于立，⑤ 但我仍认为钱氏"立"的分量是很大的。在诗学的拨乱反正时期，诗坛迫切需要解决的是诗歌创作的立足点问题，钱谦益的诗论由批判"无本"到推崇"有本"再到主张"反本"，澄清了诗歌创作的观念问题，奠定了清代诗学展开的理论基础，这是他的重要贡献。郭绍虞曾摘举钱谦益集中诸多论诗文字，指出"牧斋论诗，与七子竟陵有一个绝大的分别，即是他只从诗之内质与外缘上着眼，而不在诗之格律意匠上着眼"⑥；张健将钱谦益与七子的区别概括为性情优先与格调优先，都可以说是抓住了问题的实质，但这毕竟不是钱谦益提出的命题，"反本"才是钱谦益的理论命题，我们可以由此进入他的诗学统系中。因为反本关注的首先是诗的本质和功能方面的问

---

① 钱谦益：《列朝诗集小传》乙集高楝传，上册，第 181 页。
② 参看蒋寅《在传统的阐释与重构中展开——论清初诗学基本观念的确立》，《中国社会科学》2006 年第 6 期。
③ 钱谦益：《牧斋初学集》卷三二《徐元叹诗序》，中册，第 924 页。
④ 钱谦益：《牧斋有学集》卷二〇《娄江十子诗序》，中册，第 844—845 页。
⑤ 朱东润：《述钱谦益之文学批评》，《中国文学论集》，中华书局 1983 年版，第 73 页；钱仲联：《清人诗论十评》，《梦苕庵清代文学论集》，齐鲁书社 1983 年版，第 25 页。其门人裴世俊也持同样见解，见《钱谦益诗歌研究》，宁夏人民出版社 1991 年版，第 220 页。
⑥ 郭绍虞：《中国文学批评史》，上海古籍出版社 1979 年版，第 457—458 页。

题，即所谓"解驳形相，披露性情"①，钱谦益诗论提出的重要诗学问题，如《爱琴馆评选诗慰序》以情、志、气为作诗之三要素，《赠别胡静夫序》提出读书博学之说，《季沧苇诗序》谓有真好色、真怨诽，斯有真诗，《题杜苍略自评诗文》以灵心、世运、学问论诗歌的发展，都与此相关联。

当然，在经历易代之后，儒家伦理传统的失坠已不是文学最突出的问题，士大夫群体的思考早已超越明代放荡风气的层面而上升到民族文化存亡的高度，面对这样的历史语境，钱谦益的主张显得有点空洞而迂远；而模拟诗风在当时更已是过街老鼠，为诗坛所唾弃，他的批判因而也不具有震聋发聩的意义；在作家评价方面，因真伪问题往往与出处联系在一起，钱谦益道德上的污点也使他的发言疲软无力。所以钱谦益对清初诗学观念的实际影响，也许真像彭维新说的不是那么大，我感觉他的真正影响是在鼓吹宋元诗尤其是陆游诗，从而引发诗坛的桃唐宗宋风气，最终带来诗风的变异。这一问题论者多有触及，但仍有深入探讨的余地。

二　对宋元诗的复兴
——兼及与程孟阳的诗学渊源

钱谦益的门人冯班曾说："钱牧斋教人作诗，惟要识变。余得此教，自是读古人诗，更无所疑。读破万卷，则知变矣。"② 冯班这段话透露了两点信息，一是牧斋论诗主变，二是变只有通过广泛学习才能实现。明乎此就不难预料，主变的钱谦益必然会在他深恶明人学唐之外另外寻找、发掘诗歌史的传统了。

自明代中叶以来，诗家习以弘、嘉直接盛唐，宋元简直不放在眼里，仿佛根本就不存在。甚至到明清之交，云间派诗家仍持这种观念。王光承《华苹诗集序》便说："自三百篇以后，千余年而有盛唐诸子。自盛唐以后，八百余年而有弘嘉诸子。"③ 诗歌史就这么被简单地被圈出三个亮点，其余都是无意义的空白。在明代以前，既然只有《三百篇》和盛唐两个亮点，格调派

---

① 钱谦益：《列朝诗集小传》丁集中，下册，第517页。
② 冯班：《钝吟杂录》卷三，丛书集成初编本。
③ 吴㦤谦：《华苹诗集》卷首，康熙刊本。

或复古派就无不以企及这两个时代为理想。钱谦益首先喝破这懵懂迷幻，指出在真正意义上古人乃是不可企及的，所能为者只是习得古人的精神气格而已。这就是《答唐训导汝谔论文书》中所阐明的道理：

> 夫文之必取法于汉也，诗之必取法于唐也，夫人而能言之也。汉之文有所以为汉者矣，唐之诗有所以为唐者矣。知所以为汉者，而后汉之文可为：曰为汉之文而已，其不能为汉可知也；知所以为唐者，而后唐之诗可为：曰为唐之诗而已，其不能为唐可知也。自唐宋以迄于国初，作者代出，文不必为汉而能为汉，诗不必为唐而能为唐，其精神气格，皆足以追配古人。①

分区了古与今、唐诗与为唐诗的界限，就等于取消了模仿唐诗的必要性，即便承认唐诗是不祧之宗，也不必拘拘模仿，毕竟还有"不必为唐而能为唐"的路可走。既然如此，就不必专学唐人，学宋也未尝不可。前人不是说过么，善学唐人者，莫过于宋人。这里"自唐宋以迄于国初，作者代出"的说法，与公安派的观念一脉相承。袁宏道曾说："初、盛、中、晚自有诗也，不必初、盛也；李、杜、王、岑、钱、刘，下迨元、白、卢、郑，各自有诗也，不必李、杜也。赵宋亦然，陈、欧、苏、黄诸人，有一字袭唐者乎？又有一字相袭者乎？"② 从理论上说，先取消初盛中晚的分别，再取缔唐诗的独尊地位，转而崇尚宋诗，是合乎逻辑的。但在现实中却正好相反，是牧斋先受了程孟阳的启发，才鼓吹南宋和元诗，向独尊唐诗的流行观念发起挑战的。由于他的鼓吹，天启、崇祯之际诗坛忽然流行起追慕宋元诗的风气来，并对清代诗歌创作产生深远影响，以致后辈诗人李振裕谈到钱谦益的诗史贡献，首先认为他改变了晚明的诗风，所谓"虞山钱牧斋先生乃始排时代升降之论而悉去之，其指示学者，以少陵、香山、眉山、剑南、道园诸家为标准，天下始知宋金元诗之不可废，而诗体翕然其一变"③。

这里举出的钱谦益崇奉的五位诗人，杜甫乃是自宋至明诗家的不祧之宗，白居易和苏轼也是宋元人不断模仿的偶像，只有陆游和元好问属于新推

---

① 钱谦益：《牧斋初学集》卷七九，下册，第 1701 页。
② 袁宏道：《袁中郎全集》卷二一《与丘长孺》，日本元禄九年京都刊本。
③ 李振裕：《白石山房集》卷一四《善鸣集序》，康熙间香雪堂刊本。

出的楷模。顺治十三年（公元 1656 年）钱谦益作《题燕市酒人篇》，拟邓汉仪于《中州集》元遗山、李长源之间，或曰："今之论诗者，非盛唐弗述也，非李杜弗宗也。拟孝威于元季，何为是诶诼者？"他说："子之云盛唐李杜者，偶人之衣冠也，断菑之文绣也。"① 可见他是将元好问等宋元诗人作为象征着鲜活生命的偶像来推崇的。而在陆游和元好问中，元好问主要是以"诗史"意义才格外受到重视的，因此要在明亡以后才凸显出来，陆游则在天启、崇祯间已风行诗坛。毛奇龄说因为钱谦益推崇陆游，"素称宋人诗当学务观"（《西河诗话》），影响所及，"今海内宗虞山教言，于南渡推放翁，于明推天池生"。② 最终形成"天启、崇祯中，忽崇尚宋诗，迄今未已。究未知宋人三百年间本末也，仅见陆务观一人"的局面。③

　　考究苏轼、陆游诗的流行，通常都归结于钱谦益的提倡。清初费锡璜在《百尺梧桐阁遗稿序》中说："自明人模拟唐调，三变而至常熟，乃极称苏、陆以新天下耳目。"④ 田易《鲁思亭诗序》也说："牧斋之论兴，而效苏、陆者比肩。"⑤ 据钱谦益门人瞿式耜《初学集序》说，"先生之诗，以杜、韩为宗，而出入于香山、樊川、松陵，以追东坡、放翁、遗山诸家，才气横放，无所不有"。吴梅村也说："牧斋深心学杜，晚更放而之于香山、剑南。"⑥ 这里被提到的唐宋及元代诗人，作品都络绎出现在《牧斋初学集》、《有学集》钱曾注中，可见钱谦益确实出入诸家，其中涉猎最频繁、取材最多的是苏东坡。苏东坡是宋代以后文人最心仪的偶像，学苏是很常见的，但学陆游、元好问就不平常了。是因屡用屡废或国亡而修史的相似经历产生共鸣，还是从他们诗中找到了自己的诗歌理想，我们不得而知。可以肯定的是，他对陆游、元好问发生兴趣，都是缘于程嘉燧的影响。

　　程嘉燧（1565—1643），字孟阳，号松圆，偈庵居士。休宁人，侨寓嘉定。工诗文书画，与李流芳、唐时升、娄坚并称"嘉定四先生"。明代以来，对宋诗价值的肯定始于公安派，而全面取法宋诗并阑入元人则肇自程孟阳，清初人一般认为提倡宋诗始自程孟阳⑦。程孟阳尤其喜欢陆游诗，王渔洋认

① 钱谦益：《牧斋有学集》卷四七，下册，第 1550 页。
② 毛奇龄：《盛元白诗序》，《西河文集》序二八，乾隆间萧山书留草堂刊本。
③ 贺裳：《载酒园诗话》卷一，清诗话续编本，上海古籍出版社 1983 年版，第 1 册第 453 页。
④ 汪懋麟：《百尺梧桐阁集》卷首，上海古籍出版社 1980 年影印康熙刊本。
⑤ 田易：《天南一峰集》，康熙刊本。
⑥ 吴梅村：《定山堂诗集序》，龚鼎孳《定山堂诗集》卷首，光绪九年龚彦绪刊本。
⑦ 许承宣：《金台集》金侃跋，作于康熙二十四年，康熙衣德堂刊本。

为他的路子是"学刘文房、韩君平，又时时染指陆务观"(《渔洋诗话》)。钱谦益对陆游和元好问的兴趣，正是在程孟阳的影响下培养起来的，直到晚年位尊望隆之日，他也不讳言这一点。崇祯十三年（公元 1640 年）作《姚叔祥过明发堂共论近代词人戏作绝句十六首》，第一首就表达了对孟阳诗学的倾倒："姚叟论文更不疑，孟阳诗律是吾师。溪南诗老今程老，莫怪低头元裕之。"① 后来在《复遵王书》更说："仆少壮失学，熟烂空同、弇山之书。中年奉教孟阳诸老，始知改辕易向。孟阳论诗，自初、盛唐及钱、刘、元、白诸家，无不析骨刻髓，尚未能及六朝以上，晚始放而之剑川、遗山。余之津涉，实与之相上下。"② 看来在钱谦益中年时期曾有一个追随程孟阳、诗学观念发生转变的过程，这不仅是他个人诗学观的重要转折，也是关系到晚明诗学演进的阶段性的重要问题，历来论者都予以注意，但只有孙之梅做了具体的探讨。除了定钱、程交往始于万历四十五年过迟，她的考论是翔实可取的③。

根据现有资料，钱牧斋与程孟阳的交往，可以追溯到万历三十八年（公元 1610 年）他中进士之前。在此后直到程孟阳去世的三十余年间，他们有两个朝夕聚处，从容论寺的时期，一是万历四十五年（公元 1617 年）孟阳逗留拂水庄的旬月时光，一是崇祯间牧斋罢官赋闲招孟阳同隐的十年。从过来之人贺裳对"天启、崇祯中，忽崇尚宋诗"的追述看④，陆游诗在天启中已流行，则钱谦益受程孟阳影响，崇尚宋元诗尤其是陆游，应该是程孟阳第一次流连拂水庄的结果。金鹤冲《钱牧斋先生年谱》万历四十五年载"程孟阳自嘉定来，居拂水山庄，留连旬月，相与讨论诗法，先生之诗遂大就"：正是将本年视为牧斋诗学的一个转折点。这次交往改变了钱谦益的诗歌观念，程孟阳也从此成为钱牧斋终身敬重的挚友。崇祯二年（公元 1629 年）六月，阁讼案结，牧斋斥归。居拂水庄，建耦耕堂，邀孟阳居。前后十年，牧斋的诗学都是在同程孟阳的切磋讨论中发展成熟的。孟阳撰《牧斋先生初学集序》，言及牧斋请序的缘由，谓"以余相从之久，相得之深，而先生虚

---

① 钱谦益：《牧斋初学集》卷一七，上册，第 601 页。

② 钱谦益：《牧斋有学集》卷三九，下册，第 1359 页。

③ 参看孙之梅《钱谦益与明末清初文学》，齐鲁书社 1996 年版，第 73—90 页；并详见蒋寅《陆游诗歌在明末清初的流行》，《中国韵文学刊》2006 年第 2 期。

④ 贺裳生卒年不详，但从《围炉诗话》看年辈高于吴乔，大约与钱谦益年岁相当。作为过来之人的追忆，他的记述应该是可靠的。

已下问，晨夕不厌。凡一诗之成，一文之构，无不哆口抵掌，祛形骸，忘嫌忌，所谓以仁心说，以公心辨，以虚心听。当其上下千古，直举李杜而下三唐诸名家杰作，一一矢口品隲，商榷论次之"①。崇祯十三年（公元1640年）秋，姚叔祥过访，钱谦益有《姚叔祥过明发堂共论近代词人戏作绝句十六首》，第一首自注："元裕之谓辛敬之论诗如法吏断狱，如老僧得正法眼，吾于孟阳亦云。"可见他对程孟阳的倾倒之至。《列朝诗集小传》将孟阳传记置于专收交游所及前辈的丁集下的卷首，是全书文字最长的一篇，从为人到才艺，向孟阳奉献了无上的赞词。

　　据孙之梅研究，程孟阳的文学思想从三个方面影响到钱牧斋：一是强调诗歌对社会压迫的消解排泄、重视诗歌社会性、现实性的诗歌本质论，二是"知古人之为人"，"知古人之所以为诗"的诗法论，三是鄙薄前后七子和竟陵派②。程孟阳晚年不满于本朝诗歌，认为"盖诗之学自何、李而变，务于模拟声调，所谓以矜气作之者也；自钟、谭而晦，竟于僻涩蒙昧，所谓以昏气出之者也"③。为破除当代俗学的蒙蔽，他"上自汉魏，下逮北宋诸作，靡不穷其所诣"（娄坚《书孟阳所刻诗后》），尽力拓展自己的胸襟和眼界。在楼止于拂水庄期间，他常同钱谦益一起评阅宋元人诗集，甚至"晚而出入于少陵、香山、眉山、剑南之间"的明代沈周《石田诗钞》也互为评定。④ 钱谦益对元好问的兴趣，就是在程孟阳的感染下培养起来的。孟阳曾编《中州集钞》，崇祯十六年（公元1543年）夏牧斋跋云："元遗山编《中州集》十卷，孟阳手钞其尤隽者若干篇，因为抉摘其篇章句法，指陈其所繇来，以示同志者。（中略）孟阳老眼无花，能昭见古人心髓，于汗青漫漶、丹粉凋残之后，不独于中州诸老为千载之知己，而后生之有志于斯者，亦可以得师矣。"他举元好问对"同志中有公鉴而无姑息"的辛愿的推崇，说"吾观孟阳，殆无愧于斯人。而余之言，不能如遗山之推辛老，使天下信而征之，则余之有愧遗山多矣"⑤。孟阳还曾倡议仿《中州集》体例编本朝人诗。《列朝诗集序》云："录诗何始乎？自孟阳之读《中州集》始也。孟阳之言曰：'元氏之集诗也，以诗系人，以人系传。《中州》之诗，亦金源之史也。吾将仿

---

① 程嘉燧：《牧斋先生初学集序》，《牧斋初学集》，下册，第2224页。
② 参看孙之梅《钱谦益与明末清初文学》，齐鲁书社1996年版，第86—88页。
③ 程嘉燧：《耦耕堂存稿》文卷上《程茂恒诗序》，明末刊本。
④ 钱谦益：《牧斋初学集》卷四〇《石田诗钞序》，中册，第1076页。
⑤ 钱谦益：《牧斋初学集》卷八三《题中州集钞》，下册，第1757页。

而为之，吾以采诗，子以庀史，不亦可乎？"① 证之《有学集》卷一三《病榻消寒杂咏四十六首》其二十四："中年招隐共丹黄，栝柏犹余翰墨香。画里夜山秋水阁，镜中春瀑耦耕堂。客来荡桨闻朝咏，僧到支筇话夕阳。留却《中州》青简恨，尧年鹤语正凄凉。"自注："孟阳议仿《中州集》体例，编次本朝人诗。"② 可见钱谦益后来编《列朝诗集》，也与当时孟阳的提议有关，所以自序将草创之功归于孟阳。

从钱谦益晚年的回忆来看，程孟阳对他的影响可以说是全方位的。他曾说："仆之笺杜诗，发端于卢德水、程孟阳诸老，云何不遂举其全，遂有《小笺》之役。"③ 此外，程孟阳对本朝诗的看法也影响到他。比如孟阳曾选李东阳诗为《怀麓堂诗钞》，"为之摘发其指意，洗刷其眉宇，百五十年之后，西涯一派焕然复开生面，而空同之云雾，渐次解驳"④，牧斋充分肯定了他的功绩，并以为近代诗病，其症凡三变，一是沿袭宋元的弱病，二是剿窃唐、《选》的狂病，三是模拟郊、岛的鬼病，"救弱病者，必之乎狂；救狂病者，必之乎鬼"。而程孟阳的《怀麓堂诗钞》正是攻毒之针砭，是故他称"孟阳论诗，在近代直是开辟手"，深慨举世悠悠，不能信从。他《列朝诗集小传》中对明诗的批评，玥显可见与孟阳的渊源关系，袁海叟和张羽小传更是直接引用了孟阳的评论。即从这两段批评看，程孟阳也绝不是见识平凡、议论无根柢的人，牧斋对他服膺终生不是没有道理的。

到天启元年（公元 1621 年）两人在京重晤，钱谦益早已名重朝野，言动为天下瞩目；程孟阳也以当代高士为世所敬仰，他们在诗学上的动向当然会对诗坛产生影响。这从他们和古诗声调学的关系也可间接地体会到。仲是保《声调谱序》云："唐诗声调迄元来微矣，明季寖失，古诗尤甚。吾虞冯氏始发其微，于时和之者有钱牧斋及练川程孟阳。若后之娄东吴梅村，则又闻之于程氏者矣。顾解人难得，惟新城王阮亭司寇及见梅村，心领其说，方欲登斯世于风雅，执以律人，人咸自失。"⑤ 仲是保是冯班弟子，而冯班又是钱谦益门人，仲是保能在太老师之前，将古诗声调学的创始归于冯班，想必

---

① 钱谦益：《牧斋有学集》卷一四，中册，第 678 页。
② 钱谦益：《牧斋有学集》卷一三，中册，第 655—656 页。
③ 钱谦益：《牧斋有学集》卷三九《复吴江潘力田书》，下册，第 1350 页。
④ 钱谦益：《列朝诗集小传》丙集，上册，第 246 页。
⑤ 仲是保：《声调谱》序，谈艺珠丛本《声调谱拾遗》卷首。并详惠栋《松崖文集》卷一《刻声调谱序》，聚学轩丛书本。

确有根据。即便如此，冯班的学说也是得到牧斋、孟阳响应才播及吴梅村、王渔洋，而愈益发扬光大的。天启、崇祯间，牧斋"身虽退处，其文章为海内所推服崇尚，翕然如泰山北斗"①。他对宋元诗的鼓吹，对陆游的偏嗜，无疑会有引领风气的作用，由是形成贺裳说的天启、崇祯间忽尚宋诗，而陆游独步一时的局面，这是不难想见的，关键在于弄清他鼓吹宋元诗，推崇陆游的具体过程。

钱谦益《列朝诗集小传》论程孟阳诗学，称"其诗以唐人为宗，精熟李、杜二家，深悟剽贼比拟之缪。七言今体约而之随州，七言古诗放而之眉山，此其大略也。晚年学益进，识益高，尽览《中州》、遗山、道园及国朝青丘、海叟、西涯之诗，老眼无花，照见古人心髓。于汗青漫漶丹粉凋残之后，为之抉摘其所繇来，发明其所以合辙古人，而迥别于近代之俗学者，于是乎王、李之云雾尽扫，后生之心眼一开。其功于斯道甚大，而世或未之知也。"② 既言扫尽后七子云雾，开后生之灵窍，则孟阳当时廓清诗学的影响非同小可，"世或未之知"只是说时过境迁，今人已不知故事。由清初至今，又过去三百多年，历史的面貌更加模糊。在朱彝尊的笔下，对程孟阳的评价只有"格调卑卑，才庸气弱"八个字，他认为钱谦益只不过"深惩何李、王李流派，乃于明三百年中，特尊之为诗老"③。尽管朱彝尊的论断也遭后人质疑，④ 但作为同时代人的看法，仍不能不促使我们考虑，程孟阳对晚明诗学的影响是不是被钱谦益夸大了？

钱谦益在《答杜苍略论文书》中说："仆狂易愚鲁，少而失学，一困于程文帖括之拘牵，一误于王、李俗学之沿袭，寻行数墨，伥伥如瞽人拍肩。年近四十，始得从二三遗民老学，得闻先辈之绪论，与夫古人诗文之指意，学问之原本，乃始豁然悔悟。"⑤ 这个意思他晚年在《答山阴徐伯调书》、《复遵王书》、《新刻震川先生文集序》中曾反复申明。所谓二三遗民老学，也就是"嘉定二三宿儒"唐时升、金兆登、娄坚、李流芳等人，他们固然对钱牧斋的诗学观有所影响，但这影响波及诗坛，还有赖于牧斋本人的推动。通览

---

① 程嘉燧：《牧斋先生初学集序》，《牧斋初学集》，下册，第 2224 页。
② 钱谦益：《列朝诗集小传》丁集下，第 577—578 页。
③ 朱彝尊：《静志居诗话》，人民文学出版社 1990 年版，下册，第 544 页。
④ 汪端：《明三十家诗选》即肯定钱氏"惟推重孟阳一事未可厚非"，"朱竹垞谓孟阳格调卑卑，才庸气弱；邵子湘摘其累句，诃为秽亵俚俗；沈归愚谓其纤词浮语，仅比于陈仲醇。是皆因虞山毁誉失实，迁怒孟阳，过事丑诋。"同治十二年蕴兰吟馆重刊本。
⑤ 钱谦益：《牧斋有学集》卷三八《答杜苍略论文书》，下册，第 1306 页。

钱谦益现存作品，除了钱曾注《初学》、《有学》二集约略显示的钱谦益袭用苏轼、陆游诗语或刺取陆游其他著作的情形外，[①] 并没有看到特别推崇陆游的文字。文集中有关陆游的评论，只有《初学集》卷八五所收的《跋渭南文集》一篇，就陆游跋所读书只记勘对、装潢年月发表了一点感慨。此外值得注意的就是《萧伯玉春浮园集序》，提到"天启初，余在长安，得伯玉愚山诗，喜其炼句似放翁，写置扇头。程孟阳见之，相向吟赏不去口"[②]。仅以似陆游就受到如此的吟赏，陆游本人将被何等尊崇，不难想见。虽然我暂时还没找到显示诗坛反应的材料，但一个有意味的事件可以让我们间接地去推想，那就是汲古阁版《陆放翁全集》的刊行。

陆游诗文集，宋元刊本到明代流传已绝少。明代刊行的陆游集，最早是弘治十五年（公元 1502 年）华珵活字印本《渭南文集》五十卷，源出宋本，不收诗歌；其次是正德八年（公元 1513 年）汪大章刊本《渭南文集》五十二卷，其中收诗九卷，但传世也很少，所以万历间又有陈邦瞻闽中翻刻本。书志还著录有万历四十年（公元 1612 年）陆氏翻刻汪本。相比文集来，"《剑南诗稿》以卷帙繁重，刊本浸就残佚，惟恃传钞以延一线"。有明一代，仅宋末罗椅选、刘辰翁续，明刘景寅再续的《放翁诗选》十九卷，有弘治间冉孝隆刊本、嘉靖间莆田黄漳重刊本。经傅增湘详考其篇目，知汪大章刊本《渭南文集》所收的九卷诗，就是全取此书编入。以致藏园老人也喟叹："自宋末以逮明季，数百年间，放翁诗稿之传，其绝续之机，实赖此选本之一再覆刊，得以久延其绪"[③]。职是之故，天启四年（公元 1624 年），毛晋访得前辈校本《剑南诗稿》，倍觉珍秘异常。[④] 联系到钱牧斋和程孟阳在京师的游从来看，毛晋汲汲访求《剑南诗稿》，急切地授梓，是不是也有配合老师提倡陆游诗之意，并正感受到山雨欲来的市场需求呢？在此前后他还据华氏活字本重刊了《渭南文集》五十卷，两书合印成《陆放翁全集》。这是陆游诗文第一次汇刻成完帙，它使"《渭南》《剑南》遗稿家置一编，奉为楷式"成为可能。[⑤] 杨大鹤说，"六十年前，宋人诗无论全集、选本，行世者绝少。陆放

① 钱谦益诗与陆游著作的关系，可参见蒋寅《陆游诗歌在明末清初的流行》一文的详细讨论。
② 钱谦益：《牧斋有学集》卷一八，中册，第 786 页。
③ 参看邵懿辰、邵章《增订四库简明目录标注》，上海古籍出版社 1979 年版，第 744—745 页；傅增湘《藏园群书题记》卷一五，上海古籍出版社 1989 年版，第 739—742 页。
④ 毛宸：《剑南诗稿》跋，汲古阁刊本。
⑤ 李振裕：《白石山房文集》卷一四《新刊范石湖诗集序》，康熙间香雪堂刊本。

翁诗尤少，以余目所睹记，澄江许伯清前辈有手录宋人诗集三十家，今已不可复得；刻本惟曹能始《十二代诗选》，然陆放翁诗俱寥寥无几。自汲古阁得翁子子虡所编《剑南诗稿》授梓，于是放翁之诗无一篇遗漏者矣"①。汲古阁刊本对陆游诗的流行无疑是直接起到推动作用的。

时过境迁，零星的记载已很难具体地再现当时盛行陆游诗的风气，甚至钩稽当时学陆游的诗人也变得很困难。钱钟书《宋诗选注》曾举出汪琬、王苹、徐钒、冯廷櫆、王霖等诗人学陆游的证据，② 我在《陆游诗歌在明末清初的流行》一文中又补充了宋琬、陈廷敬、方文、萧士玮、张鸿盘、诗僧大育及山东诗论家田雯、张谦宜。陈伟文君更搜集了数十位名诗人创作步趋陆游的材料，③ 使这股追步陆游的诗潮愈益清晰起来。事实上，钱谦益提倡宋元尤其是苏轼、陆游诗在诗坛掀起的巨大波澜，从康熙中叶问世的本朝诗选中也能间接地感受到。康熙二十七年（公元 1688 年），孙铉编《皇清诗选》，自撰"刻略"云：

> 数年以来，又家眉山而户剑南矣。在彼天真烂漫，畦径都绝，此诚诗家上乘。倘不衫不履，面目颓唐，或大袖方袍，迂腐可厌，辄欲夺宋人之席，几何不见绝于七子耶？④

方世泰又说：

> 康熙己卯、庚辰以后，一时作者，古诗多学韩、苏，近体多学西昆，空疏者则学陆务观，浸淫濡染，三十年其风不变。⑤

康熙己卯、庚辰是康熙三十八、三十九年，这是康熙中后期苏轼、陆游继续盛行的记载。事实上，直到康熙末年，陶煊、张璨辑《国朝诗的》，凡例还说：

---

① 杨大鹤：《剑南诗钞》凡例，康熙间爱日堂藏版本。
② 钱钟书：《宋诗选注》，人民文学出版社 1958 年版，第 194—195 页。
③ 此据陈伟文见示博士论文稿本。
④ 孙铉辑：《皇清诗选》，康熙间凤啸轩刊本。
⑤ 方世泰：《方南堂先生辍锻录》，清诗话续编本，第 4 册，第 1942—1943 页。

近日竞谭宋人，几于祖大苏而宗范、陆。学唐者又从而排击之，各
树旌幢，如水火之不相入，可怪也。不知苏、陆诸公，亦俎豆三唐，特
才分不同，风气各别耳。使学者各就其性之所近，以神明乎古人，则皆
可以登作者之堂。①

虽然当时信息传播不如今日发达，社会风气和趣味的递变都远较今日为缓
慢，但几十年前的风尚总不至于说"近日"罢。陶、张二人说"近日竞谭宋
人"相信是康熙末年的情形。也就是说，从天启到康熙末整整一百年，宋诗
风都长盛不衰，这不能不说是个奇迹。李振裕《读陆放翁诗钞》称赞陆游诗
"不向人间乞唾余，诗家流弊尽扫除"②，向我们显示了陆游为诗坛热衷的原
因所在，当时人们心中最急切的不就是推陈出新的焦虑么？不论是苏轼、陆
游还是元好问，对长久浸淫于盛唐诗风的诗坛来说，无疑都是充满新鲜感
的。问题是这种新鲜感竟能持续一百年吗？陶煊、张璨对"苏、陆诸公，亦
俎豆三唐"的强调，透露了他们接受苏、陆的一个前提，引逗我们去考究清
初诗坛对宋诗的接受是否存在唐诗化的倾向。

事实上，只要我们仔细研究当时的诗歌创作和批评，而不是轻信那些有
关宋元诗风流行情况的记载，就会发现，在宋元诗的旗号下，人们实际接受
的诗歌未必是真正代表宋元诗精神的作家和作品。首先，我们应该注意到，
直到康熙初年，宗宋的浙派作家仍然是在"宋诗之佳，亦谓其能唐耳，非谓
舍唐之外能自为宋"③的认识框架中肯定宋诗价值的。这意味着他们所崇尚
的宋诗，只是继承唐诗精神的那部分宋诗。叶燮《原诗》内篇上历数明末以
来诗坛风气的转移，指出明末以来的模拟剽窃，在模拟对象上有两个鲜明的
倾向，一是唐诗派学大历诗家钱起、刘长卿，一是宋诗派学陆游、范成大、
元好问。从《原诗》对唐诗派"呵宋斥元"的不满可以看出，叶燮是崇尚宋
诗的。他对陆游也相当尊敬，说"南宋金元作者不一，大家如陆游、范成
大、元好问为最，各能自见其才"，诗坛学陆游在他眼中应该是好事。但事
实却并非如此，因为他发现推崇宋诗者，只是"窃陆游、范成大与元之元好
问诸人婉秀便丽之句，以为秘本"。这是暗指另一位著名宋诗派诗人汪琬。

① 陶煊、张璨辑：《国朝诗的》，康熙六十年刊本。
② 李振裕：《白石山房稿》卷三《读陆放翁诗钞》，康熙间香雪堂刊本。
③ 黄宗羲：《南雷文案·撰杖集》《张心友诗序》，四部丛刊本。

阎若璩《跋尧峰文钞》也记载："何屺瞻告余，放翁之才，万顷海也。今人
第以其'疏帘不卷留香久'等句，遂认作苏州老清客耳。"① 足见汪琬学陆游
只取其婉秀便丽一路，并不是叶燮一个人的看法。还有一位桐城诗人方文，
有《题剑南集》云："欧苏文自佳，诗却有宋气。不如陆放翁，高古同汉魏。
妙语发天然，比偶亦华蔚。所以五百年，芬芳犹未既。予夙爱其诗，全稿不
易得。顷从汪我生，借观喜动色。我生因谓予，任意施朱墨。他日遗子孙，
学诗取为则。予携至草堂，点阅凡两遍。选其绝妙者，手录成长卷。朝夕讽
咏之，宛如翁对面。还书送一瓻，曷足酬深眷?"② 这里值得注意的是，他对
陆游的欣赏全在于其诗不像欧、苏那样有"宋气"，而是高古有汉魏之风，
另外就是造语自然、对偶工妙，总之都是接近唐诗之处，可见他于陆游也不
是取其宋调，而是赏其唐风。这也许是举世学陆游者普遍存在的倾向。当时
一位颇有影响的诗论家贺裳，也透过宋诗风表面的喧哗，冷静地看到明末以
来学宋的一个偏向："余读前辈遗言，尤薄宋人，然宋人之诗实亦数变，非
可一概视之。至如近人之称许宋诗，不过喜其尖新僄浅，乃南宋中陆务观一
家，亦未能深窥宋人本末也。"③ 在他看来，近代宋诗风的流行，并没有真正
光大宋诗的精神，诗坛对宋诗的喜好和接受，只限于陆游式的南宋诗风，取
其易解易学而已。因而他批评近人学陆游者"无复体格，亦不复锻炼深思，
仅于中联作一二姿态语，余尽不顾，起结尤极草草，方言俗谚，信腕直书"。
这种诗风实际上就是南宋流行的中晚唐诗风，具体说就是从大历才子、元白
直到皮陆一派的清浅流易之风。

　　学宋元诗最后变成了学中晚唐，这一种瓜得豆的结果颇有点滑稽味道，
钱谦益也由此遭到后来诗家的非议。王源说："蒙叟欲驱天下以从己而自为
名，不得不自立一说，以新天下之耳目；欲新天下之耳目，不得不力排前
人。……乃以其谬妄之见，移杂粗庸陋劣之笔，欲别开一径以蔑高、严而凌
七子，势不得不趱趋辗转而归于宋。然则率天下以趋于宋，不但尽失三百之
旨，并唐人之格调亦沦胥以之而不可得，是谁之过耶?"④ 王源明显是站在格
调派的立场上来批评钱谦益的，所谓唐人格调之沦胥实际上就是盛唐诗的格
调被抛弃，或者说为中晚唐诗的格调所取代，挑明这一点使钱谦益之提倡宋

①　阎若璩:《潜丘札记》卷四，乾隆十年刊本。
②　方文:《嵞山续集》卷一，上海古籍出版社 1979 年影印康熙刊本，下册，第 866 页。
③　贺裳:《载酒园诗话》"唐宋诗话缘起"，清诗话续编本，第 1 册第 399 页。
④　王源:《康熙集序》，洪鈱《七峰草堂诗稿》卷首，四库全书存目丛书影印康熙刊本。

元诗风降于一个画虎不成或者说邯郸学步的尴尬境地，宋诗派嫌其未得宋诗真髓，而唐诗派又讥其失盛唐故步，猪八戒照镜子，里外不是人。但这恰好让我们理解了，为什么钱谦益倡导宋元诗，而门人冯班却没有以宋元诗为宗，竟走了晚唐诗的路子？无非是殊途同归罢；还有，在康熙初钱谦益的影响并未衰减，诗坛仍流行陆游诗风之际，为什么王士禛要再度提倡宋诗，而诗坛也风起云涌，响应景从，势头更盛于前一次？我以前写《王渔洋与康熙诗坛》时也没理解王士禛倡导宋诗与钱谦益的差别，现在我恍然明白，王士禛提倡的宋诗乃是以苏轼、黄庭坚为代表的宋诗，是以瘦硬、奇肆为主导特征的宋诗，质言之也就是更像宋诗的宋诗。它与陆游、范成大为代表的以中晚唐诗风为骨干的南宋诗风是明显不同甚至可以说尖锐对立的。经过这次宋元诗风的洗礼，宋诗的精神才真正渗透到清诗的血脉中，成为清诗的基本色调之一。

三　"诗史"理论与实践

　　钱谦益诗学中另一个影响深远的工作是重新阐释传统的"诗史"概念并贯彻于批评实践，具体说就是编纂本朝诗选和笺注杜诗。

　　"诗史"一词出于唐代孟棨的《本事诗》，宋人加以引申发挥，见仁见智，歧义竟有九种之多。[1] 龚鹏程梳理宋代以来的议论，认定作为诗歌批评概念的"诗史"，核心"乃是以叙事的艺术手法，纪录事件，而又能透显历史的意义和批判"[2]。近二十年来，学界对"诗史"已有不少论述，无论是清初的"诗史"说还是钱谦益的"诗史"观念都已有较深入的讨论，[3] 但这些研究大都停留在理论层面，很少联系批评实践。钱谦益对"诗史"的阐述固然很重要，但更重

---

　　① 杨松年：《宋人称杜诗为诗史说析评》，收入《中国古典文学批评论集》，香港三联书店 1987 年版，第 127—162 页。

　　② 龚鹏程：《诗史本色与妙悟》，台湾学生书局 1993 年增订本。

　　③ 杨松年：《明清诗论者以杜诗为诗史说析评》，收入《中国古典文学批评论集》，香港三联书店 1987 年版，第 163—184 页；周兴陆：《"诗史"之誉和"以史证诗"》，《杜甫研究学刊》1999 年第 1 期；浅见洋二《文学の歴史学——宋代における诗人年谱、编年诗文集、そして「诗史」说について》，收入川合康三编《中国の文学史观》，创文社 2002 年版，第 61—99 页；孙之梅《明清人对"诗史"观念的检讨》，《文艺研究》2003 年第 5 期；潘承玉《清初诗坛：卓尔堪与〈遗民诗〉研究》（中华书局 2004 年版）第六章第一节"遗民诗创作的心理背景和审美基础"，第 330—335 页。最完整的研究是张晖的博士论文《以诗为史：中国文学批评史上之"诗史"概念》，香港科技大学人文学院 2005 年。

要的我认为是《列朝诗集》和《笺注杜诗》的批评实践，这里我想结合两书的编纂及其中的诗人批评来对钱谦益的"诗史"观继续做些探讨。

研究者都注意到，"诗史"在清初诗坛是一个非常活跃的话题。龚鹏程将清初"诗史"说的流行归结于对比兴的探求："整个明末，由诗歌表达方式的反省与传统比兴手法的再强调，而否定了'诗史'的观念；但现在又从讲究比兴寄托而探寻到诗与史的关系。"这一论断对理解"诗史"观念在明清之际的消长颇有启发，不过前半截似乎过于夸大了明末对"诗史"的否定。他所举的杨升庵、王夫之之说，杨说当时即为王世贞所驳，王夫之的几部诗评都成于晚年，矛头是针对包括钱谦益在内的一批学杜者，更不足以为晚明否定"诗史"说的佐证。"诗史"说的兴起，单从诗学史内部寻求解释恐怕是不够的，还应该征之思想史的动向。

传统的"诗史"观念注重诗歌纪实性所具有的对历史记载的补充作用，如杜濬《程子穆倩放歌序》说的，"国固不可无史，史之弊，或臧否不公，或传闻不实，或识见不精，则其史不信。于是学者必旁搜当日之幽人懃士局外静观所得，于国家兴衰治乱之故、人材消长邪正之几，发而为诗歌、古文词者，以考证其书。然后执笔之家，不敢用偏颇影响之说，以淆乱千古之是非，非漫作也。故世称子美为诗史，非谓其诗之可口为史，而谓其诗可以正史之伪也。"① 但到明清易代之际，士大夫群体最鲜明的心灵动向集中于陵谷沧桑的忧虑，比个体生命的消亡更可怕的民族文化传统沦亡的危机感压到他们心头，于是文献的保存成为关系民族文化存亡的急所。历史上的文献已有整理，当务之急是故国明代的文献，所谓"既生有明之后，安可不知有明之事？"② 所以王猷定《留松阁诗序》说："世之变也，志风雅者当纪亡。"③ 在这救亡图存的特定语境中，"诗史"也被赋予保存历史的重大意义。

考察一下当时著名文人的著述，会发现许多人都编撰有明代历史著述，像顾炎武撰《明季三朝野史》、吴伟业撰《绥寇纪略》、《鹿樵纪闻》，王夫之撰《永历实录》，黄宗羲撰《弘光实录钞》、《行朝录》，曹溶撰《明漕运志》、《燕都志变》、吴乔撰《流寇长编》、钱澄之撰《所知录》、张岱撰《石匮书》、陆世仪撰《明季复社纪略》、屈大均撰《皇明四朝成仁录》《南渡剩笑》、查

---

① 杜濬：《变雅堂遗集》文集卷一，清光绪二十年黄冈沈氏刻本。
② 万斯同：《寄范国雯书》，《万季野先生遗稿》，沈云龙选辑《明清史料汇编》第六集，台湾文海出版社 1969 年影印本，第 7 册，第 115 页。
③ 王猷定：《四照堂文集》卷二，豫章丛书本。

继佐撰《鲁春秋》《国寿录》、毛奇龄撰《明武宗外纪》、王弘撰撰《大明廿系》、张谦宜撰《甲申群盗记》、彭孙贻撰《明纪事本末补编》、沈自南撰《明五朝国史纪事本末》、赵士喆撰《续表忠记》、万言撰《明鉴举要》。在这种"志风雅者当纪亡"的观念主导下，意味着士大夫使命的传统概念"经世"被作了新的诠解。史学家万斯同说："吾之所为经世者，非因时补救，如今所谓经济云尔也，将尽取古今经国之大猷，而一一详究其始末，酎酢其确当，定为一代之规模，使今日坐而言者，他日可以作而行耳。"经世落实到考史，正与顾炎武鉴往训今的学术路径如出一辙，所以他也抱着顾炎武"有王者起，将以见诸行事，以跻斯世于治古之隆"那样的信念[1]，将存史实、知兴亡的编修明史二作视为未来文化复兴的思想建设，"他日用则为帝王师，不用则著书名山，为后世法，始为儒者之实学"[2]。这可以说是当时士大夫群体的一致想法，也是《明史》修纂为士林学界所热切关注的深层原因所在。

内心深处一直以史官自居的钱谦益当然比常人更强烈地意识到这一点，而且在这方面的准备比其他史家更早。他的修明史之志，起于万历间任翰林时，"承乏史官，窃有志于删述"[3]。天启五年（1625）削籍归田，开始涉笔明史[4]。又因感于晚明政治和国际形势，而留意宋金元史，观其崇祯十六年（公元1643年）所撰《向言》三十篇，纵论宋金之争、农民起义、明代党祸，都是当时现实问题的反映和参照。明亡以后，更以前朝旧史官秉责自任，念念不忘亡友黄道周就义之日的遗言："虞山尚在，国史犹未死也。"[5]一直勤奋地编缀撰述。他将家中明人别集全都拆开，取其中墓志、传记编为数百本，每本厚达四寸。绛云楼火灾，多年搜集的珍椠秘籍毁于一旦。这部分文献因未藏楼中，幸免于回禄。但他终究心灰意冷，拟将这部分资料转让给曹溶，曹溶逡巡未及议值，悉为松陵潘氏所得。钱谦益自己遂倾注精力于《列朝诗集》的编纂，这虽不是修史，但在他却是当修史来做的。因为他认

---

①　顾炎武：《与人书二十五》，《顾亭林诗文集》，中华书局1983年版，第98页。

②　万斯同：《与从子贞一》，《万季野先生遗稿》，沈云龙选辑《明清史料汇编》六集，台湾文海出版社1969年影印本，第7册，第129—130页。

③　钱谦益：《牧斋初学集》卷二八《皇明开国功臣事略序》，中册，第844页。

④　钱谦益：《牧斋初学集》卷二《天启乙丑五月奉诏削籍南归自潞河登舟两月方达京口途中衔恩感事杂然成咏凡得一首》其四："数卷丹青还老子，两朝朱墨付群公。汗青头白君休笑，漫拟千年号史通。"自注："余摧书舟中，草《开国功臣事略》。时方搒击三案，议改正光庙实录。"

⑤　钱谦益：《牧斋有学集》卷一四《启祯野乘序》，中册，第687页。

识到，诗在此刻更具有史不可企及的记录优势，他从历史反思中得出结论：
三代以上，诗就是史；三代以降，诗史分流，但诗的精神仍根于史。而在沧
桑陵谷的易代之际，诗独具有了史无法企及的记录功能：

> 唐之诗，入宋而衰。宋之亡也，其诗称盛。皋羽之恸西台，玉泉之
> 悲竺国，水云之苕歌，《谷音》之越吟，如穷冬之沍寒，风高气慄，悲
> 噫怒号，万籁杂作，古今之诗莫变于此时，亦莫盛于此时。至今新史盛
> 行，空坑、厓山之故事，与遗民旧老，灰飞烟灭。考诸当日之诗，则其
> 人犹存，其事犹在，残篇齧翰，与金匮石室之书，并悬日月。谓诗之不
> 足以续史也，不亦诬乎？①

他基于官史作为权力话语的遮蔽作用，指出了"新史"必定抹杀旧朝事迹的
冷酷结果，从而使诗歌存史的记录功能凸显出来。同时诗歌见微知著的特点
也与"史之大义，未尝不主于微"相通，这就使诗歌史在某种意义上拥有了
一般历史的意义。这种看法不是钱谦益的独创，放眼诗坛，编诗与修史相表
里，可以说是当时的共识。屈大均《东莞诗集序》云："士君子生当乱世，
有志纂修，当先纪亡，而后纪存，不能以《春秋》纪之，当以诗纪之。"② 李
邺嗣《万季野新乐府序》亦云："诗以述事，其诗即其史也。诗亡而史作，
义本相贯，但有繁简之分耳。季野即未及纂成一朝之史，而且以新乐府先
之，是亦史之前驱也。"③ 当代学者围绕《胡致果诗序》，对钱谦益的"诗史"
理论及与明末清初遗民诗学的关系已有深入探讨，④ 这里我想再通过《列朝
诗集》的编纂来考察一下钱谦益的诗史实践。

如前所述，《列朝诗集》的编纂缘于程孟阳的倡议，而程孟阳的念头又
发自读《中州集》。在历史的相似情境中，《中州集》成了一个"诗史"观念
的启示性范本，它"以史为纲，以诗为目"的体例及其中贯注的历史意识深
为当时诗家所推崇，不同程度地影响到他们编纂的各种总集，较有代表性的

---

① 钱谦益：《牧斋有学集》卷一八，中册，第 800—801 页。
② 屈大均：《翁山文钞》卷一，潘承玉《清初诗坛：卓尔堪与〈遗民诗〉研究》第六章"日月诗人历，江山野老心"对此有翔实的考论。
③ 李邺嗣：《杲堂文钞》卷二，《杲堂诗文集》，浙江古籍出版社 1988 年版，第 432 页。
④ Lawrence C. H. Yim（严志雄）. *Qian Qianyi's Theory of Shishi during the Ming-Qing Transition* (Taibei: Institute of Chinese Literature and Philosophy, Academia Sinica, 2005), p. 20.

有黄宗羲的《姚江诗逸》和李邺嗣的《甬上耆旧诗》①。钱谦益《列朝诗集》也是仿《中州集》的体例，以时代为纲，以诗学源流为目加以编排，收录作者1941人，附见226人，虽收入部分入清的作者，但"采诗之役，未及甲申以后"②，为的是保存明史和明诗的真实面目，以为名副其实的一代诗史。

作为一部断代诗歌总集，《列朝诗集》的"诗史"价值固然体现在诗作的采选上，即以大量关系时事的纪实之作保存史料和史论；但从诗学的角度说，更值得注意的还是作者小传。在这些详略不等的传记中，有历史事件，有人物事迹，有诗史资料，有诗人评论，多棱地折射出钱谦益的历史意识和诗学观念。就小传的材料来源说，不少传记的主人出现在《初学集》的序言、墓志文中，两相比较，明显可见小传系剪裁那些文字而成，或者说是依据同样的素材。比如丁集下宋珏条云：

> 珏，字比玉，莆田人。家世仕宦，不屑从乡里衣冠浮沉征逐。年三十，负笈入太学，游金陵，走吴越，遍交期贤士大夫。初从人扇头见程孟阳《荔枝酒歌》，行求七载，始识孟阳，遂以兄事之。因孟阳以交余。长身玉立，神情轩举，开颜谈笑，不立崖岸，其胸中泾渭井如也。善八分书，规模《夏承碑》，苍老雄健，骨格斩然。画出入二米、仲圭、子久，不名一家。而又泛爱施易，不自以为能事。酒酣歌罢，笔腾墨飞，或即席赋诗，或当筵染翰，书窗涴壁，淋漓戏剧。或醒而自谓无以加，又或旦而忘其谁作也。人以是多易而亲之。滞淫旅人，默默不自得，客死吴门。其卒也，孟阳抚之，乃瞑而受含。余与孟阳欲留葬虞山，不果。返葬后十余年，金陵顾梦游入闽哭其墓，乞余为文，伐石以表之。比玉为诗，才情烂漫，信腕疾书，不加持择。诗成，亦不留稿。余取其《画荔枝辞》一首，以为近古人讽谕之遗。今其遗稿，刻于金陵者，其里人所掇拾，非比玉意也。③

① 黄宗羲：《姚江逸诗序》也曾说："孟子曰，诗亡然后春秋作，是诗之与史相为表里者也。故元遗山《中州集》窃取此意，以史为纲，以诗为目，而一代之人物赖以不坠。"《南雷文案》卷一，四部丛刊初编本。李邺嗣《甬上耆旧诗序》称《中州集》"以史为纲，以诗为目，始合文献为一书，使学者于乡国古人，诵其诗，已知其人与世，此诚著述家之盛事也"。《杲堂诗文集》，浙江古籍出版社1988年版，第597页。
② 钱谦益：《牧斋有学集》卷四七《题徐季白诗卷后》，下册，第1563页。
③ 钱谦益：《列朝诗集小传》，下册，第588页。

《初学集》卷六六有《宋比玉墓表》，剔除碑版文首尾的例行文字，有关宋珏
文艺创作的部分如下：

> 比玉讳珏，姓宋氏，莆之甲族也。比玉负才藻，踔厉风发。少为诸
> 生，不能俛首帖括，以就举子尺幅。志意高广，不屑与乡里衣冠相随
> 行，斗鸡走狗，灭没里巷间。自其年三十余，负笈入太学，侨寓于武
> 林，于吴门，于金陵，滞淫不归，卒以客死。其为人也，以文章为心
> 腑，以朋友为骨肉，以都会为第宅，以山水为园林，以诗酒为职业，以
> 翰墨为娱戏。故其虽穷而老，老而病，病而客死，而浩浩然，落落然，
> 如无有所失也。比玉好为诗，横从穿穴，信其手腕，出之于心肾，犹无
> 与也。善八分书，规模《夏承碑》，苍老深穆，骨格斩然。画出入二米、
> 仲圭、子久，不名一家。泛爱施易，不自以能事，不受促迫，或即席赋
> 诗，或当筵染翰，或伸纸涤砚，从容挥洒，或书窗涴壁，淋漓戏剧。当
> 其酒阑灯灺，兴酣落笔，若风雨之发于毕腠，若鬼神之凭其指掌。或醒
> 而求之，以为不能加也。或旦而视之，忘其谁作也。其神情轩举，开颜
> 谈笑，可使愠者平，悲者喜，仇者释，萧闲逸透，不为崖岸，庸奴贱
> 隶，人人得至其前。意有所不可，虽王公大人，不与易也。尝从人便面
> 得孟阳《荔枝酒歌》，瘏叹慨慕，必求得其人而后已。兄事孟阳，久而
> 益共。其殁也，孟阳抚之，瞑而受含。①

《小传》末提到顾梦游入闽哭比玉墓，乞文表之，知其文系剪裁墓表而成，
删削了一些铺叙文字，而论及诗书画的部分大体依旧。沈周传自陈是节录己
所辑《白石翁事略》而成，李维桢传、何允泓传引用了自己所撰的墓志，冯
梦祯传也提到自己撰的墓志，想必都是剪裁墓志材料而成。同卷王惟俭条，
与《初学集》卷八四《书王损仲诗文后》的文字重合，当有取于该文。钱谦
益的碑版文字，尤其是那些重臣大僚的志铭和神道碑，涉及大量的晚明史
事，应该是采自史传和家属提供的行状。那些史料和传记原是他编撰《明
史》的素材，现在却用作了编纂诗史的蓝本，益见诗与史、史与诗在他浑为
一事。不难理解，当绛云楼一炬销尽多年积攒的明代史籍后，他修明史的夙
愿就只能寄托于《列朝诗集》一编了。

---

① 钱谦益：《牧斋初学集》，中册，第 1529—1530 页。

　　为此，他在小传的撰写中更多地寄寓了保存文献的意义，力图将小传写成一个时代的人文渊薮。他在《与施伟长书》中曾说："小传之作，务在采取佳事佳话，以为点缀，正不必多引列传、家谱板实语，没却前人风华也。"① 但实际上，他的传记相对艺苑佳话来更多地采撷了各种历史素材，如张公路传自称是"援据唐叟叔达之序，次而存之"②，梁潜传引杨士奇所撰墓志论其诗文语，汤胤传节录自家族谱所载其与五、六世祖交往之记载，卞荣传引小说载其因作《无题》艳情诗而为人所纠罢官事，朱存理传述及吴中文献彬彬之盛，吴檄传采李开先《游海甸诗序》记海淀之祸，张民表传节录周亮工刻遗集所附事迹，全书涉及传记、墓志、族谱、别集、序跋、笔记、小说、诗话等各类文献，范围相当广泛。甲前集王冕传甚至原文照录称明军为寇的徐显集所作传记，"天下未定，敌国指斥之词，流传简牍，习其读者，或有考焉"③，足见他力求保存信史的意识之强烈，甚至已超越了史臣"政治正确"的界限。

　　元、明之交，政治格局复杂，史籍载记颇多歧异。钱谦益在丘民传中也就丘与全思诚、杨基交游的不同记载指出："国初之事，记载错互，其未可尽信如此。"④ 遇到这类情况，他都参稽不同文献细加考证，如甲前集载方国珍行事，自纠以前考证的失误；甲集辨兵部贴黄所载刘鹰袭封年月之误，考徐贲入朝及死狱之年，论夏煜、刘三吾卒年之存疑，辨贝琼、贝阙之为一人，丁集中辨证宋登春之卒，都对史料来源及其可信度作了考案。书中有些材料是绛云楼明史籍毁后所补，出于早年著述之外。如刘鹰、刘三吾事及朝鲜陪臣事，即出《初学集》所收《太祖实录辨证》之外。⑤

　　作为寄托了钱谦益晚年修史诉求的著作，《列朝诗集》小传固然在史料的采集和考辨上用力甚勤，但相比资料的翔实，小传给读者印象更深的显然是其中穿插的议论和感慨。像丁集上朱曰藩及金陵社集诸诗人传那样寄寓兴亡之感自不用说了，就是乾集上世宗传这样简略的文字也含有深意：

　　　　上生五龄，颖敏绝人，献皇帝口授，辄成诵。万机之暇，喜为诗

① 王应奎：《海虞诗苑》凡例引，乾隆刊本。
② 钱谦益：《牧斋有学集》卷一九《张公路诗序》，中册，第815页。
③ 钱谦益：《列朝诗集小传》，上海古籍出版社1983年版，上册，第17页。
④ 钱谦益：《列朝诗集小传》甲前集，上册，第50页。
⑤ 钱谦益：《牧斋有学集》卷三八《与吴江潘力田书》，下册，第1319页。

文。大学士杨一清进呈《元宵诗》，有"爱看冰轮清似镜"之句，上以为类中秋诗，改云"爱看金莲明似月"，一清疏谢，以为曲尽情景，不问可知元宵作矣。尝与阁臣费宏等赓唱，张、桂忌而阻之，以为雕虫小技，不足劳圣虑。然是时馆阁大臣皆乏黼黻之才，不能有光圣学，诚可叹也！

钱谦益在此对明代台阁之乏才流露出抑制不住的惋惜。对于封建时代的文人来说，最高的理想莫过于成为辅佐明君、揄扬鸿业的文臣。遇到嘉靖皇帝这样亲近文士的好文君主，大臣没有润色鸿业、鼓吹休明的才华，岂不是时代的遗憾？由此不难窥见钱谦益的政治目标及人生理想。这从另一种意义上说，也是对自身所属的士大夫群体与现政权关系的思考。新王朝的到来，使他面临与前人相似的境遇，对命运叵测的惴惴不安也渗透到小传中。甲前集陈有定传云："元末，张士诚据吴，方谷真据庆元，皆能礼贤下士。而闽海之士，归于有定，一时文士，遭逢世难，得以苟全者，亦群雄之力也。"① 众所周知，朱元璋开国后，对文士极为仇视，在位期间诛杀当时名士甚众，作为明史臣的钱谦益不敢直斥这段血腥的历史，却借称赞张有定、方国珍、张士诚等割据势力对文士的保全反衬了明太祖的残暴。至于陈基传云："圣朝宽大垂三百年，语言文字，一无忌讳，于呼休哉。"② 固然是对本朝史的粉饰，同时在某种意义上也是给新朝的鉴诫。丁集上尹耕传载严嵩欲用尹耕而为朝论所沮，有一段议论：

> 国家急虏，拊髀思将帅之臣，当取文武大略，不应以便文琐节，绳约掎摭。分宜得君当国，能知子莘，而不能违物议以收其用，议论多而节目繁，何以罗出群之材，备羯羠之患耶？子莘《塞语》末，有《审几》一篇，谓汉之患在外戚，唐之患在藩镇，而本朝当以备虏为急，以有宋为殷鉴，痛乎其言之也！分宜能知子莘，能用胡宗宪，其识见亦非他庸相可比，余故录子莘之诗而并及之，以告世之谋国者。③

----

① 钱谦益：《列朝诗集小传》，上册，第46页。
② 同上书，上册，第39—40页。
③ 钱谦益：《列朝诗集小传》，下册，第387—388页。

尹耕并不是有名的诗人，钱谦益将他列为作者，与其说是欣赏他的诗，还不如说是为了发这些议论，其间不仅借尹耕的文章反思了明朝的边患，还发表了自己对历来目为奸相的严嵩的一些肯定性评价。这正是他寓史于传，借传论史的"诗史"微义之一。

由于小传以存史为宗旨，大都详于作者经历而略于诗歌评论，其间对道德评价的关注俨然具有史传的褒贬色彩。如李东阳、杨一清、蔡羽、王廷相、张凤翔、康海、李梦阳、胡应麟、严嵩、戚继光、茅元仪传都涉及其为人行事及历史评价。丁集下公鼐传不一及其诗，而专论其政治远见，比照朱彝尊《静志居诗话》对公鼐的评价，其着意于史的立场分外鲜明。另外，小传述人物事迹又多关注其心态，时时寄托自己的身世、沧桑之感。甲集之首论刘基入明后所作《犁眉公集》，说"余考公事略，合观《覆瓿》、《犁眉》二集，窃窥其所为歌诗，悲惋衰飒，先后异致。其深衷托寄，有非国史家状所能表其微者，每盬然伤之"①，言外当然也不无以古例今，为自己开脱的意思。他说刘基"罢官羁管绍兴，感愤欲自杀，门人密里沙抱持得不死。太祖定婺州，规取处，石抹宜孙总制处州，为其掾经历。宜孙败，走归青田山中，伏匿不肯出。孙炎奉上命钩致之，乃诣金陵，后以佐命功，官至御史中丞，封诚意伯"②。这很容易让人联想到钱氏本人在明亡之际也有过自杀念头，后转而主动迎降的经历，刘基的成功为他自己的行为提供了一个道德上的借口。类似的例子是甲集危素传："大兵之入燕也，趋所居报恩寺入井，寺僧大梓力挽起之，曰：'国史非公莫知，公死，是死国史也。'兵垂及史库，言于主帅，辇而出之，累朝实录得无恙。"③ 这又是以修史为苟延生命之借口的先例，同样不无以古自解的意思。其实据黄宗羲《补历代史表序》说："嗟乎元之亡也，危素趋报恩寺，将入井中，僧大梓云：'国史非公莫知，公死是死国之史也。'素是以不死。后修《元史》，不闻素有一辞之赞。及明之亡，朝之任史事者众矣，顾独藉一草野之万季野以留之，不亦可慨也夫！"④ 可见危素的苟活并没有为修《元史》做出什么贡献，钱谦益截取其入井一节而不及后文，明显寓有自喻之意。正因为他心有所亏，太在意此类出处之辨，以至竟不免有矫

---

① 钱谦益：《列朝诗集小传》，上册，第70页。
② 同上书，上册，第13页。
③ 同上书，上册，第83页。
④ 黄宗羲：《南雷文约》卷四，康熙刊本。

枉过正之嫌，为后人所诟病。①

　　今天我们讨论钱谦益诗学，当然不必太执著于心态史的视角，只需将小传当作批评史资料来看就可以了。钱谦益自称"集中小传，略具评骘，平心虚己，不敢任臆雌雄，举手上下"，又举例说，"如王长公，桑梓先辈，童稚钦挹，所谓晚年定论者，皆取其遗文绪言，证明诠表，未尝增润一字；李空同之剿略，同时诸老喷有烦言，非吾树的也。间有论著，排厘严羽、刘辰翁、高廷礼之徒，疏瀹源流，剪薙缪种，寸心得失，与古人质成于千载之上"②。平心而论，钱氏对有明一代诗学源流是极了然的，评泊著名诗人不但能举其创作得失，有时还能兼及诗史流变。如甲集刘崧传云："国初诗派，西江则刘泰和，闽中则张古田。泰和以雅正标宗，古田以雄丽树帜。江西之派，中降而归东里，步趋台阁，其流也卑冗而不振；闽中之派，旁出而宗膳部，规摹唐音，其流也肤弱而无理。余录二公之诗，窃有叹焉。"③丁集上详引陈束《苏门集序》和唐顺之对本朝诗的论断，以为将两者合观，"弘、嘉之间文章升降之几会，略可睹矣"④。相比历史文献，小传所采诗文评似显得单薄，只限于诗序一类，连诗话都很少采撷，但全书论列作者多达两千余人，且"于海内不甚知名之士极意表章，即一篇一句亦存之。甚有其诗已逸，而犹述其人者"，诚有网罗遗逸、阐幽发潜之功，故深为后人所嘉许⑤；同时各卷的编排也极具匠心，凡师友、亲串或并世齐名悉得依次相从，足当"剪裁予夺，具见史才"之评。⑥以《列朝诗集》的卷帙之巨和作者小传之夥，一人的力量是很难胜任的，

　　① 顾嗣立：《元诗选初集》辛集王逢小传曾指出："（逢）有《梧溪集》七卷，钱牧斋《列朝诗集》载之前编，谓原吉当张氏据吴，大府交辟，坚卧不就。而又称其为张氏画策，使降元以拒台。此说何也？张士德之败在丁酉三月，其时张氏尚未降元也。而谓其于楚公之亡有余恫焉，未知其为元乎，抑为张氏也？原吉一老布衣，沐浴于维新之化者二十年，其子已通仕籍矣，而谓其故国旧君之思，至于此极，西山之饿，洛邑之顽，未知其又何所处也。牧斋好为曲说，至引谢皋羽、犁眉公为喻，抑何其不相类乎？"
　　② 钱谦益：《牧斋有学集》卷五〇《题丁菡生藏余尺牍小册》，下册，第1638页。
　　③ 钱谦益：《列朝诗集小传》，上册，第89页。
　　④ 钱谦益：《列朝诗集小传》，下册，第373页。
　　⑤ 金德嘉：《居业斋文稿》卷十二《复张藕湾书》，康熙五十八年蒋国祥刊本。李慈铭《越缦堂日记》第四十九册论《列朝诗集》亦云："大旨扬处士而抑显官，薄近彦而尊先辈，于孤寒沈闷之士，崇奖尽力，是则存心颇厚，宜为雅俗所归。"
　　⑥ 袁景辂：《国朝松陵诗征·例言》，乾隆三十二年爱吟斋刊本。

可惜现在只知道闺秀一集为柳如是校定，①其他是否还有人襄助采编就不清楚了。

《列朝诗集》虽系盘点过去王朝的诗歌史，其艺术宗旨却有着强烈的现实指向；书中所论及的诗人虽已作古，但其亲族故旧仍握有舆论。钱谦益对钟惺、谭元春的激烈批评，不难想见会招致竟陵派后学的不满。果然，书还未编成，就有人说："吾子不自重，采列朝诗，结弹斯世之所谓宗主者，杂然欲杀，而以茂山为顿刃。"②茂山即周容，因为钱谦益尝许其诗"近代才子，无出其右"，所以时议汹汹，先拿周容开刀，敲山震虎，以攻击钱谦益。全书刊板行世后，虽然据牧斋自己说"鸿儒钜公，交口传诵，鸡林使人每从燕市购取"③，但就连周容也认为"或刻或滥，可议者十之三"④，世间一般的议论可以想象。从整体上说，《列朝诗集》及其小传作为诗歌诗和批评文本显然是存在不少缺陷的，梳理一下历来对《列朝诗集》的批评意见，其实就概括出了此书的诗学倾向和特点。

历来对《列朝诗集》的批评意见，主要涉及以下六个方面。

首先，编者的身份及所处的立场就很尴尬。宋征舆《书钱牧斋列朝诗选后》先记顺治十三年（公元 1656 年）在京师听吴梅村说，《列朝诗集》"乃取嘉定笔佣程孟阳所撰《列朝诗集》一书，于人名爵里下各立小传，就其烬余所有及其记忆所得，差次成之。小传中将复及人隐过，会有以鬼神事戒之者，乃不敢。然笔端稍滥则不能自禁，盖天性然也"。然后指出其书体例上的滑稽之处：自序明言书之编纂已入清，书名却不称明朝而称列朝，首列"圣制"都是明帝之作，书中提到庙号都空一字；既已降清为学士，北面受禄而归，书中却自称臣谦益。设此疑贰之名，不免遭人耻笑。宋征舆度其动机："盖钱既仕清，其交游颇有显者，探知上右文，必不罪文士。而满州贵人又尚质，必不从书籍中推索，以为是书虽流行，可无祸，故敢于受梓，尤冀传之后世，谓其心不忘明，显然著书，虽取危法，亦所不惮，有足取者——其所望如是。"⑤这真可以说是诛心之论。

①　见无名氏辑《牧斋遗事》，邓实编《古学汇刊》第五编下册，民国二年上海国粹学报社排印本。别详潘冬梅《文本·作者·性别：浅议〈列朝诗集·闰集〉香奁部分的编选与时代》，《中国文学研究》2005 年第 2 期。
②　钱谦益：《牧斋有学集》卷四四《叹誉赠俞次寅》，下册，第 1484 页。
③　钱谦益：《牧斋有学集》卷五〇《题丁菡生藏余尺牍小册》，下册，第 1638 页。
④　周容：《春酒堂诗话》，清诗话续编本，第 1 册，第 105 页。
⑤　宋征舆：《林屋文稿》一五《书钱牧斋列朝诗选后》，康熙刊本。

　　其次，诗学偏见开门户习气。毛奇龄《西河诗话》云："山阴徐伯调尝与钱牧斋宗伯论文，宗伯谓学秦汉者每多剽贼，自不如学大家之当。伯调曰：'不然。剽贼无定在，富家可剽，贫家亦可剽也。必如韩退之、樊宗师自为一家，方可却近代剽贼之病。既曰学大家矣，学大家与学秦汉何异？窃见今为大家文者，满纸皆爬罗摒挡诸宋人恶字，苦剽穷穷，犹恐不得当。是同一剽贼，剽窃儿米不如剽富家珠也。'钱竟踯躅不能对。"①　这是暗示钱谦益对秦汉派和唐宋派的取舍，不是出于反对模拟剽窃，而只是出于门户之见。郑梁论钱谦益选列朝诗，"凡所不悦者，多掩其所长而暴其所短，又未免有刻意深文之病"②。郑日奎推原牧斋论诗之意，"只是力揭李何唐中晚一派及宋元人诗，鼓舞后学耳"③，从而得出"开后学欺凌前辈之风，长末流分立门户之渐"的结论，④　都深中钱氏小传之结症。后来盛大士《竹间诗话》更清楚地指出："明人倡言复古，以为文主秦汉，诗必盛唐，海内谈者翕然宗之。至虞山钱蒙叟出而攻之，不遗余力，力格七子而独奉程孟阳为风雅总持，要皆门户之见也。"⑤　倾向性太强而致批评有失公允，确实是小传明显的缺陷，从而引发下面第三点非议。

　　其三，去取失当，褒贬欠公。这在小传中有多方面的表现，有些属于政治态度方面的原因，如唐孙华《读历朝诗选》指出的："一代词章缀辑全，鸟言鬼语入余编。独将死事刊除尽，千载人终笑褚渊。"⑥《四库全书总目提要·集部》总序厉斥钱谦益《列朝诗集》"以记丑言伪之才，济以党同伐异之见，逞其恩怨，颠倒是非，黑白混淆，无复公论"，虽代表新朝的立场，但某种程度上也反映了士大夫群体的一般看法。还有些属于私人情谊方面的原因，如金德嘉指出的"契合松圆诗老，赞扬亦似逾涯"，这也为论者所共指。

　　其四，对前后七子排击过甚。邹炳泰说："虞山于李何王李诸家之诗一味抹杀，独尊一纤弱疏浅之程松圆，好恶拂性，奚以明示来学？"⑦　钱谦

---

① 毛奇龄：《西河诗话》卷四，乾隆间萧山书留草堂藏版毛西河全集本。
② 郑梁：《郑寒村全集·见黄稿》卷二《钱虞山诗选序》，康熙刊本。
③ 郑日奎：《郑静庵先生集》卷九《与陈元公第二书》，康熙刊本。
④ 郑日奎：《郑静庵先生集》卷九《与陈元公书》，康熙刊本。
⑤ 盛大士《竹间诗话》卷三，天津图书馆藏稿本。
⑥ 唐孙华：《东江诗钞》卷六，康熙刊本。
⑦ 邹炳泰：《午风堂丛谈》卷三，嘉庆四年刊本。

益对李、何的批评，招人非议最多。同时的谈迁即以为"非定论"①，金德嘉也以为"排斥北地似亦太过"②。陈文述更指出钱谦益攻李梦阳"祗在争坛坫之名，存心未公，是以燕伐燕也，故摘訾其字句，而于诗之是非均未有得"③，也不无中肯之处。正如朱东润先生所指出的，"集中除入选五十二以外，附录五首，考所谓大篇长律，举世诵习，而牧斋为之汰去者，如《功德寺》、《乙丑除夕追往愤五百字》、《石将军战场歌》、《奉送大司马刘公归东山草堂歌》、《鄱阳湖十六韵》，牧斋一一指其瑕疵，吹毛索瘢，不遗余力，颇为后人所讥"④。钱谦益对后七子的排击，也少为后人许可。徐釚《登白雪楼有怀沧溟先生二首》自注："近时巨公排击沧溟不遗余力，非蚍蜉撼大树耶？"⑤

其五，对竟陵派一味抹杀，有欠公允。钱谦益对竟陵派的抨击，除了《列朝诗集》中有关诗人的小传，还杂见于《牧斋初学集》中《徐司寇画溪诗集序》、《曾房仲诗序》、《南游草序》、《刘司空诗集序》等文，⑥在当时特定的诗学语境下被认为"大有砥柱之力"⑦。但时过境迁，他的看法就很难被全盘认可了。尤其是对钟、谭《诗归》的批评，论者多不能赞同，陈衍《石遗室诗话》卷六曾辑录不少反驳意见。

此外，《列朝诗集》在文献考订上也存在一些疏漏，⑧不过与其文献价值相比微不足道。对于《列朝诗集》，人们更注意的是它在诗学观念和诗学批评方面的影响。就"诗史"实践的角度说，《列朝诗集》无疑达到了预期目的，但从诗歌史和诗学研究的要求来衡量，则有太多的门户之见，使它的权威性打了个折扣，不像《杜诗笺注》那样更让人信服。

---

① 谈迁：《枣林杂俎·圣集》，笔记小说大观本，广陵古籍刻印社 1984 年版。

② 金德嘉：《居业斋文稿》卷十二《复张藕湾书》，康熙五十八年蒋国祥刊本。

③ 汪端：《明三十家诗选》卷三下引，道光二年自然好学斋刊本。

④ 朱东润：《述钱谦益之文学批评》，《中国文学论集》，中华书局 1983 年版，第 80 页。

⑤ 徐釚：《南州草堂集》卷三，康熙刊本。

⑥ 钱谦益：《牧斋初学集》卷三一《刘司空诗集序》，中册，第 908 页。

⑦ 金德嘉：《居业斋文稿》卷十二《复张藕湾书》，康熙五十八年蒋国祥刊本。

⑧ 如收诗之误，章楹《谔崖脞说》（浣雪堂藏版本）卷一指出："甲前集登倪云林《夜泊芙蓉洲集许炼师》一首语意未完，殊不成章，后阅云林《清闷阁集》，乃知此选仅录得半篇，非全诗也，不知何以赏而遂取之。"还有收作者之误，如朱彝尊《曝书亭集》卷四三《跋名迹录》指出，郭翼卒于至正二十四年（公元 1364 年），纯属元人，而《列朝诗集》收入甲集，且谓"洪武初，征授学官，度不能有所自见，怏怏而卒"；杨镰《元佚诗研究》（《文学遗产》1997 年第 3 期）指出，释宗衍生于元至大二年（公元 1309 年），至正十一年（公元 1351 年）卒，实未入明，而《列朝诗集》收入闰集。

　　如前所述，传统的"诗史"观念着眼于诗歌的纪实性对历史记载的补充作用，而在明清易代之际，"诗史"不可替代的存史功能似乎要更深入人心。但无论如何，"诗史"都是以诗和史的印证落实于实际的诗学活动中的。从实践意义上说，"诗史"的实现是以诗证史；而从理论意义上说，"诗史"的确认乃是以史证诗。如果说《列朝诗集》是钱谦益的"诗史"实践，那么《笺注杜诗》就可以说是"诗史"的理论证实。通过揭示杜诗与玄宗肃宗代宗三朝历史的关系，钱谦益具体地阐明了杜甫"诗史"的丰富内涵，与《列朝诗集》一样，其中当然也不乏未发的深慨，暗寓的隐衷。①

　　杜诗自宋代以来被奉为诗家圭臬，元、明两代凡以诗人自居者莫不声称学杜，钱谦益对此最为不满。尤其是看到李梦阳和竟陵派学杜的流弊，更觉得他们不仅因模拟而失自家面目，同时也蒙蔽了杜诗的真正面目，② 于是研究杜诗成了他中年以后治学的重要内容。不过他一再声明，只是随笔记录，不敢说是注杜。稿子积累既多，越发"深知注杜之难，不敢以削稿自任，置之箧衍，聊待荟蕞而已"③。他在生前公开自己的研究成果只有两次，一次是卢世㴶刊行《读杜私言》时，他寄上自己的《读杜小笺》，合刊为《钱卢两先生读杜合刻二种》；另一次是康熙元年（公元 1662 年）朱鹤龄刊行两人商定合作的《杜工部诗集》时，他将自己做的那部分属朱鹤龄刊入书中。后来觉得两人见解有异同，又嘱鹤龄两书不妨别行。④ 但他在剩余的两年生命中没能完成全部笺注，遗稿经钱遵王董理增补，康熙六年（公元 1667 年）由季振宜刊刻行世。⑤

　　从今人编纂的杜诗书目来看，明清之际是杜诗注释的一个高峰。在钱谦益之前和同时都有不少注本问世，但它们都不能让他满意，迄今所有的杜诗注释在他眼中简直就是谬误的堆积。《笺注杜诗·略例》列举前人的错误，

---

①　参看綦维《孝子忠臣看异代，杜陵诗史垂丹青——试析〈钱注杜诗〉中钱氏隐衷之抒发》，《杜甫研究学刊》，2001 年第 4 期。

②　见钱谦益《牧斋有学集》卷三二《曾房仲诗序》、《王元昌北游诗序》，中册，第 929 页、第 932 页。

③　钱谦益：《牧斋有学集》卷三九《复吴江潘力田书》，又见《牧斋尺牍》所收致王渔洋书。

④　钱谦益与朱鹤龄注杜的分合，在《牧斋有学集》卷三九《复吴江潘力田书》中有详细叙述，今人的研究可参看孙微《清代杜诗学史》，齐鲁书社 2004 年版，第 102—113 页。

⑤　关于《钱注杜诗》成书的经过，可参看朱易安《唐诗学史论稿》第 257—260 页，广西师范大学出版社 2000 年版；裴世俊《杜诗学史中的〈钱注杜诗〉：钱谦益笺注杜诗的缘起》，《聊城大学学报》2002 年第 1 期。

计有（1）伪托古人；（2）伪造故事；（3）傅会前史；（4）伪撰人名；（5）改篡古书；（6）颠倒事实；（7）强释文义；（8）错乱地理。而最根本的是，他认为宋人学杜及近人注杜"钩深抉异，以鬼窟为活计"，根本"不知杜之真脉络"。这些谬误在杜诗上覆盖的垃圾已厚到不值得他清理的地步，所以他摈弃旧注，选用传世"最为近古，他本不及"的吴若本白文为底本，注释字辞和典章制度，并以"笺"的独白方式直抒己见，抉发杜诗的"真脉络"。这"真脉络"究竟是什么呢？我以为就是杜诗的"诗史"特质。

无论何种文献，史料价值不出印证史书、补史书之阙、正史书之误三个方面。钱谦益对杜甫"诗史"的观照正着眼于此，① 特别在三类作品中发挥了他的独到新解：一是有关唐代史实的纪实之作，二是咏史之作，三是有惑而发之作。② 自晚唐孟棨在《本事诗》里提到："杜逢禄山之难，流离陇蜀，毕陈于诗，推见至隐，殆无遗事，故当时号为'诗史'。"③ 到历史意识浓重的宋代，诗论家们从不同角度对"诗史"作了种种发挥，④ 并在诗歌批评中突出地加以强调。然而这种意识却没贯彻到杜诗注释中，因为这不是一个训诂和典故的问题，而是一个唐史研究的问题。钱谦益所以能在注杜中率先尝试以诗证史、以史证诗，纯然得力于他的唐史造诣。他发现重大历史事件往往成为唐诗创作的驱动力，如《徐司寇画溪诗集序》所言：

> 昔者有唐之世，天宝有戎羯之祸，而少陵之诗出；元和有淮、蔡之乱，而昌黎之诗出。⑤

他凭着丰富的唐史知识，围绕安史之乱前后的唐代政治、军事形势，对杜诗的历史背景作了有价值的笺证，发覆甚夥。像《冬日洛城北谒玄元皇帝庙》、《洗兵马》、《承闻河北诸道节度入朝欢喜口号绝句十二首》、《诸将五首》等诗所蕴涵的历史内容，不经钱谦益揭示，是不太容易为人意识到的。所以陈寅恪先生说，自《本事诗》有"诗史"之说，后人多从而发挥之，但"能以

---

　　① 李道显：《杜甫诗史研究》（台湾华冈出版部，1973）即以此立论，可参看。
　　② 参看朱易安《唐诗学史论稿》，广西师范大学出版社 2000 年版，第 264 页。
　　③ 孟棨：《本事诗·高逸》，历代诗话续编本，中华书局 1983 年版，上册，第 15 页。
　　④ 宋代对诗史说的发挥，参见杨松年《宋人称杜诗为诗史说析评》，收入《中国古典文学批评论集》，香港三联书店 1987 年版，第 127—162 页。
　　⑤ 钱谦益：《牧斋初学集》卷三〇，第 903 页。

杜诗与唐史互相参证，如牧斋所为之详尽者，尚未之见也"①。日本杜诗研究专家吉川幸次郎博士论钱注的优点，也推崇钱谦益精熟唐史，如玄宗还京，肃宗已帝，父子间嫌隙渐成，宦竖横行，排斥旧臣，杜甫为上皇危，为房琯等讼冤，从无言之者，至钱注乃发其微。② 这都是单就钱注发杜诗纪史之覆来说的，若从钱注把握诗、史关系的总体倾向来说，我还是更赞同朱易安教授的论断：钱谦益注杜的指导思想也许是"以诗证史"，但实际工作却仍只是"以史证诗"③，客观上成了对"诗史"的检验和认证。在钱谦益以前，"诗史"只是一个承传已久的老字号招牌，到钱注杜诗问世以后，人们对杜甫的"诗史"就有了切实的认识。这一结果固然与牧斋本人精熟唐史有关，但也不可忽视来自友人的襄助。据现有材料，钱谦益注杜曾得到两个人的协力，一是唐汝询帮助参校，④ 二是何云帮助征史。唐汝询瞽而好学，熟于典故，撰有《唐诗解》五十卷；何云字士龙，常熟人，祖上好藏书，家多善本。何云承受家学，据说"尤熟精唐史，凡唐人诗有关时事者，历历指出，以为史证。钱宗伯爱其才，延致家塾"⑤，他在唐史知识方面可能对钱注杜诗有所贡献。这一点历来研究钱注的学者似乎都没注意到。

　　有关钱谦益笺注杜诗的特点及影响，学者们已有充分的论述，⑥ 尤其是简恩定和郝润华的研究，可以说非常细致，在问题和结论上我都无可补充，这里只就前人对钱注的匡正，略举钱注的缺陷。首先，钱注虽然在历史背景的发抉上饶有成绩，但于典故的注释却未臻完备。马位《秋窗随笔》举《三川观水涨二十韵》"普天无川梁，欲济愿水缩"用《魏书·尔朱兆传》河神缩水脉事，而牧斋缺注。其次，钱氏斥前人注杜穿凿，而自己固不能免。史承谦《静学斋偶志》举出《故武卫将军挽歌》"黄河十月冰"引《左传·昭公二十五年传》之类，讥其"亦多穿凿可笑"⑦。沈曾植《海日楼札丛》也说

---

　　① 陈寅恪：《柳如是别传》第五章《复明运动》，上海古籍出版社 1980 年版。

　　② 吉川幸次郎：《论牧斋之训诂学》，《吉川幸次郎遗稿集》，筑摩书房 1995 年版，第 2 卷第365 页。

　　③ 朱易安：《唐诗学史论稿》，广西师范大学出版社 2000 年版，第 264 页。

　　④ 钱谦益：《列朝诗集小传》丁集中唐汝询传："留校杜诗，时有新意。"下册，第 527 页。

　　⑤ 单学傅：《海虞诗话》卷三，民国四年铜华馆排印本。

　　⑥ 除前引孙微的著作外，还有许永璋《取雅去俗，推腐致新——略评〈钱注杜诗〉》，《草堂》1982 年版第 2 期；简恩定《清初杜诗学研究》，台湾文史哲出版社 1986 年版；许总《杜诗学发微》，南京出版社 1989 年版，郝润华《〈钱注杜诗〉与诗史互证方法》，黄山书社 2000 年版。

　　⑦ 史承谦：《静学斋偶志》卷四，国家图书馆藏清刊本。"黄河十月冰"原误作"九月黄河冰"。

肃宗灵武即位，唐人无议之者，钱注横加穿凿，生诸讥刺，杜老恐称怨地下。[①] 此外，对前人的误注，牧斋也有不辨而相沿的例子。如《丽人行》"蹙金孔雀银麒麟"句"蹙金"二字，取赵次公注："'蹙金'实事，唐人常语，故杜牧自谓其诗蹙金结绣，而无痕迹。"梁同书据《唐摭言》卷十载赵牧大中、咸通中效李长吉为短歌，可谓蹙金结绣而无痕迹，指出杜牧为赵牧之讹，[②] 即属轻信前人而沿其失误。

钱谦益因其特殊的身份和地位，言行著述都非常引人注目，《列朝诗集》和《杜诗笺注》也较同类著作受到更苛刻的审视和批评，这是不难理解的。尽管存在这种种疏误，钱注杜诗仍有不可磨灭的价值。道光间陈仅断言"杜诗注，自当以钱笺为第一"[③]，或未必能得后人首肯；但钱注开创的以史证诗的诗学范式却受到后世高度的推崇。这种通过诗歌来阐明历史，又通过历史来解读诗歌的诗史互证法，不仅开启了有清一代诗文笺注的实证风气，也影响到 20 世纪的历史研究和文化批评，形成文史研究中的历史—文化批评一派。[④] 这是我们论钱谦益诗学所不能不提到的。

钱谦益是明清之交文坛公认的盟主，无论就其领袖地位还是创作成就而言，他的影响力都是不可低估的。他的诗学也因此而具有非同寻常的重要地位。但钱谦益究竟在哪方面对清代诗学产生了什么程度的影响，却是我至今难下结论的。王源说："蒙叟欲驱天下以从己而自为名，不得不自立一说，以新天下之耳目。欲新天下之耳目，不得不力排前人，谓其说之不足以相从，然后可使天下舍彼而从我。"[⑤] 但我们并没有看到钱谦益有什么自立之说，他的诗论确实是破多而立少，正像他自己在论古学和今学时说的："吾所欲决排而去之者今学也，所未能沂沿而从之者则古学也。"[⑥] 从理论上说尽管有拨乱反正之力，也确实破除了旧学，但却没有树立起新的艺术理想。这就是鲁迅说的，"破不是痛快的，但建设却是麻烦的事"[⑦]。除了《列朝诗集》和《笺注杜诗》的影响外，钱谦益的诗学似乎没有真正意义上的建设之功。

①　沈曾植：《海日楼札丛》卷二，中华书局上海编辑所 1962 年版，第 64 页。

②　梁同书《频罗庵遗集》卷一五《日贯斋涂说》，清刊本。

③　陈仅：《竹林答问》，周维德笺注《诗问四种》，齐鲁书社 1985 年版，第 337 页。

④　参看傅璇琮《一种文化史的批评》，《中国文化》创刊号，1989 年；收入《唐诗论学集》，台湾文史哲出版社 1995 年版。

⑤　王源：《康熙集序》，洪絿《七峰草堂诗稿》卷首，四库全书存目丛书影印康熙刊本。

⑥　钱谦益：《牧斋有字集》卷三九《答山阴徐伯调书》，下册，第 1348 页。

⑦　鲁迅：《对于左翼作家联盟的意见》，《二心集》，人民文学出版社 1973 年版，第 36 页。

不错，他大力抨击了明诗的伪，举起了"真诗"的大纛，但这面旗帜上却没有自己的色彩。"真诗"的规定性是什么呢？是不是只要真情流露就算是真诗，哪怕风格技法和唐诗一模一样也没关系？由于没有表现和风格上具体的规定性，"真诗"只是个空洞的概念，它作为一种诗歌理想是抽象的，所以也就没有真正树立起一种新的诗歌理想。和他同时代的一批响应"真诗"口号的诗坛元老和遗民诗人都没有完成这一任务，诗坛在摸索中等待一个人，他就是年轻的山东诗人王士禛。这是后话，只能留待以后再展开了。

〔作者单位：中国社会科学院文学研究所古代室〕

"声情"与"言之不足":诗学思想之
中国表述及其逻辑起点

刘方喜

内容提要：汉语诗学以"情"为"体"，而以"声（语音）""象（语象）""义（直言）"为"用"，体用和合构成"声情""意象""辞情"三范畴。《毛诗序》"言之不足"论强调了"义（直言）"表达功能的固有有限性，而这构成了诗之"声情"生成的起点，"声情"也就成为克服和超越"言之不足"的重要基本方式。"言之不足"也构成"声情"范畴论的逻辑起点，而"意无穷"则可谓其逻辑归结点。由"言之不足"而"意无穷"的进程，揭示了诗歌通过语言形式创造不断超越语言表达功能固有有限性的过程。"声情"论是对"意义"与"形式"、语言有限性与超越性关系这些极具普适性的诗学和语言哲学基本问题的"中国式解答"，因而成为诗学思想之"中国表述"。

关键词：声情 言之不足 意无穷 一体三用 中国表述

一 诗学思想之"中国表述"

本文所谓诗学思想之"中国表述"，具体地就是指以"言之不足"为"逻辑起点"的"声情"说，笔者绝无以此涵盖中国诗学思想全部之意，并自觉放弃全能视角研究，特定的"逻辑起点"本身就意味着特定的而非全能的研究视角。语言形式及其与意义的关系问题，是诗歌理论及其基础性的问题，也可谓世界性难题，20 世纪以来西方语言哲学、俄国形式主义诗学等尤多研究。在这方面通常有两种二元对立的观点：形式主义与反形式主义——而这两种截然对立的观点之潜在的"逻辑起点"有时却是一样的：皆以"言之已足"或"言可尽意"为逻辑起点，而种种泛论形式与意义相统一的持平之论的潜在逻辑起点往往也是如此。笔者根据对艺术形式理论多年的研究，揭示汉语诗学"声情"说有一潜在逻辑起点则是"言之不足"——这无疑找到了诗学思想"中国表述"坚实的理论立足点，及与西方相关思想进行对话的极好的切入口。

汉语诗学意象理论对西方意象派诗歌有所影响，本为汉语诗学基本范畴之"意象"大抵已为西人所熟悉；"声情"一词于国人而言并不陌生，但其作为诗学之"基本范畴"之理论意义，而今国人似尚知之甚少，何况西人。西语似无与"声情"直接相对应之词。但是，说"声情"为汉语诗学所独有，又是远远不够的，因为汉语诗学所独有之用语还有很多，关键在于："声情"之说，乃是关于"形式"与"意义"关系这一诗学最为基本的也是世界性难题的一种"中国表述"或"中国式解答"——本文将主要从诗歌语言形式理论之"逻辑起点"这一具体而又极富理论性的角度，来揭示"声情"说作为诗学思想"中国表述"的重要理论意义。

为突出相关理论表述的中国性和经典性，本文将主要在传统经学尤其诗经学中展开讨论。若以古述古，本文不过是对《毛诗序》以下经典论述之疏解而已：

> 诗者，志之所之也，在心为志，发言为诗，情动于中而形于言，言之不足，故嗟叹之，嗟叹之不足，故咏歌之，咏歌之不足，不知手之舞之足之蹈之也。情发于声，声成文谓之音。

但是，百分之百的"以古述古"只能是一种诠释学神话，除非完全在小学范围内只作字词的单独疏解，只要对上面这段话即使做初步的通盘解说，我们也就必然要陷入到某种预定的诠释模式中去。仔细梳理一下上面的话，其中涉及"志"、"情"、"言"、"嗟叹"、"咏歌"、"手舞足蹈"等因素，据笔者目前所了解，今人对以上这段话通行的解读，大抵只注意"志"、"情"与"言"、"嗟叹"、"咏歌"、"手舞足蹈"之间的二元区分——这实际上沉陷在"意义—形式"或"内容—形式"二分模式中了，而今人往往不能自觉意识到这一点，以为这种解释就是客观而"忠实于"古人的。

　　本文的诠释绝不自我标榜"更忠实于"古人，而是非常自觉地转换了自己的诠释模式：我们不是强调"志"、"情"与后四者的二元区分，而是突出强调"言"、"嗟叹"、"咏歌"、"手舞足蹈"之间的区分，尤其立足"咏歌"而突出其与其他因素之间的区分，作如是观，"言之不足"就是诗歌创作最为直接的"出发点"，由"言之不足"而进入"咏歌之"，或者"咏歌"与"形于言"之间的"区分"，于诗学而言就具有非常重要的理论意义——在今人既有的现代传统的"内容—形式关系"诠释模式中，这种区分即使不是被完全忽视了，至少也是没有被放在足够重要而突出的位置上加以研究，说这种区分是既往研究中的盲点也不为过——本文相关的重要理论发现也就是揭示：

　　　　"言之不足"乃是汉语诗学形式理论的"逻辑起点"之一

相应的，本文的重要理论创获不过是揭示：

　　　　"言之不足"乃是极重语言形式创造的诗歌活动的"出发点"之一

这概括自汉语诗学的论断，显然具有较强的理论普适性："言之不足"所揭示的就是"言"之有限性，而"咏歌之"等则对这种有限性有所超越，于是，在这种新的诠释模式中，诗歌语言"有限性—超越性"的关系，就取代了"内容—形式"的关系在诗学基础理论研究中的优先地位——这无疑是诗学基本研究范式的重要转换。

　　显然，从汉语诗学中发现和提炼某种普适性的理论既难且复杂，难度和复杂性在于：何以证明提炼出的理论是汉语诗学自身的理论同时还具有一定普适性。毋庸讳言，"诗学思想之'中国表述'"首先是一句口号，或者说标示一种理论和思想上的姿态，它针对的是诗学思想之"中国注解"，即：所谓"诗学思想"作为某种普适性的东西来自西方，而汉语诗学理论只是其注解或例证而已。这种说法与美学界所谓"美学在中国"与"中国美学"意思相近（哲学界亦有哲学之"中国表述"说）。当然，一直以来，我们最不缺的似乎就是口号和姿态，通俗地说，关键还在于落到实处，而落到实处的关键，又在于发现汉语诗学思想自身关注的问题，或者说揭示汉语诗学自身是如何提问的。按西人哲学诠释学观念，研究者与经典之间是一种"提问—回答"关系,当我们提出诗歌语言形式创造活动的"出发点"是什么这一问题时,我们经典的回答就是"言之不足",如此也可以说,古人"言之不足"论重大理论意义之展现,恰恰仰赖我们诠释者创造性的提问。作为反例,我可以指出:在古代文论近百年的现代研究中,似尚无人如此提问,"言之不足"还有所谓"言不尽意"云云之被引述倒是极为广泛的,但也未成为研究和思想的聚焦点,在广泛性乃至近乎日常化的征引中,这些话往往被征引者囫囵看过,创造性的提问或者提问的创造性之缺乏,使其理论意义蔽而不彰。本文在这方面的基本结论是小而又小的:

　　　"言之不足"是诗歌创作最为基本的文化驱动力之一
　　　超越"言之不足"是诗歌活动最为基本的文化使命之一

而诗人是否有"言之不足"情结,进而是否以"言之不足"为"出发点",并能有效克服"言之不足",乃是解答"和谐语音结构之于诗歌究竟意味着什么"这一诗学基本问题的关键所在。在汉语诗学思想自身提出的问题而非域外引进的理论问题下,去探寻汉语诗学思想的基本理路,就正是"诗学思想之'中国表述'"的具体落实。本文千番说万般论,却也只不过是对《毛诗序》那段经典论述之疏解而已,而这或许正表明:理论之新创有待于回到思想的源头——原典。

　　"言之不足"或"言之已足",这两种不同的认识,构成了两种不同的语言观。这方面盘踞在流俗观念中的一个根深蒂固的认识是:只是为了易诵易记,才为某种观念(中心思想、语义结构等)配置上一个和谐语音结构——这种认识的要害就正在对诗歌生成"起点"的理解上,在这种认识中,诗歌创作流程的"起点"实际上是"言之已足",不能说这其中的和谐语音结构全然没有价值,但最多也只有辅助性的次要价值,不足以充分展示和谐语音结构在诗歌中应有的更大价值:声情茂美的和谐语音结构,乃是诗歌克服"言之不足"的一种重要而基本的语言表达方式。对于持"言之已足"论语言观者来说:语言本已尽意,优美的语言形式如和谐之声韵、华丽之辞藻,只是装饰到诗歌上去的一种外衣而已——如一些汉语现代诗人(郭沫若、艾青)就把和谐声韵比作美人之华裳,美人无衣不失裸体之美,诗无美声也不失天然之美云云。而汉语"声情"论的逻辑起点则是"言之不足":作为诗歌特有之"情"的"声情",只能通过和谐成文的声韵形式表达出来,非此不足以表达之。汉语现代诗人即使重视声韵如闻一多先生者，亦不过把诗人对和谐声韵的考究比作"戴着镣铐跳舞"，可见今人在这方面迷失之深——笔者相关研究潜在的现实针对性其实是极强的。把诗歌形式相对独立的表达力量置于语言的"有限性—超越性关系"中来考察，古人多有涉猎，但也大抵明而未融，近代以来更是少有人论及，诗之此道之沦失也亦可谓久矣。

再次强调的是，本文自觉划界，不图以"全能"视角得汉语诗学思想之全，惟愿从"语言"、从语言的形式创造这一特定视角揭示汉语诗学相关思想之真。揭示和确立"言之不足"或"言不尽意"为"逻辑起点"，只是为了充分揭示"声情"论的理论价值，笔者不会声称此乃"整个"中国诗学思想之逻辑起点，设定这一逻辑起点恰恰只是为了给自己的研究自觉地划定边界。另一方面，"言之不足"又主要是相对于"言之已足"这一常见的语言工具论的逻辑起点而言的，但笔者并不认为"言之已足"是一种"错误的"逻辑起点，而自以为发现了"正确的"逻辑起点，而只是揭示：以"言之已足"为逻辑起点不能"充分地"揭示诗歌声韵形式应有的价值。其实问题恰恰在于：根深蒂固的语言工具论，或者对自身的逻辑起点毫无自觉，或者认为"言之已足"乃是考察包括诗歌在内的所有语言活动"唯一的"逻辑起点。

二　"声情"论之"逻辑起点"

（一）"文"之"一体三用"

"声情"作为诗歌的一种独特的语言表达形式，是相对于"意象"、"直言"等表达方式而言的，因此，首先要对与诗歌相关的语言基本的形式功能作一些分析，在这方面古人有"文"之"一体三用"说。

唐孔颖达《毛诗正义》（文渊阁《四库全书》本，以下凡不特别注明版本者均据此本，不再另注）对《毛诗序》相关内容解释道："'上云发言为诗'，辨诗志之异，而'直言'者非诗，故更序诗必长歌之意"，又，唐张守节《史记正义》卷二十四"乐书"第二"暖之以日月"正义有曰："蕴藉者，歌不'直言'而长言嗟叹之属"，阮元《研经室三集》（清道光刻本）卷三有《文言说》一文，对此有详辩：

　　许氏《说文》："直言曰言，论难曰语"；《左传》曰："言之无文，行之不远"……孔子于乾坤之言，自名曰文，此千古文章之祖也。为文章者不务协音以成韵，修词以达远，而惟以单行之语纵横恣肆，动辄千言万语，不知此乃古人所谓直言之言、论难之语，非言之有文者也，非孔子所谓文也。

《研经室集》之《续集》卷三《文韵说》："凡'文'者，在'声'为宫商，在'色'为翰藻"，古人把语言表达方式大致分成了两类三种：

言	（一）直言	（1）直言
	（二）文言	（2）色象
		（3）声音

这种三分法在中晚唐以后的诗格中更直接地表述为"意格"、"物象"、"声律"，今人张伯伟《全唐五代诗格校考》（陕西人民教育出版社 1996 年版）代前言《诗格论》有云：

> 从诗格中的运用来看，"作用"也可简称为"用"，而与"体"相对……诗的"作用"与"物象"既然密不可分，于是诗格中有时便以"象"代替"用"而与"体"相对。如《二南密旨》"论体裁升降"节云："……体以象显。如颜延年诗：'庭昏见野阴，山明望松雪。'鲍明远：'腾沙郁黄雾，飞浪扬白鸥。'此以象见体。"

"象"为诗之"用"之一，"体以象显"、"以象见体"，"象"之"用"正在对"体"之"显"、"见"，而诗实有"三用"，旧题白居易《金针诗格》："诗有三本：一曰窍。二曰骨。三曰髓。以声律为窍，以物象为骨，以意格为髓。凡诗须具此三者。"诗格中这样的"三本"说很多，兹不赘引。清乔亿《剑溪说诗》有云：

> 性情，诗之"体"；音节，诗之"用"。

若言"情"为诗之"体"，此"体"与"象"之"用"和合即为"意象"，与

"声"之"用"和合即为"声情"。明刻本《广川学海》卷二十六录王世贞《曲藻》云：

> 凡曲：北字多而调促，促处见筋；南字少而调缓，缓处见眼。北则"辞情"多而"声情"少，南则"辞情"少而"声情"多。

又，清人舒梦兰《古南余话》（清嘉庆 18 年刻本）卷三有云："诗骚之学，贵'声情'而略'辞理'：'辞理'虽善而'声情'不妙，不传也；苟'声情'妙合，犁然有当于众人之心，'辞理'亦未有不美善者"。综上所述可得如下图示：

所道（一体）	所以道（三用）	体用和合
情	（1）直言	辞情
	（2）色象	意象
	（3）声音	声情

此"一'体'三'用'"图，可略见古人对诗歌语言形式功能之系统理解。

又，诗格中"声律"、"物象"、"意格"三用说，似导源于刘勰《文心雕龙·情采》著名之"声文、形文、情文"三文说，钱钟书《谈艺录》（中华书局 1984 年补订本，第 42 页）以为刘勰所谓三"文"与 Ezra Pound（庞德）所谓的诗文三类之"Phanopoeia"、"Melopoeia"、"Logopoeia"，"词意全同"，查，J. A. Cuddon（库顿）编撰《A DICTIONARY OF LITERARY TERMS》（Andre Deutsch Limited 1979 年修订版）有"Logopoeia"条解释如下：

> logopoeia (Gk "making of words") A poem both *means* and *is*. In *ABC of Reading* (1934) Ezra Pound discusses language as a means be charged with meaning：(a) by throwing the object, be it fixed or moving, on to the visual imagination; this is phanopoeia (q. v.); (b) by including emotional correlations by the sound or rhythm of speech; this is melopoeia (q. v); (c) by including both of the effects, thus stimulating

the intellectual or emotional associations which have remained in the receiver's consciousness in relation to the actual words or groups of words employed; this is logopoeia. (pp. 369—370)

其相关词条有 onomatopoeia、tone colour 当与 melopoeia 相关，synaesthesia（通译作"通感"）当与 logopoeia 相关。那么，庞德所言三词能否与刘勰所谓"三文"互训？细察起来，phanopoeia 与"形文"最可互训，而 melopoeia 因为 including emotional correlations，所以，最可与之互训的似不是"声文"而是"声情"。最有问题的是 logopoeia 与"情文"：若言"情文"为诗之"所道"内容，则与 logopoeia 的意思不同。这里的关键在于所谓"语义"功能实际上还可再细分为两种不同功能，钱钟书所谓"文字有声，诗得之为调为律；文字有义，诗得之以俟色揣称，为象为藻，以写心宣志，为意为情"大抵已论及，但将"写心宣志"与"为象为藻"对称似有不通，因为"象"、"藻"、"色"何尝不也是"写心宣志"的方式（此即诗之"意象"表达方式）？"为调为律"不也同样是"写心宣志"的方式（此即诗之"声情"表达方式）？所以，"以写心宣志，为意为情"准确地说应为"直言"的表达方式（此即诗之"辞情"表达方式），与"为象为藻"同为语义功能而又不尽相同，不同在于：一为"直言"其情，如云"我愁难消"；二为通过诉诸 visual imagination 之"象"间接言情，如李太白云"抽刀断水水更流"。以此而论，logopoeia 也就并不直接等于情感之"直言"表达方式，因为在庞德 logopoeia 同时涵摄 phanopoeia、melopoeia 之 effects，而古人所谓"直言"恰恰无法表达"象"与"音"所表达之意，此即所谓"言不尽意"。钱氏所谓"好咏歌者，则论诗当如乐；好雕绘者，则论诗当如画"之说也未免流于一般，于诗学而言，其实应强调诗之"音"不同于乐之"音"、诗之"象"不同于画之"象"，所以这里借用西方新批评所谓"语象"（verbal-icon）一词，并仿造"语音"（verbal-sound）以别于"music-sound"，及"verbal-meaning"以指"直言"表达方式。合而论之，可得下表：

言	直言	(1) 直言（verbal-meaning）	语义功能	语言
	文言	(2) 色象（verbal-icon）		
		(3) 声音（verbal-sound）	语音功能	

此表大抵可反映诗歌语言常见的三种形式和功能，而此"三用"当然不是汉语所独有，也基本上适用于对其他民族语言诗歌之分析，这方面的详细阐述可参见《文学评论》2002年第5期拙作《"一体三用"辨：汉语古典抒情诗理论系统分析》。

（二）"言之不足"："声情"论之"逻辑起点"

只有以"言之不足"为逻辑起点，才能充分揭示"声情"说之重要理论价值，而以"言之不足"为"声情"说之逻辑起点首先是有一定文献依据的。

《左传·襄公二十五年》有孔子之语曰："《志》有之：'言以足志，文以足言。'不言，谁知其志？言之无文，行而不远"，"文以足言"者，表明"言"固有所"不足"，所以才需"文"以"足"之——此可谓儒家"文言"论之纲，清人黄承吉《梦陔堂集》（清道光十二年刻本）之《文说》对这段话的解说是："言苟无华，则辞必不达，即夫子所谓'文以足言'者，不文则言且不足，而何达之有也？"孔颖达对"言之不足"有更具体的疏解：

> 上云发言为诗，辨诗志之异，而直言者非诗，故更序诗必长歌之意。……初言之时，直平言之耳；既言之而意不足，嫌其言未申志，故咨嗟叹息以和续之；嗟叹之犹嫌不足，故长引声而歌之；长歌之犹嫌不足，忽然不知手之舞之足之蹈之，如是而后得舒心腹之愤，故为诗必长歌也。圣王以人情之如是，故用诗于乐，使人歌咏其声，象其吟咏之辞也，物动其容，象其舞蹈之形也，具象哀乐之情，然后得尽其心术焉。

"吟咏情性以风其上"王义又云："动声曰吟，长言曰咏，作诗必歌，故言吟咏情性也"，诗必歌，不歌则非诗。孔氏上面这段话可谓"诗"与"非诗"之辨，关键点在于"直言非诗"，而所谓"直言"、"直平言之"乃是对"言之不足"之"言"的具体解释："直言"则"意不足"、"未申志"，而"歌"方得"尽"心术焉。孔颖达认为《毛诗序》是"解作诗所由"，宋人辅广《童子问》卷首有云："诗者，言之述也，便是诗言志与在心为志发言为诗；言之不足故长言之，便是歌永言与嗟叹之不足故永歌之；此咏歌之所由兴也。"诗之"所由兴"的"逻辑起点"，不仅仅是"言志"，同时也包括"言之不足"，今人却大抵只知其一而不知其二。元刘玉汝《诗缵绪》卷十七："周颂反复叹咏，言不尽意，于文王未尝明言，而自有不可名之妙，非圣不能作也。"王夫之《诗广传》（岳麓书社 1996 年版《船山全书》本）卷五《鲁颂》一有曰：

> 故《诗》者，与《书》异垒而不相入者也，故曰："言之不足，故嗟叹之；嗟叹之不足，故永歌之；永歌之不足，故不知手之舞之，足之蹈之。"知然，则言固有所不足矣；言不足，则嗟叹永歌、手舞足蹈，以引入于轻微幽浚之中，终不于言而祈足也。

船山先生清晰地向我们揭示了《毛诗序》广为流传的那句话的真谛：一方面它强调了"言固有所不足"，即直言表达功能本然地就存在不足，另一方面强调"嗟叹永歌"形式的意义也就在于能克服这种不足。

那么，"直言"所不尽之"意"，"文言"之"音"何以就能尽之？"情发于声声成文谓之音"。郑笺云："'发'犹'见'也，'声'为宫商角徵羽也，'声成文'者，宫商上下相应"，孔颖达正义云：

> 情发于声，谓人哀乐之情发见于言语之声，于时虽言哀乐之事，未有宫商之调，唯是声耳。至于作诗之时，则次序清浊，节奏高下，使五声成曲，似五色成文。一人之心则能如此，据其成文之响即是为音，此音被诸弦管乃名为乐，虽在人在器皆得为音。

"音"与"乐"之不同也即成文之"人声"与"器声"之别；而"声"与"音"、"乐"的不同在于："声"是声音的"未成文"形式，"音"、"乐"则是声音的"已成文"形式。《礼记·乐记》有云："知声而不知音者，禽兽是也；知音而不知乐者，众庶是也；唯君子为能知乐"，其主要脉络是把"声—音—乐"序列与"禽兽—小人—君子"序列对应起来："人不耐无乐，乐不耐无形"，此不仅仅是"人之道"，何尝不也是"兽之道"耶？禽兽有喜怒哀乐之情，何尝不也"发于声音，形于动静"？以"声"宣"情"泄"气"，人兽同焉，人兽之别，也就不在以"声"见情，而在以"咏歌"之"音"见情——其要害在是否"成文"也，故而，人兽之别，实际上恰不在声音的"表现性"，而在声音的"成文性（西人卡西尔所谓 formative 是也）"，而今人相关研究却往往大谈其"表现性",而对"成文性"之人文价值注意不够。
与之相关,人有"语言"禽兽则无,以语言表现情感确为人独有,比如人快
乐之时可以说"我真快乐",兽则不能,而大抵只能吼叫几声,以声见
情——此固然哉,而同为出口之声,人能使出诸己口之声和谐成文以见人
情,兽则不能以成文之音见其兽情。所以,在情感表现上,人兽之别,不仅
在语言之"辞情"上,在"声情"上亦大不同。总之,"声情"表达方式能
克服"言之不足"的关键在语音形式的"成文性(formative)",这方面的详
细阐述,可参见《中国文化研究》2003 年夏之卷拙作《"成文"以"尽意"》。

(三)由"言之不足"到"意无穷"

大致说来,"言之不足"揭示了语言表达功能的局限性、有限性,而在
中国古代思想史上,揭示语言表达功能局限性另一或许更为著名的表述是出
自易经学之所谓"言不尽意"。那么,为什么会出现"言不尽意"的现象呢?
丁易东《易象义》卷一四解释道:"圣人之言,书所不能尽也,盖言无穷而
书有限也;言不尽意,圣人之意,言又不能尽也,意无穷而言有限也。"
"言"之"有限"与"意"之"无穷"不对等,再如冯椅《厚斋易学》卷四
十四同样指出:"意又无穷,言亦有限,故言亦不能尽也"——这成为易经
学中对"言不尽意"原因的重要解释之一。

一方面,诗经学同样有近乎"言不尽意"的表述,明何楷《诗经世本古
义》卷六有云:"嗟,《说文》云咨也,《易》注云佐也,言之不足以尽意,
故发此声以自佐。"汉刘熙《释名》卷四:"嗟,佐也,言之不足以尽意,故
发此声以自佐也。"宋陈旸《乐书》卷五:"言常不足于意,而意常有余于
言,故言之发有不足以尽意,其声至于嗟、其气至于叹者,岂言之不足故嗟
叹之之谓乎?"可见在词源学的意义上,古人就将"嗟叹"与"言之不足"
或"言不尽意"联系在一起了。

另一方面,诗经学中也有关于"意无穷"的论述,宋吕祖谦《吕氏家塾
读诗记》卷二释"陟彼砠矣,我马瘏矣,我仆痡矣,云何吁矣"引朱氏语
曰:"极道勤劳嗟叹之状,讽其君子当厚其惠,意无穷已之辞也。"又,宋李
樗、黄櫄《毛诗集解》卷二:"(《卷耳》末)又曰云何吁矣,以见诗人之言
有尽而意无穷也",又卷十二:"详观此诗,经有尽而意无穷,可以一唱而三
叹也",又卷四十一:"(阙宫)言有尽而意无穷,一倡而三叹之"。总之,"嗟
叹"作为诗歌一种独特表达方式之表达效果是"意无穷",而"意无穷"也

就克服了"言之不足"。宋林岊《毛诗讲义》卷一:"观此采采之辞,言之不足而永歌焉。"清姜炳璋《诗序补义》卷五有云:"(《木瓜》)语复而意无穷,正于含蓄处见之"。又,明朱善《诗解颐》卷三:"(大雅三文王首章)此章之意约言之而四句已足,惟周公告诫其君,言有尽而意无穷,故反复申之。""语复"、"反复"主要指《诗经》多章而每章往往只换几个字词,这种表达方式也可以达到"意无穷"的表达效果。此外如宋人林之奇《尚书全解》卷五分析《赓歌》有云:"盖由其嗟叹之不足形于歌咏,故曰不过数语,然言有尽而意无穷,使读之者如闻诸弦歌发越之音,可以一唱而三叹也","意无穷"与"歌咏"密切相关。

总之,古人认为,"言"所不尽之"无穷"之"意",而诗之长言嗟叹、歌咏之"声情"表达方式一定程度上则可以表达。"言不尽意"是否意味着"言"对"意"根本无所表达?朱熹《原本周易本义》卷七认为:"言之所传者浅,象之所示者深。"如此可以说:"言"也即"直言"所表达之"意""浅"而"有限"也,而"象"、同样诗之长言嗟叹之"声情"所表达之"意""深"而"无穷"也。因此,由"直言"而"声情"的过程,就是诗人通过和谐声韵形式创造而克服、超越"直言"表达功能固有局限性即"言不尽意"或"言之不足"的过程——如果说"言不尽意"是诗之声情表达方式生成的逻辑起点的话,那么,"意无穷"则是其逻辑归结点,最终,只有置于此由"言不尽意(或言之不足)"而"意无穷"这一超越过程中,"声情"之价值才能得到充分的揭示。这方面的详细分析,参见《中国文化研究》2005年冬之卷拙作《"象外之象"、"声外之音"使"意"无穷》。

"言不尽意"乃是语言的一种基本的表达困境,深而究之,都说"言不尽意",而儒家与道、禅两家所说具体含义并不相同:儒家诗学所谓"言之不足"、"言不尽意",其中之"言"主要指"直言",直言不可尽之意,而声情、意象这两种语言表达方式则可以尽之,因此,儒家诗学所谓"言不尽意"是指语言的一种"相对的表达困境";而道、禅两家所谓"言不尽意"之"言"则不仅包括"直言",还包括诗家所谓"声情"、"意象"及其他一切语言表达方式,甚至还包括人能创造的一切文化符号形式,因此,其所谓"言不尽意"乃是指语言"绝对的表达困境",是通过语言、通过人的一切文化符号形式皆无法克服的绝对的表达困境。所以,要特别强调的是:准确地说,作为语言"相对的表达困境"之所谓"言不尽意"或"言之不足",才是诗学思想中国表述之"逻辑起点"。作为相对的表达困境之所谓"言不尽意"，并非指语言对"意"根本不能有所表达，而是指"直言"所表达之"意"，"浅"也、"有限"也，而"声情"、"意象"所表达之"意"则"深"而"无穷"，由"直言"而"意象"、"声情"的诗歌表达过程，最终也就是语言表达功能由"言不尽意"、"意有限"而"意无穷"的过程，也即语言对自身固有表达功能局限性、有限性不断超越的过程——而对表达功能有限性的此种超越，又是仰赖于"成文"之"声情"、"意象"等语言形式创造来实现的。

以"言不尽意"为"逻辑起点"的诗歌形式论的理论意义，尤其表现在"声情"说上。"声情"说所要解答的一个基本的诗学问题是：诗歌篇章之语音和谐形式结构之于诗歌究竟意味着什么。与此相关的是，诗歌外其他语言表达方式往往也借助语音和谐形式结构，古今中外不乏其例，如以韵文形式出现的种种哲学著述、政治宣传口号等等，此间有无区别？——许多反形式主义的诗学理论往往认为并无区别。元人虞集《道园类稿》卷十九《庐陵谢坚白诗集序》云："（诗）然乏咏叹之性情，则直有韵之讲义、僧悟道偈颂耳。""咏叹之性情"，"声情"也，"有韵"未必有"声情"，诗而有韵是为了获得声情，"有韵之讲义、僧悟道偈颂"中"韵"却只是单纯手段，所乏者，"声情"也。王士禛《带经堂诗话》（张宗柟纂集，人民文学出版社1963年校点本）卷二十七有曰："诗三百主言情，与《易》太极说理，判然各别。若说理，何不竟作语录，而必强之为五言七言，且牵缀之以声韵，非蛇足乎？"恐怕未必是"蛇足"，大多数情况下，如和尚的偈子、中药汤头歌等"牵缀之以声韵"而是更有利于其传达、流布的。作为诗学基本问题的声韵问题，就不是语言篇章的声韵结构是否具有"和谐性"，而在于是否具有"表现性（expressive）"，中药汤头歌等声韵结构具有和谐性，所乏者，表现性也——"声情（expressive voice）"这一范畴从构词上就已传达了这种意思，不能不说是我们古人一大创造。

再深而究之，中药汤头歌等与声情茂美的诗歌篇章之声韵结构之生成之"出发点"并不相同：前者往往以"言已尽意"为出发点，而声情茂美的诗歌则以"言不尽意"为出发点，从而，"声情"作为语言表达方式，最终就成为诗歌克服"言不尽意"这种语言固有局限性的有效而基本的方式——这才是和谐语音形式结构在诗歌篇章中重要而基本的文化意义和价值所在。语言表达方式由"直言"而"声情"，语言所表达的意义就由"意有限"而"意无穷"，而只有置于"意有限"而"意无穷"这一语言表达功能不断提升的超越过程中来考察，才能真正确立形式创造在诗歌活动中的基本文化价值：包括和谐语音结构在内的诗歌语言形式创造，首要的还不是为了"美化"语言，而是为了克服和超越"言不尽意"这一语言在表达功能上的固有不足。通过语言形式创造，不断超越"言之不足"、"言不尽意"，乃是诗歌活动在人类文化世界中的一种独特而基本的文化使命。

三　与西方现代语言哲学初步的思想对话

"意无穷而言有限"揭示了语言活动的一个基本出发点，而诗歌通过语言形式创造可以产生"意无穷"的表达效果，表明"言"之"有限"被超越了，如此，诗歌活动也就成为通过形式创造不断克服语言固有有限性"言不尽意"的超越过程——此乃以"言之不足"为逻辑起点的"声情"说的基本点，以此为平台，就可以与西方相关现代语言哲学思想展开有效的文化对话。

我们说"言不尽意"是汉语诗学一个重要逻辑起点，而这似乎也正是20世纪西方语言哲学一个极其重要的逻辑起点：

> 我们看到当代西方哲学两大主流的主要代表人物在语言问题上采取了多么不同的态度。我们说"态度"，是说他们在基本的规定性的观念上是一致的：无论是海德格尔或维特根斯坦都认为抽象的、概念的语言是有限的，局限于这种语言，则我们必须承认，有许多"事"是"不可言说的"，是"神秘的"。[①]

西人所谓的"抽象的、概念的语言"，我们古人称之为"直言"之言、"论难之语"。维特根斯坦《逻辑哲学论》认为：凡是能够说的事情，都能够说清楚，而凡是不能说的事情，就应该沉默——问题在于："说不能说的事情"又似乎恰恰是个根植于人性深处的潜在冲动或文化情结——这种冲动或情结或许正是产生种种形而上学的重要根源，而在汉语诗学思想看来，这更是诗歌语言形式创造的出发点和原动力。下面就对洪堡特、卡西尔、伽达默尔等人的相关语言哲学思想略作分析。

————————

① 叶秀山：《思·史·诗——现象学和存在哲学研究》，人民出版社1988年版，第173页。

　　德人威廉·冯·洪堡特（Wilhem Von Humboldt）语言哲学思想的突出之处在于：揭示语言的本质，不在其给定性，而在其生成性、创造性，即使把语言视作"工具"，人若不发挥自身的创造力，也无法真正掌握这种工具；人类语言活动从来就不是仅仅只利用给定的语言形式进行"意义"表达的单一活动，而是同时也是"形式"创造的活动——而诗歌这种独特的语言活动无疑最集中地映现了语言这一独特本质。我们首先看洪堡特对语言"有限性"和"超越性"的讨论：

　　　　人能感受和意识到，语言对于他只是一种手段，在语言之外还存在着一个不可见的领域，而这个领域他惟有借助语言才能了解。最普遍的感知和最深在的思维都不能容忍语言的贫乏，它们把上述不可见的领域看做一个遥远的国度，虽然语言是惟一的领路人，但它永远无法把感知和思维最终带到目的地。①

　　　　人的本质决定了他能够潜在地意识到一个既超越语言、又受到语言限制的领域的存在，意识到惟一能被用来发掘和利用这个领域的手段便是语言，而语言王是依靠其技术的、感性的完美形式，才能够把这一领域越来越多的部分化为己有。②

洪堡特实际上是把语言表达疆域视为是一个圆：其内是"可见的领域"，其外则是广大无限的"不可见的领域"，如此，人类语言活动也就是不断拓宽语言表达疆域的活动。如果感受不到"言不尽意"，绝不表明"不可见的领域"不存在，而只能表明我们只是把自我封闭、束缚在既定的或给定的语言有限性的表达疆域中了。当把自己向广大而至于无限的"不可见的领域"开放时，我们必能强烈地感受到"言不尽意"，而"语言是惟一的领路人"，"言不尽意"又只能通过"言"本身来解决，解决的重要途径就是创造新的"感性的完美形式"——各民族语言的发展史皆足以昭示此点，而在各民族语言内极重"感性的完美形式"创造的诗歌的发展史无疑更充分地昭示了

---

　　① 《洪堡特语言哲学文集》，湖南教育出版社 2001 年中文版，第 74 页，以下简称《文集》。
　　② 《论人类语言结构的差异及其对人类精神发展的影响》，商务印书馆 1997 年中文版，第 206—207 页，以下简称《论差异》。

此点。

　　洪堡特对后世语言哲学影响最大的是将语言视为"世界观"的思想："正如个别的音处在事物和人之间，整个语言也处在人与那一从内部和外部向人施加影响的自然之间。人用语音的世界把自己包围起来，以便接受和处理事物的世界"①，"语音不仅指称事物，而且复现了事物所引起的感觉，通过不断重复的行为把世界与人统一起来"②，"经过韵律和节奏的人为处理的语音形式则反过来影响着心灵，在心灵中把有序的知性力量与生动的、创造性的想象力联系起来。于是，向外部和向内部发展的力量、以精神和以自然为目标的力量相互交织在一起，创造出了一种高级的生命及一种和谐的运动"③——从感性上来说，语言世界首先是人在自身与自然、事物之间建立起来的一个声音世界，这一声音世界"向外"指称自然事物，"向内"则"复现了事物所引起的感觉"：

　　　　语音组合具有独特的节律和音乐形式，借助于这种形式，语言把人带入了另一个领域，强化了人对自然中的美的印象，但语言并不倚赖于这些印象，它只是通过语声的抑扬顿挫对内心情绪产生影响。④

刘勰《文心雕龙·物色》有云：

　　　　是以诗人感物，联类不穷。流连万象之际，沈吟视听之区：写气图貌，既随物以宛转；属采附声，亦与心而徘徊。

我们可以把一首诗也看作是处在人与自然万物之间的一个"声音世界"，当诗的声音世界把我们"向外"引向自然时，我们会发现自然万物的形式美，这也就是"随物宛转"——这是诗的"意象"的审美作用机制；而诗的和谐的声音世界也可以使我们的审美注意力并不放在自然美的印象上，而是"向内""通过语声的抑扬顿挫对内心情绪产生影响"，这也就是"与心而徘徊"——这是诗的"声情"的审美作用机制。从诗歌生成过程来看，在外物

---

① 《论差异》，第 70 页。
② 同上书，第 64 页。
③ 同上书，第 141 页。
④ 同上书，第 71—72 页。

的兴发触动下，诗人既可能特别关注触动他的外物的形式特征而"窥意象而运斤"，于是生成"意象"；也可以"并不倚赖于这些印象"而特别关注这些外物所激发起自己内在情绪的波动而"寻声律而定墨"，即用和谐的声律把内心情绪的波动表现出来，这样就生成了"声情"——对于诗歌来说，只有做到"意象"丰富同时也"声情"茂美，才能使"向外部和向内部发展的力量、以精神和以自然为目标的力量相互交织在一起，创造出了一种高级的生命及一种和谐的运动"，从而将世界与人更紧密地联系在一起。

德人恩斯特·卡西尔（Ernst Cassirer）对洪堡特语言哲学基本思想的继承，表现在对语言、艺术活动之"创造性"或"构形性（formative）"的高度重视。受卡西尔直接影响的美国学者苏珊·朗格（Susan Langer）指出，在西方思想史上，早就形成这样一种看法，"在人谈到语言时，总是把它分成概念的（抽象的）和情感的两种"①，而她强调的是语言的第三种特性即"造型性"："世界上还找不出第二种东西能像诗这样把语言造型功能如此清晰地展示出来"，"诗的语言是高度造型化的"，"是造型性的而不是通讯性的"。② 卡西尔强调："艺术确实是表现，但是如果没有构型（formative）它就不可能表现。而这种构型过程是在某种感性媒介物中进行的，"③ "艺术的世界也不是情感和情绪的集合"，而是依赖于一种"构型活动"，④ 他还引用了歌德的话："艺术在其成为美之前，就已经是构型的了……人有一种构型的本性，一旦他的生存变得安定之后，这种本性立刻就活跃起来"⑤ ——我们的明人王思任《袁临侯先生诗序》有云："饮之趣有酒，声之趣有诗。此二氏者，不同族而同主，何以明其然也？茹毛饮血，不安其饱而思醉；飞土逐肉，不安其响而作歌"，"不安其响而作歌"，由"响"而"歌"是声音的构型过程，诗歌从其产生伊始就体现了人的声音构型冲动，而非仅仅只体现了人的情感宣泄冲动。"艺术的基本特征，不在于单纯的表现，而在于创造性的表现。从一般的、不加区别的意义上将，所谓表现，不过是一种普通的生物学现象而已"⑥ ——"生物学现象"后来被朗格称之为"症兆性"的，

---

① 《艺术问题》，中国社会科学出版社 1983 年中文版，第 136 页。
② 《艺术问题》，第 145 页。
③ 《人论》，上海译文出版社 1985 年中文版，第 180 页。
④ 《人论》，第 204 页。
⑤ 同上书，第 179 页。
⑥ 《语言与神话》，生活·读书·新知三联书店 1988 年中文版，第 190 页。

我们古代的《乐记》指出："知声不知音者，禽兽是也"——人与禽兽根本区别不在用声音去表现情感，而在于人能用"成文（formative）"之"音"这种创造性的声音形式去表现情感——艺术的人性化特征就不在"情感性"而在与情感高度统一的"构型性（造型性、创造性、成文性）"：把人带入诗歌人文世界的，首先是人的感性形式创造冲动，而非所谓情绪宣泄冲动；动物何尝没有强烈的情绪宣泄冲动，或许比人还更强烈，但徘徊于诗歌人文世界之外的动物所缺乏的正是构型冲动——古今中外种种宣扬情感至上的表现说对此多有忽视。

卡西尔对近乎"言不尽意"的现象也有所分析："全部神秘论都导向一个超越语言的世界，一个缄默的世界……语言的精神深度和力量惊人地表现在这样一个事实中：言语本身为它超越自身这最终的一步铺平了道路"，"一当神话与宗教力图越出语言界限，它们亦即达到了自己创造和构形力量（formative power）的极限"[1]——这句话可用来分析禅学与诗学语言观之不同：如果把"言不尽意"视为语言有限性的表现的话，那么，语言仰赖自身可以克服自身"不尽意"这种有限性，而语言正是通过自身的"构形力量"来实现这种"自我超越"的——当禅师们还试图借助语言来展示语言的局限性时，他们就还处在语言活动之中，所以他们的许多描写自然景物而充满禅味的"偈子"就还有几分像诗歌，而一旦真正舍筏登岸而完全退缩到内心冥悟中，他们也就退出了语言活动——退出了语言活动的禅师不失为得道高僧，甚至才有可能真正成为得道高僧，而退出语言活动的诗人恐怕就很难说还是诗人了。

> 语言是介乎"不确定"和"无限"之间的中间王国中活动的；它改变未确定之物的形式，使其成为一个确定的观念，而后将它控制在有限的确定范围之内。因而在神话和宗教概念的领域里存有属于不同秩序的"不可言传之物"，其一表象言语表达的下限，另一种则表象言语表达的上限；但在言语表达之本性所划出的这两道界限之间，语言却能够完全自由自在地活动，充分地展现其创造力的全部丰富性和具体例示性。[2]

---

[1]　《语言与神话》，第 93 页、第 98 页。
[2]　同上书，第 99 页。

卡西尔没有直接点明的是:语言所划"两道界限"恰恰不是固定的,而是不断推移、扩展的:通过把"不可言传之物"不断地纳入"可言传"之中,语言不断地突破着自身表达功能的"上限"——诗歌创造活动就充分昭示了这一不断扩展、突破的过程。苏珊·朗格对"言不尽意"也有所分析,她认为艺术品表现的是"语言无法表达的东西——意识本身的逻辑,"[1] 她区分了"表现"与"再现"、"意味"与"意义"之不同[2],其相关思路大致可以概括为:"言不尽意"之"意",乃是"意味",而对与"意味"相对的"意义","言"当然是能表达的;"意味"是通过艺术的形式结构表现出来的,它指向人的内在情感世界,而艺术的"意味"之所以可以表现人的情感,是因为"艺术形式与我们的感觉、理智和情感生活所具有动态形式是同构的形式"[3],而语义学所谓的"意义"之所以不能全面地表现人的情感,"是由于情感的存在形式与推理性语言所具有的形式在逻辑上互不对应"[4]。

若论"言不尽意",德人汉斯—格奥尔格·伽达默尔(Hans-Geog Gada-mer)直接而清晰地揭示了这种语言表达困境的"相对性",其主导认识是:不是"语言"而是"人"具有有限性。首先,语言不仅包容"言"可尽之"意",而且还包容"言"所不尽之"意":"语言并不是一个封闭的可以言说的领域,与这个领域相对的另有其他不可言说的领域。毋宁说,语言是包容一切的。没有任何东西可以完全从被言说的领域中排除出去"[5],"不可言说的东西的明显存在并不必然破坏语言性事物的普遍性。用以实现理解的对话的无限性可能使与不可言说东西本身相关的一切成为相对的"[6],在无限的对话中,"不可言说的"不断转化为"可言说的",如此,"言不尽意"也就只是相对的而将不断被超越。伽达默尔语言哲学辩证法的突出之处在于揭示:语言和人的存在的有限性恰恰具有积极意义,"这事实难道不意味着,因为语言具有准备表达的无限可能性,因而它知道没有限止并且决不会失败吗?在我看来,这就是解释学的范围,并以在对话中发生的说话方式论证了它内在的无限性"[7],"语言具有准备表达的无限可能性":"言"所不尽之"意",

---

① 《艺术问题》,第 25 页。
② 参见《艺术问题》,第 22 页等相关论述。
③ 《艺术问题》,第 24 页。
④ 同上书,第 87 页。
⑤ 《哲学解释学》,上海译文出版社 1994 年中文版,第 67 页。
⑥ 《真理与方法》,上海译文出版社 1999 年中文版,第 2 版序言,第 12 页。
⑦ 《哲学解释学》,第 234 页。

恰恰成为有待"言"不断去尽之"意",于是,"不尽意—尽意"就成为不断生成的无限过程。"语言是有限性的轨迹,这并不是因为存在人类语言构造的多样性,而是因为每种语言都不断地构成和继续构成,它越是把自己的世界经验加以表达,这种构成和继续构成就越频繁……一切人类的讲话之所以是有限的,是因为在讲话中存在着意义之展开和解释的无限性"①——人和语言的有限性,恰恰是人和语言获得动态生成性的无限性的前提条件——在诗歌中表现为:"言不尽意"恰恰是诗歌可以不断地追求"意无穷"境界的前提和出发点——这或许体现了人的语言活动最深刻的辩证法。

下面我们站在诗学的立场,来简单分析一下伽达默尔语言哲学相关不足,"我们这里所追问的问题就是一切理解的概念性","概念性的解释就是诠释学经验本身的进行方式"②——伽达默尔哲学诠释学是以语言的概念性为出发点和立足点的,而伽氏本人非常清醒而自觉地意识到:"我的诠释学理论的出发点正是在于,艺术作品乃是对我们理解的一种挑战,因为它总是不断地摆脱掉穷尽一切的处境并把一种永远不能克服的抵抗性同企图把艺术作品置于概念的同一性的倾向对置起来。"③ 他还指出:"概念的解释并不能穷尽诗歌作品的内容。"④ "艺术语言指的是表现在作品本身之中的更多的意义。使艺术语言同一切概念翻译相区别的不可穷尽性就是以这种更多的意义为基础的。"⑤ ——但他又辩解道:

> 对于诗歌来说仅仅把它的审美因素同理论因素相分离并把它从语言规则或概念的压力下解放出来是不够的。诗歌本身也有一种说话的格式,概念就在这种格式中彼此发生关系。因此,诠释学的任务就在于学会在语言约束的联系中(在这种语言约束中总是有概念性的东西在起作用)去规定诗歌的特殊地位……⑥

对"概念性的解释"的过分强调,与伽达默尔的基本语言观是一致的,在他

① 《真理与方法》,第584—585页。
② 同上书,第514页。
③ 同上书,第634—635页。
④ 同上书,第805页。
⑤ 《哲学解释学》,第103页。
⑥ 《真理与方法》,第805页。

看来，语言活动乃是一种无限的对话过程，而此过程就是一种"概念构成过程"——而洪堡特、卡西尔会指出，语言活动同时也是一种"构型过程"——具体地看，伽达默尔强调：阅读"不是返回到人们理解为灵魂过程或表达事件的原本的创造过程"[①]，而卡西尔强调"如果不重复和重构一件艺术品借以产生的那种创造过程，我们就不可能理解这件艺术品"[②]——两种语言观、艺术观不同如此，而洪堡特、卡西尔的说法似更接近诗歌语言形式创造的实际情况。

余　论

"言不尽意"标示的既是语言的基本表达困境（揭示了语言的有限性），又是人的基本生存困境（揭示了人的存在的有限性）；而语言的独特本质在于语言活动乃是语言不断超越自身有限性的动态生成过程，与此相应，人的独特本质在于人的生命活动是人不断超越自身有限性的动态生成过程。认识到人的存在的有限性并探究超越这种有限性的途径，可以说构成了古今中外哲学运思的重要路向之一，而不同思想之间的一个重要差异是：在对超越有限性之途径的认识上有所不同，一种最为流行的认识是强调所谓"心灵超越"——本文揭示：诗歌的"语言形式创造"过程也是对人的存在有限性的一种超越，而这种超越不同于"心灵超越"：如果说后者是一种"心理化"超越的话，那么，前者则是一种"形式化（formative）"超越；如果说后者是一种"主观性"超越的话，那么，前者则是一种"创造性"超越——诗歌活动当然也可以体现人的"心灵超越"，但是，这种"心灵超越"恰恰是在语言的形式创造中实现的——诗学思想之中国表述对此多有揭示，诗之形式考究岂小道哉！

"声情"的失落，可以说是汉语现代诗学中一个非常突出的现象乃至事件，而这种失落表明：在诗歌创造中，我们与汉语语音的"情感性"关联被深深切断了，当我们想抒发、表现情感时，我们想到的是汉语的语义、意象等，而不再想到汉语语音的和谐形式结构。在汉语现代诗学的发展史中，也总有重视和谐语音形式的呼声，但却也总是停留于形式化、技术化的层面而

---

① 《真理与方法》，第 649 页。
② 《人论》 第 189 页。

仅仅表现为"格律化"的吁求,种种格律化主张大抵均未能充分认识到:在诗歌活动中,和谐语音形式结构的创造,乃是诗歌克服和超越"言不尽意"这种局限性的重要而基本的方式。极其考究包括声韵在内的语言形式的汉语古典诗歌的发展史昭示:诗歌的发展,绝不仅仅只是一种不断开掘语言意义表达功能的过程,同时也是一种不断开掘语言形式创造功能的过程——汉语古典诗歌取得辉煌成就,显然离不开将这两种过程高度统一在一起。重建以"言不尽意"为逻辑起点的诗学思想中国表述的话语体系,既具有重要的理论普适性,也具有一定的现实针对性。

附录:"声情"范畴述

笔者已有关于"声情"的系列论文发表,但限于单篇论文的篇幅,尚未将相关原始文献全部刊出。除通行如文渊阁《四库全书》等文献外,笔者还较广泛地爬梳了中国社会科学院图书馆、该院文学所图书馆、国家图书馆古籍室等处所藏大量相关原始文献,兹将与"声情"相关的文献引述如次。

《全齐文》卷十五载张融《戒子》云:"况文'音情',婉在其韵。"这似是"声(音)"与"情"较早地聚合为一个词——与此相关,《后汉书》卷七十录云:"赞曰:北海天逸,'音情'顿挫",《南齐书》卷四列传二十二、《南史》卷三之二列传二十二录云:"(融)又戒其子曰:手泽存焉,父书不读,况父'音情',婉在其韵。"(从时间顺序上来说当是《全齐文》"音情"论录自史书)唐人陈子昂《与东方左史虬修竹篇书》云:"骨气端翔,'音情'顿挫,光英郎练,有金石声,遂用洗心饰视,发挥幽郁"(见《全唐诗》第一函第八册)。赵宋严羽《李太白诗醇》卷一云:"(《古风·绿萝纷葳蕤》)不意弃绝,但言恩毕,斯得怨而不怒之意。欲言难言,而又不能无言,'将何为'三字,无限'声情'。"卷四:"(《拟古二首·自古有秀色》)'音情'甚长。"元人吴澄《吴文正文集》卷二十八《题刘爱山诗》云:"翁诗不专学杜而与此体合,'声情'自然,不事雕镂。众之所同,其籁以人;翁之所独,其籁以天。"

至于朱明,诗论中出现的"声情"就开始多了起来。钟惺《古诗归》对无名氏《西洲曲》批语云:"'声情'摇曳而纡回,不纤不碎,太白妙派。"又云:"简文举体皆俊,'声情'笔舌足以发之。"其《名媛诗归》有曰:"若宪则能标神于淡，约本于远，时时行之疏畅之气，使其'声情'不复粘滞，反觉绵密缜致，此正虚实相衍之间也，不可不知之。"又《古诗归》卷七："（曹丕《艳歌何尝行》）顾盼摇曳，情态之妙，生于音节。""（曹植《妾薄命》）看其音节抚弄停放，迟则生媚，促则生哀，极顾步低昂之妙"等实际上也是对"声情"的描述。在诗论中用"声情"范畴，钟似已比较自觉了。谭元春《秋闺梦戍诗序》有云："其梦中'声情'步履，不可为状。"明人黄廷鹄《诗冶》卷一云："今集业诗者，详于'义诂'，而略其'声情'。"又卷十六云："简文举体皆俊，'声情'笔舌，足以发之，后主、炀帝远不逮。"张燮绍《木天遗草序》（集前）云："思纬淹通，'音情'顿挫。"王先《北吴歌和王如使君序》："所云'北'者以别于'南'，谣俗'声情'各还其本色，不欲旁摭失实……"（国家图书馆藏湖北先正遗书单行本《小东山散人剩稿》）。马上嵝辑《诗法火传》（清顺治十八年古堂刊本）中"声情"凡四见，卷一："落笔自然，不肤不浅，不繁不率，'声情'那得不简奥，体格那得不驾《三百》以上。"卷十："（歌姬火凤）倾杯三曲，'声情'清美。"卷十三："七言古毕竟与歌行'声情'有辨，盖志存此一体云。""钟惺曰：古诗与乐府，'声情'微别，乐府能着奇想奥辞，而古诗以雍穆平远为贵。"明人也间或有用"声情"论文的。如范景文《文忠集》卷五《王子云留响草序》就用"'声情'法脉"论文，卷十《林元白先生哀辞》："先生于诗，直穷奥妙，'声情'旷朗，词旨幽峭"等等。而在明人中特为标榜"声情"者似当推杨文骢，其《唐人八家诗序》云：

　　读唐人诗，观其气格，察其神韵止矣，未有论及其"声情"与风味者也。夫气格神韵逐代而迁，虽唐之人转徙变化于其中，摇摇乎莫能自必其所底。而所谓初、盛、中、晚，密移潜换，关纽甚细，所争或近在数十年之内，而局已更矣，而笋已接矣。前之不可降而后，与后之不可躐而前，如淄渑泾渭之水，清浊相间而愈不相乱，其界限分明如此。若夫宛转悠扬，沨沨乎独行于节奏声音之外，自贞观、永徽以迄于天宝乱离之代，自成其为唐三百年之诗，决非宋以后所得而仿佛者，则其"声情"与风味是也。余发始燥时，读唐人诗，即怀此解，间举以示人，人罕有会者。困思前辈选诗诸家无虑数十，亦鲜及此，惟杨仲弘《唐音》一选，于盛唐诸大家略而弗采，而中、晚差备，其所选诸什，又皆有一唱三叹、余音嫋嫋之致——此政以于"声情"风味之间，有独得其玄珠者也……此八家者，"声情"风味又故依然具在也。

清人以"声情"论诗更多。大量运用"声情"范畴论诗者似当首推王夫之，其《古诗评选》卷一用"声情"处有：

（武帝《秋风词》）"声情"凉铣，无非秋者……王仲淹谓其为悔心之萌，试思悔萌之心之见于词者何在？岂不唯"声情"之用？

（汉乐府《战城南》）所咏虽悲壮，而"声情"缭绕，自不如吴均一派装长髯大面腔也。

一往动人而不入流俗，"声情"胜也，"声情"不由习得。

（鲍照《代东门行》）"声情"爽艳。

鲍有极琢极丽之作，顾琢者伤于滞累，而丽者伤于佻薄……惟此种不琢不丽之作，特以"声情"相辉映，而率不入鄙，朴自有韵，则天才固为卓尔，非一往人所望见也。

（鲍照《白纻舞歌词三首》第一）一气四十二字，平平衍序，终以七字。于悄然眼然中遂转遂收，气度"声情"，吾不知其何以得此也。

（《拟行路难》之"君不见柏梁台"）全以"声情"生色，宋人论诗"以意为主"，如此类直用"意"相标榜，则与村黄冠盲女子所弹唱亦何异哉？

卷四：

（《酬王晋安德元》）宣城于"声情"中外别有玄得，时酣畅出之，遂臻逸品，乃不恤古人风局。顾如此等，收放含吐，绝不欲奔涌以出，其致自高，非抗之也。

（宣城《观朝雨》）发端峻甚，遽欲一空今古"声情"。

他卷：

卷三：

（鲍照《中兴歌》）非有如许"声情"，又安能入于变风哉？……宋人以意求之，宜其愚也夫。

卷五：

（刘孝威《春宵》）"声情"爽秀。

《唐诗评选》卷四：

（郎士元《酬王季友……》）取景细而"声情"自宂。

（王初《送王秀才谒池州都官》）"声情"不恶。

他卷：

卷一：

长吉于讽刺亶以"声情"动今古，真与供奉为敌，杜陵非其匹也。

卷三：

（骆宾王）"声情"自遂，于挽诗为生色。

《明诗评选》卷二有：

序事简，点染称，"声情"凄亮，命句浑成。
（顾开雍）"声情"不属长庆。

卷四：

> （高启《过白鹅溪》）"声情"俱备。
> 竟陵……摇尾"声情"，不期而发。

卷八：

> （刘基《汉宫曲》）情全事少……"声情"至此，不复问古今，一倍
> 妒杀。

> （汤显祖诗）若非"声情"之美，但有此意，令谭友夏为之，求不
> 为淫哇不得也。

他卷：
卷一：

> 一片"声情"，如秋风动树，未至而先已飒然。

卷五：

> （范景文《临终诗》）针线密，"声情"缓。

如此大量地运用可见船山先生已非不经意地泛泛使用"声情"范畴，而是将其作为独特而重要的诗学范畴来看待了。

清人特为标榜"声情"者还有黄承吉，在其《梦陔堂集》中，《文说》第八篇有云："彼刺如讥弹如攻击，属之于'辞意'之实，见于人言者谓人之忤物而刺也。""此刺如动触如切摩，属之于'声情'之虚，譬乎天风者，谓风之逐物而刺也。""欲以上下之情互入于乐而'声情'相感，非风其谁事之。""'声情'相感而形意胥忘，固非隐权善入之风不足以明其义也"等等；又，《诗集》卷二十二《读陶诗偶作》云："我本非所触，何以有此情；我本非所闻，何以有此声；'声情'不可索，索之非渊明。"卷三十四《答蕴生贻书并诗》："'声情'固天籁，匪学无由深。"又，《文集》卷八《书徐直先生艾湖春泛图后》有"于缥缈之峰，'声情'欲出"之语，卷六《族侄永泉诗

序》云："永泉哦渔洋《秦淮杂诗》及《秦淮水榭》诸作，'声情'悽婉。"
《王句生诗序》："蕴生于诗主乎得古人'声情'气韵于言中，句生则主得于
言外。"而《梅蕴生诗序》中论"声情"更详：

> 风骚炳若日星，自不必论；汉魏之作纯乎"声情"，而气骨特厚；
> 六朝以降，发为体义而文采叠兴。今之为诗者易于古人而难于古人，何
> 也？不得乎前此之"声情"气骨，而但以唐为祖本，是犹登台而欲扪
> 天；不涉乎后此之体义文采，而专守汉晋之权舆，是犹踞山而当行地云
> 云……（梅蕴生）得唐人之风情气韵……所作亦从此愈进，合今古"声
> 情"而一则矣。

袁枚《小仓山房文集》（清乾隆嘉庆间刻本）卷二十八《钱竹初诗序》有云：
"作史三长，才学识而已，诗则三者宜兼，而尤贵以情韵将之，所谓弦外之
音、味外之味也……东坡诗风趣多情韵少……竹初'音情'顿挫，使我诵之
而憬然不忍与之离。"又．外集卷三《瞻园小集诗序》也有"郎主之'音情'
顿挫"之语。金农《冬心先生集》（清同治刻本）集前自序云："境会所迁，
'声情'随赴，不谐众耳，唯矜孤吹，此则予诗之大凡也"。阮元《研经室续
集》卷三《文韵说》云："八代不押韵之文，其中咏叹'声情'，皆有合乎音
韵宫羽者，诗骚而后莫不皆然。"沈德潜《古诗源》（中华书局 1963 年排印
本）卷十一评《代春行》诗"'声情'骀荡"。毛奇龄《西河文集》卷四十五
《张芍房摩青集序》云："其诗与词，抑何四顾磊落，忼忾沈挚，其'声情'
相属。"何绍基《何绍基文集》（岳麓书社 1992 年排印本）卷五《汪菊三论
诗》云："又性情是浑然之物，若到文与诗上头，便要有'声情'气韵，波
澜推荡，方得真性情发现充满，使天下后世见其所作，如见其人，如见真性
情。……音节圆足，'声情'茂美。"章学诚《文史通义》卷二内篇二之《原
道下》有云："即如高论者，以谓文贵贯道，何取'声情'色彩以为愉悦，
亦非知道之言。"卷六内篇六之《答问》："自魏晋以还，论文亦自有专家矣。
乐府改旧什之铿锵，《文选》裁前人之篇什，并主'声情'色彩，非同著述
科也。"《清文汇》（清宣统元年上海国学扶轮社印行本）乙集第三册卷十一
录陈兆苍《王砺斋榆关吟草序》云："论文赌酒，各出英锋，'声情'慷慨"；
再如《清文录》（清道光刻本）录蒋心余《忠雅堂》卷一《空谷香填词自序》
有"'声情'飒飒与风涛相荡激"之语等。又，舒梦兰《古南余话》（清嘉庆

十八年刻本）卷三有云："顾以少理议贺，复谓可奴仆命骚，是樊川竟未读骚，直以才名相赏耳。诗骚之学，贵'声情'而略辞理：辞理虽善而'声情'不妙，不传也；苟'声情'妙合，犁然有当于众人之心，辞理亦未有不美善者。"卷四："仲实诵范文正公《御街行》词……（词略）……谓'声情'到此，可云绝妙。"卷五刻录黄有章夹注云"西昆才调，南国'声情'，无题中绝唱也"等等。刘熙载《艺概》亦数用"声情"，《赋概》："赋别于诗者，诗'辞情'少而'声情'多，赋'声情'少而'辞情'多"；《诗概》："诗以意法胜者宜诵，以'声情'胜者宜歌"；《词曲概》："太白《忆秦娥》'声情'悲壮，晚唐、五代惟趋婉丽"，"（文文山二词）每二句若非上句，则下句'声情'不出矣"，"北曲六宫十一调，各具'声情'"。

在《清诗话》所录诗话中，《诗友诗传录》有云："（古乐府五言、七言）自与五、七言古'音情'迥别"，"（白香山《杨柳枝》）其'声情'……与《竹枝》大同小异，与七绝微分"；《贞一斋诗说》有云："假如一首中，七句壮士'声情'，著一句美人音节，便气体全乖"；田同之《西圃诗话》云："声情并至之谓诗"等等。在《清诗话续编》所录诗话中，叶矫然《龙性堂诗话初集》有云："（王元美诗）'声情'与信阳颉颃"，"两公'声情'，固有水乳之合"，"此等'声情'，即置之三唐，殊无以辨"；管世铭《读雪山房唐诗序例》有云："李君虞'声情'悽惋"，又，赵怀玉《读雪山房唐诗序例序》有云："诗不苟作，作必言之有物，'声情'沈郁，寄托深远，所谓畅怀舒愤，塞违从正者，实能寝馈唐贤，非徒袭貌似，作优孟衣冠；又非务矜虚响，如琴瑟之专壹而不能听也"；冒春荣《葚原诗说》卷四有云："（乐府、古诗）其'声情'规度，故尔不同"等等。又，许印芳《诗法萃编·唐人杂或跋》云："少陵《进雕赋表》，总叙平生述作，自许为'沈郁顿挫'，此四字乃杜自成大家本领。盖惟才思沈郁则不著一浮词，而积之为浑雄，发之为悲壮；亦惟'音情'顿挫则不使一直笔，而抑之为拗折，扬之为奇矫。"潘德舆《养一斋诗话》卷五："（宋人）此十数首绝句，与唐人'声情'气息，不隔累黍。"卷六："吴诗形似季迪，而'声情'气骨，去之甚远。"卷九："（范至能《春晚》二绝）'声情'婉转，微嫌近于词耳。"

清人诗话中用"声情"还有不少，王晓堂《历下偶谈续编》（清道光刻本）卷一云："吊古之作，胸中具有千古，扫尽一切腐言，固也；然所难者，'音情'顿挫，气机排宕耳。"潘清撰《挹翠楼诗话》（清同治刻本）卷二："（徐石农临终诗）'声情'凄楚，不堪卒读。"李文泰《海山诗屋诗话》（光绪刻本）卷九："余爱诵《赤陵姐琵琶歌》……'圣德高千古……何如今日赤陵姐，得抱琵琶归故乡'. '声情'壮烈。"廖景文《罨画楼诗话》（清乾隆刻本）用"声情"两次，卷二："（袁枚《落花诗》）'声情'骀宕，有不可一世之概。（古檀诗话）"卷八："予曾作《比枪顾曲》数剧，有锦缠道乐府句云：'土和疆没东风也，难相让'，'声情'颇为激越，在合肥时命家乐演之。（古檀诗话）"清红丝楼传钞本陆元铉《青芙蓉阁诗话》卷下也两用"声情"："（《剑师》诗）盖为剑侠蓉娘作也，'声情'悲壮，亦不减李十郎塞上之音。""（西泠朱彭诗）句如'春当三月原如客，人过中年欲近僧。病余人比寒山瘦，秋晚诗如落叶多。人当晚节多怜菊，天为重阳特放晴。''声情'俱佳。"宋长白《柳亭诗话》（清康熙刻本）中三用"声情"，卷十六："（古歌）至若《饭牛歌》、《履霜操》，则又'声情'俱到，非身历其境者不能也。"卷十九："唐人送别诗盈千累万变不离其宗，而阳关三叠独谱弦歌，以其'声情'俱到也。"卷二十四："蒋大鸿曰：文皇诗，其源出于建安而雅尚子桓，故风气虽移，'音情'弥远，非独文似，抑人似矣。"梁九图《十二石山斋诗话》（清道光刻本）用"声情"则达五次，卷一："朱竹垞作《鸳鸯湖櫂歌》一百首，自比于《竹枝词》、《浪淘沙》之调，俱写土风，'声情'旖旎。"卷二："（扶山太夫子咏伍子胥诗）议论'声情'俱佳。"卷五："（向青七绝诗）此数章'声情'特胜。"卷六："（惠士奇七绝'鲸眼常明无月夜'较唐人五绝'鼋身映天黑'）'声情'似更生动。"卷七："（王昶咏蕲王诗）'声情'激越，允推杰作。"

又，文渊阁《四库全书》中出现"声情"的情况大致如下：经部诗类《诗序补义》卷三："（《式微》二章章四句）序以责字包括全诗，觉四章'声情'皆见"；史部政书类仪制之属之《国朝宫史》卷二十七（《尚书》）皇上御制序："古人以精义发为微言，岂徒章句恒叮之谓，要使当日都俞吁咈谆恳诰诚之'声情'，千载下如相质对，然后神明默契，倍觉亲切有味而浑噩者"，又《八旬万寿盛典》卷六十九："（顾若骈俪之文）十八省之风土攸殊，亿万众之'声情'如一。"卷一百一十三："原其方俗，貌其'声情'"；子部儒家类之《御览经史讲义》卷十二："（书经）凡宰乎群蒙之上者，初不待于呼籲，而'声情'毕达。"杂家类杂考之属《义府》卷下："刘勰《文心雕龙》云：二言肇乎黄世竹弹之谣是也。此言未知诗理。盖'断竹断竹，飞土逐肉'，必四言成句，语脉紧，'声情'始切。"又《佩文韵府》卷九十三之五录有"陆游诗退传寄'声情'缜密"语，朱鹤龄《愚菴小集》卷三《重过四雨阁有感》诗夹注有云："汪周士曰：'声情'呜咽，如闻雍门之泣。"《明诗综》卷四十一王廷陈《妾薄命》诗有夹注："陈卧子云：调本子建，'声情'极合。"又，《四库全书总目》卷一百五十六之《横塘集》提要："胡仔《渔隐丛话》谓：寇准诗含思凄婉，富于'音情'，殊不类其人。"等等。《四部丛刊》初编中出现"声情"范畴大致有，陈维崧《陈迦陵文集·迦陵词全集》卷二有云："正月二十日从吴天石处获读纬云弟京邸春词，因和其韵，'声情'拉杂，百感风生。"厉鹗《樊榭山房集·文集》卷四《张今涪红螺词序》："年长多愁，'声情'每变而愈上。"汪中《述学外篇》："（歌诗）述先正之明清，伤末俗之流失，'声情'激烈……"龚自珍《定盦文集补·续集》前有程金凤序云："（龚诗）若其'声情'沈烈，恻悱遒上，如万玉哀鸣，世鲜知之。"吴伟业《梅村家藏稿》卷三十三《江海膚功诗序》云："若夫三江五湖之间，楼船羽盖，黄头櫂歌，非犹夫扶风壮士之'声情'慷慨也。"卷三十七《题龚芝麓寿序》："悟词之流连，写'声情'于忼慨"。等等。除诗话、诗文评外，词话、曲话等中也多有用"声情"者，又，与"声情"内涵相近的尚有"声气"范畴，这方面也有大量的古文献，兹不赘录。

[作者单位：中国社会科学院文学研究所文艺理论室]

汉文学东传研究法举例

张伯伟

内容提要：本课题所处理的对象，属于文学的传播与交流范围，全文从书目、史书、日记、文集、诗话、笔记、序跋、书信、印章及实物等十类韩国、日本的文献中，钩辑史料，详细阐述，对汉文化世界中文学典籍流传的研究方法和使用文献发凡举例，而最终归之于以文献学为基础的综合研究。

关键词：汉文学　东传　研究法　综合

本课题所处理的对象，属于典籍的传播与交流范围，前人对此有所讨论者，可以日本学者大庭修为代表，他在《流传日本汉籍之研究方法与资料》一文中，分"室町时代以前"和"江户时代"两部分，分别叙述了其研究方法和资料，涉及书籍实物、目录类、记录类、引用以及和刻本等方面，具体有古钞本、古刊本、目录、记录、引用、题跋、日记、旅行记等，虽然简略，却颇为全面。① 但汉籍在不同国度的流传，会因其政治、经济、社会、宗教等文化环境的差异而有所不同，采撷的资料也随之有异。此外，讨论一般的书籍交流和某一特定种类书籍的交流，其方法和资料虽然在大方向上是一致的，但仍有区别。而且，这类课题的难度本不在于列举纲目，而是详细阐述。因此，本文拟在前人基础之上，结合本课题的特点，就汉文学东传研究的操作方法及使用文献举例如下：

---

① ［日］大庭修：《流传日本汉籍之研究方法与资料》，载《第一届中国域外汉籍国际学术会议论文集》，联合报文化基金会国学文献馆 1987 年版，第 481—492 页。其后，他在《江户时代における中国文化受容の研究》（司朋社 1984 年版）以及《汉籍输入の文化史——圣德太子から吉宗へ》（研文出版 1997 年版）等书中，也贯彻了这些研究方法。

一 据书目以考

书目是有关一时一地一人藏书、刻书、售书状况的记录，从书目中即可考知是否有某书传入或流衍。朝鲜时代的书目颇多，我曾经从寓目的约 80 种书目中选出 26 种，略分王室书目、地方书目、史志书目和私家书目四类，编成《朝鲜时代书目丛刊》，它反映了历史上的典籍交流、收藏等情况，而不同类型的书目又各有其特色，可据以考察典籍流传的不同方面。以王室书目为例，它反映的是王室藏书，从中便可考见一代中国本藏书的总貌，如《奎章总目》。朝鲜正祖李祘（公元 1750—1800 年）《群书标记》"命撰一"《奎章总目》下云：

> 秘府藏书之所，华本在阅古观，东本在西库。是书所录者，阅古观之华本也。……凡经之类六十，史之类一百二十，子之类一百四十八，集之类二百七十九。继此而购得者，将随得随录也。①

所谓"华本"即指中国本，"东本"为朝鲜本，《奎章总目》著录了当时的华本总目，也就反映了正祖初年王室所藏中国本书籍的全貌。

根据王室书目又可考见如何通过王室之命向中国购书，包括其数量、种类及采购重心，如《内阁访书录》，它本来就是一部待购书目。《正祖实录》五年六月甲申条载：

> 仿唐宋故事，撰《访书录》二卷，使内阁诸臣按而购贸，凡山经海志、秘牒稀种之昔无今有者，无虑数千百种。②

胡应麟《少室山房笔丛·经籍会通》卷一云："前代悬购遗书，咸著条目。隋有《阙书录》，唐有《访书录》，宋有《求书录》。"③ 此即所谓"仿唐宋故事"。从这些书目来看，皆《奎章总目》所无，计经部 134 种，史部 64 种，

---

① 张伯伟编：《朝鲜时代书目丛刊》第 2 册，中华书局 2004 年版，第 1172—1173 页。
② 《朝鲜王朝实录》第 45 册，韩国国史编纂委员会，1955 年影印本，第 249 页。
③ 《少室山房笔丛》卷一，上海书店出版社 2001 年版，第 10 页。

子部 124 种，集部 63 种。由于这原本是一部购书目录，便能够看出当时王室求书的兴趣和导向，如其中绝无稗官小说。正祖时期因大臣文章多涉稗官小品之体，因此严禁从中国购进此类书，已购入者亦检出去除。

从王室书目中还可考见朝鲜对中国书籍的翻刻及选评之书，奎章阁藏书有不同书库，分别收藏"华本"和"东本"，而所谓"东本"，不是以作者分，而是以刊行地分，因此，其中就包含了不少中国书籍的朝鲜刊本以及朝鲜人对中国书籍所作的选本、注本和评本。《西库藏书录》就是专门著录"西库"藏书的目录，其中有"中国文集"一类，收录了诸葛亮《武侯全书》以下共 19 种；至于朝鲜人所作的注释、评论，则集中在经书类、儒家类、礼书类和文章类、诗家类。以后二者为例，如《两汉词命》、《欧阳文抄》、《苏文抄》、《柳文抄》、《王临川抄》、《杜诗批解》、《香山三体诗》等。尤其是《八子百选》，这是正祖自茅坤《唐宋八大家文钞》中亲选者，其目的在于将这些"艺苑之模楷"普及到"下邑兔园之中"[①]，因而版本众多。《西库藏书录》著录了 14 种不同纸张的印本，如果与《大畜观书目》、《宝文阁册目录》、《书香阁奉安总目》、《镂板考》、《各道册板目录》以及《增补文献备考》等书目、版目的著录联系起来看，便可知道此书在当时的普及程度。

从王室书目中可以考见朝鲜时代中国通俗小说在宫中的风行。从《朝鲜王朝实录》中可以知道，燕山君时期（公元 1495—1505 年）已开始大量购入中国小说，如《剪灯新话》、《娇红记》、《丽情集》等。宣祖时（公元 1568—1608 年），曾以《包公案》一帙赠送驸马。孝宗妃仁宣王后（公元 1618—1714 年）与淑明公主共读《水浒传》。肃宗朝（公元 1675—1720 年）以《三国演义》最为流行，"印出广布，家户诵读，试场之中，举而为题"[②]。到了英祖时期，对于通俗小说的热爱乃蔚然成风，不分男女。《大畜观书目》是正祖八年（公元 1784 年）之后、二十年（公元 1796 年）之前所编[③]，其中著录了大量的中国通俗小说，反映了当时王室藏书的实际情形。如《宋百家小说》、《说铃》、《红白花传》、《包龙图公案》、《［今古］奇观》、《剪灯新

---

① 《少室山房笔丛》卷一，上海书店出版社 2001 年版，第 954 页。
② 安鼎福编：《星湖僿说类选》九卷上，韩国明文堂 1980 年版，第 278 页。
③ 本书著录了《奎章阁志》一书，该书完成于正祖八年。又著录《东国文献备考》一百零二册，此乃英祖四十六年（公元 1770 年）完成。至正祖六年（公元 1782 年）命李万运补续之，至二十年完成，易名《增订文献备考》。本书目未加著录，可知当编成于此前。《奎章阁韩国本图书解题》"史部"推断此书目完成于英祖末年至正祖初年间，不确。

话》、《拍案惊奇》、《女仙外史》、《皇明英烈传》、《续英烈传》等。有些小说
还不止一部，如《镜花缘》、《金瓶梅》、《情史》、《醒世恒言》有两套，《红
楼梦》、《补红楼梦》有三套。还有的小说已译成谚文，如《型世言》、《东汉
演义》、《后水浒传》、《续水浒传》、《续英烈传》、《高皇后传》、《三国志［演
义］》、《古今烈女传》、《西汉演义》、《大明英烈传》、《玉娇梨》、《拍案惊奇》
等，在明清小说史研究方面提供了宝贵的信息。正因为这样，我们依据该书
目的著录，就可以更为精确地推断某些中国小说传入朝鲜的时间。例如，
《红楼梦》何时传入朝鲜，一般皆据李圭景（公元1788—?）《五洲衍文长笺
散稿》卷七"小说辨证说"，推断在正祖二十四年（公元1800年）前后传
入①。但据《大畜观书目》的著录，则可以确信《红楼梦》在正祖二十年之
前传入。所以说，书目的著录是更有说服力的。

据王室书目还能考见整个东亚地区的文献交流。例如《承华楼书目》，
所藏多为宪宗（公元1834—1849年在位）披览的书画作品，其中就有《日
本人墨牛图》、《倭画》、《日本黄山老人画》、《越南阮登清额字》等。又如
《奎章总目》经部"四书类"著录倪士毅等《四书辑释章图大成》，特别注明
为"日本板"。此书在《四库全书》入于存目，邵章续录之《增订四库简明
目录标注》曾著录日本文化九年（公元1812年）覆刻元至正二年日新书堂
本，但《奎章总目》完成于正祖五年（公元1781年），其所谓"日本板"当
为更早的版本。至于此书究竟自中国还是自日本购进，尚无进一步资料可证
明。但一般说来，《奎章总目》著录诸书多从中国购进，则该书乃先从日本
传入中国，又从中国被购入朝鲜。

朝鲜的地方书目包含两方面：一是地方政府的册版目录，一是各地乡
校、书院和寺庙的藏书目录。册版目录可以提供中国书籍在朝鲜各地区的翻
刻情况，从一个侧面反映出中国书籍在民间的流传，其中以儒家类、识字
类、医书和文学类书为主，总的趋向是注重实用性。其中文学类书以陶渊明
及唐宋名家为多，而在单篇文章中，尤以《赤壁赋》②和《归去来辞》③最
为普遍。

朝鲜时代的教育体系有官学和私学之别，前者包括太学、四部学堂和乡

①　参见闵宽东《中国古典小说在韩国之传播》，学林出版社1998年版，第264—265页。
②　见黄海道谷山，全罗道锦山、茂长、南原，庆尚道丰基、义城、星州、永川、晋州、昆阳，
平安道平壤11处。
③　见黄海道海州，全罗道全州，庆尚道庆州，平安道平壤4处。

校，私学为书院。官学系统的书籍来源于官方的颁赐，私学则主要以私财购买或翻刻。《中宗实录》三十六年五月丁未条载：

> （白云洞书院）当初开基时，掘地得铜器三百余斤，贸书册于京师而藏之。非徒经书，凡程、朱之书，无不在焉。[1]

以白云洞书院的藏书来看，表列如下[2]：

周易大全　拾肆卷	周礼　柒卷	大学衍义　拾贰卷	真西山心经　贰卷
春秋附录大全　拾柒卷	大学　壹部	名臣言行录　拾陆卷	伊洛渊源录　贰卷
（春秋）胡传大全　柒卷	（大学）或问　壹部	自警编　柒卷	朱子语类　伍拾玖卷
（春秋）胡传小全　肆卷	中庸　壹部	通鉴　拾伍卷	左传大全　贰拾参卷
礼记大全　拾陆卷	（中庸）或问　壹部	文选　拾伍卷	韩昌黎集　拾陆卷
（礼记）唐板小全　拾卷	论语大全　贰件各柒卷	楚辞　贰卷	柳子厚集　拾参卷
诗大全　玖卷	孟子大全　贰件各柒卷	文章轨范　贰卷	宋鉴　拾陆卷
（诗）大文　贰卷	（孟子）大文　贰卷	俪语编录　贰拾卷	博物志　壹卷
书大全　玖卷	近思录　贰件各四卷	小学　贰件各伍卷	续博物志　壹卷
（书）谚吐　捌卷	性理大全　参拾陆卷	东国通鉴　贰拾玖卷	樊川集　肆卷
（书）大文　壹卷	朱子大全　柒拾卷	韵府群玉　拾卷	宛陵集　壹卷

在这些书目的最后有一行字："嘉靖甲辰岁藏书合录五百卷。"此为嘉靖二十三年（公元1544年）白云洞书院的藏书实况，可见这是以程、朱理学的书为主的，其中绝无佛、道之书。这大致可以反映出朝鲜书院藏书的一般特色。

私家书目是私人藏书的记录，其规模大者亦能达到三四万册。洪翰周（公元1798—1868年）《智水拈笔》卷一指出：

---

① 《朝鲜王朝实录》第18册，第466页。
② 此据周世鹏《竹溪志》卷四录，韩国奎章阁藏本。

虽以我国之褊小，沈斗室公之"绩堂"，殆过四万；赵游荷秉龟、
尹石醉致定二公之家，亦不下三四万卷。其他镇川县草坪里华谷李相庆
亿之"万卷楼"，徐枫石有榘斗陵里之"八千卷"，又其下也。盖京师故
家有书之至千万卷者，指不胜搂。……我国自国初亦行锓梓，……京外
朝士吏民之粗卜鱼鲁者，动辄印出而家蓄之。①

　　这里举到沈象奎（斗室）、赵秉龟、尹致定、李庆亿和徐有榘，皆当时著名
藏书家。但是和中国相比，朝鲜的私家书目极为有限，仅寥寥数种。其中重
要的如金烋（公元1597—1638年）《海东文献总录》和洪奭周（公元1774—
1842年）《洪氏读书录》，李仁荣（公元1911—1950年以后）《清芬室书目》
已完成在1944年。又阮堂金正喜（公元1786—1856年）有自笔《藏书目
录》，惜非完帙。日本藤塚邻曾作增补，制成《金秋史旧藏书目录一斑》②。
其书目多附有解题，包含的信息极为丰富。如《海东文献总录》专列"中国
诗文撰述"一目，著录了包括《香山三体法》、《半山精华》、《山谷精粹》等
书在内的共15种，其内容皆本于中国，而选评则出于朝鲜人。比如《风骚
轨范》一书分前后集，前集十六卷以体分，后集二十九卷以类别。"撰集自
汉魏至于元季古体诗可为楷范者"③，其特色是重视古体诗。成伣《风骚轨范
序》指出："夫古诗，譬之水木，则根本渊源也，而律乃柯条支派也。……
我国诗道大成，而代不乏人，然皆知律而不知古。……律诗则有《瀛奎律
髓》，绝句则有《联珠诗格》，而独无古体所裒之集，其可乎？"④ 方回的《瀛
奎律髓》和于济、蔡正孙的《唐宋千家联珠诗格》是律、绝体的代表性选
本，《风骚轨范》与之鼎立而三，是古体诗选本，而在分类上显然受到《瀛
奎律髓》的影响。《海东文献总录》曾载其标目，从一个侧面反映了中国典
籍在朝鲜的传播和影响。
　　又如洪奭周（公元1774—1842年）《洪氏读书录》，乃为其弟所编之导
读书目，可以从中略窥朝鲜时代世族家庭的藏书规模、基本教养及知识结
构。因为是导读书目，对每一种书皆有评论，从某种意义上说，这也代表了

---

① 《智水拈笔》，汉城：亚细亚文化社1984年版，第6—7页。
② 原载京城帝国大学文学会编《东方文化史丛考》，第334—362页。京城大阪书号书店，1935
年版。后收入其《清朝文化东传の研究》附录二，日本国书刊行会1975年版，第507—527页。
③ 《朝鲜时代书目丛刊》第7册，第3892页。
④ 《虚白堂集·文集》卷六，《韩国文集丛刊》第14册，第463页。

中国典籍的域外反响。洪氏在评论诸书时，往往以中朝两国作对比，以显示中国典籍的影响及各自的特点，以文学而言，集部著录《文苑黼黻》云：

> 我东诗文俱不及中国，而四六之文则往往过之。盖宗庙朝廷军国之大事，咸以是为用矣。①

这样的提示，对于今天从事中韩文学的比较研究，也是富有启示的。

朝鲜的史志书目有韩致奫（公元 1765—1841 年）《海东绎史·艺文志》、朴周钟（公元 1813—1887 年）《东国通志·艺文志》和《增补文献备考·艺文考》。这些书目大多都有东亚书籍交流史的叙述，如《海东绎史》"经籍·总论"乃以时代为序，历述中、韩、日三国的书籍交流、读书风尚、书籍存佚及藏书制度。《东国通志·艺文志》则仿《汉书·艺文志》的写法，首列总序，历叙自箕子东来经统一新罗、高丽至朝鲜正祖时代的图书收藏及其与中国的关系，亦可谓图书交流小史。《增补文献备考·艺文考》首列"历代书籍"，其中总论、购书、赐书、献书、进书中朝等子目，也是有关图书交流的历史叙述。而且这些史书往往能博采中（中国）东（朝鲜及日本）文献，其本身就能显示书籍交流的信息。如《海东绎史》卷首列"引用书目"，计中国文献 523 种，日本文献 22 种，后者有：

> 《孝经凡例》（藤益根）。《日本书纪》。《日本记》（安麻吕）。《续日本纪》（菅野朝臣眞道）。《日本逸史》。《日本三代实录》（大藏善行）。《日本文德实录》（都良香）。《帝王编年集成》。《类聚日本国史》。《和汉三才图会》（良安尚顺）。《异补日本传》（松下见林）。《武林传》。《征伐记》。《毛利氏家记》（毛利大藏）。《维摩会缘起》。《时学针焫》（高志）。《白石余稿》（室直淯）。《徂徕集》（物茂卿）。《南浦文集》。《蓬岛遗珠》（晁文渊）。《日本名家诗选》（藤原曷）。《客馆笔谈》（木实闻）。②

《东国通志·艺文志》也引用了少量日本文献，如《和汉三才图会》、《吾妻

---

① 《虚白堂集·文集》卷六，《韩国文集丛刊》第 14 册，第 4323—4324 页。
② 《海东绎史》一，朝鲜古书刊行会，明治四十四年（公元 1911 年）版，第 21—22 页。案：原书间有误字，如"实录"作"叏录"，"征伐"作"征代"，兹改之。

镜》等，这些都提供了韩日间的书籍交流信息。

韩国现存的中国书籍目录则有奎章阁所编《奎章阁图书中国本综合目录》①；李相殷编《古书目录》②，其中多为朝鲜刊本；金学主、吴金成编《韩国重要图书馆所藏明清人文集目录》③；而较为详备的则以全寅初教授主编之《韩国所藏中国汉籍总目》，这是迄今为止对韩国现存中国典籍最为全面的调查，包含了刊刻于中国而流传于韩国的中国典籍，刊刻于韩国的中国典籍以及中国典籍的韩国选注本④。

日本历代书目甚多，长泽规矩也和阿部隆一曾编《日本书目大成》，收历代书目 26 种⑤，也只是众多书目的部分而已。由于书目繁多，所以至今也没有统一标准的分类，与汉籍交流关系较为密切的有请来（或称"将来"）书目、收藏书目、舶载书目、刊刻书目和营业书目等。

"请来书目"是指入华僧侣留学归国时所携带的书籍、法器、绘图等目录。由于入华僧带回的不仅是内典，同时也包含一些佛教以外的典籍，如入唐僧圆仁，其《慈觉大师在唐送进录》就将佛教以外的典籍冠以"外书"之名单独著录；入宋僧俊芿，归国所携带之书除佛教典籍外，尚有"儒道书籍二百五十六卷，杂书四百六十三卷"⑥。因此，这些书目的意义并不限于佛教文化的交流。"请来书目"中最为著名的"入唐八家"所请回的经论章疏及法门道具，其中有一些就属于文学类，如圆仁《日本国承和五年入唐求法目录》中著录有：

> 《开元诗格》一卷（徐隐秦字肃然撰）。《祇对义》一卷。《判一百条》一卷（骆宾王撰）。《祝元膺诗集》一卷。《杭越寄和诗集并序》一卷。《诗集》五卷。《法华二十八品七言诗集》一卷。⑦

---

① 首尔大学校图书馆编，1982 年版。

② 保景文化社 1987 年版。

③ 学古房 1991 年版。

④ 学古房 2005 年版。

⑤ 汲古书院 1979 年版。案：北京图书馆出版社 2003 年出版的《日本藏汉籍善本书志书目集成》，仅收录日本书目六种，可谓名实不符。

⑥ 《良涌寺不可弃法师传》，《续群书类从》第 9 辑上，《续群书类从》完成会，1988 年订正三版，第 52 页。

⑦ 《大藏经》第 55 册，第 1075 页。

并注明这些书是在"大唐扬州都督府，巡历城内诸寺写取"①。又《入唐新求圣教目录》中著录：

> 《丹凤楼赋》一卷。《诗赋格》一卷。《碎金》一卷。《杭越唱和诗》一卷。《王建集》一卷。《进士章（嶰）集》一卷。《仆（僕）郡集》一卷。《庄翱集》一卷。《李张集》一卷。《杜员外集》一卷。《台山集》一卷。《杂诗》一卷。《白家诗集》六卷。②

并注明以上书是"于长安城兴善、青龙及诸寺求得者"③。又圆尔辨圆在南宋淳祐元年（公元 1241 年）带回的典籍，由后人整理成《普门院经论章疏语录儒书等目录》，从"调"字至"丽"字，皆为外典，文学书有《六臣注文选》、《注坡词》、《东坡长短句》、《诗律快捷方式》、《诚斋先生四六》、《合璧诗学》、《白氏文集》、《韩文》、《柳文》等④。值得注意的是，他带回的书中还有"《五台山记》八帖（成寻阇梨《巡礼记》也）"，说明成寻的《入天台五台山记》也曾有留存在中国的抄本。从诗文评的角度看，《开元诗格》、《诗赋格》、《诗律快捷方式》、《合璧诗学》等书，在中国历代典籍中均未见踪迹，乃唐宋人诗格、诗话之佚书。

收藏书目有公私之分，以公藏书目而言，正仓院文书《天平二十年六月一日写章疏目录》可能是现存最早的一份藏书记录，天平二十年即唐天宝七载（公元 748 年），著录的诗文评有《帝德录》和《文轨》各一卷。前者保存在《文镜秘府论》北卷，是唐代惟一流传至今的骈文理论。后者有可能即为杜正藏之《文章体式》。《隋书·杜正藏传》称"著《文章体式》，大为后进所宝，时人号为'文轨'。乃至海外高丽、百济，亦共传习，称为《杜家新书》"⑤。《文章体式》、《文轨》和《杜家新书》很可能是同书异名⑥，而今

---

① 《大藏经》第 55 册，第 1076 页。
② 同上书，第 1084 页。
③ 同上。
④ 此据大庭修《古代中世における日中关系史の研究》"资料篇"之（7），同朋社 1996 年版，第 390 页。
⑤ 《隋书》卷七十六，中华书局 1973 年版，第 1748 页。
⑥ 我认为文中的"文轨"应作书名，《北史》卷二十六《杜正藏传》云："正藏为文迅速，有如宿构。……又为《文轨》二十卷，论为文体则，甚有条贯，后生宝而行之，多资以解褐。大行于世，谓之《杜家新书》云。"可参。

藏日本正仓院的《杜家立成杂书要略》，就有可能出于《杜家新书》。藤原佐世的《日本国见在书目录》记录了公元 9 世纪日本国内所藏汉籍的基本面貌，其中不少在中国历代书目未有著录，不仅可以反映当时的书籍传播，也能在一定程度上弥补中国记载之不足，如"小学家"著录的《文轨》、《文轨抄》、《文谐》、《文章体》、《文章体例》、《文章体例抄》、《文章体例樣》、《文章仪式》、《文章论》、《文章要诀》、《文章释杂义》、《文章四声谱》、《文章式》、《诗笔体》、《谕体》、《文笔要诀》（杜正伦）、《文笔式》、《属体法》、《四声八体》、《诗髓脑》、《注诗髓脑》、《诗病体》、《宝选》、《文笔范》（王孝则）、《大唐文章博士嫌吾文笔病书》、《诗八病》、《文音病》、《文章故事》、《诗体》、《八病诗式》、《读异体诸诗法》、《百属篇》（乐法藏）、《古今诗类》、《文仪集注》、《唐朝新定诗体》、《五格四声》等。据《旧唐书·日本传》记载，开元初年遣唐使到中国，将"所得锡赉尽市文籍，泛海而还"[①]。可以想象，当时所购买的一定是最为流行的书籍。因此，从日本的藏书记录中就能够反窥唐代人读书的一般状况。[②]

　　至于私家藏书，则能够反映汉籍在社会上的渗透力。以平安时代为例，尽管当时的汉文化主要在皇亲贵戚间流行，但也已经有了私家藏书，《日本后纪》卷八记桓武天皇延历十八年（公元 799 年）二月乙未，"大学南边以私宅置弘文院，藏内外经书数千卷"[③]。也有了私家书目，如藤原信西的《通宪入道藏书目录》，尽管编次无序，但也能反映出一个读书人在当时大致的阅读规模，并可从中考察时人接受汉文化的程度。

　　舶载书目是江户时代出现的颇为特殊的书目，当时称作"赍来书目"，它们详细记录了当时来自于中国的船只所携带的各种典籍。与此相关的则是书籍检查（包括内容和存货）及价格资料，如《大意书》、《书籍元帐》、《直组帐》、《见帐》、《落札帐》等。这一类文献，清楚地记录了某书是在何时由何船传入日本，具有珍贵的史料价值，是研究书籍交流的绝佳资料。由于其

　　① 《旧唐书》卷一百九十九上，中华书局 1975 年版，第 5341 页。
　　② 这一点大庭修已经指出："《日本国见在书目录》所载书目构成的读书世界，也就是当时读书界的一般状况。因此，在西端炖煌和在东端日本被传读的书籍，也正是当时的流行书籍。……从这一意义上说，……输入日本的这些书籍反映了唐代读书人的一般标准。"《江户时代中国典籍流传日本之研究》，戚印平、王勇、王宝平译，杭州大学出版社 1998 年版，第 8 页。
　　③ 《新订增补国史大系》第 3 卷，第 19 页。

数量较多，而且具有连续性，所以能够全面反映一个时期汉籍东传的全貌①。

　　刊刻书目如幸岛宗意《倭版书籍考》、伊达邦宗《官版书目》、吉泽义则《日本古刊书目》等。《倭版书籍考》成书于元禄十五年（公元 1702 年），区分为十类，除神书、倭歌、倭字诸书外，其余七类都与汉籍有关。"诗文尺牍之部"多为文学，与诗文评相关的有《文章轨范》、《诗人玉屑》、《诗林广记》、《联珠诗格》、《瀛奎律髓》、《文体明辩》、《诗对押韵》、《圆机活法》、《冰川诗式》、《文章一贯》、《锦带补注》、《便蒙类编》、《诗法指南》、《诗薮》等，另有《东人诗话》，解题云"朝鲜学士李石湖赠菊池东匀"，透露了此一倭版之来源。李石湖（公元 1620—?）名明彬，字文哉，于明历元年（清顺治十二年，朝鲜孝宗六年，公元 1655 年）以读祝官身份随通信使赴日，则此书之传入，当在其时②。"官版"指的是日本昌平坂学问所③开版印刷之书，有《昌平坂御官版书目》（天保十年［公元 1839 年］刊）、《官版书籍解题目录》（弘化四年［公元 1847 年］刊）及《官版书目》，是当时的官方出版物。福井保著《江户幕府编纂物》和《江户幕府出版物》二书，对当时的幕府出版状况作了全面的总结④。后者附有《昌平坂学问所官版分类目录》，并分别注明"弘化三年烧失版"、"杨守敬渡清版"、"内务省所藏版"、"内务省后印版"和"昌平丛书所收版"。每种书卷数及刊刻时间，有的也注明其底本。其中将杨守敬购回之书一一注明，也是汉籍回流的绝好记载。

　　江户时代庆长年间（公元 1596—1615 年）以下，由于私家出版业的发达，涌现出大量的书林出版书目，这些书目的编纂出于经销目的，亦可称为营业书目，可据以考知当时出版界的实际状况。这一类书目，在 20 世纪 30 年代曾出版《享保以后大阪出版书籍目录》（1936 年刊，1964 年复刻），60 年代有《享保以后江户出版书目》（1962 年刊行，1993 年新订版），80 年代将上述二书资料合编为《享保以后板元别书籍目录》（1982 年刊行）。又日本庆应义塾大学斯道文库编《江户时代书林出版书籍目录集成》⑤。与官版相比

---

　　① 大庭修根据这些记载，写成《江户时代における唐船持渡书の研究》一书，并且在"资料编"中附载了这些文献，可参看。

　　② 参见松田甲《东人诗话の翻刻》，载其著《韩日关系史研究》，韩国成进文化社据朝鲜总督府发行本影印 1982 年版，第 158—167 页。

　　③ "昌平坂学问所"又称"昌平黉"，是德川幕府时期修习儒学的官方机构。江户末期于此印行官版，并行书籍出版检查之责。

　　④ 此二书皆由雄松堂出版，前者刊于 1983 年，后者刊于 1985 年。

　　⑤ 井上书房 1962 年版。

较，则可看出官方与民间、政治与经济的差别。如官版绝无佛教类书，特多儒学类书，反映了当时幕府的政治导向，而书林出版书目则不然，其所谓"经"部，内容却是佛教经典，数量也占所刊书总数的近半。有些书目是以五十音序排列，分儒书、医书、假名和佛书，而所谓的"儒书"，并非儒学类书，而是除医书以外所有用汉字写成的经史子集之书。这种不严格的归类，也显示了民间和官方的差异。

我也曾收集过若干种江户时代的出版书目，多数为一些小书坊的书目，其印刷的种类相对较为集中，从中可以看到哪些书翻印的次数较多，既可得到其书在当时流行状况的信息，也能透露出文坛风气的变化。比如文化（公元1804—1818年）初年青藜阁、宫商阁、庆元堂的出版书目云：

> 国家文明之化大敷，诗文一变，伪诗废而真诗兴。宋诗者，真诗也，故应时运，新刻宋诗以行于世，镌书目开列于左方：
> 《苏东坡诗钞》、《黄山谷诗钞》、《陆放翁诗钞》、《范石湖诗钞》、《巾箱本联珠诗格》、《真本联珠诗格评注》、《宋诗钞》、《元诗钞》、《宋诗础》、《增订宋诗础》、《秦淮诗钞》、《三大家绝句》、《宋诗诗学自在》。[1]

菊池桐孙（公元1769—1849年）《五山堂诗话》卷一云："山本北山先生昌言排击世之伪唐诗，云雾一扫，荡涤殆尽。都鄙才子，翕然知向宋诗。"[2] 宋诗选本的大量刊印，与当时诗坛风气的变化息息相关。出版书目正可印证这一点，与此相类似的还有出版广告。

二　据史书以考

史书是一个社会状况的全面记录，与书籍相关的史料，包括赐赠、购买、刊刻、奉献等，都在史书中反映出来。最为集中的记录，是史书中的"艺文志"或"经籍志"，朝鲜和日本史籍皆以编年史为主，体例上不含"志"。但即便是纪传体，如金富轼（公元1075—1151年）《三国史记》、郑

---

[1] 《和刻本汉诗集成·宋诗篇》第15册，汲古书院1976年版，第233页。
[2] 《词华集·日本汉诗》第2卷，汲古书院1983年版，第343页。

麟趾（公元 1396—1478 年）《高丽史》、吴澐（公元 1540—1617 年）《东史纂要》、洪汝河（公元 1621—1678 年）《汇纂丽史》等，也都没有"艺文志"或"经籍志"。所以，史书中关于书籍流传的记载，是丰富同时又是零散的。

朝鲜半岛的史书，现存最早的是高丽时代的著述，如《三国史记》，但主要的都是朝鲜时代所撰，如《高丽史》、《高丽史节要》、《东国史略》、《东国通鉴》等。日本早期的史书，则为《古事记》、《日本书记》、《续日本纪》、《日本三代实录》等。

中国书籍之流传朝鲜，可谓由来尚矣。史书中有明确记载东国向中国求书以及中国皇帝赐书之事，则始于统一新罗时代：

> 神文王六年（公元 686 年）二月……遣使入唐，奏请《礼记》并文章，则天令所司写吉凶要礼，并于《文馆词林》采其词涉规诫者，勒成五十卷赐之。[1]

在唐代，有很多外国留学生入唐读书，"吐蕃及高昌、高丽、新罗等诸夷酋长，亦遣子弟请入于学"[2]。新罗学生入唐留学，往往得到国王赏赐的"买书银"。利用史书记载，不仅可以了解到书籍的传入，而且可以考见中国典籍在传入后的流行状况以及在仕途上的作用。《三国史记·杂志》载：

> 国学，属礼部，神文王二年（公元 682 年）置。景德王（公元 742—764 年在位）改为大学监，惠恭王（公元 765—779 年在位）复故。……教授之法，以《周易》、《尚书》、《毛诗》、《礼记》、《春秋左氏传》、《文选》分而为之业，博士若助教一人。或以《礼记》、《周易》、《论语》、《孝经》，或以《春秋·左传》、《毛诗》、《论语》、《孝经》，或以《尚书》、《论语》、《孝经》、《文选》教授之。诸生读书，以三品出身，读《春秋左氏传》，若《礼记》，若《文选》，而能通其义，兼明《论语》、《孝经》者为上；读《曲礼》、《论语》、《孝经》者为中；读《曲礼》、《孝经》者为下；若能兼通五经、三史、诸子百家书者，超擢

---

① 《三国史记·新罗本纪》卷八，景仁文化社影印中宗壬申刊本 1977 年版，第 71 页。
② 吴兢《贞观政要》卷七《崇儒学》，上海古籍出版社 1978 年版，第 216 页。

用之。①

高丽时代以下，关于赐书、购书、献书、刻书、送书等记载不绝于史。如果说书籍是有生命的，那么这种行为便是其活生生的表现。《高丽史节要》忠肃王元年（公元 1314 年）七月甲寅载：

> 帝遣使赐王书籍四千三百七十一册，皆宋秘阁所藏。②

此为赐书。同上记载：

> 初，成均提举司遣博士柳衍、学谕俞迪于江南购书簿，未达而船败，衍等赤身登岸。判典校寺事洪瀹，以太子府参军在南京，遗衍宝钞一百五十锭，使购得经籍一万八百卷而还。③

此为购书。又《高丽史·成宗世家》二年（公元 983 年）五月记载：

> 博士任老成至自宋，献《大庙堂图》一铺并《记》一卷、《社稷堂图》一铺并《记》一卷、《文宣王庙图》一铺、《祭器图》一卷、《七十二贤赞记》一卷。④

又《显宗世家》十八年（公元 1027 年）八月载：

> 宋江南人李文通等来献书册，凡五百九十七卷。⑤

此为献书。又《高丽史节要》文宗十年（公元 1056 年）八月记载：

> 西京留守奏：京内进士、明经等诸业举人，所业书籍，率皆传写，

---

① 《三国史记》卷三十八，第 335 页。
② 《高丽史节要》卷二十四，明文堂影印本 1981 年版，第 552 页。
③ 同上书，第 551 页。
④ 《高丽史》卷三，亚细亚文化社影印本 1983 年版，第 68 页。
⑤ 同上书，第 110 页。

字多乖错。请分赐秘阁所藏九经、汉晋唐书、《论语》、《孝经》、子、史、诸家文集、医卜、地理、律算诸书，置于诸学院，命有司各印一本送之。①

此为刻送书。由于大量购过中国书并予以妥善保存、积极翻刻，于是就有了书籍回流的情况。最为著名的，就是《高丽史·宣宗世家》八年（公元1091年）六月丙午的记载：

> 李资义等还自宋，奏云："帝闻我国书籍多好本，命馆伴书所求书目录授之。乃曰：虽有卷第不足者，亦须传写附来。"②

其数量达128种。朝鲜时代的史籍，其资料最为丰富者乃《朝鲜王朝实录》，尤其是有关购书、征书和印书的记载。如《世宗实录》十七年（公元1435年）八月记载：

> 遣刑曹参判南智如京师，贺圣节……仍奏请胡三省音注《资治通鉴》、赵完璧《源委》及金履祥《通鉴前编》、陈桱《历代笔记》、丞相脱脱撰进《宋史》等书。其从事官赍去事目：
> 一、太宗皇帝朝撰集《四书五经大全》等书久矣，本国初不得闻，逮至庚子（公元1420年），敬宁君赴京受赐，其后累蒙钦赐。披阅观览，详悉精微，实无会蕴。乃知朝廷所撰书史类此者应多，但未到本国耳。须细问以来，可买则买。
> 一今奏请胡三省音注《资治通鉴》、赵完璧《源委》、金履祥《通鉴前编》、陈桱《历代笔记》等书，若蒙钦赐，则不可私买。礼部如云御府所无，则亦不可显买。
> 一理学则《五经四书性理大全》无余蕴矣，史学则后人所撰，考之该博，故必过前人，如有本国所无有益学者则买之。《纲目》、《书法》、《国语》，亦可买来。凡买书必买两件，以备脱落。
> 一北京若有《大全》板本，则措办纸墨可私印与否，并问之。

---

① 《高丽史节要》卷四，第113—114页。
② 《高丽史》卷十，第212页。

　　——曩者传云已撰《永乐大传》，简帙甚多，未即刊行。今已刊行与否及书中所该，亦并细问。

　　——本国铸字用蜡，功颇多，后改铸字，四隅平正，其铸字体制二样矣。中朝铸字字体印出施为，备细访问。①

这里所透露包括访书、求赐、购买、私印等事，尤堪注意者，当时购书"必买两件，以备脱落"，其结果便是"书典之至，日益月增……自东国以来，文籍之多，未有如今日之盛也"②。最足以令朝鲜人自傲的是其铜活字，即铸字。《正祖实录》二十年丙辰三月记载了历来活字印书之法，有癸未字、庚子字、甲寅字、壬辰字、韩构字、生生字、整理字等，除生生字为木活字外，其他皆铜活字。由于活字印刷的便利，使得书籍的流布更为广泛。

　　有些私家史书收在个人文集之中，如李德懋之《磊磊落落书》（此书实际上就是明代遗民的传记）、成海应之《明遗民录》等，皆首列《引用书目》，如李氏所列达176种，绝大多数为清人文集。尽管这种收集可能仅仅是出于个人的兴趣，但也传递出书籍传入的消息，可弥补其他记载之不足。

　　据史书记载，中国典籍之最早传入日本，是在秦始皇时代（即日本孝灵天皇时代）。日本欲得五帝三王之遗书，始皇悉送之。在焚书坑儒之后，"孔子全经遂存于日本"③。不过这一记载未必可靠。《日本书纪》载神功皇后十六年丙申（公元216年）十月亲征新罗，新罗王"封图籍降于王船之前"，神功皇后"遂入其国中，封重宝府库，收图籍文书。……于是高丽、百济二国王，闻新罗收图籍降于日本国……则知不可胜……叩头而欷曰：'从今以后，永称西番，不绝朝贡。'"④ 虽然记叙上多有夸张，但"收图籍文书"一事似可相信。一般认为，日本之开始有经史典籍，乃自百济王仁始。《日本书纪》卷十记载：

　　　　十六年（公元285年）春二月，王仁来之，则太子、菟道稚郎子师之，习诸典籍于王仁，莫不通达。故所谓王仁者，是书首等之始祖也。⑤

---

① 《世宗实录》卷六十。《朝鲜王朝实录》第3册，第648—649页。
② 《世宗实录》十六年六月戊申，同上书，第633页。
③ 北畠亲房《神皇正统记》，《群书类从》第三辑，第25页。
④ 《日本书纪》卷九，《新订增补国史大系》1上，吉川弘文馆1966年版，第247—248页。
⑤ 同上书，第277页。

瑞溪周凤《善邻国宝记》引用《神皇正统记》云："自百济召博士传经史，太子以下习之，比国用经史及文字此为始。"① 而主动向中国购买书籍，则在推古帝时代。《善邻国宝记》卷上记载：

> 以小治田朝（今按推古天皇）十二年岁次甲子（604）正月朔始用历日。是时国家书籍未备，爰遣小野臣因高于隋国买求书籍。②

隋唐时代，日本派出众多遣唐使、学问僧及留学生，他们归国之时，也带回大量汉籍。日本留学生中名气最大的是朝臣真备和晁衡。《续日本纪》卷三十三云："灵龟二年，（真备）年廿二，从使入唐，留学受业，研览经史，该涉众艺。我朝学生名播唐国者，唯大臣及朝衡二人而已。"③ 并且记录了他所献书籍物品：

> 入唐留学生从八位下下道朝臣真备献《唐礼》一百三一卷、《太衍历经》一卷、《太衍历立成》十二卷、测影铁尺一枚、铜律管一部、铁如方响写律筜声十二条、《乐书要录》十卷、弦缠漆角弓一张，马上饮水漆角弓一张，露面漆四节，角弓一张，射甲箭廿只，平射箭十只。④

此事记于圣武天皇天平七年（公元735年）四月辛亥，这可以使我们确知以上书籍在何时通过何人传入日本。

关于日本汉籍之流入中土，史书上也有若干记载。《扶桑略记》第廿四醍醐帝延长四年（公元926年）五月廿一日云：

> （宽建）法师又请此间文士文笔：菅大臣、纪中纳言、橘赠中纳言、都良香等诗九卷。菅氏、纪氏各三卷，橘氏二卷，都氏一卷。但件四家集，仰追可给。道风行草书各一卷。付宽建，令流布唐家。⑤

---

① 《善邻国宝记》卷之上，国书刊行会影印本1975年版，第24页。
② 同上书，第35页。
③ 《新订增补国史大系》2，第423页。
④ 同上书，第137页。
⑤ 《新订增补国史大系》12，第197页。

又《慈惠大僧正传》长元四年（公元 1031 年）九月十九日记源信僧都事：

> 所著书论，盛行于世。其中《往生要集》三卷，浊世末代之指南
> 也。远经沧海，遂渡震旦。传闻九州之中，广崇斯文，如教修行者，或
> 生净土云云。法水东流，自古而存，未有日域制作，还利西朝矣。①

日本典籍的西渐，近年来已受到一些中日学者的重视②，以汉籍整体为范
围讨论其在汉文化世界中的交流，对这一课题理应重视。回流汉籍中影响
较大的主要是佛教和儒家典籍，以前者而言，僧云潭瑞《跋镂孔目章
后》云：

> 欧阳子《日本刀歌》曰："徐福行时书未焚，逸书百篇今尚存。令
> 严不许传中国，举世无人识古文。"吁！此事也伪乎真乎，未得其可征
> 者，不易与之言矣。但至我大雄氏之教籍，则实有不愧所言者而存焉。③

而传入宋代的天台宗典籍最为著名，晁说之《仁王护国般若经疏序》云：

> 陈隋间天台智者，远禀龙树，立一大教。……此教播于日本，而海
> 外盛矣。属中原丧乱，典籍荡灭。……我有宋之初，此教乃渐航海入吴
> 越，今世所传三大部之类也。……至元丰初，海贾乃持今《仁王疏》三
> 卷来四明。④

又遵式法师《方等三昧行法序》云：

> 山门教卷自唐季多流外国，或尚存目录，而莫见其文。……《方等
> 三昧行法》者，皇宋咸平六祀，日本僧寂照等赍至。虽东国重来，若西

---

①　《群书类从》第 5 辑，第 562 页。
②　参见王勇、大庭修主编《中日文化交流史大系·典籍卷》第三章"日本汉籍西传中国的
历程"，浙江人民出版社 1996 年版，第 176—303 页。
③　《大藏经》第四十五册，第 589 页。
④　《大藏经》第三十三册，第 253 页。

乾新译。①

无论是入唐求法，还是将佛教典籍回传中土，当时僧人所怀抱者乃弘法之悲愿，此种精神可堪效法。②

地方史料也是值得重视的文献，尤其是长崎一地的史料，如《长崎实录大成》、《唐通事会所日录》和《幕府书物方日记》等，这些资料对于当时汉籍流行的规模与数量，都提供了切实可据的记录。又有若干传记资料，如《长崎先民传》、《先哲丛谈》（含《续编》、《后编》）等，往往记录了当时日本人与清商的交往，其中也包含了书画典籍方面的交流。

三　据日记以考

日记是一种常见的文体。这里所说的"日记"，在朝鲜方面主要指东国人士到中国的旅行记，在高丽时代和朝鲜时代被称为"朝天录"或"燕行录"，其中很多是按日记录的。由于"燕行"人员中，有不少当时知识界的代表人物，因此，他们到中国的任务之一，就是访书购书，有些是奉命而购，有些则是出于个人的兴趣。在这些日记中，与书相关的记载有购书、访书、论书以及互赠图书。如李宜显（公元 1669—1712 年）《庚子燕行杂识》详细记载了此行的"所购册子"，属购书记录。又有访书记录，如李德懋（公元 1741—1793 年）《入燕记》正祖二年（公元 1778 年）五月十九日记"燕市书肆自古而称，政欲翻阅，于是与在先（按：即朴齐家）及干粮官往琉璃厂，只抄我国之稀有及绝无者，今尽录之"：

> 《通鉴本末》、《文献续纂》、《协纪辨方》、《精华录》、《赋汇》、《钦定三神》、《中原文宪》、《讲学录》、《皇华纪闻》、《自得园文钞》、《史贯》、《傅平叔集》、《陆树声集》、《太岳集》、《陶石篑集》、《升庵外集》、《徐节孝集》、《困勉录》、《池北偶谈》、《博古图》、《重订别裁》、《古文

① 《大藏经》第四十六册，第 943 页。
② 站在佛教的立场上来看，僧人求法乃天经地义之事，即便向高丽、日本访求逸经亦同样正常。但有日本学者对此议论道："顾惜声名又自视颇高的中国人，此时不顾家丑外扬，屈尊向日本和高丽购求教籍，结果使'一宗之教籍复还中国'。"（《中日文化交流史大系·典籍卷》，第 340 页）这种论调不免令人难以理解。

奇赏》、《西堂合集》、《带经堂集》、《居易录》、《知新录》、《铁网珊瑚》、《玉茗堂集》、《传道录》、《高士奇集》、《温公集》、《唐宋文醇》、《经义考》、《古事苑》、《笠翁一家言》、《狯园》、《子史英华》。以上嵩秀堂。《程篁墩集》、《史料苑》、《忠宣公集》、《栾城后集》、《图绘宝鉴》、《方舆纪要》、《仪礼节略》、《册府元龟》、《独制诗》、《文体明辨》、《名媛诗钞》、《钤山堂集》、《义门读书记》、《王氏农书》、《山左诗钞》、《墨池编》。以上文粹堂。《弇州别集》、《感旧集》、《路史》、《潜确类书》、《施愚山集》、《纪纂渊海》、《书影》、《青箱堂集》、《昭代典则》、《格致录》、《顾端公杂记》、《沈硐士集》、《通考》、《纪要》、《由拳集》、《本草经疏》、《闲暑日钞》、《倪元璐集》、《史怀》、《本草汇》、《曹月川集》。以上圣经堂。《寄园寄所寄》、《范石湖集》、《名臣奏议》、《月令辑要》、《遵生八笺》、《渔洋三十六种》、《知不足斋丛书》、《隶辨》、《益智录》、《幸鲁盛典》、《内阁上谕》、《帝鉴图说》、《臣鉴录》、《左传经世钞》、《理学备考》。以上名盛堂。《王梅溪集》、《黄氏日钞》、《食物本草》、《八旗通志》、《盛明百家诗》、《皇清百家诗》、《兵法全书》、《虞道园集》、《渔洋诗话》、《荆川武编》、《吕氏家塾读诗记》、《本草类方》。以上文盛堂。《音学五书》、《大说铃》、《今诗箧衍集》。以上经腴堂。《安雅堂集》、《韩魏公集》、《吴草庐集》、《宛雅》、《诗持全集》、《榕村语录》。以上聚星堂。《尧峰文钞》、《精华笺注》、《精华训纂》、《渔隐丛话》、《观象玩占》、《篆书正》、《明文授读》、《香树斋全集》、《七修类稿》。以上带草堂。《赖古堂集》、《李二曲集》。以上郁文堂。《埤雅》、《许鲁斋集》、《范文正公集》、《邵子湘集》、《阙里文献考》、《班马异同》。以上文茂堂。《帝京景物略》、《群书集事渊海》、《三鱼堂集》、《广群芳谱》、《林子三教》、《杨龟山集》。以上英华堂。《榕村集》、《名媛诗归》、《舰剩》、《穆堂集》。以上文焕斋。①

清人姜绍书《韵石斋笔谈》卷上记载："朝鲜国人最好书，凡使臣入贡……日出市中，各写书目，逢人便问，不惜重直购回。"② 而朝鲜的《西库藏书录》中也著录了《燕肆书目》一种，据我看来，应该是燕行人员在中国抄录

---

①　《入燕记》下，《燕行录全集》第五十七卷，第 278—282 页。
②　文渊阁《四库全书》本，台湾商务印书馆影印。

而成。这些与上文的记录也正可印证。李德懋所钞书目，其中有若干种属当时的禁书①。从燕行录中来看，朝鲜人入清，对于禁书尤感兴趣，经常有私下央求或购买者。如李田秀（字君稷）、李晚秀（字成仲，公元1752—1820年）昆仲所撰《入沈记》②，癸卯（公元1783年）年九月初九日与张裕昆笔谈，张言及明清易代之际的剩人和尚，"本朝下令毁其文。又书曰：毁不尽"。于是索之云：

> 《剩人和尚语录》虽烧毁了，先生案上必有余件秘藏。我们既顷盖如旧，则不必作俗人相讳，或可出示否？置之贵箧，犹有前头之虑，盍使传之东方，以保片玉于昆岗之火如何？千载之后，若欲求文献于海外，亦岂不为其人之幸耶？③

又如李德懋《入燕记》六月二十一日记：

> 书状谓余曰：左右尝盛言顾亭林炎武之耿介，为明末之第一人物。购其集于五柳居陶生，陶生以为当今之禁书三百余种，《亭林集》居其一。申申托其秘藏购来。④

而最为生动的则是对于禁书的谈话。如李氏兄弟和张裕昆的笔谈：

> 钱受之谓明末文柄，颐气涕唾，亦足以升沉天下士，后之尚论者果何如？书答曰：牧翁有才无行。又书曰：现今读书人尊奉公令，焚灭其

----

① 藤塚邻《清朝文化东传の研究》指出："《笠翁一家言》、《篆衍集》、《觚剩》、《宛雅》四书列于《禁书总目》，《感旧集》、《说铃》二书列于《违碍书目》，《潜确类书》、《诗持》二书列于上述二目，《史贯》列于《全毁书目》，《赖古堂集》、《由拳集》二书列于《抽毁书目》。"国书刊行会1975年版，第29页。
② 《燕行录全集》将此书撰者署名为李宜万（公元1650—1736年），不知何据。其书"起草于癸卯（正祖七年，公元1783年）……于丙午（公元1786年）始克脱稿"（《入沈记·凡例》），故绝无可能为李宜万所撰。其卷下"亲朋赆诗"和"沿道赋咏"多记人赠答之作，如其中有《与弟成仲、君稷作沈阳行，诗以别之》、《赆内从成仲、君稷沈阳之行》等，又有中国人张裕昆《赠李二君东归序》云："长为进士李君成仲，次为从弟秀才君稷。"可证此书作者乃李田秀（为主）、李晚秀（为辅）二人。
③ 同上书，第279—280页。
④ 《燕行录全集》第57卷，第324页。

书，后世学者，自有定论。①

沈乐洙（公元 1739—1799 年）《燕行日乘》记与徐绍薪笔谈：

> 余问：沈公（德潜）文章近来罕有，其子孙有显仕否？徐曰：未能承家，见方流窜。盖以近来以《钱谦益文集》连有大狱，沈亦与此事矣。余问：《牧斋集》行世已久，何乃至此？徐曰：家藏此集者多为其雠人所告，其子孙或至有大辟者，惨矣惨矣。但《牧斋集》必有藏置以俟后日者。②

徐浩修（公元 1736—1799 年）《燕行记》记录与铁保的对话：

> 余曰：《牧斋集》方为禁书，阁下何从得见？铁曰：凡禁书之法，止公府所藏而已，天下私藏，安能尽去？牧斋大质已亏，人固无足观，而诗文则必不泯于后也。③

朝鲜使臣这些私下的谈话对象，有王公贵族，有一般文人，但对于禁书都不是一概否定，甚至还加以肯定，为我们提供了一则则有意味的书话。

《燕行录》中也有关于赠书的记载，如《入沈记》记张裕昆赠送《经义考》、《楞严经》、《锦囊录》和《潘梅轩遗稿》④；徐浩修《燕行记》记铁保"索余所著书，行中无他携带者，以《浑盖图说集笺》二卷送之"⑤；柳得恭（公元 1749—1807 年）《燕台再游录》记其赠钱东垣《渤海考义例》⑥；徐庆淳（公元 1804—？）《梦经堂日史编》记李芋仙士荃赠彼《香祖笔记》一册⑦等。总之，《燕行录》中包含丰富的有关书籍交流的史料，值得重视。

对于《燕行录》中的记载，使用时需要注意，其中有完全抄录自中国文献者，应仔细辨别，不可贸然据以考证中国书籍之传入。如徐有素之《燕行

----

① 《入燕记》，《燕行录全集》第 30 卷，第 213—214 页。
② 《燕行录全集》第 57 卷，第 86 页。
③ 《燕行记》卷二，《燕行录全集》第 51 卷，第 54 页。
④ 《入沈记》卷下，《燕行录全集》第 30 卷，第 313—314 页。
⑤ 《燕行记》卷二，《燕行录全集》第 51 卷，第 54 页。
⑥ 《燕行录全集》第 60 卷，第 298 页。
⑦ 《梦经堂日史编》四，十二月十九日条，《燕行录全集》第 94 卷，第 431—432 页。

录》（撰于公元 1823 年），卷十六的"明代诸儒文评"和"清代诸儒文评"，其实皆抄自《四库提要》。又有后代抄录前人者，亦不宜混为一谈。

从平安时代开始，日本贵族阶层便以写作日记为日课，藤原师辅在《九条殿遗诫》中训诫子孙，将每日早餐前的必要行为概括如下：

> 先起称属星名号七遍，次取镜见面，次见历知日吉凶，次取杨枝向西洗手，次诵佛名及可念寻常所尊重神社，次记昨日事（事多曰，日中可记之），次服粥。[①]

贵族子弟也以善写日记为其修养之典型，藤原明衡《新猿乐记》即有此描述。此后，这样的习惯也影响到僧侣，当他们到中国的时候，无论是入唐、入宋还是入明，都留下了许多日记。[②] 如圆仁之《入唐求法巡礼行记》、圆珍之《在唐巡礼记》（后人录为《行历抄》）、奝然之《在唐记》、成寻之《参天台五台山记》、戒觉之《渡宋记》、策彦之《入明记》等。成寻《参天台五台山记》所提及的书籍有六十余目，其中外典部分就有《新历》、《天下郡谱五姓括》、《蜀程图》、《历》、《杨文公谈苑》、《百官图》、《太上老君枕中经》、《天州府京地理图》、《本草括要》、《注千字文》等；[③] 策彦《入明记》所附《大明别副并两国勘合》中，有天顺八年八月十三日日本国上于明朝礼部的咨文，其中含有"所欲书目"15 种。而据牧田谛亮的统计，策彦到中国自行购买及他人赠送的书籍有：《听雨纪谈》、《医林集》、《读杜愚得》、《鹤林玉露》、《白沙先生诗叙》、《文锦》、《古文大全》、《九华山志》、《升庵诗稿》、《三场文选》、《文章轨范》、《张文潜集》、《注道德经》、《文献通考》、《剪灯新馀话》、《本草》、《奇效良方》等 17 种[④]。镰仓、室町时代最为著名的日记，可能是瑞溪周凤（公元 1391—1473 年）的《卧云日件录》，虽然原书已佚，但经惟高妙安（公元 1480—1567 年）之手摘抄的《卧云日件录拔尤》却保持至今，其中有大量的书籍信息。江户时代实行锁国政策，日本人没有

---

① 《群书类从》第 27 辑，续群书类从完成会 1993 年订正三版，第 136 页。
② 参见森克己《续日宋贸易の研究》第十七章"参天台五台山记について"和第十八章"戒觉の渡宋记について"，国书刊行会 1975 年版，第 277—330 页。
③ 据大庭修《古代中世における日中关系史の研究》"资料篇"（6）所录，第 385—386 页。
④ 牧田谛亮《策彦入明记の研究》下，第四章"五山文学史上の策彦"，法藏馆 1959 年版，第 166—167 页。

海外旅行的机会，但从幕府末期开始情况有所改变，因而也留下了不少中国旅行记录。小岛晋治监修的《幕末明治中国见闻录集成》，就网罗了此方面的资料。尽管明治时代日本人到中国关注的重心已不是书籍，但在其观察和与中国人的笔谈中，毕竟也还保留了一些值得注意的资料，提供了书籍交流方面的信息。例如，冈千仞在明治十七年（公元 1884 年）到中国，便记录了有关信息。如六月八日记：

> 过书肆扫叶山房，插架万卷，一半熟书，偶阅生书，皆坊间陋本。……（吟香）曰：中人渐用心东洋大势，《东瀛诗选》、《朝鲜志略》、《安南国志》等书盛售。①

又七月五日记：

> 访顾云台良鹏，云台前年游日东，买书籍来此开书肆，满架图册，一半东书。②

如果结合目前所存晚清营业书目，③ 就可以知道当时的中国人对日本书籍的关心程度正与日俱增。俞樾曾编选《东瀛诗选》，他自己对此书期待如何，评价如何，六月二十九日记俞氏语云：

> 文章一道，固无中东之分。然而论文讲学，须先认清门径，不用意于此，则工夫亦又误了。曩选贵国诗，虽未足以尽贵国之长，颇足以除贵国之短。从此轨途，必无大疵病。经学须上法汉唐，至诗文则不必拘泥。然而多读古书，则抒叙性灵，摹写景物，气味自别。④

此外，中国方面的日记，尤其是与东国文人有交往者的日记中，也有大量互赠图书的记录，如董文涣《砚樵山房日记》同治三年十一月二十四日记：

---

① 《观光纪游》卷一，小岛晋治监修《幕末明治中国见闻录集成》第 20 卷，ゆまに书房 1997 年版，第 31 页。
② 《观光纪游》卷二，同上书，第 58 页。
③ 参见周振鹤编《晚清营业书目》，上海书店出版社 2005 年版。
④ 同上书，第 53 页。

　　　　朝鲜徐秋堂函至，惠《欧苏文史咀华》一部。……并索《日知录》
　　（黄氏刊误本）、《亭林十种》、陶宗仪《草莽诗乘》内《文陆二传》、顾
　　宁人真像摹本。①

又同治七年正月二十三日记：

　　　　书答海客李友石札，寄赠《字学举隅》、《游峨眉诗草》、《秋怀续
　　刻》、《觉生诗集》、《律吕通今图考》各书。②

董氏曾有《海客诗选》之编，从其日记中，可以挖掘出很多中朝文人交往的
史料，亦有助于研究其诗选及评论。有些未定稿（主要是给海东诗人的诗
序）也存于日记中，可与定稿相较。

四　据文集以考

　　由于书目和史书的记录往往受到一定的限制，许多典籍的传入并不总是
能够呈现在其中。这就需要利用其他文献作补充，文集即为一类。在各家文
集中，往往有阅读、引用或化用某一典籍的记录或痕迹，据此以推，即可获
得文献传入的证据，因而考察文集中所引及之书或使用典故，也就成为书籍
交流研究法之一。

　　文集可以包括别集和选集，也包括对某一别集或选集的注释。高丽时代
建有"临川阁"，其功能"非燕集之地，其中藏书数万卷而已"③。又有集贤
殿藏书阁，"四部之书，分在异壁，手扪目睹，辨若白黑"④。但是并未有书
目流传下来，所以，如果要考察高丽时代的汉籍输入，以文集为依据是一条
较为可行的途径。

---

　　①　董寿平、李豫主编：《清季洪洞董氏日记六种》第1册，北京图书馆出版社1997年版，第
632页。
　　②　同上书，第389页。
　　③　徐兢：《宣和奉使高丽图经》卷六，万有文库本，商务印书馆1937年版，第23页。
　　④　李季甸：《集贤殿藏书阁颂》，《东文选》卷五十，民族文化刊行会影印朝鲜群书大系续读
本，第三册1994年版，第115页。

首先，可以根据文章标题来考察。例如，李奎报（公元 1168—1241 年）的《东国李相国文集》中有以下诗文标题，如《读李白诗》、《读陶潜诗》、《驱诗魔文效退之送穷文》、《全州牧新雕东坡文集跋尾》、《反柳子厚守道论》、《书白乐天集后》、《王文公菊诗议》等。以此推断，即可知道此前已有陶渊明、李白、杜甫、韩愈、柳宗元、白居易、王安石、苏轼的文集传入。又如李穑（公元 1328—1396 年）《牧隐集》中有如下标题：《读樊川集题其后》、《读高轩过》、《读玉屑卷末》，即可推知又有杜牧、李贺等诗集和《诗人玉屑》的传入。

其次，可以根据诗文的内容来推断。例如钟嵘《诗品》何时传入东国，史无明确记载，但高丽朝诗人林椿《西河集》中有《次韵李相国知命见赠长句二首》，其一云"语道格峭异众家，讥评不问痴钟嵘"①，即表明时人对此书已相当熟悉。诗题中的李相国指李奎报，知命之年为五十，此诗乃写于高宗四年（公元 1217 年）。而从"讥评"二字推论，当时传入高丽的很可能是《诗评》一名②。朝鲜时代李晬光（公元 1563—1628 年）《芝峰类说》引及尹根寿的赠诗"还从离别日，却效老钟评"，并下一转语云："'老钟'人多不解，盖钟嵘，萧齐时人，有《诗评》，故云。"③ 钟书在《隋书·经籍志》即著录为《诗评》，唐宋史志亦然，元代以后，则惟有《诗品》之名。据此推断，《诗品》传入高丽的时间不会晚于南宋。

根据文集还可以了解到中国典籍在当时的流行状况。如林椿《与眉叟论东坡文书》指出："仆观近世东坡之文大行于时，学者谁不服膺呻吟。"④ 李奎报《答全履之论文书》云："世之学者，初习场屋科举之文，不暇事风月。及得科第，然后方学为诗，则尤嗜读东坡诗。故每岁牓出之后，人人以为今年又三十东坡出矣。"⑤ 又《全州牧新雕东坡文跋尾》云："夫文集之行乎世，亦各一时所尚而已。然今古以来，未若东坡之盛行，尤为人所嗜者也。……自士大夫至于新进后学，未尝斯须离其手，咀嚼余芳者皆是。"⑥ 结合徐居正（公元 1420—1492 年）《东人诗话》卷上的记载："高丽文士专尚东坡，每及

① 《西河集》卷二，《韩国文集丛刊》第 1 册，第 219 页。
② 另有一个旁证，即高丽末僧子山《夹注名贤十抄诗》曾三处引及钟书，亦皆作《诗评》。
③ 《芝峰类说》卷十三，《韩国诗话丛编》第 2 册，太学社 1996 年版，第 380 页。
④ 《西河集》卷四，《韩国文集丛刊》第 1 册，第 242 页。
⑤ 《东国李相国集》卷二十六，同上书，第 558 页。
⑥ 同上书，卷二十一，第 515 页。

第榜出，则人曰：'三十三东坡出矣。'"① 可见高丽朝中叶以后，东坡诗风是极为流行的。

文集中又有与书籍交流直接相关的文献，如金安国（公元 1478—1543 年）《赴京使臣收买书册印颁议》所举诸书，皆购自中国，而拟翻印于朝鲜者。其中有的应"最先多数印出"，有的应"量数印出"，有的限印"六七件"或"五六件"或"三四件"，所列诸书有：

> 《春秋集解》十二册。《大明律读法》六册。《大明律直引》四册。《吕氏读诗记》十册，《古文关键》二册。《皇极经世书说》十二册。《易经集说》十四册。《止斋集》八册。《象山集》六册。《赤城论谏录》二册。《古文苑》二册。《焦氏易林》二册。《杜诗批注》四册。《山海关志》二册。《颜氏家训》二册。
>
> 以上诸册内，《春秋集解》最先印出，《大明律读法》、《直引》次可印出。其余渐次印出似当。②

值得注意的是，其中惟一被认为"不必印出"的，就是《杜诗批注》，原因不是别的，而是"我国多有印本"，可知杜诗在当时流行之广。

由于中国典籍的传入，自然成为当地文人写作的样板，不仅模仿，也使用其中的典故。崔滋（公元 1188—1260 年）《补闲集序》引用其前辈俞升旦（？—公元 1232 年）语曰："凡为国朝制作，引用古事，于文则六经三史，诗则《文选》、李、杜、韩、柳，此外诸家文集不宜据引为用。"③ 根据其用典，我们甚至可以考知是何种版本的典籍。例如洪侃（？—公元 1304 年）《次韵和金钝存四时欧公韵》之一云：

> 仲春嘉月长百草，龙吟虎啸衡茅小。逍遥山泽有至乐，儁永之味独自饱。……俯纶渊底之游鱼，仰弋云间之逸鸟。西隅倒景虽不住，东岭望舒生又早。纵心域外咏三皇，不知荣辱焉知老。④

---

① 徐居正：《东人诗话》卷上，赵钟业编《韩国诗话丛编》第一册，第 444 页。
② 《慕斋集》卷九，《韩国文集丛刊》第 20 册，第 174—176 页。
③ 《补闲集》卷中，《韩国诗话丛编》第 1 册，第 107 页。
④ 《东文选》卷之六，同上书，第 103 页。

这几乎就是张衡《归田赋》后半部分的改写：

> 于是仲春令月，时和气清。原隰郁茂，百草滋荣。……于焉逍遥，聊以娱情。尔乃龙吟方泽，虎啸山丘。仰飞纤缴，俯钓长流。……落云间之逸禽，悬渊沉之鲂鳢。于时曜灵俄景，继以望舒。极盘游之至乐，虽日久而忘劬。……挥翰墨以奋藻，陈三皇之轨模。苟纵心于域外，焉知荣辱之所如。①

上文"继以"、"域外"、"焉知"三词李善本分别作"系以"、"物外"、"安知"，而从洪氏诗的最后四句看，显然出于五臣注《文选》。朝鲜时代亦然，柳梦寅（公元 1559—1623 年）《于於野谈》载：

> 柳根为都承旨，李好闵有制进文章，根多付标请改，好闵或改或不改，犹遣吏请改再三。又于"欥"字付标，问："此何字耶？"好闵冷笑曰："柳也所读东人诗文，不读《文选》耶？"下笔注之曰："《文选·赋》：欥野喷山。欥澧吐鄙。欥，古吸字也。"……根惭甚，自此虽新进拙文，不敢请改，亦怒之也。②

案"欥野喷山"、"欥澧吐鄙"分别出自班固的《两都赋·东都赋》和张衡的《西京赋》句，原文作"欥野歕山"、"欥沣吐镐"。而从李氏"欥，古吸字也"的解释中，我们也可以推测当时流行的《文选》应该是五臣注，而非李善注本。③

《十抄诗》是高丽时期的一个唐诗选本，且有高丽末僧人的注释。④据僧子山《夹注名贤十抄诗序》云：

---

① 奎章阁所藏六臣注本《文选》卷十五，다운생影印本，1996 年版，第 369—370 页。

② 洪万宗《诗话丛林》卷之三，第 282—283 页。

③ 吕延济注曰："欥歕犹吹吸也。"李善注："《说文》曰：欥，啜也。火合切。歕，吹气也。敷闷切。"

④ 关于《十抄诗》的编者和注者，金㖞《海东文献总录》云："丽末诗人选集唐名贤诗及新罗崔致远、朴仁范、崔承佑、崔匡裕等诗各十首，名曰《名贤十抄诗》，有夹注。"（《朝鲜时代书目丛刊》第 7 册，第 4022 页）其实，所谓"丽末"当指夹注的时代，编选的时期当更早。故此处笼统看作高丽时期。

本朝前辈钜儒据唐室群贤全集，各选名诗十首，凡三百篇，命题为《十抄诗》，传于海东，其来尚矣。①

此处透露出一个信息，即《十抄诗》中所选唐诗，都是从其"全集"中选出。这也就意味着刘禹锡、白居易、温庭筠、张籍、章孝标、杜牧、李远、许浑、雍陶、张祜、赵嘏、马戴、韦蟾、皮日休、杜荀鹤、曹唐、方干、李雄、吴仁璧、韩琮、罗邺、秦韬玉、罗隐、贾岛、李山甫、李群玉 25 个诗人的全集，在此书编纂之前已传入高丽。这些集子和中国传世诸集颇有差异，因此，其中不仅有唐人佚诗约百首，即便非佚诗，与中国传世文献相较，也不乏异文。

注释中也有值得注意的史料。以《夹注名贤十抄诗》为例，其中征引众书，即表明该书之传入。由于时代较早，甚至还保留了不少中土文献的佚文。以诗话而言，宋人佚名之《汉皋诗话》久已亡佚，而《夹注》即保留三则佚文。② 这不仅证明《汉皋诗话》曾传入高丽，也可以弥补中土文献之不足。

小岛宪之的名著《上代日本文学与中国文学》，其副标题就是"以出典论为中心的比较文学的考察"③，这种方法不止适用于研究"上代"（平安时代初期以前）文学，而且还可运用于平安时代以下的五山文学、江户文学和明治文学的研究中，尽管其所占的比重并非一成不变。

平安时代留存下来的选集颇多，如《怀风藻》、《凌云集》、《文华秀丽集》、《经国集》、《扶桑集》等。以《扶桑集》为例，其中"咏史"类以《史记》、《汉书》和《后汉书》为主，即表明此"三史"受到平安时代人的特别重视。

藤原明衡之《新猿乐记》，描写了一个"纪传、明法、经筹、道等之学生"的典型，乃"《文选》、文集、《史记》、《汉书》、《论语》、《孝经》、《毛诗》、《左传》、令、律、格、式尽部（都）读了，仍诗赋、序表、诏敕、宣命、位记、奏状、愿文、咒愿、符牒、告书、教书、日记、申文、消息、往

---

① 《夹注名贤十抄诗》卷首，藏韩国精神文化研究院，此为现存最佳之版本。
② 参见冈田千穗《〈十抄诗〉及其注本的文献价值》，《域外汉籍研究集刊》第 1 辑，第 35—86 页。
③ 小岛宪之《上代日本文学と中国文学——出典论を中心とする比较文学の考察》，塙书房 1962 年版。

来、请文等上手也。了了分明，而宪法不违于格式；风月心工，而诗赋不背于韵题"①。从这些书名以及对工于诗赋的要求来看，可以推想当时社会的风尚。

钟嵘《诗品》早就传入日本，但其实际影响如何，则可在日本文集中得到印证。如滋野朝臣贞主《经国集序》有"譬犹衣裳之有绮縠，翔鸟之有羽仪"② 之句，即出于《诗品》潘岳条"翩翩然如翔禽之有羽毛，衣服之有绡縠"；又"若无琳琅盈光，琬琰圆色，则取虬龙片甲，骐驎一毛"③ 之句，则出于《诗品》潘尼等条"文采高丽，并得虬龙片甲，凤凰一毛"。又《扶桑集》卷七载良春道与野相公的酬赠之作，有云"夫以孔门论诗，野已入室，良未升堂"④，则用《诗品》曹植条"孔氏之门如用诗，则公干升堂，思王入室"；又卷九载江相公《赠笔呈裴大使》结句："若讶本从何处得，江淹枕上晓梦中。"⑤ 则用《诗品》江淹条所载故事。⑥ 可见《诗品》一书深入人心，已成为当时文人临文写作的资源之一。

五山时期禅林论诗之风颇盛，其背景应该与宋人诗话大量传入日本有关。⑦ 但究竟有哪些诗话传入并被阅读，则在文集中可得到印证。以万里集九的《梅花无尽藏》为例，其中直接、间接引用到的宋人诗话有《西清诗话》、《后村诗话》、《石林诗话》、《洪驹父诗话》、《诗林广记》、《联珠诗格》、《冷斋夜话》、《苕溪渔隐丛话》、《沧浪诗话》、《诗人玉屑》、《雪浪斋日记》、《许彦周诗话》、《吕氏童蒙诗训》、《清林诗话》等。⑧ 五山文学论诗风气的形成，与这些诗话的流衍有着密切关系。

刊于天保九年（公元 1838 年）至十一年之间的《邻交征书》，是伊藤松所编的上自汉魏下迄明清的中日往来诗文集。这是一种尚未得到很好利用的重要史料，据其凡例云："和汉书籍，或传来之真书、临书及揭本、石刻、

---

① 《群书类从》第 9 辑，卷百三十六，第 343—344 页。
② 《群书类从》第 8 辑，卷百二十五，第 490 页。
③ 同上。
④ 同上书，卷百二十六，第 565 页。
⑤ 同上书，第 578 页。
⑥ 《南史》江淹本传亦记载类似的故事，但作张协索锦，而非郭璞索笔，可知此诗用典实出于《诗品》。
⑦ 参见芳贺幸四郎《中世禅林の学问および文学に关する研究》第二编第三节"诗话——新文学论の输入"，日本学术振兴会 1956 年版，第 312—326 页。
⑧ 此处所举以在文集中出现先后为序，而未以年代先后诠次，重复出现者略去。

碑铭、行状等皆录。"①据仁科干之序，编者"或于史集，或于稗说，或需华胄所秘，或索古刹所藏，隐帙奥编，靡弗徧搜毕览"②，故其中多有唐宋元明清的佚文遗篇，堪称辑佚之宝藏。更重要的是，此书网罗了大量中日人士，尤其是僧人之间的交往史料。有些生动的记录也反映出中国作品之深受欢迎，如初篇卷二收云濬藏智愚虚堂的真书《日本照禅者欲得数字径以述怀赠之》云："有人鬻此书，二人争买，竟破之，因俗曰破虚堂书。"③从本书收录的文章中，也可以看到日本学者名闻中土以及学术著作流入清代的状况，如三篇卷一收钱泳《海外新书序》云：

> 日本在东海中，离江南数千里，而能崇尚文学，通诗礼。著作之家，亦层见叠出。如藤原肃号惺窝、林忠号罗山、朱之瑜号舜水、山崎嘉号闇斋、伊藤维祯号仁斋、贝原笃信号益轩、高元岱号天漪、森尚谦号俨塾、源君美号白石、大宰纯号春台、服元乔号南郭、宇鼎号明霞，皆其选也。先是彼国之享保中，有儒者曰物茂卿，所著有《辨道》一卷、《辨名》四卷，凡六万余言，皆以经证经，折中孔子，并无浮辞泛说参错其间。观其大略，首尾完善。海外人有如此清才，亦罕见者。……其余尚有《大东世语》、《资治论》、《先哲丛谈》、《乐府》、《文话》、□□诸作。④

此处所举日本江户时代儒者十余人，著作近十种，皆为一时之名流名著，这些书或为清代商贾由长崎购进，考察日本典籍的西游，是不能忽视这些资料的。

江户时代的诗文集，已出版《诗集日本汉诗》和《词华集日本汉诗》等，其中也包含了大量的书籍交流信息，值得很好地挖掘。

五　据诗话以考

韩国、日本的历史上都有不少诗话，其中大部分用汉文撰写。诗话的形

① 《邻交征书》，国书刊行会 1975 年版，第 7 页。
② 同上书，第 4 页。
③ 同上书，第 120 页。
④ 同上书，第 437—438 页。

式来自中国，诗话的内容有很多是评论中国诗歌及其与本国诗歌的关系，其中往往会引用中国诗话资料，以资印证或辩驳。韩国诗话总集，有赵钟业教授所编《修正增补韩国诗话丛编》，收录自高丽至朝鲜末期的诗话 126 目 105 种。日本诗话资料，则有池田胤编辑的《日本诗话丛书》十卷 64 种。由于诗话资料多而分散，前人虽然用力收集，但未曾编入上述书中的仍有不少。以日本诗话为例，《日本诗话丛书》共收录 63 种日本诗话，而我所收集者已达百种上下。利用诗话资料，也可以考见当时中国文学著作的东传及其影响。

崔淑精《东人诗话后序》云：

> 吾东方诗学，始于三国，盛于高丽，极于圣朝。其间斧藻裁品者，若郑中丞嗣文、李大谏眉叟、金文正台铉、崔平章树德、李益斋仲思，皆有裒集之勤。[1]

此处提及的有郑叙（嗣文）《杂书》、李仁老《破闲集》、金台铉的《东国文鉴》、崔滋《补闲集》和李齐贤《栎翁稗说》，其中郑、金之作已亡佚。现存之著，其最早者为李仁老（公元 1152—1220 年）《破闲集》[2]，有关唐宋人文集之传入，颇有涉及，如《冷斋夜话》、《筠溪集》以及贯休、参寥、杜甫、苏轼、黄庭坚、贾岛、李商隐、李白、韩愈、柳宗元、杜牧等人的作品，[3] 对于唐宋人作品传入时间的考察极有助益。其记载也能反映中国作品的流行状况，以苏轼诗为例：

> 宋人有以精缣妙墨求（大鉴）国师笔迹者，请学士权迪作二绝，写以附之："苏子文章海外闻，宋朝天子火其文。文章可使为灰烬，落落雄名安可焚。"[4]

这便从一个方面表现出东坡作品在高丽的流行。

---

① 《韩国诗话丛编》第 1 卷，第 536 页。
② 据其子世黄所撰《跋》云："《集》既成，未及闻于上，而不幸有微恙，卒于红桃井第。"可知此书乃成于其去世前不久。
③ 此处依《破闲集》中出现先后为序。
④ 《破闲集》卷下，《韩国诗话丛编》第 1 卷，第 61 页。

　　《东人诗话》是东国历史上第一部以"诗话"命名的著作，也是东国诗话史上地位最高的著作之一，当时人评为"自有诗话以来，未有如此之精切者"①。我曾写过《〈东人诗话〉与宋代诗学——以文献出典为中心的比较研究》②，认为尽管高丽朝传入的宋人诗话甚多，但影响最大的是几种诗话总集，即《诗话总龟》、《苕溪渔隐丛话》、《诗人玉屑》、《诗林广记》等，尤其是《诗人玉屑》。

　　李睟光《芝峰类说》虽然是一部类书，但其中"文章部"占七卷之多，可作诗文评看。③该书引述中国诗文集甚多，可以显示当时中国文学典籍传入的整体规模。

　　最早的日本诗话是平安时代空海（公元 774—835 年）的《文镜秘府论》，它不仅是日本文学史上第一部诗文评著作，也是初、盛唐诗格集大成者。市河宽斋（公元 1749—1820 年）《半江暇笔》指出：

　　　　唐人诗论，久无专书，其数见于载籍者，亦仅仅如晨星。独我大同中释空海游学于唐，获崔融《新唐诗格》、王昌龄《诗格》、元兢《髓脑》、皎然《诗议》等书以归，后著作《文镜秘府论》六卷，唐人厄言，尽在其中。④

《文镜秘府论》保存了大量的中国诗学文献，其中有些在中国已经失传。根据小西甚一的研究，其直接引用的文献便达 18 种之多。⑤可知由空海携归的诗学类著作相当惊人，而在《文镜秘府论》中即可得一印证。

　　日本第一部以"诗话"命名其著作是五山诗僧虎关师炼（公元 1278—1346 年），其《济北集》卷十一即为《诗话》，后人易名为《济北诗话》。杜诗作为五山文学的新典范，在诗话著作中也有所表现。他们不仅熟悉杜诗，同时也熟悉宋人之注杜，所以在诗话中予以辨证。例如：

---

　　①　崔淑精：《东人诗诟后序》，《韩国诗话丛编》第 1 卷，第 537 页。
　　②　载蒋寅、张伯伟主编《中国诗学》第 8 辑，人民文学出版社 2003 年版，第 252—264 页。
　　③　如赵钟业教授抽出其中六卷编入《韩国诗话丛编》第 2 卷，又《韩国古典批评论资料集》将其全部收入别册Ⅱ。
　　④　转引自池田胤《日本诗话丛书》第 7 卷《文镜秘府论》解题。文会堂书店，大正十年（公元 1921 年）版，第 215 页。
　　⑤　参见《文镜秘府论考·研究篇》第一章《成立考》。大八洲 1948 年版。

杜诗"吴楚东南坼，乾坤日夜浮"，注者云：洞庭在乾坤之内，其水日夜浮也。予谓此笺非也，盖言洞庭之阔好浮乾坤也。如注意，此句不活。①

老杜《别赞上人诗》："杨枝晨在手，豆子雨已熟。"诸注皆非，只希白引《梵网经》注上句杨枝，不及下句豆子。盖此豆非青豆也，《梵网》十八种中一也。盖此二句襃赞公精头陀，诸氏以青豆解之，可笑。而希白偶引《梵网》至上句不及下句，诗思精粗可见。繇此言之，千家之人，上杜坛者鲜乎？②

诗话既然是一种文学批评，则其中往往反映出文学风气的转移以及书籍的某种命运。如山本北山（公元1752—1812年）《孝经楼诗话》卷上指出：

《唐诗选》，伪书也；《唐诗正声》、《唐诗品汇》，妄书也；《唐诗鼓吹》、《唐三体诗》，谬书也；《唐音》，庸书也；《唐诗贯珠》，拙书也；《唐诗归》，疏书也；其他《唐诗解》、《唐诗训解》等俗书，无足论也。特有宋义士蔡正孙编选之《联珠诗格》，正书也。③

这从另一侧面透露出，在以荻生徂徕为代表的古文辞学派的笼罩下，曾经有多少唐诗选本传入日本，而一旦风气改变，又遭遇到何种命运。

至于像近藤元粹的《萤雪轩丛书》，专收中国诗话，更可以直接看出此类文献的传入。

六　据笔记以考

笔记的文体与诗话接近，所以无论在中国还是在朝鲜或日本，都有不少笔记是兼含诗话的。由于笔记往往兼有诗话，所以后人编纂诗话总集，往往从笔记中辑出论诗之语。这种观念自朝鲜时代延续而来，根源则在中国。如沈守庆（公元1516—1599年）《遣闲杂录跋》云：

---

① 赵钟业：《日本诗话丛编》第1册，第637页。
② 同上书，第638页。
③ 《日本诗话丛编》第5册，第648页。

古今文人著述杂记多矣。余所得见者，《南村辍耕录》、《江湖记闻》、《酉阳杂俎》、《诗人玉屑》、《鹤林玉露》等书，及前朝李仁老有《破闲集》，李齐贤有《栎翁稗说》，我朝徐居正有《太平闲话》、《笔苑杂记》、《东人诗话》，李陆有《青坡剧谈》，成伣有《慵斋丛话》，曹伸有《谀闻锁录》，金正国有《思斋摭言》，宋世琳有《御眠楯》，鱼叔权有《稗官杂记》，权应仁有《松溪漫录》，皆是记录见闻之事，以为遣闲之资耳。①

便是把诗话和笔记混为一谈。所以洪万宗（公元 1643—1725 年）于肃宗三十八年（公元 1712 年）编《诗话丛林》，② 也就从《慵斋丛话》、《秋江冷话》、《思斋摭言》、《谀闻琐录》、《龙泉谈寂记》等二十余种书中辑出，绝大多数为笔记。因此，笔记中也有相当多的资料可供采撷。如成伣（公元1439—1504 年）《慵斋丛话》卷二云：

　　成庙学问渊博，文词灏灖，命文士撰《东文选》、《舆地要览》、《东国通鉴》。又命校书馆无书不印，如《史记》、《左传》、四传《春秋》、前后《汉书》、《晋书》、《唐书》、《宋史》、《元史》、《纲目》、《通鉴》、《东国通鉴》、《大学衍义》、《古文选》、《文翰类选》、《事文类聚》、欧、苏文集、《书经讲义》、《天元发微》、《朱子成书》、《自警编》、杜诗、王荆公集、陈简斋集。此余之所记者，其余所印诸书亦多。③

如果结合《成宗实录》的记载，当时所印经史子集之书甚多，堪称"无书不印"。笔记中有专门记录图书交流的，如李德懋《盎叶记》二"中国书来东国"条，即可与史书相参证。而有的记载就更富于私人性，如李喜经《雪岫外史》载：

----

① 《大东野乘》卷十三，第 353 页。
② 关于此书的编纂年代，据其自序所标，乃"崇祯玄默执徐"，《尔雅·释天》："（太岁）在壬曰玄默，在辰曰执徐。"可知乃壬辰年，据洪氏生活年代，可推定为肃宗三十八年（康熙五十一年，公元 1712 年）。至于使用崇祯年号，并不说明当时明尚未亡，而是明亡后，在朝鲜"凡官文书外，虽下贱无书清国年号者"（《肃宗实录》卷三）。因此，韩国郑炳昱先生为亚细亚文化社影印本《诗话丛林》所写"解题"，或受崇祯年号的影响，将此书的编纂年代定为"孝宗三年（公元 1652 年）"，上移了 60 年，显然有误。
③ 《大东野乘》第 1 卷，朝鲜古书刊行会 1909 年版，第 49 页。

己未（公元 1799 年）秋使行，自内阁有朱子诸书十余种购来之命，是时余亦入燕，亲往书肆搜求不得。又广问知旧，皆无有。最后往见纪晓岚，示其书目要求。则晓岚援笔书其诸种凡例，撰述人姓名，无不备详，仍曰："此册虽皆入《四库书总目》，而初未刊行，不可得也。"又曰："其中数种见在于门生某人家，而其人家在浙江，当书求以付后便。"前年始送传使便，其博洽之深、信义之重，亦可知矣。其时余往见翁覃溪，亦要购之，则翁拈《白石杂录》、《翁季录》两册曰："此则吾当购赠矣。"其后竟未得焉。纪曰："《白石杂录》余所删定者，而虽入于四库书，更无他本矣。"翁则不知而妄称可购，博洽与雅度，翁让于纪可知也。[①]

李裕元（公元 1814—1888 年）《林下笔记》记录近事甚详，其《春明逸史》一"中国士友赠遗"条载：

> 燕都朝士之同为唱酬者多有赠遗，叶志诜赠《杏花直幅古鼎图》、姚衡赠《纪年编》、《喉症通论》、《引痘新书》、《山海经笺疏》，姚觐元赠唐碑、《唐人近体诗抄》、《历代世系》、《纪年编》、《文僖公石刻三种》、《再续三十五举卷》、《宣南吟社诗录》，吕绾孙赠赋色写生及楹联字、米老帖、画扇，杨尚志赠《纪元编》，黄爵滋赠苏笺，李伯衡赠东坡帖，沈享愚赠墨刻紫阳楹帖、萧尺木《姑孰山水》木刻本，和色本赠墨刻帖，瑞常赠图章，王楚材、王彦渠俱赠大羊毫，僧三明赠恽寿平画，周棠赠《石鼓歌》、古今石刻、古砚、《兰亭修禊帖》、直幅屏、横披、古宝贤堂帖、石章、隶书、兰竹画、汉碑，俱是珍玩，戛窗百朋也。[②]

除了书籍，也有一些文物，如卷三十四"覃斋中物出东方"条所载甚多，翁方纲父子与朝鲜人多有交往，观此则知翁氏家藏古董流入东国之一斑。此类

---

① 《雪岫外史》，亚细亚文化社 1986 年版，第 24—25 页。
② 《林下笔记》卷二十五，成均馆大学校大东文化研究院 1961 年版，第 631 页。

雅玩乃文人之爱好，故纪昀赠洪良浩物亦多"文房佳品"①。

日本人对于笔记的认识与中国、朝鲜类似，以关仪一郎所编《日本儒林丛书》为例，其中包含了"随笔部"、"史传书简部"等，将它们与池田胤所编《日本诗话丛书》比较，其中相重者亦复不少，如《史馆茗话》、《斥非》、《诗论》、《日本诗史》、《艺苑谈》、《诗史鞬》、《夜航余话》、《钼雨亭随笔》八种。而未收入《日本诗话丛书》但实际上属于诗文评的又有一些，如《文苑遗谈》、《续集》、《摄西六家诗评》、《近世名家文评》、《驳斥非》、《附录》、《文论》、《律诗天眼》八种，至于笔记中含有诗文评内容的就更多，较为集中的如古贺侗庵的《刘子》三十卷，其卷二十七至三十便专论诗文。唐鸿佐于文政十年（公元 1827 年）撰《瓯北诗话题辞》云："古无诗话之目矣，诗话即随笔也。"② 可见在日本人的观念中，诗话和笔记在文体上的区别是微乎其微的。

平安时代藤原实兼（公元 1085—1112 年）笔录的大江匡房（公元 1041—1111 年）之言谈，汇为《江谈抄》一书，其中卷四至卷六都与文学相关，例如卷五对白行简赋的评论，又提及《注王勃集》、《注杜工部集》、《元稹集》、《李白集》。平安时代最受欢迎的是《文选》和白居易，在《江谈抄》中也有明显表现。例如：

> 小野美材内里文集御屏风书了，奥书曰："大原居易昔诗圣，小野美材今草神"云云。③

尽管这是一个对句，出于需要而以"诗圣"对"草神"，而在中国，只有杜甫可称诗中之"圣"，没有其他任何诗人可以分享这一美名。但平安时代的日本人却将"诗圣"的桂冠奉献给白居易，这正说明了他受时人的追捧达到何种程度。又如：

> 《文选》所言"麋食栢而馨"，李善以为难义，而件书引《集注本

---

① 《林下笔记》卷二十五．成均馆大学校大东文化研究院 1961 年版，"纪晓岚赠耳溪物"条，第 843 页。

② 《和刻本汉籍随笔集》第 20 辑，第 249 页。

③ 《江谈抄》研究会编《古本系江谈抄注解》[补订版]，武藏野书院 1993 年版，第 231 页。

草》文明件事。以之谓之，两家之博览，殆胜李善欤。①

据上一则之末"《世说一卷私记》者，纪家、善家相共被释累代难义之书也"② 的说法，以上"两家之博览"，当指纪长谷雄和三善清行，其意见亦当出于《世说一卷私记》。当时人重视《文选》，同时也重视李善注，如果能够弥补李善注之不足，自可引以为傲。关于《世说新语》，人们知道江户时代有很多的批注，但这里的记载给我们一个提示，即对此书的注释可以追溯到平安时代。

《橘窗茶话》是雨森芳洲（公元 1668—1755 年）的一部笔记，江户时代诗学普及，诗话大兴，不仅中国诗话大量涌入，日本自身也出现了众多诗话。在《橘窗茶话》中，有一则记载：

> 或曰："学诗者须要多看诗话，熟味而深思之可也。"此则古今人所说，不必靦缕。但我人则又欲多闻簪缨家之论歌也。余以为，此乃明理之言，大有益于造语者，然非粗心人所能知也。盖诗者情也，说情至于妙极，人丸、赤人、少陵、谪仙同一途也。彼以汉言，此以倭语，邈如风马牛不相及，故不知者以为二端，惑之甚也。③

学诗"要多看诗话"，这是"古今人"之通说，而芳洲更欲沟通和歌与汉诗，以其皆本于"情"。这一则文字提示了诗话兴盛的背景，同时也揭示了清人诗话大量传入的背景之一。

七 据序跋以考

传入东国的典籍，往往被朝鲜人或日本人所翻刻或作选集，形成朝鲜本与和刻本，其中的序跋往往传达出典籍流传的信息。序跋包括编书序跋和刻书序跋两类，从中皆有助于考知某书之传入、翻刻及流行之状况。

以书籍之传入而言，如王世贞《世说新语删补》，得许筠（公元 1569—

---

① 《江谈抄》研究会编《古本系江谈抄注解》［补订版］，武藏野书院 1993 年版，第 144 页。
② 同上。
③ 《日本随笔大成》第 2 期第 4 卷第 7 册，吉川弘文馆 1974 年版，第 421 页。

1618 年）之序而可明白。许氏《世说删补注解序》云：

> 刘说（按：指刘义庆《世说新语》）、何良俊书（指《语林》）行于
> 东也已久，而独所谓《删补》者未之睹焉，曾于弇州《文部》中见其
> 序，尝欲购得全书，顾未之果。丙午春，朱太史之蕃奉诏东临，不佞与
> 为傧僚，深被奖诩。将别，出数种书以赠，则是书居其一也。不佞感太
> 史殊世之眷，获平生欲见之书，如手拱璧，拜而卒业。……因博攻典
> 籍，如以注解，虽未逮孝标之详核，亦不失为忠臣也。使元美知之，则
> 必将鼓掌于冥冥已以为愉快焉。①

据此可知，此书乃丙午年（公元 1606 年）朱之蕃出使朝鲜回国时，向许筠
临别赠书之一，其书传入之时间，可得确证。进而可知，许筠尝为此书作
注，尽管其书不传于今，由此序亦得以略知其名。许筠善为文章，这与他对
《世说新语》的深入探究当不无关系。②

以书籍之翻刻而言，如宋人谢枋得之《文章轨范》，孙昭（公元 1433—
1484 年）有《文章轨范跋》云：

> 此书行于中国者虽广，而流于东方者盖寡，学者罕得而见焉。锦川
> 君之后朴侯辐偶得一秩，珍藏自私者久矣，逮倅荣川监司，金相公永濡
> 巡至其邑，侯以是书进曰："此吾家私藏而独善者，与其私于一家，孰
> 与众人共之。请寿诸梓，用传于世。"相公亦儒林钜宗也，批阅久之，
> 乃曰："此真天下奇宝，而平昔所未见者也，惟侯之言，不亦善乎？"③

据鱼叔权于万历四年（公元 1576 年）修《考事撮要·册板目录》载，庆尚
道荣川即有其版，当为孙氏所序版之遗。其书刊刻之时间，更可上推近
百年。

---

① 《惺所覆瓿稿》卷四，《韩国文集丛刊》第七十四册，第 173—174 页。
② 李德懋《耳目口心书四》指出："许端甫《覆瓿集》简牍娟奇可喜，东国罕有也。学明文
者，而其取用者，一部《世说》也。"（《青庄馆全书》卷五十一，《韩国文集丛刊》第 258 册，第 428
页）
③ 《襄敏公文集》卷二，转引自渊上古典研究会编《韩国序跋全集》第 2 册，太学社 1989 年
版，第 47—48 页。

关于某类文学典籍之流行，往往与文坛风气相关。朝鲜宣祖朝（公元1567—1608年）诗风变化，由学宋转而学唐（尤其是盛唐），所以唐诗盛行而宋诗冷落。同时代的李睟光《唐诗汇选序》云：

> 余平生无所嗜，所嗜唯诗，而于唐最偏嗜焉，若聋者之嗜音声，瞽者之嗜绘彩。……世或有嗜晚唐而不识初盛唐之为可嗜，惑矣！如《正音》、《鼓吹》、《三体》等编，亦多主晚唐，或失之太简。而唯《品汇》之选，所取颇广，分门甚精，视诸家为胜。第编帙似伙，学者病之。余尝择其中尤隽永者为八卷，命曰《唐诗汇选》。①

相对而言，宋诗则无人问津，购进者亦少，金万重（公元1637—1692年）《宋诗抄序》云：

> 宋人诗集之行于东方者盖鲜矣，今吾之选，只据吕氏《文鉴》、方氏《律髓》及近代燕市所鬻数种抄书而精择之，无怪乎简编之不多也。虽然，有宋一代风人之得失优劣，可以知其概矣。今人才解缀五七字，便薄宋谓不足观。夫宋之不如唐固也，而要识所以不如者。不然，与太史公所讥耳食何异②

这段话表明，当时宋人诗集流传东国者甚少，金氏确认"宋之不如唐固也"，他编纂此书的动机是要人"识所以不如者"，并非鼓吹宋诗。

中国典籍之和刻本的出现，大致起于镰仓、室町时代的"五山版"，但汉籍的大量翻刻，则要到江户时代。日本汲古书院所影印出版的《和刻本经书集成》、《和刻正史》、《和刻本诸子大成》、《和刻本书画集成》、《和刻本类书集成》、《和刻本汉籍随笔集》、《和刻本辞书字典集成》、《和刻本汉诗集成》、《和刻本汉籍文集》等，就是其中的一部分，涉及经史子集四部。这些和刻本不仅是汉籍的实物，而且往往附有当时或后来日本人所作的题跋，对于汉籍的流传提供了重要的信息。

江户时代有过不少文学总集的和刻本，从这些总集中，可以得知有哪些

---

① 《芝峰集》卷二十一，《韩国文集丛刊》第66册，第198页。
② 《西浦集》卷九，《韩国文集丛刊》第148册，第92页。

文集曾经传入日本。如香川修德《明诗大观凡例》云：

> ——此邦翻刻明诗者，不过《明诗选》、《千家诗》、《七才子诗集》三
> 二部耳，各家全集亦未刊传。故今就诸集中新汇成编，以惠世之好明
> 诗者。
> ——是集本于朱篁风《明诗汇选》，自《李空同集》、《何大复集》、
> 《李沧溟集》、《弇州四部稿》、《青萝馆集》、《四溟山人集》、《瓶甀洞稿》
> 及《郁离》、《缶鸣》各家全集，以至张士瀹《文篡》、钱谦益《列朝诗
> 集》、钟、谭《明诗归》、顾、赵《近体台阁集》，蒋仲舒《尧山堂外纪》
> 亦皆旁及广搜，随检采录。①

此书编于日本正德四年（康熙五十三年，公元 1714 年），即可知明人文集在
当时的传入及流行状况。又如，井上德《唐诗绝句批注序》云：

> 首载清儒阮氏之言，乾隆《四库》未收，乃知西土亡佚已旧矣。庸
> 讵知不此刻传到于彼，彼刊而刻之，以传于我，亦犹太宰氏《古文孝
> 经》之收入鲍氏丛书而再舶送于此哉？果如是乎，东西流传，与夫《文
> 章轨范》并行于宇间而浩古不泯。②

此序撰于弘化丁未（公元 1847 年），自从太宰纯于享保壬子（雍正十年，公
元 1732 年）将《古文孝经孔氏传》校点问世，并由汪翼苍随贾舶购入，鲍
廷博于乾隆四十一年（公元 1776 年）乃刻入其《知不足斋丛书》，而《丛
书》又在安永八年（乾隆四十四年，公元 1779 年）传入日本，引起日本学
人的重视，不仅引以为荣，向往书籍的"东西流传"，甚至以此为编纂书籍
的目的。③
　　序跋中的书籍交流史料颇为丰富，有时还包括汉籍从朝鲜传到日本的记
录。如元代陈绎曾之《文章欧冶》，有洪熙乙巳（公元 1425 年）之明刊本，
传入朝鲜后，至嘉靖庚戌（公元 1550 年）而有光州版，并有嘉靖壬子（公

----

　　① 长泽规矩也编《和刻本汉诗集成·总集篇》第 7 辑，汲古书院 1979 年版，第 253 页。
　　② 同上书，第 2 辑，第 126 页。
　　③ 参见蔡毅《市河宽斋与〈全唐诗选〉》，载香港浸会大学《人文中国学报》第 8 期，2001 年版。

元 1552 年）尹春年（公元 1514—1567 年）之序①。至日本元禄元年（公元
1688 年）之和刻本，既录尹春年之序，又载伊藤长胤（东涯）之《后
序》云：

> 予尝获朝鲜写本，然文字漫漶，鱼豕相望，殆不可读焉。乃不自揣
> 为校雠参订，略得绪正。不敢自私，因寿诸梓。②

并附有尹春年之《古文谱体制法注》。再如《诗法源流》，朝鲜嘉靖壬子（公
元 1552 年）版有尹春年之序跋，据其跋文云：

> 愚尝读《学范》，见其《诗法源流》之名，切欲一见而未得焉。适
> 以校正乐器，仕于掌乐院，与其院正李丈寿福相语，偶及于此。李丈
> 曰："我有写本，当为子赠之。"愚得而见之，真诗法之源流也。但恨字
> 多舛讹，几不可读。后幸得他本于李牧使桢，思欲与学者共之。白于校
> 书馆提调宋判书世珩，而印之广布于世。……但此书所言体意声之旨，
> 泛论大概，恐学者未之能晓，故愚不揆浅拙，略加批注，高明之士定
> 正之。③

尹春年自赵㧑谦之《学范》中初闻《诗法源流》之名，他从李寿福及李桢处
所得当为写本或中国刊本，朝鲜本刊于明宗七年（公元 1552 年），并附有尹
春年所撰《诗法源流体意声三字批注》。日本江户时代的《新刊诗法源流》
刊本亦冠以至治壬戌（公元 1322 年）杨仲弘序、嘉靖壬子尹春年序，后列
成化元年（公元 1465 年）怀悦后序、正德戊辰（公元 1508 年）周廷征后
序，末附尹春年之《诗法源流体意声三字批注》④，由此亦可推断该版同样出
于朝鲜本。透过以上的序跋，清楚地显现出一本书从中国到朝鲜再到日本的
过程，而尹春年的《体意声三字批注》，更是在中国本基础上的衍生。并且

---

① 《序》云："余于庚戌岁请之于全罗监司南宫公淑开刊于光州矣。"载安大会《尹春年与诗话
文话》所附《文筌》（即《文章欧冶》）影印本，韩国晓明出版社 2000 年版，第 6—7 页。
② 长泽规矩也编《和刻本汉籍随笔集》第 16 辑，汲古书院 1977 年版，第 319 页。
③、《尹春年·诗话文话》所附《诗法源流》影印本，第 83 页。
④ 此本今存京都大学文学部图书馆。又长泽规矩也编《和刻本汉籍随笔集》第 16 辑亦收录了
《（新刊）诗法源流》，可参看，第 321—336 页。

随着书籍的传播和翻刻，进一步影响到日本。

八　据书信以考

　　清朝文人与东国文人，尤其是与朝鲜人之间有不少往来书信，这些信件是重要的文人交往资料，其内容除了彼此问候之外，往往涉及文学、学术问题，也有书籍互赠的记录。与此相关的，还有一些笔谈资料。这些内容除了在文集中有所收录之外，也有汇为一帙者，例如韩国汉城大学校中央图书馆所藏之《清人简牍》，奎章阁所藏《燕杭诗牍》，韩国精神文化研究院所藏《兰言汇钞》，美国哈佛—燕京图书馆所藏《海邻尺牍》①，日本东洋文库所藏《得泰船笔语》、大河内文书中与中韩人士的笔话（已出版《黄遵宪与日本友人笔谈遗稿》）、《清客笔话》等，以上珍贵文献，皆可资利用。

　　例如，《海邻尺素》录仪克中于道光癸巳（公元 1833 年）所写致李尚迪信云：

　　　　《经籍纂诂》板存粤东，归当印寄。《多能鄙事》刻于金陵，容并寄也。②

又韩韵海信云：

　　　　令师所征碑本，当为觅寄。惟《惜抱轩稿》一时未能复命，缘此书都中甚少故耳。③

又邓尔恒信云：

　　　　《史通削繁》一部，亦粤中新刊者，并乞哂存。④

----

　　① 此书原为藤塚邻所藏，收录了清人致李尚迪的书信（其中一通为藤塚邻以其"望汉庐用笺"手抄）。韩国亚细亚文化社所刊"韩国名家文集选"收《恩诵堂集》，曾附以恩雨堂藏本《海邻尺素》，与《海邻尺牍》同出一源，而选录有异同。
　　② 《恩诵堂集》，亚细亚文化社 1983 年版，第 559 页。
　　③ 同上书，第 570 页。
　　④ 同上书，第 597 页。

清道光年间，随着乾嘉考据学的兴盛与繁衍，中国人对于海东金石兴趣日增，在与朝鲜人的书信中，往往可见这些记录。如道光十一年（公元1831年）韩韵海致信李尚迪云：

> 贵邦名贤诗文集及金石碑刻，倘能为弟谋得一二，则不啻锡我以百朋也。①

又吴式芬信云：

> 仆自少即喜谈金石考订之学，年来通籍居京，获请益于芸台相国，复与东卿、燕庭、孟慈、季卿诸君昕夕过从，皆称道金秋史侍郎不置。……尚祈博搜海东金石文，扩我好奇之眼界也。②

又潘祖荫信云：

> 拙著《海东金石录》因所见渺浅，尚未成书，所望一瓻之赠，盼切切。③

古谚有"借人书一瓻，还人书一瓻"④ 之说，故"一瓻之赠"即代指赠书。又《燕杭诗牍》中收录陆飞、潘庭筠、严诚等人致湛轩（洪大容）、养虚（金平仲）等人的信，包含书籍交流的内容颇多，如潘庭筠致洪、金二氏云：

> 如欲书籍，乞示其目，以便简寄。⑤

---

① 《恩诵堂集》，亚细亚文化社1983年版，第569页。
② 同上书，第578—579页。
③ 同上书，第637页。
④ 何薳：《春渚记闻》卷五"瓻酒借书"条载："杜征南《与儿书》言：昔人云'借人书一痴，还人书一痴。'山谷《借书诗》云：'时送一鸱开锁鱼。'又云：'明日还公一痴。'常疑二字不同，因于孙愐《唐韵》五'之'字韵中'瓻'字下注云：'酒器大者一石，小者五斗，古借书盛酒瓶也。'又得以证二字之差。然山谷鸱夷字必别见他说。当是古人借书，必先以酒醴通殷勤，借书皆用之耳。"
⑤ 《燕杭诗牍》抄本，藏韩国奎章阁，图书编号：3438—7A，第11页。

这是拟为朝鲜人购书。书信中论及书籍，往往关涉当时学术，尤为可观。如《华东倡酬集》收录汪喜孙（汪中之子）与李尚迪一书，此信写于道光十七年（公元 1837 年），朝鲜人索求者为今文经学之书，而汪氏推荐者多为汉学著述，便能反映学术风气的差异。

日本与中国文人间书信较少，江户时代以前多为僧人间交往，锁国时代又不便与海外交通，故留存较多的中日文人间书信或笔谈资料，亦以晚清为主，能够反映近代书籍交流的状况。如森立之和杨守敬等人的笔谈，涉及《左传》、《太平御览》、《广韵》、《三国志》、《国语》、《玉烛宝典》、《太素经》、《大观本草》、《魏武注孙子》等数十种中国古籍，[1] 生动地再现了杨守敬在日本的访书侧影之一。杨氏将大量的中国古抄本和宋元刊本舶载以归，遂引起现代学人对遗存于东瀛的中国古典的高度重视。

九　据印章以考

在图书上钤盖源印章，在中国由来已久。受到影响，朝鲜和日本的公私藏书也往往盖有印章。根据这些遗迹，便有助于考察一书之流传。无论是通过购买、赠送还是野蛮的掠夺，通过书籍上的印章便可使人想到书的主人及其命运。印章的形制、大小，印文的字形、图案多种多样，也往往体现了时代的变迁。

韩国历史上的公家藏书钤印当始于高丽时代的肃宗朝（公元 1096—1105年），梁诚之（公元 1415—1482 年）《弘文馆序》云：

> 前朝（按：指高丽朝）肃宗始藏经籍，其图书之文，一曰"高丽国十四叶辛巳岁御藏书大宋建中靖国元年大辽乾统元年"[2]，一曰"高丽国御藏书"。自肃宗朝至今三百六十三年，印文如昨，文献可考。今内藏

---

① 参见《清客笔话》，收入谢承仁主编《杨守敬集》第 13 册，湖北人民出版社、湖北教育出版社 1997 年版，第 519—555 页。

② "乾统元年"原本作"乾统九年"，《新增东国与地胜览》卷二"弘文馆"下引梁氏文，亦作"九年"，乃形似而误。宋建中靖国元年即辽乾统元年，现存书籍中所钤之印亦作"乾统元年"。兹据以改正。

万卷，多其时所藏而传之者。①

肃宗辛巳（公元1101年）即宋徽宗建中靖国元年，因此，这样的图书印往往说明了其书出于北宋，且为高丽朝肃宗所收集。例如，日本宫内厅书陵部藏有一部《通典》，每册卷首有"经筵"朱印，卷末钤盖"高丽国十四叶辛巳岁御藏书大宋建中靖国元年大辽乾统元年"朱印及"秘阁图书之章"②。可知此书乃高丽肃宗六年收藏之北宋刊本，其后传至朝鲜朝，并经过"经筵"讲论。"秘阁图书之章"为日本红叶山文库（又称枫山文库）之藏书印，该文库由德川家康建立于庆长七年（公元1602年），起初称富士见亭文库，宽永十六年（公元1639年）在江户城内红叶山之地新筑文库，改称红叶山文库③。该文库以朝鲜本众多为其藏书特色之一，而其来源则多出于"壬辰倭乱"（在日本方面多称作"文禄·庆长之役"）时掠取所得。这部《通典》上所钤盖之印章，似乎正透露出该书的流传过程。

私人藏书之在东国，自何时起而有钤盖朱印，现已不可考，流传下来的资料亦不多。《入沈记》下《亲朋赆诗》载申监役（大羽）书，乃求购《真诰》与《登真隐诀》二书，且云：

> 《真诰》则鄙藏曾得人家数百年前物矣，为人借去，见入于回禄。《隐诀》则但见其名于中州书目及《真诰》中，而与《真诰》互相发明之书，不可废一。

所谓"人家数百年前物"，其附记云：

> 鄙藏曾有之《真诰》，是自李圣载文所来畀者。……著许筠图章，而题目是石峰书矣。④

① 《讷斋集》卷五，《韩国文集丛刊》第9册，第356页。
② 此据千惠凤等《海外典籍文化财调查目录·日本宫内厅书陵部韩国本目录》，韩国海外典籍调查研究会2001年版，第23页。
③ 参见大庭修《汉籍输入の文化史》之五《尾张の"御本"と红叶山文库の创始》，第93—116页。
④ 《燕行录全集》第30册，第419—420页。

此信写于正祖癸卯（公元 1783 年）六月初三，"数百年前物"《真诰》的原主人从图章可知是许筠（公元 1569—1618 年）。许筠熟悉道书，并且有所信奉，而从印章得知他还藏有《真诰》一书，可见他在道教典籍中浸润之深①。李裕元《林下笔记·春明逸史》"书册图章"条云：

> 余见书册有割去图章者，辄怅然曰："是必故家流出者也。"凡所得书册，不踏余之图章。以其非长久可庋也。燕市购书，如有古人图章，价必倍蓗。若或闻人所阅则尤倍之，为爱重古迹而然也。以此看之，可知东俗之隘矣。②

尽管朝鲜人在将古书出售转让之际，往往将印章刓去，有的人也因此不在自己的藏书上钤印，这对考察书籍的流传可能带来一些不便。但现存韩国的古书中还是留下了若干印章，可供探索。

与朝鲜相比，日本早期的书籍印章多为私人藏书印，现存最早的是八世纪的光明皇后（圣武天皇妃）的"积善藤家"和"内家私印"，分别钤盖在《杜家立成杂书要略》和《礼记子本疏义》上。③奈良朝的写经上也往往捺有印章，据川濑一马所云，如"东大寺印"、"西大寺印"、"太官寺印"、"元兴寺"、"药师寺"等寺院印章，以及私人印章如"内家私印"、"中臣私印"、"善光"等。④

日本的公家藏书印章主要在镰仓时代（公元 1192—1333 年）以降，先后建立了足立学校和金泽文库，大量收集汉籍，并钤盖公家藏书印章，如"野之国学"、"金泽文库"等。

日本有关藏书印谱的集录，从江户时代已经开始。据川濑一马《日本书志学概说》所举，如藤原贞干《公私古印谱》（安永二年，公元 1773 年）、松平定信《集古十种》（印章部七册，宽政中刊）、栗原柳庵《印章花押谱》、大竹蠹翁《令号尔史》（天保七年序，公元 1836 年）、穗井田忠友《埋麝发香》（天保十一年刊，公元 1840 年）、长谷川延年《博爱堂集古印谱》（安政

---

①　朝鲜"文章四大家"之一曰钦曾与许筠有接触，而这样评价说："日与相会，闻其传诵古书，至于儒道释三家书，无不触处沍然，人莫能当也。"（柳梦寅《于于野谈》卷二）
②　《林下笔记》卷二十七，第 676 页。
③　参见尾崎康《日本藏书印鉴序》，北京图书馆出版社 2000 年版，第 1 页。
④　《日本书志学概说》（增订版），讲谈社 1972 年版，第 66 页。

中刊)、柏木政矩《集古印史》（庆应二年刊，公元 1866 年）、松浦武四郎
《皇朝古印谱》、庆云堂伊藤氏《诸家藏书印谱》等，至昭和年间有横尾卯之
助辑、横尾勇之助、三村清三郎补辑的《正续藏书印谱》①。此后还有渡边守
邦、后藤宪二之《新编日本藏书印谱》、林申清之《日本藏书印鉴》等，可
见这一课题已有较好的积累。利用这些印章，我们能够考察某书曾经何人或
何机构之手，也可以据此推断其传入时间。

十　据实物以考

中国书籍之流传东国，尚有许多实物遗存。在这些实物中，有的可能是
中国版，有的则是朝鲜版或和刻本，也有的是朝鲜人或日本人的抄本。根据
这些实物，便有助于了解典籍的流传状况。

根据实物考证，需要综合运用各种手段。例如，韩国奎章阁藏有朝鲜时
代所刊《唐宋分门名贤诗话》一册十卷，此书乃宋人诗话，原书二十卷，在
中国已佚。据目录以考，则万历四年（公元 1576 年）本《考事撮要·册板
目录》，庆尚道尚州下便记录了《名贤诗话》。据序跋以考，则今本《唐宋分
门名贤诗话》有仲钧之跋文，要旨如下：

> 右《唐宋诗话》一部，仆尝得之汗漫间，以资穷愁之览。然其简篇
> 脱逸，文句舛讹，遂嘱友人之朝京师者求购之，而终未得之也。……辛
> 亥秋，偶谒成侯士元……谈及诗话。……侯曰："向也余按岭南时，欲
> 以此编刊行，而以多阙文，卒不果焉。尔后勤求考校，已得十之四五，
> 今以子之所藏，可合于余，庶乎篇完字备，可为成书矣。"仆喜而归其
> 书成侯。……若其残文误字，皆成侯之所手正也。于是告诸吾广原相
> 国，乃使吴生楷写净本，嘱尚州姜牧使用状绣梓。是岁膲月有日，月城
> 仲钧识。②

仲钧是李宗准的字，他"得之汗漫间"的原本当为中国本，否则不会如此罕

---

①　《日本书志学概说》（增订版），讲谈社 1972 年版，第 65 页。

②　奎章阁藏书，图书号码：奎否 2301。又见张伯伟编校《稀见本宋人诗话四种》，江苏古籍出
版社 2002 年版，第 400 页。

见。至于中国本之传入，则在高丽时代，故丽末僧子山撰《夹注名贤十抄诗》，于杜牧《送围棋王逢》诗下即引用《唐宋诗话》一则。① 其次，此书在明代成化年间已很少见，故"朝京师者求购之，而终未得之也"。第三，此书朝鲜版的刊行者为姜龟孙（公元1450—1505年），其字用然，于朝鲜成宗十六年乙巳（公元1485年）为尚州牧，刊行年为辛亥，即朝鲜成宗二十二年（公元1491年），这与《考事撮要》所记当为同一版本。跋文中还出现"吾广原相国"，指的是李克墩，据《成宗实录》二十四年十二月戊子弘文馆副提学金谌上札：

> 伏闻顷者李克墩为庆尚监司，李宗准为都事时，将所刊《酉阳杂俎》、《唐宋诗话》、《遗山乐府》及《破闲》、《补闲》、《太平通载》等书以献，既命藏之为府，旋下《唐宋诗话》、《破闲》、《补闲》等集，令臣等略注历代年号、人物出处以献。臣等窃惟帝王之学，潜心经史，以讲究修齐治平之要，治乱得失之迹耳，此外皆无益于治道，而有妨于圣学。克墩等岂不知《杂俎》、《诗话》等书为怪诞不经之说，浮华戏剧之词，而必进于上考，知殿下留意诗学而中之也。人主所尚，趋之者众，克墩尚尔，况媒进者乎？若此怪诞戏剧之书，殿下当如淫声美色而远之，不宜为内府秘藏，以资乙夜之览。请将前项诸书出付外藏，以益圣上养心之功，以杜人臣献谀之路。②

文中提到的《唐宋诗话》，即指《唐宋分门名贤诗话》一书。弘文馆为朝鲜三司之一，其职责包括管理宫中图书，上引金谌札子，便是以副提学身份上书，但成宗"喜诗话"③。所以必然会将此书收入弘文馆藏之。据书上所钤印章考之，便有"弘文馆"、"帝室图书之章"、"朝鲜总督府之印"及"大学校藏书"等，正反映了此书的流传之序。朝鲜末期隆熙元年（公元1907年），改定宫内府官制，废弘文馆，提高奎章阁地位。隆熙三年，将奎章阁各部分图书统冠以"帝室图书"，加盖"帝室图书之印"。日本吞并朝鲜后，将奎章

---

① 《夹注》卷上引《唐宋诗话》云："太宗皇帝棋品至第一，待诏贾玄者臻于绝格，朝臣潘慎修特居中，亦善棋至三品。内侍陈好玄至第四。自贾玄而下皆受三道，慎修受四道，好玄受五道。慎修尝献诗曰：'如今纵得仙翁迹，也怯君王四路饶。'"此则今本不见，可据补。

② 《成宗实录》卷二百八十五，《朝鲜王朝实录》第12册，第457页。

③ 同上。

阁图书强行没收，归于朝鲜总督府，故有此印。朝鲜独立后，成立了서울大学（即今首尔大学），奎章阁其附属中央图书馆。以实物为依据，综合各方面的资料，就可以考见此书的出版、流传之序。

日本贵重图书影本刊行会在 1940 年曾影印五岛庆太郎所藏平安时代末期写本《文笔要决》及《赋谱》，这两种资料也都是在中土亡佚者。以目录而言，《日本国见在书目录》"小学家"著录了"《文笔要决》一卷，杜正伦撰"。与所传之写本同。又据《新唐书·杜正伦传》云："正伦工属文，尝与中书舍人董思恭夜直，论文章。思恭归，谓人曰：'与杜公评文，今日觉吾文顿进。'"① 可知他既工属文，又善论文。又据诗话考之，空海大师《文镜秘府论》北卷所录"句端"即出于《文笔要决》。我们可以推断，《文笔要决》很可能就是由空海自唐携归者，而且可能就是"句端"部分。写本《文笔要决》亦仅存"句端"，与《文镜秘府论》所引类似，恐非偶然。

与《文笔要决》同抄一卷的是佚名的《赋谱》。唐代赋格类著作颇多，如浩虚舟《赋门》、纥干俞《赋格》、范传正《赋诀》、张仲素《赋枢》、白行简《赋要》、和凝《赋格》等，可见为一时之风气，但皆未能流传至今。《赋谱》不见于中外目录著录，若非实物保存，即无人知晓此书之存在。《赋谱》云："近来官韵多勒八字。"② 据洪迈《容斋续笔》卷十三"试赋用韵"条载："自大和（公元 827—835 年）以后，始以八韵为常。"③ 于此可推测，《赋谱》当成书于此后不久。日本入唐僧圆仁于承和十四年（公元 847 年）所上《如唐新求圣教目录》中，有《诗赋格》一卷，假如其《赋格》部分就是此《赋谱》的话，则其书之传入即在此时。又据日本历来之诗文评，对《赋谱》往往有所袭用，如藤原宗忠（公元 1062—1141 年）《作文大体·杂笔大体》，释了尊于弘安十年（公元 1287 年）撰《悉昙轮略图抄》，引及《裹书》，亦袭用其语。

从实物遗存中还可以考见中国书传入日本，复由日本传入朝鲜，再从朝鲜传回日本的过程。如南宋魏庆之《诗人玉屑》，该书写于南宋淳祐甲辰（公元 1244 年），在日本正中元年（公元 1324 年）便有和刻本问世。此本今存日本京都大学图书馆及东京之岩崎文库，卷末有玄惠所写之刊记：

---

① 《新唐书》卷一百六，中华书局 1975 年版，第 4039 页。
② 张伯伟：《全唐五代诗格汇考》，附录三，江苏古籍出版社 2002 年版，第 564 页。
③ 《容斋随笔》，上海古籍出版社 1978 年版，第 369 页。

　　兹书一部，批点句读毕。胸次之决，错谬多焉。后学之君子，望正
之耳。正中改元臈月下澣洗心子玄惠志。①

　　朝鲜世宗二十一年（明正统四年，公元 1439 年），有清州刊本《诗人玉屑》
二十一卷，卷末录有日本正中元年（公元 1324 年）玄惠所写刊记，并有正
统四年朝鲜尹炯之跋文云：

　　　我主上殿下尊崇正学，丕阐至治，又念诗学之委靡，思欲广布此
书，以振雅正之风。岁在丙辰（公元 1436 年），出经筵所藏一本，爰
命都观察使臣郑麟趾绣之梓而寿其传。始刊于清州牧，年岁适歉，未
即讫功。越四年夏季，臣炯承乏以来，观其旧本，颇有误字，乃敢具
辞上闻。即命集贤殿雠正以下。臣虽荒芜末学，监督惟谨，事已
告成。②

　　可知世宗大王"出经筵所藏一本"，即日本正中元年刊本。今日本天理图
书馆便藏有此本，又内阁文库和天理图书馆各藏朝鲜中宗—明宗年间（公
元 1522—1566 年）据世宗二十一年刊本之后刷本③。而日本宽永十六年
（公元 1639 年）刊本《诗人玉屑》，又录有玄惠刊记和尹炯跋文④，可知朝
鲜本又复为此和刻本之祖本。《诗人玉屑》写于南宋淳祐甲辰，百年间便
传入日本并出现和刻本（正中本）；再过百年，便有据和刻本翻刻之朝鲜
本（清州本）问世；再经两百年，又有以清州本为祖本之和刻本（宽永
本）。传播于东国的《诗人玉屑》皆为二十一卷之足本，而明清以来流传
于中国的皆为二十卷本，直至 20 世纪初王国维在日本京都以日本宽永本
校宋本⑤，此二十一卷之足本始引起国人注意，今日国内之通行本即据日
本宽永和朝鲜本为校本。正是依据这些实物，我们可以了解到这部书

---

　　①　转引自木宫泰彦《三本古印刷文化史》附录"古刻书题跋集"，富山房，1975 年第三版，第
547 页。
　　②　转引自李仁荣《清州本诗人玉屑》，原载《博文》第 5 号，1939 年 2 月，又收入《鹤山李仁
荣全集》第 1 册，国学资料院 1998 年版，第 143—144 页。
　　③　参见沈俊《日本访书志》，韩国精神文化研究院 1988 年版，第 299、618—619 页。
　　④　《和刻本汉籍随笔集》第 17 辑，第 222—223 页。
　　⑤　王国维有日本宽永本跋文二则，撰于辛亥（公元 1911 年）季冬。见王仲闻《诗人玉屑校
勘记·附录》，上海古籍出版社 1978 年新版，第 604 页。

"东西流传"的曲折经过。

以上标列十目，分别举例说明研究汉文学典籍东传所涉之史料及方法，但在实际操作中，当综合运用以上诸多不同类型的文献及途径。用我过去的话来说，就是"以文献学为基础的综合研究"①。

[作者单位：南京大学中文系]

---

① 张伯伟：《中国古代文学批评方法研究》"导言"，中华书局 2002 年版，第 1 页。

中国现代文学的一个核心观念——"民间"

钱　竞

一　现代性的重要切入点——"白话文学"

要想讨论现代中国的文学观念，不涉及胡适先生是根本不可能的！我们不否认梁启超先生是呼唤文学革命的第一人，但是真正为现代中国的文学观念打下坚实学术基础的，的确是胡适先生。

在我看来，所谓现代文学观念，是为了与古代文学观念做出区隔而设定的。那么，古今文学观念的区别究竟在什么地方？单就"文学"这个概念而言，古代的分类与今天相比有较大差异，不但是表现在用语上（古人会称之为"文"，称之为"诗"，称之为"辞章"），在分类学的意义上，表现得较为宽松，将大量今人认为属于应用文的东西也归入了"文"的一类。难怪今天有学者将之称为"杂文学"。所谓"杂"，就是不纯。而今人所谓的"纯"又是指称什么？说穿了，就是要将那些被今人视为非审美的作品淘汰出局，暗中潜藏着一个非功利的审美标准。至于对这种以非功利之审美为标准的意识进行抽象浓缩，升华为"理论"，演变成"学术"，那就是被称为哲学家、美学家的人的职分。从鲍姆加登到康德，做的就是这样的工作。"美学"也就成了这辨别"纯粹"或是"驳杂"的利器。那么，回到中国的五四时期，这一引进美学并且得到当时中国学人认可的工作，已经由梁启超、王国维等诸位先生做过了，不需要等到五四前后再劳胡适先生的大驾。

也许可以说，历史给五四文学家提供的，是另外一片广阔的学术天地——白话文学以及民间文学。在这方面，胡适先生是第一位提倡者。可是，用"提倡"这个词分量仿佛轻了一点，因为当时所发生的，实际上是一次价值颠覆，一次真正意义上的文化革命（绝非 50 年后的"文化大革命"可以比拟）。而这一次倡导白话文学、民间文学的革命，其影响之广阔，意义之深远，不是语言能够完全表达的。最低限度，我们这些后代在将近一百年的时间里还在继续享用，还在继续受益。白话文学对于现代汉语的确立，意义之极其重大是不消说的。中华民族之所以能够在今天这个号称全球化的艰险境遇中立足前行，甚至有进而置身于先进行列的前景，不能不追溯到现代汉语的强大功能。读者不妨设想一下，那些由于在文明进程中处于较为原始阶段因而没有自己强大丰富语言文字能力的民族在今天的处境究竟如何？即使是那些曾经拥有过辉煌古老文明的民族，面对着来势凶猛的全球化也会遭遇莫大的困境。再回到文化艺术的领域来看，如果没有自己源远流长又可以与时俱进的民族语言文字，哪里还谈得上什么民族文学，更何言文学传统？那样也就不会有什么本民族的现代文学以及当代文学。当年的胡适先生可能没有想得这么深远，但是对于白话文学这个发展方向看得是非常之准，而且他不但是奋臂高呼，最为难得的是他能够身体力行，在多个学科领域率先示范，的确有莫大的开山之功。

　　然而，在充分评价白话文学的功绩之际，我们还是要涉及白话文学得以成立的学理问题。

　　在社会学——现代化建设动员的层面，这是一个要求文化向底层普及从而扩大合格国民数量基础的问题；在文化学——精神文明的层面，则涉及民族文化的创造力亦即一个民族国家的综合竞争力的问题。再具体一点，就是胡适在《文学改良刍议》里说的"白话文学之为中国文学之正宗，又为将来文学必用之利器，可断言也"。他所"断言"的"将来文学"，需要较长的时间来检验，但是白话的通行却是立竿见影，短期就收到了大功效。到 1926 年，各大报刊决定改用白话，教育部则通令全国教育系统改用国语。这件事的意义，作为后人的我们自然可以看得清楚，没有想到的是，当时的学者居然有人目光如炬！这里所指的就是黎锦熙先生。证据就是他为《国语文学史》所作的"代序"。说起这一点还要交代一段故事。胡适先生应教育部的邀请，于 1921—1922 年为他们主办的国语讲习所讲授过一门课，课程名称就是"国语文学史"。到了 1927 年初有一批学生要求出版教材，而胡适先生当时出国在外，就去向也曾参与国语讲习所教学的黎先生请示，并且得到了他的赞同。稍后，黎先生又写了一封信给学生诸君以示郑重。这封信中的见解十分精辟，应该算得上重要史料，这里就摘录一段：

　　民九（公元 1920 年）以后为什么要在民九这一年作一截断呢？因为这一年是四千年来历史上一个大转折的关键。这一年中国政庇竟重演了秦皇汉武的故事（见上第二期）。第一件，教育部正式公布《国音字典》，这和历代颁行的韵书著为功令的意味大不相同，这是远承二千二百年前秦皇李斯的"国字统一"的政策进而某"国语统一"的，二千二百年来历代政府对于"国语统一"一事绝不曾这样严重的干过一次。第二件，教育部以明令废止全国小学的古体文而改用语体文，正其名曰"国语"，这也和历代功令规定取士的旨趣大不相同，这是把那从二千一百年前汉武公孙弘辈直到现在的"文体复古"的政策打倒，而实行"文学革命"的，二千一百年来历代政府对于文体从不敢有这样彻底的改革，从不敢把语文分歧的两条路合并为一。自此以后，民众文艺便得到相当的地位，文人学士也不须阳为拒绝，暗地里却跟着走，像从前那样的摆臭架子，戴假面具了；古典文学也得到相当的地位，文人学士更不须再像从前要受那种严酷的限制，可以自由发展，自由创作了。国语文学史说到这里，才算入了正轨：第一，有全国统一的标准语，不与方言发生辇辗，而方言文学的发展也能不违乎自然；第二，音标文字创造出来了，有委婉曲折以表现语言文字之美的可能，而汉字所范成的过去文学，仍自保其优美的特点；第三，文学有社会化的趋势，民众国语的程度可以提高，欣赏文学的能力自然加大，于是文学不复为少数文人学士所垄断，而少数文人学士仍得发展其天才与学力而成稀有的作家。这三点都是民九以前的国语文学史中绝对不能有的，所以民九这年要算是开一新纪元了。①

　　有这样上下古今的视野和深邃果敢的裁断，这一由学者倡导又达至共识的观念，又迅速获得政府之认可，并且形成颁行全国的政策法令，那么，提倡国语、国文的观念与相应政策举措的历史意义，还要我们在此予以申说吗？

　　至于胡适先生在提倡白话文学方面的贡献，在这里也有列举的必要，其

------

　　①　转引自《胡适学术文集·中国文学史》，中华书局 1998 年版，第 15—16 页。文中重点号是原文所有的。

一，是他自己的创作，可见之于《尝试集》等；其二，是他的专著、专文如《白话文学史》、《五十年来之中国文学》等；其三，是他所呼吁提倡的白话文学创作实践，也就是后来蔚为大观的五四新文学运动。然而我们在这里要加以追究的，却是胡适的"白话文学正宗论"。

所谓"白话文学正宗论"，一般而言是依据胡适早年文章中的几句话。陈平原将其概括为"两句半话"。① 第一句话是："中国的文学凡是一些有价值有一些儿生命的，都是白话的。""用死了的文言决不能做出有生命有价值的文学来。"故白话文学乃"中国文学之正宗"。第二句话是在回溯中国文学之言文关系的基础上，断言在言文分离后"二千年的文人所作的文学都是死的"；"在古文传统压迫下"白话文学仍是"一线相承，至今不绝"。第三句话则从雅俗论到阶级，说"若把雅俗两字作人类的阶级解"，则文言只是属于"雅人"，而与"小百姓"无缘。②

从胡适发表上述言论的 1917 年、1918 年到现在，时间已经过去了近 90 年。作为后人，作为一种学术史的回顾，我们或许能够做到持论更为公平。因为只有如此，我们才有可能在不存成见、偏见的基础上开始新一轮的中国学术建设。

首先要说到的，还是胡适的功绩。单单以他树立起一杆"白话文学"的旗帜而言，就足称"不朽"了。这不仅是因为将语体文作为国语是中国转变为现代民族国家必不可少的文化战略，而且是因为一旦将"白话文学"看作一种贯穿历史的文化现象，又势必为中华民族寻找到又一个弥足珍贵的传统。一部《白话文学史》，无论有多少遭人诟病之处，但是它至少证明了白话文学在中国是有史可言的，是一种有历史的存在。应当考虑到的是，有这样一个传统与没有这个传统是大不一样的。俗语与文言的并存，是各个文明民族都会出现的现象，并无什么特异之处，但是有没有俗语文学或曰白话文学的历史存在，对于一个文明民族而言，却是它未来文化创新时有还是没有传统资源凭借的重要问题。说得再透彻一点，就是当今之世，不是哪一个民族都有自己的白话文学传统的。如果我们自己有足够的聪明，就会在文学上学会运用自己拥有的两个优势，即文言文学和语体文学的双重优势。当然，

---

① 参见《中国现代学术之建立》，北京大学出版社 1998 年版，第 198 页。
② 这些言论出自胡适早期文章《文学改良刍议》、《历史的文学观念论》、《建设的文学革命论》、《答朱经农书》。

迄今为止，我们在运用这两个优势方面，尚没有什么让人自豪的特别优异的成绩可言，尤其是在文言文学的借鉴、发扬和创造性的转换上。这样看，胡适先生所言的"白话文学"，无论其为"论"，还是"史"，均已立于不败之地。

其次，由于白话文学观念的确立，沿着白话文学的路径进一步拓开学术探索则渐成风气。这又展宽了中国文学研究的疆界。胡适在白话文学、俗语文学的倡导中的一大贡献，是打破了重雅轻俗的传统价值观，强调了学术研究对象的平等地位。在他于1923年撰写的《〈国学季刊〉发刊宣言》中写道："在历史的眼光里，今日民间小儿女唱的歌谣，和《诗》三百篇有同等的位置，民间流传的小说和高文典册有同等的位置。"这也就无异于一篇别开风气的宣言。20世纪20年代以后，歌谣、唱本、俗谚、传说、故事、话本、俗讲、变文、宝卷等等，无不进入学者的视野。在收集整理的过程中，逐渐形成一些新的研究课题。举例而言，顾颉刚先生整理的《吴歌甲集》于1922年在《歌谣》上发表，曾经赢得胡适的高度评价，称之为"真可说是给中国文学史开一新纪元了"。然而，顾先生自己却认为歌谣的整理发表并不是太重要，真正要紧的是其中蕴藏的学术研究思路。用他的话说就是"老实说，我对歌谣的本身并没有多大的兴趣，我的研究歌谣是有所为而为的：我将借此窥见民歌和儿歌的真相，知道历史上所谓的童谣的性质究竟是怎样的，《诗经》上所载的诗篇是否有一部分确为民间流行的徒歌。"这一段话看似平淡，但是所包含的内容其实是非常重要的。这里面隐含着一个重大的研究路径之转换，也就是说，是从以往人们司空见惯的文学研究路径转变到文艺研究路径。其中说到的"徒歌"，更是会牵出一个新的研究方向，即音乐文学的研究。那么，再联系到胡适个人的关注，则还有他在白话文学研究中对乐府的特别重视。如果我们将视野再延伸到后来，就不能不谈到任中敏先生的音乐文学研究。王小盾认为，"通过文学研究音乐，是音乐研究的重要途径，通过音乐研究文学，是文学研究的重要途径。鉴于五言七言诗是中国文学的主要体裁，对杂言的研究势必揭示美学和文学思想史的一些特殊之点。鉴于古代文学研究的历史学要求不断提高，对音乐与文学关系的研究势必回答更重要的一些理论问题。"[①] 在该书的《结论》部分作者就随手列举了大量非常重要而又值得进一步探索的音乐文学现象，例如"早期曲子辞产生

---

① 《隋唐五代燕乐杂言歌辞研究》，中华书局1996年版，第482—483页。

在歌场或戏场，富有表演性，采用对话、问答、第一人称代言体，栩栩如生地描绘了众多的妇女形象和戍客、商贾、‘少年公子’形象。”又例如“琴歌常用传统题材，代古人写心，由此产生了《胡笳十八拍》等悲愤哀切、曲折尽情的佳作。”而最终的结论是：“从总体上说，由于歌唱所要求的生动性，由于杂言所要求的变化性，这批歌辞摒弃了‘温柔敦厚’的传统观念，具有比五七言诗更为婉转、更为真率、更为恣肆、形象更为鲜明的风格。由此可见，音乐文学研究有它的独立的文艺学价值。”① 如果追本溯源的话，应该说，白话文学的提出确为后来诸多新学科研究之滥觞。

二 民间文学观念的意识形态性

如果说白话文学或是国语文学侧重于语言形态的话，那么，民间文学的提法就更侧重于强调这种文学的起源，强调民间文学的社会属性乃至阶级属性。或者可以说，民间文学这一提法本身就具有强烈的意识形态色彩，而且是所谓“现代性”概念中不可或缺的内容。

中国的文艺学从古代形态真正转变为现代形态的一大枢纽，归根结底是民间文学的观念的确立，是民间文学观念的深入人心，是民间文学观念真正渗透到文学研究的领域，甚至是主要领域、关键领域。这其中深具意义的，是在价值观上的转变。

当我们提出“转变”这个话题的时候，就意味着我们不得不多少回顾一下中国古代文学观念有什么样的传统，不得不去追索我们的祖先在这一些问题上究竟有着什么样的看法。

首先要说明的是，中国古代社会所使用的“文”或“文学”，在基本语义上两千年来并没有出现什么转折性的变化，在出现社会转型之前，应该说是大体上保持了一贯的，具体而言，其指向可分为二：其一，是泛指所有的著述。从最早出现在《论语》的“文”与“文学”一词而言，不论是说“博学于文”的“文”，还是谈到孔门四科时说的“文学子由子夏”，直接的指向是《诗》、《书》六艺。后代沿用，则是指称“文字著述”的总名。然而，我们又必须看到“文”与“文学”其实也包含了狭义专指的一面。最明显的说法则是出自于萧统的《文选》。他所说的“若其赞论之综缉辞采，叙述之错

---

① 《隋唐五代燕乐杂言歌辞研究》，中华书局 1996 年版，第 482 页。

比文华，事出于沉思，义归乎翰藻，故与夫篇什，杂而集之……名曰《文选》云耳。"就其序文所侧重的"辞采""文华"来看，突出的是修辞特征，音韵特征。不论后世在大的学术分类上出现过"经史子集"，还是"义理、考据、辞章"的分类法，都没有改变萧统"辞采文华，沉思翰藻"这种说法所蕴涵的审美指向性。到了 20 世纪，中国人接受了西方诸多观念以后，在文学艺术上遂采纳了审美取向的观念。

　　另一方面，中国古代对于民间文学这个"现代性"意义很强的概念，是否曾经触及呢？或者说，古人是否也探讨过文学的起源问题呢？当然，我们不会要求古人使用我们今天的话语及思维习惯，所以只能从他们讨论有关问题的角度、方式上加以重新归纳。为了讨论这个问题，我们不妨把焦点集中到中国最早的诗歌集——《诗经》上来，看一看古代人是怎么看待早期诗歌之起源的。依据《左传》、《汉书·艺文志》、《汉书·食货志》等典籍的记载，对于"诗三百"的来源，有着"采诗"、"献诗"、"作诗"的说法。所谓"采诗"，是说"孟春之月，群居者将散，行人振木铎徇于路，以采诗，献之大师，比其音律，以闻于天子"①。这里说的是古代至少是周代有过采诗之官，采诗之制。即使这是汉代儒生为宣扬周代之文质彬彬而夸大其词的话，也难以否认"诗三百"拥有那样大量的来自列国的诗歌曾经过收集和整理。那么，采诗之说的成立，也就无异于证明了"诗三百"有相当部分是来源于民间的制作。至于献诗之说，并不排除献诗者可能采而献之，当然也可能是公卿士大夫自身有备而来，预有制作而后陈于宫廷的行为。这里所能表明的是诗歌的另一个来源是当时的士大夫，并不一定出自民间底层。至于作诗之说，则一是确指在具体诗篇中所出现的关于作者的称谓，如"家父作诵"，"孟子作诵"等。另一则是《毛诗序》的说法，指某诗为某王、某公、某大夫、某夫人所作。然而《小序》所陈述的诗歌之本事亦不可征信，又遑论作者呢？概括地说，"采诗"、"献诗"、"作诗"的说法，我们都可以从发生学的角度加以理解辨析。那么可以推论的是"诗三百"有着双重起源：既有采自民间的通俗歌谣，也有士大夫的风雅诗作，并没有特意强调起源的单一性质。现在看来，这种说法还是比较公允合理的。可是，在 20 世纪民间文学观念勃兴以来，文人学者就会有意无意地偏向民间起源说，这也表现在大量中国古代文学史的著作里。而且论说的范围也远不只是《诗经》了。这种重

————————————

① 参见《汉书·食货志》。

视作品、作者的社会地位、社会身份的倾向，是我们所说的"现代性"才具有的特点，也可以说这是一种具有"现代性"的新的价值观。

在这里，我想没有必要详细叙述中国民间文学、民间文化研究在现代发生发展的完整过程，只能是选择若干案例进行文艺学所需要的分析。如果说意义重大乃至对整个文学界产生巨大影响的案例，当首推从 1924 年发端的"孟姜女故事研究"。不过在这里，我们倒不妨较为仔细地分析一个大家可能不很熟悉却又丰富生动或许更能说明问题的案例，这就是顾颉刚等人在 1925 年春天组织实行的"妙峰山进香"调查。参与这次调查的人士无论在当时或是后来都是文化学术界的重要人物，除了顾先生以外，还有容庚、容肇祖、庄严与孙伏园。这次调查为时三天，成果颇为丰富，除去应有的一份报告文本，还收集了当事人所写的一些随感、日记和资料，此外还收入了一些当时名人对这份调查报告的读后感或评论。今天我们对这些当年的资料重新阅读的时候，不单是感到非常新鲜，而且能够深深领悟到什么叫历史的足迹。

妙峰山在北京城西北安河、大觉寺一带的远郊，山顶有庙宇，供奉"天仙圣母碧霞元君"，相传是东岳大帝的女儿。旧时这里香火很盛，每年阴历四月会有成千上万的人前来进香，其中也没有尊卑之分，举个读者熟悉的例子，电影《卧虎藏龙》的女主人公玉娇龙就是以进香为名从这里跳崖而隐世的。电影所本的是王度庐先生写作的悲情武侠小说，在其中对西山进香情状描写得也很生动，可以与妙峰山调查互相印证。尤其值得一提的是，每年的进香活动都会有许许多多的民间社团自动出面组织安排，例如铺沙清路以利通行；搭棚设座，备粥备茶以奉香客等等，这就使得千万人朝顶进香的盛大活动井然有序，而绝非如今号称"黄金周假日旅游"的那种散乱人众的随意行走。若是躬逢安宁昌盛之世，还会有许多表演如武艺、曲艺等等。顾颉刚先生一行此次进山，要算是现代民俗学有开拓意义的一件事情。顾先生在《京报副刊》刊登的《妙峰山进香专号》中道明了此行的宗旨，他说：

> 这次的专号，我们算做一个榜样。朝山进香的事，是民众生活上的一件大事。他们储备了一年的活动力，在春夏间作出半个月的宗教事业，发展他们的信仰、团结、社交、美术的各种能力，这真是宗教学、心理学、民俗学、美学、教育学等等的好材料，这真是一种活泼泼的新

鲜材料。①

　　这就是说，从学术研究的角度看，领域必须拓宽，不能再像从前那样局限于书本，而必须对普通民众的风俗习性作近距离的观察，收集详细的材料，得到深切的知识。毫无疑问，顾颉刚等诸先生这一次妙峰山调查，的确有中国现代民俗学首次做成田野调查的开辟之功。不过，若是删去"中国现代"这几个限制词，就不能说是"开拓"了。中国的历史上，远的有司马迁，有作《风俗通义》的应劭；近的有顾炎武，声名稍逊而著有笔记的文人墨客更是数不胜数。妙峰山调查，为时仅三天。观察虽然细致，研究却不够深入。有的学者如孙伏园因为这次经历的新鲜感太过强烈，似乎只是写出了一篇欢天喜地的游记，足证他的心地善良。但是，这次调查以及此后文字的发表结集，还是引起了学界的重视。也许可以说，这对民俗学及民间文学后来之风行景从，是大有裨益的。

　　然而，在改进学术的背后，还有着一层非常重要的社会意识。顾先生说：

　　　　在社会运动上着想，我们应当知道民众的生活状况。本来我们一班读书人和民众离得太远了，自以为雅人而鄙薄他们为俗物，自居于贵族而呼斥他们为贱民……但时移事异，到了现在，政治的责任不由得不给全国人民共同担负，智识阶级已再不能包办了，于是我们不但不应拒绝他们，并且要好好的和他们联络起来。②

　　这真是学术无法离开宏大历史语境的一个明证。在我看来，这么明确的民间文化意识源自强烈的"民众意识"，而这意识落实到社会制度层面，便是现代社会的政治民主，是所谓少数服从多数的民主制度。说到底，进入现代的一个标志就是这个"多数原则"。任何政治决策的基点都只能是民意。所遵循的规则就是一人一票，任何拥有完全政治权利的人（合法公民）都是一个独立主体，由他们构成的多数选民群体，就是政治上的决定性力量。这也就是顾先生说的"政治的责任不由得不给全国人民共同承担"。面对着在

────────────────

① 《妙峰山》影印本，上海文艺出版社 1988 年版，第 9 页。
② 同上书，第 4—5 页。

辛亥革命后名义上已经成为政治主体的中国民众，则不能不在文化立场的选择上有一个十分明确的态度。然而，必须看到的是，对于民众的这种尊重往往会直接导致进一步的价值倾向上的转变，甚至可以走向民粹主义。其具体表现就是对于来自民间的文化无条件的赞美，甚至会过分夸大地歌颂民众的道德风貌与综合素质。收在《妙峰山》里的一篇署名傅彦长的文章题目就叫《中华民族有艺术文化的时候》，作者为了证明顾颉刚等人的调查并非虚言，特意举出城隍庙会的例子，说由此可以看出：

> 中华民族的民众有集团的组织力，而不是一盘散沙的样子了。赤膊惯了的店员们，在这个时候也会收拾得齐齐整整，穿了马褂长衫，骑在马上拿着一面有"令"字的旗，很有秩序地排在队里游行着。其余像吹打手之类，在那个时候无不很热烈地表现着民众的艺术文化。就是观看的群众也自然有一种很静穆的态度来享受这种民族的艺术文化。①

又举出杭州东岳庙的例证，说："他们在那个时候，人人热心，人人铁面无私，人人不做儿童的举动。所希望的就是清明的政治，公平的判断，有赏有罚，一秉大公。"②

其言虽不无溢美，其意却诚为可感。无论怎么看，这都是文人士大夫价值观的一大转变。民众不再被认为仅仅是愚氓，或至多是可以教化之徒。以往习惯了的俯瞰，如今是变成了平视，毫无疑问这较之以往是难得的进步。传统的士大夫与现代的知识分子之间横亘着的观念鸿沟，分界正在这里！而现代知识分子不得不放在首位加以思考的，就是在新的世界、新的社会条件下，自己充当教育者或是文化指导者是否具有合法性。这就必须正确地认识和处理知识分子与民众的相互关系的问题，尤其是两千年来两者之间格格不入的差别与矛盾问题。应当指出的是，这些问题，在整个20世纪都是悬在中国知识分子头脑里的头号难题，也是中国知识分子常常处于尴尬两难境地的一个极为重要的缘由。中国知识分子内心深处的一个最大担忧，就是唯恐自己缺乏来自于民间大众的认可，唯恐缺乏这种基于民主价值观的合法性。因为这个缘故，被称作"民主个人主义者"的中国现代知识分子由于自己在

---

① 《妙峰山》影印本，上海文艺出版社1988年版，第245页。
② 同上书，第246页。

社会上相对拥有较为优越的经济地位和社会地位，似乎先天地就有一种愧疚感，甚至是犯罪感。一旦有人使用或是盗用"人民"、"群众"、"大众"、"劳动人民"、"工农兵"乃至"民间"、"底层"这些概念的时候，知识分子就会连一个回合都顶不住而败下阵来，极为轻易地低头认错，缴械投降。而在"无产阶级专政"的条件下，情况就更为显著。一旦遭逢思想批判或是整肃，就会立即形成所谓的"一边倒"。在知识分子这里，似乎学术上的道理是小道理，是被社会的、政治的大道理管着的。因此在学术上不再去坚持原则，不再去争辩，也就成了司空见惯的集体行为方式。接受各种各样没完没了的劳动改造，农村锻炼，"五七干校"之类，经历各种各样带有惩罚性的脏活、苦活、累活之类，接受"臭老九"这种居于敌对分子边缘的政治地位，而仅仅期盼侥幸得到宽大处理，则是越到后来就越是习惯成自然的天经地义了！

　　这种社会意识的转变，学术意识的转变，不可能不对五四以后的文学观念和文学创作产生极重要的影响。如果试图概括的话，那就是成为中国现代文学主潮的民本意识。文学写作的最大关注点就是民众，或者说是以农民为中心的大众。这一点在鲁迅较早的创作中已经表现出来。无论是闰土，还是阿Q，都是能够让读者牵肠挂肚的人物。尤其对习惯于城市生活的"小资"文学青年来说，五四文学的民众意识已经为他们铺垫了后来投身于乡村，投身于根据地、解放区的心理基础——亲近认同的和审美赞赏的心理基础。不仅是左翼文学家如此，即使是通常被认为是自由主义者的文学家中也并不罕见（沈从文就是一个好例）。总之，民众、大众、农民成为文学创作的重要题材，或者是重要背景。

　　在文学史观念上，由于有胡适、傅斯年等重要人物亲自动手撰写如《白话文学史》、《中国古代文学史讲义》这样的标志性著作，其内涵偏重白话文学，偏重民间文学的观念就更为明确，更为坚定，更富于逻辑完整性。据台湾中研院史语所王汎森先生研究，胡适与傅斯年1926年8月在巴黎的见面晤谈具有重要转折意义。傅斯年提出以发生学观点治文学史的口号，也曾深深影响了胡适。傅斯年的意见可见于他两年后所写的《中国古代文学史讲义》，其言曰：文学的生命犹如有机体，就缘起论，"都是开头来自田间，文人借用了，遂上台面，更有些文人继续的休整、扩张，弄得范围极大，技术极精，而原有之动荡力遂衰，以至于但剩了一个躯壳，为后人抄了又抄，失去了扩张的力气，只剩下文字上的生命，没有了语言上的生命。文学史或者可和生物史有同样的大节目可观，'把发生学引进文学史来！'是我们工作中的口号"。[1]

就在胡适与傅斯年见面的十天后，他的《〈词选〉自序》就明白无误地接受并表达了他的文学民间发生论的新见解：

> 但文学史上有一个逃不了的公式。文学的新方式都是出于民间的。久而久之，文人学士受了民间文学的影响，采用这种新体裁来做他们的文艺作品。文人的参加自有它的好处：浅薄的内容变丰富了，幼稚的技术变高明了，平凡的意境变高超了。但文人把这种新体裁学到手之后，劣等的文人便来模仿；模仿的结果，往往是学得了形式上的技术，而丢掉了创作的精神。天才堕落而为匠手，创造堕落而为机械。生气剥丧完了，只剩下一点小技巧，一堆烂书袋，一套烂调子！于是这种文学方式的命运便完结了，文学的生命又须另向民间去寻新方向发展了。[2]

对于胡适、傅斯年的这种文学观念，似有必要作进一步的分析。他们之所以推崇民间文学、白话文学，除了有民主原则，多数原则的社会思潮大背景之外，还受到另外一种思想即生命周期思想的影响，认为有机世界中的每一物种都有生命周期。推展到人类社会，则认为文明、文化乃至十分具体的文学体裁样式都同样会有一个生老病死的周期。我们或许可以将这种假说视为某种文学生命论吧。在这个生命轮回的过程中，活力始终来源于民间，来源于民众。文人则始终是次一级的，第二性的。借用毛泽东式的语言来说，即文人文学是"流"而不是"源"。一部白话文学史所要证明的，就是这样一个道理。这样，"白话"、"国语"、"民间"、"民众"、"大众"、"生命"、"活力"、"创造"、"进步"等等，则都在逻辑上连接起来，成为一个言之成理的自足系统。有了这样一个系统，就可以大胆放言，立下断语了。其社会效果也是十分显著的。中国人的思维中本来就有大而化之、删繁就简的倾向，面对胡适先生这样简洁明快、方便实用的论说，岂有推拒之理。实际情况也的确是胡适的这些思想迅速对五四以降的文学思潮产生了重要影响。重视白话，推崇民间的价值倾向从五四一直延伸到今天，已经成为20世纪以来中国文化、中国文学的新传统。

---

[1] 《傅斯年全集》，第13页。
[2] 《胡适学术文集·中国文学史》，中华书局1998年版，第471页。

三　中国古代文学研究中的"民间"观念

在第一节中，我们已经提及任中敏先生的研究路径，现在则要进一步论及更为广阔的范围。为了方便起见，我们还是从一个案例研究开始。这个案例就是朱东润先生在 20 世纪 30 年代写出的《国风出于民间论质疑》。应该说，这是一个不同凡响的案例。因为朱先生的这篇文章很有一点敢冒天下之大不韪的风骨。他居然敢在 30 年代"民间文学"这个核心观念已经成为学术界主流观念之际，公然出来做一大篇驳论文章，试图将古往今来一切将《国风》出于民间的论说统统驳倒。而他所凭借的学问，则是乾嘉学术那种细致过硬的考据工夫。在上一节我们已经看到胡适、傅斯年关于一切有活力的文学皆来自民间的说法，而朱先生却不承认这个说法。不过，朱先生不是一位理论家，也不是一位论战爱好者，更不是今日之善于"炒作"之徒，抓住一点什么就要酿成一个事件。他的一大篇驳论，其实是一大篇立论。也就是说，他的文章不似今日之论辩文章全然是以论对论，甚至是以空对空，而是处处均以坚实而且让人无从反驳的事实论据列成阵势，造成一个铁的壁垒。其实，世间最厉害的学术，就是实事求是的学术。朱先生恰恰做到了这一点。

我们先来尝试一下概括朱先生的论述次序或曰逻辑秩序。大致可以划分为以下诸点：

1. 首先是列出论辩之关键。朱先生说，《诗》三百零五篇中，《雅》、《颂》之作多朝廷郊庙乐歌之词，"自古迄今，未有异论"。而持《诗经》来源于民间的论者则以多达 160 篇的《国风》为凭借，那么，"今果能确然指认《国风》百六十篇，或其中之大半，不出于民间者，则《诗》出于民间之说，自然瓦解，而谓一切文学来自民间者，至此亦失其一部之依据，无从更为全称肯定之主张"①。

2. 其次引《汉书·食货志》、《汉书·艺文志》尤其是何休的《春秋公羊解诂》（所谓"饥者歌其食，劳者歌其事"）等，说明自汉代起，即多持《诗》出民间之说。司马迁的立论稍异，以为"大抵圣贤发愤之所为作也"，却"亦未可信"。到了宋代，有朱熹的《诗集传》等，依然持《国风》出于

———————

① 朱东润：《诗三百篇探故》，上海古籍出版社 1981 年版。

民间之说。论及清代时，则援引方玉润的《诗经原始》，证明清人"益阐诗出于民间之说"。至于近人，"则于此说，更事推阐"，甚至进一步分类，标出"恋歌"（如《静女》、《中谷》、《将仲子》等）；"结婚歌"（如《关雎》、《桃夭》等）；"悼歌及贺颂歌"（如《麟之趾》、《螽斯》等）；"农歌"（如《七月》、《大田》等），为民间源泉说张本。

3. 朱先生说："持《国风》出于民间论者，观之昔贤则如彼，求之今人则如此，然有所未安者。"随之即提出三点疑问：其一，与《诗经》同时的著作，可见于"钟鼎简策者，皆王侯士大夫之作品，何以民间之作，止见于此而不见于彼？"其二，指认《关雎》等为民歌，却不考虑"君子、淑女，何尝为民间之通称？""琴瑟钟鼓，何尝为民间之乐器？"其三，"何以三千年前之民间，能为此百六十篇之《国风》，使后世之人，惊为文学上伟大之创作，而三千年后之民间，犹辗转于《五更调》、《四季相思》之窠臼，肯首吟叹而不能自拔？"难道文化不是依靠积累，使"后代之文化较高于前代"吗？由此三端论之，则不能确认《国风》之出于民间。

4. 接下来，是朱先生用力最多的考证，即"由名物章句而确知其为统治阶级之诗者"。按朱先生的统计，共有 80 篇。其中，有：

（甲）"由其自称之地位境遇可知者"，如《葛覃》中称"言告师氏，言告言归"。又引王先谦《三家义集疏》："《内则》：'大夫以上，立师、慈、保三母'，亦证此为大夫家婚姻之事矣。"①又如《七月》，旧说多以为"周公居东之作"，或以为是农夫口吻而目之为农歌。朱先生引《甫田》一章之"倬彼甫田，岁取十千。我取其陈，食我农人。"证明"采荼取陈，以食农夫"正是对待被统治者的态度。这也说明"作诗之人"，大致即所谓"耆老"之类，"其人上则承事国君，下则奴使农夫，近日所称为头人、酋长之流亚也。"②

（乙）"由其自称之服御仆从而可知者"，如《卷耳》中称"我仆痡矣"，《竹竿》中之"佩玉之傩"。既然是拥有仆人，又或如《礼记·玉藻》所云之"古之君子必佩玉"者，其身份可一言以决。③

（丙）"由其关系人之地位而可知者"，如《君子于役》、《汝坟》、《草虫》

---

①　朱东润：《诗三百篇探故》，第 17 页。
②　同上书，第 19 页。
③　同上书，第 20 页。

中以女子口吻称其丈夫为"君子";《摽有梅》中称呼向其求婚之男者为"庶士"。①

　　(丁)"由其关系人之服御而可知者",如《伯兮》中之"伯也执殳,为王前驱。"援引马瑞辰《毛诗传笺通释》、胡承珙《毛诗后笺》,解释说"要之执殳为士之事,则《伯兮》之伯为士,作此诗者之夫为士,则其地位可知。"②

　　(戊)"由其所歌咏之人之地位而可知者",朱先生知道这一解释不如前几条之无可辩驳,但他坚持认为"大抵在阶级制度较严,身份相去悬绝之时,彼采荼食陈之农夫,不至歌咏委蛇窈窕之人士,固可知也。"③例如《关雎》,他以为崔述《读风偶识》所说的"《关雎》一篇,言夫妇也,乃君子自求良配而他人代写其哀乐之情耳"较为合适,称"其言得之"。④

　　(己)"由其所歌咏之人之服御仆从而可知者",如《召南·鹊巢》首章"之子于归,百两御之",引《毛传》的解释为"百两,百乘,诸侯之子嫁于诸侯,送御皆百乘",可证其"必为统治阶级嫁女之事"。⑤朱先生的结论是:"要之此《国风》百六十篇之诗,其中一半以上为统治阶级之诗,则可断言。然则,谓《国风》出于民间者,其言未可信也。"⑥

　　那么,接下来我们关心的一个重要问题就是,朱先生花费气力多方考证的目的是什么? 或者说,他通过辩驳试图证明的中心论题又是什么? 就是说,如果朱先生的文章只是单纯的驳论,单纯的指谬,价值也就有限。可贵的是,朱先生的宗旨更在于立论。下面的一段话,是很值得我们这些后辈学子重视的,应当全文引述:

　　　　既知《国风》之大必出于民间,则一切文学出于民间之论,即无从建立。大抵吾国文学,有出于民间者,《云谣集杂曲子》以及变文、宝卷、话本之类是也。有不必出于民间者,《诗》三百五篇之类是也。《楚辞》之一部,或有疑为当时民间之作者,实则春秋、战国间,楚之文

---

① 朱东润:《诗三百篇探故》,第 21 页。
② 同上书,第 23 页。
③ 同上书,第 29 页。
④ 同上书,第 24 页。
⑤ 同上书,第 29 页。
⑥ 同上书,第 33 页。

化，殆在中原文化之下，就令《九歌》如王逸所说，本为楚人祀神之歌，亦未必出之于彼时负有一部分文化责任之巫觋，与一般之民众无涉。何则？彼时楚之民间，无此素养故也。此种种不同之文学，所有之来路既各异，而其演进之途径，亦不必同。有出于民间而其后为上层阶级所采用，且一经改造，面目迥异者，如《杂曲子》之演进为令词，慢调，话本之演进而为近代之小说是也。亦有出于上层阶级，而其后为一般民众所采用，凡今日涂墙抹壁之五、七言诗，以及旧日小说之骈词、偶调，皆是物也。即此以观，其后各斯知各种阶级之各种文学，其相互间之关系，每每成为交流之状态，自不得谓一切文学出于民间，各个单位为上层阶级所采用，永永成为一往不复，有去无来之状态。①

　　由朱先生这一段论述可以看出，他本人并不拘泥于阶级论，不想特别偏袒某一特殊阶级的文学创作能力。他更看重的，是他基于事实之上而加以简单叙述的那种互动的关系状态，那种往复交流的结构状态。诚哉斯言，如果不是固执于偏见，那还有什么可以反驳的呢？可以说，朱先生的文章给人留下的印象是，稳健而清醒、全面而扎实。之所以在这里写下这些褒词，不单纯是为了称赞朱先生个人，而且是意在抨击中国 20 世纪以来学术界中极易占据主导地位，极易流行的那种偏执风气。而其根由则一是知识浅薄，再则是缺乏深思、反思的习惯。就是说，"吾日三省吾身"式的行为反思，远远多于且大于思想的反思。朱先生的这篇文章难道有什么很高深的天书般的理论吗？难道有什么特别新颖为别人所不知的书籍材料吗？那么，为什么不见有其他人关心这个问题，加以进一步讨论呢？从现有的目录索引看，朱先生的文章在中国现代文学的学术史上竟然成了一声孤响，不曾引发过任何进一步的讨论。尽管有评论者说，"是书不仅在当时的学术界名动一时，时至建国以后，仍不失为这一领域极受重视的学术成果"②。但是据笔者查询，这些话语仍属溢美之词。没有任何证据显示"是书名动一时"，事情反而是毫无反响。可能朱先生的老同学——有名的陈西滢说的才是符合实情的老实话："这本书老先生不要看，因为其中所说的都是新看法；青年人也不要看，因

---

① 朱东润：《诗三百篇探故》，第 45 页。
② 李祥年：《朱东润的学术道路》，陈平原主编《中国文学研究现代化进程二编》，北京大学出版社 2002 年版，第 109 页。

为用文言文写的，他们不习惯。"① 也许是因为文章写于 1938 年，结集成书出版于 1940 年，正值抗战激烈时期，学者无心过问。但即使是在"建国以后"，也不曾见到这部著作这些文章是如何"极受重视的"。所谓重视云云，不过是空言敷衍，一个证据都没有拿出来。这里当然不是要存心兆剔这位评论者，真实的感受是替学界感到一些惭愧。到如今，已经是斗转星移，不再是"建国以后"，而是改革开放之后了，然而，朱先生在这方面的文章、著作依然没有引起多少重视，即以 2002 年出版的《诗经学史》为例，也仅仅是泛泛而谈，只是说"这些论述，对于自五四以来，《诗经》研究从经学转向文学以进《诗经》文学观的确立，都起过相当的影响"②。可能是由于笔者的孤陋寡闻吧，不论是在中国古代文学史的撰写中，还是在《诗经》的专题研究中，都还看不出究竟在哪篇文章，哪部著作里产生了这样的影响。

那么，我们今天为什么要特意强调朱先生这些文章的重要性呢？这主要是因为从学术史发展的角度来看，我们在回顾以往学术成败得失之际，不仅应该关注主流，而尤其应该关心那些不属于主流，不追随"时趋"因而容易为人所忽略的学术，应该关心那些能够在主流意见几乎压倒一切的情况下还能坚持自己独立见解的学者。也许可以说，自 20 世纪二三十年代以来，上面所叙述的胡适、傅斯年关于民间文学的论断，已经占有绝对的优势，学衡诸君一旦淡出"江湖"，在民间文学是一切文学之源泉，是一切文学之动力的问题上，学术界从此再无反对之声。无论是左翼，还是右翼，在这一方面意见竟然是高度一致，从未发生过任何实质上的争论。在这种舆论一律的情况下，朱先生的文章，当然就成了空谷足音！

应当看到，朱先生关于文学史多源头起源的意见，显然更符合实情，尤其是在已经出现了社会分工，出现了阶级分野因此也出现了知识垄断、文化垄断的历史阶段，艺术的创作，诗歌的创作，怎么可能仅仅是下层劳动人民而为呢？朱先生的文章依靠着名物制度、社会地位、人物称谓的考据，依靠着统计和分析所得出的《国风》多出于"君子"、"淑女"之手的结论是难以颠覆的。例如，朱先生在文章中已经剖明，在《国风》中为《诗序》所指明为"国人"所作的有 27 篇之多，而朱先生考证的结果是"国人实于国之君

---

① 李祥年：《朱东润的学术道路》，陈平原主编《中国文学研究现代化进程二编》，北京大学出版社 2002 年版，第 109 页。

② 《诗经学史》（下册），中华书局 2002 年版，第 777 页。

子，国之大夫同义，亦为统治阶级之通称"①，"至于一般被统治阶级，《诗》中或称民人（《瞻卬》），或称庶民（《灵台》），或称庶人（《抑》），或称下民（《鸥鹗》），尚待籀绎，不遑枚举，独国人二字，指统治阶级殆无疑议"②。那么，为什么朱先生这种显然更合乎实际的意见，长期以来受到冷淡、忽视呢？这就又涉及宏观历史语境这个更大范围的问题了。吕微在《现代性论争中的民间文学》中指出：

> "下层——民间"理念是中国现代学者从本土小传统中发掘出来并加以阐释、转换的现代权力话语，从传统文人的"俚俗"，到"五四"学者的"民间"，再到共产主义者的"人民"，正是一个本土的传统话语向着蕴涵民族、民主观念的现代话语的生成过程。在此过程中，"民间"理念曾发挥了重要的传导作用。③

对于吕微的意见，笔者表示完全赞同，在此要略为加以补充的是，"民间"（包括后来进一步演进而成的"人民"、"群众"）的观念，由于它在被铸造成现代话语的时候所蕴涵的强大价值力量，实际上已经变化为一种"民粹"倾向了。也就是说，在中国 20 世纪大变动的历史语境中，这一些观念已经被赋予了极高的道德意义以及审美意义。甚至可以说，它们往往成为全面体现真、善、美的象征，成为用以裁判其他一切的价值标准了。时至今日，我们也不能否认它在中国现代化进程中所释放出的强大改造功能，不能否认它起到了整合观念、统一话语、动员舆论的重要作用，但是现代中国也不可能不为此付出代价，这就是必然带来的偏差和扭曲。关于这一点，我们在以后即涉及中华人民共和国时期时还会有进一步的论述。

现在我们需要换一个角度，要对朱先生的文章换一个角度，做一些不同的观察和追索，甚至可以称之为对于"质疑"的质疑。这就是要追问，朱先生之所以能够在中国不趋时，逆主流，除了他对于《诗经》有深入研究，掌握了事实根据之外，在观念上究竟是否也有所凭借呢？答案是：有的！而且，说到底，也同样是来自欧洲。朱先生所传达及引述的，是两种意见：其

---

①　李祥年：《朱东润的学术道路》，陈平原主编《中国文学研究现代化进程二编》，北京大学出版社 2002 年版，第 14 页。

②　同上书，第 15 页。

③　《文学评论》2000 年第 2 期。

一，"且所谓民歌处于民间之说，西方亦有放弃而主张民歌不出于民间之说者。Child 教授云：'民歌者，原来非下等阶级之产物及其所有物也。'又云：'事之最显然者，现代最文明之民族，其所有之民歌，大半皆来自曾经此种民歌称述其事迹气运之阶级，所谓上层阶级是也，迨文明既经滋长，即将此种民歌，逐出于曾受高度修养及教育者记忆之中，使之残留而为未受教育者所专有。'彼之所以为此言者，亦以此种民歌，原无写本，其后乃陆续搜求于田夫野老之口，始得写定，因言其虽得之于田夫野老，而其最初并不出于田夫野老之故。"此后，朱先生又引 T. F. Henderson 的意见，说："在丹麦国中，往者民歌为上流社会所爱护，遂以滋长，数百年间，迄为该国文学上及文化上之主要媒介物，此固可以确信者。"① 朱先生经他自己的阅读查证得出的结论是："要之民歌不出自民间之说，渐为学者所公认，故一九二九年第十四版《大英百科全书》，备引其论。"② 这里值得我们多少注意的或许是：西方历史中没有孔子这样的人去整理先民的诗歌，也没有完整保存如《诗经》这样从两三千年流传下来的典籍，等到想起来为了显示本民族之修养应该爱护搜集时，已经是所谓"近代"了，能够做的事情，也即是"礼失求诸野"，向田夫野老去请教，去挖掘记忆。再有一点，就是朱先生没有提到而我们却不能放过的历史语境——即 18 到 19 世纪西欧民族主义甚至是沙文主义的高涨。表现在人文学术领域，就有对本民族民俗文化、民间文学的大力搜求和整理，以及通过国民教育的普及和舆论宣传在民众中灌输，这也就有了所谓"现代性权力话语"的形成。还要说到的是，朱先生引述的意见固然是出自权威的《大英百科全书》，但权威意见就有不受质疑的豁免权吗？所以由此来看，朱先生的文章，也多少有以本民族之文化故实去证明他人之理论的嫌疑。看起来，朱先生与胡适、傅斯年先生的意见是相左的，但是也的确有貌异心同之处。理论、观念等等，依然是来自中心，而本土所能提供的则只能是证据，是原材料。大家都还在西方中心的轨道上运行，在这一点上，则无区别可言！

接下来我们将要分析的，是林庚先生的《中国文学简史》。选择这部著作的理由是，这是林庚先生的代表作，而且出版年代又是 1995 年，并无久远过时之嫌。从整本书看，林先生可以说是坚持诗歌的源泉、动力来自于民

---

① 《文学评论》2000 年第 2 期，第 43 页。
② 同上。

间之说的。书中以此为基调而设立的专章就有：第三章《民歌的黄金时代》，第九章《江南民歌与陶渊明》。至于散见于各章各节的这类意见，就不可胜数了。我们所说的"基调"，主要是指书中对于民歌的那种称颂赞美。例如："随着江南的春天，特别是随着南朝商业发达所带来的年轻活泼的动态，江南民歌乃是充满了青春的情调的，如《子夜四时歌》。"① 当然，也少不了对于上层社会的谴责，说道："而江南的民歌，通过文人的提高，晋宋以后，不久便又流入宫廷，为当时的帝王及半贵族们所模拟，变成了淫声秽语，素朴的民歌面目便不见了。"② 当然，林庚先生的论述不会仅仅限于这类价值判断，当然还是注重在学术上立论的。比如说，书中注意了江南民歌对于后来山水诗发展的关系问题，但即使如此，也会出现较为勉强的立论。这里我们来分析一下第三章，尤其重点讨论一下关于《国风》的问题，这也可以和前面对朱东润先生的《国风》讨论相衔接。大致要加以讨论的有如下诸点：

1. 关于《国风》的起源。《中国文学简史》（以下称为"简史"，出处亦只标明页数。）也是按照政治经济学的叙述模式展开的，说道"由劳役地租到实物地租，由农奴制度走向佃农制度……这一个趋势，使得初期封建社会的生产力得到进一步的解放；正是这样，随着都市的新兴，农村打破了原有的状态，一时活泼起来，于是有了十五《国风》"。又说："《国风》是东周前后到春秋中期，封闭的农村受到带有统一力量的都市的影响中产生出来的诗篇。同时自然也就把商业关系带到农村里来。这里首先就是生活情绪的活泼，例如《卫风·氓》。"③ 紧接着《简史》就正面指明《国风》的民间起源："十五《国风》正是这些民间歌谣的总结。这些民歌大都是城郭市井之作，如'静女其姝，俟我于城隅'。……这些活跃在城隅里巷的歌唱都有如后来汉乐府之出于'街陌讴谣'，乃正是一脉相承的。"④ 《简史》持《国风》出于民间说，有一点与那些较为偏激的意见是有距离的，就是说《简史》实际上持有的是一种"新兴市民说"，而不是传统民粹主义的农民、农村说。而且，《简史》也并不特意强调这些民歌作者的阶级成分，而是做了淡化模糊的处理。相对于胡适，相对于更"左"倾的理论家、史学家，林庚先生持论要谨慎得多。但是，对《国风》做出乃城郊民间歌谣的概括，仍然有可以商榷之

---

① 《中国文学简史》，北京大学出版社 1995 年版，第 154 页。
② 同上书，第 157 页。
③ 同上书，第 22 页。
④ 同上书，第 23 页。

处。其实大可不必刚刚逃离阶级、阶层的教条制约，又沦入城乡差别之狭窄界域，勉强用经济阶段的解释去取代以往的"官民二分"之说。正如我们在前面谈过的，或许将《诗经》看成有多个起源的诗歌集更合乎实情。细细想来，无论是在社会阶级的意义上，还是诸侯邦国分布的地理意义上，或是在音乐文学的类别区分的意义上，《诗经》很可能的确是多源头的。在这种情况下，又有什么必要固执某种一元论的解释呢？

2. 关于民歌艺术特征的分析。运用社会学，运用阶级分析理论去界定民间文学，相对来说是一件比较轻松的事情，最省力的办法就是贴阶级标签。但是，要对民间歌谣做出艺术分析，就非要一点真功夫不可了。就是说，要将民歌与非民歌从艺术特征上区别开来，确定下来，光是有事实资料是远远不够的，这就需要一些理论逻辑的功底，或许还需要一些学术史意义上的知识积累。在这里，我们显然无法就此作深入之讨论，而只能仅仅就《简史》中显露的若干问题加以简略的探问。举例来说，《简史》在谈到陶渊明的时候，曾经说："他是历史上最优秀的朴素的白描诗人。"① 稍后又总结说："他反对剥削，歌颂了劳动，并身体力行。他发挥了五言古诗优秀的传统，高度发展了民歌传统上白描的手法。"② 从这前后两处高度概括的说法看，白描应该是民歌显著突出的艺术特色了。但是就全书而言，并没有正面论证白描就是民歌特色，更不用说去论证为什么说白描是民歌而不是非民歌的特色，（史传文学中不也有许多白描么？）简而言之，《简史》对此多少有些语焉不详。不过，在谈论《国风》时，情况又有所不同了。这里仅举几例如下："《国风》的'起兴'是中国民歌传统的特色，这说明着语言诗化的开始，如《王风·采葛》。"③ 紧接着又说道："《国风》又长于使用比喻……'比'也正是民歌的特色之一。"④ 再往下，又谈到另一点，"这正是民歌回环复沓的特色，这特色说明了民歌的韵律性与解放性。"⑤ 除以上诸点外，《简史》还进一步从情感风格上对民歌加以概括："民歌的主要特点就是天真朴素，因此在思想感情上也就表现得最健康，其中的快乐和痛苦都是正视着人生的。不离开现实，不落于伤感，这是《国风》宝贵的传统，所谓'乐而不淫，哀而

---

① 《中国文学简史》，北京大学出版社 1995 年版，第 160 页。
② 同上书，第 166 页。
③ 同上书，第 25 页。
④ 同上书，第 26 页。
⑤ 同上书，第 27 页。

不伤'。"①我们这里暂且不论民歌的特色究竟如何，值得讨论的是《简史》即使是在探讨民歌艺术特色的时候，也同样有着鲜明的价值倾向——除了做勾勒指陈之外，还一定要附以如上所述的"天真朴素"、"健康"这样的褒语。这就是说，在《简史》中，"民歌"这个词已经变成了一个价值标准。而且也大致形成了某种比较完整的判断体系，即如果属于民歌，那么在思想意识上，道德品质上就一定会如何如何；在艺术特色上又将会是如何如何，大致上有一个具有广泛适用性的概念范围。可以用它来衡量《十五国风》，可以衡量两汉乐府，可以衡量所有需要加以辨别的中国民歌，也可以衡量一切需要加以判断与民歌是否有渊源关系的诗人及其诗歌作品。《简史》的第九章《江南民歌与陶渊明》尤其是其中"陶渊明"这一专节，最为典型地变现出这种民歌的观念与观念的应用。由于篇幅的关系，这里就不再引证了，有兴趣的读者可以自行查对。不过，在这里，还必须强调的是，林庚先生并没有完全陷入这样一个已经多多少少意识形态化了的"民歌"话语系统之中，即使是在不得不突出陶渊明及其诗歌的民歌性质之际，他也依然能尽可能地维护史实的尊严，指明了陶渊明荟萃了曹植、阮籍、左思以及《国风》、《楚辞》等诸家之长，并没有将陶渊明描绘成一个仅仅是在民歌传统中成长起来的民间诗人。我们在这里做的若干分析，只能说明在五六十年代那样特殊的历史环境里，意识形态话语的力量强大到了什么样的地步。当然，这也更能说明，"民间文学"作为贯穿在20世纪中国文学中的核心观念，具有什么样的笼罩性力量。

[作者单位：中国社会科学院文学研究所文艺理论室]

① 《中国文学简史》，北京大学出版社1995年版，第30页。

鲁迅与梁启超、章太炎之大事因缘

张重岗

内容提要：鲁迅的精神视界是历史的产物。在精神史的脉络之中，鲁迅与梁启超、章太炎之间的传承和变异值得注意。章太炎在精神气度上对鲁迅的影响最深，梁启超则为鲁迅提供了一个社会意识的反思框架。本文以此为观察起点，就鲁迅在国民性和自我问题上对梁启超、章太炎的融摄和超越作了现象学式的考察。笔者认为，梁启超的维新思想结构中存在着新民之路与心力仁道之思的内在冲突，鲁迅则以生命的自觉在根本上扭转了梁启超的致思方向；鲁迅的精神动力机制是由自心到自我再到群体的精神自觉过程：在这一动力机制中，个人、社会、邦国均是作为精神自觉的衍生表象而出现的，随之，它们的创生可能性被重置在了自心的动源和基础之上；虽然鲁迅对自心、自性的理解与章太炎有一脉相承之处，但他以其文学性的心灵，颠倒了章太炎对个人问题的把握，并由此开启了一个新的时代。

关键词：精神史　精神结构　国民性　个人　自心

把鲁迅置入其精神史背景，不只因为他是一历史个体，更是由于个体所内蕴的普遍精神希图在历史情境中畅达其志的诉求。在个体思想的形成过程中，鲁迅首先遭遇的是严复的天演观念和梁启超的激情文字，后又借力于章太炎调整了对他们的认知。在诸人之中，章太炎在精神气度上对鲁迅的影响最大，梁启超则为鲁迅提供了一个社会意识的反思框架。尤其在国民性和自我问题上，鲁迅对梁启超、章太炎的融摄和超越具有特殊意义。对此的剖析，或许有助于呈现鲁迅精神结构中难以察觉的罅隙。

一 从"维新吾民"到"国民性批判"

作为历史神经的感应者，梁启超"从灌输常识入手"，勾勒了 20 世纪初的中国社会理想。他从天下、国家、民族的大叙事切入的历史认知，首先开拓的是社会的和政治的进路。此种进路，当源于其师康有为。由梁氏自述可知："启超问治天下之道于南海先生。先生曰：以群为体，以变为用，斯二义立，虽治千万年之天下可已。"① 而戊戌之时，康、梁起而督责天下者，兴于国朝危亡之感，亦愤于士大夫心力与议论之不符，故梁启超有言："昔焉不知其病，犹可言也，今焉知其病而相率待死亡，是致死之由。不在病而在此辈之手，昭昭然也。"② 戊戌之后，梁启超在为亡友谭嗣同遗著《仁学》作序时，又贯通师、友之学道："《仁学》何为而作也？将以会通世界圣哲之心法，以救全世界之众生也。南海之教学者曰：以求仁为宗旨，以大同为条理，以救中国为下手，以杀身破家为究竟。《仁学》者，即发挥此语之书也，而烈士者，即实行此语之人也。"③ 由以上所言，可知梁启超并不限于泛论制度问题，亦契会另外一条进路，即心力、仁道之思。

不过，梁启超虽有证道之意，但在这里实打开的是一条自由之路，难怪其师于此有所保留。1900 年，梁启超有一封致南海先生长信尽道其中的新义：

> 来示于自由之义，深恶而痛绝之，而弟子始终不欲弃此义。窃以为于天地之公理与中国之时势，皆非发明此义不为功也。弟子之言自由者，非对于压力而言之，对于奴隶性而言之，压力属于施者，奴隶性属于受者。（施者不足责亦不屑教诲，惟责教受者耳。）中国数千年之腐败，其祸极于今日，推其大原，皆必自奴隶性来，不除此性，中国万不能立于世界万国之间。而自由云者，正使人自知其本性，而不受钳制于

---

① 梁启超：《〈说群〉序》(1896)，见《饮冰室合集》文集之二，林志钧编，中华书局 1936 年版，第 3 页。
② 梁启超：《保国会演说词》(1898)，见《饮冰室合集》文集之三，第 27 页。
③ 梁启超：《〈仁学〉序》(1898)，见《饮冰室合集》文集之三，第 32 页。

他人。今日非施此药，万不能愈此病。①

论人性不自道心来，而是取其自由之义，这是梁启超上封书所言"近年以来学识虽稍进，而道心则日浅"的结果。② 而在同一书中，梁启超仍有类似之言："弟子前此种种疑忌肆谬，今皆自省之，（此字除出诸自由不服罪外，余皆目知。）愿自改之，此皆由于打叠田地不洁净之故，不诚不敬，以致生出许多枝节，盖弟子求学而不求道之日多矣。"③ 其中明白标明自由义另出有因。

而由此自由义又衍生"兴民权"、"开民智"之论。梁启超以"自治"易"自由"之说，颇有深趣："至自由二字，字面上似稍有语病，弟子欲易之以自主，然自主又有自主之义，又欲易之以自治，自治二字，似颇善矣。自治含有二义：一者不受制于他人之义，二者真能治自己之义。"此言其实只是就"自由"二字作明确的发挥，而使其真义落实在法律和心智之上。故于前者则言："盖法律者，所以保护各人之自由，而不使互侵也。此自由之极则，即法律之精意也。"于后者则言："既真能治自己而何有侵人自由之事乎？"此二者实相成而不相悖，由之，梁启超敢有所拂逆于其师之言："夫子谓今日'但当言开民智，不当言兴民权'，弟子见此二语，不禁讶其与张之洞之言，甚相类也。夫不兴民权则民智乌可得开哉。……故今日而知民智之为急，则舍自由无他道矣。"④话虽如此说，此自由义在梁启超思想架构中总有可疑之处，容后再议。

此时梁启超明标此"自由"之二字法门，乃自己开出的救世良方："弟子欲辩论此二字，真乃罄南山之竹，不能尽其词；非有他心，实觉其为今日救时之良药，不二之法门耳。"而自由之准的，只是一个"人"字；而其历史之意蕴，则是解脱于"古人之束缚"："要之，言自由者无他，不过使之得全其为人之资格而已。质而论之，即不受三纲之压制而已；不受古人之束缚而已。"从理论上言之，又有所谓"人人自由"为自由之极则："自由之界说，有最要者一语，曰人人自由，而以不侵人之自由为界是矣。而省文言

---

① 梁启超：《致南海夫子大人书》（光绪二十六年四月一日），见丁文江、赵丰田编《梁启超年谱长编》，上海人民出版社1983年版，第234—235页。

② 梁启超：《致南海夫子大人书》（光绪二十六年三月廿四日），见《梁启超年谱长编》，第230页。

③ 梁启超：《致南海夫子大人书》（光绪二十六年四月一日），同上书，第232页。

④ 同上书，第236—237页。

之，则人人自由四字，意义亦已具足。盖若有一人侵人之自由者，则必有一人之自由被侵者，是则不可谓之人人自由；以此言自由，乃真自由，毫无流弊。"①以纯理论而言，此论固然为社会伦理之至高准则，所谓道德金律、银律亦不过如此。殊不料，历史泥沙俱下，荡涤一切。"毫无流弊"之说，真能无弊？不过纸上谈兵罢了。

梁氏论历史，书生气弥漫太甚。其意只是搅动时势，以去国朝"滋愚滋弱之最大病源"。但后来的历史进展，真出乎梁氏预料之外，百年后读梁文，恍兮惚兮，如在梦寐中。历史难言，于此又见一证。不过，此议不为大过。梁氏以历史中人，为后世开启无数入史罅隙，才是梁启超论述的深趣所在。

对本节来说，一条重要的线索即是梁启超的新民论述与民族主义观念、自由倡议、心力仁道之思等问题之间的内在纠结，及其对于鲁迅的文化视界之或隐或显的影响。

梁启超的新民论述，有其渊源所自，即民族主义思想。其时，民族主义思想并非梁氏一家专利，而是中国近代思想界一脉相承而又内涵纷呈的主线。其外缘当是帝国主义的侵略及西方民族主义思想的高涨，内因则是中华大梦的破灭及清政府的淫威。在外压内迫的情势下，以"民族—国家"为中心概念的论述在朝廷、民间和革命党人的理论和实践中被逐渐建构起来。②活跃于当时的知识分子如孙中山、章太炎、梁启超等便各发展出一套自己的民族主义理念并一度形成激烈的论战。鲁迅当时亦颇受民族主义思潮的影响。周作人曾说："豫才那时的思想我想差不多可以民族主义包括之，如所介绍的文学亦以被压迫的民族为主，俄则取其反抗压制也。"③这种反抗的情怀，在此后的鲁迅精神进展中也始终属于核心的质素。与上述诸士的民族主义观相比较，它明显具有自身的特性。故若置诸历史背景中，便有一些问题浮现：鲁迅的民族主义思想源自何方？显现为何种性格和趣向？它对鲁迅的精神建构有何推助？再者，鲁迅的国民性批判与梁启超的新民思想有哪些勾连？鲁迅的思想又是如何显现其自身的合法性的？

①　梁启超：《致南海夫子大人书》（光绪二十六年四月一日），见《梁启超年谱长编》，第236—237页。

②　王尔敏：《清季学会与近代民族主义的形成》，见《中国近代思想史论》，社会科学文献出版社2003年版。

③　周作人：《关于鲁迅之二》（1936），见《瓜豆集》，止庵校订，河北教育出版社2002年版，第168页。

在这些声音中间，梁启超的民族主义思想以其强烈的国家意识及国家主体建构意识而著称一时。梁启超的民族主义观念的形成，始则愤发于国朝之积贫积弱，继则震惊于邻邦之国力兵力，并在深究西方民族主义思想的形态史中成型，但其本土建构却首先指向国家的基石，即国民，而使民族主义成为激发国人志气的理想模式。故曰：

> 国也者，积民而成；国之有民，犹身之有四肢五脏筋脉血轮也。
> 故今日欲抵当列强之民族帝国主义以挽浩劫而拯生灵，惟有我行我民族主义之一策。而欲实行民族主义于中国，舍新民末由。①

而此论又完全体现于其《新民丛报》的办刊宗旨上：

> 本报取《大学》新民之义，以为欲维新吾国，当先维新吾民。中国所以不振，由于国民公德缺乏，智慧不开，故本报专对此病而药治之，务采合中西道德以为德育之方针，广罗政学理论，以为智育之本原。②

"欲维新吾国，当先维新吾民"一言，最明确地表达了梁启超的民族主义诉求。强烈的我族意识，背后是同样强烈的弱国心态。新民的呼唤，同样依附于强国的梦幻之上。正是这种召唤民族主义的论述基调，使梁启超"笔锋常带情感"，虽亦不免稍嫌简括。但作为屈辱者的反思，这种论调仍具有极强的政治和社会意义。在政治一维，梁启超以自强的意愿，融摄西方当下的政治趋向，进而树立了民族主义的国家理想；在社会一维，他则以其道德理性，撷取古人的文化精义，以融入其政治理念的框架，开启了建构国民意识的新民范式。借助梁氏的这一疗救手段，中国人获得了其近代的内涵，即国民。

胡适在梁启超辞世近半月后，在日记中追思任公："近几日我追想他一生著作最可传世不朽者何在，颇难指名一篇一书。后来我的结论是他的《新民说》可以算是他一生的最大贡献。《新民说》篇篇指摘中国文化的缺点，

① 梁启超（中国之新民）：《新民说》，见《新民丛报》第 1 号，横滨，1902 年正月，第 1、7 页。
② 《新民丛报》第 1 号"本报告白"。

颂扬西洋的美德可给我国人取法的，这是他最不朽的功绩。故我的挽联指出他'中国之新民'的志愿。"① 这则貌似平实的评判，其背后的底色是西化，故有所忽略于新民思想的动源和情境。

其实，当时梁启超的精力主要集中在"国家建制"这一问题上。如他曾道："民族主义者，实制造近世国家之原动力也。"② 又道："今日欲救中国无他术焉，亦先建设一民族主义之国家而已。以地球上最大之民族，而能建设适于天演之国家，则天下第一帝国之徽号，谁能篡之？而特不知我民族有此能力焉否也？"③ 宏阔的视野和煽动性的词句，使《新民丛报》别具一种魔力。难怪黄公度如此评价："《清议报》胜《时务报》远矣，今之《新民丛报》又胜《清议报》百倍矣。惊心动魄，一字千金，人人笔下所无，却为人人意中所有，虽铁石人亦应感动，从古至今文字之力之大，无过于此者矣。"④ 从梁氏的办报史而言，《时务报》、《清议报》和《新民丛报》三阶段虽各有宗主，然最终逼出"新民说"，是其义理之当然，文字随之亦泛出神采。

但由于"新民"的召唤是从国家意义上发出的，故而这种狂热的国民建构理论背后隐藏着的是理性的、机械的冰冷思维。这是梁启超此际思想的基本特征。这从梁启超对卢梭民约论和伯伦知理国家主义选择的转移就可以看得明白。1903年梁启超的赴美考察，改变了他对西方民权思想的天真幻想，对伯伦知理国家主义的采纳也使他以"大民族主义"超越"小民族主义"的反满复仇情绪，而以国家理性的方式来面对国家建制的问题。这一理智选择的结果，是对充斥着各种情感情绪性压抑的历史力量的蔑弃。表现在国民问题上，就是人心人性内涵的虚悬，国民仅仅作为国家机体的部分而有待完成其转型或重塑。

至此，"吾民"虽"新"，其人还能"自治"、"自由"？姑且不论前此自由之路是否畅通无阻，现今却须重新来过，难怪梁启超又把"私德"问题提上议事日程？此时还能再坚持，新民之路与心力仁道之思不相勾连？

---

① 胡适：《胡适的日记》第8册"十八，二，二"，远流出版公司1990年版。

② 梁启超（中国之新民）：《论民族竞争之大势》，见《新民丛报》第2号，横滨，1902年正月，第30页。

③ 梁启超（中国之新民）：《论民族竞争之大势》（续完），见《新民丛报》第5号，横滨，1902年3月，第35—36页。

④ 黄公度：《致饮冰主人书》（光绪二十八年四月），见《梁启超年谱长编》，第274页。

　　此类问题，梁启超自己已模糊感到。除前引致南海书中所言外，此时又有致友书屡言内心之困扰："东还以来，不过月余，各地噩耗乃五六至；每有港中来书，未开缄先自怵息，计弟外游三次，每次归来，其失意事皆重沓，心绪竟日突跳，意不能自制，公何以教我耶？念前此亲近浏阳、碎佛（浏阳，谭嗣同。碎佛，夏穗卿——原初稿批注。）时，心境迥非今比。呜呼不学道益殆矣。"① 又道："昨因心事烦扰之极，偶一读《内典》，以收摄之，故有感触，忽起念托购经论，函想已收。不如意事，纷沓并接，心如辘轳，并文字亦不能成一称意者。治心之学真荒落，奈何奈何！"② 此种焦虑固然由"失意事"引起，但"失意事"又从何而来呢？真正的困境当在于，治心、维新断为两截，成两难扶助之势。梁氏自己的归结"不学道益殆矣"、"治心之学真荒落"虽未切中肯綮，但确实道出了他的维新之路的困惑。

　　难怪鲁迅对维新之事颇感不耐：

　　　　近世人士，稍稍耳新学之语，则亦引以为愧，翻然思变，言非同西方之理弗道，事非合西方之术弗行，掊击旧物，惟恐不力，曰将以革前缪而图富强也。③

　　　　众皆曰维新，此即自白其历来罪恶之声也，犹云改悔焉尔。顾既维新矣，而希望亦与偕始，吾人所待，则有介绍新文化之士人。特十余年来，介绍无已，而究其所携将以来归者；乃又舍治饼饵守图圄之术而外，无他有也。则中国尔后，且永续其萧条，而第二维新之声，亦将再举，盖可准前事而无疑者矣。④

　　鲁迅上述语，或不必直接对梁启超而发，但定是对梁启超所倡导的维新运动及其末流的反击。这种反思的立场，是在对维新运动的追随和失望中获得的。其间包含了一个心理的震荡，故而才能反激出强大的内在力量。对维新的希望和失望的双重体验，在鲁迅的精神世界中留下了深的印记，而使之超越维新同路人的身份，而选择了批判："夫方贱古尊新，而所得既非新，

　　① 梁启超：《致蒋观云先生书》（光绪二十九年十二月十八日），见《梁启超年谱长编》，第335页。
　　② 梁启超：《致蒋观云先生书》（光绪二十九年），见《梁启超年谱长编》，第336页。
　　③ 鲁迅：《文化偏至论》，见《鲁迅全集》第1卷，人民文学出版社1981年版，第44页。
　　④ 鲁迅：《摩罗诗力说》，见《鲁迅全集》第1卷，第100页。

又至偏而至伪，且复横决，浩乎难收，则一国之悲哀亦大矣。今为此篇，非云已尽西方最近思想之全，亦不为中国将来立则，惟疾其已甚，施之抨弹，犹神思新宗之意焉耳。"① 在这里，虽然鲁迅明确地表白自己的态度和立场，只是"施之抨弹"，但其中有两个意向极为显明：一、"疾其已甚"的情感情绪参与；二、"犹神思新宗之意"的思想取向。由前者，个人性的情绪情感和超越性的普遍精神得以共融，一个丰富而深邃的内宇宙获得其创生的动力，精神世界之门终于打开；由后者，鲁迅借力西学异端以贯通古学精义，进而借此以抗击所谓新生之文明。

由此发出了对时论的猛烈攻击：

> 聚今人之所张主，理而察之，假名之曰类，则其为类之大较二：一曰汝其为国民，一曰汝其为世界人。前者慑以不如是则亡中国，后者慑以不如是则畔文明。寻其立意，虽都无条贯主的，而皆灭人之自我，使之混然不敢自别异，泯于大群，如掩诸色以晦黑，假不随驸，乃即以大群为鞭箠，攻击迫拶，俾之麇骋。②

以此看来，鲁迅对所谓的国民资格并不以为意而别有其用心所在。但此中心所在是"皆灭人之自我"之"自我"？不然。以此"自我"为鲁迅中心所在虽无大误，但不免错失其文思之奥义。与此奥义相比，自我仅仅是第二义的表象罢了。

鲁迅 1908 年发表的几篇论文，文辞典丽，神气郁勃，兼太炎之古奥与尼采之华章，抨击时风锐利，寄托衷怀深远，而其中心，则凸显一自心自性做主的价值世界。慕古与抗俗背后有其人在，其人则以心声、内曜、灵明、神思等为指归。《文化偏至论》、《摩罗诗力说》、《破恶声论》三篇文章均以古国文化切入，渐流至灵明世界："盖人文之留遗后世者，最有力莫如心声。"③ "内曜者，破黮暗者也；心声者，离伪诈者也。"④ 此灵明世界虽不可见，却别立一准则在，而于人、于群、于邦国均有大用。而由此又照见扰攘人世之虚浮："若如是，则今之中国，其正一扰攘世哉！……故纵唱者万千，

---

① 鲁迅：《文化偏至论》，见《鲁迅全集》第 1 卷，第 50 页。
② 鲁迅：《破恶声论》，见《鲁迅全集》第 8 卷，第 26 页。
③ 鲁迅：《摩罗诗力说》，见《鲁迅全集》第 1 卷，第 63 页。
④ 鲁迅：《破恶声论》，见《鲁迅全集》第 8 卷，第 23 页。

和者亿兆，亦绝不足破人界之荒凉；而鸩毒日投，适益以速中国之隳败，则其增悲，不较寂漠且愈甚与。"①此言之挥洒淋漓，又较前文之攻维新更进一层。

"灵府荒秽"所引发的荒凉之感、寂寞之感，远甚于富强的期许和众声的喧嚣，这才显现了自心自性世界的真正价值所在。鲁迅反复地强调这种精神的空虚、寂寞之感，表达的既是生命的自觉，更是对时事的不满。在此，他根本上扭转了梁启超维新论的运思方向。梁启超《论私德》、《德育鉴》等即便意识到心力仁道之思对于社会转型的意义，也仍然是面对群体，以良知为教化，来建构他的道德哲学。这充其量是传统道德的近代化，而不能对精神转型产生更多的积极作用。新民的模型虽未被拆散，但私德之论述却在其内部起一震荡，见其新道德之本土建构的疲困。②

二　从"依自不依他"到"自心之天地"

鲁迅是如何完成他的精神建构的呢？

鲁迅的最大特点，是精神意识的活化和深化。鲁迅从未把道德僵固化，而是始终把它理解为一精神动力机制。"盖惟声发自心，朕归于我，而人始自有己；人各有己，而群之大觉近矣。"③这是由自心到自我再到群体的精神自觉过程。"诚若为今立计，所当稽求既往，相度方来，掊物质而张灵明，任个人而排众数。人既发扬踔厉矣，则邦国亦以兴起。"④这是由灵明到个人到邦国的精神张扬进程。在这种动力机制中，个人、社会、邦国均是作为精神自觉的衍生表象而出现的。随之，它们的创生可能性被重置在了自心的动源和基础之上。

在鲁迅早期的表述中，个人与自心往往被连带使用。《文化偏至论》"所述止于二事：曰非物质，曰重个人"，文中所绍介的"神思新宗"均个人主义之雄桀；《摩罗诗力说》所罗列"立意在反抗，指归在动作"之摩罗诗派，

① 鲁迅：《破恶声论》，见《鲁迅全集》第8卷，第25页。
② 参张灏：《梁启超与中国思想的过渡（1890—1907）》第九章，崔志海、葛夫平译，江苏人民出版社1997年版；狭间直树：《〈新民说〉略论》，见《梁启超·明治日本·西方》，社会科学文献出版社2001年版。
③ 鲁迅：《破恶声论》，见《鲁迅全集》第8卷，第24页。
④ 鲁迅：《文化偏至论》，见《鲁迅全集》第1卷，第46页。

亦"为世所不甚愉悦者"。但究其根底，个人主义并非终极指向，其本意实在于"抗俗"、在于"撄人心"。而鲁迅与之相感应者，并非仅因"平和为物，不见于人间"，亦在于涤荡文明之弊，以开辟新的生路。故曰："内部之生活强，则人生之意义亦愈邃，个人尊严之旨趣亦愈明，20 世纪之新精神，殆将立狂风怒浪之间，恃意力以辟生路者也。"① 而这一切皆立基于至高至深的文化旨趣以及由此而生的文化祈望："意者文化常进于幽深，人心不安于固定，二十世纪之文明，当必深邃庄严，至与十九世纪之文明异趣。"②

　　这种个人主义的理想性，虽然给鲁迅带来了短暂的激情，但这仅仅是他赖以张大其文化视野的利器。与此同时，他绵绵不断地抒发的是那种"寂漠为政，天地闭矣"的索寞之意。在这里，才可以看到鲁迅的两种文化渊源之间的裂隙。一方面，他从施蒂纳、尼采、拜伦、裴多菲等西方哲人诗人那里吸取了激荡的思想情怀；另一方面，他又从章太炎那里吸收了苍茫的文化胸襟。但在这两者之中，鲁迅所接受的西方资源是在更为阔大的文化现实中发挥其抨弹作用的。他努力地把二者融构在一起，但这两种视界的交织背后隐藏着的是冲突性的惊涛骇浪。那种时而激烈、时而沉寂的心绪，隐隐传达着鲁迅面对中国现实的不宁和难耐。

　　正是意识到精神建构的任务之艰巨，鲁迅才对这种第二义的个人观念时而期待、时而坚执、时而犹疑，这种情绪在经历了世事的抑压之后，甚至转化成了一种自嘲、悲怜甚至否定。这在《彷徨》中达到了顶点，如《孤独者》、《伤逝》中的悲剧主人公便只是以哀怜、忏悔的情态来表达自己的人生际遇。但自心所开辟出的精神本源，始终没有在鲁迅的世界中退却，且随着外界物事的沧桑变换，反而成为鲁迅赖以维持其生命创生的惟一支柱。对此本源情态自有待深入衡论，但它作为一种动力源泉已为有识者所共知。

　　竹内好敏锐地看到了这自心在其对虚无的感应中所获得的文学自觉，认为正是它对文学家鲁迅产生了决定性的意义：

　　　　我想，在那沉默中，鲁迅不是抓住了对于他一生可以说是具有决定意义的回心的东西了吗？作为鲁迅的"骨骼"形成的时期，我不能想到别的时期。他晚年思想的变化，可以大致追溯其过程，不过，在根本上

① 鲁迅：《文化偏至论》，见《鲁迅全集》第 1 卷，第 55 页。
② 同上书，第 55 页。

形成的鲁迅本身的生命和基础，只能认为是这个时期在黑暗中形成的。
所谓黑暗，对于我来说，就是无法说明的意思。正像其他时期是明白的
一样，这个时期是不明白的。在所有人的一生中，大概有某种决定性的
时机以某种形式存在吧。大概不是各种要素都作为要素发挥着机能，而
是总有某种可以形成围绕着一生的回归之轴的时机吧。而且，一般地
说，它对于别人多少有些无法说明吧。不过，我认为，在这方面，像鲁
迅那样明显的人，在中国的文学家中不是也很少见吗？一读他的文章，
总会碰到某种影子似的东西；而且那影子总是在同样的场所。影子本身
并不存在，只是因为光明从那儿产生，又在那儿消逝，从而产生某一点
暗示存在那样的黑暗。如果不经意地读过去就会毫不觉察地读完。不
过，一经觉察，就会悬在心中，无法忘却。就像骷髅在华丽的舞场上跳
着舞，结果自然能想起的是骷髅这一实体。鲁迅负着那样的影子过了一
生。我称他为赎罪的文学就是这个意思。①

　　在"无"中追溯"黑暗"，以求其"赎罪"之意；把不可测知的内心世界竭
力放大，以寻找精神的同构。这种绝对主观性的解释，其效力当来自论者的
体验之功。以素朴、微细、敏感的方式切入鲁迅并重建鲁迅，往往能弥补大
叙事的仓促和空洞。竹内好在鲁迅世界中所探测到的那点难以言说的东西，
从思想文化史的角度来说，不是遥指着章太炎和梁启超两个不同的方向吗？
　　鲁迅与章太炎的精神关联，无疑是近现代思想文化史上的重大事件。鲁
迅在东京《民报》社听讲之事（1908 年），一向为人所关注，并引发鲁迅临
终前的最后一瞥。其中的一大因缘，是那段关于"学说所以启人思，文学所
以增人感"的著名对话。对此，许寿裳的回忆文章记叙颇具文学性，但其目
的只在于凸显鲁迅其人，故用"爱吾师尤爱真理"解释后者"默然不服"中
所蕴涵的求真品格。② 其实，章太炎当时就此议题即有所回应。③《国故论
衡·文学总略》中，以高古的文学视野批评了自昭明至阮元的"文笔之分"，

---

　　① 竹内好：《鲁迅》，李心峰译，浙江文艺出版社 1986 年版，第 46—47 页。
　　② 许寿裳：《亡友鲁迅印象记》，人民文学出版社 1953 年版，第 27 页。
　　③ 考据家对此有所辩驳，认为许寿裳所述不合史实。见谢樱宁：《章太炎年谱摭遗》，中国社
会科学出版社 1987 年版，第 35—38 页。但许说只有置诸当时的历史文化情境及章、鲁的思想脉络
中，才值得深味。木山英雄引周氏兄弟《〈红星佚史〉序》和章太炎《正名杂义》来证明许说的价
值，较前者为通达。见木山英雄：《文学复古与文学革命》，赵京华编译，北京大学出版社 2004 年
版，第 223—224 页。

亦究诘近世"学说以启人思，文辞以增人感"的文学观念：

> 最后一说，以学说、文辞对立，其规模虽少广，然其失也，只以必
> 彰为文，遂忘文字，故学说不必者，乃悍然摈诸文辞之外。惟《论衡》
> 所说，略成条贯。《文心雕龙》张之，其容至博，顾犹不知无句读文，
> 此亦未明文学之本柢也。

以时世论，鲁迅所持文学观自然能因应人情之变；然若置诸全史中，太炎却
能洞见人文之本源而尽显其朴拙之象。故只有太炎，才能照察鲁迅之刻厉，
使其精神得其所包所容。许广平说鲁迅终生钦敬太炎，固然不仅仅是一般的
浮调泛语。鲁迅念念不忘的《中国文字史》写作，与太炎之驳论当亦有密切
关系。

不过，仅"增人感"并不足以成就鲁迅，或者说，此言仅是就文学的效
力发论，而鲁迅的文字力量显然须在更深的精神层面寻找动源。这种精神动
源，在当时体现为两种不同的力量，它首先可在"使我激昂"的"几个诗
人"身上找到，其次则为章太炎的气质和学说所含藏。"喜欢做怪句子和写
古字"，或只是一时的"影响"，而那临死都不能忘怀的太炎先生的魔力，才
更能证明这种动源的渊深。只是这种魔力仅只限于"他是有学问的革命家"
和作为"先生一生中最大、最久的业绩"的"战斗的文章"吗？文中所述
"先生则排满之志虽伸，但视为最紧要的'第一是用宗教发起信心，增进国
民的道德；第二是用国粹激动种性，增进爱国的热肠'（见《民报》第六
本），却仅止于高妙的幻想"，难道只是泛泛的述史吗？[1]

周作人曾述及鲁迅的这段文字道：

> 太炎的有些文章，现在收在《章氏丛书》内，只像是古文，当时却
> 含有革命意义的，鲁迅的佩服太炎可以说即在于此，即国学与革命这两
> 点。太炎去世以后，鲁迅所写的纪念文章里面，把国学一面按下了，特
> 别表彰他的革命精神，这正是很有见地的。[2]

---

① 鲁迅：《关于太炎先生二三事》，见《鲁迅全集》第 6 卷，第 546 页。
② 周遐寿：《鲁迅的故家》，人民文学出版社 1957 年版，第 172 页。

鲁迅的文章之精绝，即在有显有隐，于隐微术中见锋芒。故其文既能寸铁杀人，又能言尽意不尽。周作人温煦平和，说的都是实话，虽可咀味，但也未见得道尽鲁迅的深意。他说的两个方向是有的，只是对这两个方向之汇合的理解上或未臻其兄之火候。鲁迅超出常人的"见地"，却正在于国学与革命的互济。故以此抑彼，或以彼抑此，对鲁迅言只属寻常，在他人看却费踌躇。鲁迅异于常人的地方只在这里，其内心的希望与失望交织的状况也在这里。即便是周作人，恐怕也不能尽解其兄内心的风暴。

　　但这种内心的波澜和绝望之感，在鲁迅这里，却激发了对战斗的渴望。如果说章太炎在革命之后由"自藏其锋铓"而"粹然成为儒宗"的话，那么鲁迅却呼应了革命后的潮落潮起，在内心酝酿着风暴并在沉寂中爆发。章、鲁之同异，在此尽显其曲折。一个可作佐证的材料，是许寿裳对鲁迅与太炎之最后因缘的回忆：

　　　　民三以后，鲁迅开始看佛经，用功很猛，别人赶不上。……他又对我说，"释迦牟尼真是大哲，我平常对人生有许多难以解决的问题，而他居然大部分早已明白启示了，真是大哲！"但是后来鲁迅说："佛教和孔教一样，都已经死亡，永不会复活了。"所以他对于佛经只当做人类思想发达的史料看，藉以研究其人生观罢了。别人读佛经，容易趋于消极，而他独不然，始终是积极的。他的信仰是在科学，不是在宗教。

　　　　鲁迅最后给我的一封信，还说到佛教。我因为章先生逝世，写了一篇《纪念先师章太炎先生》，中间引用先生"以佛法救中国"之言。鲁迅看了，不以为然，写信告诉我，另外说到纪念先生的方法，特抄录于下：

　　　　　季市兄：

　　　　　得《新苗》，见兄所为文，甚以为佳，所未敢苟同者，惟在欲以佛法救中国耳。

　　　　　从中更得读太炎先生狱中诗，卅年前事，如在眼前。因思王静安没后，尚有人印其手迹；今太炎先生诸诗及《速死》等，实为贵重文献，似应乘收藏者多在北平之便，汇印成册，以示天下，以遗将来……

　　　　　与革命历史有关之文字不多，则书简，文稿，册页，亦可收入，曾记有为兄作汉《郊祀歌》之篆书，以为绝妙也……
…………

这封信，在我所得鲁迅给我的诸信中，是最后的一封。九月二十五
日，离他十月十九日去世，仅仅二十四天。我知道鲁迅的那篇《关于太
炎先生二三事》，是看了我的这篇纪念文才作的……

鲁迅读佛经，当然是受章先生的影响。先生在西狱三年，备受狱
卒的陵暴。邹容不堪其虐，因而病死。先生于做苦工之外，朝夕必研
诵《瑜伽师地论》，悟到大乘法义，才能克服苦难，期满出狱后，鼓
动革命的大业。先生和鲁迅师弟二人，对于佛教的思想，归结是不同
的：先生主张以佛法救中国，鲁迅则以战斗精神的新文艺救中国。①

由此可知，章、鲁师弟的思想差异来自他们不同的人生经历和生命体验。不
过，虽然他们的外在形态有其相违之处，但内在精神却无疑是一贯的。木山
英雄对章、鲁之间的精神延续极为敏感，道："他〔指太炎〕在《民报》时
期独特的思想斗争最全面的继承者，则非鲁迅莫属了。"② 只是该如何来解说
这种精神的一贯性呢？

鲁迅对记忆的反复叙写，无疑是最佳的第一手材料，它们影现着当事者
不同时期的精神色质，但这仅仅是解说工作的第一步。竹内好寻找鲁迅原点
的做法虽非浮浅之论，但也只能见其体验之功，而终究不能把精神的驳杂沟
回诉说殆尽。与之形成对应的是汪晖对章、鲁二人所作的分析。他不只具有
现代认同的问题意识，而且能够在问题中还原历史，使二人的思想复杂性在
解剖中得以呈现。但略感缺憾的是，汪晖不再纠缠那令竹内好魂牵梦萦的问
题，对章、鲁二人之精神上的承续也语焉不详。

那么，鲁迅对章太炎的吸纳和转化，是如何完成并进而体现其精神史意
义的呢？

汪晖的切入点仍然是要害性的。他揭示的个人观念的差异性，对契入
章、鲁世界并把捉其精神本源和方向有极大的助动作用。他阐述了个人观念
作为一种新生力量，在章太炎和鲁迅那里所具有的不同意义。对于章太炎来
说，个体还停留在批判的武器的层面："在清末特定的国家主义氛围中，章

---

① 许寿裳：《亡友鲁迅印象记》，第46—48页。
② 木山英雄：《文学复古与文学革命》，第237页。

太炎用个体的真实性否定国家的虚幻性，用个体的否定性自由批判民族国家的总体之自由，临时性的个体概念便具有了广泛的政治含义。"① 但对于鲁迅来说，个体却力图在情绪性的体验中走向精神和文化本体："鲁迅把人的个体性与主观性置于他的社会历史思考的中心，从而形成了他的'文化偏至'的历史辩证法。"②

不过，更有意味的是章、鲁二人之个人观念中所显现的精神情态，及由此精神情态而衍生出的不同的精神气质。他们在此问题上的精神关联，首先是章太炎"依自不依他"的强烈自信和鲁迅对这种气度的深心倾慕，其次是鲁迅以"自心之天地"的开辟对章氏哲学所作的消解、潜移与创造性转化。如果说章太炎是以哲学的体证和思辨纵论儒、佛、庄，进而建构了自己的思想基点的话，那么鲁迅则更多的是借新神思宗和摩罗诗派来遥契这种思想，进而以文学性的象征手法开启精神世界的暗箱。所以在具体的文本中，章太炎表现得更加自如，以古论今，依自立我，诸家学问各得其宜，一派雍容之象；而鲁迅则气盛而郁愤，直接认同个人，以幽暗意识面对俗世俗德，敏感而充满张力。不经意间，二人的路向之差异显现了出来。只是不知前者之"依自不依他"有何历史和精神依据？后者又将如何处置其所树立的"自心之世界"？

精神难言。大哲于此亦生惧畏之意，何况庸人。人虽有其精神，文化虽有其精神，但精神必有所凭依，否则实难以自述其情致。在鲁迅这里，由于个人观念的引入，精神再次成为被质询的对象。在这一点上，鲁迅紧扣章太炎立论。章太炎以其东方学术的广博视野和理性的致思方式，确立了自性的终极依据，并进而质疑个人的存在基础；鲁迅则以自身的情绪情感直接呼应西方的个人主义文学和哲学思潮，充实个人观念的内涵，并依此来反溯精神的本源。故二人之起点即有异，所困扰之问题随之而大不同。

这种不同，既是致思路径的变化，更是治学旨趣的转移。章太炎的史论式正面宣讲，其背景是清末学术与政治的互动，故其道德、宗教的建构与

---

① 汪晖：《个人观念的起源与中国的现代认同》，见《汪晖自选集》，广西师范大学出版社 1997 年版，第 79 页。

② 同上书，第 138 页。

"艰难危急之时"须臾不离，论学也多着眼于此。① "依自不依他"之论，便直面动荡世局而稳持衷怀，收泰山不移之效。如《答铁铮》(1907)：

> 仆非敢以大江临河，讲讼《孝经》之术，退黄巾也。顾以为光复诸华，彼我势不相若，而优胜劣败之见，既深中于人心，非不顾厉害、蹈死如饴者，则必不能以奋起；就起，亦不能持久。故治气定心之术，当素养也。明之末世，与满洲相抗、百折不回者，非耽悦禅观之士，即姚江学派之徒。日本维新，亦由王学为其先导。王学岂有他长？亦曰"自尊无畏"而已。其义理高远者，大抵本之佛乘，而普教国人，则不过斩截数语，此即禅宗之长技也。仆于佛学，岂无简择？盖以支那德教，虽各殊途，而根原所在，悉归于一，曰"依自不依他"耳。②

太炎精力所注悉在于"勇猛无畏之气"，此乃神思凝定、义理融会之故。亦因其意已为儒、佛诸学含纳蕴藏，故太炎论学偏于印证、疏通，而非自我开掘。如答铁铮之问佛学："故仆与佛教，独净土、秘密二宗有所不取。以其近于祈祷，猥自卑屈，与勇猛无畏之心相左耳。虽然，禅宗诚斩截矣，而末流沿袭，徒事机锋，其高者止于坚定无所依傍，顾于惟心胜义，或不了解，得其事而遗其理，是不能无缺憾者。是故推见本原，则以法相为其根核。"③但疏通归疏通，其间却有一内核在，即自性。此实太炎学术能超拔之源。故"依自"之说，定是一种学术精神，而非僵死之概念。且在太炎视野中，凡有识者均有自性，依自既为诸家所共尊，方能畅达于诸学之中。

　　章太炎得此要义，首先在于他能会悟各家之学，以见共通之神髓。文中屡道诸家之长，其旨实在此要义。如说："至中国所以维持道德者，孔氏而

　　① 太炎在《人无我论》文末论时世兼述其学术之用心道："民德衰颓，于今为甚，姬、孔遗言，无复挽回之力，即理学亦不足以持世。且学说日新，智慧增长，而主张竞争者，流入害为正法论，主张功利者，流入顺世外道论。恶慧既深，道德日败。矫弊者，乃憬然于宗教之不可泯绝。而崇拜天神，既近卑鄙；归依净土，亦非丈夫干志之事。《十住毗婆沙论》既言之。至欲步趋东土，使比丘纳妇食肉，戒行既亡，尚何足为轨范乎？自非法相之理，华严之行，必不能制恶见而清污俗。若夫《春秋》遗训，颜、戴绪言，于社会制裁则有力，以言道德，则才足以相辅。使无大乘以为维纲，则《春秋》亦《摩拿法典》，颜、戴亦顺世外道也。拳拳之心，独在此耳！"见《章太炎全集》第 4 卷，上海人民出版社 1985 年版，第 429 页。
　　② 章太炎：《答铁铮》，见《章太炎全集》第 4 卷，第 369 页。
　　③ 同上。

前，或有尊天敬鬼之说。墨子虽生孔子后，其所守乃古道德。孔氏而后，儒、道、名、法，变易万端，原其根极，惟依自不依他一语。汉世儒术盛行，人多自好，本无待他方宗教为之补苴。魏、晋以后，风俗渐衰，不得不有资于佛说。然即莲社所谓净土者，亦多兼涉他宗，未尝专以念佛为事。三论继兴，禅宗、法相接踵而至，宗派虽异，要其依自则同。而沙门应机者，或取福田利益之说，以化颛愚，流而不返，遂为儒者所嗤。"① 儒佛之通而不隔，可见一斑。此乃学术自身之证。

太炎又置之于文化情境中，举民族心理之好尚以为证。其曰："世无孔子，即佛教亦不得盛行。"② 此言必自生死中得来，可谓曲尽学术融通之妙。所述"以此知汉族心理，不好依他，有此特长，故佛教得迎机而入，而推表元功，不得不归之孔子"，③ 更明言文化心理之根据。此乃风俗之证。

但太炎之用意，实在于东学之创造与转进，以与西教相抗衡：

　　中国得孔子泛神之说，至公孟而拔除之，印度得数论无神之说，至释迦而昌大之。其转变亦有相似。自孔子、公孟而后，郊丘宗庙，不过虚文，或文人曼衍其辞，以为神话。如《九歌》、《天问》等。其实已无有尊信者，特愚民不学，犹炫惑于是耳。然所以维持道德者，纯在依自，不在依他，则已犖然可见。而今世宿德，愦于功利之谈，欲易之以净土，以此化诱贪夫，宁无小补？然勇猛无畏之气，必自此衰，转复陵夷，或与基督教祈祷天神相似。夫以来生之福田，易今生之快乐，所谓出之内藏，藏之外府者，其为利己则同。故索宾霍尔以是为伪道德《道德学·大原论》。而中国依自不依他之说，远胜欧洲神教，亦见德人沙么逊《黄祸论》中。今乃弃此特长，以趋庳下，是仆所以无取也。往者作《无神论》，大为基督教人所反对，广州教会有《真光报》，以仆为狂悖至极。吾以理内之言相稽，而彼以理外之言相应，此固无庸置辨。今得足下所言，乃藉以吐吾肝膈。要之，仆所奉持，以"依自不依他"为臬极。佛学、王学虽有殊形，若以楞伽、五乘分教之说约之，自可铸镕为一。王学深者，往往涉及大乘，岂特天人诸教而已；及其失也，或不免偏于弋

① 章太炎：《答铁铮》，见《章太炎全集》第4卷，第371—372页。
② 同上书，第372页。
③ 同上。

见。然所谓我见者，是自信，而非利己，宋儒皆同，不独王学。犹有厚自尊
贵之风，尼采所谓超人，庶几相近。但不可取尼采贵族之说。排除生死，旁
若无人，布衣麻鞵，径行独往，上无政党猥贱之操，下作懦夫奋矜之
气，以此褐橥，庶于中国前途有益。①

　　太炎自性之说，又能于理境上有所开辟。他以自性为核心建立的真如
哲学、齐物哲学，其意在于畅达物相、本体两界。其形构，颇似西哲康德
之体系；其思理，则取自唯识法相宗。故虽曰"康德见及物如，几与佛说
真如等矣"，但又叹康德"终言物如非认识境界，故不可知。此但解以知
知之，不解以不知知之也。卓荦如此，而不窥此法门。"② 章太炎以《庄
子·知北游》超越闻、见、言的冥想、直觉、证悟来契会真如，其意向与
西方康德之后哲人如胡塞尔、海德格尔等人有近似之处，但其思致更神似
于牟宗三"智的直觉"。东方哲人通透物、理两界本非难事，难的是知之、
证之而又言之。太炎尝借《成唯识论》"心心所四分法"述之，亦曰："人
心有相分、见分、自证分、证自证分。前二易知，后二难验。"③ 论者则以
其"不依见闻，不依书史"之"猝然念得者"（自证分）、"当时知其不误者"
（证自证分）为未明澈之知，而断其与康德无原则性分歧。④ 此心觉之意蕴若
嫌泛泛，可进参太炎"三性"说，此论直究物性之本，旨趣深邈："然则以
何因缘而立宗教？曰：由三性。三性不为宗教说也。白日循虚，光相煖相，
遍一切地，不为祠堂丛社之幽寒而生日也，而百千微尘，卒莫能逃于日外，
三性亦然。云何三性？一曰：遍计所执自性；二曰：依他起自性；三曰：圆
成实自性。"⑤ 其意在于妙会真如，故遍计之名、依他之缘依次遮拨，尤其借
依他起自性破斥损减执、增益执二种边执，方得畅论世间诸种学思教义，以
立自心，以识真性，最终完成其唯识之教。至后释庄子《逍遥》《齐物》二
篇，所言"体非形器，故自在而无对；理绝名言，故平等而咸适"，⑥ 亦不过
是上述论旨的发挥。

---

① 章太炎：《答铁铮》，见《章太炎全集》第 4 卷，第 374—375 页。
② 章太炎：《菿汉微言》，1916 年北京刊印本，第 29 页。
③ 同上书，第 46 页。
④ 参见姜义华：《章太炎思想研究》，上海人民出版社 1985 年版，第 353—354 页。
⑤ 章太炎：《建立宗教论》，见《章太炎全集》第 4 卷，第 403 页。
⑥ 章太炎：《〈齐物论释〉序》，见《章氏丛书》第 12 卷，右文社 1912 年版，第 1 页。

但太炎自性之说，虽得自持心之功，终归于持世之用。故曰："余治法相，以为理极不可改更，而应机说法，于今尤适。"① 又道："然仆所以独尊法相者，则自有说。盖近代学术，渐趋实事求是之途，自汉学诸公分条析理，远非明儒所能企及。逮科学萌芽，而用心益复缜密矣。是故法相之学，于明代则不宜，于近代则甚适，由学术所趋然也。"② 但太炎不以此自封。而欲有所为："佛法虽高，不应用于政治社会，此则惟待老庄也。儒家比之，邈焉不相逮矣。"③ 此乃《齐物论释》所为作也。而其用心则在平等义之疏解，只是阐发高妙耳。但太炎颇知自限，故又说："宗教之用，上契无生，下教十善，其所以驯化生民者，特其余绪。所谓尘垢秕糠，陶铸尧、舜而已。而非有至高者在，则余绪亦无由流出。"④ 只是今世的道德、宗教须勘之以学术，方可收其远效，故学者出焉："世间道德，率自宗教引生。彼宗教之卑者，其初虽有僧侣祭司，久则延及平民，而僧侣祭司亦自废绝。则道德普及之世，即宗教消镕之世也。于此有学者出，存其德音，去其神话，而以高尚之理想，经纬之以成学说。"⑤ 此可谓化民成俗之今义也。

以此可知，"依自不依他"乃充实丰满之命题，而非徒呈口说之声辩。以此真如、齐物之义究诘个体，个体之虚浮性、相对性显现出来。太炎对"我执"、"我见"的斥破，又有两层意蕴：

> 我有二种：一者，常人所指为我。自婴儿堕地，已有顺违哀乐之情，乃至一期命尽，无一刹那而不执有我见。虽善解无我者，亦随顺世俗以为言说之方便。此为俱生我执，属于依他起自性者。非熟习止观以至灭尽，则此见必不能去，固非言词所能遮拨。二者，邪见所指为我，即与常人有异。寻其界说，略有三事：恒常之谓我；坚住之谓我；不可变坏之谓我。质而言之，则我者即自性之别名。此为分别我执，属于遍计所执自性者。乃当以种种比量，往复征诘而破之。⑥

---

① 章太炎：《自述学术次第》，章氏国学讲习会 1912 年版，第 2 页。
② 章太炎：《答铁铮》，见《章太炎全集》第 4 卷，第 370 页。
③ 章太炎：《自述学术次第》，第 2 页。
④ 章太炎：《建立宗教论》，见《章太炎全集》第 4 卷，第 418 页。
⑤ 同上。
⑥ 章太炎：《人无我论》，见《章太炎全集》第 4 卷，第 419 页。

对第二种"邪见所指为我",太炎以之为遍计所执自性而瓦解之;对第一种"常人所指为我",太炎归之于依他起自性而遮拨之。其意只在断灭幻我,归于真我。此一超拔,乃以阿赖耶识为要阶,因其既为情界、器界之本,故能超出个人,恒转以就真如。故曰:"我为幻有,而阿赖耶识为真。即此阿赖耶识,亦名为如来藏。"① 此如来藏即真如、涅槃、圆成实自性,异名而同体,便是"无我论"得以成立的根据:"若夫释尊既立无我,而又成立轮回。……无我之与轮回,非特不互相抵触,而适足以相成。所以者何?恒常之谓我,坚住之谓我,不可变坏之谓我。若其有我,则必不流转以就轮回。故涅槃之说,惟佛有常乐我净。正惟无我,乃轮回于六趣耳。"②

太炎无我之说,借佛法以衍发大义,纵论东、西百家,达至至上妙境,于理上固难以逾越。鲁迅作为太炎弟子,其个人主义思想当属乃师驳诘的对象,何以他仍执持之以犯师说呢?

实则章、鲁二人之差别相,本为太炎所含纳。因太炎所倡,理境固然高妙,然实行则颇难,故当时即有人以"佛报"、"佛声"相难,太炎虽答以《民报》所谓六条主义者,能使其主义自行耶,抑待人而行之耶?"③ 但其间仍存知行之隔。太炎自己亦明斯义,故其思想进路乃有真俗之辨,所谓"自揣平生学术,始则转俗成真,终乃回真向俗"④,即此之谓。只是哲思之奥义实难入俗,即便太炎坚信"继起之宗教,必释教无疑也",亦不得不说"他时释迦正教,普及平民,非今世所能臆测"⑤。这当是理境与历史之间的裂隙。论者所断言"一场中途夭折了的哲学革命",⑥ 其内在的根由或许应追溯到这里。

有此缺口,鲁迅的个人主义思想方才得以登场。与章太炎的完整哲学体系不同,鲁迅起手即不以终极价值的树立为准的,而代之以"撄人心"、"破平和"之诗人的鼓吹,藉此以掊击物质、摇荡世俗。但是,鲁迅毕竟不是中国诗界的摩罗,在他的内心深处,仍留存着古国的光华。个体哲学、摩罗诗人只是他借来的火种而已。此种思想,就其本义而言,在太炎体系中当属于

① 章太炎:《人无我论》,见《章太炎全集》第 4 卷,第 427 页。
② 同上。
③ 章太炎:《答梦庵》,见《民报》第 21 号,东京,1908 年 6 月 10 日,第 127 页。
④ 章太炎:《菿汉微言》,第 88 页。
⑤ 章太炎:《建立宗教论》,见《章太炎全集》第 4 卷,第 419 页。
⑥ 姜义华:《章太炎思想研究》,第 418 页。

遍计所执自性，但在鲁迅这里却又增加依他起之意蕴，而较原意为丰富、递进。鲁迅思想的奥妙亦在这里。虽然鲁迅拒绝超凡入圣，但其中实蕴涵着超拔的趣向。这在鲁迅对个体思想的限定中明白标明。他的宣讲从未把个体思想绝对化，而是在一种历史化、诗性化的自我批判框架中完成，而其最终指向只是"国人之自觉"。此意却与太炎相合，这是鲁迅不违师说之处。

但证验鲁迅之不违师说，仅表明其消极的品质，而不能抉发其积极的力量。这种积极性的力量表现在两个方面：一是以个体之执斥破平和之幻；二是以求索之意颠覆体系之思。就前者言，鲁迅经由其文学心灵所融会的生活感受，把他带入了情绪情感的精神底层，而试图在此基础上营构一个反抗的、激情的诗性世界。就后者言，鲁迅改变了探究哲理的方式，他宁愿选择批判性的颠覆、情绪性的抒发和象征性的呈现，而非在既成的系统和概念面前舞弄理性之刀，以重新构筑新的思想牢笼。昆德拉赞尼采所说，未来的哲学家应是实验者，他自由地奔向一些彼此截然不同甚至对立的方向；又说，由于思考与人类有关的一切，哲学与小说靠得更近了。[①] 这些都可以用在鲁迅的身上，虽然二者之间并不等同。由此也不难察觉鲁迅在太炎之后所作出的开拓：他不只在主题上异于太炎，且以独异的文学感觉创造了其思想的最佳表达方式。

对尼采的解释与接受，即显现着章、鲁之思想模式和精神气质的不同。如前文所引，太炎之论"我见"，只是平静地视尼采为思想之一种，而与王学相印证，以见其自信尊贵之气质；鲁迅则契入甚深："若夫尼佉，斯个人主义之至雄桀者矣，希望所寄，惟在大士天才；而以愚民为本位，则恶之不殊蛇蝎。"[②] "尼佉（Fr. Nietzsche）不恶野人，谓中有新力，言亦确凿不可移。"[③] 太炎仍在尼采之外，鲁迅则在尼采之内。若太炎还不能理会尼采所面对之情境和问题，鲁迅显然有所把捉。牟宗三曾论到尼采气质之诞生："霍德林最能感到我们这个过渡期宗教信仰的丧失以及人们的痛苦。他之说上帝隐退实具有一种深远的悲悯之情，亦充分表示其思慕之忧。而尼采之说上帝死亡，则其悲痛转而为悲愤，故乃另寻别途。"[④] 精神的无归之感，在中国与

---

① 米兰·昆德拉：《被背叛的遗嘱》，余中先译，上海译文出版社 2003 年版，第 181—182 页。
② 鲁迅：《文化偏至论》，见《鲁迅全集》第 1 卷，第 52 页。
③ 鲁迅：《摩罗诗力说》，见《鲁迅全集》第 1 卷，第 64 页。
④ 牟宗三：《论"上帝隐退"》，见《牟宗三先生全集》第 9 卷，联经出版公司 2003 年版，第 241—242 页。

西方虽内涵有异，但其情态实相似，故泛泛而言，鲁迅与章太炎的不同，即在于此精神归宿的感受之差异。而这一感受，当不是学术性的疏解所能体察，而是触发自尼采、鲁迅之共通的文学性的心灵。

正是由于这种文学性的心灵，鲁迅颠倒了章太炎对个人问题的把握。虽然鲁迅在个人观念的问题上不无疑虑，但他宁愿认同这样一个陡峻的概念，其缘由当归于他的情绪情感的契合。这样的结果是，鲁迅选择了一个并不完满的概念来重启自心自性之追问。

大体来说，在早期鲁迅的论文中，个人观念的引入与自心自性的追问呈现出趋近的态势。这里，他解析西哲的历史化态度显然不足以抗衡对个人主义的认同：

> 夫中国在昔，本尚物质而疾天才矣，先王之泽，日以殄绝，逮蒙外力，乃退然不可自存。而轻才小慧之徒，则又号召张皇，重杀之以物质而囿之以多数，个人之性，剥夺无余。往者为本体自发之偏枯，今则获以交通传来之新疫，二患交伐，而中国之沉沦遂以益速矣。呜呼，眷念方来，亦已焉哉！①

即便呼吁"取今复古，别立新宗"，个性的张扬仍然是《文化偏至论》的主题。当然，据上述引文，个人主义思想的接受在很大程度上出于鲁迅当时的时势判断。但这种致思方式在客观上实未能对个人观念作出超越性的分解。此种选择或出于作者的主观意愿，但它所带来的影响显然重于其选择的内在动机，即个人观念已作为一个难以回避的要素驻留在鲁迅的精神世界，并要求后者对它作出恰当的处置。

此种情形，鲁迅自己亦是在沉入生活多年之后才有了深入体会。在1925年5月30日致许广平信中，他写道："其实，我的意见原也一时不容易了然，因为其中本含有许多矛盾，教我自己说，或者是人道主义与个人主义这两种思想的消长起伏罢。所以我忽而爱人，忽而憎人；做事的时候，有时确为别人，有时却为自己玩玩，有时则竟因为希望生命从速消磨，所以故意拼命的做。此外或者还有什么道理，自己也不甚了然。"② 研究者对此的解释，

---

① 鲁迅：《文化偏至论》，见《鲁迅全集》第1卷，第57页。
② 鲁迅：《两地书》，见《鲁迅全集》第11卷，第79—80页。

偏向于其中"哀其不幸，怒其不争"式的情感张力，而鲜能以此来究诘鲁迅早年的精神趣向，及此趣向对鲁迅此后的精神开展所产生的结构性影响。

实际上，当鲁迅选择了个人主义思潮之时，已不期然打破了自我的精神常态，此即所谓"撄人心"之说。但当时鲁迅对此的估量显然是不够的。他满怀浪漫的激情，个人主义作为批判武器，充塞着他的内心，遮盖了精神上的不谐之音：

> 盖诗人者，撄人心者也。凡人之心，无不有诗，如诗人作诗，诗不为诗人独有，凡一读其诗，心即会解者，即无不自有诗人之诗。无之何以能解？惟有而未能言，诗人为之语，则握拨一弹，心弦立应，其声激于灵府，令有情皆举其首，如睹晓日，益为之美伟强力高尚发扬，而污浊之平和，以之将破。平和之破，人道蒸也。①

此段文字见出鲁迅对诗人的理解。鲁迅诠解诗人与俗界大异，不屑滥情而骨力自在，故能直指人心，激荡风气。个人主义无疑与之相应和，成为此际的思想助动。但是，需要询问的是，此个人观念对鲁迅的精神世界的形成到底构成了何种影响？或者，成熟期鲁迅思想中的"黑暗"底色与这种高迈激越的音调有多大的关联？

如何界定鲁迅自言的"黑暗"，无疑是鲁迅诠释中的核心课题。它关系到能否契合鲁迅并疏通其精神脉络的问题。在这个方面，徐复观是一个典型的反例。虽然他曾一度喜好鲁迅，但后来却听从内心的要求而走上了另外的道路：

> 读完了鲁迅的作品以后，感到对国家、对社会，只是一片乌黑马黑。他所投给我的光芒，只是纯否定性的光芒，因而不免发生一种空虚怅惘的感觉。
>
> 一九二八年三月到日本，一九二九年春开始阅读京都帝大教授河上肇的《经济学大纲》一书，在两相比较之下，鲁迅的分量显得太轻了。②

---

① 鲁迅：《摩罗诗力说》，见《鲁迅全集》第 1 卷，第 68 页。
② 徐复观：《中国文学论集》，学生书局 1985 年版，第 535 页。

这是心灵的不相契、生命的不相应。如之奈何？此亦一种因缘，除此难得确解。

与之形成对照的是竹内好。在前引文字中，竹内好即以此"黑暗"为论述重心，而拓展了疏解鲁迅的空间，且进而建立了自己的文化基点。竹内好与徐复观根本的不同，在于他不是站在个人的好恶上切入鲁迅，而是以文学的态度来体察之。这样，鲁迅其时的生命触觉得以再生并进而超拔，结果反而复活了鲁迅。

另一位日本学者木山英雄在描摹鲁迅的"自我创造的过程"时，揭示了后者的"黑暗"处理对《呐喊》、《彷徨》和《野草》等的写作所形成的本源性影响。《呐喊》中，"黑暗对于作者来说仍然确实是自己的黑暗"；到《彷徨》，"黑暗世界的自在性统一被打破，黑暗第一次成为离开作者内在世界的独立存在。"① 而《野草》则被理解为，旨在解决"将阴暗的自我从《呐喊》的混沌中引出表面来"之后的自我根据重置问题。②

上述论者的态度和思理均有助于我们重新面对鲁迅的"黑暗"言说。鲁迅对自己精神世界的描述或"解剖"虽不吝其词，但这里只能就上述致许广平信略抒己见。

在鲁迅致许广平的那封书信中，"黑暗"有两个指向：一指外在现象，"现在的现象是各方面都黑暗，所以有这情形，不但治本无从说起，便是治标也无法，只好跟着时局推移而已"；一指内在状态，"我的思想太黑暗"。③ 而联结这两个指向的则是鲁迅的文化态度：

> 你的反抗，是为了希望光明的到来罢？我想，一定是如此的。但我的反抗，却不过是与黑暗捣乱。大约我的意见，小鬼很有几点不大了然，这是年龄，经历，环境等等不同之故，不足为奇。④

据鲁迅的解释，"你""我"之态度上的差异源于年龄、经历、环境等的不同。但这种解释嫌笼统，它远不能诠解鲁迅内心深处传达出的那种绝望之感。显然，后者非现象界诸多因素所能说明。这种状况，不仅难对人说，甚

① 木山英雄：《文学复古与文学革命》，第11、18页。
② 同上书，第25页。
③ 鲁迅：《两地书》，见《鲁迅全集》第11卷，第78—80页。
④ 同上书，第79页。

至自己也不甚了然，而只能在试验中摸索："总而言之，我为自己和为别人的设想，是两样的。所以者何，就因为我的思想太黑暗，但究竟是否真确，又不得而知，所以只能在自身试验，不敢邀请别人。"① 假如说此前鲁迅受到这种"黑暗"动源的推助而创造了独特的文学世界，那么此时，鲁迅已然在面对自己内心的"黑暗"情结，而试图给它以恰切的归结和处置。这表现在写作方面，是《彷徨》和《野草》的生成；在生活方面，则是"我也可以爱"的宣告。精神的客观化，即此之谓。至此，鲁迅的精神反而越发独立于世俗，而以自我世界与社会俗态分立的方式表现出来。

　　但仍然要问，此"黑暗"来自何方？论者似乎已经习惯了鲁迅对过去的追溯，正是在这些文字中记叙了他早年及成长过程中的无休止的苦痛和挫伤。虽然这些苦痛和挫伤带来了阴郁的心绪，但更有深味的是鲁迅对"回忆"的偏好：

　　　　所谓回忆者，虽说可以使人欢欣，有时也不免使人寂寞，使精神的丝缕还牵着已逝的寂寞的时光，又有什么意味呢，而我偏苦于不能全忘却，这不能全忘的一部分，到现在便成了《呐喊》的来由。②

这种思想的模式而非内容才更具有决定性的意义。与之相关，周作人对记忆问题也颇为关注，如《关于鲁迅书后》（1936 年）提到他所写的追忆鲁迅的两篇文章："至于我那两篇文章却终于发表了，因为我觉得没有遵命之必要。那文章差不多都是行状中的零碎材料，假如有毛病则其惟一的毛病该是遗忘，即在不能完全记得而不在懂得与否。"③ 此语是就武昌田君所寄明信片上之言——"我想，鲁迅先生的学问，先生是不会完全懂得的，此事可不劳费神"——而发，故有"没有遵命"之说。显然，周作人未能适切地回应田君的断语，因为他所偏好的是事实和风俗，而不是田君所说的学问或生命，故虽有杂著若干，但所擅长者却多在草木虫鱼。这里显出鲁迅、周作人之"回忆"主题的歧异。如，周作人对影响鲁迅至深的"避难"一事便淡然地记述如下：

---

① 鲁迅：《两地书》，见《鲁迅全集》第 11 卷，第 80 页。
② 鲁迅：《呐喊·自序》，见《鲁迅全集》第 1 卷，第 415 页。
③ 周作人：《瓜豆集》，河北教育出版社 2002 年版，第 160 页。

我因为年纪不够，不曾感觉着什么，鲁迅则不免很受到些激刺，据他后来说，曾在那里被人称作"讨饭"，即是说乞丐。但是他没有说明，大家也不曾追问这件不愉快的事情，查明这说话的究竟是谁。这个激刺的影响很不轻，后来又加上本家的轻蔑与欺侮，造成他的反抗的感情，与日后离家出外求学的事情也是很有关连的。①

"受到些激刺"与否亦属机缘中事，此种体验沉淀于生命中，积久便汇成一种精神的流向。而这种精神流向中的回忆，即鲁迅所说"精神的丝缕"，自然有其"不能全忘却"之"苦"。我想，这是鲁迅"黑暗"状态的思维方式上的原因吧。

与鲁迅信中对"黑暗"的两种描述相联系，第一种即"现在的现象是各方面都黑暗"须得从第二种即"我的思想太黑暗"的视角来观察并加以解释，才是更有意义的。"与黑暗捣乱"作为鲁迅的行为方式，则既是其生命的表达，更是畅达其精神的需求。这种内在的指向，无疑是鲁迅之为鲁迅的生命动因。

当然，以上只是鲁迅后来的描述。竹内好曾把文学家鲁迅的诞生追溯到"《狂人日记》发表以前的北京生活时期"，认为它"对于鲁迅来说是最重要的时期"，而其特征是"只能感到酝酿着它的郁闷的沉默"。② 但在成为了文学家的鲁迅自己的回忆中，却回溯得更早。二者在思理上并不相悖。我们或许有理由相信鲁迅的回溯乃是那个顿挫期或"蛰伏期"（林语堂语）之后的文学性的反观。依照这种思路，是"回心"之力为其早年的受挫经历披上了合法化的外衣。

但从一种"前现代的视野"（列奥·施特劳斯语）看，鲁迅在其生命的自然进程中，却生存于昂扬或愤郁中而无以表达其自己。他必须找到既能畅达又能收摄其生命的思想和形式。在思想方面，与之首先照面的是个人主义，并成为鲁迅借力的主要动源；在形式上，则先发为文章，继之以小说。个人主义无疑使其"黑暗"潜意识得以观念化、外在化；文章和小说则凝定甚至具象化了他的思想和精神。

---

① 周作人：《鲁迅的青年时代》，河北教育出版社 2002 年版，第 13 页。
② 竹内好：《鲁迅》，第 46 页。

但是，这种生命的出离自身，一方面激发了创造力的大发扬，使历史精神得到了返照并抨弹自身的缘会，另一方面却使精神力游走于亢奋和抑郁的两极间，甚至处在一种菱而无归的境地。如何承受之并担当之，乃是大勇大智大悲之事。在中国现代精神史上，独有鲁迅以其至诚至真契会此一慧命，并以其雄才铁笔开启了历史生命的秘仪之门。

如此看来，从章太炎到鲁迅，不只是从理性到情感、从学术到文学的过程，更是精神被放逐旷野的进程。而其中的始作俑者，就是西方的个人观念。而此个人观念，虽然裹挟着异质文化的气质，但因其呼应了中国的文化潮动而成为了中国现代文化的弄潮儿。

历史的悖论正在于，是鲁迅而非章太炎以其不平和的音调撕开了传统的道德面具，助推"个人"成为历史舞台的主角。这一过程更贯穿鲁迅的一生，经历昂扬、沉寂、爆发、怀疑的多重变奏。最初是对个人的有力辩护："个人一语，入中国未三四年，号称识时之士，多引以为大诟，苟被其谥，与民贼同。意者未遑深知明察，而迷误为害人利己之义也欤？夷考其实，至不然矣。而十九世纪末之重个人，则吊诡殊恒，尤不能与往者比论。"① 但只有当个人主义成为鲁迅的思想矛盾之一极时，个人的观念性才为更其驳杂深邃的精神世界所笼罩。至此才可明了，以奠立于人类尊严之上的"极端之主我"来呼唤"沉邃庄严"之文明，以"个人尊严之旨趣"上推"内部之生活"，才是鲁迅的本意所在。与之相关，"幽深"、"沉邃"之气度才是亢衡"顽固"、"横取"态度的精神趣向。

个人主义与新文学的因缘，也令个人概念的狂躁的一面凸显出来。鲁迅激于世人对个人观念的浅俗理解，而开始欲图置之于"死地"了。这时，为个人概念所遮盖的自心世界才再次露出其峥嵘面目。当面向历史的鲁迅转向现实时，他的荒诞感反而更加浓烈，这种差别在《狂人日记》的象征描述和《孤独者》的俗世氛围中表达得再清楚不过了。

鲁迅不只赋予个人这一概念以情绪情感的实质性内涵，更以思想的力量使之获得了生存论的情境和意义。如果说前者孕育了一个文学者的话，那么在后者的氛围中便不得不让他直面精神的无底深渊。只有在这个超越文学者、并置之于困厄自身的旷野或深渊之中，个人的观念性才被凸显并悬浮起来，精神的境域才豁然开启。这里不只是抑郁和悲哀，还有无声的挣扎和反

① 鲁迅：《文化偏至论》，见《鲁迅全集》第1卷，第50页。

击。无疑，几乎同时写作的《彷徨》与《野草》有着内在的勾连：《彷徨》描写的是自我在外部世界中的失落，《野草》则试图在内部世界中完成自我的重塑。后者那无边的黑暗、地狱和旷野、萧瑟肃杀的气氛，映射出的是一个立体的人性/鬼魅世界。在那里，内心的世界以象征手法探入，而回响着生命的自我拯救的主题。

　　而这一主题的具体呈现，是由直面内心世界的自我完成的。《野草》的最大特征，即是自我的问题。由此，一个有我的世界描摹而出。自我作为一种直观性的生命形象直接登场，而被置于各种情境之中，以经受精神的证验或拷打。正是自我的存在，使其意象世界在艺术趣味之上，始终流注着一股意志的力量。其中，沉默而坦然欣然的我（《题辞》）、彷徨于无地的我（《影的告别》）、憎恶烦厌的我（《求乞者》）、希望而绝望而寂寞的我（《希望》）、补过的我（《风筝》）乃至连续七个梦见自己的我（《死火》至《死后》）……成为那意象世界的实际主宰。鲁迅毫不避讳这部作品的私人性质，此系列之诗性随笔的写作，与其说是为了博得声誉，不如说是要解决自己的精神困境。只是，鲁迅完成自己的任务了吗？

　　表面上看来，从《秋夜》经《过客》到《这样的战士》，鲁迅完成了精神的大循环。他以"这样的战士"作为对这一精神旅程的回答，而暂时终止了此前的迷茫、彷徨和怀疑。但仔细考量，这种强力意志所凝聚的精魂，实则是对十七年前的论文的回溯或延续。假如其中有突破的话，也决不在这种意志力的升进，而毋宁是此意象世界具象化了当年所发出的呼唤："今索诸中国，为精神界之战士者安在？有作至诚之声，致吾人于善美刚健者乎？有作温煦之声，援吾人出于荒寒者乎？"[①]其间，鲁迅的诚实与执拗相济，前者体现为对当年心声的生命践履，后者呈现为强烈的自我意志。鲁迅亦曾试图开拓自身的生命意涵，如对复仇的沉思、对绝望的超越等，但这仅仅是其精神进程中的情结或堡垒，而指向却恰恰相反，他不知不觉地走在回归精神起点的路途上。结果便是"这样的战士"的再生：他用"无物之阵"回应着当年的"萧条"和"荒落"，用"战叫"延续着"吾人""其亦沉思而已夫，其亦惟沉思而已夫"的叹息。

　　这里有一个悖论：一方面，这些诗性短章如果缺乏这种意志力的贯注，将丧失其基本的灵魂和意义；另一方面，力道如此之强的自我意志，却极大

---

① 鲁迅：《摩罗诗力说》，见《鲁迅全集》第1卷，第100页。

地阻碍着精神历险者的生命超拔。这一精神冒险家的漫游，虽给人以巨大的力和美的震荡，但却只能在精神的炼狱中淬炼其无边的愤火，而未能成功地化解自身的戾气。故而鲁迅在此历程中仅仅印证了自己，而未能真正地从那精神的桎梏中超拔，随之使拯救自身的进程定格在了未完成的状态。

当然，这与鲁迅对自我的认定完全相应。“一切都是中间物”的证言，“为自己写作”的诉说，在在声言着《野草》的开放性。这部典型的究诘“自心之天地”的文字，以精神呈现者的身份，打开了一个遍布机栝的象征世界。其中虽有自我之挂碍，但也确实为之找到了精神拓展的广阔空间，因而开启了无数的契入机缘。至此，鲁迅对自我的观照终于在《彷徨》世界的激发下，以内在冥悟的方式铺展开来。

在此基础上，我们得以重新检讨鲁迅的个人观念。以此自心观，鲁迅的个人观念，便仅是其方便之用而非本源之体。而真正具有内在动力和广阔内涵的，当是“一二士”的提法：

> 本根剥丧，神气旁皇，华国将自槁于子孙之攻伐，而举天下无违言，寂漠为政，天地闭矣。狂蛊中于人心，妄行者日昌炽，进毒操刀，若惟恐宗邦之不昚崩裂，而举天下无违言，寂漠为政，天地闭矣。吾未绝大冀于方来，则思聆知者之心声而相观其内曜。内曜者，破𪾢暗者也；心声者，离伪诈者也。人群有是，乃如雷霆发于孟春，而百卉为之萌动，曙色东作，深夜逝矣。惟此亦不大众之祈，而属望止一二士，立之为极，俾众瞻观，则人亦庶乎免沦没；望虽小陋，顾亦留独弦于槁梧，仰孤星于秋昊也。使其无是，斯增欷尔。①

此“一二士”乃鲁迅所瞩望者，故曰：“梦者自梦，觉者是之，则中国之人，庶赖此数硕士而不殄灭，国人之存者一，中国斯侂生于是已。”② 也正是有此“一二士”、“数硕士”，无信仰的“伪士”、竞言武事的“辁才小慧之途”方才无以遁形。而此“一二士”，其内质则为“独具我见”：“故今之所贵所望，在有不和众嚣，独具我见之士，洞瞩幽隐，评骘文明，弗与妄惑者同其是非，惟向所信是诣，举世誉之而不加劝，举世毁之而不加沮，有从者

① 鲁迅：《破恶声论》，见《鲁迅全集》第8卷，第23页。

② 同上书，第24页。

则任其来，假其投以笑傲，使之孤立于世，亦无慑也。则庶几烛幽暗以天光，发国人之内曜，人各有己，不随风波，而中国亦以立。"①

由此以观个人一语，可知其不过是此"一二士"之冀望的映射。西方的个人主义只是在一定程度上契合了鲁迅对于精神自由的期待。从斯契纳尔、勖宾霍尔、契开迦尔、显理伊勃生到尼佉，由我性之宣扬到大士天才之寄望，其间措思多在于对凡庸和专制的警戒。鲁迅固然引入其思想，但亦置之于其历史情境中，尤其以中国与此欧洲 19 世纪之文明相比堪，而致意于明哲之士："此所为明哲之士，必洞达世界之大势，权衡校量，去其偏颇，得其神明，施之国中，翕合无间。"② 只是这种理智化的声音并不能遮盖鲁迅面对苍茫中国、古国胜民发出的浩叹。故而表面看来，鲁迅似乎在个人观念那里找到了匡救国人精神的可能，但此种智性考察的意义实不可过于高估。它在鲁迅这里最大的价值乃在于画出了一条思想轨迹，而终于引导这个诚挚的生命走向了"旷野呼告"。

但这是何等样的旷野呼告？自我从来就没有从黑暗和虚无中退缩，反而沉没于黑暗与虚无，进而主宰了那世界。结果，旷野成为自我意志的领地："我将大笑，我将歌唱。"（《野草·题辞》）首先，自我借"影的告别"绝对化了自己："有我所不乐意的在天堂里，我不愿去；有我所不乐意的在地狱里，我不愿去；有我所不乐意的在你们将来的黄金世界里，我不愿去。然而你就是我所不乐意的。"（《影的告别》）随后，在生命的自证中，他一方面消解了"神之子"的意义："上帝离弃了他，他终于还是一个'人之子'；然而以色列人连'人之子'都钉杀了。"（《复仇（其二）》）另一方面，借他曾心仪的魔鬼的失落慨叹那"好地狱"的丧失："地狱门上也竖了人类的旌旗！"（《失掉的好地狱》）最终，当神、鬼均无以安置其生命，且烦厌了死的游戏之后，鲁迅决然走向了"无物之阵"。在那里，他别无选择，只有战士才可能作为"戕害慈善家等类的罪人"确证他自己（《这样的战士》）。

这无疑是诗人的选择，而非哲人的造论。若以太炎视角论鲁迅，其我执太坚，其致思过厉，但若衡之以诗人之思，则鲁迅之所开辟实受惠于此我执甚深。而鲁迅承续太炎者，则为苍茫之情怀和高古之境界。于此，无论哲人、诗人，均心有戚戚焉。鲁迅论诗人一段颇能道其心事：

---

① 鲁迅：《破恶声论》，见《鲁迅全集》第 8 卷，第 25 页。
② 鲁迅：《文化偏至论》，见《鲁迅全集》第 1 卷，第 56 页。

　　诗人绝迹,寥若甚微,而萧条之感,辄以来袭。意者欲扬宗邦之真大,首在审己,亦必知人,比较既周,爰生自觉。自觉之声发,每响必中于人心,清晰昭明,不同凡响。非然者,口舌一结,众语俱沦,沉默之来,倍于前此。盖魂意方梦,何能有言? 即震于外缘,强自扬厉,不惟不大,徒增欷耳。故曰国民精神之发扬,与世界识见之广博有所属。①

　　时势变迁之几微在此尽显。哲人息矣,诗人兴焉。一个新的世界正在地火的奔突中蔓延生长⋯⋯

[作者单位:中国社会科学院文学研究所港台室]

---

① 鲁迅:《摩罗诗力说》,见《鲁迅全集》第1卷,第65页。

在殖民地台湾,"启蒙"如何可能?

——赖和对于台湾文学史叙述的挑战

赵稀方

内容提要: 后殖民性对于西方现代性以及后现代性的挑战,呈现出殖民地第三世界国家文学史启蒙论述的尴尬。赖和被称为"台湾的鲁迅",但文学史对于赖和的启蒙定位,细察起来其实不能周全。本文分析赖和论述中"启蒙主义"如何遮蔽"民族主义"的过程,提出在殖民地台湾,"启蒙"如何可能的问题。

关键词: 赖和 启蒙主义 民族主义 文学史

一

1784 年 11 月,德国的《柏林月刊》发表了对于"什么是启蒙"的看法,回答者是康德。差不多两百年后,米歇尔·福柯撰写了《什么是启蒙》的文章,重新回答这一问题。福柯指出:"它对我来说似标志着进入有关一个问题的思想史的合适路径,这个问题现代哲学一直无法回答,但也从未设法摆脱。这是一个两百年来以各种形式重复的问题,从黑格尔,中经尼采或马克思,直到霍克海默尔或哈贝马斯,几乎一切哲学都未能成功地面对这同一问题,无论是直接还是间接地。"福柯甚至将对于"什么是启蒙"这一问题的不断回答视为"现代哲学"的根本特征,"现代哲学就是这样一种哲学,它正在试图回答这个两世纪前如此鲁莽地提出的问题:什么是启蒙?"

康德对于"什么是启蒙"的回答是:"把我们从'不成熟'的状态释放出来。所谓'不成熟',它指的是一种我们的意志的特定状态,这种状态使我们在需要运用理性的领域接受别人的权威。"康德启蒙思想的核心在于理性的自由运用，这样一种关于"启蒙"的答案，来自于笛卡儿以来的理性主体哲学传统。康德把启蒙描绘为人类运用自己的理性而不臣属于权威的时刻，福柯赞成启蒙的批判精神，但认为"主体"和"理性"却不应该成为批判的前提和出发点。对于主体的质疑和启蒙理性的批判，是作为"后现代"源头的福柯思想的独特之处。福柯认为，康德的"人类学"，包括胡塞尔的现象学、萨特的存在主义，都是先验主体哲学，将一切建立在有限性的"人"之上。而在福柯看来，"人"不过是近期的一个发明，而且正在接近终点。人就像印在沙滩上的一幅画，即将被抹去。福柯说："无论如何，我们都知道新思考的所有努力都正好针对这个人类学的：也许重要的是跨越人类学领域，从它所表达的一切出发摆脱它……也许，我们应在尼采的经历中看到这一根除人类的第一次尝试……人之终结就是哲学之开端的返回。在我们今天，我们只有在由人的消失所产生的空当内才能思考。"① 在福柯看来，历史分析并非属于认识的主体理论，而应属于话语实践。批判的实践不是试图成就科学的形而上学，不是寻找知识和普遍价值的正式结构，"它在构思上是谱系学的，在方法上是考古学的"②。

仿佛要验证"几乎一切哲学都未能成功地面对这同一问题"的断言，福柯本人事实上也并未能终结康德以来的关于"什么是启蒙"的问题。对于福柯的最大挑战并非来自于理性主义内部，而是来自于后殖民立场。霍米巴巴（Homi Bhabha）自西方种族主义角度不仅挑战了启蒙现代性，同时也挑战了福柯等人的后现代论述。霍米巴巴从法侬（Frantz Fanon）的黑人在现代世界的"迟误性"（belateness）和"时间滞差"（time-lag）的概念出发，论述殖民地世界对于西方现代性的挑战。他认为：正如"迟误性"不过是把白人想象为普遍性规范性的结果，所谓"时间滞差"也只是在人类持续进步主义者的神话中产生的。在霍米巴巴看来，正是在这种"迟误性"和"时间滞差"所体现的殖民后殖民的历史符号中，现代性工程显露出自己的矛盾性和未完成性。对于康德及哈贝马斯以来的不断重构和再造的启蒙现代性，霍米巴巴想问的是：这种重构和再造中是否没有意识到一种文化局限性，那就是

---

① 米歇尔·福柯：《词与物——人文科学考古学》，莫伟民译，上海三联书店 2001 年版，第 445—446 页。

② 米歇尔·福柯：《什么是启蒙》，汪晖译，《文化与公共性》（汪晖，陈燕谷主编），生活·读书·新知三联书店 1998 年版，第 437 页。

文化差异中的种族中心主义。的确，一旦将殖民性的维度带入现代性，问题立刻就会浮现出来。霍米巴巴说，"我想提出我的一个反现代性的问题：在殖民条件下，在给予其自身的是历史自由、公民自主的否定和重构的民族性的时候，现代性是什么呢？"很显然，在受到压制的殖民性空间和时间内，出现了一种反现代性的殖民性。不过，霍米巴巴认为，这种转换并不是对于原有的文化系统的简单推翻，不是以一种新的符号系统代替原有的符号，因为这样做的话其实只是助长了原有的未加反省的"统一性政治"。殖民性构成了现代性的断裂，但它既质疑现代性，又加入现代性。它构成一种滞差的结构，从而重述现代性。①

那么从后殖民的角度看，作为反现代性理论的西方后现代理论本身是不是也有问题呢？霍米巴巴的回答是肯定的。霍米巴巴在后期的文章，如《后殖民与后现代：中介问题》、《新东西怎样进入世界：后现代空间，后殖民时间和文化翻译的试验》及《种族，时间和现代性的修订》等文中，专门探讨了后殖民与后现代的问题。霍米巴巴不但批评、订正现代性，他还同样地批评、订正后现代性。在霍米巴巴看来，后现代主义在观念上破除了很多固定的西方现代性概念，因而我们需要在反现代性的意义上借鉴后现代主义，但后现代主义还远远不够，需要接受后殖民历史的质疑，"我在这种后殖民性的反现代性意义上使用后结构主义理论，我试图表现西方授权在殖民性'观念'中的挫败以至不可能性。我的动力是现代性边缘的下层的历史，而不是逻各斯中心主义，我试图在较少的规模上，修订成规，从后殖民的位置重新命名后现代。"② 霍米巴巴在文章中专门讨论了福柯的《什么是启蒙》一文，以此说明后殖民视野中的后现代主义的局限。福柯从康德的《什么是启蒙》一文的读解出发，认为"现代性的符号是一种破译的形式"，其价值在于必须在历史宏大事件之外的小型、边缘叙事中寻找。霍米巴巴认为：通过康德，福柯将其"当下的本体论"追溯至法国大革命，他的现代性的符号正是从那里开始的。在霍米巴巴看来，福柯虽然避免了君主主体和线型因果关系，但是如果站在西方之外的殖民地立场上就会发现新的问题。他认为，福柯所谈论的法国大革命的现代性意义仅仅是针对于西方人而言的，对于非西

① Homi K. Bhabha, "Conclusion: Race, time and the revision of modernity" *in The Location of Culture*, First Published 1994 by Rouledge, pp. 236—256.

② Homi K. Bhabha, "The postcolonial and the postmodern: The question of agency" *in The Location of Culture*, First Published 1994 by Rouledge, p. 175.

方殖民地人民来说，法国大革命只是一个"难以忘怀的不公平的戏弄"，"如果我们站在后革命时期圣多明哥黑人的立场上，而不是巴黎的立场上，福柯的现代性空间符号的种族中心主义局限就暴露无遗了。"霍米巴巴认为，后现代主义反思西方现代性的问题在于不能脱离西方自身的视野，这种自我反省的结构无法挣脱西方自身的逻辑系统。特别在种族主义问题上，霍米巴巴对于福柯进行了尖锐批评。因为福柯没有西方种族主义的视野，故而他在《性史》中不得不将欧洲19世纪种族主义解释为一种历史的倒退。霍米巴巴认为，希特勒在前现代而不是在性政治的名义下对犹太人的大屠杀，是对于福柯所说的现代性的一个巨大的历史讽刺，"在这里被深刻地提示出来的，是福柯与西方现代性的同构逻辑的共谋关系。将'血统的象征'描绘为倒退，福柯否定了作为文化差异的符号及其重复模式的种族的时间滞差。"①

不能不承认，后殖民理论针对于殖民主义和西方中心主义的质疑，是对于西方启蒙现代性及后现代性的最大挑战，它无疑给前殖民地及第三世界国家地区的历史分析提供了崭新的历史空间，遗憾的是，我们的历史及文学史分析，姑以台湾文学史为例，似乎并没有为之触动，仍然不自觉地走在被强加的启蒙现代性的逻辑中，未能意识到殖民地现实与启蒙现代性之间的巨大裂缝。赖和是台湾新文学史的开拓者，常常在启蒙的意义上被称为"台湾的鲁迅"，但我在阅读赖和的时候，却总感到无法将赖和与启蒙主义论述严丝合缝地扣在一起，其间总存在着似是而非的地方。现在从后殖民的立场看起来，在西方启蒙现代性的框架内论述殖民地台湾原就是似是而非的，作为台湾新文学开创者的赖和恰恰给我们提供了一个反省和挑战台湾文学史叙述的机会。

二

在论述赖和的时候，人们常常从他对台湾封建道德的愚昧阴暗的批判开始，譬如赖和在小说中对于吸鸦片、赌钱、祖传秘方等国民劣根性的批判，然后再转出对于殖民统治的抗议，这显然出自中国内地五四新文化以来"反封建"的现代性眼光。其逻辑是，赖和的主要关注在于"现代"和"世界"，

---

①　Homi K. Bhabha，"Conclusion: Race, time and the revision of modernity" *in The Location of Culture*, First Published 1994 by Rouledge, pp. 236—256.

以启蒙提升落后的台湾，为此甚至不惜牺牲狭隘的民族自尊，当然日本的殖民压迫却提醒了他民族的仇恨，甚至使他对于"现代"的"合理世界"的理想产生怀疑。如此"启蒙"论述，源远流长。早在 1945 年为《赖和日记》的发表所写的"序言"中，杨守愚就指出："先生生平很崇拜鲁迅，不单是创作的态度如此，即在解放运动一面，先生的见解，也完全和他'……所以我们的第一要著，是在改变他们（国民）的精神，而善于改变精神的，当然要推文艺……'合致。所以先生对于过去的台湾议会请愿、农民工解放……等运动，虽也尽过许多劳力，结果，还是对于能够改变民众的精神的文艺方面，所遗留的功绩多。"① 作为与赖和相交很深的同时代且同乡作家，杨守愚以鲁迅的"改造国民性"精神概括赖和，似乎成为了后世有关赖和的启蒙论述的源头。当然，启蒙论述还可以往前追溯。首次将赖和称为"台湾文学的父母或母亲"的王锦江（诗琅），早在 1936 年的时候就曾谈道："赖和还保有大量的封建文人的气质。"② 认为赖和身上尚存"封建性"的不足，这其实是从反面说明论者所持的"启蒙"立场。

　　用"改造国民性"的思想来论述殖民地作家赖和，总让人觉得有点尴尬。熟悉赖和著述的人，应该很容易发现，"国民性"在赖和那里其实是一个标示着日本殖民教化的负面概念。在日据台湾，"国民性"是日本人教训台湾人的口号。在日本人眼里，台湾人是愚昧落后的，只是通过"涵养国民性"，才能达到"文明"的日本人的地位。在《归家》这篇小说中，我们能够看到赖和对于"涵养国民性"的讽刺，这一点我们后文还会论及。在殖民统治下的台湾，"启蒙"其实是一悖论，因为"新/旧"、"文明/落后"、"现代/封建"等总是与"日本/台湾"等同起来，它事实上成了殖民者借以压迫教化殖民地的"事业"，这不能不让被殖民者心存疑虑。

　　赖和从种族歧视走向对于"文明"的怀疑过程，我们可以在带自传性质的小说《阿四》中见到端倪。在阿四从医学校毕业后赴职的车上，一个日本人纠正阿四关于"同是日本人"的错误。这个日本人对他说：台湾人也可以说是日本人，不过还是称为"日本臣民"较为恰当，言下之意"似在暗示他不晓得有所谓的种族的分别"。"这句尖利的话，在阿四无机的心上，划下第

<hr />

① 李南衡主编：《日据下台湾新文学·明集 1·赖和先生全集》，明潭出版社 1979 年版，第 6 页。

② 王锦江：《赖懒云论——台湾文坛人物论（四）》，1936 年 8 月《台湾文学》201 号，李南衡主编《赖和先生全集》，明潭出版社 1979 年版。

一道伤痛的刃痕。"随后，医院的现实很快验证了这位日本人所说的"种族的分别"。在同去报告的学生中，阿四的薪水竟然不及日本人的一半，租房子的费用也仅仅是日本人的六折。他终于辞职回到了乡间，开业就医。他的想法是自己做事，可以较多自由，不似原来那么受气，"谁想开业以后，不自由反更多，什么医师法、药品取缔规则、传染病法规、阿片取缔规则、度量衡规则，处处都有法律的干涉，时时要和警吏周旋"。在殖民地台湾，阿四想逃脱殖民压迫，终究成为不可能。值得注意的是，在赖和眼里，医学规则与法律及警察联系在一起，不仅成为了民族压迫的工具，也成为了干涉个人自由的工具。在小说中，阿四"觉得他的身边不时有法律的眼睛在注视他，他不平极了，什么人的自由？竟被这无有意义的文字所剥夺呢？"[1] 在这里，赖和发现：科学、法律等等现代文明观念，事实上成为日本殖民统治的工具。对于文明"启蒙"与种族歧视压迫关联的认识，奠定了赖和后来观察问题的独特眼光。

赖和成名作《一杆秤仔》，屡屡被我们举为日本警察欺诈台湾下层农民的文本。细究起来，赖和在这里所抨击的"欺榨"，其实就指向了"文明"的法规对于本土的窒息。小说中的"大人"想白拿秦得参的菜，未得逞后，恼羞成怒，就说秦得参的秤有问题，不但把他的秤折了，还把他关了监禁。赖和在小说中，直接分析了殖民统治之"法"，对于台湾百姓的无处不在的盘剥，"因为巡警们，专在搜索小民的细故，来做他们的成绩，犯罪的事件，发见得多，他们的高升就快。所以无中生有的事故，含冤莫诉的人们，向来是不胜枚举。什么通行取缔、道路规则、饮食物规则、行旅法夫、度量衡规纪，举凡日常生活中的一举一动，能在法的干涉、取缔的范围中。"[2] 在小说《蛇先生》中，赖和更发出了对于殖民者法律的直接抨击："法律！啊！这是一句真可珍重的话，不知在什么时候，是谁个人创造出来？实在是很有益的发明，所以直到现在还保有专卖的特权。世间总算有了它，人们才不敢非为，有钱人始免被盗的危险，贫穷的人也才能安分地忍着饿待死。……像这样法律对它的特权所有者，是很利益，若让一般人民于法律之外有自由，或者对法律本身有疑问，于他们的利益上便觉得有不十分完全，所以把人类的

---

① 赖和：《阿四》，林端明编《赖和全集 2·小说卷》，第 265—275 页，台北前卫出版社 2000 年版。

② 赖和：《一杆秤仔》，林端明编《赖和全集 2·小说卷》，第 48 页，台北前卫出版社 2000 年版。

一切行为，甚至不可见的思想，也用神圣的法律来干涉，人类的日常生活、饮食起居，也须在法律容许中，总保无事。"赖和这一段对于法律的抨击，是有感于日本西医法律对于台湾民间医士蛇先生的行医资格的剥夺而发。令人奇怪的是，尽管赖和这段对于法律的抨击被论者广为征引，但《蛇先生》这篇小说的主题却常常被视为赖和对于迷信于民间草药秘方的"国民性批判"。在这里，"殖民批判"与"国民性批判"之间存在着某种逻辑上的冲突。

《蛇先生》的故事是这样的。在蛇先生的家乡，隔壁村庄某一被蛇咬伤的农民，因为医治效果不明显，经人推荐找到蛇先生，蛇先生敷之于草药，病人的红肿很快消除了。蛇先生反倒因此触犯了法律，成了罪犯，因为蛇先生不是"法律认定的医生"。蛇先生被带到了拘留所，并被拷打。如此，蛇先生的名声反倒传播出去了，上门求医的多了起来。有一日，告发他的西医找上门来，向蛇先生打听他的草药秘方。蛇先生诚恳地告诉他，并没有什么秘方，不过是一般的药草而已，因为多数阳毒的蛇咬人不过红肿腐烂而已，"治疗何须秘方"。西医不相信，把草药拿回去寄给朋友进行了一年多的科学化验，结果证明的确并无特殊成分，不过巴豆等普通草药。在我看来，《蛇先生》一方面的确讽刺了台湾村民迷信秘方的思想，但另一方面更抨击了以科学、法律为名的日本（西方）①殖民文化对于台湾传统和民间文化的压制，这似乎才是小说的重点。小说对于蛇先生的描写是正面的，它反复写到蛇先生的诚恳坦白，而对于日本大人以科学、法律的名义欺诈乡民的行为却有明确的批判。小说写道："他们也曾听见民间有许多治蛇伤的秘药，总不肯传授别人，有这次的证明，愈使他们相信，但法律却不能因为救了一人生命便对他失其效力。"况且，这些"大人"执法的动机从来就不是为了公正，赖和讽刺地写道："他们平日吃饱了丰美的饭食，若是无事可做，于卫生上有些不宜，生活上也有些乏味，所以不是把有用的生产能力，消耗于游戏运动之里，便是去找寻——可以说去制造一般人类的犯罪事实，这样便可以消遣无聊的岁月，并且可以做尽忠于职务的证据。"②

事实上，赖和的批判不止于殖民者借"文明"之名行野蛮之实的层面，

---

① 日本/西方的关系值得另外撰文讨论。

② 赖和：《蛇先生》，林瑞明编《赖和全集1·小说卷》，台北前卫出版社2000年版，第89—104页。

而涉及了对于"文明"本身的质疑。通常的看法认为:科学实验的结果,把蛇先生的"秘方"打回到原形,从而令迷信"秘方"的乡间显得如何可笑。我的看法正相反,实验的结果,其实表明了"科学"在民间医药面前的无能。赖和对于本土社会西医的专断,的确不无看法。在《归家》中,赖和就借卖圆仔汤的和卖麦芽羹的小贩的对话质疑过西医的"权威"。在一位小贩谈起过去好是因为没有日本警察的时候,另一位接着提到现在疾病的增多正是由西医带来的,"现在的景况,一年艰苦过一年,单就疾病来讲,以前总没有什么流行病、传染病,我们受著风寒,一帖药就好,现在有的病,什么不是食西药竟不会好,像我带(染上)这种病,一发作总著(得)注射才会快活,这样病全都是西医带来的。"另外一位对此亦表示同意,"哈!也难怪你这样想,实在好几种病,是有了西医才发见的。"[①] 蛇先生的民间草药的确具有治疗蛇伤的神奇效果,但因为不能为建立于西方知识之上的科学实验所确定就被取消资格,甚至视为犯罪,这正是普遍性的西方现代知识对于非西方地方性文化的暴力。事实上,作为中国传统文化的中医,至今也没有完全得到西方医学科学的承认,原因正是没有得到赖和所说的科学试验的证明。西方医学科学至今还以解剖学为根据,宣布中医经络理论的荒谬。"科学"的逻辑十分可怕的,逼迫你去遵守,"所谓实在话,就是他们用科学方法所推理出来的结果应该如此,他们所追究的人的回答,也应该如此,即是实在。蛇先生之所回答不能照他们所推理的结果,便是白贼(说谎)乱讲了,这样不诚实的人,总著(得)儆戒,儆戒!除去拷打别有什么方法呢?拷打在这二十世纪是比任何一种科学方法更有效的手段。"赖和对于"科学"的批判,让我们想到多少年后福柯对于科学是制度化的权力的论述。在福柯看来:关于科学通过实验,揭穿谬误,从而证明真理的看法是远远不够的;科学不过是权力的表达形式而已,这种权力形式逼迫你说某些话,如果你不想被人认为持有谬见,甚至被人认作骗子的话。当然,福柯尚未想到,西方的科学权力在文化系统不同的殖民地成为了更为有效也更为残酷的统治形式。赖和在这里将科学的逻辑与拷打联系在一起,很形象地说明了西方现代知识对于殖民地的暴力。

　　在日据台湾,启蒙总是与殖民性联系在一起,而"落后"却与本土文化

---

① 赖和:《归家》,原载《南音》创刊号,1932年1月1日。林端明编《赖和全集1·小说卷》,台北前卫出版社2000年版:第21—29页。

相联系，所谓"封建文化"却恰恰是殖民地人民抵抗殖民侵略、坚持本土认同的资源，因而施淑所说的赖和对于台湾本土"封建道德的愚昧阴暗"的批判，事实上往往并不那么分明。在启蒙解读中，我感到赖和对于本土风俗及传统文化的支持和眷恋的一面往往被论者忽略了。

赖和的第一篇小说《斗闹热》描写民间由迎神会而来的斗闹热的风俗，这篇小说的主题往往被概括为"反封建"，如林瑞明认为，赖和在这篇小说中"以近代知识分子的观点，批评旧社会迎神赛会所引的铺张的、无意义的竞争"①。这种"反封建"的观点，在小说中的确可以得到支持。如小说中"丙"就对"斗闹热"这一习俗发表了如下批判，"实在是无意义的竞争——胡闹，在这时候，大家救死且没有工夫，还有空儿，来浪费这有用的金钱，实在可怜可恨，究竟争得什么体面？"不过，在我看来，问题并不这么简单。小说中"一位像有学识的人"说：斗闹热"也是生活上的一种余兴，像某人那样出气力的反对，本该挨骂。不晓得顺这机会，正可养成竞争心，和锻炼团结力。"这种肯定斗闹热的说法，与"丙"的批判正相反。值得注意的是，这里对于斗闹热的肯定，来自于"竞争心"和"团结力"这种民族精神培养的角度。小说前文也曾谈到斗闹于失败者和优胜者的竞争意义，"一边就以为得到胜利——在优胜者的地位，本来有任意凌辱压迫劣败者权柄。所以他们不敢把这没出处的威权，轻轻放弃，也就踏实地行使起来。可不识那就是培养反抗心的源泉，导发反抗力的火线。一边有些气愤不过的人，就不能再忍下。约同不平者的声援，所谓雪耻的竞争，就再开始。"这里虽然谈到的是台湾本土地方间的竞争，但联想到日本殖民者在台湾的绝对优胜者的地位，联想到台湾从日本占领初期的激烈反抗和这种反抗在日本镇压下的逐渐式微，便不能不说斗闹这种风俗所培养的"竞争心"和"团结力"有潜在民族对抗的含义在内。无怪乎上了岁数的人在谈到斗闹热的时候，首先怀念日据前台湾斗闹的激烈，感叹日本对于台湾"地方自治"的破坏，"像日本未来的时，四城门的竞争，那就利害啦！""那时候，地方自治的权能，不像现时剥夺的净尽，握著有很大权威……"从小说描写看，对于斗闹热，赖和未见得有多少讽刺，反倒让人感到他对于这一风俗的怀念。小说的结尾是这样的，"真的到那两天，街上实在闹热极了。第三天那些远来的人们，不能随

① 林瑞明：《台湾文学与时代精神——赖和研究论集》，台北允晨文化实业股份有限公司1993年版。

即回家,所以街上还见来往人多,一至夜里,在新月微光下的街闹,只见道路上,映着剪伐过的疏疏树影,还听得到几声行人的咳嗽和猁猁的狗吠,很使人恋慕着前几天的闹热"①。作为台湾新文学开创者的赖和的第一部白话小说,《斗闹热》有如此优美的描写让人欣喜,这里台湾本地民众对于斗闹热这一民风民俗的"恋慕",赖和本人当也享有一份吧。

在赖和对"封建中国的蒙昧落后"的批判中,对台湾人嗜赌的批判较为引人注意。小说《不如意的过年》中的一段话常常被征引:

> 说到新年,既生为汉民族以上,勿论谁,最先想到就是赌钱。可以说嗜赌的习性,在我们这样下贱的人种,已经成为构造性格的重要部分。眼时的消遣,第一要算赌钱,闲暇的新正年头,自然被一般公认为赌钱季节,虽然表面上有法律的严禁,也不会阻遏它的繁盛。②

赖和不满于台湾本地的嗜赌的习惯,并将其与民族性格联系起来,说出"下贱的人种"这样的过激之词,这自然是国民性批判的好的材料。不过,《不如意的过年》中的这段激烈批判台湾人嗜赌的议论其实只是一段与小说主题无关的发挥。小说中的日本警察大人本来不在值日期内,若在平常的时候,即使有人死了也不关他的事,这回他却因为个人进贡变少而想借此惩戒乡民,结果抓住了一个与赌博无关的孩子并把他关了一夜。由此可见,小说的主题是抨击日本警察大人借查赌之名对于台湾儿童的残害,赌博并不是这部小说关注的对象。赌博是台湾民间盛行的现象,这一民风或者不好,但这种现象一旦被置于台湾民众与日本统治者的关系之中,意义就显得不同了。这种时候,赖和甚至转而公开为赌博辩护。《不如意的过年》中的激烈批判赌博的话常常为人征引,但赖和的下面一段对于日本殖民者"禁赌"的法律的批判却不为人所注意:

> 在所谓文明的社会里,赌博这一类的玩意儿,总被法律所严禁,不管他里面黑暗处怎么样,表面上至少如此。但所谓法律者,原是人的造

① 赖和:《斗闹热》,林端明编《赖和全集1·小说卷》,台北前卫出版社2000年版,第33—41页。

② 赖和:《不如意的过年》,林端明编《赖和全集1·小说卷》,台北前卫出版社2000年版,第79—87页。

作，不是神——自然——的意思，那就不是完全神圣的东西了，况使这
法律能保有它相当的尊严和威力，是那所谓强权，强权的后盾就是暴
力，暴力又是根据在人的贪欲之上。①

　　而在《浪漫外记》里，敢于反抗日本殖民者，被赖和寄予希望的台湾
人，竟然就只是一些赌徒。"这一伙是出名的鲈鳗，警察法律，一些也不在
他们眼中，高兴什么便做，一些也不愿意受别人干涉拘束，在安分守己的人
们看来，虽有扰乱所谓安宁秩序，但快男儿不拘拘于死文字，也是一种快
举。而且他们也颇重情谊，讲这样便这样，然诺有信，勇敢好斗，不怕死而
轻视金钱，这几点殊不像是台湾人定型的性格。"小说以日本警察抓赌开始，
这一群鲈鳗们在野外开赌，正赌得热闹，警察来袭，伙中首领从容发出命
令："快，散开！各到溪边去聚集，设使有人被捉，著受得起打拶，一句话
也不许讲！"而在警察搜到溪边的时候，鲈鳗们愤起击倒了两个警察，"两个
被难的警察，被发见的时候，大地已被黑暗所占领所统治了"。日本警察对
此束手无策，"到翌日只拿几个无辜的行人，去拷打一番，稍稍出气而已"②。
论者常常借用这部小说中"台湾人定型的性格"一语阐述赖和对于国民性劣
根性的批判，这国民劣根性中主要内容之一就是赌博，他们似乎没有注意到
其间的矛盾，即：赖和所称赞的"殊不是台湾人定型的性格"的人正是一伙
赌徒。

三

　　在《小说香港》一书中，我曾经提出不能以"新/旧"文学的框架构建
殖民地香港文学的说法：

　　　　大陆所有的香港文学史都袭用了中国现代文学史的框架，以新旧文
　　学的对立开始香港新文学的论述。这一从未引起疑问的做法其实是大可
　　质疑的。香港的历史语境与中国内地不同，香港的官方语言和教育都是

---

　　① 赖和：《未命名》，林端明编《赖和全集 2·新诗散文卷》，台北前卫出版社 2000 年版，第
217 页。
　　② 赖和：《浪漫外记》，林端明编《赖和全集 1·小说卷》，台北前卫出版社 2000 年版，第
133—149 页。

英语，中文是受歧视的，香港曾发生过多次争取中文地位的斗争。

　　中国古典文学是香港历史上中文文化承传的主要形式，担当着中国文化认同的重要角色。如果说中国古典文化在大陆象征着封建保守势力，那么它在香港却是抗拒殖民文化教化的母土文化的象征。大陆文言白话之争乃新旧之争，进步与落后之争，那么同为中国文化的文言白话在香港乃是同盟的关系，这里的文化对立是英文与中文。香港新文学之所以不能建立，并非因为论者所说的旧文学力量的强大，恰恰相反，是因为整个中文力量的弱小。在此情形下，香港文学史以新旧文学的对立作为论述的逻辑起点，批判香港的中国旧文化，这不能不说具有一定的盲目性。①

　　这种批评针对的是大陆的香港文学史，台湾文学史叙述其实也存在着类似的情况。它们像大陆的中国现代文学史一样，同样以新旧文学的对立为叙述框架。值得注意的是，被称为"台湾新文学之父"的赖和却并不像中国五四的新文学者或者台湾的张我军那样对于中国旧文化采取绝对的排斥的态度，相反，他并不否定中国旧文化，并不否定新旧文学之间的联系。事实上，赖和是一个新旧文学并重的作家，而在日本殖民者强行实施日语写作的皇民化阶段完全回到旧诗写作。我们竟可以说，赖和本人并不单纯地是一个新文学作家，他同时也是一个旧文学作家。

　　日本占领我国台湾之后，一直致力于割断台湾与中国文化的联系，以日本文化同化台湾。日本的文化政策经历了三个过程：开始阶段为了平息激烈的反抗，可以容许保留一些殖民地的文化；第二个阶段则从教育文化等方面逐渐地封杀台湾本土中国文化；第三个阶段以 1937 年皇民化为标志，彻底地杜绝中国文化，实施完全的日本化。在这种情形下，源远流长的中国文化在殖民地台湾当然构成了母土文化认同的象征，成为反抗日本殖民统治的文化动力。日据时期台湾中国文化存在主要方式有二：一是传统书房，二是诗社。日本人开始对传统书房未加注意，但至 1898 年颁布"书房义塾规则"以后，台湾的书房便逐渐受到限制乃至取缔。此后，诗社便成为民族文化承传的主要形式。1937 年皇民化以后，台湾汉语出版物被迫终止，惟一保存下来的汉文化只有古典诗社和刊载古典诗的《诗报》、《风月报》等。而抵亢日

---

① 赵稀方：《小说香港》，生活·读书·新知三联书店 1993 年第 1 版，第 6—7 页。

语的新文学作家，往往回到中国旧文学的创作上来。中国旧文化在台湾民族认同和殖民抵抗中的重要作用，由此显得更加重要。施韵珊致台湾古典诗人代表连雅堂云："先生主持文坛，提倡风雅，使中华国土沦于异域而国粹不沦于异文化者，谁实为之？赖有此尔。"① 此信写于 20 年代，却足以说明旧文学在整个日据时期保存中国文化的功能。

　　读者很自然地会问，为什么单单旧文学可以保存下来呢？这就涉及台湾旧文学受到攻击的主要理由，即旧文学界与日本人的唱和。殖民统治的一个规律是，殖民者往往利用本土旧文化反对与现代民族运动相关联的新文化。法侬在其著作中曾谈到法国殖民者利用阿尔及利亚旧文化的辩证法，论述十分精彩。20 年代末，港英总督盛称中国文化，也曾受到鲁迅的讽刺。本来很多日本人具有汉学修养，为了缓和台湾人的文化抵抗，他们时常与台湾旧诗人来往唱和，台湾旧文人以诗文趋炎附势于殖民者的当然不少。这便是张我军所批评的："一班大有遗老之概的老诗人，惯在那里闹脾气，诌几句有形无骨的诗玩，及至总督阁下对他们送秋波，便愈发高兴起来了。"② 不过，在我看来，这并不是问题的全部。据施懿琳的研究，古典诗人的类型有三种：一种是"彻底抗日，拒绝妥协者"，以洪弃生和赖和为代表；二是"表面与日政府虚应，而骨子里却有坚定的抗日意识者"，以雾峰林家为领导的"台湾文化协会"和"栎社诗社"为代表；三是"亲日色彩极浓，但作品实不乏抒发沧桑之痛者"，以台北"瀛社"为代表③。由此可见，台湾古典诗中，既有直接或间接的反抗日本殖民统治、反映民生的作品，也有应和谄媚之作，不必偏废。施懿琳总的结论是："古典诗在日治时期共同的贡献是：终究能在日本统治下，保有汉文化的种苗，不致因日本'皇民化运动'的推行而丧失对汉文化的认识和了解。"事实上，对于旧诗人"歌功颂德"的抨击，不但来自新文学界，同样来自古典文学界。连雅堂与张我军有过关于新文学的论战，但他对于旧诗人的"无行"的抨击同样十分激烈，"谈利禄者，不足以言诗；计得失者，不足以言诗；歌功颂德者，尤不足于言诗。"如此，旧

────────────

① 施懿琳：《从沈光文到赖和——台湾古典文学的发展与特色》，《台湾诗荟》1925 年元月第 13 号，春晖出版社 2000 年版，第 190 页。

② 张我军：《糟糕的台湾文学界》，《台湾民报》2 卷 24 号，1924 年 11 月 21 日。张光正编《张我军全集》，台湾人间出版社 2002 年版，第 6—7 页。

③ 施懿琳：《从沈光文到赖和——台湾古典文学的发展与特色》，春晖出版社 2000 年版，第 191—204 页。

文学与日本人的关系,显然并不能成为我们否定台湾旧文学的理由。正如我们不能根据具有皇民文学倾向的新文学作品,来否定台湾新文学。

自小受到汉学教育,感受到日本的殖民文化压迫的赖和,在对待中国传统文化和文学的态度上,较从北京回台、根据胡适、陈独秀的理论否定台湾的中国传统文化的张我军要复杂得多。赖和从自由平等人权的现代观念出发,批评孔孟旧文化,但他只是反对泥古,主张革新,并不彻底否定中国文化,相反他声言中国传统文化之伟大,强调自己与中国文化的血缘联系。据1921 年 11 月 7 日《台湾日日新报》载,在彰化青年会上,赖和由批评同姓结婚进而抨击"圣贤遗训":"人谓乎自由,同姓结婚,同姓不结婚,听人自由乃可,孔子孟子之教义,束缚人权,侵害人身自由,为汉族之大罪人,故孔庙宜毁。"这番言论,令满座之人皆惊。不过,赖和很快在当月 10 日《台湾日日新报》登出《来稿订误取消》,澄清说明自己的立场,他认为"反对遵古,乃倡革新"的确是自己的立场,不过,自小受孔孟文化教育的他并没有诋毁圣人,完全否定中国文化,况中国文化之伟大,亦非他能够毁灭,"仆自信尚非丧心病狂,岂敢如投稿者所云,肆意毁谤圣人,倡言焚拆毁圣庙哉?且孔孟何人,岂仆一言所能为之罪?圣庙何地,岂仆之力即可使之毁?彼高大妄想者流,亦不敢若是狂言,况仆之先人亦同处禹域,上戴帝尧重天,食后稷之植,衣轩辕之织,受孔孟之育,居风化之中,宁无性情乎?"在有关新旧文学的态度上,赖和的态度也很独特。他肯定从前的旧文学的价值,批评台湾当前的旧文学,因为它们不能表达真实性情。赖和说:"既往时代的旧文学,自有其存在的价值,不在所论之列,只就现时的作品(台湾)而言,有多少能认识自我、能为自己说话、能与民众发生关系。不用说,是言情、是写实、是神秘、浪漫、是……大多数——说歹听一点——不过是受人余唾的'痰壶'罢。"[①] 而因为新文学强调"舌头和笔尖"的合一,以民众为对象,是进化的现象,赖和觉得应该予以支持。在赖和看来,文学的价值并不取决于形式的新旧,而在于表达,"至于描写的优劣,在乎个人的艺术手腕,不因新旧的关系。"因此,他提出:"若能把精神改造,虽用旧形式描写,使得十分表现作者心理,亦所最欢迎。"而新文学的食洋不化,却受到他的批评,"最奇怪的就是台湾的新文学家,有几个能读洋文,偏偏他们的作品,染有牛油现臭,真真该死。又且年轻人欠缺修养,动便骂人,

---

① 懒云:《读台日纸的"新旧文学之比较"》,1926 年 1 月 24 日《台湾民报》89 号。

实大不该，骂亦须骂得值，像那咏着圣代升平，吟着庶民丰乐的诗人们，真值得一骂。"

在殖民地台湾，面对日本殖民主义文化的压迫，中国文化是对抗殖民统治、维系身份认同的基本依靠，新旧文化的部分之争显然不应过于强调。在30年代的《开头我们要明了地声明着》一文中，赖和更加明确地强调新旧之分的相对性："由来提倡不就是反对，废减又是另一件事，新旧亦是对待的区分，没有绝对好坏的差别，不一定新的比较旧的就更美好，这些意义望大家要须了解。"并且，他专门肯定了旧文学存在的合理性和价值，以便让旧文人"宿儒先辈"们放心，"旧文学自有她不可没有价值，不因为提倡新文学就被淘汰，那样会归淘汰的自没有着反对的价值。"事实上，赖和本人在创作上其实是新旧文学并重的。赖和自幼接受汉日文两种教育，他10岁入书房，14岁入小逸堂，接受了良好的中国旧学熏陶。他在汉诗写作上很有造诣，曾被称为台湾旧诗界的"后起之秀"和"青年健将"。不同于遗老遗少的无病呻吟，赖和以旧诗的形式表达新的思想内容。譬如他在创作于1924年的著名的《饮酒》诗中写道：

仰视俯蓄两不足，
沦为马牛膺奇辱。
我生不幸为俘囚，
岂关种族他人优？
弱肉久已恣强食，
致使两间平等失。
正义由来本可凭，
乾坤旋转愧未能。
眼前救死无长策，
悲歌欲把头颅掷。
头颅换得自由身，
始是人间一个人。

诗歌揭示台湾人在日本殖民统治沦为牛马俘囚的奇耻大辱，批判日本殖民者弱肉强食的暴虐，呼唤台湾人为了自由、平等、正义，为了成为一个现代人而奋斗。"我生不幸为俘囚，岂关种族他人优？"意思说台湾的奴隶命运不过是日本殖民侵略的结果，并非种族优劣的问题，这对于强调赖和"国民性批判"的论述是一个有力的回应。《饮酒》虽然是一首旧诗，但其思想观念却是全新的。它是赖和以中国传统文化为信念和形式，反抗日本异族殖民统治的象征之作，也标示了传统旧诗在新时代可能的意义。20年代中期，赖和转入新文学，创作出了《一杆"秤子"》等台湾文学史上最早的白话文学作品。此后，赖和开始白话文学的创作，不过他的旧诗写作并未停止，他经常两者穿插并用。而在1937年日本禁止台湾报刊汉文栏之后，赖和坚持不用日文写作，重新回到旧诗写作。纵观赖和一生的创作，他的旧诗创作时间最长，数量达上千首，占五卷《赖和文集》的两卷。"台湾新文学之父"的旧文学似乎的确被忽略了，这忽略的背后隐含的是我们的文学史取舍眼光。

　　王诗琅在30年代的时候曾谈道：赖和是"由中国文学培养长大的作家"[1]。赖和与中国文化的联系其实不止于文学，值得注意的是他与中国现代民族主义的关系。在《高林友枝先生》一文中，赖和提到，辛亥革命的时候，学校有人进行募集军资者，为当局所知，当局来学校调查，并警告学生，免得以后"后悔流泪"。[2]中国同盟会在台湾的大本营的确在赖和所在的台湾总督府医学校，核心正是赖和的同期同学、好友翁俊明等人。翁俊明1910年9月3日奉孙中山先生之命委派为台湾通讯员，在医学校成立通讯处，发展会员30多人，1911年复又成立复元会，至1914年发展至76人。赖和与翁俊明等人来往很多，据陈端明考察，他很可能是复元会的会员。1941年赖和再次被捕，入狱的原因正是因为日本当局要审查他与翁俊明的关系。1925年孙中山先生去世，赖和悲痛撰写挽联曰："当四万万同胞，酣醉在大同和平的梦境中，生息在专制忘我的传统道德下，嬉醉在互剖瓜分的畏惧里，使我们晓得有种族国家，明白到有自己他人，这不就是先生呼喊的影响么？"[3]赖和谈论孙中山的思想贡献，独标"种族国家""自己他人"，可见对于殖民地统治下种族身份的敏感，也表明赖和思想与

---

①　王锦江（诗琅）《赖懒云论——台湾文坛人物论（四）》，1936年8月《台湾文学》201号，李南衡主编《赖和先生全集》，明潭出版社1979年版。

②　赖和：《高木友枝先生》，林端明编《赖和全集2·新诗散文卷》，台北前卫出版社2000年版，第288、289页。

③　赖和：《孙逸仙先生追悼会挽词》，林端明编《赖和全集3·杂卷》，台北前卫出版社2000年版，第58页。

中国民族主义的渊源关系。

四

提到殖民地的民族主义，不由想起很知名的印度的庶民研究（Subaltern Studies）。根据他们的研究，关于殖民地印度的民族主义，主要有两种方向：一是殖民主义史学，它将民族主义的形成归结为英国殖民统治的结果；二是本地民族主义史学，它将殖民地民族主义解释为地方精英的反抗殖民者的事业。"庶民研究小组"认为，在这里，广大的被压迫阶级没有发言的空间，处于沉默的状态，人民大众的民族主义被遗漏了。他们打算通过对于被压迫阶级历史的研究，释放广大的人民的声音，形成所谓"人民的政治"。斯皮瓦克（Gayatri Chakravorty Spivak）对于"属下研究小组"的工作是欣赏的，她本人也参与了其间的工作，但她却从方法上对于"人民的政治"提出了质疑。她认为，大众根本没有机会发出自己的声音，即使发出声音，也没有听到；而"属下研究小组"能否反映底层阶级声音，本身就是个问题，他们与西方知识的关系肯定是暧昧不清的。[①]

"庶民研究小组"所说的殖民地民族主义的两种类型，在台湾似乎十分清晰。殖民地史学可以《台湾总督府警察沿革志》等书为代表，它们站在日本人的立场上将近代台湾史写成"驯化"和"营造"的历史。民族主义史学大致可以蔡培火等人的《台湾民族运动史》等书为代表，它们书写的的确是从日本台湾留学生到台湾文化协会等台湾精英知识者创造历史的过程。赖和应该属于台湾知识精英阶层，他参加过很多文化协会的革命活动，但赖和的独特之处在于，他常常能够站在大众的位置上思考问题，对于自己所属的知识阶层的启蒙事业进行质疑和反省。赖和不但如斯皮瓦克那样怀疑知识者代表大众的资格，而且更进一步，尝试解决斯皮瓦克所说的"庶民不能发声"的问题。他试图运用台语对话体的方法，让我们听到底层大众的声音，呈现台湾大众与知识者的紧张关系。

---

① Gayatri Chakravorty Spivak, *Can the Subaltern Speak*? Marixsm and the Interpretation of Culture, 1988 by the Board of Trustees of the University of Lllinois Manufactured in the United States of America. pp. 271—313.

在《归家》这篇小说中，赖和试图以回乡的知识者"我"与两个街上卖圆仔汤的和卖麦芽羹的小贩的对话，表现台湾土著百姓与知识者对于日本殖民文化的不同态度。在谈到教育的时候，小贩认为不必要让孩子上学校学日文，因为完全用不上，而且学校也不诚心诚意地教。"我"不同意日文"用不着"这一说法，于是有下面的争论：

> 怎样讲用不着？
> 怎样用得着？
> 在银行、役场官厅，那一处不是无讲国语勿用得吗？
> 那一种人自然是有路用咯，像你，也是有路用，你有才情，会到顶头去，不过像我们总是用不着。
> 怎样？
> 一个团仔要去食日本人的头路，不是央三托四抬身抬势，那容易；自然是无有我们这样人的份额，在家里几时用着日本话，只有等待巡查来对户口的时候，用它一半句。

"我"觉得学日语是重要的，因为银行、官厅都用得上，但小贩却认为他们是用不着的，除非巡查来查户口的时候。的确，较之百姓，知识者是容易受到殖民教化的团体，因为日本殖民者会经由知识教化的途径提高部分台湾人的地位。这场对话让我们看到了台湾的知识者与百姓的分野。更精彩的是这段对话的结尾，它同时也是小说的结尾。"我"在无言可对后，说道：

> 学校不是单单学讲话、识字，也要涵养国民性……

还没有听到小贩的回答，只听到了不知什么人喊了一声"巡察"，两个小贩顾不上说话，匆匆挑起担子跑了。赖和让"我"说出"涵养国民性"的话，是一种沉痛的讽刺。台湾的部分知识者，已经学会了殖民者的话语。在《归乡》的开始，"我"曾注意到一个现象：即从前在街上成群结队地嬉闹的孩子都不见了，对日文抵触的本地孩子现在愈来愈多地去公立学校了，"啊！教育竟这么普及了？在我们的时候，官厅任怎样奖励，百姓们还不愿意，大家都讲读日本书是无路用，为我们所当读，而且不能不学的，便只有汉语。

不意十年来，百姓们的思想竟有了一大变换。"①　如此看，日本在台湾的殖民教化已经获得愈来愈多的成功，这是令人悲哀的。不过，贩夫们虽然来不及回答"我"的问题，作者赖和却以两个贩夫被日本警察吓走这一行为作了更为有力的回答：无论如何"涵养国民性"，台湾人不过是被殖民者，而日本人永远是主子。

对于台湾的知识者的问题，赖和有着清醒的认识。他在《赴会》中借他人之口说："那些中心分子大多是日本留学生，有产的知识阶级，不过是被时代的潮流所激荡起来的，不见得有十分觉悟，自然不能积极地斗争，只见三不五时开一个讲演会而已。"百姓们怎样看待这种政治文化活动呢？在小说《赴会》中，"我"在去赴雾峰参加文化协会理事会的车上，听到农民对于文化协会的议论。

> 他们不是讲要替台湾人谋幸福吗？
> 讲得好听！
> 今日听讲在雾峰开理事会。
> 阿罩雾（指雾峰林家）若不是霸咱抢咱，家伙（家产）那会这样大。
> 不要讲全台湾的幸福，若只对他们的佃户，勿再那样横逆，也就好了。
> 阿弥陀佛，一甲六十余石，好歹冬不管，早冬五，晚冬讨百，欠一石一斤，免谈。

车上农民们的这番议论，是相当尖刻的。雾峰林家是台湾文化协会的领导，以争取全体台湾人的利益为口号展开政治文化活动，农民们却认为这"为台湾人谋利益"只是说得好听，事实上他们自身就是剥削台湾百姓的大地主，霸占抢夺农民。农民们认为，不要说为全体台湾人民，他们能做到对自己的佃户宽容一点就不容易了。由此，小说《辱》中民众甚至开始讨厌这帮讲文化的人，甚至希望他们被官家捉去"锤死"，"驶伊娘，那班文化会，都无伊法，讲去乎人干（讲它干啥）！今天仔日（今天）又出来乱拿，叫去

---

① 赖和：《归家》，原载《南音》创刊号，1932 年 1 月 1 日。林瑞明编《赖和全集 1·小说卷》，台北前卫出版社 2000 年版，第 21—29 页。

罚五十外。""这号,只好从讲台顶,一个一个,扭落来锤个半死才好,害大家。"台湾的知识者,自以为启蒙大众,进行民族革命,孰知民众并不买他们的账。作为知识者的赖和,能够站在民众的立场呈现出民族知识精英革命的局限,实属不易。

　　因为认同于殖民地台湾的文化和民众,赖和不但反抗日本殖民者的"启蒙"事业,同时对台湾本地以"启蒙"自居的知识者也不加信任。这里的赖和形象,无疑与我们通常的"启蒙现代性""改造国民性"论述不相符合。赖和提醒我们:在殖民地台湾,"启蒙"如何可能呢? 这是我们的文学史书写不得不面对的问题。

[作者单位:中国社会科学院文学研究所现代室]

文学中的"美学复苏"与"走出后现代"

——以两部小说文本看后现代诗学问题

毛崇杰

内容提要：在本文中，作者以日本作家村上春树的小说《挪威的森林》和中国藏族作家阿来的小说杰作《尘埃落定》为例，说明诗学中的后现代之后所出现的新现象。作者认为，资本主义晚期的后现代文化和诗学，只是一个过渡时期的现象。"走出后现代"是时代发展的总趋势，而重回主体性和美学的复苏，则是这一总趋势的必然反映。

关键词：传统回归 性解放 后虚无 历史线性 美学理想

后现代主义作为对现代性的一种反思，从以理性和科学为核心的知识论危机，引起对传统形而上学的动摇，最后归结为对"启蒙"和"解放"两大"元叙事"的质疑。在历史观上，总体的线性进步主义因此遭到颠覆，从而导致历史不连续、无方向、无目的之普遍茫然。一种尼采以来的巨大虚无感再次君临21世纪。这种后现代状况在20世纪"冷战"结束达到高峰后，于新旧世纪之交悄然发生变化。在社会现实生活和舆论表层对弱势群体愈来愈普遍和强烈的关注，一方面固然与后现代"反中心主义"联系着，从另一侧面来看，又是对启蒙理性人道主义精神的承接。新的一浪民主思想运动潮流所唤起对新启蒙、新理性之诉求，重新指向了人的解放这一终极目标。"走出后现代"代表着这一发展变化的总趋势。这种可谓"后现代之后"的变化，在哲学思想某些和文化深层的侧面呈现为"传统的回归"表述。

"走出后现代"既从世界史和当代思潮引出，也要求思想界以及人文社会科学界从现实社会生活实践中全面发现和论证，以顺应和推动历史前行。这就是对全球化/现代性/后现代进行全方位之总体研究，我在这方面尝试着做了一些探索，但很不够，还要继续思考和研究。① "走出后现代"作为世界历史发展之走势，总的是由经济基础决定的，并反映在意识形态及文化的方方面面，其光晕也不可避免地投射到文学领域。在这里试取"传统回归"与"美学复苏"视角，通过具体文学文本的解读加以审度，并将之置于"后现代诗学问题"之中。

关于"诗学"，在亚旦士多德那里已经带有一种广泛的意义，区别于中国古代专门研究诗歌的诗论。在结构主义的叙事学如普洛普那里，也是以民间叙事诗为材料展开的。美学与诗学在任何意义上都是无法分开的。至于"后现代诗学"就更为泛化了，海德格尔的存在的哲学就是包含诗学的美学，当然他是现代主义的还是后现代主义的或许还可以争论。格林布莱特在20世纪80年代末以"新历史主义"原则，提出了"走向文化的诗学"。② 这种新历史主义主要来自福科的思想，即以非连续性，通过历史的诗化或文本化，对历史总体性和线性进行解构。同时，琳达·郝琴从后现代主义与现代主义小说的异同，在对现状的认同与反抗、共谋与批判之间悖论特征中，引出"后现代诗学"。③ 在杰姆逊，后现代诗学则以历史总体为绝对视野，在"晚期资本主义的文化逻辑"中展开为文化阐释和社会批判的结合。④ 舒斯特曼试图把哲学美学与生活的实践"零距离"地结合起来，在《哲学实践：实用主义和哲学生活》一书中他把"哲学的生活"称为"一种复兴的哲学诗学"。我们在这里所说"后现代诗学问题"不是作为美学规范，而是着眼于传统回归与美学复苏，对后现代小说文本作解构后现代之解读，以导出历史总体建构之诗学。

一

"传统回归"与"美学复苏"是弗·杰姆逊 2000 年来访中国时在《当前

① 《走出后现代》(《学术月刊》，2006 年第 4 期)一文作了概述，全书将于 2007 年问世。

② Greenblat, *Toward a Cultural Poetics*, from A. Veeser, *The New Historicism*, London and New York, Routledge, 1989.

③ Hutcheen, Lida, *A Poetics of Postmodernism*, London and New York, Routledge, 1988.

④ 杰姆逊：《晚期资本主义的文化逻辑》，生活·读书·新知三联书店 1997 年版。

时代的倒退》一文中提出的。① 在《知识论与价值论上的"日常生活审美化"》一文中我引用了这篇文章中对"传统回归"的论述,关于"美学复苏"问题没有涉及。② 在"当前时代的倒退"这个历史性的宏大命题中,论者告诉我们:"最近几年我们开始看到一些迥然不同的现象,这些现象表明对旧事物的回归或重建,而不是把它们彻底肃清。后现代性的巨大成就之一无疑就是贬低了传统学科意义上的'哲学',激起了大量新的思维和新的观念的写作。然而,我们现在开始看到全世界出现了对传统哲学的回归。"他接着指出,"当前时代的倒退"在美学上的"复苏",表现为两个方面:"一方面是纯粹的装饰和令人愉悦的平庸化;另一方面是审美判断中的各种意识形态的感伤的理想主义。"

这些话侧重于对时代思潮某些转向的描述,并没有明显的价值色彩。所谓"后现代性的巨大成就"对传统学科意义上的哲学的"贬低"并不完全是值得庆幸的事,激起了大量"新的思维和新的观念的写作"也并不见得都是积极意义的。因为这一切思想和文化现象,在杰姆逊看来都归于后现代,作为社会意识形态在总体上属于晚期资本主义的文化逻辑。"纯粹的装饰和令人愉悦的平庸化"显然是指与文化消费主义相关的"日常生活审美化"。"平庸化"一语多少透露了论者的价值态度。在"审美判断中的各种意识形态的感伤的理想主义"这句话中则暗含着复杂的价值悖论。悖论,在根本上包含在后现代作为历史也就是"晚期资本主义"本身,一方面是包含着科学技术生产力方面的肯定性东西;另一方面又充满着资本主义走出自身之否定性。这在精神和思想方面也就表现为对资本主义作为现状之认同逻辑与反抗逻辑的关系。这种悖论也是郝琴在其"后现代诗学"中所充分论析的。

"美学复苏"的巨大内涵集中于从美的观念到美学理想的种种问题,也有美的形式问题,因此与人们日常生活中的审美情趣紧密相关。而这些美学问题与"复苏"相连接就与"传统回归"整合而一体。我在《知识论与价值论上的"日常生活审美化"》一文中所论述的情况与"纯粹的装饰和令人愉悦的平庸化"有关,在这里我要专门论析"审美判断中的各种意识形态的感伤的理想主义",并在价值判断上取其正面。杰姆逊这句话是从大量艺术和文化的现象高度概括出来的抽象,而这里要将其还原到个别

---

① 杰姆逊:《当前时代的倒退》,《中华读书报》2000 年 8 月 12 日。
② 见《文学评论》2005 年第 5 期。

文学现象的具体文本之中。"审美判断中的各种意识形态的感伤的理想主义"除了表现为大量电视图像文化之外，文学上应与后现代"怀旧"情结有关。最为充分的例子是 20 世纪 90 年代种种畅销书，如小说《廊桥遗梦》、《马语者》之类，在中国相当于台湾琼瑶的小说。这些小说之"理想主义"表现在对 20 世纪 60 年代左派运动以来，西方社会"性解放"运动中对两性关系中的"去圣化"之反拨，即意味着对爱情的一种"再圣化"，这种关于爱的"再圣化"之理想主义又与"感伤"联系在一起。这种"感伤"主要表现在大量性产业性交易之异化状况下，对真正的"性解放不可能"之体验，以及"爱"的重拾。

以上述两部畅销小说为例，它们都是描写婚外情的，而且相恋的男女主人公都接近中年。《廊桥遗梦》描写了一位中年摄影师在乡村的一座廊桥下与一农妇邂逅，相爱四天后就分别的故事。《马语者》中的女主角带着因骑马遭遇车祸受伤的女儿来到一个牧场求医。在这期间她与驯马师发生恋情。这两部小说中的婚外情都没有"天下有情人终成眷属"之大团圆结局。缠绵缱绻一番之后留下了隐淡的惆怅。《廊桥遗梦》和《马语者》中的男女主人公们并不是拿性爱像喝杯水那样的"杯水主义"者，都称得上是正派人，对社会和家庭有自己的责任感和真诚的道德观，冲突就发生在婚外之情爱相对"一夜情"既有神圣性又是非道德规范的。这两部小说之所以畅销（《廊桥遗梦》在当时美国发行达 1500 万册），主要是它们在"后现代"表达了一种"怀旧"的情韵。一方面，表现为厌恶欲望笼罩着的城市文明生活，向往"回归自然"（以上两个故事发生的地点为乡村和牧场）；另一方面是对两性间真爱的重拾。正如电影《泰坦尼克》中穷画家与贵妇人之间的爱情故事也是这种怀旧的流露。理想化爱情笼罩着家庭婚姻危机的阴影，同时又被"一夜情"所冲击。这些"怀旧"情结所"怀"之"旧"集中到一点上，就是真诚爱情的"再圣化"。"什么时候再能像骑士那样，真正的爱一次呀……"当然此类文学作品绝不止这两部，并且通过影视泛化为一种与日常生活缠结在一起的审美文化。

"畅销书"仅仅是一种市场分类，这种文化形态既不同于前卫艺术也不同于大众文化，可谓一种精英式严肃、高雅文化与通俗流行文化之间的一种中间过渡类型，表现出对往日温馨的追怀或多愁善感的情思之类审美情趣，适应于广大市民阶层或厌倦了追逐时尚的中产阶级的所谓"小资"情调。此类作品通常缺少历史厚重感，可以出现于任何时代，因缺少与时代思潮在人文层面上的联系，也就谈不上经典性。"怀旧"之感伤的理想主义毕竟还是一种对时尚的迎合，所以方能畅销，但在文学史上并不入"流"，是后现代的一种文化现象。有人以《廊桥遗梦》在大陆与台湾出版的不同汉译本比较指出，前者在文字质量上远远高于后者。而大陆译者梅嘉本人在媒体上表示自己一直很轻视这本书的艺术价值，自己只是为了消遣，才翻译此书的。而我们下面要论的日本村上春树的《挪威的森林》虽然也畅销，但其文学价值和意义却与一般畅销书有着根本的不同，其译者林少华对之推崇备至，认为它"给人以难以类比的审美享受"（《挪威的森林》代译序《村上春树何以为村上春树》）。

如果"回归"与"倒退"相携则含某种非积极意义，而这种与"美学复苏"相关的非消极意义"传统回归"则指向"走出后现代"，那就是作为历史的必然要求。或许，我这里所论的"美学复苏"与杰姆逊所说因此稍有不同，这里只是借用他这个意思。

在这里我主要以 20 世纪最后一二十年间出现的两部长篇小说来展现"走出后现代"这一历史走势。一是日本村上春树的代表作《挪威的森林》，二是我国藏族作家阿来的小说杰作《尘埃落定》。这两部作品都发行数量巨大，但不属畅销书类，可谓一种独特的后现代文学现象。在《走出后现代》专著（即将问世）中，笔者也涉及这两部小说，但在那里《挪威的森林》是作为对"身体美学与性文化产业化"的一种参照性文本，《尘埃落定》也是在文化消费主义作为一种历史未来之展示。在这里把两处合在一起，加以扩展，作为细读详析，难免较多引述原文，还要加上一些赏析和美学上的评判。

在这里通过这两个文学叙事文本所能透视的"美学复苏"主要在两个方面，（一）人物形象的美学特性；（二）诗性叙事。如果说在《挪威的森林》中，人物形象凸显于后现代日常生活平面化的语境，以及诗性美回归于后现代中的话，那么在《尘埃落定》中，在前现代历史的巨大轮回画卷中展示了这两种同样的东西——活生生的人物与叙事的诗性。如果这可概括为"后现代诗学"的话，就是与"走出后现代"关联在一起的后现代诗学。

我们可以从中看到，在后现代"日常生活审美化"所遮蔽的一片美的虚无中，在"走出后现代"的路上，美在向我们招手。然而，这美尽管远没有成为我们身边的东西，却也没有在作品中隐去，那是阅读者可以从文本解读出来的东西，那是在《挪威的森林》中女主角直子之死与玲子妙指的乐声中，以及《尘埃落定》中主人公傻少爷之死，与阿坝土司城堡覆灭的炮火尘埃中所飘现着的既不可触摸又可触摸的灵幻。

至于这种"美学复苏"是否可以纳入"审美判断中的各种意识形态的感伤的理想主义"，对这个问题似乎可以说哲理上的抽象总是"灰色的"，文学文本中的诗性则是"常青的"。我们在这里面对的不是颠覆传统的后形而上学，而是直接的文学文本中的审美情韵，有如本雅明所说 aura，或中国美学之"气韵生动"。也许文学是否终结这个话题，说多少不如拿出几个鲜活的文本来更有说服力。

二

自杀在日本据说是一个独特的命题，这不仅对于心理学、社会学、地理学，还对于诗学而言，《挪威的森林》中直接间接地写了四起自杀事件，包括女主人公直子的自杀。香港评论家岑朗天在《村上春树与后虚无年代》一书中认为，村上在《挪威的森林》这部小说中的死亡不是如在日本传统的生死观中"死亡被看作生命的完成"那样，而如小说中所说："死并非生的对立面，而作为生的一部分永存。"[①] 如果不是按照一般的习惯把"后虚无"理解为"后现代虚无"的话，则为"（后现代）虚无之后"。《挪威的森林》之汉译者林少华把村上的小说喻为"虚无中的独舞"。独舞仍然未脱群舞，在同一舞台和伴奏下保持与群舞的同一节律和基本韵味。然而其之所以是独舞，却有不同于众舞的独特舞姿。"独舞"之妙在于，欲从"后虚无"群舞中走出之虚无。

既然有"美学复苏"就有复苏之前的寂灭。这不是始自后现代，波德莱尔《恶之花》这个诗集的几乎毫无争议的现代主义界碑作用在于，它对传统现实主义与浪漫主义的颠覆性与"恶"之美学宣言性——"向这无与伦比的美挥手告别"（《已经过去了》）。欧洲 1848 年革命的失败使知识分子的人文主义理想沉入无底深渊。波德莱尔写道："我不能在苍白的蔷薇花里，找到我鲜红的理想之花"（《理想》）。作为美之象征的花变成丑恶的、病态的，充满诗集的匕首、毒药、蝎子、秃鹫、毒蛇……就是这些"恶之花"的形象。诗人在散文诗《镜子》中写道：根据平等的法令，"丑"也应该与美同样在

---

① 岑朗天：《村上春树与后虚无年代》，新星出版社 2006 年版。

镜子面前要求平等的权力。

正如理查德·沃林在《文化批评的观念》一书中文版序言中所说：
"在 19 世纪末，'悲观厌世的情绪'已经成为一个主导话题……在尼采的
主持下，在祛魅的欧洲思想界里，虚无主义变成了一种标准哲学。"[①] 包括
文学在内的现代艺术成为从尼采、叔本华、克尔凯郭尔到萨特、海德格尔
等哲学虚无的注脚。但是现代主义的这种美的虚无本身仍然被笼罩在现代
性的审美主义之中。而后现代通过对现代性的反思对现代审美主义也表现
为一种逆反。

后现代作为历史的过渡时期没有公认的界碑，表现为从科学技术、经济
政治到哲学文化和美学艺术的一系列事件。如政治上的大叙事消解，哲学上
的形而上学终结，文学上非意义、无深度、零散化、文学与生活的距离消
失，文化上"精英"与"大众"之对峙消失，等等，人们已经说得很多了。
后现代主义与现代主义之间的断裂，如果有的话，那就是以后现代主义大众
颠覆式的主体消失对现代主义精英式的主体膨胀。而它们之间如果有什么连
贯的东西的话就是"虚无"所带来的无意义，尽管这种无意义在现代主义表
现为一种深度模式，在后现代则相反，表现为非深度/平面化/零散化形态。
这种虚无是从尼采那里贯穿到德里达、利奥塔，形态则从上帝之死到大写的
"人"之死和作者之死，也就是海德格尔所慨叹的人在地球上被连根拔起之
"无家可归"状况，总起来是主体性消失。这正如丹尼尔·贝尔在《资本主
义文化矛盾》中所描述的现代虚无主义向后现代的延续："……没有过去和
未来，惟有一片空虚。虚无主义曾经是一种纵横恣肆的哲学……它要摧毁某
些东西，用另一些东西代之。可今天有什么旧的东西需要加以摧毁，而且谁
又能寄希望于未来呢?"[②]

虚无包括美的虚无，我在《存在主义与现代派艺术》中概括为"审美理
想沉没"，贯穿到后现代则为从"有梦有魇"、"无梦有魇"到"无梦无魇"，
连卡夫卡式的"魇"也落于虚无，可谓彻底虚无了。所以"后虚无年代"应
该引出"虚无年代之后"来。

"后虚无年代"与"虚无中的独舞"用来概括村上春树是有意思的。我

---

①　理查德·沃林：《文化批评的观念》，商务印书馆 2000 年版，第 3 页。

②　Bell, Daniel, *The Cultural Contraditions of Capitalism*, Basic Books, Inc. , Publishers, New York, 1978, p. 28.

们更要从中看出"美学复苏"来。

村上春树为《挪威的森林》写的"后记"自谓这是他的一部带有自传性的小说，小说是在 1986—1987 年写于德国，故事却发生在 1968—1970 年的日本。当时全球性"左"的思潮在日本也有相当影响。日本也有"红旗军"那样"左"派恐怖组织，其首领重信房子长期逃亡至中东，直到 2006 年落网被判 20 年徒刑。1968 年正是法国"五月风暴"发生的那年，小说主人公渡边正在读大学，大学是左派思潮的策源地，作品提到罢课、左派学生高喊："肢解大学"，"粉碎校长选举阴谋"等口号。叙事第一人称的渡边，虽然读过《资本论》，对马克思主义也有一定的理解，但他置身于左派运动之外不能算是左派，政治运动在小说中没有作为主线展开。但是这个背景极其重要，与"后虚无年代"与"虚无中的独舞"紧密相关。小说中以主人公所作的反思方式写道：

> "1969 年这一年，总是让我想起进退两难的泥沼。而我就在这片泥沼中气喘吁吁地挪动脚步，前面一无所见，后面渺无来者，只有昏暗的泥沼无边无际地展开去……我之所以一步步挪动步履，只是因为我必须挪动，而无论去哪里"。这是一种雨骤风急之后的幻灭情绪：人们在呼喊变革，仿佛变革正在席卷每个角落。然而这些无不是虚构的毫无意义的背景画面而已。

关于"那个年代"同样作为反思，特里·伊格尔顿在 1992 年写了一篇文章《身体工作》，其中写道："性感现在成了所有拜物教的最大崇拜物……没有比性更性感的东西了……所以身体既是激进政治重要的深化过程中的集中，也是激进政治的一种绝望的移植"。[①] 这段话值得注意的关键语是后一句中"激进政治的深化"和"激进政治的绝望"。同样作为"激进政治"这种东西，一是"深化"一是"绝望"都被"移植"到"性/身体"这种东西里面。这是我们解读这部小说的关键语，也是赋予这部作品以历史感和社会意义的东西。然而，许多阅读恰恰把这种关键的语境式东西剔除了，使小说成了一部纯然的"感伤的青春恋曲"。

---

① 特里·伊格尔顿：《历史中的政治、哲学、爱欲》，中国社会科学出版社 1999 年版，第 199 页。

三

关于"性感/身体",让我们看小说中一个独特的场景描写:那是男主人公渡边到一个疗养院探望他的女友直子的一个夜晚:

> 睁眼醒来时,我恍惚觉得置身梦境。在月光辉映下,房间里隐约泛着白光……
>
> 只见直子孤单单坐在床脚前,静静地凝视窗外……
>
> 为了缓解喉头的干渴,我吞了一口唾液。在夜的岑寂中,那声响居然意外地大。于是直子像回应这声响似的倏忽立起,悉悉带着衣服的摩擦声走来,跪在我枕边的地板上,目不转睛地细看着我的眼睛,我也看了看她的双目。那眼睛什么也没说,瞳仁异常澄澈,几乎可以透过它看到对面的世界。然而无论怎样用力观察,都无法从中觅出什么。

为什么"尽管我的脸同她的脸相距不过三十厘米,我却觉得她离我几光年之远"呢?因为此时的直子由于精神上的抑郁症导致性功能障碍。

> 我伸出手,想要摸她。直子却倏地往后缩回身子,嘴唇略略抖动,继而,抬起双手,开始慢慢去解睡衣的纽扣。纽扣共有七个,我好像还在做梦似的,注视着她用娇嫩的纤纤玉指一个接着一个解开。当七个小小的白扣全部解完后,直子像昆虫蜕皮一样把睡衣从腰间一滑退下,全身赤裸裸地,睡衣下面什么也没有穿。她身上惟一有的,就是那个蝶形发卡。

这似乎是一幅维纳斯的文学素描,倒也没什么特别的。

若在中国美女作家或美男作家,凭着"中国人的想象力",接下来肯定没有视听的事而全是下半体的节目。但是,接下来的情景,既没有对性爱的直接细腻的大胆描绘,更没有今天"身体写作"对上半身的颠覆,或是用"以下删去××字"来吊起窥淫癖的胃口。渡边没有如我们今天身体写作的读者想象的那样向直子猛扑上去……作者以古代浮世绘似的笔法细腻地绘制着直子身体的美：

> 脱掉睡衣后，直子仍然双膝跪地，看着我。沐浴着柔和的月光的直子身体，宛似刚刚降生不久的崭新肉体，柔光熠熠，令人不胜怜爱。每当她稍微动下身子——虽然是瞬间的微动——月光照射……遍布身体的阴影亦随之变形。浑圆鼓起的乳房，小小的乳头，小坑般的肚脐，构成腰骨和阴毛的粗粒子的阴影，这些都恰似静静的湖面上荡漾开来的水纹一样改变着形状。

两人静静地相对而坐：

> ……她把这裸体在我眼前展露了大约五六分钟，而后重新穿起睡衣，由上而下扣好扣子。全部扣罢，她倏忽地站起身，悄然打开卧室门，消失在里面。

接着是渡边的反思。他回忆了在这一夜之前与直子有过惟一的一次肉体接触。当时，一方面是巨大的性欲冲动；另一方面是对此"去圣化"之"性无所谓"的心理。在那一时刻他甚至感到，直子的身体并不完美。而此"无性""去欲"的一刻，面对着月下裸露的直子，他叹问道："这是何等完美的身体啊——我想直子是何时开始拥有如此完美的肉体的呢?"

20世纪60—70年代的左的激进在"性"这个侧面是与马尔库塞以"性解放"为核心的"性欲文明"联系在一起的。这一理论把马克思主义与弗洛伊德结合在一起，认为人的解放必然集中表现为性解放之"性欲文明"。这一理论片面地现实化为青年学生男女相互之间在性的问题上的极大开放和自由。英国作家里德的一部长篇小说《教授的女儿》中描写美国当时嬉皮士运动中的一些青年以"公社"方式实行群居乱交。这在后来70年代被存在主义心理学家马斯洛批判为"性无所谓"和性爱的"去圣化"。《挪威的森林》没有直接在政治漩涡中描写左派在性解放方面的行止，而是突出反映了那样一个特定历史时期在日本当时大学生甚至中学生中以"一夜情"为特征的"性无所谓"状况，即随意发生性关系，可以没有爱恋，也无须任何责任，事前不受任何束缚，事后也没有任何谴责……小说还提到渡边和他的朋友永泽有过一次相互交换性伴侣的情况。但这些在小说中都被一笔带过没有构成叙事主线。这正是伊格尔顿所说"激进政治"的"深化"和"绝望"向"性/身体"方面"移植"的情况。正是这种深化和绝望构成了"后虚无年代"特有的"虚无独舞"。

四

在小说中直接出现的主要人物是五个，其中三个女性，直子、玲子和绿子，还有次要人物初美和永泽等。其中除了玲子属近四十岁的成熟女性外，都是十多二十岁的少女。小说是以在大学攻读戏剧史的渡边为第一人称展开的叙事。在这个以"激进政治"为宏大叙事背景的"美学复苏"展开于以渡边与三位女性日常情爱的"小叙事"中。

小说对三位女性的性格刻画好似"浮雕"式的光暗色彩对比，可说形成了生动的文学人物性格画廊之一角。不过，肖像"画廊"使人想起19世纪的批判现实主义大师，如托尔斯泰、巴尔扎克们。而且村上笔下的这三位可以称得上女性美的典型，这就上升到"美学理想"这个被遗忘的范畴。这个问题在后现代所谓"新现实主义"的痞性叙事中似乎已经"陈旧"。在千篇一律无个性的痞子群像类型化的叙事时代，由塞林格的《麦田里的守望者》开启，从王朔的小说，到方力钧的政治波普肖像画、周星驰的"无厘头"电影，还有塔伦蒂诺的黑帮片……亵渎神圣、逃避崇高。从文学上的"戏仿"、歌坛上的"翻唱"到网络上"恶搞"……这样的女性美的浮出水面的的确确可谓"美学复苏"。《挪威的森林》在日本的销售量已经超过1500万册，在中国内地不到半年汉译本重印四次，销售将近40万册，这在"文学消失"的后现代真可谓是一个奇迹。它表明纯文学在"图像时代"仍然以其不可替代的价值继续存在着，这更不是"美女""美男"的"身体写作"所能比拟的。

让我们再回到小说文本。女主人公直子是一个纯情少女，与青梅竹马的恋人木月，三岁就开始交往，小学六年级第一次接吻，情谊深长地相处十多年，但却从来没有发生性关系。而在木月不明原因自杀身亡后，她与其好友渡边发生恋情，有过惟一的一次性关系。早熟而又早谢，不到20岁直子就失去了性功能，患上抑郁症进入疗养院。渡边在去疗养院对她探望的接触和重新发现中，从性爱上升到无性纯情之爱，正如上面一段引文所述，他对直子身体的美因此有了新的发现与审度。他们的关系也从此发生了某种可谓升华的飞跃式质变。请看直子对渡边披露心迹后的描写：

> 我踏着梦幻般奇异的月光下的小路……穿过杂木林，在一座小山包的斜坡上坐下身来，望着直子居住的方向。找出直子的房间是很容易的，只消找到从未开灯的窗口深处隐约闪动昏暗光亮。那光亮使我联想到犹如风中残烛的灵魂的最后忽闪。我真想用两手把那光严严实实地遮住，守护它。我久久地注视着那若明若暗摇曳不定的灯光，就像盖茨比整夜整夜看守着对岸的小光点一样。

在疗养院的两天，渡边与直子及她的病友玲子之关系达到完全的透明，相互敞开心扉，倾诉肺腑，弹琴唱歌，赏月浴日，漫步山坡……然而，在爱与友情的三人惬意世界里面隐伏着病态、危机和死亡（直子的 17 岁的姐姐和一个叔叔也是自杀身亡的）。请看小说中的一段，渡边与直子来到一片树林中的草地：

> "夜里我时不时醒来，怕得不得了。"直子偎依着我的胳膊说。"万一就这样不正常下去，恢复不过来的话，岂不要老死在这里了？想到这里，我就心都凉透了。太残酷了！心里又难受，又冰冷。"
> 我把手绕到她肩头，拢紧她。
> "觉得就像木月从黑暗处招手叫我过去似的。他嘴里说：喂，直子，咱俩可是分不开的哟！给他那么一说，我真不知怎么才好了。"
> "那种时候怎么办呢？"
> "嗯，渡边君，你可别觉得奇怪哟。"
> "好的，"我说。
> "让玲子抱我。"直子说，"叫醒玲子，钻进她的被窝，求她紧紧抱住，还哭。她抚摸我身体，直到心里都热乎起来。这不奇怪？"
> "不奇怪。只是想由我来代替玲子紧紧抱你。"
> "马上就抱，就在这。"直子说。

一年多后，"很多问题交织在一起，复杂得像一团找不着头绪的乱麻"的直子自杀了。在她与渡边的一年多的交往中，绝大部分时间在疗养院度过。除渡边探望她的两次，他们不多的几次来往信件的内容也很少涉及情爱，没有想念之类的浪漫抒情，而主要是诉说生活中的琐事寄以"海内知己"式的关怀，化不开的"浓"深潜入如水之"淡"中。渡边第一次去疗养院探望她，在那里逗留了两天，其中发生了以上引述月夜的一幕。

男主人公渡边虽然也卷入了 20 世纪 60 年代激进政治中的这种"性无所谓"之中，可以与"从来没有爱过的女孩睡觉"，又曾被"拉去""左一个右一个地同女孩乱来"，但较之另一位睡过的女孩有"八十个左右"的永泽，他甚至可以说是一位情爱至上的理想主义者。他与直子的爱恋基本上维持在心灵和情感层面上。这种传情和交往方式仍带着特有的东方含蓄，作者不仅浓墨重彩地描绘了直子的容貌形体美，还映衬着她的内在的性格美，似乎作者意在通过这个人物召回着老式日本纯情女性的娴静温雅。这是一种非常"女性化"的传统性格。然而，其既温婉又炽烈的爱恋陷于性功能去势的泥淖不能自拔。用"典型环境中的典型人物"这个几乎已被遗忘了的"古老"的现实主义公式来套的话，作为小说的第一女主人公，直子不能说是现实主义的，就"虚无独舞"与"走出后现代"之哲理命题言，可以说有某种符号象征意义。然而其性格之丰满，有血有肉之可信程度，却又不可与电脑合成之虚拟性相比拟。我们要知道，1949 年出生的小说作者村上是作为 20 世纪 60—70 年代与小说中人物的同龄人，在十多年后以自传体小说来重新反思那一段以如火如荼的年代，那种"性解放"所留下的忏悔，"睡的人数越多，每个行为所具有的含义就越模糊淡薄"。这一切反思凝聚映照在渡边与直子之间的无性之爱的灵幻中。

小说中还有两位女性与直子形成对比，相映成趣。一是直子的病友玲子，她结过婚，也有过孩子。从小在音乐学院受过钢琴课的正式教育，在校成绩一直名列前茅，有着超凡的音乐天赋，一个曲子听上三遍，没有乐谱也能弹奏出来。她不仅精通古典，如巴赫、莫扎特，也熟谙当代，如安德烈斯、列侬、甲壳虫……《挪威的森林》便是披头士伍伯的一支曲子。它最受直子喜爱，常求她弹奏。玲子成为演奏家的梦想，突然因手指故障而破灭。在钢琴家教中，一次怪异的被动同性恋奇遇，其中弥天的谎言和诬陷使她精神崩溃，并粉碎了她美满幸福的家庭。她住进了疗养院，这一住就是七年。看见过各种各样的人，但她却一点也不世故圆滑，保持着一颗既晶莹得像艺术品一样透亮而又深邃的心。与直子不同，由于开朗聪慧的本性使她得以化解、康复，也更加达观和善解人意。玲子不仅年龄长于小说中其他人物，也代表着一个正走出青年时代，因奇特的人生经历，使之成为在各方面更趋于成熟的女性。由于性格豁达与对音乐的执著和深切悟解终于摆脱危机。她的一句名言是"我们的正常之处，就在于自己懂得自己的不正常"。玲子不仅成熟而通达，而且对音乐有着深刻领悟和执著追求。这是在艺术与人生、个性与音乐一体化中苦难得以解脱的美。

这些人物，用直子的话来说"全都是哪里抽筋儿、发麻、游也游不好、眼看着往水下沉的人"。因此，与之形成鲜明对比和强烈反差，绿子是一个像阳光一般灿烂、如水般清澈、透亮的女孩。她跟着感觉跳来蹦去，神采飞扬、活灵活现跃然于纸上。绿子是渡边听戏剧史课结识的，她爱上了渡边就毫无矜持地直言："假如这是生来同男孩子的第一个吻，那该有多棒！假如可以重新安排人生的顺序，我一定把它排为初吻，绝对……"她"一旦哭起来，整个晚上都收不住"，她说："每当社会叫我不快，就喝伏特加。"一连喝上几杯，"喝他个烂醉如泥，说一大堆脏话"。她曾参加过一个什么左派组织，"刚一进去，就叫读马克思，喝令从第几页读到第几页"，讨论的时候革命的左派们"玩弄一大堆玄而又玄的词句"，使她莫名其妙，于是就发问："帝国主义剥削是怎么回事？同东印度公司有什么关系？"可是谁也不向她作解释，还煞有介事地大发脾气……使她看透了这些左派："……口口声声兜售一大堆小民们不知所云的话，那算什么革命，算什么社会变革！……这些家伙全是江湖骗子，自鸣得意地炫耀几句高深莫测的牛皮大话，博取新入学女孩的好感，随后就把手插到人家裙子里去……""何谓革命，无非更换一下政府名称。""我们怕是反革命吧？一旦革命成功，我们难保不会被吊到电线杆上去，嗯？"

这与"文化大革命"何其相似乃尔，又不禁想起王朔。但这部反思"激进政治"的小说不像中国 20 世纪 80 年代以来铺天盖地的"王朔化"。王朔们认为"爱情高调"也"十个有十个都是假的"，而绿子最终宣告："我才不相信什么革命哩！我只信爱情。"这就是连"爱"也虚无化之"后虚无年代"中的"虚无独舞"。"痞"气溶化在绿子的直率和天然之中，化合为一种活泼的风趣，构成与直子那种娴静色彩反差之另类女性美，并真实地再现了那个特定的年代。

直子的美，忧郁而空灵，淡雅，有一种感伤的病态美。这种病态的美不同于中国古代西子、林黛玉的那种"怎一个愁字了得"，在古典性中渗透着现代与后现代性，在消失的"性"中透着诗意的性感，以死表现美的永恒。绿子的美充满朝气蓬勃的活力与热力。玲子的美渗透着对人生和艺术的解悟，思想的成熟。在村上绘制的这几个女性肖像上，我们似乎看到了"菊与刀"之国独有的民族化的东方女性之美，正如作为银幕上的大众偶像，山口百惠、栗原小卷、吉永小百合、中野良子、倍赏千惠子等所创造的一系列银幕形象中所见出的那种内在与外在美的统一。这种扶桑之国的女性美，不同于19世纪俄罗斯伟大现实主义作家，如普希金、屠格涅夫、托尔斯泰等笔下的作为"美学理想"的那种俄罗斯民族独有的女性美。从20世纪后期以来，中国的文学和艺术作品中就再没有出现过堪称美学理想的女性形象。中国的女性美是从《诗经》《楚辞》中大量描写的女性形象，到洛神、罗敷、金陵十二钗、《家》《春》《秋》中铸就的。然而，在"不爱红妆爱武装"以及"美女""美男"们的身体写作和"新包法利夫人（物质主义/消费主义者/购物狂）"之中，华夏女性却失去了"本我"，除了红色经典中的"高、大、全"的女性外，硕果仅存在卓玛、达娃、朵妹子……这样一些"原生态自然"之称谓中。然而，在文化消费主义之下美的虚无中，作为美学理想，通过"性"显示着的"美学复苏"既属于民族也属于世界。无论古典、现代还是后现代，无论是物质的遮蔽还是……这种美的理想不会永远地消逝。

五

《挪威的森林》中"月光下裸体的直子"，这样一幅黑白无声电影似的场景展现在那样一个"性无所谓"的年代，隐约把后现代身体美学置于康德的"纯粹美（美与欲望等无关）"和席勒的美学"外观（美与实际存在无关）"之古典美学理念参照系中，意味着一种不合时宜的对纯美之无望召回以死神来临而无果地结束。作品阐述了这样一个带有形而上意味的问题，那就是性与爱、欲与情的分裂。性和欲是一回事，爱和情又是一回事，那样一个特定的"激进政治"时期所"移植"的观念：性可以"无所谓"，男女之间不必以婚姻这种人类社会一定阶段的盟约来限制自己的性交往，"新新人类"可以尝试着返回古代的"非产业化"群交状态。然而，《挪威的森林》的主人公在心上人夭折后，却说："与其同素不相识的无聊女孩睡觉，倒不如想直子更为惬意。直子的手指在草地上给我的感触，无比鲜明地留在我身上。""死是死，直子是直子。"性解放的种种乌托邦式试验在文本诗化之中"升华"，通过一种"无性"之爱的诗意叙事，甚至在性产业化时代超前的性解放运动中反拨为"爱情至上"。

"爱情至上"这样一个从中世纪骑士文学到现代性审美主义中的一个古老话题，在"性解放"新语境下以如此新颖的方式，多少带有一些怀旧地提出，给人以新的耳目和新的思考。这些思绪构成的美学意象和意趣是这部作品巨大成功的主要因素。它属于另类，也可以说是"比较后现代"的情况，而这种"比较后现代"的情况又隐含着某种"走出后现代"的徘徊意味。这也就是"虚无独舞"，其最大的特点即在小说中已经见不到恰恰在日本现实生活中一直发达的性产业的痕迹，它以对"激进政治"时代所"深化"的性文化的闪回，些微地预示着前面可能会到来，或已经正在到来的东西，那就是：身体不再是商品，性不是"第一种生产"之产业。

然而"爱情至上"毕竟也是一种在虚幻中所透现的"美学复苏"，正如性解放之乌托邦那样。小说最后写道："直子的死使我明白，无论谙熟怎样的哲理，也无以消除所爱之人的死所带来的悲哀。无论怎样的哲理，怎样的真诚，怎样的坚韧，怎样的柔情，也无以排遣这种悲哀。"正如作者在这部小说的"后记"中说，开始打算以一种轻松的心情来写，结果则难以轻松。这可以说是对"后现代"的一支挽歌。

20 世纪 60—70 年代随着中国"文化大革命"与全球左派运动的平息，自由主义意识形态的全面胜利，还有市场经济的改革，以及苏联东欧体系的崩解，整个世界笼罩在一片历史迷失、信仰跌落的"后革命"氛围中，知识左派中的一些人深感历史宏大叙事终结，陷于茫然无措之中，这就是"后虚无年代"，其中包括"性解放"引起的虚无。正如著名性学专家雪儿·海蒂在《性学报告》中引用一位调查者的话说："性解放运动根本就是 60 年代末期兴起的胡言乱语。那是专属于男人的性解放，女人只不过是从男人的私有财产转变成公有财产罢了。"她在做了大量关于性解放运动的问卷调查后下结论道："事实上，女人至今仍未经历解放运动的洗礼。"[1]

性解放思想和运动之所以长盛不衰正在于人们总处于现有的种种两性观念的羁轭之下。2006 年 7 月 21 日社会学家李银河在江苏电视台"七夕东方情人节"文化论坛上对"多边恋"、"一夜情"、"乱伦"等敏感问题持肯定态度，引起舆论哗然，她说明，自己主要是想表明："作为一个公民，他有随意支配自己身体的权利，这是人的基本权利。""支配自己身体的权利"的

---

① 雪儿·海蒂：《性学报告：女人篇》，海南出版社 2002 年版，第 372、339 页。

"随意"程度就好比饮用水，问题是在当前的社会经济政治和道德状况下，是否凡是"水"都洁净到可以"随意"饮用的程度了呢？那就是说，当前人们的道德水准是否达到未来因私有制的消失而使一夫一妻对偶婚姻解体的那种"性解放"的程度，如果没有这种历史条件的话，这种性解放的超前话语对当前社会现有的伪"性解放"是一种虚拟的乌托邦式的肯定，缺少对其中现实矛盾的分析，更没有上升到社会批判的高度。在对"支配自己身体权利"的维护中，忽略了在现有世界状况下对"身体"在性文化产业化中"非商品化"权利的维护，忽略了我们身处的这个世界的普遍商品化特征。两性关系也不可能全然超越这种时代特征，许许多多的性关系实际上仍然是金钱与权力之间的交易，人还谈不上摆脱这种关系来对待性的问题，许许多多"自己的身体"都只不过好像宠物市场上一个"按质论价"的"品种"。正如波伏娃在《第二性——女人》一书中说出了人们老生常谈的"性行为本身不应该被视为一种可以得到报酬的'服务'"，"她不愿意只供给肉体，除非对方也愿意和她谈天或外出，一起消磨几个钟头，才肯做成这笔交易"。[①] "随意支配自己身体的权利"只是论者出于"解放"之良好愿望凭空设定的一种假象。因此，这种非批判的性学理论，看来很超前，掩盖了当前商品经济中两性关系的许多实质性问题，实际上远远落后于西方女性主义性学的社会批判性。

《挪威的森林》把性解放半封闭在大学生这样一个特定的群体中，没有铜臭避开了性产业化问题。而这在当前市场化的世界正是人的普遍解放的根本问题。雪儿·海蒂指出的："某些性解放运动的意识形态，已将性和爱的结合视为传统的性观念，换言之，如果你仍一味主张性与爱一致，便是落伍的人。"[②] 村上没有一味认同这种性解放观念，而是在性解放带来的虚无中追求着性/欲/爱之整合，作为日常生活中之"虚无独舞"，就好像对这个时代做弗洛伊德式的性心理分析，对真爱的向往中交织着"无性"与"性乱"，既映照时代的困顿，也透出了迷茫中一丝昏暗的灯光——"犹如风中残烛的灵魂的最后忽闪"。

而在村上春树之后不久，中国藏族作家阿来却突破了后虚无年代设置在渡边/木月/直子之间复杂的"性障碍"，以一种后现代的"新历史主义"在

---

①　波伏娃：《第二性——女人》，湖南文艺出版社 1986 年版，第 516 页。
②　雪儿·海蒂：《性学报告：女人篇》，第 358 页。

奴隶制的废墟的尘土中，发掘着几被忘怀的诗意的宏大叙事，也可以归于"后虚无年代"之"虚无独舞"所显示的"美学复苏"。

六

有过那么多农民起义的历史，华夏之邦不能没有大叙事。在消解大叙事及"文学死亡"的声浪中，于世纪之交，藏族作家阿来发表了长篇小说《尘埃落定》。小说问世以来引起了高度评价，多次重印再版，被译成多国文字，并获茅盾文学奖，被誉为"传统经典来临的消息"[1]、"中国式的诗性叙事"[2]等，当然也有所非议。

故事发生在民国时期四川西北阿坝藏族自治地区马尔康县。这一地区在政治上与内地中原汉族统治关系较拉萨更为紧密，分布着许多受封于中央集权汉统治者皇帝之土司管辖的领地。它们是以官寨为核心的农业和手工业生产为基础的奴隶制社会。这些大大小小的寨子的结构是以土司为顶尖，土司在其领地内既是奴隶主，又是政治军事统帅，其下依次为头人、百姓和科巴（信差而不是信使）。这之外，是僧侣，手工艺人，巫师，说唱艺人。处于最底层的家奴是可以被土司或头人任意支配、虐待，甚至宰杀的"会说话的牲口"。由于亲族联姻，"土司之间都是亲戚"，但又由于权力和利益争斗，"土司之间同时又是敌人"。虽然土司们自己称王，但"到了北京和拉萨都还是要对大人物下跪的"。小说还描写了政府特派员、行刑者（刽子手）、喇嘛、活佛、英国传教士等角色。

汉族统治的中央政府以特派员的方式不定期有限地干预领地的某些事务，相互之间也有物资交换的经济往来关系。小说描写了汉特派员向麦其土司输送武器，训练兵丁，并引介了鸦片的种植和提炼技术，使其发达强盛，以致在竞争中制胜，取得当地众土司中的霸权地位。

小说以麦其土司家族的二少爷为第一人称的叙事方式讲述了这个家族从民国、抗日战争直到解放战争的历史跨度下盛极而衰直至最后覆亡的历史。作者多年在该地区文史馆大量翻阅奴隶时代的史料的真实经历，把史诗的、传奇的、魔幻的东西糅在一起，绘制了一幅幅异族风俗画、风情图，给予这

---

① 呼延华：《尘埃落定：传统经典来临的消息》，《中华读书报》1998 年 4 月 1 日。

② 孟湘：《尘埃落定：中国式的诗性叙事》，《河北师范大学学报》2006 年第 5 期。

样一个时代的历史图景以不容怀疑的可信性，从而使作品的诗性有了坚实的社会历史基础。一是以汉族为中心的封建的中央集权之"前现代"；一是边缘少数民族的奴隶制之"前现代"。这种历史的叙事似乎没有作者过多的价值色彩，正如那"傻子"的自述："一个傻子，往往不爱不恨，因而只看到基本事实。"可以说这是一部以写实手法述旧的后现代的"新历史"小说，即以一种后现代新历史主义某些特点来再现那样一种独特的"前现代性"。然而，在这种似乎"冷漠"的后现代写实中却隐藏着现实的人文关怀。一幅中国奴隶制终结的最后图景的勾画，对后现代对历史线性的颠覆之再颠覆，昭示了"走出后现代"之美学理想。

这部作品作为"美学复归"之象征的主要意义更在于塑造了这样一个不同一般的傻子形象：

> 在麦其土司辖地上，没有人不知道土司的第二个女人所生的儿子是一个傻子……
>
> 除了亲生母亲，几乎所有人都喜欢我是现在这个样子……土司的第一个老婆是病死的。我的母亲是一个毛皮药材商买来送给土司的。土司醉酒后有了我，所以，我就只好心甘情愿当一个傻子了。

七

中外文学史上，以傻子为主人公的作品存在不少，其中有些主人公都是不同类型和程度的智障者，有的是真傻子，有的是假傻子……法国启蒙主义大师伏尔泰就塑造了一个以为这个罪恶的世界"一切皆善"的傻气的"老实人"（《老实人》）。美国现实主义讽刺作家马克·吐温的一部长篇小说名为《傻瓜威尔逊》。我在《存在主义美学与现代派艺术》一书中曾拿陀思妥耶夫斯基的《白痴》中的梅思金、福克纳的《喧嚣与骚动》中的班杰明和韩少功的中篇小说《爸爸爸》中的丙崽这三个傻子主人公对批判现实主义、意识流与荒诞小说作了一番比较。在当前文化影视中也不乏傻子形象。美国奥斯卡获奖影片《雨人》、《阿甘正传》也都是根据同名小说改编的，其中主角都是不同程度不同表现的智障者。我国 2005 年国际电影节获奖影片《孔雀》中的一个角色也是傻子。《太阳伞》一片则以同一演员扮演的傻子为主角。

　　然而，《尘埃落定》中的傻子不同于文学史与影视作品中的其他傻子。这个傻子，傻得不一般，就在于经常早晨一醒来就向自己提出一般人很少去想的问题："我在哪里？我是谁？"

　　他自忖："我感到不安。让我这样的人来替大家动脑子，这个世道是什么样的世道？这是个不寻常的世道。可要是说不寻常就不寻常在要傻子替大家思想这一点上……"

　　他总是问："我们生活在一个什么样的世界上？"

　　这个傻少爷因为想这些"不该我想的问题"，以至好几天与他同睡一床的姑娘的名字也没有问过。

　　在人类历史上，"聪明"与"傻子"之间常常有一种颠倒错位关系。在宗教狂热的时代，指出宗教虚妄者被当作邪魔；在礼教吃人的现实社会中捣毁吃人宴席者会被看作疯子。小说中喇嘛翁波意西说："都说少爷是个傻子，可我要说你是个聪明人。因为傻而才聪明。"这种愚与智的辩证法贯穿于全书。《尘埃落定》中的傻子傻就傻在他说出了"所有的土司就会没有了"这个为所有土司不容的真理。他认识到"我们在那个时代定出的规矩是叫人向下而不是叫人向上的"。在这种"傻"话中深深隐藏着一种过于聪明的大智慧。只有在一个没有前现代、现代与后现代土司的时代，人才有可能活得像人样。这部小说重建了在后现代被颠覆了的价值体系，那就是真善美。小说充满着奴隶也是"人"，把人当人来善待的真理。这一切与平实清新的格调、生动优美的语言、引人入胜的情节——美的文学形式相统一。

　　小说中的翁波意西是从拉萨来传播新教的被认为是疯僧的一位年轻喇嘛。所谓"新教"实际上是他自己领悟的一套哲理，使他与傻少爷一拍即合，如认为天下就不应该有土司存在。他说："我不怪野蛮的土司不能领受智慧和慈悲的甘露，是那些身披袈裟的人把我们的教法毁坏了。"作为一个喇嘛，他竟然提出这样的问题："为什么宗教没有教会我们爱，而教会了我们恨？"他被认为"用舌头攻击我们信奉了许多代的宗教……"这种异端思想和言论本应判死刑，因为得到傻子少爷的喜爱而被从轻发落，割去了舌头，充当记录麦其家族历史的书记官。当傻少爷和平解决边界冲突、凯旋回归时，这位喇嘛奇迹般说起话来，由于又顶撞土司被再次割舌。

　　他发出预言："要不了多久，这片土地上就没有土司了。"对于这样一个敢讲真话的人被割掉舌头的黑暗年代，小说写道："君不见，那些想要说点什么的舌头已经烂掉了。百姓们有时确实想说点什么，但这些人一直要等到要死了，才会讲点什么。"

然而这个"傻子"之所以"傻"，根本在生于一个"恶"的境况下却有着朴素的善心，不仅对奴隶宽怀，还放粮赈济饥民……在什么也不用去想的混沌中，正是这种智慧使他在农田生产上经营得法，并建立了商业集镇，使自己成为"在有土司以来的历史上，第一个把御敌的堡垒变成了市场的人"，成为"土司领地上第一个固定市场的缔造者"。使其家族走向极盛，并功成不居，淡漠权势，不与其兄争夺土司继承权。他说："我是个傻子，不必要依着聪明人的规矩行事。"正是这种远见卓识使他在其他土司争相种植罂粟的时机提出放弃种罂粟改种粮食，结果其他领地普遍闹起饥荒的情况下，惟麦其家粮食丰收到仓库不够用。由于放粮拯救濒死的饥民，这个傻子成了救世主：

> 濒死的人们焕发出无比的激情。我只在远远的地方挥挥手，他们的欢呼就像春雷一样在天地间隆隆滚动。我走到他们中间，几千人一起跪下去，飞扬起来的尘土把我呛住了……

傻子他通过两次对领地边界的巡视，不仅建立了边界市场，还通过贸易商业往来，给地区带来了和平和繁荣：

> 看看吧，完全因为我，和平才降临到了这片广大的土地之上。在没有任何土司影响到达的广大地区，人们都知道了我。傻子这个词在短短的时间里，被赋予了新的，广泛的意义。现在，因为我，这个词和命运啦，福气啦，天意啦，这些词变成了同样的意义。

然而，傻子的这些业绩并没有受到他父亲公正的对待。麦其土司仍然对他是否真傻半信半疑，便把继承权给了在战场上吃了败仗的长子。大少爷作为与二少爷的对比，"是天下最聪明的人。他的弱点是特别害怕自己偶尔表现得不够聪明"。他是一个对战争、杀戮、女人和权力有着特别兴趣和野心的暴戾的人物。

小说中的女性主要有两个，一是傻少爷的贴身侍女（后来嫁了人）桑吉卓玛，在那样一个时代，作为女奴是没有突出个性的，她们的身体属于主子。另一个女性是茸贡土司的女儿塔娜。傻子对塔娜一见钟情：

　　一见塔娜的面，她的美又像刚刚出膛的滚烫的子弹把我狠狠地打中了，从皮肤到血管，从眼睛到心房，都被这女人的美弄伤了。把我变回为一个真正的傻子很容易，只要给我一个真正的美丽女人就行了。

　　由于茸贡土司陷于粮荒以及与拉雪巴土司争斗之困境，便把女儿作为交换嫁给了傻子求救。这样的婚姻，正如塔娜所说："我不知道爱不爱你。但我知道是母亲没有种麦子，而使一个傻子成了我的丈夫。"

　　而傻子所向往的是不带任何附加条件的纯粹的真爱，所以当他发现塔娜并不真爱自己，而是以自己作为解救她母亲的交换条件时，心被深深地刺伤。他们之间展开了这样一番对话：

　　　　傻子说："我只怕得不到你。"
　　　　塔娜说："可你已经得到我了。"
　　　　傻子心里想："是的，要是说把一个姑娘压在下面，把手放在她乳房上，把自己的东西刺进她的肚子里，并使她流血，就算得到了的话，那我得到她了。但这不是一个女人的全部，更不是一个女人的永远。塔娜使我明白什么是全部，什么是永远。"于是，我对她说："你使我伤心了。你使我心痛了。"
　　　　塔娜笑了："要是不能叫男人这样，我就不会活在这世上。"

　　塔娜一次又一次离开了他，然而又反反复复回到他身边。

　　土司官寨在解放军炮火下崩塌。作者赋予这个傻子一种对未来光明的先知功能。"尘埃落定后，什么都没有了"。由傻子说出的这个虚无性预告中，透露着权力统治的最终消失："将来的世上不仅没有了麦其土司，而且是所有的土司都没有了。"一个人人诅咒的罪恶政权终究是要覆灭的。

　　由此我们看到了隐伏在"新历史"叙事下的总体式宏大的历史线性，使这部小说带有"新史诗"式的品质。它不同于一般的新历史小说之处，在于不是以历史为后现代的符号性工具。以作者的年龄，对自己所写时代不可能有任何切身经验。而由于史料的充分，那个时代的描写在历史事实和细节上是可信的。然而，它不同于过去的历史小说之处，在于它从历史的总体线性引出了"走出后现代"的东西。正如翁波意西所说："历史就是从昨天知道今天和明天的学问"。这是一种线性的历史观。这种线性史观正是后现代集中颠覆的东西。

八

从陀思妥耶夫斯基的长篇小说《白痴》（1868 年）、福克纳的《喧嚣与骚动》（1929 年）、韩少功的中篇小说《爸爸爸》（1984 年）到阿来的《尘埃落定》（1999 年），近一个半世纪来的世界文学之路中的四个白痴形象，提供了一个美学理想从沉没到复苏的轨迹。

《白痴》的男主角梅思金公爵是一个穷贵族，其实他并不是智力障碍意义上的白痴，而是一个癫痫患者。他有一颗孩子般的纯真和善良的心，以自我牺牲来完成个人的救赎。他是这个意义上的"白痴"。在另一个意义上，在一个充满罪恶的世界上过于善良的人就会被看作"白痴"。女主人公娜斯塔霞深深懂得这一点，所以她说，他"是个孩子"，她是"不会欺负孩子"的。她拒绝了他的求婚。这部小说也表达了陀思妥耶夫斯基反对革命的政治观点。在作者看来，在这个世界上，恶对善有一种压倒的力量，这是无法改变的，革命不仅不能改变这一点，只能更糟。善良的人只有以自己的痛苦来承受恶。梅思金的救赎之道正是用来与革命道路对立的。而这部小说美学意义在于，通过女主人公的命运对现实进行了尖锐的揭露和批判，并深刻地反映了俄国当时的社会矛盾的尖锐。其对拜物教的鞭挞尤为强烈和深刻。尽管小说表现着的美学理想渗透着作者对苦难的宗教式的"崇拜"，但毕竟不失为一种美学理想。而这种以"白痴"昭示的美学理想在现代主义到后现代主义那里沉没了。

福克纳的《喧嚣与骚动》的班杰明则与梅思金不同，他是一个先天弱智儿，33 岁时智力却相当于 3 岁儿童，失去了正常人的思维和语言，只能说出些呓语。陀思妥耶夫斯基笔下的"白痴"尚能感知人生痛苦，而福克纳的这个白痴对家庭的痛苦也处于迟钝麻木状态。作者创造这个角色的意义在于其序言中引用莎士比亚《麦克白》中的一句台词："这个世界如痴人说梦，毫无意义可言。"而这部作品的价值在于以非现实主义意识流的手法通过美国南方一个旧式家庭崩溃性危机反映了资本主义的深刻矛盾。

到了《爸爸爸》，丙崽，其智力甚至连班杰明都不如，他一生只会说"爸爸爸"这三个字。然而他越是傻越是命大，喝过毒药也没有死，当

"打冤家"打得人都死光了时,他却"不知从什么地方冒了出来",非但没有死,而且"头上的脓疮也退了红,结了壳……"在荒村夜月之下,他吮吸着女尸的乳头,"骑上腹去,仰了仰,压了压,瘦尖尖的屁股头感觉到十分舒服"。

而《尘埃落定》中的傻少爷却是这样一个"天下最聪明"的智者。在他身上再现了其些梅思金公爵的善,不同之处在于他是一个实践者。奴隶制并不是通过奴录起义来推翻的。罗马帝国不是在斯巴达克造反中解体的,而是新生产力在政治上完成的变革通过奴隶主政权的自身腐朽逐步走向没落衰亡。中国古代奴隶制到封建制也是在生产力与生产关系变革的漫长过渡中(虽然也有"汤武革命")以非暴力的方式,完成新生的贵族封建主对奴隶主的取代。像西藏这样局部少数民族地区,这种社会变革是通过自上而下的和平地完成的。拉萨等核心地带则是由于奴隶主拒绝和平变革,武装叛乱,最后通过中央政府派兵平叛,颠覆了奴隶制。小说中所写麦其家族,是在解放战争初期,同国民党统治同时覆灭的。

在奴隶主阶级上层能否产生这样一个在思想上具有叛逆性的角色是值得疑问的,小说并没有合逻辑地提供在这片相对封闭的土地上这个傻少爷思想产生的背景。阿来对这个角色的处理中肯定有着超越现实主义的成分。关于这个问题在批评界引起叙事学的较大争论。正如傻子与之相映的翁波意西,他们的思想与言论都带有某种先知先觉的意味,作为一个奴隶制黑暗王国中透露的一线光明,带有符号象征性。关于这个问题,小说这样告诉我们:

> 在我们那地方,常有些没有偶像的神灵突然附着在人身上,说出对未来的预言。这种神灵是预言之神。这种神是活着时被视为叛逆的人变成的,就是书记官翁波意西那样的人,死后,他们的魂灵无所皈依,就变成预言的神灵。我不知道是自己在说话,还是我身上附着了一个那样的神灵。

然而从"积极的"后现代新历史主义来看,在"任何历史都是当代史"上升到"任何历史都是未来学"这个意义上,对于"走出后现代"这样一个历史的必然要求,这一线光明(尽管在小说中是悲剧性的结局),这种"未来学"就不是"感伤的理想主义"可概括的。从叙事学来看,小说确实存在着作者全知全能叙事与第一人称叙事不分，以及傻子的性格的统一可信等方面问题，被批评为"混乱"，① 也被誉为"中国式诗性叙事"。这些问题也只能从古典/现代/后现代/现代这样一个历史与叙事文学史的发展线性得到解决。小说从傻子出生贯穿到死亡，被称为"亡灵"回忆式的叙事，实际上是作者以"未来学"与历史的统一完成傻子作为"先知先觉"者在奴隶制这一特定时空中的在场叙事。傻子的"超性格"以及其语言的过于"哲理化"之谜也只能在这种"走出后现代"的历史与未来统一中求解。这无论在西方叙事学或在中国古代叙事学似乎都没有模板。

大智大善的傻子成了解放军的俘虏后被应允可以继续当麦其土司，最后却死于父亲仇人之刀下，从这一点来看这个傻子的结局是悲惨的。有的读者对小说以傻子之死为大结局感到不满，然而傻子毕竟死了，留给许多善良的读者以悲哀和失望。傻子的死可以引用村上春树的话来说："死就是生的一部分。"傻子一度成为当地百姓的救主，然而，埋葬奴隶制的解放使命不是个人，而是"在生命之中"完成的。这部小说的特殊意义在于，它在全球化的后现代绘制出遥远的奴隶制的画卷，却又在其中展现着对后现代的超越。现代性的"土司"不同于前现代的，后现代的不平等更不同于奴隶制的……但是它们贯穿着一种线性，那就是"土司统治"。"所有的土司就会没有了！"这话超越了历史的时间与空间，走出了后现代。

雨果在《巴黎圣母院》中曾写道："印刷品要消灭教堂。"按照这个线性逻辑，电脑将埋藏地球上最后一批专制统治者。这就是小说所深刻寓意的"后之后"所指向的"尘埃落定"之终结性。

小说的第一章标题为"野画眉"，"那是个下雪的早晨，我躺在床上，听见一群野画眉在窗子外边声声叫唤……"这就是一个从前现代跨越现代/后现代，向着后之后的"早晨"。

正如傻子临终前说的最后一句话："上天啊，如果灵魂真有轮回，叫我下一生再回到这个地方，我爱这个美丽的地方！"

　　　　是谁带来远古的呼唤，是谁留下千年的祈盼？难道说还有赞美的歌，还是那久久不能忘怀的眷恋……

　　　　　　　　　　　　　　　　　　　　　　　　（张先一：《青藏高原》）

_____

① 李建军：《像蝴蝶一样飞舞的绣花碎片——评〈尘埃落定〉》，《南方文坛》2003 年第 2 期。

老子说："大曰逝，逝曰远，远曰反"，是为"道"。"大道之行也，天下为公，是谓大同"，那是"远古的呼唤"、"千年的祈盼"、"久久不能忘怀的眷恋"，是走出后现代之所向——没有了土司的世界之人与人之和谐，人与自然之和谐……

《尘埃落定》之"走出后现代"意义在于，正如小说的主人公以大智慧装傻那样，小说在后现代新历史主义语境下，以佯做"后现代"颠覆后现代，在颠覆之颠覆中重建新历史。

九

综观《挪威的森林》与《尘埃落定》这两个文本，它们都以主人公之死为结局，展示一个后虚无时代，然而两者的区别在于：一个是将时代社会背景淡化了的当前日常生活小叙事，一个是前现代历史的宏大叙事。同样作为"美学复苏"，它们在诗学上展现"走出后现代"之共同点可概括为以下方面：

（一）从后现代"主体消失"、"作者死了"，到以村上小说的自传性以及阿来小说的史诗性显示的"主体再现"、"作者复活"。文学的主体性张扬的人文精神也在后现代颠覆中苏生。这两部小说告诉我们，文学的主体性从何而来？作家作为创作主体，从时代脉搏中感受现实痛苦，激起写作冲动，从文学求解脱和出路（改变世界）。这也正是把痛苦从个体融入人类的命运之中，在诗性语言创制之中，发现美、表现美的审美体验之过程。

（二）从现代主义到后现代主义文学文本的"非英雄（主人公）化"、"人物类型化、符号化"，人物性格的平面化、零散化，形象的模糊、浑浊，到作为作品美学理想的主人公形象的再丰满和再鲜明化。

（三）与上一点关联，从现代到后现代社会理想与美学理想之沉没，到重又浮出水面。现代主义到后现代主义不知道资本主义向何处去，有没有资本主义之后，这之后会是什么。至少在《尘埃落定》中透露出"所有土司时代将永远终结"的社会理想，通过诗性叙事化为美学理想。

（四）从第三点可以引出，在诗学中，后现代反进步主义和新历史主义对历史线性的颠覆到历史线性的恢复和社会进步信念的重建。

（五）"爱情"作为文学"永恒的主题"，从后现代的对爱的"去圣化"/有欲无爱，到爱情的"再圣化"。

　　然而，由于"走出后现代"不是一个完成式话题，这些诗学问题仍然处于后现代解构之中，并没有成为主流。后现代社会结构的特点之一是中产阶级人数急剧膨胀，这是一个文化产业向之倾斜的消费群体，在中国也是如此。村上的作品超出一般畅销书的文学品位，与传统经典处于一种中间过渡类型，这恰恰投合中产阶级的"小资"情趣。他们既要摆出超出大众之上的优越姿态，又避免过于精英化而脱离后现代阅读前沿。作品中描写的远离大叙事之"波布"族生活方式也是"小资"们所向往的。

　　在全球化文化消费主义之下，一切有价值的东西只有通过市场变成"可消费的"方能得到其自身价值实现，村上的作品亦莫能外。王志松的《消费社会转型中的"村上现象"》（《读书》，2006 年第 11 期）一文从《挪威的森林》在中国将近 10 年间，经过三家出版社推出在市场流通状况，描述了一个在中国被消费的村上。文章指出，在中国内地推销村上作品的过程中，"日本的巨大销售量被有意识地转换成为保障在中国消费的承诺"。并且，这是在"性"作为支柱文化产业的背景下得到保障的，正如汉字"幸福"被某些媒体转换为"性福"，阅读的"兴趣"也被转换为"性趣"。1989 年漓江出版社推出的该书在封面配上一幅日本美女裸露的后背，并凭空加上了一个副标题"告别处女世界"，还给小说每章加上了如"月夜裸女"、"同性恋之祸"之类的章题。

　　在以解构的阅读为特征的后现代消费社会，村上的被消费化的过程，也就是被解构的过程。这种解构集中表现为作品的高度被削平，深度被填平，加以平面化处理的可消费的村上就此在中国内地变为一个情色章回小说的作者了。不仅如此，甚至被消解的村上的私人空间也被"日常生活审美化"包装为一种标准化的"小资"生活方式。以致在大陆，阅读村上作品成为"衡量'小资'的一个重要指标"。这部小说阅读"性趣"猛增的过程，也失去了被作为一个纯文学被解读、阐释和研究的"兴趣"。

　　《尘埃落定》的命运也并不更好。当该书引起某些读者、批评家和媒体"性趣"时，作者曾气愤地说，自己的作品中关于性爱的描写比那些下半身写作要"干净得多"。2003 年《尘埃落定》被媒体列入"性领域十大新闻"。作者阿来对此也只能无奈地骂一句"无聊"！

　　在作为一种"激进政治"将"深化"和"绝望"向"性/身体"移植的时代，一部小说是否是以"性趣"为目的的"情色"作品，不仅要看有关性的描写在该书中所占的分量，以及该书怎样描写性，火暴、大胆、刺激的程度怎样，还要看它在性描写之外有什么其他值得关注的东西，更要把作品作为一个整体放在历史中来看这位作者是不是一个热衷于"身体写作"的"美女"或"美男"作家，当然还要取决于一部文学作品的美学形式，诸如抓人的情节和富于感染力的语言等。这样来看，虽然村上的小说能否被列为文学史经典名著而传世，尚有待更长时间的考验，但它不仅与"淫书"挨不上边，它的美学和社会意义也在以情爱为主要叙事线索的作品中高出一头。在解构的时代，我们对村上和阿来的这两部作为后现代文本的作品要有一种不同于"性趣"的阅读，这也就是一种反解构的阅读。这种阅读要求在文本与历史的张力之间，一种文本还原之"作者意向"与"走出后现代意向"的整合的阅读。简单说来，一部像样的文学作品，读来除感官愉快之外，无论多少总还要有一点读后让人掩卷而思的地方，感到自己仍作为"诗性存在"的地方。在这种诗性的"思"中，未出场的"真"不是海德格尔式的"无"而是正在到来的"后现代之后"。我们以上就是这种阅读的尝试，即把它们放在"美学复苏"的特定语境下，从文学古典、现代到后现代之路，导引出"走出后现代"这样一个历史的必然要求之阅读。这两个文本都诗性地展开了解放的主题：一个是 20 世纪上半叶的奴隶的解放；一个是 60—70 年代的性解放。它们整合地告诉我们，当人们没有从专制极权和商品的奴役下获得解放时，性解放只能是后虚无年代的无望的"独舞"。无论是主奴之间两性随意的交合，还是无邪青春年代男女学子间的自由交合，都以人对非人地位的摆脱为转移，它们的共同指向是：走出后现代。当然，更多的此类文学作品的发现尚有待读者在更大量的阅读中披沙拣金。

杰姆逊把表现为两个方面的美学复苏作为资产阶级所推动的意识形态，这样说虽不错但却有些笼统，正如 17—18 世纪的资产阶级与 20—21 世纪的资产阶级之不同，应在历史的运动中对审美意识形态的阶级属性加以分析。产生于晚期资本主义全球化大语境之中，《挪威的森林》和《尘埃落定》这两个文本既属于后现代又不是后现代主义的。因为后现代本身就包含着悖论和自身否定性，即或我们不从线性史观出发把"走出后现代"看成一种"明天肯定强于今天"的进步，后现代也不可能永远在原地踏步，或早或晚总要偏离原点，从自身走出。

1980 年德里达在《明信片》一文中提出了"文学不能活过电传时代"的问题。这是他同一位文学专业的女大学生讨论这个问题时表露的，这位女大学生对文学的"死亡"表示不可理解而且遗憾、困惑，德里达对此也流露出

"无可奈何花落去"的情绪，说："我也热爱文学。"美国解构主义者希利斯·米勒也为之感染，表达了同样的焦虑。似乎"文学的死亡""艺术终结"不以我们是否热爱文学为转移。自此以来，此类话语不绝于耳，持续了二十来年，在中国也掀起一波又一波的热烈讨论。

确实，这个问题绝不单是德里达一人，而是热爱文学以之为终生追求者共同的困惑。高新科技信息产业给后现代社会生活带来巨大的变革，这种变革的意义也许今后会得到更大的昭示。信息高速公路大大地缩短了人们之间的距离，甚至被称为"趋零距离"。"距离"所"产生的美"也许将随之一去不返，将不再会有渡边与直子之间的尺素相通了，这种村上式的"孤独与无奈"岂是"电传"可以诉说的吗？

然而，这两个卓越的后现代文本也或许可以略微告诉我们事情不是按照人们所惋惜的那样发展着的。正如昔日照相术并没有取消绘画，当前电视和电脑也没阻止一代一代电影艺术新人新作的跃现。在解放即将到来而又未来之际的"虚无独舞"中，人离不开文学的伴随。

美国作家厄普代克对数字化时代电子图书馆将代替纸质图书馆的趋势写道："我们被埋没在其中的大量信息，可以激起我们身上那种最不正经和最不挑剔的本性……印刷出来的，装订过的，并且要花钱买的书更为严格，更需要技能，对其生产者和消费者来说，都是如此——目前仍然是这样。它是两个心灵得以在沉默中碰撞之处……在后谷腾堡时代村庄的电子艳阳下嬉戏。"他劝慰发愁纸质图书没有销路的书商："坚守你们的堡垒吧。别让你们的边界被淹没。你们的边界也是我们的边界。对我们有些人而言，书就是我们个体身份意义的本质所在。"① 然而，书商并不在意这种劝慰，在阅读率不断锐减的境况下，《挪威的森林》和《尘埃落定》已使他们财源滚滚。

韦尔施说："艺术品向世界敞开胸怀，这不仅见之于它们怎样表现世界，而且说到底通过艺术创造新的世界观。这正如诗人里尔克在面对古希腊阿波罗神庙时说的：'你必须改变你的生活。'"② 这个"新的世界观"就是走出后现代的世界观，我们必须"改变的生活"是眼下仍然存在着大大小小新型土司的宰制。

正如《尘埃落定》中所说："有土司以前，这片土地上有很多酋长，有

① 厄普代克：《数字化面前，作家身份末日将至》，转引自《中华读书报》2006年8月2日。
② 沃尔夫冈·韦尔施：《重构美学》，上海译文出版社2002年版，第125—126页。

土司后他们就全部消失了。那么土司之后起来的又是什么呢，我没有看到。我看到土司官寨倾倒腾起了大片尘埃，尘埃落定后，什么都没有了。是的，什么都没有了。"

土司之后，什么都没有了。在"大同"中的"地球村"又回到酋长的时代（如麦克卢汉所说"再部落化"）……在这个漫长的过程中，艺术文学仍然在"虚无独舞"中不断创造着新的世界观。世界文学史以新的笔墨被续写着，并不断披沙拣金推出新的传世佳作。后现代是一个历史的过渡现象。这个过渡时期的诗学展现于"走出后现代"这一必然要求所带来的美学复苏之中。

［作者单位：中国社会科学院文学研究所理论室］

叠加单元:史诗可持续生长的结构机制

——以季羡林译《罗摩衍那·战斗篇》为例

施爱东

内容提要:与通行的史诗研究进路相反,本文试图从纯粹的文本分析入手,探讨史诗情节可持续生长的结构机制,返以解释史诗传承中许多令人难以理解的演述现象。我们假定史诗是在一定"情节基干"的基础上,以"叠加单元"的形式来不断生长的。那么,每一个叠加单元的内部结构,都必须是一个有条件的、自足的、闭合的体系。叠加单元如果以"加法"起兴,掀起了新的矛盾与冲突,就必须以"减法"将这些矛盾与冲突全部消解,并使该单元所产生的各种问题得以自产自销,不留任何后患。叠加单元的结束,以回到该单元的"初始状态"为标志,也即"回到原点"。根据以上推论,本文以季羡林译《罗摩衍那·战斗篇》作为个案展开示范分析,在一定的边界下,解析了《战斗篇》的情节基干与叠加单元,据以验证前述推论,并为之构画一个可持续叠加的结构模型,展开模型分析,最后,据以解释史诗演述中的种种神秘现象。

关键词:故事学 史诗诗学 结构分析 罗摩衍那 回到原点

一 中国现存史诗的演述状况及问题的提出

史诗大多叙事宏富,版本杂陈,传本数目无法精确统计。中国三大史诗更是卷帙浩繁,"格萨尔史诗究竟有多少部和多少行文字,恐怕只能是越统计越多，越发掘越丰富，永无止境"①。著名的《格萨尔》艺人才让旺堆认为，"史诗有四方魔国四大敌的四部、十八大宗和二十八中宗外，小宗不可胜数。其原因是《格萨尔》无穷智慧融贯三界，建树业绩千千万。"② 青藏高原流行的说法是："每个藏人口中都有一部《格萨尔》。"

史诗往往还具有极其神秘的传承方式。《罗摩衍那》的作者蚁蛭就被塑造成了一个仙人，印度有很多关于这位仙人的神奇传说。③ 中国三大史诗同样无一能摆脱这种传承方式的神秘色彩。"在众多的《格萨尔》说唱艺人中，那些能说唱多部的优秀的艺人，往往称自己是'神受艺人'，即他们所说唱的故事是神赐予的"④。神授的方式多种多样，可以是病中得授，也可以是梦中得授，或者在一个人迹罕至的地方得授，不一而足。大玛纳斯奇居素甫·玛玛依从 20 世纪 60—80 年代一直坚持其"梦授说"，但每次所说的内容不一致，"做梦的时间有所不同（八岁、十三岁），做梦的地点也有所不同（在父母身边，与牧民在一起），但是，梦中都见到了史诗中的英雄"⑤。另外，他也不否认从他哥哥费尽心血搜集的各种各样的手抄本中受益良多，但他演述的章部，却远远超过了哥哥的抄本。

活态的史诗演述，内容不大稳定。"如西藏的札巴、玉梅，青海唐古拉的才让旺堆和果洛的俄合热、格日坚参等，他们都有一个共同的特征，他们都会说唱许多新的部头"⑥。而且，"每位艺人对自己报出的能够说唱的史诗目录也有出入……如果让他们把部的名称说一遍，也常常会有增添或遗漏"⑦。

史诗许多章部的可复述性比较差。艺人们往往把复述当作一种苦差，即使是极优秀的江格尔奇，"在那神秘而庄严的气氛中，当着众多的听众，显

① 耿升：《译者的话》，[法] 石泰安著：《西藏史诗与说唱艺人的研究》，西藏人民出版社 1993 年版。
② 官却杰：《略论"格萨尔"史诗说唱艺人才让旺堆演唱形式及特点》，《格萨尔研究》第 4 辑，内蒙古大学出版社 1989 年版，第 269 页。
③ 详见季羡林：《比较文学与民间文学》，北京大学出版社 1997 年版，第 246—247 页。
④ 杨恩洪：《民间诗神——格萨尔艺人研究》，中国藏学出版社 1995 年版，第 84 页。
⑤ 郎樱：《玛纳斯论》，内蒙古大学出版社 1999 年版，第 154 页。
⑥ 郭晋渊、角巴东主：《他与格萨尔的不解之缘——访黄南州艺人仓央嘉措》，《格萨尔研究》第 4 辑，内蒙古大学出版社 1989 年版，第 258 页。
⑦ 杨恩洪：《民间诗神——格萨尔艺人研究》，中国藏学出版社 1995 年版，第 41 页。

露自己的技艺和知识。通常，他们就在这样的气氛中演唱《江格尔》。但是，当提出让他们复述所唱的内容时，那事情就变得复杂了。……复述《江格尔》的作法，对他们来说简直是一种折磨。"①

史诗艺人在表演过程中还有很多禁忌。"如一些地区的江格尔奇忌讳学唱完整的《江格尔》，认为演唱完整的史诗会缩短生命"②。而且，史诗艺人一旦开始进入角色，一般都要把该章演述完整。"口头演唱的江格尔奇的记忆力特别强，他们可以连续不断地把《江格尔》的某一部演唱下去"，但是，这种记忆又有很大的局限，"他们演唱时最怕被人打断，因为一被打断，就想不起来已经唱到哪里，就得重新开始"③。

这些史诗传承和演述中难以理解的神秘现象，往往给研究者带来许多困惑。对于那些大都是文盲的史诗艺人的惊人记忆力和超强创作能力，我们往往只是叹为观止。④

但是，如果我们对史诗文本进行排比分析，很容易就能发现，史诗的基本情节大都极为简单。而对于那些基本情节之外的各个章部，不仅同题史诗（如《玛纳斯》）内部各章部之间的情节结构往往复沓雷同，即使是同类史诗（如英雄史诗）之间，许多章部的情节结构也没有大的差异。它们往往"只是由叙述富足如何失去或匮乏如何消除而构成的"⑤。也即由"不平衡"向"平衡"过渡的形式所构成。

尽管许多史诗篇幅巨大，内容宏富，但究其结构形式，却并不复杂。只要我们对史诗的性质和它的产生背景有一种超离于具体演述细节的理性认识，知道史诗这种"有重大意义的艺术形式"只不过是"历史上的人类童年时代"⑥ 的产物，知道史诗"同在其中产生而且只能在其中产生的那些未成

---

① 仁钦道尔吉：《江格尔论》，内蒙古大学出版社 1999 年版，第 14—15 页。
② 郎樱：《玛纳斯论》，内蒙古大学出版社 1999 年版，第 19 页。
③ 仁钦道尔吉：《江格尔论》，内蒙古大学出版社 1999 年版，第 10 页。
④ 如徐国琼就认为，"艺人的各种神秘现象，与传统巫术是密切相关的。如欲研究艺人的'神授'实质，必与巫术很好地结合起来。从心理反应来说，'神授'艺人的心理和巫术术士的心理，有一点是完全相同的，即二者都相信自己是神的'代言者'，只不过 通神'程度及各自的职能有所不同而已。"（徐国琼：《"格萨尔"考察纪实》，云南人民出版社 1993 年版，第 309 页）这种看法在史诗研究中非常盛行，如此一来，就基本上切断了从文学角度和艺术创作角度探讨史诗演述神秘现象的可能性。而本文恰恰是从情节结构入手，以探讨史诗演述中的各种神秘现象。
⑤ ［美］阿兰·邓迪斯著，户晓辉译：《民俗解析》，广西师范大学出版社 2005 年版，第 16 页。
⑥ 马克思：《〈政治经济学批判〉导言》，《马克思恩格斯选集》第 2 卷，人民出版社 1995 年版，第 28、29 页。

熟的社会条件永不复返这一点分不开的"[①]；只要我们相信这种"童年时代"的艺术产品具有一些可以被认知的形态规律，我们就可以设想，前述种种看似难以理解的烦乱头绪的背后，或许会有一些极简单的史诗结构的规则在起着极关键的作用，这些规则可能是无意识地左右着这些史诗艺人，也可能是有意识地被这些史诗艺人们所利用着。"口传史诗有其内在的、不可移易的质的规定性，它决定着史诗传统的基本架构和程式化的总体风格。而这正是史诗诗学应该研究的主要任务所在"[②]。

二　史诗演述初始条件的设定

正如在物理实验中，为了比较铁丸与羽毛的自由落体，必须排除空气阻力，将实验对象置于真空管中进行一样，为了方便进入史诗结构的"文本分析"，我们首先必须屏蔽各种具体个别的、非常规的语境因素的干扰，因而假定史诗演述是在一种理想的、均质的初始条件之下的同质创编。也就是说，我们必须假定所有史诗演述都是常规语境下的常规演述。

比如，就史诗演述的具体情境来说，史诗艺人有时可能面对百十人群，有时可能只是面对寥寥数人；有时可能在露天场地高歌曼唱，有时可能只是围着盆火浅唱低吟；有时可能兴致盎然激情澎湃，有时可能意兴阑珊敷衍了事。史诗艺人在不同的状态下，针对不同听众的不同需要，其水平发挥肯定会有明显差异，甚至演述的情节和结构也会有所变更、增删。因此，我们的讨论首先必须排除这些具体的、或然的、变动的语境，需要设置一个"平均值"状态下的常规语境，否则，我们就会被各种繁杂的扰动因子遮蔽视线，以至于只见树木不见森林，永远无法切入到对于史诗结构的规律性认识。

因此，在进入讨论之前，我们有必要先为史诗的演述设定如下一些理想、均质的初始条件：

1. 关于史诗艺人

史诗艺人一般可分为"神授艺人"和"承袭艺人"两种。所谓的"神授

---

① 马克思：《〈政治经济学批判〉导言》，《马克思恩格斯选集》第 2 卷，第 114 页。

② 朝戈金：《口传史诗诗学：冉皮勒〈江格尔〉程式句法研究》，广西人民出版社 2000 年版，第 72 页。

艺人"是指那些能够在一定的记忆基础和结构框架内进行即兴创作，并能依据外部条件（如时节、场合、受众的特定诉求）的不同而随时增删、创编的创造性史诗艺人。[①]"承袭艺人"是指那些因袭性的史诗艺人，他们一般只对史诗进行"复述"，只起着稳定既有史诗知识的作用，理论上不具备创编功能。[②] 因为后者不参与史诗创作，我们讨论的史诗艺人限指前者，而且一般指称那些没有受过文字教育的，靠"记忆"保存文本的史诗艺人。[③]

2. 关于听众

史诗演述总是在特定民族或区域的人群中进行的，听众是相对固定的，而史诗艺人则是流动的、随机的，[④] 不同的史诗艺人可能在不同的时间面对同一批听众。因此，我们假定每一次具体的演述之前，听众都已经从别的史诗艺人那里习得了该史诗的一般性知识，具备了史诗演述的一定评判能力[⑤]。这些知识和能力能够监督史诗艺人的演述不偏离史诗的情节基干。

3. 关于"情节基干"

尽管多数学者认为口传史诗没有定本，但如果我们把同一民族不同史诗艺人所演述的"同题"史诗文本进行比对，析取它们的"最大公约数"，就会发现，同题史诗存在一些共有的、不可更改的情节单元及其排列顺序。这些情节单元及其秩序是所有该史诗的演述者们所共同遵守的。我们把这些情

---

① 即使有些"神授"的艺人本身，也不讳言继承与创编的关系，如居素甫·玛玛依就在史诗的尾声中唱道："我承袭了别的歌手的唱本/ 演唱中我也是边唱边增加内容/ 我尽我所知演唱玛纳斯/ 请各位兄长不要责怪我。"（郎樱：《玛纳斯论》，第 163 页）

② 史诗艺人的分类有时也不一定以是否"神授"作为标准，但必须以是否具有即兴创作能力来分类。"江格尔奇的演唱可以分为两大类：一类严格遵循已固定下来的规范脚本，偏离它们是不许可的；另一类在表演过程中即兴创作，改变了个别事件的序列，扩展或压缩情节，加进了自己的新内容。"（仁钦道尔吉：《江格尔论》，第 26 页）

③ "识字的江格尔奇只占总数的小部分。其中有的人的所谓识字，也只是粗通文墨而已。"（朝戈金：《口传史诗诗学》，第 49 页）居素甫·玛玛依是玛纳斯奇中极少见的识字而又"神授"的特例，大部分的"神授"艺人如格萨尔史诗艺人中的札巴、玉梅等，都是文盲。

④ "是谁使它（《格萨尔》）得以传播和普及呢？……在拉达克是由流浪音乐家这个贱民种姓来负责这一切的。……它们那质量低劣的文句、民间故事的简单特征以及某些孤立的内容无疑解释了这种事实。"（石泰安：《西藏史诗与说唱艺人的研究》，第 317 页）"有的玛纳斯奇像游吟诗人一样，走到哪里，唱到哪里。"（郎樱：《玛纳斯论》，第 26 页）"上了岁数的艺人（江格尔奇）多半是一个村落一个村落地游唱。……哪里需要，他们就在哪里伴之以歌唱、音乐和动作，哪里用得着，他们就在哪里模仿动物的叫声。"（仁钦道尔吉：《江格尔论》，第 13—14 页）

⑤ "在西藏的其他地方以及内蒙古，大众都零零散散地掌握、说唱和传播格萨尔史诗的片段。"（石泰安：《西藏史诗与说唱艺人的研究》，第 317 页）

节单元与秩序的组合叫做"情节基干"①。我们假设这些情节基干是所有史诗艺人据以发挥自己创编才华的基础文本。

4. 关于"叠加单元"

由于情节基干只是一个"最大公约数",所以,任何实际演述的文本都会比情节基干更加丰富,拥有更多的情节单元,或者具有更充分的细节描述。也就是说,任何个别文本都是情节基干的"展开式"。② 因此,我们必须假定活态的史诗文本不仅是可持续生长的,而且具有一个可持续生长的、简单的结构机制。③

相对于情节基干中那些不可随意更改的稳定的情节单元,我们把那些不属于情节基干部分的,而是史诗流传过程中由不同的史诗艺人所演绎出来的,而又能够得到听众认可的情节单元称作"叠加单元"。

5. 关于违规文本

史诗演述是大多数史诗艺人的谋生手段,史诗演述成功与否直接关系到他们的生存质量。任意一个时代或地区的听众都可能见识过多位史诗艺人的演述,这就决定了史诗艺人的演述必须以情节基干为本,在情节基干的基础上,尽可能地生动、丰富,不做违规的创编。另一方面,任意一个史诗艺人的违规创编都可能会受到听众的质疑,而且还可能会受到其他史诗艺人反复、强势的常规演述的压制。

6. 关于演述技艺

从科学的角度,我们必须否定神的存在,因此,我们必须相信"神授艺人"之所以敢于大胆创编而又能够满足听众的要求,不悖听众的既有知识,

---

① 所谓"情节基干"是指同一类型的故事中所有异文都具有的若干单元(母题链)的组合,详见刘魁立:《民间叙事的生命树——浙江当代"狗耕田"故事情节类型的形态结构分析》,《民族艺术》2001年第1期。

② "歌手在学习演唱史诗时,不是从头至尾地记唱词,而是背人物出场的先后,情节要点、片段与事件的先后顺序以及传统性的共同之处和史诗的套语等等。……然后,在演唱过程中创作自己的唱词,并不断加以改变,使之符合听众的思路。有时在唱词中还添入这样或那样一些新的细节甚至故事情节。当然,类似这种带有即兴性质的新的创作内容只能加在定型的、经久不变的传统的框架之中。"(《江格尔与突厥—蒙古各民族叙事创作问题》,莫斯科科学出版社1980年版,第37页。转引自仁钦道尔吉:《江格尔论》,第25页)

③ 一个有代表性的个案是,《格萨尔》史诗在近现代仍然有许多新的生长,比如,许多学者都曾在藏族地区搜集到《德岭战争之部》与《美岭战争之部》,讲述格萨尔王与希特勒的战争、与美洲国王的战争,反对白色人种。这两部新传本在形式、行文、风格上都与传统的旧抄本非常相似,说明新传本的创作与旧抄本的既有模式是有密切关联的(详见徐国琼:《"格萨尔"考察纪实》,云南人民出版社1993年版,第256—261页)。

一定是领悟到了一套可供操作的创编"秘技"。这些秘技既包括对史诗情节基干的熟稔与领悟，也包括对演述套路和唱词的熟练把握，更主要的是，还必须领悟、掌握叠加单元的结构技巧。至于这些秘技是否必须披上神授的外衣，那只是史诗艺人自我宣称方式的不同。[①]

三　史诗结构的可持续生长功能

史诗的结构机制必须具备一种可持续生长的功能，它才能由一件单纯的史事或一则简单的故事，生长成为洋洋大观的鸿篇巨制。

尽管许多学者都有将史诗艺人及史诗演述神秘化的倾向，[②]但是，任何一个无神论者只要相信"神授"其实只是史诗艺人对于叠加单元的一种创编感悟，就一定还能想到，对于那些文盲史诗艺人来说，剔除了"神"的作用，"神授"与"承袭"之间，其实也只"相隔一层纸"：叠加单元的结构必须具有一种极简的操作规则，才有可能被这些文盲史诗艺人在某一个特殊的时刻所迅速领会和掌握，也才有可能被这些文盲史诗艺人不假思索地、流畅地运用于具体的演述活动。

而且，叠加单元的结构机制必须首先满足我们在第二节所设定的各项初始条件，才能保证史诗艺人不在具体的演述过程中遭到听众的否定。而要满足这些初始条件，叠加单元就必须具备以下几种功能：

1. 叠加单元的展开，是在情节基干既有的各种具体条件下的展开。比如，相同的主人公及主人公性格、相同的人物关系、相同的人物功能、相同的活动范围和生存环境、主人公使用相同的武器和道具，等等。也就是说，

---

① 调查者得知艺人仓央嘉措是难得的能演述传说中的《白惹羊城》的艺人，可艺人自己介绍唱本的诞生过程却既非神授，也非师承："他苦思冥想了好多天，把自己听过的史诗中的诗句和自己说唱中的遣词运句的特点，凭着自己走南闯北的见闻等等统统按照史诗的格式，有意往一起凑，反复加工、创造，组织情节，调整细节。经过他几天的努力，一部《白惹羊城》的雏形总算由他自己创造出来了。"（郭晋渊、角巴东主：《他与格萨尔的不解之缘——访黄南州艺人仓央嘉措》，《格萨尔研究》第4辑，1989年版）我们试着假设，如果仓央嘉措不是这么实诚，而是坚持这是"神授"得来，谁又能不信呢？

② 比如，石泰安就曾详细描述了他所知道的关于史诗艺人的种种宗教特征："说唱艺人，其神通出自神灵在他们耳边低声细语的事实。他们的词汇非常丰富，特别是包括作为史诗典型特点的多种隐喻或譬喻。"（石泰安：《西藏史诗与说唱艺人的研究》，第468页）其他许多学者也都在各自的著述中专门谈论过史诗艺人的"神授"问题，但基本都是以描述，或记录、复述艺人的自述为主，很少对神授问题展开"科学"的无神论分析。

叠加单元的展开,不能与情节基干中的基本设定相矛盾。

2.叠加单元所产生的结果不能影响原有情节基干的既定情节和走向。

3.叠加单元及其自身的组合是对原有情节的发展而不是更改。

4.无论是发生在不同史诗艺人之间,还是发生在同一史诗艺人在不同时空的演述中,任意两个叠加单元能够相互兼容。

四　回到原点:史诗叠加单元的情节指向

要满足以上各种功能,叠加单元的结构原则只有一种可能:既满足情节基干所设定的诸种关系,又是一个具有自足性能的闭合系统。

既然每一个叠加单元都必须是一个相对自足的闭合系统,它就应该在叠加单元这个系统内部完成一次(或数次)冲突的循环,也即必须完成"问题的提出、问题的展开、问题的解决"三个阶段的一次(或数次)循环:提出问题是为了展开新的叙事;展开问题是为了达到叙事的效果;解决问题是为了消除本单元可能造成的后果和影响。

一个自足的闭合系统,必须保证在该系统内部循环完成之后,不会落下任何功能性的遗留物(如果不能满足这一条件,该系统也就不能被视作闭合)。具体到我们的讨论中,叠加单元在完成了冲突的循环之后,也必须自产自销,不能落下未解决的遗留问题,否则,情节基干中的平衡关系将被打破,整个故事结构将被打乱。

叠加单元如果是以"加法"起兴,比如遭遇了新的敌人,掀起了新的矛盾与冲突,那么,就必须以"减法"把新增的敌人全部消灭,将这些矛盾与冲突全部化解,使该单元所产生的各种问题得以解决;如果叠加单元是以"减法"起兴,造成了情节基干中主人公的某种缺失(如"受伤"或"死亡"),那么,就必须以"加法"弥补缺失(如"康复"或"再生"),使主人公完全恢复到叠加单元开始时的状态。

所以说,无论叠加单元如何运行,其内部"加减运算"的最终结果必须为"零"。在该单元结束时,一切必须回到该单元的初始状态。

以《罗摩衍那·战斗篇》中因陀罗者的第一次出征为例。反方罗波那的儿子因陀罗者施展妖术,射伤了正方罗摩兄弟(问题的提出,"减法1"),罗摩的助手须羯哩婆以及他的猴子军队因此而情绪低沉(问题的展开),金翅鸟及时到来,解救了罗摩兄弟(问题的解决,"加法1")。正如诗中所唱:

"金翅鸟这样一拂拭，他们的伤口立刻愈合；他们两个的身躯，迅速变得美丽柔和。"（6.40.39）金翅鸟并不是《战斗篇》中的主要角色，它的出现（"加法 2"），只是为了解决罗摩兄弟在这一单元内的特殊困境，任务完成之后，它马上"纵身飞入太空中，像风一样迅速飞跑"（6.40.59），不能继续留在战场（"减法 2"）。即使罗摩兄弟再次被因陀罗耆的暗箭射杀，金翅鸟也不再出现，因为那是另一个叠加单元的问题，将以另一种方式来进行加减运算。经历了这一场变故，整个战局毫无变化，故事进程又回复到原来的状态。

再以鸠槃羯叻拿的出征为例。反方众罗刹唤醒了大力罗刹鸠槃羯叻拿，以对抗罗摩的军队（问题的提出，"加法 1"），正方猴子军队在鸠槃羯叻拿面前节节败退（问题的展开），最终由罗摩出手，杀死鸠槃羯叻拿（问题的解决，"减法 1"）。战斗过程中，反方鸠槃羯叻拿勇武非凡，多次捉住正方将领，如哈奴曼、须羯哩婆等许多主要的猴子将领都曾被活捉（"减法 2"），鸠槃羯叻拿把它们夹在自己的两臂之间，但他始终没有伤害正方将领中的任何一个（"加法 2"）。道理很简单，关于鸠槃羯叻拿的故事只是一个叠加单元，鸠槃羯叻拿不能损害情节基干中的任何一个主人公。鸠槃羯叻拿在战斗中的作用只是吞食了许多的猴子兵，而猴子兵的数量，在史诗的演述中几乎没有任何功能，或增或减都没有任何意义。① 这一单元惟一新出场的角色是鸠槃羯叻拿自己，而他最终被罗摩杀灭了。一长一消，故事进程回复到原有的状态。

非战斗的场景同样可以插入这种叠加单元。以罗摩与悉多的相见为例。罗摩见了悉多，对悉多的贞洁表示怀疑（问题的提出，"减法 1"），悉多非常悲愤，蹈火自明（问题的展开），这时，火神出现了（"加法 2"），他把悉多托出火海（问题的解决）。离开火海的悉多以神判的方式证明了自己的贞洁，不仅毫发不伤，也不会对罗摩产生任何怨言（"加法 1"）。同样，火神完成救人行为之后，必须退出舞台（"减法 2"），不再担任其他功能，它与前述金翅鸟的功能是一样的。这样，经历一个循环之后，故事进程又回复到原来的状态。

综上所述，作为常规语境下的常规演述，任何一位史诗艺人创编的叠加

① 在英雄史诗中，胜败往往只取决于英雄个人，兵力是没有意义的。比如，哈奴曼在向罗摩报告楞伽城的兵力部署时提到，西门有一阿由他（一万）的罗刹守卫，南门有一尼由他（一百万）的罗刹守卫，东门有一钵罗由他（仅指大数目）的罗刹守卫，北门有一阿哩布陀（一亿）的罗刹守卫。西门与北门的数字居然相差万倍，可见兵力数字在诗中是没有确切意义的。

单元,都必须遵循这样一个规则:

如果我们把叠加单元开始时主人公的各种初始状态视作"原点",那么,在该单元结束的时候,主人公的所有状态必须"回到原点"[①]。也就是说,从哪里出发,最后还得回到哪里去。情节基干中原有的人物和功能不能在叠加单元中被消解,情节基干中没有的人物和功能则必须在叠加单元结束时消除干净,不能落下任何可能干扰情节基干或其他叠加单元的遗留物。

五　叠加单元与相关结构理论的 区别以及本文回避的内容

叠加单元的提出,旨在解决民间叙事文学可持续生长的结构机制问题。许多学者对这类问题已经有过相关思考,并提出过一些经济适用的结构模式。以下我们将讨论叠加单元与其他相关结构模式的区别与联系,并以此来廓清叠加单元的适用范围。

(一) 叠加单元与"框架结构"的区别及本文回避的内容

黄宝生在《古印度故事的框架结构》[②] 中指出,大故事里套小故事的结构是古印度故事文学带有普遍性的特点,突出表现在《本生经》、《五卷书》、《故事海》等著名故事集当中,这种结构形式,按照西方批评术语,即是框架式(Frame),或连串插入式(Intercalation)。在西方故事文学中,《十日谈》和《坎特伯雷故事集》堪称这种结构的典范作品。

框架结构故事集的突出特点是,全书有一个或少数几个简单的基干故事,基干故事中,插入故事主人公讲述的故事,在这些故事里面,又可以套入更多的独立的故事。总之,大框架里套中框架,中框架里套小框架,小框

---

① "回到原点"的提出曾受到广州一位的士司机的启发。我问那位司机:既然日班司机和夜班司机同驾一辆车,却又是自负盈亏的临时组合,那么,假如一个司机跑得多,耗油多,另一个司机跑得少,耗油少,那两个人之间如何分配汽油费? 回答说:不管你跑多少路,用多少油,当你交给别人的时候,把油加满就行了,等他跑完了,再加满油还给你。这时我突然意识到,史诗艺人就如同的士司机,情节基干就如同的士车,每一位艺人的每一次演述,就如同的士司机轮班出车,每次交班的时候,都必须让汽车的状态"回到原点",如果谁把车损坏了,或把油用光了,大家就无法和谐共处,无法共享同一辆汽车。这就是多人共享同一对象的"游戏规则"。

② 黄宝生:《古印度故事的框架结构》,《外国文学研究集刊》第8辑,中国社会科学出版社1984年版。

架里套小小框架……从数学上说，可以达到无限小，也就是说，故事的篇幅，可以达到无限长。这显然是一个可持续生长的结构机制。

黄宝生认为，"古印度故事的框架结构不是偶然产生的文学现象，它导源于古印度两大史诗《摩诃婆罗多》和《罗摩衍那》。"

在史诗中，框架中的故事主要表现为"插话"，即史诗中人物的"讲述"。在《摩诃婆罗多》中，这样的插话大约有两百个，包括有神话、传说、故事、寓言、宗教哲学说教等。这类插话在《罗摩衍那》中相对少得多，但不是没有。

叠加单元与框架结构的区别在于：

1. 框架结构是以插话的形式来展开故事的，插话是史诗主人公讲述的或听到的寓言，并不是史诗主人公自己的故事。叠加单元则是由史诗艺人讲述的，关于史诗主人公的故事。

2. 插话中的故事主角是不固定的，随机的。叠加单元则与史诗的情节基干具有同一行为主体，至少有同一主体的参与。

3. 插话讲述的一般不是正在发生的事件，而是借史诗人物之口叙述过去发生的故事或想象中的故事。叠加单元是对史诗中正在发生的事件的细节添加，叙述的是史诗主人公的现在状态。

4. 插话多数以寓言的形式出现，它们不仅不是史诗生长的必要情节，其反复出现还常常造成故事情节枝蔓庞杂，读者稍不留神，就会失去故事主线，不知所归。叠加单元虽然不是史诗的情节基干，但它是情节生长中的一个特定环节，并不偏离原有叙事，与原有的叙事主线密切相关，是对情节基干的丰富和补充。

基于以上区分，本文在对叠加单元的划分中，回避插话内容，也就是说，凡是史诗人物所叙述的事件（如《罗摩衍那》中大段的人物独白和对话，以及史诗人物讲述的故事），无论是否具有独立的情节，均不视作叠加单元。

（二）叠加单元与"消极母题链"的区别及本文回避的内容

刘魁立在《民间叙事的生命树——浙江当代"狗耕田"故事情节类型的形态结构分析》[①] 中，把那些可以延续情节基干，推进情节进一步发展的母

---

　①　刘魁立：《民间叙事的生命树——浙江当代"狗耕田"故事情节类型的形态结构分析》，《民族艺术》2001年第1期。

题定名为"积极母题链",而把那些用以替代情节基干中的某一步骤,没有结束或发展情节功能的母题定名为"消极母题链"。

消极母题链的实质是以更长更丰富的故事母题替代情节基干中的某些单纯直接的情节步骤,比如说,在"狗耕田"故事中,情节基干中的步骤是"兄弟分家→弟弟得狗"。但在有些异文中,可能变成"兄弟分家→弟弟分得牛虱→牛虱被鸡吃,邻居用鸡赔牛虱→鸡被狗吃,邻居用狗赔鸡(弟弟得狗)"。消极母题链因为只具备部分的替代功能,因此,在文本的叙述中必然地还要返回到情节基干上来。消极母题链与叠加单元都是从特定的情节步骤中生发出来、最终又回到了情节基干。

叠加单元与消极母题链的区别在于:

1. 消极母题链是对情节基干中原有的某一情节步骤的"替代",是对原有情节的细节上的丰富。而叠加单元是情节基干上的"无中生有",是原有叙事背景下衍生出来的插入单元。

2. 消极母题链是从被替代情节的初始状态出发(如"兄弟分家"),最终指向被替代情节的终点状态(如"弟弟得狗")。而叠加单元则把情节基干发展中的某一状态当作原点(如"战争状态"),最终指向还要回到原点(如"战争状态")。

3. 在整个故事的发展过程中,消极母题链只能被取代,不能被取消。而叠加单元既能被取代,也可被取消。

4. 如果用字母来示意,消极母题链是 Ω(希腊字母)中的弧形,叠加单元则是 Ю(西里尔字母)中的圆。

消极母题链在史诗的演述中也有大量的存在,"据(著名格萨尔史诗艺人)才让旺堆说,真正的博仲艺人,无论叙述哪部史诗,都有详述和简述两种本领"[①]。当史诗艺人将同一段"简述"情节转化成"详述"情节的时候,他往往就动用了消极母题链,把简单过程复杂化了。

以《罗摩衍那·战斗篇》为例,当罗摩打败罗波那之后,他与悉多的相见是必不可少的情节,按常理,这应该是一种很直接的行为,但在精校本中,罗摩偏要先让哈奴曼去传信:"猴主!带着这消息/迅速走去见悉多/然后带着她的话/回头来这里见我。"(6.100.22)于是,又派生出一大堆悉多

---

① 官却杰:《略论"格萨尔"史诗说唱艺人才让旺堆演唱形式及特点》,《格萨尔研究》第 4 辑。内蒙古大学出版社 1989 年版,第 267 页。

与哈奴曼的毫无实际内容的对话。

消极母题链是对原有情节在细节上的拉伸，不构成额外的冲突与消解，我们在本文的讨论中，回避对这类消极母题链的分析。

（三）叠加单元与"史诗集群"的区别

史诗集群（epic cycle）是口头程式理论中的术语①，"cycle 一词指系列作品，原意是'完整的一系列'，后逐渐用来表示以某个重要事件或杰出人物为中心的诗歌或传奇故事集。构成系列的叙事作品通常是传说的累积，由一连串作者而不是一个作者创作。有时用于韵文诗歌时也作'组诗'。……epic cycle 即指由若干'诗章'构成的一个相关的系列。史诗集群中的各个诗章拥有共同的主人公和共同的背景，事件之间也有某些顺序和关联。核心人物不一定是每个诗章的主人公，但他往往具有结构功能。《江格尔》就是典型的史诗集群作品。"②

这种"集群"概念类似于我们常说的"水浒人物故事群"、"三国故事群"，只要是与水浒人物或三国人物相关的故事，都可归入这样的"集群"。

本文界定的叠加单元与史诗集群之"诗章"的异同在于：

1. 叠加单元既指史诗集群中的独立诗篇，也指叠加于成型史诗的线性结构中的情节单元。对于《江格尔》这样的史诗集群来说，叠加单元与诗章基本上是一致的；对于《罗摩衍那》、《摩诃婆罗多》这样早已整体成型的作品来说，叠加单元多指后起的、添加于情节基干之上的情节单位，成为史诗整体的有机部分，这类史诗不是以集群面目出现的，也就不能把叠加单元视作独立诗章。

2. 诗章具有很大的独立性，它一般只依赖于共同的主人公或是极少数共同的重大事件，在不同的诗章中，人物的功能有很大的不同，比如在《江格尔》组诗中，不同的英雄在各诗章中的地位和表现，差别可以很大，某一诗章中顶天立地的英雄在另一诗章中常常显得懦弱无能，反之，某一诗章中的懦弱男子可能在另一诗章中大显神威，关键只看这一诗章是唱颂谁的诗章。叠加单元在《罗摩衍那》这样的成型作品中，作为情节发展中的一个有机环

---

① 详见［美］约翰·迈尔斯·弗里：《口头诗学：帕里—洛德理论》（*The Theory of Oral Composition: history and methodology*）朝戈金译，第四章，社会科学文献出版社 2000 年版。

② 朝戈金：《史诗学术语简释》，中国社会科学院少数民族文学研究所网站 http：//www. cass. net. cn/chinese/s16_sws/Keywords/Keywords. htm。

节，人物的功能、情节的发展必须与原诗保持高度的一致，才能成功地进入史诗。

3. 史诗集群是根据史诗的现实生存状态而直接提出的概念，这一术语最早用来指一系列旨在补充荷马史诗关于描写特洛伊战争的叙事诗。叠加单元是针对史诗艺人的演述条件、演述状况及其必备的功能而推演出来的虚拟概念，旨在用以破解史诗演述中的种种神秘现象。

因本文讨论的例文《罗摩衍那》不属史诗集群，因而下述分析中没有需要回避的"诗章"内容。

六　选择《罗摩衍那·战斗篇》的理由

我们前面的所有假设与推论都建立在史诗演述、传播的口头性质和变异性上，如果《罗摩衍那》不具备口头性和变异性，那么关于《罗摩衍那》的讨论就会变得毫无意义。

先看《罗摩衍那》有没有口头性。

莫·温特尼茨在他的《印度文学史》中说："我们只能这样来设想《罗摩衍那》的流传过程：在一个相当长的时期内，《罗摩衍那》完全靠游方歌手在口头上世代传诵，比如《后篇》里的俱舍和罗婆两兄弟。……如果战争的场面在武士居多的观众里引起了强烈的共鸣，伶工们便可以轻而易举地创造出一批又一批新的英雄，让他们继续厮杀，还可以不断地增加几千个甚至上万个猴兵或罗刹战死疆场的情节，或者把已经讲过一遍的英雄业绩稍加改动再讲一遍。"[1]

温特尼茨的这种假设不是没有道理的。"罗摩的传说，从非常古老的时代起，就由歌人和说唱者家庭的民间艺人唱给人们听，这种记载在许多古代著作中都可以找到"[2]。"《诃利世系》中说：在创作《罗摩衍那》很早以前，罗摩故事就一直由往世书的精通者们（行吟艺人、歌人或民间诗人）到处传

---

① ［德］莫·温特尼茨：《民族史诗和往世书》，胡海燕译，姚保琮校，《印度两大史诗评论汇编》，中国社会科学出版社 1984 年版，第 403 页。

② ［印］斯·格·夏斯德利《史诗时代》，刘安武译，《印度两大史诗评论汇编》，中国社会科学出版社 1984 年版，第 21—22 页。

唱。《摩诃婆罗多》中就可以找到许多传唱长篇故事诗的记载"①。因此学术界普遍认为,史诗虽然"不是用活的口语写作的,然而作为这两部长诗的基础的传说,却是用口语和方言叙述的(更确切地说,是演唱的)"②。

再看《罗摩衍那》是否具备变异性。

"古代印度,它们以口头吟诵的方式创作和流传。因而,它们的文本是流动性的,经由历代宫廷歌手和民间吟游诗人不断加工和扩充,才形成目前的规模和形式"③。《罗摩衍那》传本极多,大致有三分、四分等划分法,不同版本之间互有歧异,"北印度本、孟加拉本以及克什米尔本这三种版本之间不仅存在着诗节的差别,而且有的地方整章整章都不相同"④。具体传本、抄本和印本的数目,现在还无法作出精确统计,"从1960年开始出版的《罗摩衍那》的第一个精校本,搜集了二千来种写本和印本。第一篇《童年篇》的主编、同时也是总主编的印度学者帕特,从两千多种传本中选出了八十六种,作为精校《童年篇》的依据"⑤。可见其版本之宏富。

阿·麦克唐奈是这样解释版本差异的:"在那些以吟诵史诗为业的诗人们中间,口头流传的传说随时都有些变化,而这个时候史诗却在不同的地方被人用文字记录下来,成为定型,于是就有了三种不同的修订本。……在真正是原作的几篇中,也还窜入了一些章节。如同亚戈比教授指出的那样,所有这些后来增补到原始史诗身上去的部分,绝大多数都和原作结合得十分松散,结合之处很容易辨认出来。"⑥

综上所述,季羡林先生认为:"《罗摩衍那》源于民间伶工文学,最初只是口头流传,民间的伶工艺人增增删删,因人而异,因地而异,经历了不知道多少变迁,最后才形成了一个比较固定的本子。……《罗摩衍那》中有很多层次。就连固定的本子似乎也并不固定。"⑦ 基于这一判断,本文选择《罗摩衍那》为例进行叠加单元的分析。

---

① [印]瓦·盖罗拉:《罗摩衍那》,刘安武译,《印度两大史诗评论汇编》,中国社会科学出版社1984年版,第51页。

② [苏]帕耶夫斯卡娅·伊林:《印度古代史诗摩诃婆罗多和罗摩衍那》阮积灿译,《印度两大史诗评论汇编》,中国社会科学出版社1984年版,第432页。

③ 黄宝生:《印度古典诗学》,北京大学出版社1999年版,第190页。

④ [印]拉·斯·"赫拉":《罗摩衍那》,刘安武译,《印度两大史诗评论汇编》,第6页。

⑤ 季羡林:《罗摩衍那初探》,外国文学出版社1979年版,第82页。

⑥ [英]阿·麦克唐奈:《史诗》,王邦维译,《印度两大史诗评论汇编》,第547页。

⑦ 季羡林:《比较文学与民间文学》,北京大学出版社1997年版,第247—248页。

七　《战斗篇》的情节基干

正如季羡林先生所说，《罗摩衍那》"这一部大史诗，虽然如汪洋大海，但故事情节并不复杂。只需要比较短的篇幅，就可以叙述清楚"①。《罗摩衍那》所述，其实是个非常简单的故事："罗摩失国→流放森林→悉多被劫→寻找悉多→得到助手→战胜敌人→罗摩复国"。具体到《战斗篇》，如果以我们前述叠加单元的标准来分析其情节结构，很容易就能从中析出大量的叠加单元，这些叠加单元完全能够满足史诗结构可持续生长的各项功能。

我们遇到的问题是：以什么标准来确定情节基干？

我们前面第二节提到，情节基干是同题史诗中那些稳定的、不可更改的情节单元，是所有演述该史诗的艺人所共同遵守的情节与秩序的组合。这就产生一个麻烦，我们所据的《罗摩衍那》译本有限，我们的情节基干无法从多个异文的形态学分析中得到。怎么办呢？这是一个颇费踌躇的问题。好在本文的目的只是想以大家都能看到的史诗足本《罗摩衍那》为例，试图举例说明哪一些章节"可以"作为自足、闭合的叠加单元而满足我们设定的初始条件。这些章节只是"可能"的叠加单元，而非"必然"是叠加单元。如此，我们便可以在自足的系统内为本文写作所需要的情节基干设定一个大致的边界。

我们甚至可以把情节基干的标准放得再宽一些。本文假定，只要是能满足以下两个条件之一的，我们就把它看作情节基干：

1. 从全篇史诗的结构逻辑来看，故事发展中不可缺少的情节单元。

2. 跨越若干章节而具有因果关系的情节单元。

依此标准，我们可以从《罗摩衍那·战斗篇》中析出 14 个属于情节基干的单元（下面括号内数字为该单元所在章次）：

基干 1：（4）罗摩大军南征，来到南海之滨。因为"人们很早就考证出楞伽即斯里兰卡，但最初七可能是指一个更为遥远的地方"②，斯里兰卡是印度南面的岛国，因此，"来到海边"的情节就与随后讲述的"渡海"情节构

---

① 季羡林：《〈罗摩衍那〉全书译后记》。

② ［法］路·勒诺著，杨保筠译、王文融校，《古代印度》第 1 卷选译。季羡林、刘安武编《印度两大史诗评论汇编》，中国社会科学出版社 1984 年版，第 508、509 页。

成了史诗中相互依存的跨章节因果关系。

基干 2：（6—13）维毗沙那投奔罗摩，罗什曼那将维毗沙那灌顶为罗刹王。因为维毗沙那作为正方谋士的角色，频繁出现在《战斗篇》的几乎所有章节中，而且将在罗什曼那杀死因陀罗耆的战斗中起着不可替代的关键作用，是《战斗篇》中不可缺少的主要角色之一。

基干 3：（13—15）那罗造桥，猴子渡海。"渡海"是必要的情节，理由参见基干 1。

基干 4：（27—28）罗波那筹划守卫楞伽城，罗摩准备进攻。这两章是相伴而存在的，楞伽城的防守分成东、南、西、北四座城门及中央丛林，罗摩的进攻布置也分为东、南、西、北及中央丛林五路。最关键的是，其后发生的战争，尽管未能一一明确是在哪个城门展开，但攻防双方的主战将领是与该两章的战争部署严格对应的。也就是说，该两章的攻防部署与后续的捉对厮杀形成了因果关系。

为了清楚地说明这种因果关系，以便将对应的属于情节基干的战争章节抽拣出来，特制表 1。

表 1　　　　　　　　　　　　楞伽城的攻防部署

	守方将领名单（第 27 章）	攻方将领名单（第 28 章）	另一份攻方将领名单（第 31 章）	某次实际攻战的出场将领（第 32 章）
东门	钵罗诃私陀	尼罗	尼罗、曼陀、陀毗毗陀	俱牟陀
南门	摩诃波哩湿婆、摩护陀罗	鸯伽陀	鸯伽陀、哩舍婆、迦婆刹、迦阇、迦婆耶	舍多波厘
西门	因陀罗耆	哈奴曼	哈奴曼、钵罗摩亭、钵罗伽婆	须私那
北门	罗波那、苏伽、娑罗那	罗摩、罗什曼那、	罗摩、罗什曼那	罗摩、罗什曼那、须羯哩婆、俱兰瞿罗、迦婆刹、陀噜牟罗
中央丛林	毗噜钵刹	须羯哩婆、阎婆梵、维毗沙那	须羯哩婆	

对照《战斗篇》全过程,从表中我们发现,凡是第 27、28 章攻防部署中提及的双方将领,都是史诗中反复出现的主要角色;反之,未在这两章出现的正反双方将领,大多只是昙花一现,出场的同时,也就意味着即将被消灭。因此,我们有理由认为,第 27、28 两章中出现的名单,尤其是攻方将领名单,可能就是史诗的基本角色,后续的情节基干,也在很大程度上取决于与这些名单的对应。反之,第 32 章中出现的某次攻战场面,除罗摩兄弟这样的主要角色之外,其他将领均未按第 28 章的安排行动,因此,第 32 章描写的战斗场面极有可能是叠加的单元,这一点,我们还将在后面进行详细论述。

基干 5:(45—46)发生在东门的战斗,尼罗杀死钵罗诃私陀。理由参见基干 4。

基干 6:(57—58)可能发生在南门的战斗,哈奴曼、尼罗、哩舍婆协助鸯伽陀杀死摩护陀罗、摩诃波哩湿婆等罗刹①。理由参见基干 4。

基干 7:(67)因陀罗耆使妖法,用箭射罗摩兄弟。此处因陀罗耆祭典的作用与隐身的威力,与 69 章的祭典及 73 章的祭典被破坏形成跨章节相关。可参见基干 9。

基干 8:(68—71)发生在西门的战斗,因陀罗耆与哈奴曼交手,因陀罗耆杀死假悉多。罗摩听后很痛苦,维毗沙那为罗摩点破迷瘴。理由参见基干 4。

基干 9:(72—80)罗什曼那与维毗沙那破坏了因陀罗耆的祭典,杀死因陀罗耆。理由参见基干 7。

基干 10:(83—97)罗波那亲自上阵。须羯哩婆杀死毗噜钵刹、摩护陀罗,鸯伽陀杀死摩诃波哩湿婆,最后,罗摩杀死罗波那。这与原有的攻防部署是相对应的。理由参见基干 4。

基干 11:(100)维毗沙那被立为楞伽国王。这是维毗沙那投诚所修得的必然结果。理由参见基干 2。

基干 12:(101—106)悉多重归罗摩。这是战争的目的。

---

① 这一章很有意思,因为按原来的南门攻防部署,应该是由鸯伽陀杀死摩诃波哩湿婆和摩护陀罗。但在这一章中临时加上了罗波那的四个儿子出战,鸯伽陀无法一时应对众手,于是又临时安排本不在南门的尼罗等猴将援手,杀死了摩护陀罗和摩诃波哩湿婆,这一安排显然与原来的安排产生了矛盾,于是我们看到,在第 85 章和第 86 章处,又有一对一模一样的摩护陀罗和摩诃波哩湿婆,这一次是鸯伽陀亲手杀死了摩诃波哩湿婆。

基干 13：（109—115）罗摩返回阿逾陀。史诗收尾。

基干 14：（115—116）罗摩会见婆罗多，加冕为王。大结局。

八 《战斗篇》叠加单元的一个特例

作为特例，本节没有完全按照上一节所设定的边界，把第 8—9 章罗波那的将领们在军事会议中自我吹嘘的部分，和第 32—34 章猴群与罗刹鏖战的部分计入情节基干。因为这两个部分虽然隔章节发生联系，但它们只是相对应而存在的，并没有与其他任何情节发生因果关联，这两个部分自身具有很强的闭合性。

为了说明这个问题，我们先将双方将领的出场名单列表如下。

表 2　　　　　　　　"会议"与"鏖战"中双方将领出场表

		第 8、9 章（会议）	第 32、33、34 章（鏖战）
反方将领名单	全部出场将领	罗波那、钵罗诃私陀、杜哩牟伽、婆竭罗檀施特罗、尼空波、婆竭罗诃奴、罗婆萨、苏哩耶设睹卢、须菩陀祗那、耶若古波、摩诃波哩湿婆、摩护陀罗、阿耆计都、杜哩陀哩娑、罗湿弥计都、因陀罗耆、钵罗诃私陀、毗噜钵刹、图牟罗刹	因陀罗耆、钵罗强迦、阎浮摩林、密特罗祗那、陀波那、尼空波、钵罗伽娑、毗噜钵刹、阿耆计都、罗湿弥计都、须菩陀祗那、耶若古波、婆竭罗牟湿提、阿舍尼钵罗婆、钵罗陀钵那、毗君摩里、耶若设睹卢、摩诃波哩湿婆、摩护陀罗、婆竭罗檀湿特罗、苏伽、婆罗那
	被杀将领		钵罗强迦、阎浮摩林、陀波那、钵罗伽娑、毗噜钵刹、阿耆计都、罗湿弥计都、须菩陀祗那、耶若古波、婆竭罗牟湿提、阿舍尼钵罗婆、尼空波、毗君摩里

续表

		第8、9章（会议）	第32、33、34章（鏖战）
反方将领名单	非主要将领及出现频率（括号内数字为出现该名字的章次）	杜哩牟伽（8、9），婆竭罗檀施特罗（8、9、33、34）①，尼空波（8、9、33、45）②，婆竭罗诃奴（8），罗婆萨（9），苏哩耶设聒卢（9），须菩陀祇那（9、33），耶若古波（9、33），阿耆一都（9、33），杜哩陀哩婆（9），罗湿弥计都（9、33）	钵罗强迦（33），阎浮摩林（33），密特罗祇那（33），陀波那（33），钵罗伽婆（33），婆竭罗牟湿提（33），阿舍尼钵罗婆（33），钵罗陀钵那（33），毗君摩里（33），耶若设睹卢（34）
正方将领名单	全部出场将领	罗摩、罗什曼那、哈奴曼、维毗沙邪	毗罗婆呼、苏婆呼、那罗；俱牟陀（攻东门），舍多波厘（攻南门），须私那（攻西门），罗摩、罗什曼那、须羯哩婆、俱兰瞿罗、迦婆刹、陀噜牟罗（攻北门）。维毗沙那、迦阇、舍罗婆、乾闼廖陀诺、莺伽陀、商婆底、哈奴曼、尼罗、曼陀、陀毗毗陀、马耳
	非主要将领及出现频率（括号内为出现名字的章次）		毗罗婆呼（32），苏婆呼（32），舍多波厘（32、37）③，俱兰瞿罗（32、34），陀噜牟罗（32），马耳（33）

　　从表2以及《战斗篇》其他相关的叙述中，我们可以看出如下问题：

（一）从反方将领来看：

　　1. 在"鏖战"中，反方主要将领（所谓"主要将领"是指除了在"会议"和"鏖战"中出现，还在其他章次出现的，承担了战斗功能的将领）无一阵亡。

　　2. 在"鏖战"中，反方阵亡将领共13个。其中7个为"鏖战"时临时

---

　① "婆竭罗檀施特罗"与"婆竭罗檀湿特罗"当是同一人名的译误。
　② 第8、9章出现的尼空波在第33章被杀。
　③ 舍多波厘在第37章中只被提了一下名字，没有担当行为角色。

出场的罗刹,4 个为"会议"时出过场的罗刹,所有这些将领的名单都未曾在"会议"和"鏖战"之外的任何其他场合出现。只有两个例外,在别的章节曾被提及。下面我们接着分析这两个例外。

3. 阵亡将领中的"例外"之一是毗噜钵刹。按照第 27、28 章的攻防部署,毗噜钵刹镇守中央丛林,是应该由攻打中央丛林的须羯哩婆来杀死的,结果在第 32—34 章的"鏖战"中,罗什曼那杀死了毗噜钵刹,但是到了第 84 章中央丛林的战斗中,又有一个毗噜钵刹被须羯哩婆杀死。根据原书安排,第 27、28、84 章中出现的那个被须羯哩婆杀死的毗噜钵刹与"鏖战"中这个被罗什曼那杀死的毗噜钵刹显然不是同一个罗刹。因此,我们还是可以把"鏖战"中的毗噜钵刹看作是即时出场即时被杀的。

4. 阵亡将领中的"例外"之二是尼空波。这个名字出现多次,当是同名的二三人[1],因此也可认为这里的尼空波是在"会议"中出现,在"鏖战"中被杀死的。

5. "鏖战"中,临时出场的将领中还有密特罗祇那、耶若设睹卢、钵罗陀钵那,他们虽然在"鏖战"中未提及被杀死,但在史诗后续的情节中再也没有出现过,与死无异。

6. "会议"中,临时出场的将领共有 10 个。其中 5 个将领在"鏖战"中被杀死,另外 5 个将领在"会议"中吹了一通牛皮之外再无下文,也等于是即生即灭了。

(二) 从正方将领来看:

1. 在"鏖战"中,正方将领无一阵亡。

2. 在"鏖战"中,正方首次出现名字的将领是 6 个,除舍多波厘曾在后来的第 37 章中被提到名字(事实上也只出现名字,没有承担"功能")外,其余 5 个均未在其他章次出现。

3. 再回到表 1,我们可以看到,第 32 章的出场将领与原第 28 章的攻战部署出入极大。即使在第 31 章,攻方将领名单都还依照第 28 章安排,可是,一到第 32 章,除罗摩兄弟还是攻打北门之外,其余各门全部临阵易将。

---

[1]   在第 45 章时,又有一个尼空波被罗波那点名出战。从后文看,此处应当是讲述者的口误,或季羡林先生的译误。第 47 章之后出现的尼空波应该可以认为是尼空婆之误,因为那个"尼空波(婆)"在诗中是作为鸠梨羯叻拿的儿子,每次都与"鸠梨"成对出现的。而这里的尼空波则是单独出现的。

我们在划定情节基干时提到,第 28 章的部署与后续情节有因果承接关系,反之,第 32 章的安排则与后续情节没有任何承接关系。而且,第 32 章的攻战虽然激烈,却对全诗所述的战局没有任何影响。

从以上分析中我们得到的结论是:罗波那的将领们在第一次军事会议中自我吹嘘的部分和双方第一次"鏖战"的部分是同步出现的,它们跨越了第10—31 章而相互呼应,构成了一个自足、闭合的系统,完全能满足我们对于史诗叠加单元的所有界定。冲突的循环表现为:非主要对手出场(问题的提出,"加法"),交战(问题的展开),被杀(问题的解决,"减法")。"鏖战"是这一单元的核心母题。①

事实上,史诗艺人的演述多借助于入神状态的即时记忆,频繁出场的非主要人物,多为即产即销,这一章出场的人物,应该就在这一章中解决掉。像"会议"和"鏖战"这种跨章节相关的叠加单元,在实际的口头演述中极为罕见。但我们面对的是一部可能早在公元前 3 世纪即已成书的作品,而在后来的传抄中又不断有所添加,②叠加单元完全可能以书面的形式介入原本的情节基干,这样就无须借助即时记忆。因此,我们有理由把"会议"和"鏖战"的组合当作一个特例看待。它们作为一个呼应的单元,肯定是同一个版本中同时出现的叠加单元。

可供验证的是,根据冯金辛译本,鸯伽陀从楞伽城逃走之后,罗波那直接指示因陀罗耆"先杀死安伽陀(鸯伽陀),然后再杀别的人。"③可见因陀罗耆才是真正"首发"出场的敌方战将;而且冯金辛译本也没有出现"军事会议"的母题。但在季羡林所译的精校本中,因陀罗耆是在双方"鏖战"之后才出场。可见"会议"和"鏖战"组成的叠加单元在别的文本中确实是可以省略的。

---

① "鏖战"作为本单元的核心母题的意思是指:"会议"中诸将自吹自擂的母题也有可能是依附于"鏖战"母题而出现的,因为会议母题既不承担具体功能,也不自足完整。但"鏖战"母题本身却足以闭合地构成完整的单元。第 47 章与第 63、64 章中关于尼空婆兄弟的情况与此类似。

② 季羡林《罗摩衍那初探》第 26 页:"唐玄奘译的《阿毗达摩大毗婆沙论》第 46 卷里说:'如《逻摩衍拏书》有一万二千颂,唯明二事:一明逻伐拿(逻波那)将私多(悉多)去;二明逻摩将私多还。'根据这个记载,当时的《罗摩衍那》只有一万二千颂,而今天通行的本子则约二万四千颂,是当时本子的一倍。"

③ [印度]玛朱姆达(SHUDHA MAZUMDAR)改写,冯金辛、齐光秀译:《罗摩衍那的故事》,中国青年出版社 1982 年版,第 263 页。

九 《战斗篇》中的叠加单元

当我们开始切分叠加单元的时候，首先要声明的是，叠加单元并不意味着必然就是"后来"叠加进去的。因为最早的史诗艺人也可能为了保证每次演述的相对完整和便于记忆，将原本连贯的情节进行了人为切分，使全诗成为若干个相对独立的"串联体"。我们所说的叠加单元只是理论上可"叠加"与"拆分"的独立系统。

以下对《战斗篇》进行的单元切分只是为了演示一种模拟状态（括号内的数字为该单元所在的章次）：

A.（16—20）罗波那派出两个罗刹苏伽和娑罗那刺探猴军动静，两个罗刹被猴军抓获，审问之后放归，两个罗刹向罗波那复命，讲述自己的见闻。《罗摩衍那》中的许多人名总是成对出现的（这或许也是史诗艺人记忆人名的一种方式），苏伽和娑罗那只在本单元做密探时有角色担当[①]。两军的军事行动及刺探得来的情报对后续的战局毫无影响。一切状态回复如初。

B.（20—21）罗波那再次派密探舍杜罗出动，结果密探再次被猴子抓获，密探再次回去向罗波那复命。密探舍杜罗也未曾在它处出现。一切状态回复如初。

C.（22—25）罗波那声称已经杀死罗摩，伪造罗摩首级欺骗悉多，悉多痛不欲生。萨罗摩得知真相之后劝慰悉多。悉多中止哭泣，回复到原来状态。萨罗摩在本单元结束之后没有再出现过。一切状态回复如初。

D.（26）摩厘耶梵提议罗波那与罗摩议和，罗波那痛斥摩厘耶梵长他人志气灭自家威风，摩厘耶梵退下，一切回到提议议和前的状态。摩厘耶梵在史诗中没有再出现过。一切状态回复如初。

E.（31）罗摩派鸯伽陀给罗波那传话，鸯伽陀进了楞伽城，戏弄罗波那，鸯伽陀回来向罗摩复命。没有人员变动和形势变化。一切状态回复如初。

F.（32—34）"鏖战"。切分理由见前述第八节。

---

① 本文的"角色"（actants）一词采用 20 世纪俄罗斯形式主义和结构主义使用的概念，即具有行为和功能的主体。"角色与人物的区别在于，有的人物在故事结构中没有功能作用，因为它们并不引发或经历功能性的事件，这种人物便不能称之为角色。"（罗钢：《叙事学导论》，云南人民出版社1999 年版，第 101 页）苏伽和娑罗那另曾在第 27、34 章中出现名字，但没有担当角色。

G. (35—40) 因陀罗耆射伤罗摩兄弟,金翅鸟解危。切分理由见前述第四节。

G①. (37—38) 因陀罗耆射伤罗摩兄弟时,罗波那让悉多登上云车去看罗摩的惨状,悉多痛哭,特哩竭吒安慰悉多,向悉多通报消息。悉多的短暂痛苦没有造成任何影响后续情节的后果,特哩竭吒也只是一次性出现。一切状态回复如初。

H. (41—44) 图牟罗刹出战,激烈的大战,哈奴曼杀死图牟罗刹;阿甘波那出战,激烈的大战,哈奴曼杀死阿甘波那。这是程式完全相同的两场战斗:罗波那分派任务→罗刹出征→出现凶兆→两军互搏→罗刹立功→哈奴曼上阵→杀死罗刹,所不同的只是更换一下出场将领的名字。后面的许多战斗也都遵循这一程式。战斗结束后,一切状态回复如初。

I. (47) 罗波那亲自上阵,罗摩接战,罗摩折服罗波那,但是罗摩没有杀死罗波那。战斗结束后,罗波那没有丝毫反省的姿态,一切状态回复如初。

J. (48—56) 众罗刹唤醒了大力巨人鸠槃羯叻拿,鸠槃羯叻拿出战,鸠槃羯叻拿被罗摩杀死。一切状态回复如初。

K. (60—61) 因陀罗耆再次施展隐身术进行袭击,罗摩兄弟中箭倒卧,哈奴曼找到仙草,解救了罗摩兄弟。一切状态回复如初。

L. (62—64) 猴子火烧楞伽城,鸠槃和尼空婆兄弟接战,鸠槃兄弟被杀死。[①] 楞伽城的火劫丝毫没有影响到后面情节中楞伽城内的生活。一切状态回复如初。

M. (65—66) 摩迦罗刹出战,激战,摩迦罗刹被杀。又是一个临时出场,马上消失的敌手。[②] 一切状态回复如初。

N. (80) 罗波那要杀掉悉多,悉多悲诉,须钵哩尸婆劝住了罗波那。须钵哩尸婆也是惟一一次出现的角色,悉多毫发未伤。一切状态回复如初。

O. (81) 罗刹军发动攻击,猴军处于劣势,随后罗摩出手,大败罗刹军。一切状态回复如初。

O①. (82) 罗刹女对于罗刹军失败的悲悼。没有形成后果。一切状态回

---

　　① 鸠槃兄弟是鸠槃羯叻拿的儿子,此一单元按理当在鸠槃羯叻拿单元之后,只是先后问题不在本文讨论之列。

　　② 摩迦是伽罗的儿子。此两单元中,父子的名字似乎有一定的对应关系,鸠槃是鸠槃羯叻拿的简略,摩迦是伽罗的反读,这大约也是史诗艺人方便记忆的一个法门。

复如初。

P.（85—86）须羯哩婆杀死摩护陀罗。莺伽陀杀死摩诃波哩湿婆（与
"情节基干6"南门的战斗对照看）。一切状态回复如初。

Q.（88—89）罗什曼那介入罗摩与罗波那的战斗，罗什曼那被短枪击
中，哈奴曼再次取回救命草药。该单元与单元 K 雷同。正面主人公"死而复
生"。一切状态回复如初。

R.（98—99）罗摩杀死罗波那之后，罗刹宫女的悲悼与悲诉，没有造成
任何后果。一切状态回复如初。

S.（103—104）罗摩怀疑、责备悉多，悉多蹈火自明，火神救出悉多。
应该属于添加的民间故事考验母题。切分理由见前述第四节。

T.（112—115）一方面，罗摩会见仙人婆罗杜婆迦，仙人夸赞罗摩，另
一方面，罗摩派哈奴曼先去试探婆罗多。史诗讲到第111章时，众人在云车
之上，已经"下面可见阿逾陀"，于是"个个起身离了座"，"观看美丽阿逾
陀"，到了这里，罗摩应该可以直接降落了。可是，到了第112章，罗摩突
然又转而"来见婆罗杜婆迦"，而且罗摩突然分派任务，叫哈奴曼先去试探
他同父异母的弟弟，摄政的婆罗多。从6.113.6看来，仙人婆罗杜婆迦距离
阿逾陀并不近，道路也比较曲折，会见仙人的举动与第111章"下面可见阿
逾陀"的状态很不相符。由此可见，插入"罗摩会见仙人"只是为了给"试
探婆罗多"腾出时间，而"哈奴曼试探婆罗多"的功能只是为了表彰摄政婆
罗多的孝悌与虔诚，不似史诗原有环节。该单元结束时，一切状态回复如
初。因此我们可以将这一部分划为叠加单元。该单元之后，又回到情节基
干，接着讲述罗摩进城，婆罗多主动让位，罗摩登基、复国。

十　《战斗篇》的结构模型

如果我们把整部史诗看成一个完整的叙事作品，那么，我们也可以为它
构拟出一个大体的结构模型，该模型是一个闭合的"大圆"：从罗摩被立为
太子开始，罗摩失国→遭流放→悉多被劫→寻找悉多→得到助手→战胜敌
人，最后复国登基，得到了本该由他继承的王位。原诗（一般认为，原诗主
要是指第2篇—第6篇）主体情节在大团圆中结束。

那么，史诗（特指第2篇—第6篇）中所有的单元都可以视为这个大圆
的组成部分：我们用镶在大圆中的"黑色实心点"代表属于情节基干的单

元，用叠加在大圆上的"小空心圆"代表叠加单元。

于是，我们得到如下结构模型：

说明：黑色实心圆代表情节基干
空心圆圈代表叠加单元

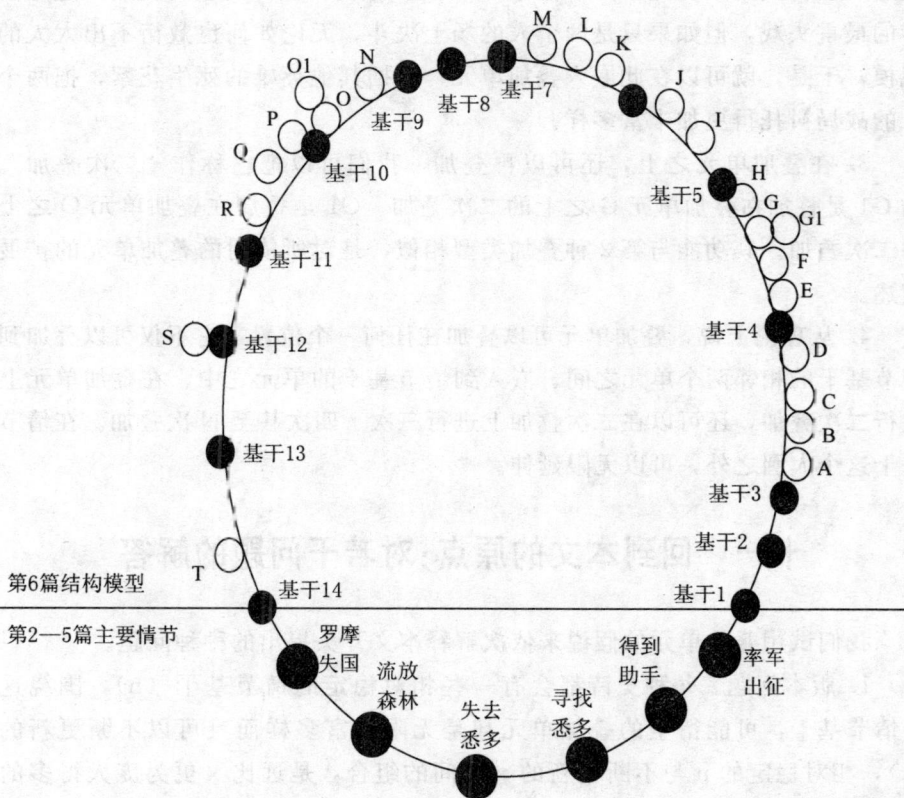

第6篇结构模型
第2—5篇主要情节

（圆周上标注：M、L、K、J、I、H、G、G1、F、E、D、C、B、A、基干7、基干8、基干5、基干4、基干3、基干2、基干1、N、O、O1、P、Q、R、S、T、基干9、基干10、基干11、基干12、基干13、基干14；圆周下方：罗摩失国、流放森林、失去悉多、寻找悉多、得到助手、率军出征）

　　情节基干中的单元是史诗逻辑结构中不可或缺的部分，如果去掉这些部分，史诗就会显得不完整，无法闭合；而叠加单元则是一个自我闭合的小系统，它叠加于情节基干这个大圆之上，但它的存在与否并不影响大圆的完整性。

　　从图中我们可以看出，在情节基干不变的情况下，附着于大圆上的叠加单元可以无限叠加，叠加的形式可以是多样的：

　　1. 可以叠加于情节基干的两个单元（如"基干 3"和"基干 4"）之间，

它可以是前一个单元（如"基干3"）的延续，但并不直接介入情节基干，也不影响后一个单元（如"基干4"），如叠加单元A、B、C、D。这是史诗篇幅最普遍的一种增长方式。

2. 可以直接嵌入作为情节基干的某一单元（如"基干10"）之中，扩充该单元的故事容量，如叠加单元P、Q。这类叠加单元有利于使情节基干的演述规模得到简单扩充。如"基干10"是罗摩与罗波那的生死决斗，这是史诗的最重头戏，但如果只是两个人的场上决斗，无论如何也敷衍不出太大的规模，于是，就可以在此嵌入叠加单元，穿插其他英雄的死生花絮，把两个人的战局衬托得更加丰富多样。

3. 在叠加单元之上，还可以再叠加，我们可以把它称作"二次叠加"。如G1是叠加在叠加单元G之上的二次叠加、O1是叠加在叠加单元O之上的二次叠加。其功能与第2种叠加类型相似，是对所依附的叠加单元的扩展演述。

4. 从理论上说，叠加单元可以叠加在任何一个位置，它不仅可以叠加到情节基干的相邻两个单元之间、嵌入到情节基干的单元之中、在叠加单元上进行二次叠加，还可以在二次叠加上进行三次、四次甚至N次叠加。在情节基干这个大圆之外，可以无限延伸。

十一　回到本文的原点：对若干问题的解答

我们试用叠加单元的假说来依次解释本文开头提出的种种问题。

1. 版本问题。每种史诗都会有一些相对稳定的情节基干（n），围绕这些情节基干，可能衍生的叠加单元却是无限丰富多样而且可以不断更新的（x），相对稳定的n与不断更新的x之间的组合，是远比x更为庞大得多的无限多样，而每一次组合都是一个新的版本，因此，从理论上说，活态史诗的版本是不断更新变动着的，永远没有"定本"[①]。

2. 禁忌问题。活态史诗永远没有定本，也就永远没有"足本"。任何一个史诗艺人，都不可能演唱完整的足本史诗。于是，就有了"演唱完整的史

---

① 必须引起我们思考的是：许多学者正从事活态史诗的整理工作，这对于文化遗产的保护当然是很有意义的，但我们还应该清楚，一旦公开发行一种所谓的"整理本"，它就一定会具有"定本"的嫌疑，就一定会以它的文字权威扰乱现存史诗艺人的演述环境，压制他们的创作冲动。因为任何一个具有创编活力的文盲艺人都无法依据一部庞大的史诗定本来进行演述。

诗会缩短生命"的禁忌。这类禁忌的目的，显然是为了阻止听众要求演述足本史诗的无理要求。

3. 记忆力问题。一些神授史诗艺人能够演述的文本可达近千万言，许多学者都把这种演述本领归因于史诗艺人惊人的记忆能力。事实上，演述并不完全依赖于记忆。

在浙江台州的路头戏演出中，任何一个肯用功的普通演员，都能准确无误地演唱两三百部不同的剧本，他们演出时并不需要完全按剧本演出，演出依据只是这部戏的场次、角色出场先后、大概情节，所用砌末等等，具体的对白和唱词，则由演员在各种程式性唱词的基础上视剧情发展自由发挥。①史诗演述的记忆要求与这种路头戏演出的记忆要求在本质上是共通的。也就是说，史诗艺人只需要在有限记忆的基础上，掌握了史诗叠加单元的结构法则，以及史诗的程式性套语和唱段，他们就可以灵活组装，而无须背诵整部史诗。

4. 神授问题。史诗的可持续生长与史诗艺人的创编冲动是相互依存的两个方面。以超自然的神秘力量来解释、保障史诗创编与可持续生长的合法性，是史诗艺人最可能采用的途径。

可遇而不可求的神灵是惟一不可怀疑、无从对质的灵感源泉。而如果一种被称为神授的情节与另一种被称为神授的情节之间相互矛盾，彼此不能兼容，神灵的权威性或者神授艺人的可信度就会受到置疑。只有叠加单元回到原点的结构机制，才能保证不同的创编情节之间彼此和谐共处，进而保证神授艺人和神授情节的权威性。

5. 可复述性问题。神授艺人们对情节基干的演述应该是相对稳定的，但对于具有创编性质的叠加单元，尤其是入神状态中即兴创编的诸多细节，往往乘兴而来，兴尽而返。这种稍纵即逝的即兴创编是难以重复再现的，因此，对于这些神授艺人来说，复述已经完成的演述就是一种折磨。

6. 被打断的尴尬。在特定叠加单元的演述中，许多母题与功能是即兴出现的，这些母题与功能的消长必须在本单元内部一气呵成，呈现为一种即时的等量"加"和"减"的对应关系，这是一个完整、闭合的过程。这种过程一旦被中断，史诗艺人将很难回到原有的入神状态中继续其加减运算，继而导致遗漏处理正在生成的母题和功能，无法回到原点。

---

① 详见傅谨:《草根的力量——台州戏班的田野调查与研究》，广西人民出版社2001年版。

　　反过来我们可以知道，这种演述一旦开始就不能被打断的特征，恰恰说明神授艺人的演述是基于即兴创编而不是基于"惊人的记忆力"，因为记忆的信息输出是不忌讳被打断的。

　　7. 传播问题。只有掌握了史诗可持续生长规律的史诗艺人，才可能具备成功创编的能力。这些史诗艺人能且只能在熟练掌握演述技巧的基础上，以叠加单元的形式，创编史诗新单元。

　　反过来说，如果史诗艺人在新单元结束时不能回到原点，新单元所遗留的问题就会与史诗既有的其他单元产生矛盾，这种"异质"的新单元很快就会被情节基干强大、反复的"同质"演述所淹没，难以传承和流播。

　　史诗的这种可以无限延伸其篇幅与内容的结构机制，也表现在许多具有史诗叙事特征的中国古典小说如《西游记》、《三国演义》、《水浒传》、《封神演义》之中。

十二　问题的延伸:古典长篇小说中的叠加单元

　　我们试着用叠加单元的假说来分析几部具有史诗叙事特征的中国古典长篇小说。

　　先看《西游记》。这部书与《罗摩衍那》的关系直接一些。胡适、陈寅恪、季羡林、吴晓铃诸先生都曾考释过两著关系，考释的重心主要是放在哈奴曼与孙悟空的源流问题上。如果叠加单元假说成立的话，我们还可以说，两著之间，有惊人相似的结构。

　　参照《罗摩衍那》的结构模型，我们可以发现：在《西游记》中，唐三藏从大唐出发，历尽艰辛取得正果，回到大唐，正如结构模型中的"大圆"；收白龙马和三个徒弟等情节，是唐僧得到助手的过程，这些都可以看作是《西游记》的情节基干；而路途中间的许多磨难，大多可以视为叠加单元。

　　我们前面提到，界定叠加单元的标志主要是看该情节单元是否能够自我闭合，也就是说，看情节结束时，故事状态是否能够回到原点。我们可以找一个相对复杂一点的、跨"难"闭合的单元来进入分析，如"平顶山逢魔二十四难，莲花洞高悬二十五难"。

　　唐僧的这两难中，正面角色照例是师徒四个外加白龙马；中间角色包括三山山神、土地、五方揭谛、太上老君等；反面角色包括金角大王、银角大王、九尾狐狸、狐阿七以及精细鬼、伶俐虫等一应小妖。正面角色不例外地都要经历一些皮肉磨难,但好事多磨,最终肯定是毫发无伤地继续赶路,好像什么都没发生过;中间角色总是在情节需要时出现,不需要时隐去,他们有一定的功能,但在前后情节之中的出现没有任何因果关联;反面角色在这一单元之前没有出现过,在该单元中还将全部被歼灭(或回到原处),也不会在以后的单元中再出现,属于即产即消;狐阿七一战,甚至可以看作是二次叠加,如果把这一小节去掉,完全不影响本单元的情节发展。

更可证明单元结束时必须回到原点的是:此单元中,反方总共有五件宝贝,每件宝贝都具有神奇的功能,正方取胜的前提是孙悟空能够使用各种手段缴获、控制这批宝贝。可是,一旦快到单元结束的时候,孙悟空无一例外地总是会失去他千辛万苦得来的宝贝:"那老君收得五件宝贝,揭开葫芦与净瓶盖口,倒出两股仙气,用手一指,仍化为金银二童子,相随左右。只见那霞光万道。咦!缥缈同归兜率院,逍遥直上大罗天。"① 一切便又回复到了初始状态。

小时候读《西游记》,我始终不明白孙悟空为什么不把宝贝藏好一点,别让那些菩萨老君天尊之类的神仙把宝贝给收回去了。现在我们知道,单元结束时,只要还有一件宝贝在孙悟空手里,就等于还有一部分功能没有回到初始状态,这些遗留问题的积累将导致后续单元的初始条件越来越复杂,情节设计的难度越来越大,以致尾大不掉,难以为继。而如果每一个单元都直接从情节基干处出发,然后又回到情节基干,情节设计就能少费许多周章,

再看《封神演义》,该著在结构上与《西游记》极为相似。

武王东征所遭遇的种种困难,与唐僧西行一般无二。武王东征途中,总是不断有各种各样旁门左道的厉害对手出现,但是,根据叠加单元即时加减的运算规则,我们知道,这些对手在他们"出现"的同时,也就意味着即将被"消灭"或者被"收编",而一旦被收编,也即意味着其功能的消失,相当于被消灭(许多朝歌将领在被姜子牙收编之前、作为敌对方的时候,都能将各种奇门异术发挥到淋漓尽致,勇武超凡,而一旦被收编,其武功往往如泥牛入海,湮没无闻。我们与其把这种现象看作是姜子牙手下人才济济,还不如看作是为了回到原点的需要,必须把这些收编将领的作用降到"零点",才能无损杨戬、哪吒等主要将领的作用)。

仔细分析,我们会发现武王东征的每一次战役,都是一个典型的叠加单

① 吴承恩:《西游记》第 35 回,人民文学出版社 1973 年版,第 490 页。

元。"姜子牙金台拜将"之前的情节，则可以看作是姜子牙得到助手的过程。正面主人公永远不会消失，即使战死，也将死而复生，康复如初。每次交战阵亡的，总是那些被收编的归顺将领，"归顺→阵亡"模式是一种典型的"加法→减法"运算，以使战局回到初始状态。总之，在故事的叠加单元中，往往要出现诸如主角死而复生、对手出场被杀、归顺将领阵亡、战利品失去作用等一些典型环节，借以回到原点。

叠加单元的这些特征更加明显地表现在了《水浒传》招安后的几大战役中。

郑振铎早就指出："当梁山泊诸英雄出师征辽、征田虎、征王庆时，一百单八个好汉，虽受过许多风波，却一个也不曾伤折。其阵亡的，受害的，全都是一百单八个好汉以外的新附的诸将官。然而到了征方腊时，阵亡的却是梁山泊的兄弟们了。这岂不是明明白白的指示给我们看：梁山泊的许多英雄，原本已安排定或在征方腊时阵亡，或功成受害，或洁身归隐的了。其结局一点也不能移动，但是攻战又不能一无伤折，所以做'插增'《水浒传》的作者们只好请出许多别的将军们来以代替他们去伤折、阵亡，而留下他们来，依照着原本的结局以结束之。"[1] 这几次战役显然是一些大的叠加单元，前面战役归顺的将领，在后面的战役中几乎阵亡殆尽，加了多少，还减去多少，一加一减，回到了初始状态。

关于《水浒传》叠加单元的这种加减运算规则，郑振铎之后，马幼垣也曾有过详细论述，他在分析征辽部分时说，"征辽前后，梁山兄弟数目不变。宋江为何不采取以后征田虎时的伎俩，招降入伍，增强阵容，好让在下次搏杀时多几个帮手？这可能与民族意识有关。辽方有点分量的将领绝大多数为辽人，偶有几个汉人，点名即止，全无斤两可言。要在梁山人马当中增添几个辽将，以后还看着他们去打汉人，太不成体统了，干脆把俘虏来的悉数送回去。梁山兄弟班师回朝后，朝廷的赏赐全无实质可言，连虚衔都无增加。换言之，整个征辽部分完全独立，和上面的招安以及下面的征田虎实际并不连贯。只要在招安部分结束处稍改几句，便跳到田虎故事，毫无困难。"而在接下来征田虎的战役中，宋江收纳了大批的降将，"当然，这些降将都是即收即用。譬如说，破白虎岭时收的 17 人，泰半在接着下来攻魏州城时，

---

① 郑振铎：《〈水浒传〉的演化》，《郑振铎文集》第 5 卷，人民文学出版社 1988 年版。这个观点郑氏在《巴黎国家图书馆中之中国小说与戏曲》一文中有更详细的表述。

一出马就集体跌落陷阱而死。招降的作用很简单。梁山原班人马在整个战事过程仅有若干微不足道的轻伤，为了取信读者，平衡场面，和强调对方的实力，必要的阵亡数字只有找降将去担承。"①

　　以上对于征辽、征田虎与王庆两个单元的分析，是《水浒传》中最显眼的叠加单元，但如果我们把叠加单元看作是一种可以"有限变异"②的结构，就能从《水浒传》中解析出更多"变体"的叠加单元。当一个英雄完成了他的英雄故事将上梁山之时，他们总是要把故事的接力棒交给下一位英雄，而这一位英雄接过故事棒的时候，他的英雄故事常常是刚刚开场，也即从这一位英雄故事的结束过渡到了另一位英雄故事的开始（回到原点）。不过，有关叠加单元的变体却是另一个论题了。

　　从每一部单个的史诗或具有史诗叙事特征的长篇小说来看，我们都能发现这种加减运算的"问题"，但它在单个的作品中所呈现的，仅仅只是"问题"。只有当同类问题反复地呈现于不同文本的时候，我们才会进一步发现，这是一种模式，一种规则，一种结构机制。叠加单元无疑是史诗可持续生长的结构机制。

［作者单位：中国社会科学院文学研究所民间室］

---

　　① 马幼垣：《排座次以后〈水浒传〉的情节和人物安排》，《明报月刊》1985 年第 6 期。本文所引出自邝健行、吴淑钿编选《香港中国古典文学研究论文选粹——1950—2000 小说·戏曲·散文及赋篇》，江苏古籍出版社 2002 年版，第 169、172 页。

　　② Goldenweiser 对"有限变异"原则的界定是："有一文化的需要，满足这需要的方法为变异是有限的，于是由这需要而引起的文化结构是被决定于极少可能变异的程度之中。"（马凌诺斯基著，费孝通译：《文化论》，华夏出版社 2002 年版，第 19 页）

母题与功能:民间文学关键词新解[①]

户晓辉

内容提要: 母题和功能是国际民间文学研究最为通用的概念,但迄今多数学者大都把这两个概念作为依靠简单定义的术语来使用,未能区分作为现实对象的母题和功能(现象)与作为认识对象的母题和功能(概念),致使它们对现代民间文学研究学科所具有的巨大潜力和意义未能开发出来。

本文首先区分作为认识对象和作为现实对象的母题与功能,从二者的动态关系上来理解概念本身的丰富内涵,力图以学术史与思辨逻辑相统一的方法,展现和分析母题与功能这两个概念在现代民间文学学术发展史上的逻辑运动,发掘它们内部的诸多规定性和辩证结构。从汤普森的母题到普罗普的功能再到俄苏形式主义者对母题的再思考,显示出一个从术语到概念的学术发展脉络,这个过程同时也表明了一个从描述文学叙事现成对象的术语向描述文学叙事存在方式的概念发展的趋势。描述民间叙事存在方式的母题和功能概念蕴涵了"让民间叙事存在"的意味,它们描述的都是未完成和未封闭的存在现象,是民间叙事的整体存在方式。

关键词: 母题 功能 认识对象 现实对象 民间叙事的存在方式

---

① 本文的写作,承蒙吕微先生的敦促、启发以及高丙中先生提出修改意见,谨致谢忱。——作者

一　母题与功能:现实对象还是认识对象

母题和功能是国际民间文学研究的两个重要的"关键词"。它们在进入民间文学研究之前早就作为一般用语存在了,但自它们分别被汤普森和普罗普发展成民间文学学科的特殊术语之后,反过来又对其他学科产生了广泛的影响。在前一方面,有学者指出:"'类型'和'母题',已成为故事学领域中为国际学人所公认的通行概念。……可以说,对故事类型和母题相关知识的理解应用,已成为今天从事民间文艺学、民俗学研究必须具备的基本素养,并不是什么高深学问了。"① 在后一方面,我们可以见到中国古代文学、比较文学、现当代文学、文艺学以及历史学中有大量使用"母题"、"类型"和"功能"等术语进行研究的实例。这种情况似乎足以让民间文学这个小学科引以为豪了。但当我们仔细检视学科的这些基本术语时,却发现它们的问题并不简单,也不能用一句"不是什么高深学问了"就可以将它们束之高阁。仅以"母题"为例。在把这个普通的名词发展成为民间文学领域的专业术语方面,"美国民俗学之父"斯蒂·汤普森(Stith Thompson,1885—1976)有当之无愧的"头功":"汤普森的独特贡献在于:他认识到在世界各地民间文学中,母题是最为共同的东西。他为母题下了一个相当经验性的定义,并通过编制《母题索引》的实践,使国际民间文艺学界对母题概念的认识趋于一致。"② 这当然是一个大体正确的事实,因为国内外许多学者对"母题"的界定和认识,就直接源于汤普森的启发。例如,陈建宪在研究神话母题时认为:

> 作为民间叙事文学作品内容的最小元素,母题既可以是一个物体(如魔笛),也可以是一种观念(如禁忌),既可以是一种行为(如偷窥),也可以是一个角色(如巨人、魔鬼)。它或是一种奇异的动、植物

---

① 刘守华、林继富、江帆、顾希佳:《中国民间故事类型研究》,华中师范大学出版社 2002 年版,第 4 页。邓迪斯在《母题索引与故事类型索引:一个批评》一文中也认为:"通过母题和/或故事类型编目来确定民间叙事,在真正的(bona fide)民俗学家中间已经变成一个国际化的必备条件(sine qua non)。"见[美]阿兰·邓迪斯:《民俗解析》,户晓辉编/译,广西师范大学出版社 2005 年版,第 228 页。

② 陈建宪:《论比较神话学的"母题"概念》,《华中师范大学学报》2000 年第 1 期。

（如会飞的马、会说话的树），或是一种人物类型（如傻瓜、骗子），或是一种结构特点（如三叠式），或是一个情节单位（如难题求婚）。这些元素有着某种非同寻常的力量，使它们能在一个民族的文化传统中不断地延续。它们的数量是有限的，但是它们通过各种不同的组合，却可以变化出无数的民间文学作品。①

在一部民间文学研究的专业词典中，"母题"被界定为"神话、传说、民间故事、民间叙事诗等叙事体裁民间文学作品内容表述的最小单位。与情节相对而言。情节由若干母题有机组合构成，而许多母题的变换和母题新的排列组合，可能构成新的作品，甚至改变作品的体裁性质"。②

刘守华在研究故事学时认为：

母题和类型是两个概念。母题是故事中最小的叙述单元，可以是一个角色、一个事件或一种特殊背景，类型是一个完整的故事。类型是由若干母题按相对固定的一定顺序组合而成的，它是一个"母题序列"或者"母题链"。这些母题也可以独立存在，从一个母题链上脱落下来，再按一定顺序和别的母题结合构成另一个故事类型。由于有了母题分析，历史地理学派才有可能把民间故事中持续不变和灵活易变这两种要素区分开来，以便追索它的原型。因而它是对故事作历史地理比较研究时的基本分析工具。③

德国学者鲁道夫·德鲁克斯（Rudolf Drux）认为：

母题是最小的、独立的内容单位或者是一部文学作品中能够在文本间流传的成分。（Motiv：Kleinste selbständige Inhalts-einheit oder tradierbares intertextuelles Element eines literarischen Werks.）④

---

① 陈建宪：《神话解读——母题分析方法探索》，湖北教育出版社 1997 年版，第 22 页。

② 姜彬主编：《中国民间文学大辞典》，上海文艺出版社 1992 年版，第 26 页。

③ 刘守华：《比较故事学论考》，黑龙江人民出版社 2003 年版，第 91 页。

④ 参见 Harald Fricke（Hrg.），*Reallexikon der deutschen Literatur-Wissenschaft*，Band II，S. 638，Berlin：Walter de Gruyter GmbH & Co.，2000. 本文的研究将表明，概念的翻译对我们理解它们之间的细微差别有着至关重要的作用，因此，我将本文中重要的引文一律附上原文，以便读者可以随时核对我的译文。

　　德国学者克里斯蒂娜·卢布科尔（Christine Lubkoll）对"文学母题"的界定是：

　　　　广义上指某个文本整体内部最小的结构构成单位和意义单位；狭义上指通过文化传统的塑造而被有力地描画出来的主题状况（例如，乱伦母题）。（Motiv, literarisches, im weitesten Sinne Kleinste strukturbildende und bedeutungsvolle Einheit innerhalb eines Textganzen; im engeren Sinne eine durch die kulturelle Tradition ausgeprägte und fest umrissene thematische Konstellation（z. B. Inzestmotiv）.）①

　　笔者在给《民间文化论坛》的"概念辨析"栏目写"母题"这个词条时，也参考了美国学者克里斯蒂娜·戈德伯格（Christine Goldberg）的说法，认为"在民俗学或民间文学研究中，母题一般指民间叙事中的一个可记忆的和可辨识的成分"②。克里斯蒂娜·戈德伯格对这个概念的界定是"A motif is a memorable and recognizable element within a composition"③。

　　通过下文的讨论，我们将不难看出，这些界定和认识都部分地沿月了汤普森对"母题"的定义。但是，多数学者，甚至我们即将讨论的汤普森本人，对"母题"这个术语大都是简单地接受和平面化地理解，因而不可避免地造成了另一种局面，即"母题是民俗学中独具特色的概念，母题分析是现代民俗学家和故事学家所必备的技能。然而这个概念也是含糊、多变、易被滥用的"④。汤普森固然使不少民间文学研究者对"母题"有了大体一致的看法和认识，从而给这个学科带来了一个极其重要的工具性术语，但另一方面，我们也不难见到认识分歧现象的存在。例如，有学者指出：

　　　　"母题"在文学研究各个领域的含义不尽一致，就民间叙事作品而

---

① 参见 Ansgar Nünning（Hrg.），*Metzler Lexikon Literatur-und Kulturtheorie：Ansä:ze-Personen-Grundbegriffe*，S. 455，Verlag J. B. Metzler, 2001.
② 户晓辉：《母题》，《民间文化论坛》2005 年第 1 期。
③ 见 Mary Ellen Brown and Bruce A. Rosenberg（ed.），*Encyclopedia of Folklore and Literature*，p. 425，ABC-CLIO, Inc.，1998.
④ 刘守华：《比较故事学论考》，黑龙江人民出版社 2003 年版，第 89 页。

言，它通常被认为是一种情节要素，或是难以再分割的最小叙事单元，由鲜明独特的人物行为或事件来体现。它可以反复出现在许多作品中，具有很强的稳定性；这种稳定性来自它不同寻常的特征、深厚的内涵以及它所具有的组织连接故事的功能。单一母题构成单纯故事，多个母题按一定序列构成复合故事。①

1982 年，刘魁立在谈到这个概念时认为：

> "母题"这个中文译名，大约是 30 年代下半期开始使用的。这一译名一半音译，一半意译，很符合我国翻译的传统习惯。如果我们在使用中能给它一个确定的科学的内涵，不使它引起歧义，那么它未必不是一个好的译名。然而"母题"一词常常会引起一种与本质无关的错误的联想，仿佛在"母题"之外还有"子题"似的，仿佛"母题"是与"子题"相对而言的。然而，只要我们大家约定俗成，使它变成一个确切的科学术语，久而久之终可排除这种错误的联想，正如当我们说"主题"的时候，并不想到在"主题"之外，还有一个什么"副题"。所以，在我们找到更好的译名来代替它之前，只好暂且使用"母题"这个术语。所谓母题，是与情节相对而言的。情节是若干母题的有机组合而构成的；或者说，一系列相对固定的母题的排列组合确定了一个作品的情节内容。许多母题的变换和母题的新的排列组合，可能构成新的作品，甚至可能改变作品的体裁性质。母题是民间故事、神话、叙事诗等叙事体裁的民间文学作品内容叙述的最小单位。……就比较研究而言，母题比情节具有更广泛的国际性。②

台湾学者金荣华甚至建议把"motif"译为"基本情节"，以避免歧义和误解的发生：

> "基本情节"一词，在法文和英文里都称作"motive"③，有人译作

---

① 刘守华、林继富、江帆、顾希佳：《中国民间故事类型研究》，华中师范大学出版社 2002 年版，第 2 页。
② 《刘魁立民俗学论集》，上海文艺出版社 1998 年版，第 376 页。
③ 引注：在法文和英文里应该是"motif"。

"母题"，似乎是音义兼顾的翻译，有人译作"子题"，似乎更能掌握其含义。可见，它实际所指，只是一个分析得不能再分的最小情节，也就是所谓的"基本情节"；译作"母题"和"子题"都不是很贴切。因为"母题"容易使人以为还有比它更小的"子题"，和"最小情节"的本意不合；称"子题"也不等于说明它是"最小情节"，而又容易使人误以为尚有"母题"。①

当然，在文学的分支学科里，对"母题"还有其他的界说，如法国学者认为："母题首先是一个具体的因素，它不同于主题的抽象和概括。"② 英美学者认为"母题是文学作品中的主导观念之一；是主题的一部分；它可以由一个人物、一个反复出现的意象或一个言辞模式构成"（Motif：One of the dominant ideas in a work of literature；a part of the main theme. It may consist of a character，a recurrent image or a verbal pattern）。③

然而，我在本文中关注的并不是对"母题"产生的这些不同的界定和认识，也不奢望通过本文的研究来使人们达到对这一术语（当然还有"功能"）的统一认识。笔者更感兴趣的毋宁说是这么多学者（甚至包括汤普森本人）如何"看"母题以及功能，因为在我看来，他们看的方式直接决定了他们能够看出什么。毫无疑问，我们之前的许多学者都会素朴地相信自己能够从民间文学研究的材料里直接发现和看出"母题"与"功能"的概念存在，似乎他们凭借经验就足以发现客观存在于研究材料里的概念了。④ 殊不知，这些学者从一开始就混淆了一个重要的问题：即他们没有把作为认识对象的"母题"和"功能"（概念）与作为现实对象的"母题"和"功能"（现象）区分开来，因此，他们（包括汤普森甚至普罗普本人）才把二者混为一谈：当他们从具体的研究材料里辨认出某个具体的民间文学"母题"或"功能"时，

---

① 金荣华：《比较文学》，福记文化图书有限公司 1982 年版，第 92 页。

② ［法］皮埃尔·布津内尔、安德烈·米歇尔·卢梭、克洛德·皮舒瓦：《何谓比较文学》，黄慧珍、王道南译，上海社会科学院出版社 1991 年版，第 125 页。

③ J. A. Cuddon（ed.），*A Dictionary of Literary Terms and Literary Theory*，Fourth Edition，revised by C. E. Prestor，p. 522，Blackwell Publishers Ltd，1998.

④ 例如，陈建宪在研究神话母题时指出："神话母题的识别，主要来自经验。阅读神话作品越多，就越是对那些经常出现的母题有深刻的印象，也就越容易分辨出一个具体作品中究竟有些什么母题。除了经验之外，学习一点专门的神话学知识也是必要的。"见陈建宪：《神话解读——母题分析方法探索》，湖北教育出版社 1997 年版，第 29—30 页。

就以为已经在其中发现了"母题"和"功能"的概念。但是，在我看来，他们实际上只是在发现或者谈论有关的现实对象，而不是在讨论概念的认识对象。因此，他们不仅没有发现概念的答案，甚至在很大程度上还没有提出概念的问题。但这并不是说，以往的许多学者没有理论。在那些自以为不需要理论而可以直接触摸和把握到现实的学者那里，恰恰是有理论预设的——因为相信自己能够不需要理论而可以直接触摸和把握到"现实对象"，就是一种"理论"，[①] 而把作为认识对象的概念与作为现实对象的概念混为一谈也是一种"理论"。如果说作为认识对象的"母题"和"功能"概念是在以往许多民间文学研究的"理论"中还不曾存在的新对象，那么，"这些新的对象和问题在现存理论领域内必然是看不见的，因为它们不是这一理论的对象，因为它们是被理论拒绝的东西，因而必然是与这个总问题所规定的看得见的领域没有必然联系的对象和问题。它们是看不见的东西，因为它们理所当然地从看得见的领域被排挤出来。因此，这些新的对象和问题在这一领域的瞬时的出现（就它们在完全特定的征候条件下可能出现而言）不知不觉地消失，并且在真正意义上成为不可觉察的空缺，因为领域的全部智能恰恰就在于不看到这些对象和问题，阻止看到它们。在这里，看不见的东西和看得见的东西一样也不再是主体的看的职能。看不见的东西就是理论总问题不看自己的非对象，看不见的东西就是黑暗，就是理论总问题自身反思的失明，因为理论总问题对自己的非对象，对自己的非问题视而不见，不屑一顾。"[②] 在这方面，马克思在《资本论》中的研究可以给我们深刻的启发。他之所以见前人之未见，是因为他变换了看的角度，也就是提出了前人没有提出的概念问题和理论问题，而"只要不提出真正的理论问题（个性的历史存在形式问

---

①　因此，马克思研究政治经济学时就首先需要"超越"和否定以往的政治经济学"理论"，因为"政治经济学以'经济事实'领域为自己的对象，把这些经济事实看作明明白白的事实：绝对既定的存在，把这种存在看作'自身存在'的，并没有说明这些存在。马克思对政治经济学要求的否定就是对这种明明白白的'既定存在'的否定，因为实际上，政治经济学武断地把这种'既定存在'规定为自己的对象并宣称这个对象是自身存在的。马克思的全部批判都是针对这个对象，就是这个对象的所谓'既定'对象的形态，因为政治经济学的要求不过是它的既定的对象的要求的镜子式的反映。马克思对政治经济学的'既定的'对象提出问题，他向对象、对象的性质和对象的范围、从而向对象存在的领域提出问题，因为一种理论思考其对象的形态不仅涉及这一对象的性质，而且涉及对象的存在领域的情况和范围。"见［法］路易·阿尔都塞、艾蒂安·巴里巴尔：《读〈资本论〉》，李其庆、冯文光译，重点原有，中央编译出版社 2001 年版，第 183 页。

②　［法］路易·阿尔都塞、艾蒂安·巴里巴尔：《读〈资本论〉》，李其庆、冯文光译，重点原有，中央编译出版社 2001 年版，第 18 页。

题),人们就无法从混淆不清中摆脱出来,就像普列汉诺夫在路易十五的床上苦苦搜寻,以便发现那里是否隐藏着旧制度灭亡的秘密一样。就一般情况来讲,人们是无法在床上找到概念的。"① 因此,在本文的研究中,我们不仅声称自己有"理论",而且把理论当作一种"超然物外地观察存在"的方式②,我们首先区分认识对象与现实对象,区分作为现实对象的母题和功能(现象)与作为认识对象的母题和功能(概念)。在这方面,

> 我们必须抵制经验主义的诱惑,这种诱惑的引力作用是巨大的,但是没有被一般人、甚至历史学家所感觉到,正像地球上的人们没有感觉到压在他们身上的厚厚的大气层的重力一样。我们必须清楚而毫不含糊地看到和理解,历史概念不能再是经验的,也就是不能再是庸俗意义上的历史的概念。正像斯宾诺莎说过的那样,狗的概念是不会叫的。……我们应该正确认识这种偏见的巨大力量,这种偏见至今还在支配着我们所有的人。它构成了当代历史主义的基础,并使我们有可能把认识的对象同现实的对象混为一谈,因为这种偏见把作为对现实对象的认识的认识对象的"性质"赋予现实对象。对历史的认识不再是历史的,正像对糖的认识不再是糖一样。③

其次,我们必须表明,本文的研究对象主要是作为认识对象而存在的"母题"与"功能"概念,尽管我们也承认对认识对象的认识离不开对所谓"现实对象"的认识,因而我们仍然要讨论到作为现实对象的"母题"和"功能",但本文的研究却不以这种作为现实对象的"母题"和"功能"为对象。即使"母题"和"功能"在迄今为止的民间文学学科里还不曾完全作为纯粹的认识对象存在过,我们也要构造或者建立起它们作为认识对象的存

---

① 〔法〕路易·阿尔都塞、艾蒂安·巴里巴尔:《读〈资本论〉》,李其庆、冯文光译,重点原有,中央编译出版社 2001 年版,第 126 页,重点为引者所加。

② 我们的依据是:"英文中'理论'(theory)一词是从希腊语动词 theatai(看)来的,这个动词又是名词 theatre(剧场)的词根。在剧场里,我们是某些我们自己并不参与活动的旁观者。与此类似,研究理论的人,哲学家或者纯理论科学家,超然物外地观察存在,就好像我们在剧场中观看壮观的场面。"见〔美〕威廉·巴雷特:《非理性的人——存在主义哲学研究》,杨明照、艾平译,第 77 页,商务印书馆 1995 年版。

③ 〔法〕路易·阿尔都塞、艾蒂安·巴里巴尔:《读〈资本论〉》,李其庆、冯文光译,重点原有,中央编译出版社 2001 年版,第 118 页。

在。我们力图把这一点当作本文研究的根本目的之一。用上引阿尔都塞和巴里巴尔的话说，我们研究的不是狗的吠叫而是狗的概念，不是糖自身而是有关糖的认识。再次，这就决定了我们的研究方法不是想"在床上找到概念"——我们不是直接到所谓的民间文学研究材料里去找"母题"和"功能"的概念，而是必须向我们认识的观念世界进发，让所谓"具体的"历史材料回答我们提出的"抽象"问题。这样，我们的研究就不能像素朴的经验认识那样，从具体的东西开始，而必须从抽象的概念开始。

二　关于汤普森的"母题"

先说"母题"概念。应该说，自这个词从一个音乐术语被引入民间文学研究领域以来，并非没有把它当作一个概念加以阐释的努力，在汤普森本人的各种不尽一致的经验表述中，似乎已经蕴涵了这样的可能性。美国宾夕法尼亚大学的丹·本—阿莫斯在《民俗学中的母题概念》[①] 这篇重要的文章中把汤普森的"母题"概念总结为"重复律"，而吕微在近期发表的一篇文章[②]中进一步断言，汤普森的母题绝不是叙事的"最小单位"，因为母题与内容切分毫无干系，而是属于纯粹形式的概念。这一结论无疑是十分新颖的，是他通过哲学眼光"看到"和提炼出来的一个十分值得我们思考和重视的结论。如果说丹·本—阿莫斯对这个概念做了一次重要的认识提升，那么，我们同样可以说，吕微将母题归结为"纯粹形式的概念"又是对汤普森的"母题"和丹·本—阿莫斯的总结的再次升华。

但是，从我见到的汤普森对"母题"这个概念的论述和使用情况来看，他本人的界定和认识有含混不清之处。例如，汤普森在为利奇编的《民俗、神话和传说标准词典》所写的"母题"词条里认为："在民俗学中，这个术语通常指一条民俗能够被分解成的任何一个部分。"（In folklore the term used to designate any one of the parts into which an item of folklore can be analyzed.）从这个定义中，我们可以看出，在汤普森看来，无论我们怎样划

---

① Dan Ben-Amos, The Concept of Motif in Folklore, in *Folklore Studies in the Twentieth Century: Proceedings of the Century Conference of the Folklore Society*, Edited by Venetia J. Newall, D. S. BrewerRowman and Littlefield, 1978. 以下凡引此文，只注页码。

② 吕微：《母题：他者的言说方式——〈神话何为〉的自我批评》，《民间文化论坛》2007 年第 1 期。

分，母题都是叙事或民俗中包含着的东西。他指出，母题最适合研究民间叙事，如民间故事、传说、歌谣和神话；虽然母题可以指进入某个传统故事的任何一个成分，但并非任何一个成分都能够成为母题。也就是说，为了成为传统的一个真正组成部分，该成分还必须有某种让人记住和重复的东西。他举例说，一个普通的母亲不是一个母题，但一个残忍的母亲就能够成为一个母题，因为她至少被认为是不同寻常的。普通的生活过程也不是母题，说"约翰穿上衣服进城了"并不能给出一个独特的值得记住的母题；但如果说主人公戴着隐形帽，坐着魔毯来到太阳以东和月亮以西的地方，就至少包含了四个母题——帽子、魔毯、神奇的空中之旅和神奇之地。每个母题的存在都仰赖于历代故事讲述人从中满足了自己的需求。在世界范围内研究母题比研究故事类型更有用，因为故事类型常常限制在更狭窄的地理范围内，并且常常要假定历史联系，而母题的比较研究并不做这样的假定。[①] 这样的实例仍然可以显示出，母题在汤普森看来是本来已经蕴涵在叙事内容里的东西。

　　后来，汤普森在六卷本的《民间文学母题索引：民间故事、歌谣、神话、寓言、中世纪传奇、轶事、故事诗、笑话集和地方传说中的叙事成分的分类》一书（1955—1958 年）的"导言"中又明确指出，他常常是在非常松散的意义上使用"母题"这个术语的，而且母题是由"叙事结构中的任何成分构成的"（When the term *motif* is employed, it is always in a very loose sense, and is made to include any of the elements of narrative structure）[②]。汤普森之所以会这样把"母题"的定义放宽，大概是因为他深明一个概念的内涵越小，它的外延就越大的道理——因为他编母题索引的目的就是"把构成传统叙事文学的成分都编排在一个单一的逻辑分类之中"（The purpose of the present study, then, has been to arrange in a single logical classification the elements which make up traditional narrative literature. 第 11 页）。他认为，安蒂·阿尔奈（1867－1925）的《童话类型索引》（*Verzeichnis der Märchentypen*, 1910）取材范围仅限于欧洲，而出了欧洲就用处不大了。为

　　① 　Maria Leach (ed.), *Funk and Wagnalls Standard Dictionary of Folklore, Mythology, and Legend*, p. 753, Harper & Row, Publishers, 1949.

　　② 　Stith Thompson, *Motif-Index of Folk Literature: A Classification of Narrative Elements in Folktales, Ballads, Myths, Fables, Mediaeval Romances, Exempla, Fabliaux, Jest-Books and Local Legends*, New Enlarged and Revised Edition, Vol. 1, p. 19, Bloomington: Indiana University Press, 1955. 以下凡引此书，只注页码。

了纠正这种偏失，汤普森排除了哲学和心理学的取舍标准，而采取了实用原则，"根据这种实用原则，我编了这个能够囊括各种母题的索引"（Acting upon this principle of practical usefulness, I have also made the index very inclusive of various kinds of motifs. 第 10—11 页）。汤普森自己把这个索引和分类比作一个大图书馆里的书籍：所有的历史著作，无论其性质以及好坏，也无论其作者是谁，写的是罗马史还是法国史，都被放在了一起。图书馆的编目员不关心这些著作的优劣，他也不会按照文学批评的原则来编排这些书籍。同样，汤普森认为他自己对叙事母题的有序排列也是最好用简单易行的办法把涉及同一个主题的所有的东西放在一起（The orderly listing of narrative motifs is likewise best accomplished by the simple and usually easy method of placing together all which deal with the same subject. 第 10 页）。汤普森说："我希望本索引的主要用途将是对各种故事集和传说集里的母题进行编目。如果所有的故事、神话、歌谣和传说都按照同一个系统逐渐得到编目，那么，我们将取得重大的进步来促成人们有可能进行比现在更完整的比较研究。"（第 24 页）应该说，汤普森将前人研究和收集的各种资料以及各种叙事体裁都尽量纳入自己的母题分类的动机（他说："我的希望是本索引的母题名单有如此的广度，以至绝大多数条目将被发现已经进入其中并且有了编号。"见第 24 页）和做法，尽管在逻辑标准上有可以被指责的不一致之处，但他艰苦卓绝的工作本身永远值得我们后人的尊敬和感佩，而且他的这个索引的确也为国际民间文学或民俗学的比较研究提供了一个重要的工具书，可以为我们在全球范围内查找相同的民间叙事"母题"起到按图索骥的作用（这一点，后来的学者，如理查德·多尔森、邓迪斯、丹·本—阿莫斯、刘魁立、陈建宪等都曾给予了充分的肯定）。

在 1977 年出版的《民间故事》（The Folktale）一书中，汤普森又说："一个母题是一个故事中最小的、能够持续在传统中的成分（the smallest element in a tale having a power to persist in tradition）。要如此它就必须具有某种不寻常的和动人的力量。绝大多数母题分为三类。其一是一个故事的角色——众神，或非凡的动物，或巫婆、妖魔、神仙之类的生灵，要么甚至是传统的人物角色，如像受人怜爱的最年幼的孩子，或残忍的后母。第二类母题涉及情节的某种背景——魔术器物，不寻常的习俗，奇特的信仰，如此等等。第三类母题可以独立存在，因此也可以用于真正的故事类型。显然，为数最多的传统故事类型是由这些单一的母题构成的。"这里，汤普森对这个术语的界定除了要求它在传统中持续之外，又增加了一个量化的要求——"最小"的成分。而且，汤普森认为，"一个类型是一个独立存在的传统故事，可以把它作为完整的叙事作品来讲述，其意义不依赖于其他任何故事。……组成它的可以仅仅是一个母题，也可以是多个母题。"① 同样，我们在此仍然可以看出，在汤普森看来，"母题"无论如何都是故事的直接构成成分，《民间文学母题索引：民间故事、歌谣、神话、寓言、中世纪传奇、轶事、故事诗、笑话集和地方传说中的叙事成分的分类》这个书名已经可以直观地表明这一观点。而这一点，大概构成了汤普森对"母题"的相关论述中"惟一"前后一致的内容。

但是，我们现在要问的是：汤普森的"母题"究竟是什么？或者它是否就是"读书百遍，其义自现"的东西？汤普森说："从总体上来看，我已经使用了任何叙事，无论是通俗的还是文献的，只要它能够构成一个足够强大的传统以引起它的多次重复"（In general, I have used any narrative, whether poplar or literary, so long as it has formed a strong enough tradition to cause its frequent repetition. 第 11 页）。1955 年，汤普森在赫尔辛基发表了《作为民俗学方法的叙述母题分析》一文，论述他修改《民间文学母题索引》一书的想法和体会。他说："我发现，关于这本《索引》人们问我的最困难的问题就是这样一个主要问题——即什么是母题？"他的回答是："对此没有一个简短的和便易的答案。某些叙事中的条目一直被故事讲述者们使用着；它们是构成故事的材料。至于它们的相似之处何在，无关紧要；如果它们在故事结构中有实际的用处，它们就被看作母题。"（To this there is no short and easy answer. Certain items in narrative keep on being used by storytellers; they are the stuff out of which tales are made. It makes no difference exactly what they are like; if they are actually useful in the construction of tales, they are considered to be motif）②

从上面引述的文字里，我们至少可以看出，汤普森自己理解的"母题"概念，有这么几点值得我们注意：一、汤普森在不同的地方对"母题"概念

---

① 该书汉译本被改了名，见 [美] 斯蒂·汤普森：《世界民间故事分类学》，郑海等译，上海文艺出版社 1991 年版，第 499 页。

② Stith Thompson, Narrative Motif-Analysis as a Folklore Method，重点为引者所加，转引自 Robert A. Georges, The Centrality in Folkloristics of Motif and Tale Type, *Journal of Folklore Research*, Vol. 34, No. 3, 1997.

的表述不太一样，他没有给这个概念下一个始终一贯的定义。或许他编"大全式"索引的初衷和目的已经决定了他无法做到这一点；二、汤普森本人的这种含糊或许给他本人的工作带来了便利，却为我们理解他的"母题"概念带来了困难，与此同时，也为我们后人的理解预设了更大的自由解释的意义空间。三、这就决定了，如果我们分开看汤普森在不同地方说的话或写下的文字，可能会得到某些意思，而如果我们把他的这些话或文字综合起来看，很可能会得出另外的意思。但即使这些意思不同，我们也似乎并不能说哪一个意思（对于汤普森的"本义"来说）是"合法的"、哪一个意思是"非法的"。四、从上述汤普森的话里，我们至少可以看出，他本人认为，母题是叙事的直接构成成分，无论这些成分是什么，它们都直接蕴涵在叙事之中。换言之，汤普森虽然没有明确把"重复"作为一个"定律或规律"提出来作为判定母题的标准，但实际上，他的上述话语里已经隐含了这样的意思：即不是生活里的任何东西都能够成为"母题"（在我看来，这首先因为不是生活中的任何东西都能够进入叙事或者值得讲述），而同样，也不是任何构成叙事的成分都是"母题"，虽然他给"母题"下的"定义"里一再用了"任何"（any）这个字眼。这就意味着，如果只给我们一个叙事文本，我们就无法判定哪个是母题哪个不是母题。汤普森强调的"重复"主要指"母题"在传统里的生命力，换言之，"母题"在不断重复的过程中不但自我显现出来，而且直接就构成了某个叙事传统本身。因而，"母题"虽然是叙事中"固有"的东西，但如果它不重复，汤普森认为，我们也无以判定它是否"母题"。正是在这个意义上，丹·本—阿莫斯认为，汤普森不是把母题看作最小的叙述单位（元），而是看作有能力成为叙事成分的最小的传统单位（元）。该成分不是被捆绑在它出现的某个特定的故事里，而是在被确认为母题之前，必须出现在一系列的故事里。丹·本—阿莫斯指出，"长度"（"最小"）这个数量标准不足以使汤普森来描述"母题"，所以，为了使母题这个单位能够在比较研究和对故事的历史重构中获得价值，汤普森又增加了一个质的要求，即"只有在至少一个文化或者更好地是在许多文化的传统中反复出现的某个主题才能成为历史地理研究的一部分"（Only with recurrence in the tradition of at least a single culture but preferably many cultures could a theme become part of a historical-geographical study. 见 Dan Ben-Amos，第 26 页）这里，我们暂时不谈丹·本—阿莫斯暗示出来的汤普森的索引工作与历史地理学派的关系问题，丹·本—阿莫斯在谈到汤普森的"母题"概念以及维谢洛夫斯

基（Veselovskij，1838—1906）关于"母题"与"主题"（theme）的关系的
观点时，的确说"恰恰是母题在各种文学语境里的重复出现构成了它的重要
意义和功能"（The very occurrence of the motif in variable literary contexts
constitutes its significance and function. 第 29 页），但丹·本—阿莫斯在指
出了汤普森的"母题"的"重复"特征之后，主要是在谈到"母题"与"观
念"（idea）的关系时才说起"重复在母题与观念的关系中成为一个重要的特
征"（第 29 页）。而且，汤普森本人和丹·本—阿莫斯似乎并不认为汤普森
的"母题"与"主题"或内容无关。五、吕微判定汤普森的"母题"是纯粹
的形式原则，所依据的是"重复律"——我承认，如果单纯依据重复率来确
定是否"母题"，这当然是和内容无涉的纯粹形式法则。但问题是，汤普森
的"母题"概念是否仅仅依据的是这个"重复律"。我们姑且不说邓迪斯在
《母题索引与故事类型索引：一个批评》一文中指出的汤普森所遗漏和故意
删除的那些母题，[①] 单说我们在许多民间故事和童话里一开始最常见的"从
前或者很久以前"，就是一个在不同民族或文化里反复出现的成分，例如，
在英语里叫"long long ago"，在德语里叫"ehemals/Es war einmal"，但这
并没有成为汤普森意义上的"母题"。当然，汤普森自己也说："一个普通的
母亲不是一个母题，但一个残忍的母亲就能够成为一个母题，因为她至少被
认为是不同寻常的。"在这个意义上，吕微也曾认为，汤普森的"母题"是
一种程度较轻的"抽象"的结果。他说："在《神话何为》中，我把汤普森
的母题理解为对故事内容的直接表述或抽象程度不高的内容表述；而把普洛
普的功能理解为对故事内容的高度抽象。现在我的理解是，母题看似是内容
的直接表述，其实与内容无关；而功能看似与内容保持了抽象的距离，实则
直接贴近内容。"具体地说，

　　汤普森同样主观地设定了一个关于"形式"的条件，即"重复现
　　象"这一主观条件，也就是"重复律"，于是经验就按照"重复律"
　　的形式条件而不是普罗普的"类型律"的形式条件显现其自身。"重
　　复律"的母题和"类型律"的功能都是客观经验内容显现的主观形式
　　条件，但二者之间还是有区别的，区别就在于，汤普森的母题不是像
　　普罗普那样所设定的客位的主观形式，而是他所描述的主位的主观形

---

　　① 参见［美］阿兰·邓迪斯：《民俗解析》，户晓辉编/译，广西师范大学出版社 2005 年版。

式，在这个意义上，我们称汤普森的母题具有描述的客观性而不是设定的客观性。

于是，我们就得到了两种主观性，一是主位的主观性，以汤普森的母题为代表；一是客位的主观性，以普罗普的功能为代表，两种主观性都有各自应用的客观价值。由于汤普森所描述的主位的主观性是一种以主位的主体间的一致同意和约定，即"大家都可以重复使用这些母题"为前提条件的，因此，我们称这种主位的主体间的客观性为"主体间性"，而不是普罗普的客位的主体性的客观性，即我们一般所说的主观范畴为客观事物立法的客观性。正是以此，我们将会看到，传统的、经典的民间文学的母题研究在后现代学术中焕发青春的可能性。①

我们这里还是先谈汤普森。吕微在此似乎仍然和汤普森自己认为的那样，把"母题"确定为不同民族或文化的资料里"固有"的东西，所以，根据"重复律"，它们自然就显现出来了。所以，他说："在我看来，由于，母题是他者所使用的东西，而不是根据研究者自抒己见所任意规定的标准所得到的东西。于是，母题索引就能够服务于我们今天对他者的研究即和他者的对话。……换句话说，由于母题索引的纯粹的描述性的方法，因此可以成为我们进入他者的叙事世界、精神世界的方法入口。"但是，汤普森的母题索引和分类看似对世界各地的材料中自然而然反复出现的东西（被他确认为"母题"）不做人为的切分或者很少做这种切分而"客观地"呈现给读者面前，因而他说自己的《民间文学母题索引》"根本不是基于任何哲学原则，而主要是依据实践经验，依据试误法"（is not based on any philosophical principles at all，but mainly upon practical experience，upon trial and error. 转引自 Dan Ben-Amos，第 25 页），而丹·本—阿莫斯也认为汤普森对母题的区分似乎是一种后验的观察（an a posteriori observation，见 Dan Ben-A-mos，第 27 页）。但是，正像吕微也承认和指出的那样，汤普森的"母题"是主观选择的结果，因为至少我们在上文中已经看出，并非所有在叙事中重复的东西都成了他的"母题"。这里涉及的关键问题有两个：一是汤普森的"母题"是叙事里本来就有的还是他"看出来的"或者从中抽取出来的？二

_____

① 吕微：《母题：他者的言说方式——〈神话何为〉的自我批评》，《民间文化论坛》2007 年第 1 期。

是他的"母题"是否有内容或者和内容有关？汤普森本人的论述似乎告诉我们，他的"母题"直接就是叙事的组成部分，他只不过从这些重复的部分中看出了母题，并把它们归了类而已。而在吕微看来，"母题是他者所使用的东西，而不是根据研究者自抒己见所任意规定的标准所得到的东西"，汤普森这种尽量保留"原材料"的原貌的做法属于"纯粹的描述性的方法，因此可以成为我们进入他者的叙事世界、精神世界的方法入口"。但实际上，正如丹·本—阿莫斯所指出的那样，汤普森及其学生没有清楚地意识到，"母题"这个概念是学者有关民俗的话语，即它是故事中存在的成分的符号，而非叙述成分本身。他尖锐地批评了有些学者把汤普森的母题索引比作字典的说法（我们从上文中得知，汤普森本人正是这样看待自己的工作的），因为母题并非能够和字典里的字相等同的民俗。他认为，当汤普森开始断言母题能够在"传统中持续"的时候，他就像卡西尔所说的那种相信自己命名的力量确实存在的原始人一样（见 Dan Ben-Amos，第 25 页）。换言之，在丹·本—阿莫斯看来，汤普森实际上是把他自己（作为学者）的"母题"概念误认为是直接存在于叙事之中的他者的概念了。用吕微的话说，就是汤普森把自己的客位概念与研究对象的主位概念混为一谈了。

吕微正是想在汤普森和普罗普之间做出这样既有联系又有不同的区分，而且这种区分在他看来还是质的不同。从诠释学角度来说，我们完全应该承认后人对前人的理解比前人的自我理解更胜一筹这种情况的存在及其合理性，我们也完全可以说，丹·本—阿莫斯和吕微显然比汤普森更能够理解汤普森本人，或者说他们的理解比汤普森的自我理解更清晰、更明确，而且这样的理解具有诠释学的合法性和有效性。但是，如果我们按照吕微所说的汤普森看他者的方式来看吕微自己看汤普森的方式，那么，二者似乎也有"本质的"不同。换言之，如果我们承认汤普森的母题分类是"纯粹的描述性的方法"，那么，吕微对汤普森的看法似乎就很难说是"纯粹的描述性的方法"了，因为如上所述，汤普森本人虽然承认母题直接就是叙事中包含的东西（用吕微的话说就是，他者使用的东西，尽管事实上不尽如此），而且也指出了重复出现才能够成为母题，但他并没有明确地把"重复律"作为一个纯粹的形式法则提出来。在这个意义上，我认为，在汤普森本人的主观意向中，"母题"仍然是有内容的东西。我在此前之所以不同意吕微说的"汤普森的'母题'概念是无内容的"，正是因为我是试图从汤普森本人的立场来看待这个问题的。

在此，我应该再强调一次，我当然不是要否认吕微将汤普森自己还没有清晰认识的东西加以清晰化和哲学化这一做法的合法性——他完全有权利这样做。"母题看似是内容的直接表述，其实与内容无关"就是这样一个比汤普森本人更清晰和更深刻地理解了汤普森的洞见！因为在汤普森的一系列论述里，我们不难看出他自己对"母题"的理解始终有摇摆不定的情况，即"母题"是否有内容以及是否和内容相关，他本人是不甚了然的，或者更准确地说，汤普森并没有从形式与内容的关系方面来考虑"母题"的问题。但我们从汤普森把自己的母题分类比作图书馆里的书籍分类（即按照同样的主题［比如，历史］，排在一起）这一说法里已经可以自明地看出：他的母题分类的确是不管具体内容的纯粹形式分类！在我看来，当这些具体的"主题"在各自的文化语境中时是有内容的（比如，罗马史或法国史），是有好坏的，但一旦根据重复律进入了母题索引的体系里，它们就被抽掉了内容，而变成了纯粹的形式。某个叙事成分能否成为母题并且进入汤普森的母题索引，实际上并不是由它在单个叙事体裁中的实际状态决定的，而是要看它在许多个不同（跨文化、跨地区的）体裁中的重复使用状况。换言之，"母题"虽然可以出现在任何一个单一体裁的叙事中，但它的确定标准却是跨文本、跨地区和跨文化的"重复律"。前者是作为现实对象的"母题"的实际存在，而后者则是它作为认识对象的观念存在。我的意思是说：如果一开始就从单一的某个叙事文本出发，我们就无法判定一个叙事中哪个成分是"母题"，哪个成分不是"母题"；但通过比较不同叙事中重复出现的东西，我们就可以把其中多次重复的成分确定为"母题"（汤普森实际上正是这么做的），而一旦某个叙事成分被这样确定为"母题"之后，就有可能进入母题索引的分类系统，这样，我们就知道了什么是母题，什么不是母题（比如，叙事中重复的赘语、语气词等等可能都不是母题），一旦母题在某个叙事中出现，尽管它只出现在这一个叙事中，我们仍然可以说它是一个母题。我们能够这么做，是因为我们已经知道它是一个母题。这是我们对汤普森"发现"母题的程序的先验还原，也是最容易使我们甚至汤普森本人迷惑难解的地方！因此，我在这里正式收回自己以前认为汤普森的母题有内容的看法，而是认为：汤普森的母题实际上是没有内容的纯粹形式的东西，是与单个叙事中出现的内容成分不同的观念性存在即纯粹形式。这个问题的实质是，作为现实对象的母题与作为认识对象的母题应该有所区分，尽管汤普森本人并没有做出这样的区分。但这里仍然有一个在什么意义上来作这种判定或者这个判断

在什么意义上有效的问题。吕微说:

> 在我看来,所谓母题其实就是美国口头程式理论所说的 great word
> (应为 Large word——朝戈金批注),我们翻译为"大词"者是也。母
> 题、大词都是指的民间歌手、故事家在口头叙事时所使用的程式化的
> "素材"(Cliché,或叫做"观念部件",等于英文所说的 idea part——朝
> 戈金批注),或故事家、歌手据以"在表演中编创"时能够调动的"贡
> 料"(也被形象地称之为"建筑材料"——朝戈金批注),这些母题、大
> 词就是储备在歌手、故事家的叙事武器库中随时可以取出来重复使用的
> 那些东西。①

当他这样说的时候,仍然有把"素材"和"质料"这些内容性的东西
直接混同于"母题"的危险!而这其中的关键,在我看来,就是我们应该
严格地把纯粹形式化的"母题"概念限制在汤普森的母题分类体系里,换
言之,只有在汤普森的母题分类体系里,"母题"才成为"脱语境"的纯
粹重复的形式(这不是在亚里士多德意义上的"形式"),出了这个体系,
它们就可能被语境化或者被赋予内容,从而成为形式和内容的统一体。这
个问题的实质大概是:我们有必要把汤普森的"母题"与民间叙事中的
"素材"和"质料"(我认为,严格地说,它们不能被称为"母题")区分
开来,在这个意义上,我赞成丹·本—阿莫斯的说法,即"母题"是学者
的概念,是故事中存在的成分的符号,而非叙述成分本身。当汤普森以及
他之前的一些欧洲学者描述母题在不同的传统中自由游走和穿行的状态
时,很容易给我们造成一个错觉和假象——似乎这些母题本来就是传统叙
事中的"素材"和"质料",汤普森本人以及吕微大概就被这种错觉和假
象迷惑了,而且这些欧洲学者们基本上也都是这么认为的。当然,吕微已
经洞察到:"汤普森同样主观地设定了一个关于'形式'的条件",而且,
"由于汤普森所描述的主位的主观性是一种以主位的主体间的一致同意和
约定,即'大家都可以重复使用这些母题'为前提条件的,因此,我们称
这种主位的主体间的客观性为'主体间性'",因此,吕微实际上已经差不

---

① 吕微:《母题:他者的言说方式——〈神话何为〉的自我批评》,《民间文化论坛》2007 年第
1 期。

多说出来了一个意思，即汤普森的"母题"概念是他作为一个学者与民间叙事的他者"交互主体"的认识产物。也正因如此，汤普森的（处于他的分类体系中的）"母题"概念才与直接处于叙事之中的东西（无论我们怎样称呼它们，但最好不要称之为"母题"）是不同的。但是，吕微在自己的文章里似乎没有做出这种区分。

汤普森本人没有解决的问题为后来的学者留下了"悬念"。在一定意义上，普罗普对俄罗斯神奇故事"功能"的研究就是为了克服汤普森等前辈学者对"母题"认识的缺陷才应运而生的。

三 关于普罗普的"功能"及其序列

普罗普（Vladímir Jákovlev ć Propp，1895—1970） "十年磨一剑"（1918—1928）写出的《神奇故事形态学》① 当之无愧地被学术界誉为 20 世纪民间文学研究里程碑式的著作，这主要是因为他在书中提出了著名的"功能"概念。1966 年，在回答列维—斯特劳斯的批评②时，普罗普写了《神奇故事的结构研究与历史研究》一文③，对自己的方法和理论作了集中的阐述。说起普罗普，在有些方面，他和汤普森有惊人的相似。比如，他们似乎都以林奈的生物学分类为榜样来研究民间文学，他们都声称自己从事的是经验研

---

① 普罗普这本名著的俄文版名为《故事形态学》，英译本的书名是《民间故事形态学》，但他在《神奇故事的结构研究与历史研究》一文中坦言，该书原稿名为《神奇故事形态学》，是俄文版的编辑自作主张，删去了"神奇"二字，从而造成读者和英译者以及列维—斯特劳斯等人的误解。可惜，该书汉译本（贾放译，中华书局 2006 年版）仍然没有恢复使用普罗普原稿的书名：《神奇故事形态学》，但本文将一律使用这一书名。

② 《结构与形式——对弗拉基米尔·普罗普一部著作的思考》，最初发表于 1960 年，见［法］克洛德·莱维—斯特劳斯：《结构人类学》第 2 卷，俞宣孟、谢维扬、白信才译，上海译文出版社 1999 年版。

③ 普罗普的这篇重要文章于 1966 年作为附录初次发表在《神奇故事形态学》的意大利文版中；1976 年发表了该文的俄文版和英译文，这篇英译文是 The Structural and Historical Study of the Wondertale，translated by Serge Shishkoff，收入 Vladimir Propp，Theory and History of Folklore，Translated by Ariadna Y. Martin and Richard P. Martin and Several Others，Manchester University Press，1984，该译者手头有俄文原文；另一篇英译文是 Structure and History in the Study of the Fairy Tale，translated by Hugh T. McElwain and River Forest，in Robert A. Segal（ed.），Theories of Myth，Vol. 6："Structuralism in Myth：Lévi-Strauss，Barthes，Dumézil，and Propp"，Garland publishing，Inc.，1996. 此文的翻译根据的是意大利文。依据俄文的汉译文有［俄］弗·雅·普罗普：《神奇故事的结构研究与历史研究》，贾放译，《民俗研究》2002 年第 3 期。

究，都是从材料里得出的结论。但是，和汤普森相比，普罗普作为一个出生在有德国血统的家庭、后来在彼得堡大学主攻俄语和德语语文学乃至于再后来也教授德语的学者，他是受过德国哲学精神以及欧洲时代精神的熏染并且又得其精髓的。尽管普罗普本人在回答列维—斯特劳斯的责难时说："列维—斯特劳斯教授同我相比有一个十分重要的优势：他是位哲学家，而我是个经验论者，并且是个坚定不移的、首先注重仔细观察事实并精细入微和有条不紊地对其进行研究的经验论者，会检验自己的前提和环顾每一步推论。"① 但是，普罗普在《神奇故事形态学》中的功能研究似乎并不能让读者从纯粹经验论角度就可以得到一目了然的理解。

普罗普在同一篇文章中抱怨《神奇故事形态学》的英译者"全然不懂"他在原书中引用歌德的题词有什么用，并且说该译者"将它们当作多余的点缀而野蛮地删去了，然而所有这些话都取自歌德以《形态学》② 统而称之的一系列著作以及他的日记。这些题词应该能表达出该书本身未能说出的东西。任何科学的最高成就都是对规律性的揭示。在纯粹的经验论者看到零散的事实的地方，作为哲学家的经验论者能发现规律的反映。不过那时我已经觉得这一规律的揭示可能会有更广泛的意义。'形态学'这个术语不是借自基本目的在于分类的植物学教程，也非借自语法学著作，它借自歌德，歌德在这个题目下将植物学和骨学结合了起来。在歌德的这一术语背后，在对贯穿整个自然的规律性的判定中揭示出了前景。歌德在植物学之后转向比较骨学并非偶然。这些著述可以向结构主义者们大力推荐。如果说年轻的歌德在那位坐在自己尘封的实验室中、被一架架骨骼、一块块骨头和植物标本所包围的浮士德身上除了尘埃什么也看不到的话，那么步入老年的歌德，为自然科学领域精确的比较方法所武装的他，透过贯穿整个大自然的个别现象见到的是一个伟大的统一的整体。但并不存在两个歌德——诗人歌德和学者歌德；渴望求知的《浮士德》中的歌德与已经完成求知的自然科学家歌德是同一个人。我在某些章节前引用的题词——标志着对他的崇拜。不过这些题词还应该表达出了另一重意思：自然领域与人类创造领域是分不开的。有某些东西将它们联结起来，它们有某些共同的规律，可以用相近的方法来进行研

---

① ［俄］弗·雅·普罗普：《神奇故事的结构研究与历史研究》，贾放译，《民俗研究》2002 年第 3 期。以下凡引此文，不另注出。

② 贾放译为《神话学》，似为误译，今据两种英译文改正。

究。"我引这一段长文，因为它意味深长，对我们理解普罗普的思想很重要。
我们从中至少可以看出几个意思：一、普罗普虽然强调自己是经验论者，但
他并非一般的经验论者或纯粹的经验论者，而是一个"作为哲学家的经验论
者"，因为他在《神奇故事形态学》中所做的研究，显然并非仅仅"看到零
散的事实"，而是要发现规律，从变化中找出不变的东西。二、普罗普的
"形态学"概念并非我们一般容易想当然地认为的那样，直接效法于自然科
学，而是来自歌德。当然，欧洲自然科学中的"形态学"观念与歌德以及当
时的哲学思想也并非没有关系，但这不是我们在此要讨论的问题。我之所以
判断年轻的普罗普的思想与当时以及他之前的德国哲学思想有关系，不仅是
因为他的出身、教育背景以及他所处的时代影响，而且也因为他自己的这段
"夫子自道"。而这一点，绝非不重要。相反，我们可以进一步认为，普罗普
对俄罗斯神奇故事的研究尽管如他本人说的那样是"十分经验化、具体化、
细致化的研究"，但它不仅仅是纯粹的经验研究。他的研究目的也不仅仅是
植物学意义上的分类；事实上，如丹·本—阿莫斯已经指出的那样，歌德当
年在与席勒的通信中也使用和讨论了"母题"这个概念，这至少说明民俗学
的"母题"概念有多种（文学的甚至哲学的）来源，该问题，此处不讨论；
三、普罗普对"除了尘埃什么也看不到"的年轻歌德与"透过贯穿整个大自
然的个别现象见到的是一个伟大的统一的整体"的老年歌德（但二者实际上
是一个人！）的描述尤其值得我们回味：为什么在同一个人身上会出现这样
两种截然不同的情况呢？普罗普认为，老年歌德之所以能够见年轻歌德所未
见，恰恰因为前者"为自然科学领域精确的比较方法所武装"。而且，更重
要的是，这直接和我们每个读者能够从普罗普以及任何人的著作中"看出"
什么有关。但我们发现，普罗普的这一说法与他在下文中的自述是矛盾
的：他认为在列维—斯特劳斯看来，好像学者是先有了方法，再考虑把这
个方法用在什么对象上，"但在科学中从来不是如此，在我身上也从来不
是如此。事情全然是另外的样子。"普罗普说，他的方法"缘于一个观察
结果"[①]：他在阿法纳西耶夫编选的故事集里读到了一系列被逐的继女的故
事。在这些不同的故事里，继女被后母派到树林里去时分别落到了严寒老
人、林妖、熊等等的手里，阿法纳西耶夫根据出场人物的不同而认为它们

---

① 参看贾放：《普罗普故事学思想与维谢洛夫斯基的"历史诗学"》，《北京师范大学学报》
2000 年第 6 期。

是不同的故事。但普罗普却发现，这些人物考验和奖赏继女的方式虽然不同，但行为却是一样的，因而这些故事应该算同一个故事。他说："这激发了我的兴趣，于是我开始从人物在故事中总是做什么的角度来研究其他的故事。这样，根据与外貌无关的角色行为来研究故事这样一种极为简单的方法就通过深入材料的方式，而非抽象的方式产生了。我将角色的行为，他们的行动称为功能。"在《神奇故事形态学》中，普罗普是这样来具体描述他的"发现程序"的：

　　用什么样的方法能够做到对民间故事的准备描述呢？让我们比较一下以下四个事件：
　　甲、国王给了英雄一只鹰，这只鹰把英雄带到了另外一个国度。
　　乙、老人给了舒申科一匹马，这匹马把舒申科带到了另一个国家。
　　丙、巫师给了伊凡一只船，小船载着伊凡到了另外一个国度。
　　丁、公主给了伊凡一个指环，从指环中出现的青年把伊凡带到了另一个国家，等等。
　　在以上例子中，不变的成分和可变的成分都已显现出来。变化的是故事角色①的名字（以及每个人的特征），但行动和功能却都没有变。由此可以得出如下推论：一个民间故事常常把同样的行动分派给不同的人物。这样，按照故事中的角色②的功能来研究民间故事就是可行的了。③

　　我们从这里可以看出，普罗普研究俄罗斯神奇故事的功能时比汤普森更

---

　　① 原译"登场人物"，英译本作"dramatis personae"（参看 V. Propp, *Morphology of the Folktale*, First Edition Translated by Laurence Scott with an Introduction by Svatava Pirkova-Jakobson, Second Edition Revised and Edited with a Preface by Louis A. Wagner, Austin: University of Texas Press, 1968），法译本作"personnage"（参看 Vladimir Propp, *Morphologie du conte*, traduit par Marguerite Derrida, Éditions du Seuil, 1965 et 1970），根据有关学者考订，此处应该译为"故事角色"（参看 Appendix 1: The Problem of "Tale role" and "Character" in Propp's Work, in Heda Jason and Dimitri Segel (ed.), *Patterns in Oral Literature*, Mouton Publishers, 1977）。关于普罗普对"故事角色"和"人物"的区分，详见本文下一节。

　　② 原译"人物"，英译本作"dramatis personae"，法译本作"personnage"，均属误译，现改为"角色"。

　　③ V. 普洛普《〈民间故事形态学〉的定义和方法》，叶舒宪译，载叶舒宪编选《结构主义神话学》，陕西师范大学出版社 1988 年版，第 5 页。由于该文的翻译根据的是 1958 年出版的英译本第 1 版，其中的名称和术语与现在我们已经知道的名称和术语有个别差异，在此暂不讨论这些差异。

加强调"重复律"——他说："对被逐的继女故事的观察是一根线头，顺着它能扯出一条线来并解开整个线团，揭示出来的，是其他一些情节建立在功能的重复性上，和最终神奇故事的所有情节都建立在相同的功能上，以及所有的神奇故事按其结构都是同一类型。"普罗普一再强调，他的功能概念不是列维—斯特劳斯说的那样主观地确定的，"功能的确定是从对材料做详细比较研究得出的结论。……它们的确定不是随意的，而是通过对成百上千个例子做对照、比较、逻辑定义的途径得出的。"正因如此，普罗普说："我得到的公式……是作为神奇故事基础的惟一的组合（普罗普在此文中认为，他当年选择的'形态学'这个概念不够贴切，更狭义的和更确切的概念应该是'组合'）公式。……这个组合公式不是一种实体的存在。但它以各种各样的形式体现在叙述中，它是情节的基础，仿佛是它们的骨骼。"所以，普罗普认为自己是从材料中抽象出概念，而列维—斯特劳斯则是把普罗普的概念再加以抽象，因此，他写道：

　　他［列维—斯特劳斯——引注］指责我说，我所提出的抽象概念无法在材料中复原。但他若是拿来任何一种神奇故事的选本，将这些故事与我提出的模式放在一起，他就会看到模式与材料极其吻合，会亲眼看到故事结构（structure）的规律性。并且，不止是民间故事，根据模式，还可以自己按民间故事的规律编出无数个故事来。如果将我提出的公式称为模式，那么这一模式重复的是所有结构的（稳定的）要素，而不去注意那些非结构的（可变的）要素。我的模式适合于能够模式化的对象，它立足于对材料的研究，而列维—斯特劳斯教授提出的模式不符合实际，它的根据是并非一定得之于材料的逻辑推理。从材料中抽取出的概念能够解释材料，从抽象概念中抽取的概念只以自身为目的。

　　在普罗普看来，同样一个组合可以是许多情节的基础，而许多情节也可以以一个组合为基础，组合是稳定的成分，而情节是可变的成分，情节和组合的总和就是故事结构。普罗普在这段引文中自觉或不自觉地确定了"看"在他的研究中的重要性，而且又一次强调了从材料中"看出"结论的优先性。正是"作为哲学家的经验论者"的普罗普能够比汤普森更清楚也更明白地看到，他所说的"组合"或者"形态学"并非直接存在于故事

中，因为

> 组合并没有现实的存在，就像一切一般概念并不存在于事物的世界
> 中一样：它们只能在人的心灵中才能被发现。但我们用这些一般概念探
> 索世界，发现它的规律并且学会掌握它。①

普罗普在此所说的"组合"即英文的 composition。贾放把这个词译为
"组合"，而朝戈金在翻译口头程式理论中的这个术语时曾把它译为创作或创
编，指口头的、利用传统叙述单元即兴创编或者现场创作。② 但普罗普这里
的"composition"与口头程式理论中的"composition"有相同也有不同。普
罗普明确地说："我将故事本身讲述时的功能顺序称为组合"，而且"对我来
说确定民众以怎样的顺序来排列功能是十分重要的。原来，顺序永远是一
个：这于民间文艺学家来说是个极其重要的发现。"如果说口头程式理论注
意到所谓的民众在利用传统的素材和"单元"进行创作时有自由也有不自由
（受"程式"的制约），那么，普罗普在此并没有否认这样的自由或不自由，
在这个意义上，他也是考虑和尊重"民众"的选择权的，因而，在这方面，
他和口头程式理论家甚至汤普森的发现立场并无本质差别，或者用吕微的话
说，普罗普并非"设定的客观性"或者"客位的主体性的客观性，即我们一
般所说的主观范畴为客观事物立法的客观性"。不同的是，口头程式理论家

---

① 贾放的译文是："在事物世界不存在一般概念的水平上组合不是一种现实的存在：它只存在
于人的意识中。但正是借助于一般概念我们认识了世界，揭示了它的规律从而学会把握它"。第一句
容易让人费解。由于我不懂俄语，此处根据 Serge Shishkoff 的英译文译出："Composition has no real
existence, just as all general concepts have no existence in the world of the things: they are found only
in man's mind. But with the use of these general concepts we explore the world, discover its laws, and
learn to control it." 见 Vladimir Propp, *Theory and History of Folklore*, Translated by Ariadna Y.
Martin and Richard P. Martin and Several Others, p. 75. Manchester University Press, 1984; Hugh
T. McElwain 和 River Forest 的英译文大意相同："The composition does not have real existence, just
as those general concepts which are found only in human consciousness does not have real existence in
the world of things. But it is due precisely to these general concepts that we know the world, under-
stand its law, and learn to govern and manage it." 见 Structure and History in the Study of the Fairy
Tale, translated by Hugh T. McElwain and River Forest, in Robert A. Segal (ed.), *Theories of
Myth*, Vol. 6: "Structuralism in Myth: Lévi-Strauss, Barthes, Dumézil, and Propp", p. 234, Garland
publishing, Inc., 1996.
② 参看［美］约翰·迈尔斯·弗里：《口头诗学：帕里—洛德理论》，朝戈金译，社会科学文
献出版社 2000 年版，第 30 页。

和汤普森观察的资料不限于一种体裁而是跨文化和跨地区的，而普罗普考察的材料则是单一文化、单一地区和单一体裁的，而且，由于他们对"composition"的界定不一样，即口头程式理论家和汤普森试图观察的是叙事中的成分，因而他们发现的是许多成分，而普罗普在明确限定的资料范围内寻找的是功能的序列，结果他发现只有这样一个序列。现在，我们必须马上补充普罗普对"功能"的定义。在《神奇故事形态学》中，普罗普说："功能被理解为故事角色的某种行为，这种行为是从其对行动过程的意义来确定的。"(Function is understood as an act of a character[①], defined from the point of view of its significance for the course of the action)[②] 后来，在《神奇故事的结构研究与历史研究》一文中，他又明确地指出："功能指的是从其对行动的意义的角度确定的角色行为。比如，如果主人公骑着自己的马一下跳到了公主的窗口，我们看到的不是骑马跳跃的功能（不考虑整体行动这样的定义也是对的），而是完成与求婚有关的难题的功能。同理，如果是主人公骑鹰飞到了公主所在的国度，我们看到的不是骑鸟飞行的功能，而是渡载到寻求之物所在地方的功能。如此说来，'功能'一词是一个有条件限制的术语，它在本书中只能在它的这个含义上理解，而不能解为它意。"正因为不是一般意义上的和所有意义上的角色行为都是功能，而是只有"从其对行动的意义的角度确定的角色行为"才是"功能"，因此，普罗普不仅强调列维—斯特劳斯"抛开材料将这些功能逻辑化的建议是不可取的"，而且认为列维—斯特劳斯这样做就"取消了产生于时间的功能"，"因为功能（行为、行动、动作）如同它在书中被确定的那样，是在时间中完成的，不可能将它从时间中取消"。换言之，普罗普认为"功能"不能离开叙事的时间，"功能"的序列只能在单一的叙事时间里展开，而普罗普大概正是在这个意义上才说神奇故事的功能顺序只有一个。这是他从俄罗斯神奇故事的研究中得出的结论。普罗普说："方法是可以广泛应用的，结论则严格受民间叙事创作的样式的限制，它们是在对这一创作的研究中得出的。"因此，在普罗普看来，他的方法能够推广，而他的研究结论（比如功能的序列）则不能推而广之，因为研究其他民间叙事体裁甚至其他民族的童话故事所得出的结论会是不同的，

---

① 英译本此处为误译，应译为 tale roles（故事角色）。

② V. Propp, *Morphology of the Folktale*, First Edition Translated by Laurence Scott with an Introduction by Svatava Pirkova-Jakobson, Second Edition Revised and Edited with a Preface by Louis A. Wagner, p. 21, Austin: University of Texas Press, 1968.

他举例说,连环故事或程式故事的程式类型可以被发现,但其公式却和神奇故事的公式完全不同。

在这个意义上,吕微说普罗普的"功能看似与内容保持了抽象的距离,实则直接贴近内容"是有道理的。这一方面是因为普罗普认为"功能"与叙事时间不能脱离,另一方面是因为普罗普指出:如果情节是内容,那么情节的组合就不是内容而是形式,但"组合与情节不可分割,情节无法存在于组合之外,而组合也无法存在于情节之外。这样我们便用我们的材料证明了一个人所共知的真理,即形式和内容不可分割"。正像"作为哲学家的经验论者"的普罗普在《神奇故事的结构研究与历史研究》一文的开头将精密科学与人文科学的规律的相似性联系起来,而在文章结尾又点名了它们之间的"原则性特殊区别"一样,在这里,他同样是把经过"中介"(黑格尔语)而分开的东西(形式与内容、功能与时间、组合与情节)又合了起来——普罗普在跟我们玩辩证法的"魔方"呢!

实际上,按照普罗普的理解,我们可以说,功能既在又不在神奇故事中——说它不在,是因为在讲述者甚至"不会看"的学者眼里,它也许并不直接存在于这些神奇故事里;说它在,是因为它确实是普罗普这样的"训练有素"的学者从神奇故事中"看"出来的,是这些故事本身在普罗普的眼中和直观中自己呈现出来的东西。

联系上文对汤普森的分析,我们可以进一步认为,汤普森对"母题"的发现和普罗普对"功能"的确认都借助了现象在直观里的重复显现。在这个过程中,汤普森的"母题"或者他的索引中的"母题"已经是脱离"事实性之物"("变项")的一个"常项",是民间故事的一个纯形式的"本质",但他本人并没有清楚地认识到这一点,而是仍然认为他的"母题"直接就存在于各种叙事之中,因而是有内容的东西;而普罗普的"功能"及其序列则明确地被他本人宣布为不是一种实体的或现实的存在,而是一种观念的存在(纯形式),但"作为哲学家的经验论者"的普罗普同时又宣布,"功能及其序列"的观念存在是黑格尔意义上的还没有实现或者没有变成现实(Wirklichkeit)的存在,换言之,"功能"的观念存在不是现实存在,而只是认识对象,它要现实存在,即从认识对象变成现实对象,就必须进入叙事的时间,而这就意味着它必须与内容发生关联和纠缠才能成为现实的东西,才能起到它的作用,发挥出它的"功能"。因此,普罗普反对列维—斯特劳斯等人把他的功能研究指认为形式主义的说法,因为这是对他的真实想法的歪曲或者至少是片面的理解。在这个意义上，我同意吕微的普罗普的功能与内容有关的说法。

在一定意义上，吕微是在用汤普森和普罗普的研究作为例子及个案来阐述自己的理论主张，而不是为了解释汤普森和普罗普的研究本身——当然，他完全有权利这样做。

四　母题和功能：从现实对象到认识对象

当我们从作为现实对象的"母题"与"功能"追索作为认识对象的"母题"与"功能"时，首先应该承认，毕竟，汤普森对"母题"以及普罗普对"功能"主要都是把它们看作分类或分析的操作工具（现实对象），而不是把它们当作理论概念（认识对象）来研究和讨论的。[①] 一旦进入认识对象的层面，我们将发现：母题和功能看似没有联系，实则存在着概念层面上的联系。如果说我们在上文中对它们的认识还主要限于汤普森和普罗普的话，为了进一步证实和更加详细地阐明"母题"和"功能"从现实对象向认识对象的生成过程以及它们在民间文学叙事中的本质存在状态，我们就有必要扩大问题的视阈。

当我们把汤普森对"母题"和普罗普对"功能"的考察方式放在一起来看的时候，也会发现，他们的考察方式是不一样的。按照罗伯特·贝尔纳普的划分，有两种感知和呈现世界的方式，一种是把现象分成诸多的构成部分并对其分别加以研究，另一种是不把整体分成部分，而是研究整体的变化特点。[②] 如果以这种粗略的方式来划分，显然，汤普森对"母题"的研究属于前者，而普罗普的"功能"研究则属于后者。然而，一旦我们不这样按照严格的类别来看待他们之间的关系，那么，他们之间立即就呈现出了本然的联系。事实上，汤普森绝非惟一探求民间叙事中的"最小成分"的学者，当然更不是这类研究的始作俑者。汤普森本人在《民间文学

---

① 陈建宪曾指出："由于他［汤普森］回避了有关母题概念的理论探讨，这就使他在设立条目时有很大的主观性与随意性。"见他的《神话解读——母题分析方法探索》，湖北教育出版社 1997 年版，第 72 页。

② 参看 Robert L. Belknap, Plotlet and Schemes, in Robert Louis Jackson and Stephen Rudy (ed.), *Russian Formalism: A Retrospective Glance: A Festschrift in Honor of Victor Erlich*, New Haven: Yale Center for International and Area Studies, 1985.

母题索引》的"导言"里的确说:"世界上的民间文学有许多共同的东西。这些相似性常常并不在于整个故事,而在于单个的母题"(Yet there is much common matter in the folk-literature of the world. The similarities consist not so often in complete tales as in single motifs. 第 10 页)。寻求民间叙事不可再分的最小成分——叙事"原子"的努力,是由跨文化、跨地区的比较研究这一目的决定的。早在 1917 年,德国学者施皮斯(K. Spiess)在《德国民间童话》(*Das deutsche Volksmärchen*)一书中就指出,如果不做特殊的限制,民间故事的比较研究就几乎是一项无法完成的任务,因为,民间故事作为一个整体,其情节和结构变化过多,无法成为比较的对象。因而在比较之前,必须先验地(*a priori*)假定一些特征,这些特征有一种独立的存在,可以相对自由地离开一个语境,也可以相对自由地进入另一个语境。它们被有力地勾画出来,并且具有清楚地勾勒出来的大小,其内容可以用寥寥数语来加以描述。因此,这些特征就可以成为比较研究的对象了。他把这些个体的特征称为"母题",而一旦它们彼此进入一种密切的关系而反复出现在同样的序列里,它们就被分派到了一个更大的单位里,这个单位就叫做一个故事程式。① 芬兰历史地理学派的创始人之一卡尔·克隆最初把这些更小的划分称为"成分"(*momente*),他认为"母题"则有特殊的含义,指情节的基本成分或动机成分:"同样,母题和情节段(episodes)已经由一个童话进入了另一个童话,然后以新的形式迁徙得更远,直到它们进入一种新的结合并走上一条新的道路。"② 可以说,当芬兰历史地理学派的学者和 18 世纪末与 19 世纪初的欧洲学者在追溯民间故事或童话的"生活史"的时候,他们把这些故事、童话以及其中的母题都看作一些具体的、甚至是活生生的"实体"。这里可以引起我们注意的是,在他们的眼里,"母题"是一个动态的实体,它们过着自己的独立而自由的生活,在不同的历史(时间)和地理(空间)中穿梭往返。但这一动态的特征到了汤普森那里却失去了,难怪克里斯蒂娜·戈德伯格(Christine Goldberg)发现,母题"这个词指动机,一种驱动力,但《母题索引》中的许多条目却是静态的"(The word implies motivation, a moving force, but

---

① 参看 Kaarle Krohn, *Folklore Methodology*, Formulated by Julius Krohn and expanded by Nordic Researchers, Translated by Roger L. Welsch, pp. 29—31, The University of Texas Press, 1971.

② Ibid. , p. 31, p. 158.

manyof the items list in the *Motif Index* are static.）。[①]　当然，戈德伯格只是从母题本身的形态上说的，而汤普森为了编索引大全的目的似乎决定了他只能考虑母题的静态方面，即单纯地看其重复律，而不管其如何重复以及它们相互之间的渊源关系。这样，他的《民间文学母题索引》给我们呈现的主要是一些作为现实对象的母题现象，而并非作为认识对象的母题概念本身。换言之，在一定意义上，汤普森之前的欧洲学者对"母题"所做的自发的概念性思考在汤普森这里不幸被中断了，但所幸的是，这一思考传统在欧洲文学研究的整个传统中并没有中断。我们在这里对这一传统的部分追述或许将有助于把这种自发的思考推进到自觉的阶段。

首先，还是让我们来看普罗普。普罗普的《神奇故事形态学》研究除了深受歌德的影响之外，还受到其老师维谢洛夫斯基（1838—1906）的深刻启发。[②]　普罗普认为："维谢洛夫斯基关于故事的描述说得极少，但他说的却极为重要。"[③]　在《情节诗学》这篇重要的文章中，维谢洛夫斯基提出了一个重要的原则性区分，即"把关于母题的问题与关于情节的问题区别开来。"[④]　普罗普认为，如果研究故事的学者能够更好地理解了维谢洛夫斯基的这个忠告，那么，许多含混的谜团就自然会烟消云散了。在维谢洛夫斯基看来，

应当事先议定，情节指的是什么，并把母题同作为母题的综合的情节加以区别。我认为母题是一种格式，它在社会生活的初期回答自然界到处对人所提出的种种问题，或者把现实生活中一些特别鲜明的，看来重要的或者重复出现的印象固定下来。母题的特征——它的形象的单项的模式化；初级的神话和民间故事的不可进一步分割的诸因素：如谁偷

---

①　参看 Mary Ellen Brown and Bruce A. Rosenberg（ed.），*Encyclopedia of Folklore and Literature*，p. 425，ABC-CLIO，Inc.，1998.

②　关于这一点，可以参看 V. N. Toporov, A Few Remarks on Propp's *Morphology of the Folktale*, in Robert Louis Jackson and Stephen Rudy（ed.），*Russian Formalism*: *A Retrospective Glance*: *A Festschrift in Honor of Victor Erlich*, New Haven: Yale Center for International and Area Studies, 1985.

③　V. Propp, *Morphology of the Folktale*, First Edition Translated by Laurence Scott with an Introduction by Svatava Pirkova-Jakobson, Second Edition Revised and Edited with a Preface by Louis A. Wagner, p. 12, Austin: University of Texas Press, 1968.

④　参看［俄］维谢洛夫斯基：《历史诗学》，刘宁译，重点原有，百花文艺出版社 2003 年版，第 594—595 页。

走了太阳（日食）；鸟从天上带来了电火；……这类母题可能是在各种不同的氏族环境中独立自主地形成的；它们的同类性或相似性不能用借鉴来解释，而只能用生活习俗条件以及其中所积淀的心理过程的同类性来说明。

最简单的一类母题可能用公式 a＋b 来表示：凶狠的老太婆不喜欢美丽的姑娘——于是给她出了一道危及生命的难题。公式的每一部分都可能变形，尤其是 b 可能增长；难题可以是两个、三个（民间喜爱的数字）或更多；在壮士的征途上将会有险阻，但它们也可能有好几个。这样母题便成长为情节，就像以对比法为基础的抒情风格的模式可能增长，发展其中这个或那个成分一样。但是情节的公式化有一半已经是自觉的，例如，难题和险阻的选择和顺序已不再受母题内容所设定的题材的必然制约，并具有了一定的自由；故事情节在一定意义上说，已经是一种创作活动。可以设想，在独立自主地完成的情况下，由母题到情节的发展可能到处产生同样的结果，也就是说，可能彼此独立地出现相似的情节作为相似的母题的一种自然的演变。①

在同一篇文章的下文中，他进一步对"母题"和"情节"做了界定：

（1）我把母题理解为最简单的叙事单位，它形象地回答了原始思维或日常生活观察所提出的各种不同问题。在人类发展的最初阶段，在人们生活习俗的和心理的条件相似或相同的情况下，这些母题能够自主地产生，并表现出相似的特点。可以举出以下例证：1. 所谓关于起源的传说：把太阳想象为眼睛；太阳与月亮—为兄妹，夫妻；关于日出与日落，关于月亮上的斑影、月食等等的神话；2. 生活习俗情境：抢走姑娘—妻子（民间婚礼的插曲），分手离别（在民间故事里），等等。

（2）我把情节理解为把各种不同的情境—母题编织起来的题材。例如：1. 关于太阳的故事（以及它的母亲的故事；希腊人和马来人关于太

① 参看［俄］维谢洛夫斯基：《历史诗学》，刘宁译，重点原有，百花文艺出版社 2003 年版，第 588—589 页。

阳—食人者的传说）；2. 关于抢婚的故事。母题的组合越复杂（就像诗歌中文体因素的组合一样），它们便越是缺乏逻辑性，而组成的母题越多，便越难以推测……

　　母题与情节都进入历史的运转：这是表现日益增长的理想内容的形式。在适应这一需求时，情节不断变化：在情节中掺进某些母题，或者情节彼此组合在一起……①

　　在这里，维谢洛夫斯基首先把"母题"与"情节"理解为不同的东西：他从历史和历时的（发生学的）角度认为母题比情节更原始，因为"母题"是人类早期社会生活固定下来的格式，是"在各种不同的氏族环境中独立自主地形成的"，而"情节——这是一些复杂的模式，在其形象性中，通过日常生活交替出现的形式，概括了人类生活和心理的某些活动"②。但与此同时，母题与情节又相互联系着：情节由母题的综合而构成，它们"都进入历史的运转"，成为表现内容的形式。值得我们注意的是，维谢洛夫斯基还把"母题"理解为"最简单的叙事单位"，其特征是"形象的单项的模式化"。正是在这一点上，普罗普认为，维谢洛夫斯基关于母题与情节的观点只是代表了一般原则，而他对于"母题"这一术语的具体解释已经不再适用了。因为"按照维谢洛夫斯基的说法，母题是不可分解的叙述单位……但是，他作为例证举出的一些母题却分解了……因此，与维谢洛夫斯基相反，我们应当肯定，母题不是单一成分的或不可分解的。"③ 可是，这里就出现了一个如何理解维谢洛夫斯基的论述的问题。按照托波洛夫的观点，维谢洛夫斯基在此只是为了把母题与情节对立起来，而且我们只能在母题—情节这个层面上来理解和评价维谢洛夫斯基的母题是"最简单的叙事单位"这一观点。托波洛夫分析说，《情节诗学》的作者是从两个层面前进的，它们分别对应于语言学上的"唯位的或区别性的"（emic）层面和"唯素的或非区别性的"（etic）层面④。当问题是龙诱拐了国王的女儿时，我们处理的就是母题 M1，如果

---

　　① 参看［俄］维谢洛夫斯基：《历史诗学》，刘宁译，重点原有，百花文艺出版社 2003 年版，第 594—595 页。

　　② 同上书，第 590 页，重点原有。

　　③ V. Propp, *Morphology of the Folktale*, First Edition Translated by Laurence Scott with an Introduction by Svatava Pirkova-Jakobson, Second Edition Revised and Edited with a Preface by Louis A. Wagner, pp. 12—13, Austin: University of Texas Press, 1968.

　　④ 在语言学中，两者分别指只从"位"或"素"的角度观察和分析语言现象的方法。

龙诱拐了国王女儿的朋友、国王本人或其他人，这些叙述单位就被相应地指定为母题 M2，M3，M4，等等。如果在另一个故事中，诱拐者是不同的人，那么，母题 M5，M6，M7 等等就出现了。在所有这些情况下，我们必须说起这同一个母题 M 的 7 个词素变体（allomrophs），而这个 M 相对于一个更高的层面来说就是不可分解的。托波洛夫十分敏锐地指出，这样一个母题观念，既保存了统一性的理念（单称的质）和母题的不可分解性，又满足了对故事进行节约描述的要求。[①] 这实际上暗示出，我们不能像普罗普那样孤立地看待和理解维谢洛夫斯基对"母题"的"最小"和"不可分解"等特性的描述，尽管我们下文即将表明，普罗普是在另一个层面上铺展了"母题"与"情节"的关系问题。

　　在这个问题上，我们一定不能遗漏或者绕过另一位俄国学者托马舍夫斯基（1890—1957）的重要论述。1925 年，他在《文学理论》一书的"主题学"一章中对"母题"与"情节"的关系问题做了深入的思考和论述。在这篇经典的文章中，托马舍夫斯基不仅区分了"母题"和"情节"，而且对二者又分别做了进一步的划分。该文第 2 节的标题是：фабула и сюжет。笔者不懂俄文，经查字典，俄文 фабула 的意思有：（小说的）故事情节；（某事件的）概述、梗概；（绘画、戏剧中的）主题、题材。我猜测，该词大体相当于拉丁语的 fábula 一词（意思有：传说、谣言；乌有、虚无；谈话；故事；寓言、童话；情节、题材；剧本、戏剧）。俄文 сюжет 的意思有：（文艺的）情节；（音乐、绘画的）主题、题材；（口语中的）谈话题目；（某人生活或活动中的某种）事件或事实。[②] 我猜测，该词大体相当于法语的 sujet 或英语的 subject。但经本人向刘魁立先生请教，在俄文中，这两个词的意义和所指有所不同：фабула 主要指还没有进入作品的故事梗概，而 сюжет 的意思则介于英文的 fabula 和 subject 之间，主要指已经进入作品并被结构好了的故事情节。这两个重要的俄文词在不同的翻译中有不同的译法，英译文作

---

　　① 参看 V. N. Toporov，A Few Remarks on Propp's *Morphology of the Folktale*，in Robert Louis Jackson and Stephen Rudy（ed.），*Russian Formalism*：*A Retrospective Glance*：*A Festschrift in Honor of Victor Erlich*，pp. 258—259，New Haven：Yale Center for International and Area Studies，1985.

　　② 均据黑龙江大学俄语语言文学研究中心辞书研究所编《大俄汉词典》，商务印书馆 2001 年第 2 版。

"story"① 和 "plot"（情节）②，译自俄文的汉译文是"情节"和"情节分布"③，从法语转译的汉译文为"本事"和"情节"④。按照托马舍夫斯基区分这两个术语的本意，似乎英译文"story"和汉译文"本事"更贴切一些。托马舍夫斯基认为，"本事"和"情节"是不同的。⑤ "简单地说，本事就是实际发生过的事情，情节是读者了解这些事情的方式"⑥。它们两者都包含了同样一些事件，但在情节中，这些事件得到了编排，并且按照它们在作品中被表现的规则顺序联系在一起。英译文是 "In brief, the story is 'the action itself', the plot, 'how the reader learns of the action.'"⑦ 这句话也可以理解成"简而言之，本事是'行为本身'，而情节则是'读者如何知道这个行为'"。这样的理解马上使我们联想到亚里士多德在《诗学》中的著名论断，即"悲剧［和广义的叙事］是对于一个严肃、完整、有一定长度的行动的模仿"，由于"情节是行动的模仿"，所以，亚里士多德认为，在悲剧的"六个成分里，最重要的是情节，即事件的安排"。⑧《诗学》的译者罗念生认为，在《诗学》中，"事件"作 pragma（普剌格马），源出 prattein，有时候可译为"情节"。⑨ 而"所有表示'行动'与'动作'的希腊字，在现代语文中往往被译成一个字，即 action，在法文、英文等语文中都是如此（在德文里作

---

　　① 英语的 story 一词既有"故事、经历、真实情况"的意思，又有"情节"的意思。

　　② Broris Tomashevsky, Thematics, in *Russian Formalist Criticism：Four Essays*, Translated and with an Introduction by Lee T. Lemon and Marion J. Reis, p. 66, University of Nebraska Press, 1965.

　　③ 鲍里斯·托马舍夫斯基：《主题》，载［俄］维克托·什克洛夫斯基等：《俄国形式主义文论选》，方珊等译，生活·读书·新知三联书店 1989 年版，第 110 页。

　　④ 鲍里斯·托马舍夫斯基：《主题》，载［法］茨维坦·托多罗夫编选《俄苏形式主义文论选》，蔡鸿滨译，中国社会科学出版社 1989 年版，第 238 页。

　　⑤ 事实上，维克托·什克洛夫斯基在 1921 年就曾区分了这两个术语。他认为，人们常常把情节的观念混同于本事（对事件的描写），而实际上，本事只是情节表述的材料。参看 Victor Shklovsky, Sterne's *Tristram Shandy*：Stylistic Commentary, in *Russian Formalist Criticism：Four Essays*, Translated and with an Introduction by Lee T. Lemon and Marion J. Reis, p. 57, University of Nebraska Press, 1965.

　　⑥ 见蔡鸿滨译文，第 239 页作者注。

　　⑦ 参看 Broris Tomashevsky, Thematics, in *Russian Formalist Criticism：Four Essays*, Translated and with an Introduction by Lee T. Lemon and Marion J. Reis, p. 67, University of Nebraska Press, 1965.

　　⑧ 罗念生译文，载《诗学 诗艺》，人民文学出版社 1962 年版，第 19—21 页。

　　⑨ 同上书，第 208 页。

handlung①，在俄文里则作 действие）。遇到这个字，不能一律译为'动作'，也不能一律译为'行动'，须按照上下文来决定，有时候可译为'情节'，甚至'事件'"②。我们由此可以看到，这些不仅仅是译名的问题，而是表明：至少从亚里士多德以来，欧洲学术传统一直试图对事件（行动）和情节做出既有联系（因而常常用同一个词来表示）又有不同的区分。实际上，维谢洛夫斯基、托马舍夫斯基和普罗普都是在亚里士多德的《诗学》所开创的思想传统中来思考叙事的结构成分和形式特征的。我们也必须在这个传统中才能深入理解他们的论述。③ 这里还可以补充一点，即亚里士多德在《诗学》中所说的"情节"，多数情况下使用的是希腊文 μύθος，其拉丁字母转写形式有 Mythos 或 Muthos。根据陈中梅的考订，该词在《诗学》中的意思有时不易确定，可以同时解作"情节"或"故事"。④ 该词的英译为 "a Fable or Plot"⑤，德语译本或者作 "Mythos"⑥，或者作 "Fabel"⑦。这些词，或者直接源于希腊文，如 Mythos，或者源于拉丁文，如 Fable 或 Fabel，它们在各自的语言中至少都兼具了"故事"和"情节"的意思，也就是说，它们既指进入叙事之前的"故事"也可以指进入叙事之后的"情节"。托马舍夫斯基为了强调自己对这两个意思的区分，使用了俄文中的两个字来把它们分开。如果说亚里士多德以来的西方传统使用同一个词来表达"故事"（本事）与"情节"更多地突出的是二者之间的联系，那么，显然，托马舍夫斯基用两

① 引注：德语应写为 Handlung。

② 罗念生：《论古希腊戏剧》，中国戏剧出版社 1985 年版，第 211—212 页。

③ 罗伯特·贝尔纳普认为，俄国形式主义者大概比亚里士多德以来的任何思想家都更大地推进了我们对文学情节的理解，而且他们的思想对后来的思考极为重要，参看 Robert L. Belknap, Plotlet and Schemes, in Robert Louis Jackson and Stephen Rudy (ed.), *Russian Formalism: A Retrospective Glance: A Festschrift in Honor of Victor Erlich*, p. 242, New Haven: Yale Center for International and Area Studies, 1985；托马舍夫斯基的《主题学》一文的两位英译者认为，西方读者容易看到的能够和此文相比的惟一的批评文献大概就是亚里士多德的《诗学》，托马舍夫斯基对情节的分析紧随亚里士多德对戏剧结构的分析，参看 *Russian Formalist Criticism: Four Essays*, Translated and with an Introduction by Lee T. Lemon and Marion J. Reis, p. 62, p. 71, University of Nebraska Press, 1965.

④ 参看 ［古希腊］亚里士多德：《诗学》，陈中梅译注，商务印书馆 1996 年版，第 198 页。

⑤ Aristoteles, *De Poetica*, *in The Works of Aristotle Translated into English under the Editorship of W. D. Ross*, *Vol. XI*, Oxford at the Clarendon Press, 1946.

⑥ Aristoteles, *Poetik*, Übersetzung, Einleitung und Anmerkung von Olof Gigon, Philipp Reclam Jun. Stuttgart, 1961.

⑦ Aristoteles, *Poetik*, Herausgegeben von Dr. Ernst Günther Schmidt, Verlag Philipp Reclam Jun. Leipzig, 1945.

个词来分别指涉它们则是为了强调它们之间的差别和不同，而这一区分在托马舍夫斯基的理论中占据了核心地位。有了这样的区分，托马舍夫斯基才能进一步细致地观察到叙事作品的结构层次以及母题在情节构成中究竟起着什么作用。托马舍夫斯基认为，一旦有了"本事"和"情节"的区分，我们就可以看到，叙事的主题具有某种统一性，它是由一系列按照特定顺序编排的小主题成分构成的。他把这些主题成分的编排分为两类：一类是各主题成分之间存在着因果—时间关系，而另一类的各主题成分之间则没有这种关系。前者是有情节的作品（如故事、小说和史诗），后者是无情节的、"描述性的"作品（如抒情诗、游记等）。按照英译文，这里也可以理解为，前者是有"本事"的，而后者是无"本事"的。当然，托马舍夫斯基主要关注和研究的是前者。他认为，主题所表达的观念就是概括并统一作品的语言材料的观念。整个作品可以有一个主题，与此同时，其每个部分也可以有自身的主题。整个作品的发展就是由单个主题统一起来的一个多样化或分化的过程。在对主题不断进行分解的过程中，我们最终会得到一些不可还原的、最小的主题材料成分，这种成分就被他称为"母题"。托马舍夫斯基在此使用的是俄文词 мотив，相当于英语和法语的 motif（英译文正确地使用了这个词）。该词在从法语转译的汉译文中被差强人意地译为"动机"[①]，但在译自俄文的汉译文中却被误译为"细节"[②]，从而使原作者的意思不知所云，也使译文不忍卒读。我们之所以特别关注这个词，不仅因为它和本文的研究直接相关，更因为托马舍夫斯基随后强调：他是在历史诗学的意义上使用这个词的，而这个意义与对迁徙情节的比较研究中使用的"母题"概念全然不同，尽管它们常常被认为是同一个东西。因为在比较研究中，母题是在各种作品中出现的主题单位，这些母题整体地从一个情节进入另一个情节。因此，在比较诗学中，还原到最小的成分并不重要，重要的只是这些"母题"在特定的体裁范围内以其完整的形式被人们发现。因此，比较研究中的"母题"在历史上是原封不动的统一体，而非"能够还原的"母题。当然，托马舍夫斯基也指出，比较诗学中的许多母题仍然很重要，因为它们也是历史诗学理论意义上

---

① 参看鲍里斯·托马舍夫斯基：《主题》，载［法］茨维坦·托多罗夫编选《俄苏形式主义文论选》，蔡鸿滨译，中国社会科学出版社 1989 年版，第 239 页以后。

② 参看鲍里斯·托马舍夫斯基：《主题》，载［俄］维克托·什克洛夫斯基等：《俄国形式主义文论选》，方珊等译，三联书店 1989 年版，第 114 页以后。

的母题。①

托马舍夫斯基的"潜台词"无疑至少提示了我们两点:一、"母题"在历史地理学派等比较研究的学者那里,仍然是一个"实体",无论它怎么迁徙和流动,都是一个保持着自己的边界和完整性的东西。因此,他们不需要对母题做进一步的"切分"。这样,我们也就可以理解:尽管汤普森把"母题"界定为"最小的叙事成分",但他并不需要从逻辑上考虑这种划分的依据何在。二、在比较研究的学者那里,"母题"仍然主要是一个操作工具,而不是一个概念。换言之,这些学者主要把"母题"当作现实对象而没有把它当作认识对象(概念)来思考和建构。如果说把"母题"作为认识对象(概念)来考虑的想法在上文讨论的维谢洛夫斯基那里已经有了萌芽(他已经把比较学派的"母题"与历史诗学的"母题"统一了起来)②,那么,这种想法在托马舍夫斯基这里似乎有了更多的意识和自觉。正如罗伯特·贝尔纳普所指出的,维谢洛夫斯基从对母题的原子式的感知(the atomatic perception,即把母题感知为能够组成情节的许多不可还原的单位)转向了对它进行炼金术式的感知(the alchemical perception,即把母题感知为通过重复律而能够生成情节的一个孤立单位),而托马舍夫斯基则把母题看作分析过程中出现的某种东西,而非在文本存在之前就已经存在的东西。③

在我们看来,托马舍夫斯基的"母题"概念之所以不同于比较研究学者们的"母题",首先在于它不再是一个四处流窜的"实体",而是被"虚化"或观念化了——这大概是"母题"从一个具体的研究操作工具(现实对象)向抽象的概念(认识对象)转化的关键一步。一旦托马舍夫斯基摆脱了这种"实体观",他就能够发现,相互联系在一起的母题就形成了作品的主题的联

①　由于各种译文都不统一,而鉴于英译文比较清晰,这里主要参考了 Broris Tomashevsky, Thematics, in *Russian Formalist Criticism*: *Four Essays*, Translated and with an Introduction by Lee T. Lemon and Marion J. Reis, pp. 67 – 68, University of Nebraska Press, 1965;以下不另注明。

②　罗伯特·贝尔纳普认为,维谢洛夫斯基从阿尔奈等民俗学家那里吸收了母题是一个持续的实体这一观念,参看 Robert L. Belknap, Plotlet and Schemes, in Robert Louis Jackson and Stephen Rudy (ed.), *Russian Formalism*: *A Retrospective Glance*: *A Festschrift in Honor of Victor Erlich*, p. 243, New Haven; Yale Center for International and Area Studies, 1985;这就意味着,在他看来,维谢洛夫斯基所说的"母题"仍然和比较研究者们的"母题"没有本质的差别。

③　Robert L. Belknap, Plotlet and Schemes, in Robert Louis Jackson and Stephen Rudy (ed.), *Russian Formalism*: *A Retrospective Glance*: *A Festschrift in Honor of Victor Erlich*, pp. 244 – 245, New Haven; Yale Center for International and Area Studies, 1985.

结。因此，本事就是母题在其逻辑的、因果—时间序列中的聚合，而情节则是同样这些母题在作品序列和相关性中的聚合。托马舍夫斯基因此把不能省略否则会影响事件的因果—时间进程的母题称为关联母题，把能够省略而又不影响这一进程的母题称为自由母题。在他看来，本事只需要关联母题，但自由母题有时对情节结构起着决定和支配的作用。另外，他把人物在特定时刻的相互联系称为情境。改变这种情境的母题被他称为动态母题，不改变的被他称为静态母题。他认为，自由母题常常是静态的，但并非所有静态母题都是自由的。动态母题在本事中占据中心地位并且使它保持运动状态，而静态母题在情节中则具有支配地位。

尽管托马舍夫斯基的研究不是专门针对民间叙事作品，而且我们在此也不准备展开分析他的情节结构理论，但他的这项研究已经比维谢洛夫斯基的"母题"与"情节"研究进了一步：即他对"本事"与"情节"、"关联母题"与"自由母题"、"动态母题"和"静态母题"的划分以及对后两组母题在"本事"和"情节"中的不同作用的区分，使我们更切近地看到了作为认识对象而存在的"母题"概念的雏形。在英语、德语和法语中，"母题"这个词同时也有"动机"的意思，这似乎也暗示出"母题"在情节中是一个"促动因"，但当它作为一个概念来存在或者起作用的时候，它就是分层次地、有针对性地以及动态地来发挥其"功能"了。如果我们从内容与形式的角度来看，那么，作为认识对象的"母题"概念就是一个在多种条件限定下的一个结构体，它是一个辩证的观念体，而非一个固定的实体。换言之，我们不一定需要从母题在历史上或者在叙事中实际所处的那种事实层面的联系和规定中来构想它的结构形态，即认识对象不一定要依赖于所谓"现实对象"的存在，即使这些事实性的关系不存在了或者被我们从时间和历史中抽掉，我们仍然可以从观念上保留着作为概念而存在的母题所具有的那些限定关系，这时候，这些关系就变成了纯粹逻辑性的、非时间和非历史的限定关系了。

事实上，当笔者查阅相关的德语文献时，却惊奇地发现已经有学者对"母题"概念做了相当准确的限定性描述。例如，德国学者鲁道夫·德鲁克斯（Rudolf Drux）在论述"母题"与"素材"以及"主题"的关系时指出：

> 素材由复杂的意义关系构成，无论它是历史真实的还是虚构的，都

是由时间、空间和人的因素规定的，与此相反，母题是一个关涉到内容的图（程）式，它不受某个具体的历史语境的约束，因而可以自由地用于地点、时间和人物的塑造。由此，母题可以归属于不同的素材，并且超出单个作品而保持其在文学传统中被重新认识的价值。在这种意义上，它能够作为文本间联系的成分而得到观察。母题通过更高程度的（所指的）具体性而与主题形成对照，主题指文学作品的抽象内容及其中心题旨。此外，由于母题多半和其他母题联系在一起并且在一部作品中反复出现，这就使它既能够发挥文本描绘的作用，又能起到结构的作用。

Im Gegensatz zum Stoff, der aus einem komplexeren Sinnzusammenhang besteht, der, ob historisch-real oder fiktiv, durch räumliche, zeitliche und personale Faktoren festgelegt ist, ist das Motiv ein inhaltsbezogenes Schema, das nicht an einen konkreten historische Kontext gebunden und damit für die Gestaltung von Ort, Zeit und figuren frei verfügbar ist. Dadurch kann das motiv verschiedenen Stoffen angehören und über das Einzelwerk hinaus seinen Wiederkennungswert in der literarisch Tradition behaupten: In diesem sinne kann es als Element intertextueller Zusammenhänge betrachtet werden. Durch einen höheren Grad an (referentieller[①]) Konkretheit hebt sich das Motiv hingegen vom *Thema ab, das sich auf den abstrahieren Gehalt des literarischen Textes, seinen zentralen Gegenstand bezieht*. Daüber hinaus vermag das motiv, da es zumeist in Verbindung mit anderen motiven und mehrfach in einem Werk auftritt, sowohl textbildend als auch strukturierend zu wirken.[②]

另一位德国学者克里斯蒂娜·卢布科尔（Christine Lubkoll）认为：

德语术语的专题、素材和主题之间有区别，母题构成了最小的意

---

① 该词又可写作 referenziell，也可译为"关涉到内容的"。

② Harald Fricke（Hrg.），*Reallexikon der deutschen Literatur-Wissenschaft*，Band II，S. 638，Berlin：Walter de Gruyter GmbH & Co.，2000；重点为引者所加。

义单位，素材由母题的组合而构成，主题则表示某个文本的抽象的基本理念。母题这个概念可以在两个层面上得到使用：即在文本内在结构分析的层面和在文本间的关系的领域（文本间性以及文本间性的理论）。

Die dt. Terminologie unterscheidet zwiechen M. , Stoff und Thema, wobei das M. die kleinste semantische Einheit bildet, der Stoff sich aus einer Kombination von M. en zusammensetzt und das Thema die abstrahierte Grundidee eines Textes darstellt. Der Begriff des M. s wird auf zwei Ebenen verwendet: bei der immanenten Strukturanalyse von Texten und im Bereich der intertextuellen Beziehungen (Intertextualität und Intertextualiättheorien) .

在母题史的研究领域中，母题不仅仅是作为某个文本结构内部的基石，而是主要作为文本间的关系系统的构成部分而得到研究的。这里的标准是母题的独立性及其"在传统中延续的……能力"（吕蒂）。与素材相反，一个母题不受某个固定名称和事件的束缚，它只提供一个"具有各种展开可能性的情节部件"。

Im forschungsbereich der M. geschichte wird das M. nicht nur als Baustein innerhalb einer Textstruktur, sondern v. a. als Bestandteil eines intertextuellen Bezugssystems untersucht. Kriterium ist hier die Verselbständigung des M. s und die "Kraft [⋯], sich in der überlieferung zu erhalten" (Lüthi) . Im Gegensatz zum Stoff ist ein M. nicht an feststehende Namen und Ereignisse gebunde, sondern es bietet lediglich einen "Handlungsansatz mit verschieden Entfaltungsmöglichkeiten" . [1]

从这些学者的论述中，我们可以清晰地看出，他们已经把"母题"设定为一个动态的概念，并且从两个层面来考察其构成特征。换言之，"母题"有观念的（文本间的）和现实的（文本内的）、纯形式的（跨文本的）和有内容的（进入文本的）两种存在形态，用本文使用的术语来说就是，

[1]　Ansgar Nünning（Hrg.）, *Metzler Lexikon Literatur-und Kulturtheorie: Ansätze-Personen-Grundbegriffe*, S. 455, Verlag J. B. Metzler, 2001；重点为引者所加。

"母题"既是现实对象又是认识对象。当母题进入具体的叙事文本时,它就与叙事的情节发生了关系,因而成为实际的"情节部件",它不仅"作为某个文本结构内部的基石"结构着情节,而且由于它具有形象和具体的特征而在叙事中起到描绘作用;但这只是母题实现或者显现自身的一种方式,母题还有更根本的特征在于它"是一个关涉到内容的图(程)式,它不受某个具体的历史语境的约束",它具有"独立性"因而"不受某个固定名称和事件的束缚",这样,它才可能"具有各种展开的可能性",即它是一个纯粹形式,但又随时可以或者准备关涉到具体的叙事内容,从而在叙事中发挥它的"功能"。也就是说,一旦它进入情节,就与"功能"概念发生了牵连。这样,作为认识对象的"母题"与"功能"概念就在内在规定性上是有密切联系的了。

现在让我们再次回到普罗普。他的"功能"并非和"母题"无关。普罗普在确认了维谢洛夫斯基的"母题"并非不可再分的逻辑单位之后,转而把故事角色的功能作为神奇故事中不可进一步分解的单位,并发现了这些功能的线性排列顺序。这里,值得我们注意的是,普罗普在《神奇故事形态学》的原文中用了两个术语:一个是 dejstvuiushchee lico(扮演者),即故事角色;另一个是〔skazochnyj〕personazh(〔民间故事〕人物)。但英译者在翻译这两个术语时却用了三个可以互换的名称:dramatis persona(剧中人物),personage(人物,角色)和 character(人物,性格)。① 经本人核对,法文译本也将普罗普的这两个重要术语一律译为 personnage(人物,角色)。② 这样的翻译,在亚里士多德的《诗学》传统里来看,并不能算错。因为从亚里士多德开始,叙事或戏剧中的角色与所谓现实中的人物或扮演者本来就有一身二任的重叠,而西方主要语言都用同一个词来指称这两方面的意思就恰好反映了这一点。但和托马舍夫斯基一样,普罗普的深意在于对二者做出区分,尽管他在书中并没有像托马舍夫斯基那样把这一点明确地阐发出来。如果我们把普罗普想说而未说的话说出来,那可能就是:神奇故事的功能是按照故事中的角色而非人物对于情节所具有的意义或者在情节中的作用来划分和确定的。因为他发现,民间神奇故事的人物可以变,而角色却可以不变。

---

① 参看 Appendix 1: The Problem of "Tale role" and "Character" in Propp's Work, in Heda Jason and Dimitri Segel(ed.), *Patterns in Oral Literature*, pp. 313—319, Mouton Publishers, 1977.

② 参看 Vladimir Propp, *Morphologie du conte*, traduit par Marguerite Derrida, Éditions du Seuil, 1965 et 1970.

人物是具体的，而角色却是抽象的。按照普罗普本人的说法，他在《神奇故事形态学》中所引歌德的"这些题词应该能表达出该书本身未能说出的东西"。那么，就让我们把他在原书第九章开头引用歌德书信里的一段话恢复出来吧：

> 本原植物将是世界上最神奇的创造，大自然自身一定会为此而嫉妒我。有了这种模式和钥匙，我们就能够创造出无数的植物，它们一定是彼此连贯的，这就是说：即使它们现在不存在，却可能曾经存在过，它们不是如诗如画的影子和幻象，而是有着内在的真理和必然性。这一规律将能够适用于其他一切生物。

> Die Urpflanze wird das wunderlichste Geschöpf von der Welt über welches mich die Natur selbst beneiden soll. Mit diesem Modell und dem Schlüssel dazu, kann man alsdann noch pflanzen ins Unendliche erfinden, die konsequent sein müssen, das heiβt: die, wenn sie auch nicht existieren, doch existieren könnten und nicht etwa malerische oder dichterische Schatten und Scheine sind, sondern eine innerliche Wahrheit und Notwendigkeit haben. Dasselbe Gesetz wird sich auf alles übrige Lebendige anwenden lassen. ①

我们在上文中已经指出，歌德对大自然的研究是有"理念"的，这在普罗普引用的这段话里看得十分明显。歌德所说的"Die Urpflanze"没有被我译成"原始植物"，因为他说的不是时间上最早或者在起源上最先出现的那种植物，而是在观念里具有必然的形态构造的"本原植物"②。歌德认为，只要他发现了这种植物的形态规律，那么，"给我一个杠杆，我就能撬起地球"——发现了规律就等于找到了"本原植物"，而由于"本原植物""有着内在的真理和必然性"，即使它在现实中不存在，它也是可能或必然存在的东西，有了它，歌德相信自己就能够推演和创造出无数的植物。因此，他才可能说大自然也会羡慕他。与其说歌德的这种"本原植物"是现实的存在

---

① 普罗普没有附德语原文，我们引用的原文是 Goethe an Charlotte von Stein, d. 8. June, 1787, 参看 *Goethes Briefe*, Band II, S. 60, Hamburg: Christian Wegner Verlag, 1968.
② 歌德在研究植物形态学时又称之为"理想的［观念的］本原体"（idealen Urkörper），参看 *Goethes Werke*, Achter Band: Naturwissenschaftliche Schriften, S. 764, Emil Vollmer Verlag.

物，不如说它是一个观念的东西，或者是观念与所谓"现实"结合的产物。普罗普在自己的研究中想说而未说的意思之一正是：他要寻找神奇故事中的这种"本原植物"，而且他也确实找到了——这就是他所说的"功能"及其组合。普罗普在《神奇故事形态学》的第二章中说："对故事的研究必须严格按照演绎的方法来进行，即从手头的材料进展到结论（实际上，本书中就采用了这种方法）。但是，其表述可以具有相反的顺序，因为如果读者事先熟悉了一般的基础，就会更容易跟随其进展。"① 但是，普罗普在此的说法似乎是自相矛盾的，如果他的研究遵循的是"演绎法"，那就不是从材料到结论，而是相反，即从普遍的结论到特殊的材料，而他在书中对自己的研究的呈现和表述才是"演绎的"方式，即先在第二章就"提前"列出了有关"功能"的四个结论，然后在以下各章里逐步把这些结论演绎到材料中去。普罗普本人不仅在第三章的开始就断言，他下面将给出的功能序列代表了一般神奇故事的形态学基础，而且在后面的文字中还相信"这些结论可以得到实验的证实。我们有可能人为地创造出无数的新情节。所有这些情节将反映出这个基本的布局（the basic scheme），而它们本身却彼此并不相像。"② 20 个世纪 70 年代，西方学者也的确用普罗普的模式在模拟系统中做了创作故事情节和生成故事的实验。③ 这自然让我们联想到亚里士多德在《诗学》中的著名论断："诗人的职责不在于描述已发生的事，而在于描述可能发生的事，即按照可然律或必然律可能发生的事。"因此，在亚里士多德看来，写诗比写历史更富哲学意味，更被严肃对待，因为诗歌描述的事情带有普遍性，而历史则叙述个别的事情。④ 如果我们把普罗普的功能理论放在亚里士多德的《诗学》传统中来看，那么，普罗普试图做的正是要寻求民间故事的"可然律或必然律"，他相信这种规律不在"母题"里，而在"母题"或"情节"

① V. Propp, *Morphology of the Folktale*, First Edition Translated by Laurence Scott with an Introduction by Svatava Pirkova-Jakobson, Second Edition Revised and Edited with a Preface by Louis A. Wagner, p. 23, Austin: University of Texas Press, 1968；不仅如此，他还在第 99 页，第 107 页，第 108 页，第 114 页等处反复使用了名词（deduction）和动词形式（deduced）的"演绎"一词。

② V. Propp, *Morphology of the Folktale*, First Edition Translated by Laurence Scott with an Introduction by Svatava Pirkova-Jakobson, Second Edition Revised and Edited with a Preface by Louis A. Wagner, p. 111, Austin: University of Texas Press, 1968.

③ 参看 Sheldon Klein, etc. , Modeling Propp and Lévi-Strauss in a Metasymbolic Simulaton System, in Heda Jason and Dimitri Segel (ed.), *Patterns in Oral Literature*, Mouton Publishers, 1977.

④ 罗念生译文，载《诗学 诗艺》，人民文学出版社 1962 年版，第 28—29 页。

的组合里。因而，罗伯特·贝尔纳普认为，对于普罗普来说，民间故事中存在着三种不同的基本单位：即母题、回合（the move）和功能。[①] 托波洛夫则认为，在普罗普看来，只要通过指明母题在情节中的位置，功能就能够引发情节，因为情节是母题构成的整体。他认为，普罗普引证的实例以及他对功能的描述必须以这种方式来加以理解。功能与母题的关系必须被看作"纯粹的"谓词与具有两个维度类型的谓词之间的一种关系（a relation of "pure" predicates to predicates of a two-dimensional type），即行为者通常要通过行为而与其他人或无生命的物体发生联系。由于母题在情节中的位置与行为者的类型以及行为对象密切相连，因此，为了确定这个位置，就必须引入故事人物和神奇之物，也就是说，普罗普不得不从后门又把母题放了进来。[②] 普罗普在谈到组合与主题的关系时说，"所有的谓词给出了故事的组合；所有的主语，谓语以及句子的其他成分界定着主题。换言之，同样的组合可以成为各种主题的基础。"[③] 如果说普罗普的功能相当于句子的谓词的话，那么，它绝不仅仅是一个孤零零的谓词，而是随时要（可能或者必然地，用亚里士多德的话来说就是，按照可然律或必然律）关涉到主语和谓语的"谓词"（行动）。这样，功能就是有内容的形式，是从故事角色的空位上给具体的故事人物以及母题（内容）预留的动词连接形式。功能的组合布局在现实里并不存在，但它却以极为多样的形式在叙事里得到实现，它构成了普罗普所说的"情节的骨架"。

五　结语：描述民间叙事存在方式的可能性

上文的分析似乎已经能够表明，只有区分了作为现实对象的"母题"和"功能"与作为认识对象的"母题"和"功能"，我们才能把这两个概念看作

---

① Robert L. Belknap, Plotlet and Schemes, in Robert Louis Jackson and Stephen Rudy（ed.）, *Russian Formalism: A Retrospective Glance: A Festschrift in Honor of Victor Erlich*, p. 247, New Haven: Yale Center for International and Area Studies, 1985.

② V. N. Toporov, A Few Remarks on Propp's *Morphology of the Folktale*, in Robert Louis Jackson and Stephen Rudy（ed.）, *Russian Formalism: A Retrospective Glance: A Festschrift in Honor of Victor Erlich*, p. 259, New Haven: Yale Center for International and Area Studies, 1985.

③ V. Propp, *Morphology of the Folktale*, First Edition Translated by Laurence Scott with an Introduction by Svatava Pirkova-Jakobson, Second Edition Revised and Edited with a Preface by Louis A. Wagner, p. 113, Austin: University of Texas Press, 1968.

有着诸多内部规定性的辩证结构,也才能真正把"母题"和"功能"从依靠简单定义而存在的术语转变成民间文学研究的分析性概念。但我们最终的目的并不是为了区分而区分,而是为了进一步思考母题与功能的意义空间并开发其新的可能性。

从汤普森的母题到普罗普的功能再到俄苏"形式主义"者对母题的再思考,已经显示出了一个从术语到概念的学术发展脉络,但从另一个角度来看,这种从描述现实对象的术语向描述认识对象的概念发展的历程同时也表明了一个从描述文学叙事现成对象的术语向描述文学叙事存在方式的概念发展的趋势。这就意味着学者们已经越来越从 19 世纪重点关注(民间)文学叙事作品中的现成对象或实体成分(局部)而转向了 20 世纪的关注文学叙事的存在方式(整体)。虽然这种转向仍然是"潜在的"和不自觉的,但其中却蕴涵了新的概念可能性。因为,这标志着我们看待民间叙事甚至整个文学叙事的方式有了重要的转变,而这种转变的可能性就蕴涵在从以往描述现(实)成对象的母题和功能向描述存在方式(观念)的母题和功能的转变之中,或者以这样的转变为标志。换言之,我们一旦变换了自己"看"的方式,也就意味着我们的"理念"变了,我们看到的东西变了。① 当以描述现(实)成对象的术语的眼光来看民间叙事时,我们见到的只是单个作品中已经完成的、现成的实体成分("母题")以及这些成分在不同文化、不同作品中迁徙、流动的"生活史",正如汤普森和芬兰历史地理学派的学者们所看到的那样。但当我们以描述存在方式(观念)的概念的眼光来看民间叙事时,我们所见到的却是另一番景象:母题为我们展示的是民间叙事的存在方式,是人类叙事的一个可能的世界。这里的每个"母题"都被"无化"了,即它已成而未成,方死又方生。它在单个叙事作品中的每次出现都不能限制它的存在,都不是其存在的全部,因而我们也就不能依据它在单个叙事中的出现来判定它是否"母题"。但即便我们描述了某个母题在不同文化、不同作品中的使用和出现情况,我们仍然不能全部穷尽它的(观念)存在。我们

---

① 因为"'理念'希腊文原意是'看',转为名词就是所看到的东西。看到的是事物的形状,后来亚里士多德讲的'形式'也是这一个词。它相当于中文里的'形'、'型'、'相'。柏拉图和亚里士多德用这个词都没有'理'(规律)的意思,也没有主观的'念'的意思,他们只在少数著作中说它是主观的思想,主要将它当作是客观存在的东西。严格地说,将它译为'理念'并不恰当,但现在已经通用了这个译词,约定俗成,我们也就沿用了它,只加以说明如上。"参看汪子嵩:《亚里士多德关于本体的学说》,三联书店 1982 年版,第 10 页。

能够描述的只是以母题的形式表现出来的民间叙事的存在方式。汤普森反复强调母题是叙事中被重复使用的现成成分以及普罗普多次指出功能是从神奇故事中"看"出来的"组合",这无疑表明了他们对待民间叙述体裁的一个共同而基本的立场:即描述。我在上文中已经强调了直观在他们的研究中的显著作用,而这种直观恰恰都和他们的纯粹描述立场密不可分。尽管自觉的程度不同,但他们实际上都在做着用概念来描述民间叙事存在方式的工作。正如胡塞尔的学生、哲学家芬克指出:"概念最初并非属人的或人为的某种东西,而是存在者的澄明性,是在概念中出场的世界本质。"(Der Begriff ist nicht primär Etwas Menschliches oder Menschgemachtes, sondern die Licht-natur des Seienden, der Welt-NOUS, der in ihm anwest)[1] 也就是说,民间叙事在人(学者)面前的自己显现就凝结为母题和功能这样的概念,而这样的概念就是民间叙事的"本质",这种"本质"不是实体性的或形而上学意义上的,而是存在意义上的本质。在这方面,尽管普罗普仍然主要把功能看作俄罗斯神奇故事所体现出来的"规律",但它显然已经有了向描述俄罗斯神奇故事存在方式的概念转化的迹象。因为功能所着眼的不是神奇故事的"实体",而是其转换和生成的"存在",这种存在是不可封闭的、未完成的和可能的。在功能这个概念中,俄罗斯神奇故事的存在方式来和我们"相遇"和"照面"。换言之,描述民间叙事存在方式的母题和功能概念都蕴涵了"让民间叙事存在"的意味,从根本上说,母题和功能概念所描述的都是未完成和未封闭的存在现象,是民间叙事的整体存在方式。这一方面表现为汤普森的母题索引无法穷尽所有母题(因而它永远是一项未竟的事业,永远是一个开放的体系),任何一个单一的母题也不能被"用完",普罗普的功能也只能是俄罗斯神奇故事存在的一种可能,另一方面也体现为:母题谁都可以用,而且谁都可以按照功能创作出无数的新故事。因而,母题和功能的存在是自由的,之所以如此,根本原因在于创造和使用它们的人的存在是自由的。

奥地利民俗学者赫尔穆特·保罗·菲尔豪尔曾认为,民俗学自身的力量在于直接通达"(人)民"(Die eigentliche Stärke der Volkskunde lag jedoch

---

[1] Eugen Fink, *Sein und Menschen: Vom Wesen der ontologischen Erfahrung*, Herausgegeben von Egon Schütz und Franz-Anton Schwarz, S. 126, Verla Karl Alber Freiburg, München, 2004.

im unmittelbaren Zugang zum "Volk")。① 这应该是民间文学或民俗学研究的优先之处和优越之处。在我看来，"直接通达"就包含着直达人与事物的存在的意思，而描述民间叙事存在方式的母题和功能，大概就是这种逼达的一条"道路"吧。

［作者单位：中国社会科学院文学研究所民间室］

---

① Helmut P. Fielhauer, *Volkskunde als demokratische Kulturgeschichtsschreibung：Ausgewählte Aufsätze aus zwei Jahrzenten*, S. 372, Wien, 1987.

本刊所发表的论文均经过同行专家匿名评审
毛晓平、张剑协助执行编委之编务工作